孙学堂　马　昕／主编

〔第三辑〕

明代文学论丛

STUDIES ON THE LITERARY OF MING DYNASTY

社会科学文献出版社
SOCIAL SCIENCES ACADEMIC PRESS (CHINA)

前　言

近年来，明代文学研究蓬勃发展，问题意识很强，注重新方法的运用，取得了令人瞩目的成绩。新生代力量的加入是学术研究不断创新的重要因素，无论是过去占优势的戏曲小说研究领域，还是正在蓬勃发展的诗文研究领域，都能看到青年学者活跃的身影。

我们注意到青年学者在研究过程中积极探索文学与社会史、思想史、心态史、文化史、知识史等领域乃至宗教学、文化人类学、传播学等外围学科之间的交叉领域，为明代文学研究提供了多维度的研究路径，体现出十分宽广的学术视野。与此同时，他们也仍然关注文学内部的研究，如对原始文献的搜集与整理、对经典文本的细读与诠释，如对传统观点的再审视及对文学史原发性问题的反思，等等。因此，无论是深耕"自家田地"还是寻求学术视野的外向拓展，都值得肯定。

当然，文学研究本不必过分强调内外之别：文学思想史本就要求研究者关注历史语境和学术生态，而新文化史中的阅读史与书籍史的部分研究成果则有助于回归历史现场，更准确地还原古代文学的历史面貌。我们需要注意的是，理论始终要为解决具体问题服务，运用新的学术方法不宜生搬硬套、削足适履，要避免将研究落实于对某种理论的简单印证；同时也需要明确，坚持文学本位也并不只是对古人作品的阐释和赏析，还要保持综观视野和文化思考，保持对时代思潮与历史事件的关注，以免使文学研究陷入常规与格套。

我们不能忽视，与汉魏六朝唐宋文学领域更为成熟、深细的研究状况相比，明代文学尤其是诗文研究起步较晚，尚有大量亟待解决的问题，这一方面需要作为研究生力军的青年学者们突破思维局限，勇于面对重大问题，发表自己的见解；另一方面我们也呼唤学界以包容的胸怀鼓励那些具有创新性甚至颠覆性的观点，给予青年学者充分的成长空间。

　　"明代文学研究青年学者论坛"搭建了供青年学者交流学术的平台。即使在疫情肆虐的艰难岁月，论坛依然一年一度，没有间断，对学术志业的热忱激励我们砥砺前行、共克时艰。本书为2019年在山东大学举办的第三次"明代文学研究青年学者论坛"的论文结集，其中收录的文章，不仅有从新视角出发对传统问题的再反思，也有立足于学术和理论前沿的新探讨，充分体现了当下良好的学术生态，敬请学界师友批评教正！

C 目录
CONTENTS

明代：古典文学的文本凝定及其意义

叶　晔[*]

内容提要　由于复古时代、辨体时代、印本时代的三重叠加，明代文学有其庶民文学特征之外的另一重要面，那就是中国古典文学文本的整体凝定。明人的古典宗尚与阅读需求，推动了"全录式"总集编纂事业的蓬勃发展；"分体全录"的编纂思维及事实，既得益于前人的"文学代胜"观，也激发了明人"文学代胜"观的新变；嘉靖时期，印刷业再兴下的宋本翻刻风气，在较短期内完成了对宋前文学遗产的整体"打捞"。汉唐以来的经典文学在明代的文本凝定与先秦学术在汉代的文本凝定同为"以复古为创新"的思想活动，是中华文明发展在文献史、观念史方面的两个重要节点。

关键词　古文学　明代文学　文本凝定　嘉靖刻本

对汉魏六朝隋唐文学研究者来说，明刻本是绕不过的一个话题。除了少数经典作家有宋本存世外，大多数非经典的作家存世的最早本子，皆在明正德至嘉靖年间刊印。此前的版本流变情况，因没有实物，我们很难探究。而对明代文学研究者来说，汉魏六朝隋唐的文学作品，更是无法绕过的话题。它们作为明人复古的宗尚对象，在文献层面被不断地搜集、整理、刊印，在文学层面被有针对性地阅读、模拟，并尝试超越，成为明代文学生态中必须正视的一股力量。通过实在的书籍，汉唐文学与明代文学

＊　叶晔，北京大学中国语言文学系教授；出版专著《明代中央文官制度与文学》等。

得以交缠在一起。①

本篇所谓的"文本凝定"，由"文本稳定"与"文本汇集"两个维度及相应发展阶段构成。抄本时代的"文本的不稳定性"，是当代学者关注的焦点之一，也是学界分歧较大的一个话题。② 这个话题的有效性，于进入印本时代后，在一定程度上被消解，古典文学文本③得以进一步稳定。但只有文本稳定，尚不能解决"经典时代"的问题。经典作家可以通过别集的传播来养成，"经典时代"则必须通过更大型的总集的传播才能实现。受限于刊印能力、崇古风气、辨体精神等多方面因素，宋代的总集编纂，主要是文学导向式的，即文本的选录重在体现编者的思想及诉求。直到明代，出现了大量以文献为本位的总集编纂行为，"全录式"总集开始成为一种文学现象。④ 原已稳定的汉唐文学文本，进入了"文本汇集"的新阶段，并在文献文化史的层面，实现了断代文学的"文本凝定"。在此基础上，作为经典的汉唐文学，不仅在观念史层面上，而且在阅读史层面上，都由"经典文本"扩展至"经典时代"。

本文的目的，主要有二。首先，跳出庶民时代的思维方式，通过对明代作为复古时代、辨体时代、印本时代的综合考察，从建设性而非原创性的角度去理解明代文学，更好地挖掘明代文学在中国文学发展史中的独特意义。其次，关于文本研究的洞见与不见，近年来被学界广泛讨论，特别是古典文学文本的稳定性问题，在学界引起了较大的争议。虽然基于印本

① 本文的切入点在书籍史与文献文化史，相关领域的学术动向及本土反思，参见赵益《从文献史、书籍史到文献文化史》，《南京大学学报》（哲学·人文科学·社会科学版）2013年第3期；戴联斌《从书籍史到阅读史：阅读史研究理论与方法》，新星出版社，2017。

② 相关回顾与展望，参见刘跃进《中国早期文献稳定性与可信度的矛盾问题》，《复旦学报》（社会科学版）2016年第1期；刘跃进《有关唐前文献研究的几个理论问题》，《深圳大学学报》（人文社会科学版）2016年第6期。

③ 本文讨论的"古典文学文本"，只针对传统观念中的集部文献，我们理应尊重古典文本在其凝定阶段所反映的整理者或宗尚者的思想属性。《诗经》《左传》《史记》等经部、史部著述，其文本凝定的时间较之文学文本更早，不在本篇的考察范围之内。作为整体的古典文学文本，在明前已经凝定的唯有《楚辞》，其在汉人对先秦文献的整理事业中（如王逸《楚辞章句》），基本完成了文本凝定。

④ 将冯惟讷《诗纪》视为中国第一部"全集式"总集，并讨论其复古渊源［参见高虹飞《〈古诗纪〉编纂与复古派关系考论》，《北京大学中国古文献研究中心集刊》（第十四辑），北京大学出版社，2015］。

文化的近世文学，未必适合介入这一话题的讨论之中，但寻求不同时代的文本稳定问题的共通性，以更完整地建构中国古典文本发生、发展的自足系统，或通过对不同时代的文本变异情况的差异性考察，对文本的"稳定过程"作长时段的通贯研究，依然是学界应该努力深化的方向。无论哪一种情况，对明代文学研究来说，都是在寻求与其他断代文学形成更深入而有效的学术对话，以建构更加全面且有本土特色的中国古典文本研究话语。

一　从明代的文本文献与明代文学之关系谈起

无论在中国古代的文学批评文献中，还是在晚清以后的中国文学史著述中，无论是西人的观点，还是日韩的学说，不管时代的文学思潮如何风起云涌，普通读者对明代文学的整体认识，并没有太大的变化。它基本上由两个维度构成，即在传统文学视域下的中国雅文学发展之低谷，以及在现代文学视域下的中国俗文学发展之高潮。

前一种情况，来自本土叙事，主要有两种呈现方式，一是继承自《列朝诗集小传》《四库全书总目》而下的清人批评遗产，视明前期馆阁，中期复古，后期性灵、幽孤等为古典诗文"走向何方"的不同面相；二是继承明人提出的"宋无诗"的极端立场，将之发展为至宋元停止、无问明清的文学史书写方式，不将宋以后的诗文创作纳入中国古代文学的经典序列之中。如林传甲在《中国文学史》中，认为"元之文格日卑，不足比隆唐宋者，更有故焉。讲学者即通用语录文体，而民间无学不识者，更演为说部文体"①，故只写到"唐宋至今文体""骈文又分汉魏六朝唐宋四体之别"，连诗歌都不提及。后一种情况，源于西方的文艺精神，继承了欧洲的"中国文学史"观，也包括西学影响下的日本经验。英人翟理思的《中国文学史》，以及多部问世于日本明治后期的《支那文学史》，对晚近国人的文学观念影响甚大。如黄人在《中国文学史》中，就认为"合院本、小说之长，当不令和美儿、索士比亚专美于前也"②。在过去的百余年中，本

---

① 林传甲：《中国文学史》，陈平原辑《早期北大文学史讲义三种》，北京大学出版社，2005，第210页。
② 黄人：《中国文学史》，苏州大学出版社，2015，第15页。

土的文学史观经历了从学术到文艺、从杂文学到纯文学的蜕变过程，较之林传甲、黄人等人的开山之说，已经有了翻天覆地的变化，但一些基本的价值判断标准，依然得以保留下来；对明代文学的整体评价，亦从贬到褒，渐次升温，但"文学代胜"观念下的择取式肯定，仍是我们理解作为整体之明代文学的主要途径之一。

以上两类评价，其侧重点不同，造成了明代文学在文学史中的位置亦不同。但无论古典诗文，还是小说、戏曲，大家在讨论的都是明人创作的文学作品，至于建立在明存文本文献的基础之上的明代文学世界，则较少被留意。换句话说，我们关注的基本单元，是作为作者的明代文学家，以及作为创造性文本的明代文学作品，文学史就是由这些单元串联而成的。与之形成对比的是，由于戏曲、小说的崛起（无论事实层面的崛起，还是研究层面的崛起），我们在一定程度上忽视了层累型、衍生型文本在明清诗文中的成长空间；也因为印本时代的降临，我们不再关注前代文学文本在明清两代的存录形态与变异情况。所有这些偏重，都无可厚非，毕竟作为近世中段的明代，理应有它独具特色的文学特征，不应跟着前代文学的特性亦步亦趋。但我们又不得不承认，中国文学中的明代，是一个"复古"的标志性时代，直到"五四"以后，借着俗文学、性灵文学的创作潮流，通过对小说、戏曲、小品文等非传统文类的标举，明代文学才在中国文学史中打开了新的局面。"复古"对于明代文学的评价来说是不是沉重的负担，我们且置不论，但对汉唐文学的文本传播与接受来说，处在一个"文必秦汉、诗必盛唐"的时代，绝不是什么坏事。

近年来，随着作品的异文及其改动情况被解释为经典"变动不居"的一种反映，① 明代在汉唐文学之经典化进程中的意义，日益得到学界的重视。以莫砺锋、陈尚君等为代表的唐代文学专家，对明代在唐诗流传纷歧中的作用，给予了充分的关注；② 这一视角亦为海外汉学家所认同，《剑桥

---

① "变动不居的经典"这一概念，借用自刘勇《变动不居的经典：明代〈大学〉改本研究》，生活·读书·新知三联书店，2016。

② 对明代以来"累叠的文本"的研究，以唐诗研究最具代表性（参见莫砺锋《论后人对唐诗名篇的删改》，《文学遗产》2007 年第 2 期；陈尚君《唐诗文本论纲》，《唐诗求是》，上海古籍出版社，2018）。

中国文学史》的"晚明文学文化"一章，就以书籍史为书写主线，代表了英美汉学界关注明清出版文化的集体姿态，① 认为"直到明代中叶，无论是唐诗经典，还是唐代著名诗人榜，人们都还没有明确的共识"，指出晚明是"伟大经典的共识得以确立"的时代。其作者之所以下此判断，在很大程度上是基于印本的流通传播情况，"万历以降，印刷工业的发展使得'古'有利可图"，"晚明成为很多文类经典化的最重要的时期"②。可见无论本土学者，还是海外学人，大家的关注重点，都在从经典的事实结果，转移至经典化的"发生过程"。

前代文本的经典化，足以在文学思想的层面与后代的文学创作发生有效的联动。从这个角度来说，留存于明代的文本文献与明代文学的关系，是显而易见的。在此前提下，笔者希望退后一步，将关注点停留在文献文化史的层面。在严格意义上，经典化是一个有关读者受众的社会文化问题，经典的意义无法离开读者的阐释而独立存在；而"文本凝定"属于广义的文献学问题，其凝固的状态及程度如何，较少随读者的意志而转移。二者存在立足点上的差异。而且，经典化主要聚焦于优秀文学作品，优秀作品的文本稳定，按理说要早于普通的作品，且经典视角未必关心那些普通作家的作品流存情况，也不关心名家的普通作品的流存情况，但文本的凝定，必须覆盖经典之外更广阔的文本世界。

在立足于明代、寻求内部对话的同时，我们也可以思考，如何对中古文学文本研究中的疑难问题，作出旁观者的呼应。既然"文本的稳定与否"是这一领域争议的焦点，那么，我们尤须明辨，文本稳定与文本凝定，它们之间的区别到底在哪里。在笔者看来，文本凝定至少由两个维度构成。一个是文本稳定，既指在印本文化中，抄写、口耳等媒介因素已无法对文本的变动产生实质性的影响，也包括总集的出现、选本的多样化等，在很大程度上稀释了个别选家的擅改行为对文本稳定的负面影响。另一个是文本汇集，在印刷业渐趋繁荣的情况下，越来越多的同质文本，在

---

① 对于欧美学界对明清书籍史的关注及其与本土的传统文献学的合流趋势，相关综述参见涂丰恩《明清书籍史的研究回顾》，《新史学》2009 年第 1 期。

② 孙康宜、宇文所安主编《剑桥中国文学史（1375—1949）》（下卷），生活·读书·新知三联书店，2013，第 104 页。

体裁、类型等文学范畴的规导下被汇聚到一起。百卷以上的大型文学总集的编纂与流通，让很多中小作家的作品，得以有一个相对集中且具口碑的储藏地与展示区，从而超越经典文本，实现"经典时代"的整体形成。在古人存在明显阅读局限的情况下，如何让普通读者通过尽可能少的书籍，来认识尽可能全面的前代文学面貌，既是一个知识获取的难题，也是一个知识标准化的难题。① 这种以书籍为单位的文本凝定，减少了阅读选择中的复杂及不可知因素，也在一定程度上，降低了文学文本在个体阅读行为中发生变异的可能。以上文本凝定之二维，都建立在印本文化的基础之上，但文本稳定是一种无关人之精神的技术必然，文本汇集则是一种时代风气及读者需求驱动下的使然，不应混为一谈。

近四十年来，学界涌现了一大批极具立体感的明代文学研究成果，我们有理由展望，这是一个具有丰富维度与开放空间的研究领域。但回顾已有的成绩，我们也会发现，细部的不断深化难以撼动对明代文学的整体思考。一旦我们想要将多维的研究成果转化为断代文学史的书写，可用的方法并不多，足可信赖的仍是基于文学原创的"作家—作品"串联法。但这样的书写方式，其缺点也是显而易见的，我们较少谈及先明文学在明代的传播、接受情况（相关成果难以被安置于断代文学史中），也没有足够的空间去呈现文学家作为读者、改者、编者的其他面相（明代文学的阅读史、知识史研究，尚在起步阶段；改写、编选等行为，因被置于文学思想史的框架下，已被基本认同，并被局部纳入文学史书写中）。作家研究一直是明代文学研究的重要方法，其有效性已被学术史充分验证，但以其偏重面与精细度，尚无法澄清文学文本之发生、传播、变异的具体情境。

由此，我们需要一个不断完善的整体文学世界。在这个文学世界中，除了优秀的作家、作品，还有那些未必出色的原创文本及其作者，及前代文本的阅读者、复制者、改写者等。文学史作为一种实物史，有具体的文本及作为其媒介载体的书籍传世，故我们对文学史的理解，不能等同于对政治史、经济史等的理解，只满足于线性时间上的认知。明代文学与前代

---

① 关于明代书籍流通对士人阅读局限及知识共同体的影响，参见周绍明《书籍的社会史：中华帝国晚期的书籍与士人文化》，何朝晖译，北京大学出版社，2009。

文学的互文性关系，以及前代文学在明代的实物生存态（非观念生存态，此在政治史、经济史中亦可成立），同样是明代文学研究的重要组成部分。所有这些，与明人的文学创作一起，构成了整个文学世界的复杂网络。即使我们秉持原创至上的批评标准，也有理由相信，建立在书籍阅读与知识建构之上的原创研究，比架空于物质媒介与阅读行为之上的文本分析，更接近真实的历史。

一旦认识到在无关姿态的文学世界中，前代文本的意义未必逊色于原创文本，那么，我们在对"前代"概念予以重视的同时，也需要留意，任何时代的"前代文学"，都有"被阅读的前代"与"被保留的前代"之别。明人眼中的先明文学，是"被阅读的前代"；而今人眼中的先明文学，从它在明代的处境来看，是"被保留的前代"。"被阅读的前代"与"被保留的前代"的重合程度，取决于文献的整理完整度与书籍的出版、流通密度。现在的普通读者，可以轻易地读到《先秦汉魏晋南北朝诗》《全唐诗》《全宋诗》《全元诗》，以及《全上古三代秦汉三国六朝文》《全唐文》《全宋文》《全元文》，那么，被当代人阅读的先明文学，在很大程度上，就等同于被保留至今的先明文学。然而，这种便利性，不是自古以来一贯如此的。唐人对先唐文学的了解，除了名家别集外，主要来源于《文选》及各种类书；宋人对先宋文学的了解，除了唐人的阅读遗产外，还有一些宋人新纂的类书，以及《万首唐人绝句》等诗歌总集。这就意味着，中小作家的文本留存，或许通过稳定、完整的别集形式，但他们的文本受容，却是通过"类"或"选"的方式，经由普通文人的阅读而达成的。而且，在印刷业尚未充分成长之时，刻本书籍的流通密度，其实相当有限，不应乐观估量。虽然南宋后期出现了坊刻商业行为，但类似情况对整个文学世界中的普遍阅读到底产生了多大影响，犹可商榷。至少在明代中前期，文史经典无处可寻的情况，经常出现在文人的笔下。普通士大夫的阅读局限及其可阅读文本在"被保留的前代"中的比重，需要重新经受考验。

综上所述，明代的整体文学世界，至少可以分为三个维度：一是明人的文学创作世界，即我们日常所说的明代文学；二是明人的文学阅读世界，涉及前代文学文本在明代的受容情况，这属于阅读史、接受史的双重视域；三是明代的文学留存世界，虽然大多数不以藏书、学问见长的明代作家，未必有机会读到这些作品，但它们确实借一些学人的编采及刊刻行为，以文本文献的形式，被较为完整地保存下来，并得以在一定的文化空间内传播。这个"文学留存世界"，在严格意义上，是明代的而非明人的，是学者视角的而非读者视角的，而它又非一蹴而就，确实由作为作者或读者的明人持续建设而成。其中所体现的"全录式"（却未必严谨）的文献整理精神，实得益于明代延绵持久的文学复古生态。上一个文学复古期（中唐至北宋）尚未发生印刷革命，上一个商业印刷的发展期（南宋中晚期）没有文学复古之氛围，它们都不足以完成古典文学文本凝定的时代使命。

二　复古时代：古典宗尚与"全录式"总集的编纂

如前文所言，以明人原创姿态出现的文学世界，作为明代文学研究的主要对象，向无异议；但前代文学在明代的受容情况在明代文学研究中的位置，学界有不少争论。过去的二十余年中，在接受美学理论的影响下，学界出现了一批有关经典文学受容的研究著述，究其发生，大多由接受对象的研究者发起，而不是由接受发生时代的研究者发起，这一点早就引起了学界的省思。① 总的来说，多数明代文学研究者无意过多地介入此领域，因为在他们眼中，前代作家、作品在明代的受容，并不是上乘的选题。现在的困局在于，经典作品在后代的接受史价值，已不再不证自明；但将前代文学的接受研究纳入明代文学的研究体系之中，同样需要经过论证。这多少有些进退维谷的尴尬。在明人常规阅读范围内的经典受容研究尚且如此待遇，未必能进入普通明人阅读范围内的非经典文本，其被纳入明代文学研究的合理性，就更要经受重重考验了。

经典受容之所以在明清文学研究者的眼中居于二等，在很大程度上，归因于我们对作家之创造力与能动性的优先认同。虽说受容与创造、读者

---

① 张晖曾经指出，很多从事接受史、传播史研究的学者，根本不关心元、明、清、近代诗文，除了文献资料属于元、明、清、近代之外，其问题意识基本与文献所属的历史时期毫无关涉，而经典作家、作品的接受史、传播史价值，不会因为作家的伟大而不证自明（参见张晖《元明清近代诗文研究的现状及其可能性》，《文学遗产》2013 年第 4 期）。

与作者是一体之两面，很难割裂开来，但我们难免偏爱能动性更强的一面。这造成了一种习惯性思维，即经典受容的研究到底有多大意义，取决于后世作家的创造力。如明代的文学复古运动，现在学界的主流观点，认为这是在经典宗尚之上的文学创新行为，至于这条创新之路走得有多远、是否成功，或许有不同的声音，但其建立在崇古的姿态之上，是一个基本的共识。历代学人中主张"前七子""蹈袭"的不在少数，也有人对李梦阳、何景明的文学实验予以同情之理解，但无论哪一种情况，他们的关注点都在复古作家的能动姿态。运动之成败关系于此，似乎汉唐经典一直就在那里，不需要经过宗尚人士的宣扬，便可傲立于世。而事实上，无论是经典的观念，还是经典的文本，都有一个通过后世崇古行为不断凝定、升级的过程。我们不能因为作家的创造力让经典的再生乏力（这是已经知晓历史结果的我们，在用全知之眼设定批评的方向），而忽略了这一时期经典发展的其他维度。

文学宗尚中的经典，至少可分为经典文本、经典作家、经典时代三个维度。其中的经典作家、经典时代二维，便涉及某一类型文本的凝定。我们以前更关注经典文本从"不稳定"到稳定态的变化，至于经典作家、经典时代的文本凝定情况，因其数量更大，面相更复杂，很难通过少量的个案分析完成一整套经典生成机制的建构，故鲜有涉猎之人。但从古人的言说习惯来说，"宗李""宗杜""宗唐""宗宋"等，才是古典诗学批评中的常用语与关键词。已有的研究，多倾向于从古代文学批评材料中直接抓取"已凝固观念"，这样的做法很好地凸显了李白、杜甫、唐诗、宋诗的特有面貌，为后人树立了一个立竿见影的素描形象，但对此"典型化"材料背后的将作家诗歌"类型化"的倾向，我们亦须反思。事实上，在观念的凝固之外，还有更实在的一种凝固，那就是文本的凝定。它之所以未被重视，① 一是在于其较大的文献覆盖面，稀释了学界以经典作品、经典诗

---

① 其实，有关李白、杜甫甚至作为整体的唐诗、宋诗之接受，已有不少研究成果，但当代学者更重视对古典文本的再阐释，那些深受文学实证思维影响、侧重于接受文本之文献梳理的研究模式，因为偏离了正宗的接受美学理论，被认为是一种理论误读，故得到的评价普遍不高。但从文献文化史的角度来看，他们已经呈现了某一宗尚对象在明代的基本文献情况，这一基础性工作劳苦功高。只可惜他们尚未意识到相关文本形态之于明代阅读史、知识史的意义，也未能将文本形态之于文学经典化的影响纳入其研究范围之内。

学为核心的问题导向；二是在于其研究方法的复杂性，使之没有个案研究那么容易被学习与复制。

经典文本的形成，诚然是文学史的重要一环，一旦离开了文本，就有蹈空走向历史研究的嫌疑。但从当事的现场来说，作为经典被学习与效仿的，并不是作为文学基本单元的作品，而是至小某一作家、至大某一时代的宗尚风气。如果说经典文本的形成，可以有口传、抄写、石刻、书画等多种途径，那么，经典作家、经典时代的达成，在很大程度上得益于书籍的刊印与传播。尤其是"经典时代"观念的强化，不得不倚赖于历代学人对"全录式"总集的编纂。而有一个文学事实在明代文学世界中的存在感尚不够突出，那就是我们现在使用的"全录式"总集，究其源头性的整理工作，皆始于明代。

对先唐文学的整体整理，《文选》《玉台新咏》珠玉在前；唐宋两代，则有《初学记》《艺文类聚》《文苑英华》《太平御览》等大型类书。前两部经典，对汉魏六朝文学文本的凝定起到了很大的作用，但它们中等的文献体量，在"复古时代"的思想心理与"印本时代"的技术普及下，已满足不了明代读者日益增大的阅读需求；后者因鲜明的类编性质，缺乏保证文本完整性的自觉意识，且没有按照"时代—作家—作品"的经典层级来编排作品，故在经典宗尚以"作家""时代"为单元的观念模式中，其体例的错位，使其注定无法形成文本文献的有效凝定。对此，明人做了一些由浅及深的尝试。首先是《文选》续编之法，刘节的《广文选》、汤绍祖的《续文选》、周应治的《广广文选》等，都是这一编纂思路下的产物。较之萧统编纂《文选》时详近略远、薄古厚今的当代文学观，在明人的眼中，无论两汉还是南朝，都是遥远的古代。故在当代复古思潮的驱动下，他们的编选重点之一，是补遗汉魏遗篇，表现出一种厚古、求全的编纂倾向。已有学者指出，《文选》原典和广续本分别侧重于"选"与"集"，其根源在于二者的编纂目的有垂范性与资料性的区别。① 明人在《文选》增续上的资料意识，其本意在于整理出更多的汉魏诗文，以

---

① 参见郝倖仔《明代〈文选〉广续本与〈文选〉原典的互动》，《徐州师范大学学报》（哲学社会科学版）2010 年第 6 期。

满足整个复古文坛的阅读需求，但从客观效果来看，其确实为后来《赋苑》《诗纪》《文纪》等先唐分体总集的编纂，做了很多"基础设施建设"方面的工作。

当然，受限于著述体例，这样的经典续编之法，仍存在将作家、时代切割重组的痕迹。同一位作家，既因不同的文体、文类创作，被归入不同的卷帙，也因不止一次的续编工作，出现在多部"文选"的递补事业中。这个时候，对断代文学进行分体整理，将单个作家的作品归并在一个较集中的文献空间内，开始被一部分学者思考。虽然有《文选》这样的经典著述可以作为便捷的文献蓝本，但从《初学记》《艺文类聚》《文苑英华》等大型类书中辑佚散篇，仍是一项相当艰苦的工作。先唐赋的整理，有李鸿编《赋苑》收八百七十余篇作品，兼收全篇、残篇，它是清编《历代赋汇》的重要文献基础。① 先唐诗的整理，有冯惟讷编《诗纪》一百五十六卷。先唐文的整理，有梅鼎祚配《诗纪》编成《文纪》二百二十六卷，皆筚路蓝缕之功。以上二家成果（《诗纪》《文纪》），被晚明张燮的《七十二家集》、张溥的《汉魏六朝百三名家集》广泛采纳，② 为晚近的《先秦汉魏晋南北朝诗》《全上古三代秦汉三国六朝文》打下了坚实的文献基础。虽有学者指出，正是明人贪多务全、剪裁拼凑的编纂原则，导致今人对汉魏六朝文学的局部认识出现偏差，③ 但这是基于复原研究的学者视角，若从普通读者的角度来看，没有这些断代分体总集，仅靠居于金字塔尖的以类编排的《文选》及曹、陶、谢等少数名家诗文集，对"经典时代"之完整面貌的认知，终究是有所偏颇的。

在早期的唐诗总集中，如果要找一部在明人眼中类似《文选》的经典总集，那么，首推洪迈的《万首唐人绝句》。这不仅是因为此书在嘉靖年

---

① 关于李鸿的生平事迹及其编纂《赋苑》的大体情况，参见踪凡《〈赋苑〉编者李鸿生平考略》，《文献》2018 年第 4 期。

② 有关《七十二家集》《汉魏六朝百三名家集》的采编来源，可分为分体、丛编二途。前一种情况，多倚赖《诗纪》《文纪》等；后一种情况，则承继汪士贤辑校的三种丛编而来（参见王京州《七十二家集题辞笺注》，上海古籍出版社，2016；刘明《五种丛编本汉魏六朝人集编刻考论》，《图书馆理论与实践》2017 年第 10 期）。

③ 参见林晓光《明清所编总集造成的汉魏六朝文本变异——拼接插入的处理手法及其方法论反省》，《汉学研究》2016 年第 1 期。

间被较早重刊，而且从编者洪迈的态度来说，他"搜讨文集，傍及传记、小说，遂得满万首"①，确实在尽力求全。当然，《万首唐人绝句》存在与《文选》类似的遗憾，那就是以体类分卷的编排体例，在一定程度上削弱了"经典作家"的整体凝定。后来杨士弘编的《唐音》、高棅编的《唐诗品汇》，虽被纳入明代馆阁诗学体系之中，得以借官方的制度渠道，制造更有声势的舆论效果，②但也以时代、诗体分卷，仍不便于"经典作家"的整体凝定。更何况二书在选篇数量上不及《万首唐人绝句》，杨、高的编纂动机主要在"选"，他们并不具备"全录"的精神。

"经典作家"的形成，在文本形态上，取决于作品的汇集。其中最高效的汇集路径，自然是作家别集的编定与流通。但别集单行并被多次刊印的诗人，毕竟是少数，更多中小诗人的作品汇集，倚赖于以作家为独立单元的断代丛刻。而比"经典作家"更复杂的"经典时代"，其文本的整体凝定，则取决于断代总集所制造的集体亮相机会。而集体亮相的重要方式之一，就是对中小诗人作品的"全录式"采集。在当代学者的眼中，《万首唐人绝句》虽然不全，但洪迈本人意在全面覆盖。从这个角度来说，明代接续了洪迈这种"全录"精神的，是嘉靖十九年（1540）朱警编刻的《唐百家诗》。作为一部侧重中晚唐中小作家的唐诗丛刻，此书在对"经典时代"的扩容改造上，可谓成效显著。对普通读者来说，它打破了明中叶"近体宗盛唐"的观念导向，以及《唐音》《唐诗品汇》等偏"盛唐"选本所造成的阅读局限，给热衷复古的诗人们带来了阅读与学习上的新鲜感；对研究者来说，它与同时期的《唐五十家诗集》《唐四十七家诗》等同类文献，开启了晚明胡震亨《唐音统签》、季振宜《唐诗》等的编纂模式，共同构成了一个关于唐诗全编的文献序列。数代明人的层累努力，为清代官修《全唐诗》的集体工程打下了坚实的基础。

与对唐诗的狂热相比，明人尚没有能力汇编宋代的诗歌，也未必有意

---

① 洪迈：《万首唐人绝句》附录《重华宫投进札子》，书目文献出版社，1983，第1026页。
② 有关《唐音》《唐诗品汇》与明代馆阁诗学的关系，相关研究成果甚多（参见陈广宏《明初闽诗派与台阁文学》，《文学遗产》2007年第5期；陈广宏《元明之际唐诗系谱建构的观念及背景》，《中华文史论丛》2010年第4期）。

去汇编宋代的诗歌。① 但明人对唐宋词的汇编丛刻，已渐有自觉意识。明代的词籍丛编，前有吴讷的《唐宋名贤百家词》，中有旧题李东阳的《南词十三种》、紫芝漫抄本《宋元名家词》、石村书屋抄本《宋元明三十三家词》等多部辑本，后有毛晋的《宋六十名家词》。② 特别是吴、毛两部大型丛编，在选录词人及存词数量上，基本奠定了存世唐宋词的主体版块。当然，朱祖谋《彊村丛书》、王鹏运《四印斋所刻词》在文本校勘上，唐圭璋《全宋词》在文献的覆盖面上，体现出更自觉的学术精神，但这不能掩盖吴、毛二书在特定时代的词籍整理之功。如果说《唐宋名贤百家词》有可能是摘抄南宋坊本《百家词》而来，且未有过刊印本，没能为明代词坛的宗尚风气提供一个普遍的学习范本，那么，明末毛晋编的《宋六十名家词》，无疑为明末清初的词坛中兴提供了相当充分且权威的阅读与学习文本。

其甚至连戏曲这种仍处在上升期的通俗文学样式，也出现了"宗元"的复古主义倾向。杜桂萍指出，由于受到明代文学"以复古为创新"之主流形态的影响，"复古的观念、知识乃至思维方式都反射到关于元曲的多元理解中"③。在戏曲文献的整理上，明后期出现了臧懋循《元曲选》、沈泰《盛明杂剧》、毛晋《六十种曲》等汇编工作，并非偶然。我们当然不能说这些总集就是元明戏曲的全貌，但不可否认，当代的元明戏曲史书写，所涉经典基本上未溢出以上明人刊印总集的范围。而且臧懋循、沈泰、毛晋等人，皆有职业出版人的背景，其对书籍出版、流通机制的理解及实际运作，④ 有

---

① 直至晚明时期，潘是仁、曹学佺、毛晋等人，开始有了一些宋诗丛编的尝试，如《宋元四十三家集》、《石仓历代诗选》（宋诗占一百零七卷）、《汲古阁景宋钞南宋群贤六十家小集》等。但其规模与现存的宋诗总量相比，尚不足以成为日后"全录式"总集的文献蓝本。从这个角度来说，古典文学的文本凝定是一个漫长的过程。笔者之所以认为明代是文本凝定的核心阶段，是因为当时达成凝定的各种文学观念及物质条件皆已成熟，且明人在事实上有效地完成了经典文类文本的整体凝定。至于所有文类文本的全凝定，即使以现在的科研水平与技术能力，亦未必能完全达成。

② 关于明人编纂唐宋词丛抄、丛刻的情况，参见凌天松《明编词总集丛刻述评》，上海古籍出版社，2014。

③ 杜桂萍等：《明清戏曲宗元问题论稿》，中国社会科学出版社，2018，第 4 页。

④ 有关晚明戏曲丛编之编采来源及编刊过程的研究，参见孙书磊《臧懋循〈元曲选〉的底本渊源及其文献价值》，《戏剧艺术》2011 年第 6 期；罗旭舟《〈盛明杂剧〉的辑刊与流传》，《文学遗产》2013 年第 2 期。

别于传统文人圈内的张溥、朱警等人。这些职业出版家的介入，为"经典时代"的文本凝定，创造了两个传统路径所不具备的优势：一是通过民众喜闻乐见的通俗文体，将文学复古的理念，推广至更普遍的读者群中；①二是借坊本书籍在刊印数量及频次上的低成本优势，提升书籍的市场比重，消减不同书籍之异文造成的"文本的不稳定性"，进一步提升文本凝定的效应。

以上《七十二家集》《汉魏六朝百三名家集》《唐百家诗》《宋六十名家词》《元曲选》《六十种曲》等丛刻，并非严格意义上的"全录式"总集，它们较之同时代其他集部文献的长处，在于采编甚至复原了一大批中小作家的别集。古代的读者，对"经典时代"的认知方式，大致有"以偏概全""以小窥大"两种路径。所谓"以偏概全"，即通过阅读较少数的名家别集，以"经典作家"覆盖"经典时代"；所谓"以小窥大"，即通过规模偏小但流通较广的文学选本，以"经典文本"覆盖"经典时代"。以上两种学习行为，受时代的阅读局限，无可厚非，且经典作家、经典文本作为经典时代的核心内容，有其合理的一面，但由此形成的认识偏差，也是客观存在的。有效地改善读者的知识结构，是文学复古走向深化的重要一步。

在今人看来，明人的辑采、编刻行为，是对前代文献的一种深度"打捞"与全面整理；但明人的本意，是对文学复古的一种深化与扩张。冯惟讷、梅鼎祚、张溥等人，之所以在先唐诗文的整理中投入那么多精力，与他们文学复古的身份直接相关，②他们希望通过"著诗体之兴革""罗古什

---

① 在古典文学文本凝定的事业中，毛晋理应被视为一位重要人物。其编刊的《南宋群贤六十家小集》《宋六十名家词》《六十种曲》等，皆有反映断代分体文学面貌的意图。且其所选取的对象，偏向于庶民文学的类型，有别于传统意义上的宗尚"经典"。其通过非经典文类的文本凝定，来制造"新经典"。

② 梅鼎祚作为"四十子"之一，编有《文纪》《释文纪》《书纪洞诠》三部大型文章总集。关于其生平事迹及复古背景，参见徐朔方《晚明曲家年谱》第3卷《梅鼎祚年谱》，浙江古籍出版社，1993。张溥是第三次文学复古运动的代表作家，关于其复古身份及文学主张，参见廖可斌《明代文学复古运动研究》，上海古籍出版社，1994，第393~395页。关于冯惟讷生平及《诗纪》的复古背景，参见高虹飞《〈古诗纪〉编纂与复古派关系考论》，《北京大学中国古文献研究中心集刊》（第十四辑），北京大学出版社，2015；高虹飞《论仕宦经历对冯惟讷〈诗纪〉编刻的影响》，《北京大学中国古文献研究中心集刊》（第十七辑），北京大学出版社，2018。

之散亡"①，来弥补一些诗人未能深刻领会复古要旨的遗憾。而且就接受效果而言，《唐百家诗》在编纂策略上的调整，确实扩大了嘉靖以后诗人的阅读范围，让他们有机会更便捷而全面地了解中晚唐诗歌的面貌，这提升了明后期复古诗人对中晚唐诗的包容度。如汤显祖的诗歌创作从"宗初唐"到"宗中晚唐"的转变，就与他接触过《唐百家诗》有一定关系。②应该说，汉唐文学文本的凝定，固然是由各方面因素综合而成的，但追求"以复古为创新"的明代作家们作为读者对于更大量古典文学文本的阅读需求，以及编纂者、出版者出于各自目的（推广文学思想、树立文学权威、谋取商业利益等）对这一需求的尽力满足，形成了复古思想与现实利益的联动，这是古典文学的文本凝定发生于明代的根本原因。

三　辨体时代：分体凝定与"文学代胜"说的变化

在中国文学史中，明代作为文学复古的时代，其立场和姿态是比较负面的；然而，与文学复古紧密相关的辨体思想，却在中国文学批评史中，得到了正面且相当重要的评价。古典文学中的"辨体"，固然是对文体之结构、仪式、功能的一种综合性思考，但究其最简单的外在表现形式，莫过于对不同文体的区分与对同类文体的文本汇集。如前文所言，在对古典文学文本的"打捞"与整理中，大多数总集以分体总集的面目出现，所谓的"全录"思维，主要体现在作家、作品的全覆盖上，而非文体的合并上。其实，明代亦不乏诗文合编，如以《广文选》《续文选》为代表的《文选》续补系列，希求在《唐文粹》《宋文鉴》《元文类》之文章正典序列中占据一席之地的《皇明文衡》《皇明文征》等，其体例多沿袭前代。这些编者对体制一贯性的认同与继承，压过了明人自己的文体学思考。但更多的没有前贤包袱的编者，则秉持文、诗、词、曲分体而治、各自穷极的总集编纂态度。

---

① 冯惟讷：《诗纪》"凡例"，《四库提要著录丛书》，北京出版社，2010，集部第 150 册，第 7 页。
② 参见拙文《〈牡丹亭〉集句与汤显祖的唐诗阅读——基于文本文献的阅读史研究》，《文学评论》2019 年第 4 期。

　　传统学界之所以重视明人的文学辨体思想，在很大程度上，归因于吴讷《文章辨体》、徐师曾《文体明辨》、许学夷《诗源辩体》等书在中国文学批评史中的重要位置。故辨体首先被视为一种观念，而不是一种行为。我们必须承认，文章总集、诗总集、词总集在唐宋早已成熟，它们作为一种著述形式，不需要明人的辨体思想来发扬光大。故明人刊刻的总集文献，其文体学意义，在于不经意中形成了一种汉魏六朝诗文、唐诗、宋词、元曲各有偏重的编纂姿态。显然，这与我们习以为常的"文学代胜"观颇为相类。从溯源的角度来说，这个观点在元人文献中已经发端，但阅读所需的文献基石，则来自明清学人对断代文学文本的"全录式"整理。换句话说，从虞集到王国维，这一套学说的不断完善，是通过观念的演变与文本的凝定二维相互作用并合力达成的。如果我们仅从古代的文学批评文献中提取前人说法，勾勒这一观念演变的脉络，则仍有脱离历史语境去抽绎学理的嫌疑。适当地考虑论说者所处时代的知识来源与阅读环境，有利于我们更好地理解这一命题在不同时代的变化。

　　我们所熟悉的"唐诗、宋词、元曲"说，在元代就有流传。刘祁曰："唐以前诗在诗，至宋则多在长短句，今之诗在俗间俚曲也。"[1] 罗宗信亦曰："世之共称唐诗、宋词、大元乐府，诚哉。"[2] 刘祁和罗宗信的看法，源自他们对文学现场及舆论（"世之共称"）的基本判断。也就是说，元曲可与唐诗、宋词并称的观点，在元曲的发生时期就已形成。对文学现场的体察，特别是对当代文学命运的思考，本应是"文学代胜"说的重点之一，但由于整体学界对文学史观的偏爱，它反而成为我们较少关注的一块盲区。

　　现在的"文学代胜"材料中，明人的说法尤为丰富。大体来说，他们的判断由两部分组成：明前文学部分，承接元人观点，再根据自己的阅读经历作出一些调整；当代文学部分，无论他们能否提出观点，都必须面对所处文坛的现场，而对现场的体验，主要源自对原始文献的直接感受（无论耳闻还是阅读），而不像对待明前文学那样，可遵从前人说法，或有一

---

[1] 刘祁：《归潜志》卷一三，中华书局，1983，第 145 页。

[2] 罗宗信：《中原音韵序》，载周德清《中原音韵》，《中国古典戏曲论著集成》，中国戏剧出版社，1959，第 1 册，第 177 页。

些已经编纂的断代总集可以依据。二者衔接在一起，形成了明人眼中的"文学代胜"。如果我们只选择某一维度，就有可能对明人的说法产生认知上的偏差。如宋代之胜，刘祁、罗宗信皆以为是词，同时代的虞集则主张理学，现在学界一般将此中差异，理解为狭义文学与广义著述之别，这当然有一定的道理。但只要我们细读材料，就不难发现，大多数将理学视为宋代之胜的人，如叶子奇、郎瑛、李开先等，都没有对明代之胜发表意见；而大多数将八股文视为明代之胜的人，如李贽、袁宏道、尤侗、焦循等，都认为宋代之胜是词（唯一例外是王思任）。① 之所以出现理学与八股文较难兼容的情况，当然是因为明清的制义写作以朱子理学为思想准的，而八股文作为一种文体，既是理学思想的文学载体，更为它在更大范围内的传播提供了制度性的渠道，一旦将八股文尊为明代之胜，那么再视与之相类的理学为宋代之胜就有相重的嫌疑。但我们不禁要问，为什么多数明人将八股文尊为本朝之胜？这个时候，前代、当代之胜的不同知识来源，就成为一个可供介入的视角。

将理学视为宋代之胜的学人，如虞集、叶子奇、郎瑛、李开先等，无一例外都是明隆庆以前人物（叶、郎二人，将理学与宋词并提）。郎瑛去世于嘉靖四十五年（1566）、李开先去世于隆庆二年（1568）。在八股文发展史中，我们习惯将弘治至嘉靖时期视为明代八股文的成熟期，而视制义为本朝文学之胜的观点，直到万历年间才出现。时间上的错位提醒我们，自我的成长、成熟与被他人广泛认可、接受是两回事，八股文不同于唐诗、宋词、元曲等音乐文学或口传文学，这一类文体的传播严重依赖于书籍的流通，只有当出版业复苏并发展至一定的规模时，明人才有机会看到当代八股文创作的整体面貌。② 前一类人中时代最晚的李开先，明明身处八股文的黄金时期，却依然感慨"不知以何者名吾明"③；而万历以后的李

---

① 以上诸家见解，参见钱锺书《谈艺录》，中华书局，1993，第 26~31、352~353 页。
② 关于明代八股文选本的出版情况，参见王炜《明代八股文选家考论》，武汉大学出版社，2015。
③ 李开先著，路工辑校《李开先集·闲居集》卷五《改定元贤传奇序》，中华书局，1959，第 316 页。

贽、袁宏道等人，却给予了八股文"古今至文"① "天地间真文"② 等至高的评价。现在多将李贽、袁宏道、焦循等人的看法，解释为时代局限性下的"功亏一篑"，即使站在思想解放前沿的文学进步者亦未能免，这固然是阐释的一端，但未免有将文学现象简单化的嫌疑。现在对万历时文持批评态度的，大多以之为"奇怪之风"，不及早前的王鏊、唐顺之等人典雅端正，这一判断固然成立，但这种奇怪文风之所以有强大的社会影响力，其原因不只是写作者的科举登第身份（历代八股名家皆如此），更在于万历以后勃兴的公共出版空间。

由此重观元人的"唐诗、宋词、元曲"观，如果我们认识到《万首唐人绝句》《瀛奎律髓》《百家词》在元代的影响，就不难理解元人的观点，实为前代文学的文献传播（元代流通的唐诗、宋词总集）与当代文学的舆论传播（元曲作为表演艺术在元代社会各阶层的普及）之合力所致。而明人的"文学代胜观"，较之元人，又分衍为三条线索：第一，进一步加固了唐诗、宋词在文献层面的文本凝定；第二，通过《元曲选》《六十种曲》等文献，将元曲从舆论层面的口碑效应，转变为文献层面的文本凝定；第三，将当代文学舆论中的热门文体八股文，纳入对"文学代胜"中有关"本朝之胜"的讨论中。正因为对本朝文学的批评，大多停留在口碑，尚难依靠当代文献形成文本凝定，故对何为"本朝之胜"，作家们有不同的看法，或坦言"不知何者"，或以为"吴歌"③，或以为"制义文"。但可以看出，时代越往后，随着各类时文别集、总集被大量刊行，"明代之胜为八股"的观念越稳固。故清人对此话题的异见反而较少，焦循发表"有明二百七十年，镂心刻骨于八股……可继楚骚、汉赋、唐诗、宋词、元曲，以立一门户"的意见，正是基于他想编一套反映"文学代胜"的通代总集的构想："欲自楚骚以下，至明八股，撰为一集。"④ 与其说他继承了

---

① 李贽：《焚书》卷三《童心说》，中华书局，1975，第99页。
② 袁宏道著，钱伯城笺校《袁宏道集笺校·锦帆集》卷二《诸大家时文序》，上海古籍出版社，1981，上册，第184~185页。
③ 《续草堂诗余序》眉批，载卓人月、徐士俊编《古今词统》，《续修四库全书》，上海古籍出版社，2003，第1728册，第445页。此观点后被陈弘绪《寒夜录》转叙，得到广泛流传，如钱锺书《谈艺录》所引文献即为《寒夜录》而非《古今词统》。
④ 焦循：《易余钥录》卷一五，《丛书集成续编》，上海书店，1994，第91册，第463页。

李贽、袁宏道等人的相近文学观点，不如说他与李贽、袁宏道等人虽然相隔两百年，但在对明代分体文学之阅读资源的获取方式及规模上，基本属于同一个时代。从公共出版空间的角度来说，李贽、袁宏道与焦循很近，与先前不过五十年的郎瑛、李开先反而较远。

另外，在明代诸家说法中，李贽认为文学"降而为六朝，变而为近体，又变而为传奇"①，陈继儒认为"唐人诗、小说……独立一代"②。唯有他们二人，在前人独尊唐诗的思维定式之外，提出了传奇亦为"唐代之胜"的观点。这一说法出现在晚明，与当时古小说出版的活跃有很大关系。早在嘉靖前期，已出现顾元庆编《顾氏文房小说》、陆采编《虞初志》、陆楫编《古今说海》等多部辑刻小说集。但最大的连锁效应，来自嘉靖四十五年（1566）《太平广记》谈恺刻本的问世，此后《太平广记》在隆庆、万历年间多次新刊，并作为古小说的资源库，衍生出更多流行坊间的辑刻小说集，如王世贞编《剑侠传》《艳异编》，陶珽重编《说郛》，冯梦龙辑《太平广记钞》，潘之恒编《亘史》，桃源居士编《五朝小说大观》等。与断代诗文的"全录式"整理不同，唐传奇作为古小说的一种，出版界对其的态度相对随意，时有径删割裂之举，由此出现了一种特殊的文学现象，即"文本汇集"发生在"文本稳定"之前。在严格意义上，唐传奇的文本凝定尚未完成，但它已在时人心中形成了"断代之胜"的文学印象。这也意味着，阅读受众较底层的说部文学，有机会借民间出版的力量"弯道超车"，改变传统诗文一贯的"先稳定、后汇集"的文本凝定模式，走出另一条形塑"经典时代"的道路。

综上所论，古人对"一代有一代文学"的判断，究其来源的不同，可分为四个层次：其一，基于前人已形成的主流观点，阅读前人的文学批评文献；其二，基于可见的古典文学之整体面貌，阅读断代分体总集；其三，基于个人对古典文学演变理路的自觉思考；其四，基于个人对当代文学及其舆论的现场判断。在其中，无论旧元素的调整，还是新元素的出现，只要是明人"文学代胜"观中与前人的不同之处，如理学的淡出、制

---

① 李贽：《焚书》卷三《童心说》，第99页。
② 陈继儒：《太平清话》卷一，《四库全书存目丛书》，齐鲁书社，1997，子部第244册，第246页。

义文的强势崛起、唐传奇的旁枝逸出等，皆与明人编刻断代分体总集的风气保持了同步。这不难理解，毕竟"代胜之文学"的最好表现形式，就是断代分体总集的广泛流通。而嘉靖时期出版业的迅速复苏，正好完成了宋前文学遗产之整体"打捞"与凝定的最后一块拼图。

四　印本时代：宋本翻刻与宋前文学遗产的整体"打捞"

在当代的文学史观中，明代一直被视为庶民的时代。与庶民同流的如小说、戏曲、性灵诗、小品文等，是文学史的座上贵宾；与庶民逆流的如台阁体、复古文学、八股文等，则评价不高，即使不得不出现在文学史的座席上，也用较短的篇幅带过。其实，视明代为"庶民时代"的观点，之所以能占据学界的主流位置，其中一个重要原因，是将之置于唐宋社会转型的长时段视域下，南宋、元、明、清的文学作品，可以连成一条未有断裂的发展之路，从而完成中国文学古今演变的理论建构。我们不妨说，为了文学史的顺畅，用"庶民时代"来统摄南宋以后文学，是一种较清晰、便捷的书写方式。但如果我们专注于明代在近世文学中的特殊性，而非普遍性或衔接意义，那么，"庶民时代"并不是最好的标签。前文提到的"复古时代""辨体时代"，都是更有辨识度的话题；即使我们侧重明代在近世文学中的衔接意义，"庶民时代"也不是唯一选择，"印本时代"同样是重要的话题。以往有关明代出版文化的研究，习惯用"庶民"的眼光来观看印刷业的再次繁荣，更关注日用类书、戏曲、小说等坊刻类书籍，而在一定程度上，对官刻、家刻及经典集部之坊刻的发展空间，关注得还不够，这需要我们用"复古时代"的观念，作出适当的调整。

按照内山精也的说法，晚宋以陈起为代表的临安书肆商人，以职业编集人的身份，开始主导民间书籍的编刊与流通。① 但入元以后直至明正德以前，整整两百年间，不仅书籍出版的种类、数量不及南宋，连前代已有

---

① 参见内山精也《庙堂与江湖——宋代诗学的空间》，朱刚等译，复旦大学出版社，2017，第233页。

较大发展的坊刻事业，也近乎销声匿迹。原来遍布苏、浙、蜀、闽的地方刻书风气的消退，其原因是多方面的。首先，各州县的官刻本，无关商业赢利，其刻书之盛衰，直接取决于地方教育收入的多寡。陆深《金台纪闻》记载："胜国时郡县俱有学田，其所入谓之学粮，以供师生廪饩，余则刻书……今学既无田，不复刻书，而有司间或刻之，然以充馈赆之用。"① 其次，明初对民间出版的管理相当严格，永乐时就有"但有亵渎帝王圣贤之词曲、驾头、杂剧，非律所该载者，敢有收藏、传诵、印卖，一时拿送法司究治"② 的禁令。总的来说，明前期的坊刻事业颇为萧条，唯有福建地区尚具规模，连曾是南宋出版中心的浙江，当地文人想要刊印书籍，有时亦需求助于建阳书坊③。

由上可知，明弘治年间，即"前七子"倡导"文必秦汉、诗必盛唐"的早期，正是秦汉文、盛唐诗一书难求的"出版之冬"④ 之尾声。从这个角度来说，明代文学复古思想的发展，与时人对汉唐古典文学的阅读需求，是互为循环的一组关系。复古派领袖之一的康海，对早年访求《史记》全本的经历有一段回忆：

> 然学者多尊师其文而莫得其书，有志之士憾焉。予曩游南都，睹太学之所积，则年岁久远，刻蚀过半。盖自中统抵今，翻刻者鲜，是以良本绝废，阙漏罔稽，鱼豕靡择，亥豕靡择，斯固士大夫之责耳矣。于是博采旁搜十又余年，始得斯本，若获珙璧。乙亥冬，将谋于梓，用畅宿怀。然其所有，则但纪、表、世、传，而八书逸焉。间虽补之缙绅所藏，差谬又甚，脱简弥滋。⑤

虽然单部书的流传情况，未必能反映历史的完整面貌，但这段话至少提供了四点信息：元代以来"翻刻者鲜"，普通读者"莫得其书"，官学典藏

---

① 陆深：《俨山外集》卷一二，《四库提要著录丛书》，子部第 34 册，第 68 页。
② 顾起元：《客座赘语》卷一○《国初榜文》，中华书局，1987，第 347 页。
③ 参见井上进《论明代前期出版的变迁与学术》，《北大史学》（第十四辑），北京大学出版社，2009。
④ 井上进：《中国出版文化史》，李俄宪译，华中师范大学出版社，2013，第 127~142 页。
⑤ 康海：《对山集》卷三三《史记序》，《续修四库全书》，第 1335 册，第 379 页。

"刻蚀过半"，良本采搜"十又余年"。无论哪一点，都指向经典著作之全本、良本难求的客观事实。《史记》尚且如此，其他文史经典的境遇，实可想见。在传统诗文方面，《唐音》《文章正宗》作为馆阁的学习正典，《唐诗三体家法》《唐诗鼓吹》作为三家村的摹写范本，尚有较稳定的读者群可以维系，① 其他的集部文献，则处境堪忧。连李白、杜甫的诗集，在明正德以前的百余年间，也只刊印了少数几次而已。

然而，自正德后期至嘉靖中期，短短三十年间，前代经典文集被广泛编印，迅速推广，与正德以前相比，可谓天壤之别。我们以整理基础较好的六朝诗与唐诗为例，相当数量的六朝、唐代诗家在宋代有过刊集，特别是南宋书棚本的流行，让中小作家的诗集整理有了较高的起点。这些在南宋刊印的诗集，经历了 14～15 世纪两百年的出版大萧条，在明中叶仍有一定的流通。从情理上推断，正德、嘉靖时文人面对的前代诗歌遗产，至少由三部分构成：留存至明中叶的宋刻本，流传至明中叶的旧抄本，见存于史籍、类书、选本中的散佚作品。在一定程度上，明中叶应读者需求而生的新刊总集被编印的速度越快，规模越大，其中中小作家的比例越高，就越能反映前代诗人别集、小集的保存完好度，以及出版者所能提供技术支持的力度。

首先被刊印的，是那些拥有稳定读者群的名家诗集。如《陈思王集》有正德五年（1510）舒贞刻本，《诸葛亮集》有正德十二年（1517）阎钦刻本，《陶渊明集》有正德十五年（1520）何孟春刻本，《庾开府诗集》有正德十六年（1521）朱承爵刻本，《嵇康集》有嘉靖四年（1525）黄省曾刻本等。现存最早的《谢灵运诗集》，亦由黄省曾在嘉靖十年以前刊刻②。以上书籍，在短短二十年间集中问世，一个重要的原因，是《文选》已无法满足复古诗家对六朝诗集的阅读需求了。

以上刻本中，有的是这位作家现存最早的别集本，但从当时的情况来看，编刻者实有一部可以信赖的宋刻本作为底本。《明史·艺文志》中著

---

① 关于宋元人编唐诗选本在明代的刊刻、流通情况，参见陈伯海、李定广《唐诗总集纂要》，上海古籍出版社，2016。
② 关于六朝文人别集在明代的编刻情况，参见胡旭《先唐别集叙录》，中国社会科学出版社，2011。

录有"何景明校《汉魏诗》十四卷"①，《大复集》中亦有《汉魏诗集序》一篇，既然他重在"校"而非"编选"，那么，他很可能手头有一套宋元版的汉魏诗人别集丛编。类似情况不止一家，嘉靖二十二年（1543），蒋孝编刻了《六朝诗集》二十四种五十五卷②，"其行格与书棚本同，雕镂雅饬，尚存古式"，"实宋末坊本，嘉靖时从而覆刊"③。可见在近两百年的出版萧条后，正德、嘉靖时文人最容易读到的汉魏六朝诗集，就是晚宋时期的书棚本。唐诗传播的情况亦如此，朱警于嘉靖十九年编刻《唐百家诗》一百种一百七十一卷，算是明人翻刻宋本唐诗小集的集大成之作，编者自云"先大人驰心唐艺，笃论词华，乃杂取宋刻裒为百家"④。虽有学者指出，朱警拥有的诸家小集，未必全据宋末书棚本而来，还有其他的一些来源，⑤ 但能将上百位唐人的小集一同重印，且大半来源于书棚本，本身就是一个出版史上的标志性事件。朱警对晚宋商业出版成果的"打捞"与复原，无论出于何种目的，至少在出版史的层面，意味着明代非官方的书籍印刷，基本上恢复到了晚宋的规模。甚至较之宋刻小集的单行流通，《唐百家诗》得以在较短时间内刊印完成，并作为一个整体来流通，此事即使放在晚宋的书坊业中，也是较难想象的。

以往我们一直将晚明的出版文化，视为晚宋之后的又一高峰，偏重考察小说、戏曲、类书、评点等著述形式，以探究近世出版文化中的世俗面相。但如果我们摘掉"通俗文学""原创文学"的有色眼镜，那么，在万历年间的出版繁荣之前，如嘉靖年间《六朝诗集》《唐百家诗》等对宋本小集的汇编式刊印，其实是一种有明代特色的大型古籍"影印"行为。设想当今学界对"《四库全书》系列丛书"的倚赖，就不难想象明人的这一

---

① 张廷玉等：《明史》卷九九《艺文志四》，中华书局，1974，第 8 册，第 2497 页。

② 关于《六朝诗集》的编者，笔者遵从杨焄的说法 [参见杨焄《明刻本〈六朝诗集〉编纂考》，《上海大学学报》（社会科学版）2007 年第 5 期]。

③ 傅增湘：《藏园群书题记》卷一八《明本六朝诗集跋》，上海古籍出版社，1989，第 885~886 页。郑振铎亦持相同意见，"颇疑是从宋书棚本覆刻"（郑振铎《西谛书跋》，文物出版社，1998，第 277 页）。

④ 朱警：《唐百家诗后语》，载《唐百家诗》，《原国立北平图书馆甲库善本丛书》，国家图书馆出版社，2013，第 913 册，第 100 页。

⑤ 参见罗鹭《书棚本唐人小集综考》，《国学研究》第 33 卷，北京大学出版社，2014。

波出版事业，对于宋前文学文本之保存及整体凝定的重要意义。而建立在此"旧籍新刊"丛编行为之上的对前代文献更广泛的"全录式"整理，作为明人的一种创造性实践，又体现了明嘉靖以后文学出版物规模化、学术化的新兴特征。从这个角度来说，南宋后期与明中后期所表现出的出版兴盛之势是有差别的，[①] 前者是代表作品、作家个体的古典文学文本"走向稳定"的阶段，后者是代表时代整体的古典文学文本"走向凝定"的阶段。

由此，明中晚期作为印本时代的第二个发展期，有责任也有能力将第一个发展期的刊印成果，用更低的成本、更新的形式，大批量地保存下来。而且，由于之前出版业的萧条时间太长，在嘉靖时期，从文物角度收藏宋本的文人风气开始形成，江南地区出现了一批将宋本视为赏鉴对象的新型藏书家，甚至一些艺术家、社会权贵也参与其中，这进一步减缓了宋版书籍在后世的流通速度。一旦某些书籍不再是常见的阅读物，那么，就需要有新的书籍来替代其输出文学文本的原初功能。嘉靖年间作为翻刻宋版的重要时期，[②] 其仿刻浙本一路，或出于对宋版精美艺术的追求；但其仿刻书棚本一路，更可能是体会到了在先前出版大萧条、当下宋本文物化之双重压力下的书籍流通危机。

通过对宋代商业出版成果的"打捞"与复原，明代出版界在较短的时间内，完成了"旧籍新刊"的事业，为后人全编"新籍"（如《唐音统签》等）铺平了道路，这是古典文学之文本凝定的重要一环。但宗尚唐诗的明人，显然并不满足于此，经过了嘉靖年间近半个世纪的行业发展，他们明白当代的出版能力已经超越南宋，因此，较少依傍他物地编印当代原创的大型出版物，成为他们尝试的方向。如嘉靖三十九年（1560）编印的冯惟讷《诗纪》，以"全录式"总集的形式，推动了先唐诗歌的进一步凝定；与此同时，以"宗唐"为准绳的明代诗歌的凝定，也开始进入复古诗家的考虑范围。从嘉靖四十二年起，无锡人俞宪效《唐百家诗》的做法，陆续选辑明人诗歌，刊为小集，聚沙成塔，总题曰《盛明百家诗》，至隆

---

① 南宋与明后期在书籍史上的特征差别，已有学者从发明、使用的角度予以思考（参见大木康《明末江南的出版文化》，周保雄译，上海古籍出版社，2014，第2~3页）。

② 关于明代翻刻宋本的整体情况及其社会文化背景分析，参见杨军《明代翻刻宋本研究》，中国社会科学出版社，2011。

庆五年（1571），共辑得前、后编三百三十一人共三百二十四卷。我们现在因为存世明集的丰富性，在文献学层面上，对《盛明百家诗》等早期明诗总集并不重视。但身处 16 世纪中叶的俞宪，没有能力预知明集在后世的流传竟与宋本的情况大不同。如果他从先辈那里听说过曾经持续两百年的出版大萧条，那么，借着嘉靖年间出版的复兴之势，敏锐地抓住出版动向，效仿南宋模式，推动当代诗人小集的丛刻，是足可理解的一种行为。

《盛明百家诗》是否如南宋书棚本那样，具有商业盈利的价值？恐怕未必。① 但随着出版成本的降低，大型丛刻作为一种书籍出版的形式，已经被江南的出版人士广泛接受。他们既然愿意推动这一事业，便至少认为这么做不会承担太高的风险负担。这些"全录式"总集能否被编纂出来，或由编者的整理热情高低决定；但它们能否从抄稿本转化为刻本，则需要出资方来决定。期待读者之多少，出版成本之高低，都是出资方需要考虑的问题。从现有案例来看，至少在嘉靖中后期，持续的复古风尚与渐趋低廉的出版成本，在一定程度上打消了出版者的顾虑。在读者需求（市场）、思想潮流（舆论）、物质技术（载体）等的综合作用下，古典文学的文本凝定成为现实。

余　论

在中国文学史的书写中，南宋的江湖诗人与金代的《董解元西厢记》，被视为中国近世文学的重要开端之一。但其后元代的诗文创作，仍延续了唐宋诗文的强势传统，刘基、宋濂、高启这一批由元入明的作家，非但没有成为中国文学近世化道路上的重要坐标，反而是中国经典诗文最后的黄金一代。若置于长时段的视域下，则明代文学既是经典时代的终结，又是"新经典"时代的开端。尽管不同的学者对近世文学发展的起落节点有不同的理解，但在本质上，都表现为以原创文学为基本单元的"演变式"文学史观。

---

① 根据周启荣对明后期书籍价格范围与印刷成本的研究，可知在万历以后，中下档次的单册新刊本的价格不会超过一两银子，刊本书籍已经成为一般百姓的消费品［参见周启荣《明清印刷书籍成本、价格及其商品价值的研究》，《浙江大学学报》（人文社会科学版）2010 年第 1 期］。嘉靖时期的书籍或许成本稍高，但考虑到古典文学别集或总集的编刊者、阅读者的身份及经济能力亦高，则至少不会有太大的风险。

如果我们将"经典的终结"的衔接对象，视为"凝定的开始"，那情况就完全不一样了。这是一个"古典文学"从鲜活的生长者转变为稳定的宗法对象的过程。传统视野下古典文学的核心板块，如秦汉文、魏晋南北朝诗、唐诗、宋词、元曲等，都在明代得到了充分的整合。类似的思维方式有其学术上的渊源，"所谓文学史的框架，从一开始诞生，就不是为宋代以后的正统诗文准备的。早期的文学史一般讲述诗文到唐宋为止"①。这种轻视明清诗文的姿态，虽然早为新时代的学术所舍弃，但它确实指出了一个问题，即汉唐经典在明清人眼中是一座圣碑，而在明清文学研究者的眼中，宗法者面相的错综复杂，反给明清文学的批评造成了沉重的负担。我们现在的主流做法，或靠"文学代胜"的策略来转移焦点，或将明清诗文的书写比重不断增加。从文学史书写的角度来说，这无可厚非，但无法解决明清诗文在研究深度上不甚理想的问题。在笔者看来，现在的明代文学研究，存在一个"作者—编者—读者"的优先级顺序，其背后隐藏的，是我们在研究思维上对文学原创的偏爱。现在的局面，并不是没有人去研究读者接受，有关明代唐诗学或作家接受史的研究成果不少，而我们的作家研究，很少将其作者、读者两种并存的身份，放在一个均衡的位置上考察。不仅明人的个体阅读经历与知识结构未被探究，而且对于能表征明代"标准读者"的普遍阅读书籍与常规知识体系，我们亦知之甚少。从这个角度来说，现在明清诗文研究中采用的，仍是汉唐文学研究中"先作者后读者"的传统范式，强调经典的生成与流变，重视作品与其作者、读者的关系。而事实上，中国文学发展至明清时代，形势已经有了很大的变化，前代文本完成了整体的凝定，丰富的当代史料得以重构历史现场，文学宗法的自觉及学理探究趋于精微。在历史学界，时代材料之多寡，是造成不同研究范式的重要因素，而文学学界对此的认识稍显不足。笔者认为，强调经典的习得与新经典的生成，重视读者、作者之身份在作家文学行为中的相互作用，不失为改变明清文学研究现状的一种新思路。

其实，对于"经典终结"与"凝定开始"的话题，明代并不具有唯一性。在某种程度上，汉代同样是一个"经典终结"与"凝定开始"的时

---

① 张晖：《元明清近代诗文研究的现状及其可能性》，《文学遗产》2013 年第 4 期。

代。西汉五经博士的设立，以及刘向、刘歆等人的古籍整理活动，让经历了秦火的先秦文献，得以较好地保存下来。无论《诗经》《楚辞》，还是各种经部、子部著述，我们看到的都是经过西汉学人重新编定后的文本。以上文献特别是经部著述在汉代的凝定，深刻地影响了先秦学术在后世的传播与研究，这已是学术界的常识。而事实上，集部文献在明代的凝定，对汉唐文学之批评系统的建设与完善，也起到了至关重要的作用。明代诗学能够在中国文学批评史中占据重要的位置，仅靠观念上的复古、创作上的模拟，是不可能达成的，我们理应看到凝定背后更深层次的追求。

汉唐学术的发展，固然有玄学、佛学等儒家以外的思想资源的参与，但其中最根本的一维，是通过对"五经"的注疏来实现思想的发明。从这个角度来说，明清文学的发展，在已有经验的层面上，面临着一个似曾相识的场景，即通过对已凝定的古典文本的模拟学习，探索出一条创新之路。我们一直强调的明人"以复古为创新"，正是古人经学思维方式在文学上的一种自然投射。一旦我们如此理解明人的文学复古行为，那么，他们的"复古"，就不仅是复"汉唐文学"中的古诗文，还是复"汉唐学术"中的古法。而清人之所以在诗歌创作上取得了比明人更高的成就，与他们大量注释六朝唐宋诗集有很大的关系，因为"注诗"行为本身，就是"以注疏实现思想发明"在文学领域的一种变体。

由此来说，汉代和明代，作为中国古典文本凝定的两个重要时代，有其独特的文化史意义。它们分别借大一统国家图书管理、印刷业繁荣这两次人类文明发展的契机，促成了中华文明在文本文献上的整体凝定。发生于明代的古典文学文本的凝定，固然与汉代的情况、类型有所不同，但其凝定背后的诉求，却有相似之处：不只是通过文献层面的全面整理，维系中华文明的宝贵精神遗产；还要以回溯文献的方式，推进相关部类的学术研究，达成面向未来的创新。在此比较视野下，明代文学与汉唐经学，既可以是平行研究的对象，也可以是影响研究的对象，将它们同置于中华文献之文本凝定与思想再创造的历史长河之中，或许会有一些新的认识。

理解了文本凝定及其意义，再重观顺应文学史潮流的那些"新经典"，或许会有一些不同的感受。我们以前讨论晚明文学思想的兴起，主要关注他们对复古文学思想的批评，是如何打破长久以来的模拟习气与僵化思想的。如果我们换一种思维方式，那么，明人对古典文学文本的全面整理，正是其文学复古追求不断深化、做到极致的一种表现。古典文本的凝定越彻底，可以提供给读者的资源就越丰富，而古典资源丰富的另一面，就是通过多元的面相将潜在的文学开放性摆在新一代读者的面前。从这个角度来说，晚明是一个凝定与解放共存的时代。我们以前对晚明出版文化的理解，一般认为繁荣的出版业为俗文学读物的流通提供了宽广的媒介平台，而事实上，在此之前还有几个循序渐进的环节尚需完善：繁荣的出版业首先促成了对古典文学文本的全面整理，而读者又在远胜前代的文本文献中发现了新的文学元素，这些文学元素促成了文学复古之外力量的兴起，而新兴作家所创作的新式文本，又借商业出版的渠道，得以迅速地推广开来。这一段遗失的中间环节，覆盖了相当多的明代士人作家，或可使我们对晚明文学的发展，作出更加周到的解释。那些自觉拥抱"通俗文学""性灵文学"的作家，固然是晚明文学的重要一面，但我们不应该因为他们的闪耀，而让传统的面相在文学史中"隐身"，否则，读者与作者依然处于一种断裂的状态。

最后要说的是，无论分体凝定，还是断代凝定，在严格意义上，都属于某一种类型的文本凝定。文本凝定所包含的"稳定""汇集"二维，固然都在文献研究的范围内，但它之所以形成，终归是因为读者需求的反映。只不过当代的古典文学知识体系以时间为主、以文体为辅，让我们将文本凝定中的体裁、朝代等元素视为合理，在一定程度上，淡化了宗唐或宗宋、古体或近体在古人创作观念中的差异。相反，像《经世文编》这样以题材定类、分类的文学总集，因为有明显的编者意图，存在随时重组的可能，我们一般不会将其纳入文本凝定的范围。换句话说，在文本凝定的过程中，行为人到底持"全录"的学术性思维，还是"应用"的功能性思维，成为判断其凝定是否走在正确方向上的重要标准。这其实取决于我们如何认识"凝定的意义"。本文的目的，只限于在文献文化史的范围内提出"文本凝定"的概念，并作出较合理的论证；但从更宽广的文学文化史的角度来说，文本凝定所造成的整体知识储备及阅读方式的变化及其连锁影响下的"意义的凝定"，是更具开放性的话题，或有可能为近世文学研究打开一个新的窗口。

（本文原刊于《中国社会科学》2020 年第 2 期）

集部视野下明代经义的文体建设及文章学意义

龚宗杰*

内容提要 明中叶以来明人在集部视野下对经义文体的认识越发深入。"时文序"这种新兴文体的出现，文集、文评诸书中经义论评的增加，都在提升经义文体地位的同时，又促进其批评体系的开放。时文选本的大量刊行推动了制义文的经典化，进一步维系经义作为"文之一体"的文学质性。这些都为明代经义由考试工具转向文学性文本，进而在明末被纳入与诗赋、古文并峙的文体序列创造了相应条件。明人对经义写作的研讨，推动了古代文章学的精细化发展，并对古典文学众文体之间的沟通起到刺激作用，这为我们审视古代文体互渗现象提供了文法论和修辞学层面的思考。

关键词 经义 八股文 集部 文章学

明代科举以经义、论、策三场试士，且尤重头场，这使经义这种科考文体在明代得到了长足发展。成化、弘治年间，经义"八股"的体制格式逐步定型，而关于当时的场屋写作，明人也自称"至于成化、弘治间，科举之文号为极盛"①。体制的成熟与创作之"极盛"，在某种程度上意味着明前期对经义文体内部空间的挖掘，至此也渐趋饱和。因此，正德、嘉靖以降先后出现的如清人所言"以古文为时文，融液经史"及"兼讲机法，

---

* 龚宗杰，复旦大学古籍整理研究所副研究员；出版专著《明代文话研究》等。

① 夏言：《夏桂洲先生文集》卷一二《请变文体以正士习等事疏》，《四库全书存目丛书》，齐鲁书社，1997，集部第74册，第556~557页。

务为灵变"①，从本质上来说，都是原本作为封闭性文体的经义，在其内在自足性不足以支撑全新创作的情况下，转而借助外部资源来寻求新变的过程。无论是通过与古文之间的对话来拓展其批评体系，还是在此基础上追求所谓"机法"来吸收辞章学的要素，都进一步推动经义由考试工具向文学性文本倾侧，并为晚明乃至清代尝试将其纳入由诗赋、古文等构成的文体序列提供了一定的合理性。

在上述进程中，相较于官方在制度层面的调控，晚明经义的文体发展实际上更多得益于文人士子在文章学层面的多层次建设。明中叶以后，文士对场屋作文的讨论日渐公开，经义论评逐步兴起并发展为一种公共的知识话题。其结果之一，便是新兴的序体样式"时文序"开始涌现，并逐步分割原本由"试录序"主导的官方话语权。与时文序的涌现同步，晚明时文选本的大量刊刻，则促进了明代经义文本的自我经典化。这些都为经义获得独立的文体地位创造了相应条件。通过考察明人文集、文评、选本等集部文献及上述诸多现象，我们既可以厘清明人对经义文体建构的不同层次，也可考见其背后的文章学意义。

一　经义论评的公开化：文集、文评及二者的交涉

自北宋更科举之法而以经义、论、策取士以来，宋元时期科考文体的程式化其实已达到相当高的程度，出现了像《答策秘诀》《作义要诀》一类针对性很强的文章学论著。尽管明代科举依仿宋、元旧制，但我们搜检明人文集与文评诸书，可以看到，明人对本朝经义的系统论述，要到明中叶以后才逐步展开。

如果以明人文集为考察对象，值得留意的是"试录序"这种明代才出现的序体文，它为明前期的经义论评提供了一定空间。关于乡试录与会试录，明末朱荃宰《文通》列有"录"这一文体："辰、戌、丑、未，大比天下贡士，录其文曰《会试录》，子、午、卯、酉，乡举，录其文曰《某

---

① 方苞：《钦定四书文》"凡例"，《景印文渊阁四库全书》，台湾商务印书馆，1986，第1451册，第3页。

省乡试录》，皆冠以前序，主考官为之。次执事，次题问，次取士姓名，次程文。"① 由此可想见，作为依附于前两级科举录的文本，试录序因其作者兼具文士与考官的双重身份，虽有序文之体格，但叙述多站在官方立场。如天顺元年（1457）会试，薛瑄所撰《会试录序》曰：

> 是以九十余年，薄海内外，文教隆洽，士习粹然，一出于天理民彝之正，而杂学、术数、记诵、词章之习，铲刮消磨，无复前季之陋。虽曰科目以文章取士，然必根于义理，能发明性之体用者，始预选列，类非词章无本者之可拟也。②

从薛瑄的表述中当可看出，明初经义专注于对经部义理的解释，而要求摈除所谓杂学、术数、记诵、词章等子部、集部要素。

成化以后，这种谨守经部、恪遵传注的局面稍有改变。成化十一年（1475）乙未科，王鏊为是科会元。清人曾评价明初经义至王鏊而臻于理实、气舒、神完、体备，③ 意味着以王鏊为标志，经义写作兼重义理与辞章之风渐开。李东阳为弘治十二年（1499）己未科会试所撰《会试录序》，对此曾有如下论述："洪武、永乐之制，简而不遗，质而成章。迄于今日，屡出屡变，愈趋愈盛。然议经析理，细入秋毫，而大义或略；设意造语，争奇斗博，惟陈言之务去，而正气或不充。"④ 认为近年科考一变明初简质的文风而开始追求文章修辞，不免有以辞害意之病。

从上引材料可知，试录序除了随乡会试录之刊刻而传布四方，也多收入考官的文集而流播后世，成为一个可用来考察不同时期文风趋向的窗口。但因其作者身份的特殊性，试录序的写作往往更体现引领士风、厘正文体的官方意志。不过到了嘉靖中期以后，情况又有变化，有关经义论评的非官方声音日渐增多。从集部文献来看，有两点值得一提，一是明人开

---

① 朱荃宰：《文通》卷一五，王水照编《历代文话》，复旦大学出版社，2007，第 3 册，第 2880 页。
② 薛瑄：《敬轩薛先生文集》卷一七《会试录序》，《明别集丛刊》（第一辑），黄山书社，2013，第 36 册，第 526 页。
③ 参见梁章钜著，陈居渊校点《制义丛话》卷四，上海书店出版社，2001，第 56 页。
④ 李东阳撰，周寅宾、钱振民校点《李东阳集》，岳麓书社，2008，第 3 册，第 941 页。

始将讨论经义写作的内容编入个人文集，二是"时文序"的出现。

先看嘉靖、万历以来明人文集、诗文评中的经义论说及二者的文本交涉。上引李东阳指出的经义追求"设意造语，争奇斗博"，在弘治以后已成难以遏制的风尚，主要体现为明人开始细究制义技法，系统总结了一套从破题至结题的章法准则。嘉靖中期，项乔撰《举业详说》，首开中晚明经义作法专论之先河。

项乔为嘉靖八年（1529）己丑科进士，著有《瓯东文录》《瓯东私录》等。晁瑮《宝文堂书目》"子杂"类所著录《举业详说》《举业赘论》皆为项乔所撰。《举业详说》一书，《温州经籍志》卷三三"诗文评类"著录，原有单行本，后附刊于《瓯东私录》卷三。项乔所撰自序则收入《瓯东文录》卷二，交代了编撰此书的原委："国家每取士，必三试之，而以初试经义为要。予曩守渤海，尝概论举业以示诸生，于经义犹略也。去岁转官适楚，公余课焕、蔚诸儿，乃复论经义之则，凡数十条，而选取程文以证之。"① 据此并结合项乔生平，可知项氏于嘉靖二十一年（1542）守河间时曾撰成《举业赘论》，二十二年（1543）升湖广副使后又在《赘论》基础上论经义体则数十条，并配以程文而成《举业详说》。《瓯东私录》收录《举业详说》时，删去了所配的程文，《温州经籍志》对此也有说明：

> 凡论举业根本八条，论举业体则七十七条，自叙所谓选取程文以证之者，则《私录》已删去不存矣。其说于明时场屋所行经义、表判、赋论之类，皆为论其体制利病，颇为详备。②

项乔对经义及其作法的细致阐述，主要见于七十七条"举业体则"，依次按破题、承题、起则、大讲、缴题、结题六段格式展开。在六段体则后又附各类"题则"，针对不同经义题型而采取相应的章法布局及写法，共计三十四类。此类题则，颇便于士子学习模仿，至明末又有像《汤睡庵太史

---

① 项乔：《瓯东文录》卷二《举业详说序》，明嘉靖三十一年（1552）刊本，第57b~58a页。
② 孙诒让撰，潘猛补校补《温州经籍志》卷三三，上海社会科学院出版社，2005，第1573页。

论定一见能文》卷三"各题入门文式",罗列题式多达七十三类,可以说将明中叶以来逐渐形成的时文格式挖掘到了极致。

从目前所见明代的诗文评及相关资料来看,《举业详说》是明代最早独立成书的时文论著,其内容虽首举注重义理的"举业根本",但重点仍偏向于讲求格法的辞章术一侧。这符合该书举业授学读本的性质,也表明嘉靖中期以后,经义批评内部已形成一种重视"设意造语"、追求辞章技艺的声浪。以此为出发点,另有两方面与本文的视角相关。

一是明人编刊文集开始收录有关经义论评的内容。嘉靖间唐顺之、茅坤等人的活跃推动了时文与古文之间的沟通,文人士子好谈时艺与此前也大有不同。如茅坤即撰有内容为认题、布势、调格、炼辞、凝神的《文诀五条训缙儿辈》,收入其文集《茅鹿门先生文集》卷三二"杂著"。其中调格一诀说:"吾为举业,往往以古调行今文。汝辈不能知,恐亦不能遽学。个中风味,须于六经及先秦、两汉书疏与韩、苏诸大家之文,涵濡磅礴于胸中,将吾所为文打得一片凑泊处,则格自高古典雅。"① 便是强调时文写作要得古文风味,追求格调的"高古典雅"。茅坤的"文诀"后来得到了王衡的肯定。王衡撰有专论制义的《学艺初言》,曾有单行本,后收入万历四十四年(1616)所刊文集《缑山先生集》。王衡在《学艺初言》中论及经义格法,多援引茅坤"文诀"而作阐说,如曰:"文章之法,总不离于人情。情生于题,情之用在势。要不出于鹿门所谓'认题''布势'数条。"又如:"鹿门所云'练格',格者,品也。"② 王衡为万历二十九年(1601)辛丑科榜眼,《学艺初言》也因此广为传播,而被万历间如《举业要语》《新刻官板举业卮言》《从先文诀》等几种资料汇编类的时文论著收录。这多少反映出,至嘉靖、万历间,在科举制和出版业的双重推动下,评析经义写作已经成为一种颇受关注的公开话题。

二是明人文集中有关经义的言说,随着书籍的流通而成为一种公共的文章学资源,并被文评类著作吸收。这点在上文所举王衡、武之望的引述

---

① 茅坤:《茅鹿门先生文集》卷三二《文诀五条训缙儿辈》,《续修四库全书》,上海古籍出版社,2002,第1345册,第151页。
② 王衡:《缑山先生集》卷二一《学艺初言》,《四库全书存目丛书》,集部第179册,第187~188页。

中已有体现。另外像万历间汪时跃所编《举业要语》，即收录了项乔《举业详说》、茅坤"文诀"及王衡《学艺初言》等材料。值得注意的是《举业要语》还收录了诸如黄志清《林仕隆制义序》、刘孔当《李长卿制义序》、陶望龄《王晋伯制义序》、王肯堂《王猴山制义序》等序文。其中所收陶石篑《汤会元易义引》"文有意到有语到"一则，出自陶望龄《汤君制义引》一文，见于万历三十九年（1611）刊《歇庵集》卷四。此卷所收其他制义序，如《门人稿序》一文，为武之望、陆翀之《新刻官板举业厄言》卷二收录，题以陶望龄"论文二章"。同卷另两文《金孟章制义序》《戴玄趾制义序》，又为刘元珍《从先文诀》内篇选录。由此可看出，至万历间，制义论说已在文人中间迅速展开。这些论说又通过书籍传播而被汇编体的文评类著作收录，其传播的影响力得到进一步扩大。除了文集、文评，在商业出版的刺激下，选本形态的房稿、社稿，亦由书坊大量编集刊行，作为一种联动效应，冠于时文选集之首的"制义序"或称"时文序"应运而生，成为晚明经义批评的新型载体。

二　经义批评的非官方化：从试录序到时文序

上文已述及乡、会试录序是明前期经义批评的主要文献，不过作为一种官方文件，试录序在批评的表述上颇受限制。嘉靖中期以后，非官方的时文编集与刊刻逐渐盛行，科举和出版业结合而成为晚明的一大产业。此类选集每有编刊，往往邀大方之家为之撰序，渐成惯例。因此，时文序作为这种产业链的其中一环也在晚明得到迅速发展。

从性质上说，不同于考官所撰的试录序，时文序的写作更多的是一种文人化、非官方的行为。关于二者的差别，检万历间屠隆、陶望龄、袁宏道等人文集，皆收有两类序文，可作比较。如陶望龄所撰《癸卯应天乡试录序》，其中谈到经义的法度说：

> 臣尝窃观我明制举之业，莫盛于吴。博士所诵说若所谓王、唐、瞿、薛者，皆吴人也。其文若爰书之傅法律而不可出入，若歌者节拍不可舒促，四方师之，号为"正始"。盖尺幅之中，一题之义，求之

而弥有，浚之而弥新。因叹圣贤之言无穷若是，而其法之精微曲折，亦有卒世不能究者。①

从制举之业盛于吴地，到圣贤之言与制义之法难以穷尽，叙述视角相对宏阔。而他为友人时文选集《秦淮草》所作的序文，开篇说"法书家之妙在运腕，状之如漏痕沙画，歌之妙在转喉，状之如串珠，皆言其圆也"，继而衔接至对时义写作的讨论说："余尝引以论诗、古文，若时义其佳处类然。"② 可见表达更加随意自如。

除了这种表述上的差别，更重要的是，从试录序到时文序，反映的正是晚明由文人主导的经义批评，开始分割原本由官方掌控的话语权。在出版业的推动下，时文序的大量创作以及与之相配套的坊刻时文选本的规模化刊行，显著地降低了作为官方文件的乡、会试录在士子中的影响。对此，可从以下两个层次展开论述。

其一是时文序对选文的评价，在官方选定的范文之外，另设了一种佳文的样本。翻检明人文集，可发现时文序的出现约在嘉靖末年，这与坊刻时文开始流行大致同步。其中较有名的作者，正是前揭陶望龄所言王、唐、瞿、薛四家中的瞿景淳和薛应旂。

瞿景淳是嘉靖二十三年（1544）甲辰科会元。嘉靖三十五年（1556），瞿景淳任是科会试考官。会试结束后，他还参与辑选了本房中式士子的平日习作，并为之作序，自述编选的初衷曰："今之学《春秋》者皆主胡氏，而师说犹人人殊。多士皆一时之良，所撰多合程度，而况君复以名家订正之，其可以为四方式矣。"③ 其意正在于选辑这些符合程度的习作，来为士人学子提供更多的范文和标准。与瞿氏并称为时文大家的薛应旂，为嘉靖十四年（1535）乙未科会元。薛应旂曾为锺崇武所编江西籍进士的经义文选撰《豫章文会录序》，后又为吴江诸生所编的锺崇武窗稿选集撰《郭溪窗稿序》，二序均见于明嘉靖刻本《方山薛先生全集》卷一〇。同集卷一

---

① 陶望龄：《歇庵集》卷三《癸卯应天乡试录序》，《续修四库全书》，第 1365 册，第 230 页。
② 陶望龄：《歇庵集》卷四《序马远之秦淮草》，《续修四库全书》，第 1365 册，第 252 页。
③ 瞿景淳：《瞿文懿公集》卷六《春秋汇稿序》，《四库全书存目丛书》，集部第 109 册，第 551~552 页。

三又有《毗陵雅义序》，略曰："今龙冈施公出守吾常，政事之暇，课试各学诸生，简其文之可观者，命坊间刻之，题曰《毗陵雅义》，属余序其端。"①即说明是为坊刻经义选本作序。与瞿景淳所说的"可以为四方式"一样，薛应旂的序文也强调这些选辑的窗稿可作为士子效仿学习的范本，如《郭溪窗稿序》指出吴中诸士于锺崇武之文"不觉相入而争师之"②。由此可见，在官方刊行的试录外，地方上兴起的坊刻时文播于士林，也成为可供士子阅读学习的举业读本。对此明人已有所认识，如汤宾尹曾说"今人举业，从坊刻入，从试录、策论入"③。坊刻时文选本及其相配套的序跋、评点的涌现，显然对以试录为代表的官方话语起到了一定程度的"稀释"作用。

其二是晚明时文序的写作带有强烈的文体意识，往往将经义置于文学视野下加以讨论。万历年间，随着一批新锐时文家如汤显祖、陈懿典、董其昌、陈继儒、陶望龄、汤宾尹、王思任等人的活跃，经义批评越发兴盛。考察此时期诸家撰写的时文序，可留意到其中明确的文体观念。以陈懿典为例，他对时人经义之评价往往置于"诗赋古文词"这一传统文体序列中。如《陈居一近稿序》评价陈万言"所为诗赋古文词甚富，而独出其举业近草一编相视，则养粹如，气盎如，法秩如"④，又评沈朝焕之制义，先从严沧浪借禅论诗入手，述其"习于诗又工于诗"，继而指出"今所刻者制义，大约得趣在笔墨蹊径之外，神情散朗，丰韵鲜标，而总之归于冲夷委婉，初日芙蕖，固制义中康乐也"⑤，皆可视作借用一套诗学话语去评价经义。因此在这种与"诗赋古文词"的对话中，经义的文体边界及文学性也得到考察。陈懿典认为经义写作也需具备创作诗赋古文词的才学，他在《李长卿制义序》中明确指出："制义之为物，非若诗古文之可以逞才也，而

① 薛应旂：《方山薛先生全集》卷一三《毗陵雅义序》，《续修四库全书》，第 1343 册，第 178 页。

② 薛应旂：《方山薛先生全集》卷一〇《郭溪窗稿序》，《续修四库全书》，第 1343 册，第 152 页。

③ 汤宾尹：《睡庵稿》卷三《两孙制义序》，《四库禁毁书丛刊》，北京出版社，2000，集部第 63 册，第 60 页。

④ 陈懿典：《陈学士先生初集》卷一《陈居一近稿序》，《四库禁毁书丛刊》，集部第 78 册，第 638 页。

⑤ 陈懿典：《陈学士先生初集》卷一《沈伯含制义序》，《四库禁毁书丛刊》，集部第 78 册，第 639 页。

为之又不可以无才；非若诗古文之可以炫学也，而为之又不可以无学。"① 可见陈懿典对本朝经义的认识，即视之为能展现才学之文体，而非纯粹的考试工具，如他也曾言"夫文至制义，其道似浅而实深，其用似小而实巨，其门户似易窥而实难竟"②，在"文"的层面对经义予以很高的评价。

通过此种文学观来评价经义文，在晚明并不少见，典型的例子如王思任（字季重）曾将八股小题置于与汉赋、唐诗、宋词并列的文体价值序列中："汉之赋、唐之诗、宋元之词、明之小题，皆精思所独到者，必传之技也。王、唐、瞿、薛，文章之法吏也。"③ 王思任所说，一是肯定了本朝经义的文体地位，二是突出了时文名家的典范意义。从经典化的角度来说，这两点的确立，离不开文人、选家、书商共同参与的选辑和批评活动。

三　明人制义的经典化：时文选本的编刊及其影响

前引陶望龄指出王、唐、瞿、薛，时人号为举业"正始"，王思任也称此四家为"文章之法吏"，在时文批评自明中叶以降渐呈开放格局的同时，伴随着坊刻经义选本的大量刊行，经义名作与举业名家的经典化，也在评选、阅读与阐释的诸环节中进行，这是我们理解晚明文人对本朝经义持有文体自信的重要基点。

不同于诗文、词曲等其他文类，作为科考文体的经义，它的经典化进程首先面临的便是考试选拔机制。当然，除了这种制度层面的汰选外，经义文一旦进入抄刻与传播的通道，同样会面对文学教育、阅读文化等多层次的选择。特别是在晚明书籍文化的背景下，文人选家和坊刻选本所提供的意见，更是不可忽视的重要因素。因此，从选本的角度而言，探讨明人对本朝制义经典的自我塑造，可从出版业、科举制度和选家遴选三个层面展开。

---

① 陈懿典：《陈学士先生初集》卷一《李长卿制义序》，《四库禁毁书丛刊》，集部第 78 册，第 633 页。
② 陈懿典：《陈学士先生初集》卷一《李两生连璧草序》，《四库禁毁书丛刊》，集部第 78 册，第 643 页。
③ 王季重著，任远点校《王季重集》，浙江古籍出版社，2012，第 453 页。

首先，坊刻时文选本自嘉靖中以来大量刊行，在满足普遍增长之习文需求的同时，也为经义作品的传播、阅读与阐释提供了基本的场域。明中叶以后，坊刻时文逐渐兴起，至万历间堪称极盛。袁宏道写于万历二十七年（1599）的书信中，就曾描述曰"坊刻时文，看之不尽"①。对此，清人阮葵生《茶余客话》卷一六"坊刻时文"条也说"坊刻时文，兴于隆、万间"，并列举如下四种类型："坊刻乃有四种：曰程墨，则三场主司及士子之文；曰房稿，十八房进士平日之作；曰行卷，举人平日之作；曰社稿，诸生会课之作。"② 可见至万历年间，书坊出版的经义选本，已包括程墨、房稿、行卷、社稿等多种类型。

其中，主考官和中式士子所撰的程文、墨卷，作为佳篇范文，不仅是书坊首先考虑刊刻的对象，也是时文选家、评家重点分析和评点的作品。比如万历年间的时文选评家袁黄，便曾利用《墨卷大观》一书来解析各科墨卷的名篇佳句。袁黄所撰《游艺塾文规》即以万历八年至万历二十九年乡、会试程墨作为分析对象，讲解破题、承题、起讲、正讲等作法，其论破题云：

> 今学文不可先学平淡，场中除元外，其余中式破题皆极奇极新。旧刻《墨卷大观》，一题凡百余篇，遍览诸破，皆各出意见，可喜可愕。今集文散佚，不得尽录，止录其现在者为式。③

从袁黄的表述中，至少可看出两层含义。一是万历间已刊有像《墨卷大观》这样一题百篇、体量甚大的经义选集，这从侧面反映了当时坊刻时文的盛况。也正是在此种大环境下，明末出现了像《国朝大家制义》这类集大成式的选本，编者陈名夏自言"予存先辈名稿至万余篇，入合选者止七百有奇"④，亦可谓做到了博览而细选。二是尽管袁黄指出场中凡中式者之文各有特色，但从中当可体会到，会元墨卷仍是特别受重视的作品。

---

① 袁宏道著，钱伯城笺校《袁宏道集笺校》，上海古籍出版社，2018，第2册，第825页。
② 阮葵生撰，李保民校点《茶余客话》，上海古籍出版社，2012，下册，第372页。
③ 袁黄：《游艺塾文规》卷二，《续修四库全书》，第1718册，第24页。
④ 陈名夏：《国朝大家制义》"选例"，明末刻本，第2a~2b页。

其次，正是由于上文所提到的制度因素，科举的选拔机制为经义典范的形成提供了一个可作参考的硬性标准。在明代科考范文的几种类型中，会元墨卷的典范意义尤为突出。明人对此也早有认识。一方面，如武之望等时文批评家即强调说"读邓定宇、李九我会试卷，便知元之所以为元矣"①；另一方面，便是选家、书商特别针对会元墨卷、房稿的选集刊刻。后者如钱文光、钱时俊在万历间编选《皇明会元文选》，闵齐华在天启元年（1621）刊刻《九会元集》。闵氏所选为万历二十年（1592）壬辰科以来吴默、汤宾尹、顾起元、许獬、杨守勤、施凤来、韩敬、周延儒、庄际昌九位会元的墨卷和房稿，并强调这些会元文字具备衡文标准的典范意义。另外值得一提的是汤显祖也曾为教其子而编《汤许二会元制义》，汤氏在《题词》中表达他对汤宾尹、许獬二会元文字的看法：

> 予教之曰："文字，起伏离合断接而已。极其变，自熟而自知之。父不能得其子也。虽然，尽于法与机耳。法若止而机若行。"钱、王远矣，因取汤、许二公文字数百篇，为指画以示。汤公止中有行，行而常止。许公行中有止，止而常行。皆所为"正清"者也。②

可见汤显祖编选汤、许之文，所看重者除了二人新近会元的身份外，更在于他们文章具备"尽于法与机"的文章学特质。

最后，像汤显祖评汤、许之文所持的文学性标准，在晚明经义论评中越发成为关键的考量因素，这意味着经义典范的建构更是一个溢出科举制度框架的命题。以前揭《九会元集》为例，此书并非会元文章的简单选辑，而是在选文的基础上又有对各家风格、文法之论评。如吴默《子曰知及之 未善也》墨卷尾评曰："独标一解，独创一裁，从来元卷无如是法，开却后人许多门户。"③ 又评汤宾尹《国有道》墨卷云："他人只讲'道不变塞'，此无一句不从'国有道'发挥，读得题意。"④ 均从墨卷写作的独

---

① 武之望：《重订举业卮言》卷上，明万历二十七年刻本，第30a页。
② 汤显祖著，徐朔方笺校《汤显祖诗文集》，上海古籍出版社，1982，下册，第1100页。
③ 闵齐华：《九会元集·吴无障》，明天启元年朱墨套印本，第2b页。
④ 闵齐华：《九会元集·汤霍林》，第3b页。

到之处加以阐说。闵齐华在书前小引中也对九家之文风作了概说，如论吴、汤、顾、许四家曰："松陵洞玄抉髓，悟到机开。宣城胎结天授，神传面壁。金陵富溢五车，雄逾八斗。同安峻立万仞，神骨俱绝，蔚乎词宗，诚艺林之嚆矢已。"① 于此可概见当时以才学、辞章来评价经义的风尚。从这方面来看，武之望也曾概括本朝时文名家的不同风格，指出"举业之文，先辈王、唐、薛、瞿其至矣"，又评隆庆、万历以来名家之文说："如田钟台之冲粹、沈蛟门之雄迈、邓定宇之苍雅、黄葵阳之精练、郭青螺之敏爽、冯具区之柔澹……诸家品虽不同，要之各极其致，皆上乘之文也。"② 其中所用"冲粹""雄迈""苍雅"等语，显然是以文章审美为评价标准。也正因此，晚明陈龙正就认为经义不仅是"阐发孔孟修身治世大道"的选士工具，更强调"尤另作一种文字看"，他在《举业素语》中说："王、钱、唐、瞿、汤、许六人已占最胜。起阖辟之法者，王也；穷阖辟之法者，唐也。钱以摹神，瞿以雅度，汤以体贴，许以自在游行。"③ 指出经义的开合之法始于王鏊而穷极于唐顺之，这显然也是一种文章学层面的表述。

总的看来，晚明经义选辑与论评的大量出现，促进了时文大家及其文章典范的塑造。此种塑造虽建立在科举选人的基础上，但在很大程度上又依赖于一套文章学的批评话语，这进一步维系了经义自明中叶以来被发掘的文学质性。从历史上看，这一过程不仅影响到清人的经义文体观，也推动了明清文章学的精细化发展。

四 "文之一体"：明代经义文体发展的文章学意义

综合上文，明代对经义文的选辑、论评，具有重要的文体学与文章学意义。就文体观念而言，中晚明文人在讨论经义时，往往视之为一种相对独立而可与所谓"诗古文辞"展开对话的知识要素，无论出于何种目的，这都为经义在集部框架下获得发展提供了相应的条件。另外在文章学层

① 闵齐华：《九会元集引》，《九会元集》，第 1a~1b 页。
② 武之望：《重订举业卮言》卷上，第 13a~13b 页。
③ 陈龙正：《举业素语》，《历代文话》第 3 册，第 2590 页。

面，明人对经义作法之研讨，吸收并深化了古文、诗歌的技法，这在一定意义上推动了古代文章学的精细化发展，也为明清之际戏曲、小说技法论的出现提供了契机。具体而言，可从如下几点分开讨论。

第一，中晚明时文序的写作，从一个侧面反映出明人经义文体观之转变。上文提及王思任《吴观察宦稿小题叙》认为明代八股小题可与汉赋、唐诗、宋词相媲美，清人也有类似表述，如康熙间文人鲁之裕就说"制艺者，文之一体，而小题则具体而微"①。这些论断或可表明，中晚明以降，由经义的选辑、论评所构筑的话语场，已悄然改变了人们对这一文体的看法。

在这一场域中，作为新兴批评样式的时文序的出现，尤其引人关注。其中王思任所撰时文序，曾以独立的编集形态出现。《澹生堂藏书目》著录王思任"王季重小著"九种，其中即有《时文序》一种。现存《王季重时文叙》一卷，见收于明末清辉阁刊本《王季重先生集》九种、明崇祯间刻本《王季重先生文集》十三种，又有《王季重杂著》本，此亦为明末时文序创作盛况的一种突出体现。

时文序在晚明的大量创作，也影响了明末清初之际明代文章总集之编纂，一是贺复徵的《文章辨体汇选》，二是黄宗羲的《明文海》。贺复徵《文章辨体汇选》七百八十卷，收录极为广博。其中卷二八一至卷三六〇为"序"，凡八十卷，又细分经、史、文、籍、骚赋、诗集、文集等二十一个子类。贺复徵撰有序题曰：

> 今叙目曰经，曰史，曰文，曰籍，曰骚赋，曰诗集，曰文集，曰试录，曰时艺，曰词曲，曰自序，曰传赞，曰艺巧，曰谱系，曰名字，曰社会，曰游宴，曰赠送，曰颂美，曰庆贺，曰寿祝，又有排体、律体、变体诸体，种种不同。②

其中值得留意的便是"试录"与"时艺"二小类，这是贺复徵对明代才出现的试录序、时文序之专门收编，以符合此书在前人基础上新立文体以求

---

① 鲁之裕：《式馨堂文集》卷八《本朝考卷小题序》，《清代诗文集汇编》，上海古籍出版社，2010，第 217 册，第 102 页。
② 贺复徵：《文章辨体汇选》卷二八一，《景印文渊阁四库全书》，第 1405 册，第 408～409 页。

全备的编纂宗旨。黄宗羲的《明文海》卷二一〇至卷三二五为"序"，分为著述、文集、诗集、赠序、送序等十四个小类。其中亦有"时文"一类，收录明人所撰时文序共七卷。这些都多少反映出，随着文人创作的迅速展开，时文序作为新兴的序体样式也趋于成熟，成为时艺批评表达的重要手段。另外，从贺复徵、黄宗羲各自所编文章总集也可看出，尽管时文只是列为序体下的附属文类，但至少就编选的处理来说，二人都将它看作可与诗文、词曲并列的独立类型，这折射出明清之际文章观念之一大变动。

第二，明人对经义体制、格式与写作技法的研讨，推动了古代文法论与修辞学发展。如前引项乔《举业详说》对六段体则、三十四类题则的解说，已反映出嘉靖间文人对经义的结构体制和写作技法有了一定的讲求。至万历间，此种"以法为文"的创作观念日益张大，文章写作如何谋篇布局、修辞造语就成为时人关注的话题。比如武之望即明确指出："文字初时布置虽有定格，至于中间离方遁圆，生无化有，全要活法。"[①] 武之望的"活法"理论集中体现在他所撰的《举业卮言》，此书以"为文必以法"为理论支撑，建构起一套包含意、词、格、机、势、调等诸多要素在内的文法体系。同时期如刘元珍《从先文诀》、董其昌《九字诀》等也对文章写作的基本法则作了多方面的剖析。这些文章学论著，一是虽然专门针对时文，但所论实多与古文相通，因而可视为一般意义上的文章作法论；二是往往将抽象的文学经验转换为具体知识和写作技法，因而能切实地满足初学者的习文需求。因此，如果说前揭项乔《举业详说》注重"体则"以求"合格"，更多的是针对经义写作的专门之学的话，那么像《举业卮言》所论则多有溢出经义之文体范围，因而可视为一种具备普遍意义的修辞之术。

第三，从古代文体互渗和融通的角度来说，明人的经义文法论不仅吸收和深化了唐宋以来的诗文法，也对明清之际戏曲、小说文法的兴起产生深远影响。从嘉靖时期的《举业详说》到万历年间的《举业卮言》，也暗含着如下变化，即在很多晚明文人的表述中，经义写作逐渐被视作一种文学才能的体现，明末周之夔说：

---

① 武之望：《重订举业卮言》卷上，第28a页。

我朝之名公大臣，无不出自举业。其能真工举业者，后亦未有不名公大臣。文恪、文成、元美、应德诸公，可悉数也。如必曰今人不如古人，时文不如古文，剿贼灭裂，窜入他体，夫士患无才耳。苟才之所至，作史可也，作诗赋可也，作百家言、稗官、小说、诗余、南北调可也。①

周之夔的说法，是试图通过"才"的范畴来消弭古今之分与众体之别，并以此提升时文的地位。类似的论调在明清时期并非罕见。晚明众多时文序的写作也多将经义置于这种传统的文体序列中作一番类比陈述。如周之夔也说"时文、古文，神理则同，体裁自别"，并进一步指出："举业之制，取裁经传，正度胸臆，绳尺出入，不能以寸。非若诗文家，可以随纸伸缩，缘情感发，凭才创造，视事更端也。起伏呼应，开合顺逆，虚实正倒，擒纵转变之间，靡不有法焉。"② 认为举业文字格式虽严于诗文，但也包含着起伏、开合、虚实等这类通用的文章法则。

总体而言，自明中叶以后，文人开始较多检讨经义与诗文间的关系。其中与古文之间的讨论最为常见，一直到晚清，如李兆洛在为金圣叹评选的小题文选作序时，仍强调制义"其为法亦初不殊于古文，其神理、骨格皆资于古文也"③。至于其与诗歌的联系，文人的认识亦渐趋深入，如汤宾尹《睡庵大题选序》指出："四股八比之制，与五言八句等，俱一代收士之律也。《选》体、歌行、绝句之类，人各以其资材为之，满缩纵横，单行累幅，取境之便与趣之所极。"④ 清人余集也曾以八股小题和咏物诗作比较："制义尤难于小题，赋诗莫窘于咏物。以其方员寓器，规矩因心，深文隐蔚，功在密附。求之字句之间，得之神理之表，其谋篇竖义之旨同也。"⑤ 其中所说的"谋篇竖义"正是诗文法与经义文法的一大共性。

---

① 周之夔：《弃草文集》卷四《与董葱德论时文书》，《四库禁毁书丛刊》，集部第 112 册，第 637 页。

② 周之夔：《弃草文集》卷四《与董葱德论时文书》，《四库禁毁书丛刊》，集部第 112 册，636~637 页。

③ 李兆洛：《养一斋文集》卷六《金选小题文序》，《续修四库全书》，1495 册，第 95 页。

④ 汤宾尹：《睡庵稿》卷四《睡庵大题选序》，《四库禁毁书丛刊》，集部第 63 册，第 75 页。

⑤ 余集：《秋室学古录》卷四《蒋泉伯考具诗引》，《续修四库全书》，1460 册，第 325 页。

对文章"谋篇竖意"的追求，在明清两代戏曲、小说等叙事性文学的论评中也颇为明显，主要表现为"脱卸""急脉缓受""草蛇灰线"等原本被用于古文、时文论评的文章学术语，至明末清初开始被广泛运用于戏曲、小说等类型的批评。① 其中，晚明经义论评的盛行，对相关批评方法、术语的运用起到了重要的推演和沟通作用。钱锺书先生曾讨论"诗与时文"之关系说："诗学（poetic）亦须取资于修辞学（rhetoric）耳。五、七字工而气脉不贯者，知修辞学所谓句法（composition），而不解其所谓章法（disposition）也。"② 明人论制义，正是追求在八股限定的格局内，通过对句法、章法的调遣，来实现全篇脉络的贯通。因此，经义能以"文之一体"的身份与诗文、词曲等文体并峙而展开文体之间的对话，这在某种意义上正是明人在集部框架内建设经义文体的结果。

综上所述，明代经义文体的发展，溢出科举制度与经部范围。尤其自明中叶以来，随着经义自身的发展及其与古文间的沟通，经义的文体观念、评价体系也逐渐嵌入由诗赋、古文等构成的文体序列中，进而在文学领域内获得独立的知识地位。这一过程对明清时期的文章学乃至文学观念影响甚大。晚近刘咸炘在论定四部门目时，曾认为明以来经义应归入集部："制义不入经部，以制举之文体实兼承经义、曲剧，而又备有策论、诗赋之质也。焦循论之详矣。凡此诸种与诗文，皆文之一体，无分崇卑。"③ 在集部视野下考察作为"文之一体"的经义，提供给我们的启发，其实并不仅限于焦循提出的"一代有一代之所胜"的文学发展观，我们更可在文体会通的视野下，通过考察经义表现出的"文备众体"的质性，去寻求一条突破文体阻隔来综观古典文学众体的路径。

[本文原刊于《复旦学报》（社会科学版）2021 年第 5 期]

---

① 参见拙文《古代堪舆术与明清文学批评》，《文学遗产》2019 年第 6 期。
② 钱锺书：《谈艺录》，中华书局，1984，第 242 页。
③ 刘咸炘：《续〈校雠通义〉》，《推十书》丁辑一，上海科学技术文献出版社，2009，第 87 页。

"文学"与"'文'学"

——晚明胡应麟对金华诗文学术传统的重省

许建业[*]

内容提要 "金华学术"自南宋吕祖谦至明中叶章懋等均以理学作为核心，乃中国古代学术一支重要流脉。地方史、思想史学者包弼德指出，金华学术到了明代万历年间已再次转向，尤其是学者胡应麟别树博学考证一帜。胡应麟面对当世废学轻文之流风，特意标举"文以阐乎学，学以博乎文"之旨。他重新阐发"学"与"文"不同层次的内涵与相互关系，将儒学之"博文"范围扩展到诸种文献册籍与诗赋文章，从而将孔门之"'文'学"引申至经、史、子、集之四部学问，统摄各种学术知识。以此为基础，观照胡应麟对金华诗文学术传统的重省，其所理解的金华文统已由"文学"视角置换道学核心；金华学统之端绪也从吕祖谦换作刘峻；金华"文献"的含义已从道学贤者变成才学之士；亦因此，"小邹鲁"传统也以"博文"为中心，上接"邹鲁"学统。这些对"学"与"文"，以至金华文化传统的重新诠释，正好为明清学术思想史补上以"文"为"学"的重要一笔。

关键词 金华学术 胡应麟 文学 "文"学

南宋至明初期间，金华地区（宋代称婺州、元代称婺州路、明代称金华府）以学术文章闻于世，史称"婺学"（又或称"金华学术"），是"浙东学派"之一支。现代关于"婺学"的讨论，主要围绕宋元明初时期文士的文

* 许建业，复旦大学古籍整理研究所博士后研究员；发表《题李攀龙编〈唐诗选〉的早期版本及接受现象》等多篇论文。

学与学术（主要为史学与道学）的表现展开。① 明初以后，婺学或金华文士的影响力已大不如前，故相关讨论亦相对沉寂。不过，包弼德（Peter K. Bol）自 20 世纪 90 年代开始，以金华地区为开发"地方史"研究的主要对象，探讨范围延伸至明代中晚期，颇值得关注。他指出，宋元时期金华地区的士人和家族开始透过地方教育和乡事贡献等，以"地方"（local）为基础确立身份认同，建构共享的历史传统和文化意识。而这种"地方主义"（localism）除有意识地分辨乡邦的文化独特性之外，同时能利用自身条件和方式来投入地方事务，从而参与或实践"全国性"（national）的议题和价值观。② 之后包弼德将思辨眼光放到晚明金华学者胡应麟（1551~1602）身上，考察当中反映的文化发展。

胡应麟，浙江金华兰溪人，字符瑞，又字明瑞，号石羊生。晚明重要诗人、诗论家及学问家，著有《诗薮》《少室山房笔丛》《少室山房类稿》等。近代以来，顾颉刚、林庆彰、王嘉川、吕斌等学者对胡氏的辨伪、考

① 比较重要的专门研究，文学方面有：徐永明《元代至明初婺州作家群研究》，中国社会科学出版社，2005；罗海燕《金华文派研究》，东方出版中心，2015。学术方面的研究则比较多，如孙克宽《元代金华学述》，台湾东海大学出版社，1975；John D. Langlois, Jr., "Political Thought in Chin-hua under Mongol Rule," in John D. Langlois, Jr. ed., *China under Mongol Rule*, Princeton：Princeton University Press, 1981, pp. 137 - 185；John W. Dardess, *Confucianism and Autocracy*：*Professional Elites in the Founding of the Ming Dynasty*, Berkeley and Los Angeles：University of California Press, 1983。

② 这些文章包括：Peter K. Bol, "Center for the Study of Local History in Jinhua," *Ming Studies* 40 (1998)；Peter K. Bol, "The Rise of Local History：History, Geography, and Culture in Southern Song and Yuan Wuzhou," *Harvard Journal of Asiatic Studies* 61. 1 (2001)；Peter K. Bol, "Culture, Society, and Neo-Confucianism, Twelfth to Sixteenth Century," in Paul Smith and Richard von Glahn eds., *The Song-Yuan-Ming Transition in Chinese History*, Cambridge：Harvard University Asia Center, 2003, pp. 241-283；"The 'Local Turn' and 'Local Identity' in Later Imperial China," *Late Imperial China* 24. 2 (2003)；包氏认为，辉煌的道学历史传统正是宋元明初金华地区士人相互标榜和建立地方认同的一大场域。然而在方孝孺死后，这种地方认同和自觉曾因政府对地方的全面控制而有所减退，之后借着地方上史志、传记和文集等的积极编写，加上乡里祠祀和显贵的大力鼓动，金华的地方传统和认同在明代中后期得以复兴和重塑［参见包弼德《地方传统的重建——以明代的金华府为例（1480—1758）》，载李伯重、周生春主编《江南的城市工业与地方文化（960—1850）》，清华大学出版社，2004，第247~286页］。此外，陈雯怡专注于"婺文献"概念的运用和意义，探讨元代至明初的婺州乡里间，士人如何标榜或追怀地方贤达，并共同发展相互认可的师友网络和历史文化记忆，继而在社会生活中作出响应（参见陈雯怡《"吾婺文献之懿"——元代一个乡里传统的建构及其意义》，《新史学》2009 年第 2 期）。

据、史学、目录学等亦多有阐发，尤其竭力为胡氏在明清学术史上安排适切的位置。① 比较特别的是，包弼德和李思涯在梳辨胡应麟如何以其博学回应当世废学之风以外，还注意到胡应麟对其乡金华的相关思考或论述。包氏将明代中叶金华乡贤章懋（1436~1521）的道学主张和传承作为对照，以证成胡应麟并没有跟随金华的理学传统，或为乡事作实质的贡献，而是唯务博雅，致力于步趋杨慎（1488~1559）和王世贞（1526~1590）这两位古文辞、考据学等领域的当世领袖，其诗文、学术成果在金华可算独树一帜。② 而李思涯则是以文学研究之眼光，稍为述及胡氏对乡邦历代诗人的评价。③

　　然而事实上，胡应麟并没有忽略金华地区的文化发展和传承，而其对故乡之关怀，也没有仅限于诗文领域，或者可以说，他对金华历代文人的讨论背后，实际隐伏着重要的学术考虑。他曾编撰《婺献》和《骆侍御忠孝辨》等与地方先贤相关的著作，可惜最终没有刊行或佚失了，无法循此具体了解其对乡邦诗文学术传统的想法。或许因此，我们较少注意到胡应麟在忧虑当世整体的诗文学术风尚之余，实际亦对金华传统的定位与承续路向有所深思。胡氏作为后辈，重省乡邦之诗文学术传统自然包含了对乡贤的追慕与怀想之情，不过，若与其学术观念结合梳辨，或能抉发个中独特的理念与逻辑。此正如章学诚（1738~1801）特别提出"浙东学术"，由是判别浙东浙西之学，分举博雅与专门，切人事而究于史，从而整合和标举地域的共同学术特色与精神体现，并与其史学意识和史法价值互相生发。④ 以之反照胡应麟，其如何从"六经"阐发"文"与"学"的价值与关系，又怎样转换"博学"的学术含义与知识对象，并以之建立涵盖面向更广的知识体系，将是我们深思细辨的范围。而他对金华诗文学术传统的重省，透过乡地"小传统"与学术"大传统"的对应，将"文学"与

---

① 参见林庆彰《明代考据学研究》，华东师范大学出版社，2015；王嘉川《布衣与学术：胡应麟与中国学术史研究》，商务印书馆，2005；吕斌《胡应麟文献学研究》，中国社会科学出版社，2006。

② Peter K. Bol, "Looking to Wang Shizhen: Hu Yinglin and Late Ming Alternatives to Neo Confucian Learning," *Ming Studies* 53 (2006).

③ 李思涯《胡应麟文学思想研究》曾指出胡应麟有治"地方文学史"的想法，只是未及深入（参见李思涯《胡应麟文学思想研究》，中国社会科学出版社，2012，第90~93页）。

④ 参见郑吉雄《浙东学术研究：近代中国思想史中的知识、道德与现世关怀》，台湾台大出版中心，2017，第29~71页。

"'文'学"的观念和价值置入学术思想发展的框架之中，甚至凌驾以道学为中心的文化传统。

进入论述之前，须先定义和分辨题目上的"文学"与"'文'学"。"文学"一词，本身有文章博学之意。但后来"文"与"学"分，"文章"与"文学"并置，"文学"已义同学术。唐宋以后"文学"的含义范围渐广，如从事文事之官员，也称"文学"，我们须细察语境，方能审辨其义。① 明代不少文人以"文学"泛指诗赋文章之事，接近现代的文学概念，胡应麟在不少地方谈及"文学"，都是这个意思（详见本文第四部分）。不过，当他提到关于周、孔儒门的学问时，所言之"文学"便已复归"学问""学术"的范畴了。② 此所以"文学"在胡应麟来说，大致可分作两个意义层次：第一个层次为"文章"（文）之意，以诗赋文章为主，即近于现代观念的"文学"；第二个层次为"学问"（学）之意，所谓"文"即"文献"，也就是古代基于文献册籍的学问，以经史子集尽之。这其实已相当于清季民初学者如窦士镛（1844~1909）《历朝文学史》、姚永朴（1861~1939）《国文学》（或后来的《文学研究法》），③ 又或邓实（1877~1951）之言"古学"、章太炎（1869~1936）之言"国学"，他们持论虽各有偏重，但都是以经史子集四部之文献为基础，统合、总结中国传统的学术知识系统。④ 本文承用孔门四科之说，以"'文'学"称述有关文献册籍的"学问"，也避免了夹缠于清季民初对于"国学"或"国故学"之类称名

① 关于"文章"与"文学"含义之演变与分合异同，参见余来明《"文学"概念史》，人民文学出版社，2016，第 18~59 页；陈广宏《中国文学史之成立》，上海古籍出版社，2016，第 21~29 页。

② 胡应麟早年在乡试应对策问时，提到"周公、仲尼开'文学'之端"［参见胡应麟《少室山房类稿》卷一〇〇《策》，《明别集丛刊》（第四辑），黄山书社，2016，第 36 册，第 328 页］。此外，他揄扬王世贞能入孔门之室，便称其"即以宣父门庭，而差文学之科，标词命之轨"，"非升堂之素相，则入室之上宾"［胡应麟《少室山房类稿》卷八一《弇州山人四部稿序》，《明别集丛刊》（第四辑），第 36 册，第 168 页］。

③ 窦士镛所撰《历朝文学史》于 1898 年脱稿，至 1906 年才刊出。书中分"文字原始、志经原始、叙史原始、叙子原始、叙集原始"五部分。至于姚永朴在《国文学》中也对四部与文的关系进行梳理。

④ 邓实撰《古学复兴论》一文，以中国古学与西方文艺相对照，虽其言未及中国文学，但实际有所兼顾。章太炎晚年撰《国学演讲录》，分"小学略说、经学略说、史学略说、诸子略说、文学略说"，亦大抵以经、史、子、集为基础，并提举语言文字的重要性（参见罗志田《裂变中的传承：20 世纪前期的中国文化与学术》，中华书局，2003，第 84~85 页）。

定义的争论。① 综理"文学"与"'文'学",可发现胡应麟所阐扬的关于"文"的学问,大大扩展了以儒学、经史为主脉的知识体系范围。与此同时,胡氏重省金华之诗文学术传统,更是将"文学"/"'文'学"置换道学作为转移乡邦文化重心的一种尝试,使"文"在古代学术系统之中提升至与"道""学"并举的高度。

一 明中叶以前金华士人对"道""文"之绾合

金华学术乃清儒全祖望(1705~1755)在《宋元学案》中归纳南宋学统时提出的:"宋乾淳以后,学派分而为三:朱(熹)学也、吕(祖谦)学也、陆(九渊)学也。三家同时,皆不甚合。"② 吕祖谦(1137~1181)先祖避乱处居浙江金华,由是吕氏家族及学术影响肇于此地。至祖谦中博学宏词科,官至国史编修、秘书省秘书郎等,编书修史,又于金华建丽泽书院,奖文教、聚讲学,开创"吕学",为"金华学术"之端绪。吕祖谦曾以"中原文献之传"形容其吕氏之家学德业,由是"金华学术"以理学与史学结合的吕祖谦为宗,并以"文献"尊奉之。③ 至于同时代陈亮(1143~1194)之专主事功、唐仲友(1136~1188)之偏重经世,也在不同时期出入金华学术传统的谱系之间。后来朱子学传入金华,"婺中四先生"[何基(1188~1268)、王柏(1197~1274)、金履祥(1232~1303)、许谦(1269~1337),又称"北山四先生"]先后承续,金华成了当世道学正统之重镇。往后柳贯(1270~1342)、黄溍(1277~1357)、吴师道(1283~1344)等又继四先生而起。及至元末明初,受业于柳、黄的宋濂(1310~1381)、王祎(1322~1373)等,主张文道并重,长于词章与史学。宋、王有功于开国,掌朝中文诰典制、史籍编纂等,加之苏伯衡(生卒年不详)、胡

---

① 参见罗志田《裂变中的传承:20世纪前期的中国文化与学术》,第189~217页。
② 黄宗羲辑,全祖望订补,冯云濠、王梓材校正《宋儒学案》卷五一,《续修四库全书》,上海古籍出版社,2002,第519册,第3页。20世纪初史学家何炳松(1890~1946)曾简单归括"浙东学术"之流衍:"唯浙东史学第一期之初盛也,其途径乃由经而史,及其衰也,乃由史而文。"在所谓"第一期"中,金华学术正是其中一条主脉,对后来相关讨论也甚具影响力(参见何炳松《浙东学派溯源》"自序",商务印书馆,1932,第5页)。
③ 参见徐艳兰、朱汉民《"中原文献之传"内涵嬗递之考辨》,《原道》2018年第2期。

翰（1307~1381）等，皆为世之所重，使金华成了当时的文教坛坫。①宋、王诸贤以后，金华虽然没有出现特别出众的儒门大家，但婺学强大辉煌的传统，让地方士人自觉担负起传扬和承续"金华文献"的责任，并纷纷梳理其发展演变。

明初开国功臣王祎的儿子王绅（1360~1400）曾从学宋濂门下，所撰《祭潜溪先生文》在祭悼先贤的同时，也历述金华"文献"之源流：

> 尚论吾乡文献：道术之懿，足以继往圣而开来学；辞章之美，足以载斯道而淑诸人。宋元以来，成公吕子，倡道学之统，而何、金、王、许四贤者，又为朱子世适，而专其门时之先后。又若汲仲胡公、文肃柳公、文献黄公、渊颖吴公、古愚胡公、正传吴公、子长张公，上下数百载之内，皆所以赞化育而畅斯文。国朝之初，先生既崛起于布褐，而长山胡公与先君子因鼎峙而齐尊。……天下之所咨嗟而仰望者，咸美吾乡之学独振。②

王绅明确将"吾乡文献"分为"道术之懿"和"辞章之美"两种表现，但并非分立两个系统论列先达，而是将两者合二为一。最重要的是需先"倡道学之统"，然后才能"赞化育而畅斯文"，如此则先贤的"辞章之美"实有赖于"道术之懿"作基础，可见这是以道学为主导和价值中心的判断。如此理解"文献"，几乎是元末明初的共识。③

王绅所阐述的先道而后文的本末关系，实可推源自朱熹（1130~1200）之说，其云："道者，文之根本；文者，道之枝叶。惟其根本乎道，所以发之于文，皆道也。三代圣贤文章，皆从此心写出，文便是道。"④ 我们知

---

① 参见朱仲玉《试论金华学派的形成、学术特色及历史贡献》，《浙江师范大学学报》1989年第4期。
② 王绅：《继志斋集》卷下《祭潜溪先生文》，《丛书集成续编》，台湾新文丰出版公司，1988，第138册，第334~335页。文中所列先贤共十五人：吕祖谦、何基、王柏、金履祥、许谦、胡长孺、柳贯、黄溍、吴莱、胡助、吴师道、张枢、宋濂、王祎、胡翰。
③ 参见陈雯怡《"吾婺文献之懿"——元代一个乡里传统的建构及其意义》，《新史学》2009年第2期。
④ 朱熹著，黎靖德编，王星贤点校《朱子语类》卷一三九，中华书局，2015，第3319页。

道，道与文的关系早于刘勰《文心雕龙》中已然提出；唐代韩愈亦主张修辞明道，又谓"闳其中而肆其外"① 者，皆将"六经"看成道和文两个方面的从内至外的体现；以至于后来唐宋诸古文家，亦大多将道统与文统分立而并重，尤其可以从"六经"萃取作文之法。同样要求宗经，宋代理学家尤其是二程、朱熹等却对唐宋古文家大肆批评，原因是韩、柳诸家明确地将道和文分辨开来。对理学家来说，二者其实是不能分割的，文章并非载道之器，而是道德之自然外现。最重要的是，圣贤撰作"六经"，非有意为文，后人若于"六经"求文法，已入歧途。明中叶舒芬（1484～1527）便直言"六经当以道论，不当以文论"②，这也是程、朱以来诸理学家的主要观点。不过，宋濂却认为"五经各备文之众法，非可以一事而指名也"。

　　宋濂提到"文之众法"，似乎有悖于理学家的道文观念，其实不然。宋濂曾在不同地方申述"三代无文人，六经无文法"此一旧说，如《王君子与文集序》："非无人也，人尽能文；非无法也，何文非法？"《曾助教文集序》又说："无文人者，动作威仪，人皆成文；无文法者，物理即文，而非法之可拘也。秦汉以下则大异于斯，求文于竹帛之间，而文之功用隐矣。"③ 若以前段引言看，宋濂明显否定"三代无文人，六经无文法"之说，认为"六经"之文全可作法，也就是上文说的"各备文之众法"。但如果结合下一则引文的"物理即文""非法之可拘"来看，则可以明白，宋濂所诠释的文法并非只在"竹帛之间"论"何文非法"，亦不是具体切实的作文之法，而是将"文"极大化而为世间物理之文，人文的体现就在"六经"。故其所谓"法"者，还是要从圣门道德上追求，其实他在《王君子与文集序》开首已言"经曰：'有德者必有言。'此其故何哉？盖和顺积于中，英华发于外"，重在"立本"。他的重要文论文章《文原》也申

①　《文心雕龙·原道》云："故知道沿圣以垂文，圣因文而明道。"（刘勰著，范文澜注译《文心雕龙注》，人民文学出版社，1998，第 3 页）韩愈《进学解》借学生之言云："先生之于文，可谓闳其中而肆其外矣。"（韩愈《韩昌黎全集》，新兴书局，1967，第 212 页）

②　舒芬：《梓溪文钞外集》卷八《与友人论文书》，《明别集丛刊》（第二辑），黄山书社，2016，第 27 册，第 212 页。

③　《宋濂全集·銮坡后集》卷六，浙江古籍出版社，2014，第 3 册，第 838 页；《宋濂全集·芝园前集》卷一，第 4 册，第 1341 页。

明以道为文，"本建则其末治，体著则其用彰"① 的主张。简言之，他追求的是"道德之文"之法，而非"辞章之文"之法，若从前者求之，便得"六经"之"众法"，若从后者求之，便为法所拘。所以，他也反对《文心雕龙》将后世众文体分类，然后归源于一经，认为这是本末倒置了。

作为明初朝阁之文人领袖，宋濂、王祎等便将贯彻道文合一作为官方的立场。其中一个突出之处，是他们所纂修之《元史》，抹去"文苑传"，将文章之士划入儒门"儒学"列传中。"儒学传"开首叙道：

> 前代史传，皆以儒学之士，分而为二，以经艺颛门者为儒林，以文章名家者为文苑。然儒之为学一也，"六经"者斯道之所在，而文则所以载夫道者也。故经非文则无以发明其旨趣；而文不本于六艺，又乌足谓之文哉。由是而言，经艺文章，不可分而为二也明矣。②

这些操作均可见金华地区，又或明初以金华士人为首的官方，皆视文章为儒门之附庸，不应自成传统。此观念影响甚巨，至少在金华地区相当明显。宋濂之同乡门生郑柏（1361~1432）曾为金华乡贤作传，撰成《金华贤达传》，分"忠义、孝友、政事、儒学、卓行"五类，同样没有"文苑"一目。而在"儒学"目，起始四人为唐代或以前人物，即刘峻、刘昭禹、娄幼瑜、骆宾王。郑柏在骆宾王传末赞曰："吾婺以儒学起家，由六朝至唐，知名者仅数人。若峻《类苑》之博、昭禹作诗之工、幼瑜著述之富、宾王号称四杰，皆可谓吾郡之儒宗云。"③ 这里虽然将金华文士上溯至六朝刘峻、唐代骆宾王诸人，但几乎将所有与文事相关的人都以"儒宗"笼括，明显受到《元史·儒学传》之类目观念影响。

即便到了明代中叶，金华地区的文艺观仍是以道学主导。正德六年（1511），金华府知府赵鹤（1496年进士）有意复兴金华地区的文教传统，

---

① 《宋濂全集·銮坡后集》卷六，第 3 册，第 837 页；《宋濂全集·芝园后集》卷五，第 5 册，第 1590~1591 页。
② 《元史》卷一八九，中华书局，1976，第 4313 页。
③ 郑柏：《金华贤达传》卷八，《四库全书存目丛书》，齐鲁书社，1997，史部第 88 册，第 60 页。

先编《金华正学编》，后徇众要求再辑《金华文统》，这些工作都获得了金华出身的南京国子祭酒、道学的拥护者——章懋的赞许。赵鹤在《金华文统引》中概括金华的文章传统道：

> 论世而得金华之文，殆三变焉。周汉间金华越在于越，不得齿上国文物，而为俗最荒陋。自梁刘孝标，始攻文章。唐骆宾王、舒元舆、冯宿兄弟继之，俱以词藻发闻。然孝标沿六朝浮丽，宾王、元舆竞声律之末宿，始追古而未脱骈偶，固为一变矣。宋建炎以来，范贤良始论心性，吕太史邃于经史、陈龙川好兵律事功，皆内有所主，出之以理，辅之以学，故为文揄扬反复，详核辩博，而有以明其志。至于恣态变化，驰骋上下，渺乎不见其发端止极，其法密、其气昌，足以追轶两汉而上，为再变矣。咸淳之间，大儒继作，如何文定之醇正精确、王文宪之雄毅深邃、金文安之明畅严密、许文懿之和平沉实，则又本于玩索之精、封殖之属，虽不期为文，而文不可掩。及考其规模，皆以明天理、淑人心、绍正学、黜邪说为主，一切诬经诡圣、尚功计利之习，扫涤无遗，足以羽翼考亭而上接濂洛，粹乎出于正矣。嗣是而后，作者纷出，若柳道传、吴正传之深于经，张子长之长于史。入国朝，宋景濂、王子充、苏伯衡、胡仲申，又以其文翊赞鸿业，为时宗工。然考其渊源之自，道德之归，未有或外于四贤而立法者。而文之变至是极矣，其他虽未及列，而各以其时求之皆可见也。①

从赵鹤的缕述来看，金华文章传统应是从南朝萧梁时期刘峻开始的，然后唐代骆宾王、舒元舆继之。但是，他将刘、骆、舒等人的文章贬抑为"浮丽""骈偶"，认为不合文章正道，因此其所选亦不见宋代以前的文章。反而金华文章之轨筏，应是由宋代范贤良（浚）开始，历吕祖谦、陈亮、金华四先生、柳贯、吴师道、张枢，至明初宋、王、苏、胡等人建构出来的。而且他特别推许四先生之文，因为其文符合程朱等理学家的文章观

① 赵鹤：《金华文统》，《金华文统引》，《四库全书存目丛书》，集部第297册，第284~285页。

念，所以当为"立法"之典范。而所谓"立法"，实近于宋濂的说法，都是在于"道德"之归趋。凡此可见，明初以降金华的诗文学术传统，均将道学作为价值中心。

二 "学""文"的内蕴与关系

在文学视野之下，文与道俱，关于"文统"的讨论大多不能离开"道统"。若从学术史视野和框架审视二者关系，在道、文之上其实还有所谓"学"与"文"之互动。宋儒程颐（1033~1107）尝将学术分为三种——文章之学、训诂之学、儒者之学，并言"欲趋道，舍儒者之学不可"。他又认为，文章和训诂，与异端一样都是害道之三弊（《二程语录》卷一○）。先不论其意见如何，但这可谓清代儒学内部学术分类（即词章、考据、义理）之肇端，顾炎武（1613~1682）、戴震（1724~1777）、姚鼐（1731~1815）和章学诚等均对此有或异或同的申述。若为文章（或词章）、训诂（或考据）、儒者（义理）三者作简单的概念对应，就是文、学、道。就学术史而言，"学"与"道"同属儒学的重要部分，并演绎出"道问学"与"尊德性"、"闻见之知"与"德性之知"、"博通"与"精约"，乃至"经学"与"理学"、"汉学"与"宋学"等复杂的思辨观念与框架，可以"学"统括。至于"文"在其间的位置，则要看是从价值判断观之，抑或是否承认其为学问之一，与"学"并置。诚如章学诚所言，"夫考订、辞章、义理虽曰三门，而大要有二，学与文也"①。大体来说，"学"与"文"属于内与外的关系，"学"为内蕴，"文"为外显，无论如何重视"文"，都必须有"学"为根本，乃至以"道"为结穴。

胡应麟正身处理学与心学互轧的明代中晚期，却力排主流而沉潜古学，此并非偏嗜独至，而是有其学术焦虑和淑世关怀的。而"学""文"的内蕴和关系，正是其日夜思考的课题。他曾在一封给王世贞的信里透露自己的夙怀忧叹：

---

① 章学诚：《章学诚遗书》卷九《答沈枫墀论学》，文物出版社，1985，第85页。

> 间尝窃谓：文章、学问，本非二途，无论左、马、杜、韩，人皆渊洽，即六代、唐初，风轨具存。自宋熙、丰，趣尚浸异，乃一时博雅，尚有其徒。弘、正诸贤，号称复古，操觚云涌，而咸以读书为戒，至有晋、魏以还，茫然心目者。噫！是讵可闻于邻国也。故不肖妄谓国朝文章之盛，几轶古先；而学问之衰，无逾晚季。至于嘉、隆，玄谈日沸，即豪特之士崛起其间，而属辞者虞讥于堆垛，多识者取诮于支离。不有执事出而挽之，将恐两家者言浸淫无极。①

此归纳了明代文章和学问之发展，强调文章和学问原应并存，左丘明、司马迁、杜甫、韩愈等正是能兼事二者的大家。纵使宋代之诗文学术渐转向性理之学，但仍有博雅之士。只可惜，当朝弘治、正德时期的复古派先辈竟"咸以读书为戒"②；其后嘉靖、隆庆年间的心学玄谈之风又大盛；纵然尚有重视文章学问之人，但工于文辞者竟被讥为"堆垛"，博学多识者则被斥为"支离"。这些都是胡应麟必须要面对以及试图挽救的时代文化风气。③ 他年轻时应策试，论题便是关于"学"与"文"（学问与文章），《策》中道：

> 夫文以阐乎学，学以博乎文，二者未始不交相用，顾天之生才有限，士各以其性质所近，而专门名家。于是工撰述者，以文章名；务淹贯者，以学问名，而其途始分。④

他指出文章和学问可互为作用，不可偏废；但同时明白，这始终关系到人的才性天赋，因此人多偏于一端而"专门名家"。不过，若我们抽离其语境而细思"文以阐乎学，学以博乎文"一语，不单能梳辨"文"与"学"的相

① 胡应麟：《少室山房类稿》卷一一二《与少司马王公》，《明别集丛刊》（第四辑）第36册，第418页。
② 胡应麟也曾说："自北郡李氏之说兴，而文自两汉外屏百代矣。"［胡应麟《少室山房类稿》卷八六《黄尧衢诗文序》，《明别集丛刊》（第四辑），第36册，第216页］
③ 当世甚至有在文章和学术各主一端，非此即彼者，如胡应麟所言："复以当今之世，士持学术则摈词章，挟词章亦绌学术，是二人者所为皆过也。"［胡应麟《少室山房类稿》卷八四《贺张明府子环考绩叙》，《明别集丛刊》（第四辑），第36册，第202页］
④ 胡应麟：《少室山房类稿》卷一〇〇《策》，《明别集丛刊》（第四辑），第36册，第326页。江湛然主持编纂胡应麟集子，以"文学"为本《策》之题目。

互辩证关系，更可看到"文学"与"'文'学"之含义与价值层次。

（一）"文以阐乎学"：文章与学问的相互价值

道学家普遍认为，文章的作用和价值在于"修辞立其诚""辞达而已"，即其仅为充分表达道德与学问的工具。他们大抵以极致的态度发挥"有德者必有言"一说，即"道"（学）、"文"同为一事，只要培养好道德学问，文章便自然而出，不必费心于文章功夫。不过，这种想法也自然受到重视词章者的挑战，尤其明代中晚期的文人如王世贞、胡应麟等，便多番强调文章之价值。

事实上，早期理学内部也有声音对文章的价值予以肯定。程门弟子游酢（1052～1123）曾于《论语杂解》述道，孔子之言"性与天道"，"盖亦不离于文章也"。① 明代中叶，杨慎借用其时流行的游酢书信稿，并引申之：

> 游定夫一帖与友人曰：不能博学详说，而遽欲反约；不能文章，而遽欲闻性与天道。犹之欲立数仞之墙，而浮埃聚沫以为基，缔分绤分而欲温，吸风饮露而欲饱，无是理矣！②

此处特别指出"博学"与"文章"之于修养与述学的重要性，如果离开博学与文章而只谈义理心性，是虚空不切实际的，杨氏以之对理学家加以批驳。胡应麟也有近似之言，其云"士亡贵乎文，即六经咸虚说矣""士亡贵乎学，即六艺咸虚文矣"③。他同样标举学问与文章，并以之为儒士的实学实事。王世贞曾言文章对于"六经"的重要性，其道："魏文帝雄主也，威无所不加，贵富无所不极，而独慨然于文章之一端，曰经世大业、不朽盛事。丰儒从而笑之。此未可笑也，必恃理而不朽，安能续六经哉？"④ 这正是针

---

① 游酢：《游鹰山先生集·论语杂解》卷一，《宋集珍本丛刊》，线装书局，2004，第 29 册，第 208 页。

② 杨慎：《太史升庵集》卷七五《游定夫帖》，《明别集丛刊》（第二辑），黄山书社，2016，第 31 册，第 72 页。

③ 胡应麟：《少室山房类稿》卷一〇〇《策》，《明别集丛刊》（第四辑），第 36 册，第 325 页。

④ 王世贞：《弇州山人续稿》卷四五《张伯起集序》，《明别集丛刊》（第三辑），黄山书社，2016，第 36 册，第 607 页。

对奉持道学的"丰儒"而言，王氏认为不应讥笑曹丕对文章一事的宣扬，因为"六经"之义理何尝不是依靠文章才能传续不朽。对于"不朽"，胡应麟说得更明白："德与功非言弗树，若孟列达尊，轻重各有攸当，必以上次论，溺其指矣。"① 立言（文章）可能不及立德或立功重要，但亦不能轻断其价值位次，因为德、功二者实须仰赖文章以表述，才可开示后学，垂训来世，实是缺之不可。汪道昆也尝言"文以行重，行以文远"②，这正好遥应《左传》引孔子"言之无文，行而不远"之语。也就是说，即便深有所学，都必须有文章在，学离开文，不足以自存，更遑言广传？此正是"文以阐乎学"中文章最基本的意义与价值层次。

反过来说，文章功夫又自然不能离开学问，正如胡应麟所言"文章、学问，本非二途"。他认为诗文并不是简易功夫，实须细加钻研，故曾言："诗文不朽大业，学者雕心刻肾，穷昼极夜，犹惧弗窥奥妙，而以游戏废日可乎？"③ 他视诗文为必须严谨看待的"不朽大业"，并非废学终日之游戏，唯有日夜沉潜修养，才能臻其境。杨慎也认为，近世诗歌"必润以问学"，因为"问学之功殊等，故诗有拙有工"，即诗歌之工拙，关键在于为学之多寡。④

事实上，胡应麟与大多数理学家一样，都认为学问与文章源出于"六经"，两者是二而一的。只是如前文所说，理学家认为"道（学）"与"文"有内外本末之别，圣人之言乃由衷而发，未尝有作文之心，然而"六经"以后之文却大多刻意而为，因此乖离于道。胡应麟则认为，"六经"既蕴含学问，也能使人从中体会文章之妙，就看从哪个方面把握而已。就学、文共存的层面而言，他不赞同有所谓"六经"之文与"六经"以外之文的分别，即使是后代的左、马、杜、韩，同样能兼顾学问与文章。二者之所以分途而进，只是客观上时风之转易，以及人的才性天赋使然。不过，纵使性各有所偏，最理想的境界还是将两者结合。尤其文章之显，本在于学问，胡应麟在《华阳博议》便言：

① 胡应麟：《少室山房类稿》卷八九《石羊生小传》，《明别集丛刊》（第四辑），第 36 册，第 247 页。
② 汪道昆：《刻义乌骆先生文集叙》，骆宾王著，陈熙晋笺注《骆临海集笺注》"附录"，上海古籍出版社，1985，第 379 页。
③ 胡应麟：《诗薮》外编卷二，《明人诗话要籍汇编》，复旦大学出版社，2017，第 8 册，第 3257 页。
④ 参见《太史升庵集》卷三《李前渠诗引》，《明别集丛刊》（第二辑），第 30 册，第 95 页。

> 三代下，儒术之显，有出荀况、仲舒、王通、韩愈乎？然荀述礼乐，董究天人，王拟六经，韩起八代，其学皆极博也。文章之显，有出于左氏、屈原、司马、杜甫乎？然左穷九丘，屈罗万汇，马探千古，杜总百家，其学皆极博也。至于宋，文盛于辞，儒一于道矣。①

"儒术"和"文章"皆需要博学以为根底，才能显扬千秋，可是到了宋代，文人耽于辞藻，儒者专于理道，其所缺者正是博学。而宋人于学与文之弊病，竟一直延及明代。胡应麟曾在与友人的书信中简括文、学、道三种观念的古今变化与优次：

> 古道问学以尊德性，而今也，问学废于德性之尊。古源实学以著文词，而今也，实学丧于文词之著。②

"尊德性"和"道问学"语出《中庸》，二者本不可分，但自朱熹、陆九渊辩学后，其渐分而为由学之先后。胡氏言"道问学以尊德性"，加上他对学问的推崇，可推见他认为"道问学"乃"尊德性"的先决条件。可是当其之世，却只知"德性之尊"而轻视问学，这明显是针对阳明心学及其末流而发的。至于"实学"与"文词"，亦即"学问"与"文章"，亦不可分，只是若细论之，撰述文词的能力无疑源于实学的积养。可是，当世有些文人竟反过来因着重文词，而使实学沦丧。简言之，达道以问学作本，属文以实学为基，是胡应麟看待文、学、道三者的基本原则。③ 胡氏没有提及辞章与道德是否有必然关系，但与学问肯定密不可分。

总括来说，学问须赖文章阐述；而文章之辞达，亦得靠学问作为涵

---

① 胡应麟：《华阳博议》，《少室山房笔丛》，上海书店出版社，2001，第385页。
② 胡应麟：《少室山房类稿》卷一一八《报顾叔时吏部》，第36册，第470页。
③ 事实上，胡应麟始终无意介入理学的争辩，故亦较少讨论"道问学"与"尊德性"的关系。但这不代表胡氏否定道德的重要性，综观其说，他大抵认为致道不可能离于问学而独立存在，"尊德性"实融存于"道问学"之中。这其实近于清儒如钱大昕"天下岂有遗弃学问而别为尊德性之功者哉"之说。李思涯认为胡应麟对于道学观念或道文关系是采取一种"日常的平均领会状态"，也是值得参考之意见（参见李思涯《胡应麟文学思想研究》，第250~258页）。

养，这正是学与文的相互作用与价值。

（二）"学以博乎文"："'文'学"作为学术知识

胡应麟既言"文以阐乎学""源实学以著文词"，那么所言之"学"究竟有什么含义？又如何成就此"学"？这是理解胡应麟学术思想体系的关键。简言之，就是"学以博乎文"。此语可溯自孔子"君子博学于文，约之以礼""博我以文，约我以礼"，又或孟子"博学而详说之，将以反说约"。在儒门道学传统里，"博文"之终极目标是道德上的"约礼"，其"文"之内容理所当然地属于"六经"甚或后来的"四书"，也即是古代圣贤之文。至于"博""约"这一组重要的相对观念，大抵"博"对应"道问学"，"约"对应"尊德性"，程、朱重前者，据之立本；陆、王主后者，以为执要。但自杨慎掀起博学考证之风后，博学已在"道问学"和"尊德性"、"博"与"约"的辩证框架之间，另立一种"为知识而知识"的学术意识。胡应麟之"博学"既不以"尊德性"为标的，其所偏重的"道问学"对象，亦即"学以博乎文"之"文"，便已非局限于古代圣贤之文。本文引言已述，胡氏之言"文"包含了"诗赋文章"和"文献册籍"两层意思，是故所谓"学"的内涵，也就包括关于"诗赋文章"的学问，以及本诸"文献册籍"的学问。

1. 关于"诗赋文章"的学问

胡应麟回应当世之文风与学风的方法，与前述的刘勰、韩愈、朱熹及其乡先贤宋濂一样，还是本诸"六经"，但他特别标举的是"六经"之"文"，而非"道"。其《诗薮》内编一云：

> 世谓三代无文人，六经无文法。吾以为文人无出三代，文法无大六经。《彖》《象》《大传》，一何幽也；《诰》《颂》《典》《谟》，一何雅也。《春秋》高古简严，《礼》《乐》宏肆浩博。谓圣人无意于文乎？胡不示人以璞也？夫周之所尚，孔之所修，四教所先，四科所列，何物哉？[①]

---

① 胡应麟：《诗薮》内编卷一，《明人诗话要籍汇编》，第7册，第3089页。时人屠隆也说："夫六经之所贵者道术，固也吾知之。即其文字，奚不盛哉！……信文章之大观也。"（屠隆《由拳集》卷二三《文论》，《续修四库全书》，第1360册，第292页）

这段说话虽出现在论诗著作中，但因要追溯文学之源，故所谓"文人""文法"，实兼及诗文，即宽泛意义的文章。他承续"三代无文人，六经无文法"的话头，明确肯定"六经"是有文法的，并具体指出诸经各自体现的"幽""雅""高古简严""宏肆浩博"等审美特色，循此路往，可得作文之法，这与前文提及的宋濂的理解，已有很大差异。更重要的是，他将之上溯到周、孔的"四教"（文、行、忠、信）和"四科"（德行、言语、政事、文学），指出圣人是非常重视"文"和"文学"的。尤其所言"文"，为"四教"之"先"；所言"文学"，则不曰"末"而谓其在"四科"之"列"，此间语词运用之谨微，可见其对"文"或"文学"之标立推举。以此引申，儒门之内本存在关于诗文的学问，《诗薮》这类诗学著作又何尝背离周、孔之道！①

此外，三代文人既出，"六经"以外之文亦自有可博观者。王世贞曾有一段关于古代文章的论述：

> 《檀弓》、《考工记》、《孟子》、左氏、《战国策》、司马迁，圣于文者乎！其叙事则化工之肖物。班氏，贤于文者乎！人巧极，天工错。庄生《列子》《楞严》《维摩诘》，鬼神于文者乎！其达见，峡决而河溃也，窈冥变幻而莫知其端倪也。
>
> 诸文外，《山海经》《穆天子传》，亦自古健有法。②

这里以"圣""贤""鬼神"分派古代文章之质性与优次，不论三代两汉，还是经史佛老，皆可取法，无疑扩展了文学的知识领域。至于胡应麟之论文章，撇开诗学论著《诗薮》不说，不但申述"文法无大六经"，还对周汉以来的史、子之文的风格特色和衍变多有论述，这自是"博乎文"的表现。

---

① 胡氏在《诗薮》此则之前，又说："孔曰：'草创之，讨论之，修饰之，润色之。'千古为文之大法也。孟曰：'不以文害辞，不以辞害意，以意逆志，是为得之。'千古谈诗之妙诠也。"（《诗薮》内编卷一，《明人诗话要籍汇编》，第 7 册，第 3088 页）个中逻辑也是举出古代圣贤对于诗文的重视，以证明"文章非末技也"。

② 王世贞：《艺苑卮言》卷三，《明人诗话要籍汇编》，第 6 册，第 2447 页。

相对于博约，胡应麟注重的是"博也而精，精矣而博"的著述心态。如果说博与约是先后本末之关系，那么博与精则是来回往复的辩证关系。胡氏论诗"要以全举宇宙之诗"，探讨大小诗学话题。作为诗主汉魏、盛唐的复古派后学，他却反对不读衰微时代之诗歌（如六朝、五代、辽金等），认为应以"博物君子"自期，泛观博览，从而深刻掌握诗歌之道，此即"博也而精"。同时，胡氏所撰《诗薮》以"会通"的史学精神整合诗歌知识，以写史方式建构贯通千古的诗歌发展史，这正是其"精矣而博"的实践。① 对于《诗薮》，吴国伦谓其"博采精求"，王世贞评其比《史记》更为"周密无漏"，胡震亨称其"近代谈诗"之"集大成"者，②无不是以"博学"推许胡应麟。若非抱持"博乎文"的学术心态，是不能够做到这点的。

2. 本诸"文献册籍"的学问

胡应麟之"六经皆文"，不单透过文艺视野论经，以提升文学之地位，更为重要的一个层次，是将"六经"视作记载古代知识的文献材料，以为后世学术之源头。③ 这不单是对圣门以义理一途为诠经的方法与传统的消解，更试图动摇儒术、事功作为其他文献知识价值衡准的尊崇地位，从而筑构更为深广的学术知识体系。章学诚所言"辨章学术，考镜源流"，乃本诸目录、校雠之学。④ 古人对学术知识的源流发展进行考辨，有赖于搜

---

① 参见拙文《援史学入诗学：胡应麟〈诗薮〉的诗学历史化》，《文学遗产》2020 年第 4 期。

② 参见王世贞《石羊生传》，胡应麟《少室山房类稿》，《丛书集成续编》，第 146 册，第 154 页；吴国伦《甔甀洞续稿》卷一五《报王元美书》，《四库全书存目丛书》，集部第 123 册，第 716~717 页；胡震亨《唐音癸签》卷三二，《明人诗话要籍汇编》，第 10 册，第 4645 页。

③ 《诗薮》："《易》，数也；《礼》《乐》制度，声容也。《诗》《书》《春秋》虽圣笔，然犹文与事也。《左氏》于《春秋》，《离骚》于《诗》，《史》《汉》于《书》，工于变者也；《太玄》于《易》，《中说》于《语》，拙于模者也。"（胡应麟《诗薮》外编一，《明人诗话要籍汇编》，第 8 册，第 3224 页）

④ 章学诚："校雠之义，盖自刘向父子部次条别，将以辨章学术，考镜源流；非深明于道术精微、群言得失之故者，不足与此。后世部次甲乙，纪录经史者，代有其人；而求能推阐大义，条别学术异同，使人由委溯源，以想见于坟籍之初者，千百之中，不十一焉。"（章学诚著，叶瑛校注《文史通义校注》，中华书局，1985，下册，第 945 页）

集、勘察及梳辨各种书籍文献。① 自汉代刘向（公元前 77～公元前 6）父子以《七略》界划书籍文献种类，至于《隋书·经籍志》确立经、史、子、集之部类和序次，后世之公私史志书目大多以四部为基础，作出不同的分类和修正。因此，古人对学术源流之审辨大多附从于各种书志的类例纂辑。② 胡应麟《经籍会通》述道："经、史、子、集区分为四，九流、百氏咸类附焉，一定之体也。第时代盛衰，制作繁简，分门建例往往各殊，唐宋以还始定于一。"③ 简括了书志类目衍变的特质。胡应麟以其《经籍会通》《四部正讹》等著述，在中国目录学史、校雠学史上占有重要的地位。不过，这两部著作乃专就典籍之分类和辨伪作议，几乎没有涉及学术流变之讨论。这是因为他另外撰写了一部应属中国古代最早的"学术史"专著《华阳博议》，特别与目录学的话题区别开来。胡氏论"学"本诸四部，同时又将关于学术知识源流的讨论远离书志之类例分目。

　　在应乡试策问中，胡应麟曾概括"学问"为"经学"、"史学"、"典章经制"和"百家小说"四途，但这是早岁在撰写经制策论的语境下提出的。后经博闻深思，其已在《华阳博议》中确立学问四途，并且架设相当具体的系统。其云：

　　　　学问之途，千歧万轨，约其大旨，四部尽之，曰经、曰史、曰子、曰集四者，其纲也；曰道、曰事、曰物、曰文四者，其撰也。道多丽经，事多丽史，物多丽子，文多丽集。经难于精，史难于核，子难于洽，集难于该，四者之中各为门户，古今鸿巨罕得二三。大都上资天授，下极人功，纤毫弗备，尚属望洋，咫尺未跻，犹为止贲，此其难也。经之流别，爰有小学；史之流别，爰有诸志；子之流别，爰有众说；集之流别，爰有类书。④

---

① 姚名达："本来，学术的渊源，与目录学的渊源，在表面上看来，是绝对不同的两件事；但其骨子里，却仍有相通的所在。后世目录学的分类，大概不能脱离学术的分类而独立。"（姚名达《目录学》，商务印书馆，1934，第 60 页）

② 此如郑樵所言："类例既分，学术自出。"（郑樵《通志略》卷七一，上海古籍出版社，1990，第 722 页）

③ 胡应麟：《经籍会通》，《少室山房笔丛》，第 16 页。

④ 胡应麟：《华阳博议》，《少室山房笔丛》，第 384 页。

这里不单标举经、史、子、集为古代学问知识的四种类型，还简述其内容纲要、撰述特质、学术要求和部类流别（小学、诸志、众说、类书）等。与书籍分类不同，能入四部学问的学者，基本条件是能够展现识见之宏博。是故此则以下，胡氏详列了历代"博"于"经、史、子、集"与"小学、诸志、众说、类书"诸门类之重要名家。①

他又反复申述四部学问的内容性质、分类和源流等，彼此联系，编织成复杂交错的学术罗网：

> 夫小学，经也，而子错焉；诸志，史也，而经错焉；众说，子也，而实史，且经、集错焉；类书，集也，而称子，又经、史错焉，故其学各有专门也。总之，史出于《春秋》、礼乐，史则经也；子出于《大易》《论语》，子亦经也；集出于《尚书》《毛诗》，集又经也，百家之学亡弗本于经也，一以贯之，古今仲尼而已。②

于此我们可以拟想一个简单的学术层级和谱系：孔子会通"六经"，"六经"分入四部，"六经"四部错杂包综百家之学。而承载这些知识的文献册籍，正是"学以博乎文"之"文"。此外，他又概述了由汉及宋的学术发展：

> 汉尚经术，故学问之士在经术；唐尚词章，故学问之士在词章。六朝兼斯二者而皆弗如也，而名物之学兴焉；两宋兼斯三者而皆弗屑也，而义理之学出焉。世之变也，亦足观矣。③

---

① 参见胡应麟《经籍会通》，《少室山房笔丛》，第382~385页。
② 此段本书"《大易》"误作"大《易》"，见胡应麟《华阳博议》，《少室山房笔丛》，第385页。钱穆也曾说："哲学史学，亦贵通。故孔子作《春秋》，谓之史学，而不谓之哲学。孔子作《春秋》，实述旧史，仍守旧法，故史学又与经学通。又谓经史皆是文章，则文学亦与经学史学通。而出于孔子之手，为孔子一家言，则经史子集四部之学，在中国实皆相通，而学者则必称为通人。"（钱穆《现代中国学术论衡》，台湾东大图书公司，1984，第34页）钱穆之言与胡说颇近，只是历史时空背景不同，关怀各异而已。
③ 胡应麟：《华阳博议》，《少室山房笔丛》，第394页。

在儒门内部，经术与义理当为首重，但胡应麟在两者之间添补上六朝名物与唐代词章，且认为学风转移实属世之流变，没有明确为这四期之学问分定高下。这些学问均为"六经"以至百家文籍所涵括，对胡氏来说，最重要的是能否出现博学名家。① 他在列举"六经之学"的博学名家时，最后说道："宋世巨儒精于析理，博匪所先，新安后出，兼综二家，既精且博矣。"又注云："宋世博于经学亦不乏人，此举其重。"② 这里明显将宋代理学归入经学的流脉之下，但只视其为发展中的一个面向或阶段，并非必由之径。而"举其重"者，只有能做到"既精且博"（即兼"道问学"和"尊德性"）的朱熹。由此可见对性理之学尊崇地位的消解，至于不主"道问学"之心学，更是不足为论了。在胡应麟的学术知识体系中，宋元以来奉为儒门正统的道学也只是"博文"学问的其中一支而已。

值得注意的是，四部中集部属于"文学"（文章）范畴，胡应麟举出博于"集"者主要为骚、赋、诗、文四种文类，在列名家皆"目下十行，胸罗万卷，旁搜广撷，集厥大成"，即在作品中展现了渊博的学问。此外，他还论列刘勰《文心雕龙》、锺嵘《诗品》、萧统《文选》、李善注《文选》、虞世南《北堂书钞》、许敬宗《文馆词林》，以至《文苑英华》和《乐府诗集》等，即对诗文的综论、详注、博采，均属于集部之"博"学著述。故而"文学"以至关于"文学"的学问，自然也在"'文'学"的范围之内。此所以"'文'学"之"文"，既属于"文献册籍"，也包括"诗赋文章"；其"学"既有"文献"的层次，亦有"文章"的层次。包弼德形容胡应麟之学术为关于广大文献册籍的整理与学问，是对"'文'学"（wen-xue）更宽广、更开放的理解。③ 的确，观乎胡应麟之《少室山

---

① 胡应麟又补充说："汉以前其人、其学实，唐以后其人、其学虚；汉以前学者务博之实而忘其名，唐以后学者先博之名而后其实。此古今大较也，至瑰伟绝特不群之士则代各有之矣。"这个比较可见其对于博学的追求（胡应麟《华阳博议》，《少室山房笔丛》，第395页）。

② 胡应麟：《华阳博议》，《少室山房笔丛》，第383页。

③ Peter Bol, "Looking to Wang Shizhen: Hu Yinglin and Late Ming Alternatives to Neo Confucian Learning," *Ming Studies* 53（2006）.

房笔丛》和《诗薮》,前者为各类文献册籍的梳辨和研究,① 后者则属诗歌的知识与评论,合之可谓"文士考虑到的各种累积起来的知识",也就是宽广意义下之"'文'学"了。

三 金华"文学"之价值重估

金华文学传统长期以理学道统之立场为主导,如郑柏《金华贤达传》将早期文人并归"儒学"类,或如赵鹤《金华文统》般,因刘峻、骆宾王之浮辞丽藻而不录其文。弘治年间,金华名贤章懋曾与时任知府韩焘(1451~1505)商讨乡贤祠的节目位次安排,章氏建议划分:道德、儒林、忠义、孝友、政事、才行、文学、隐逸诸等目。当中"题目最大"的"道德"目,能入其间者自非吕祖谦与何、王、金、许四先生莫属。至于范浚、吴师道"虽深于经学,皆有著述,然道德恐有所未及",以其为"汉儒之类"而"以儒林目之"。至于柳贯、黄溍、陈樵、宋濂,则"不过文章之士",故"当以文学目之",此外王袆和骆宾王也分别从"忠义""才行"二目调归"文学"。陈亮因专主"事功"而置于"才行"目,而唐仲友则曾遭朱熹上疏弹劾,其行不入圣门,因此"虽有文学,恐不必列之乡贤"。至于刘峻自当归入隐逸目。② 学问偏于经术,已入次一等的"儒林";本来属于儒学谱系中的先贤,由于在道术和经术上没有出色发挥,独有功于文章,而被置于等而下之的"文学"类。唐仲友更因不合道统而遭摒弃。由此可见,章懋对于乡贤是否符合道学传统比诸明初时有着更严格的要求。及至晚明,身为后学的胡应麟则反过来以"文学"角度审视乡贤,尝试梳整金华的文学传统,提举其价值,可谓别具心思。

上文曾提及,胡应麟虽曾编写关及乡贤的《婺献》,但最终没有梓行,

---

① 汪道昆《少室山房四稿序》道:"既复出《笔丛》十编,命曰'余稿'。应麟无所涉世,第作一蠹鱼老万卷中,瑾而不僵,此其沫也。余受而卒业。其该博视《诗薮》有加。盖自十三经、二十一史、三坟、二酉、四部、九流以及百家,莫不囊括刃解。"(汪道昆《太函集》卷二六,《续修四库全书》,第 1347 册,第 114 页)至于胡应麟具体如何以"文学"与"四部之学"建构"'文'学"的知识谱系,限于篇幅,笔者将另撰文章讨论。

② 参见章懋《枫山集》卷二《与韩知府焘》,《景印文渊阁四库全书》,台湾商务印书,1986,第 193 册,第 51~54 页。

无法像《金华贤达传》《金华文统》等书直接反映其对金华先贤学问文章的态度和理解，并由此引起相关讨论。他虽曾在《诗薮》中特别论列其乡文学先贤之诗文，又或撰写阅读诗文集的心得等，但最为突出的，是以一系列诗歌颂扬其心目中的"文学"乡贤。现表录于下（见表1）。

表 1　金华地区之"文学"乡贤

组诗	题序	乡贤	内容
婺中三子诗有序	三子者，刘参军峻、沈仆射约、骆侍御宾王也。孝标以流寓，休文以宦游，宾王以起义，出奔他郡，迹三子始终，无论隐侯，即刘、骆二君，未可以婺概者。第吾邦文学，三子实首倡之，则婺虽一日之过，犹其汤沐，矧其生于斯、仕于斯、没于斯也。夫休文达矣，孝标、宾王则穷，乃其风节矫矫，咸足重婺。余既为白诸学使苏公，则复矍括其概，而隐侯为三子之篇，亦以余之穷有相类者，匪曰"气味之合"已也。	刘参军孝标（刘峻，463～521），平原（流寓）	嵯峨婺女郡，星斗垂寒芒。寥寥旷千载，气运开齐梁。 刘生实天启，乳哺随高堂。翩然自北来，烨若孤凤凰。 读书紫薇岫，一目逾十行。山栖表远志，绝交麈中肠。 千言走珠贝，七录披琳琅。含毫策锦被，倏忽惊岩廊。 遂令世主忌，坎壈终词场。龙蛇谅斯在，鸿鹄讵可量。 矫矫七尺躯，耻为万乘降。胡然际悍室，妖牝啼朝阳。 潜身叹孤犊，跛足追亡羊。太息敬通论，今古为彷徨。 （刘困于悍室，辗轲终身，常著论拟冯敬通，见史。余每太息云。）
		骆侍御宾王（骆宾王，640～684），义乌	仙李方二叶，九庙摧妖狐。刳剥尽生灵，宇内无完肤。 岳岳临海公，奋袂起菰芦。义旗举大泽，百万当一呼。 虹霓切云汉，雨泽滂泥涂。操我七寸管，问彼六尺孤。 片言吓淫牝，一战枭群奴。惜哉下阿战，倒甲如摧枯。 奇功固罔立，大义差足扶。披缄入灵隐，觅句酬跏趺。 金锤隐博浪，巨轴流江湖。固知艺文杰，讵曰器识疏。 一辞道王辟，无忝令伯徒。至今读遗草，激懦开顽夫。 （骆没后，诗文散逸。郗云卿搜录余剩，梓之。余别辑《骆氏忠孝传》详载。）

续表

组诗	题序	乡贤	内容
婺中三子诗有序	三子者,刘参军峻、沈仆射约、骆侍御宾王也。孝标以流寓,休文以宦游,宾王以起义,出奔他郡,迹三子始终,无论隐侯,即刘、骆二君,未可以婺概者。第吾邦文学,三子实首倡之,则婺虽一日之过,犹其汤沐,矧其生于斯、仕于斯、没于斯也。夫休文达矣,孝标、宾王则穷,乃其风节矫矫,咸足重婺。余既为白诸学使苏公,则复櫽括其概,并隐侯为三子之篇,亦以余之穷有相类者,匪曰"气味之合"已也。	沈仆射休文(沈约,441~513),吴兴(游宦)	六代更废兴,文士故不乏。奋迹惊才贤,乘时见髦杰。 猗欤沈隐侯,文章何烨烨。骋望游中台,违情守东越。 珮玉辞岩廊,鸣金下闉阇。沿泳双溪流,迟徊三洞穴。 会圃临春风,登台望秋月。(引沈原句)旌旆俄飞扬,剑履倏腾踏。 一代怀龙门,千秋仰骥𬴂。四声启后流,八病表先达。 尽剖洪荒秘,卓为艺林筏。儒生互雌黄,志士竞铢钺。 寥寥数千载,风流竟谁越。岂伊腐草流,尘土共渐灭。 (八咏绮习,本非绝尘,然四声之传,足俟百世。)
二怀诗有序	二怀者,张进士子同、姜禅师德隐也。一遁于仙、一遁于释,固荐绅先生所不道。然唐婺中诗流,自骆丞而下,必次及焉。即调或卑卑,固时代使然矣。夫志和浮家雪上,而休公驻锡川中。盖二君亦非老于婺者,岂贤者避地自昔共然?将词人多穷,迄今尚尔耶?夫余亦有远游之思,而未得其挫名之术也。故于二君,咸沾沾有遐慕焉。	玄真子张志和(732~774),金华	有唐迄元和,畸流尚不之。翩翩玄真子,百代恣渔猎。 雅志游松乔,奇踪轶庄列。嗒尔柱下言,超然谢津筏。 富贵轻鸿毛,轩冕等渐沫。一辞世主聘,浮家老苔雪。
		禅月大师贯休(832~912),兰溪	唐末缁流空,休公崛然起。卑卑局晚调,兀兀吐玄旨。 冥心师楚圆,苦思叶齐已。禅启天竺诠,画妙应真理。 片言忤大帅,脱身钱塘泜。一钵游岷峨,逍遥入无始。 (缁流谈禅,盛极唐末,然文彩顿乏矣。休公画理人妙,应真今传。)
婺七贤诗有序	七贤皆婺中先达,宋元以来文学士也。吕太史虽一代儒宗,顾其实有不可尽泯者,屈就兹列焉。	吕太史伯恭(吕祖谦),金华	于越称上游,婺实文献域。唐末何式微,宋南复中辟。太史虽儒宗,词华蔚天植。惜哉掩艺成,端居圣门籍。
		陈状元同甫(陈亮),永康	同甫真人豪,矫矫谢拘局。宁为跃冶金,肯作瓦全玉? 四上阜陵书,十返紫阳牍。至今华川阳,英气贯岳渎。

续表

组诗	题序	乡贤	内容
婺七贤诗有序	七贤皆婺中先达，宋元以来文学士也。吕太史虽一代儒宗，顾其实有不可尽泯者，屈就兹列焉。	唐刺史与正（唐仲友），金华	与正颇负奇，翩翩孝皇代。作吏弘风流，经国纪乡遂。 世尊考亭疏，讵掩干城锐。细行诚足矜，大德岂终累。
		黄侍讲晋卿（黄溍），义乌	侍讲起胜国，举代推词场。高踪峙虞揭，遗躅开宋王。 遂令婺女颠，光焰万丈长（韩语）。惜哉骆刘绪，缅邈空梁唐。 （侍讲元倡，宋、王继之。然风雅一途，犹三舍也。）
		柳文肃道传（柳贯），浦江	文肃兴闾阎，挥毫走当代。文事既渟泓，儒宗亦映带。 毫濡灏川洨，研涤浦阳濑。一传太史公，粘天决千派。
		吴山长立夫（吴莱，1297～1340），浦江	金华本学薮，渊颖弥锵锵。潜心事大业，奋志游羲皇。 一命讵足荣，千秋在文章。鸥鸢亦奚事，腐鼠矜鸾凰。
		陈隐居君采（陈樵，1278～1365），东阳	元季多奇人，出语必惊众。山川纵吞吐，造物时簸弄。 魂梦游玉楼，敲推入醋瓮。嗟彼龙豹姿，甘为鬼才用。
邑三贤诗有序	余邑当宋元，得贤者三人，皆深于经术，不可以文艺尽之。乃其著述班班，足考镜也。作三贤诗，俾毋以质掩其文焉。	范隐君茂明（范浚，1102～1150），兰溪	濯濯香溪流，汀洲杂兰芷。之子怀清芬，南渡勃然起。 大隐弘高风，真修味玄旨。遗文讵必多，一脔见嚼矢。 （邑有文集，自茂明始。今香溪旧刻尚传。）
		金文安吉父（金履祥），兰溪	吉父英雄姿，凤负济时略。不受帝王知，遂工贤圣学。 著述逾三车，卧游历五岳，至今尚典刑，遗像俨丹腹。
		吴礼部正传（吴师道），兰溪	煌煌礼部公，执戟隐金马。怜才若饥渴，片善必挥洒。 余日酬诗歌，居然振大雅。世无扬子云，谁为好玄者。 （正传著《敬乡前后录》《礼部诗话》等编，采掇故实，勤至亡比。）

组诗	题序	乡贤	内容
读国初四君遗集有序	文章国初越最盛,越中婺最盛。浦阳、义乌、金华三数君子者,虽风调沿袭宋元,而淳庞敦大,蔚然开一代先。李献吉云:"金华数子真绝伦。"非溢语也。诗歌稍左次当行,亦往往有足观者。余读四君遗集,慨然其人。人为四韵,以识余臆。	宋学士景濂(宋濂),浦江	猗与太史公,振代见才杰。百氏勤雕锼,二典恣渔猎。雄章发天造,大手扬帝烈。至今艺士林,冠世推阀阅。
		王忠文子充(王袆),义乌	忠文起草昧,弱冠宣王猷。雄才动宸宁,大节扬蛮陬。肝肠凛铁石,毛发如悬疣。巍巍文士烈,烨烨垂千秋。
		苏内翰平仲(苏伯衡),金华	奕奕空同生,名家出华右。雕龙擅制作,绣虎威百兽。才启北地先,裔属颍滨后。遂令赤松顶,峨眉郁同秀。(平仲,颍滨九世孙,亦号空同子,在献吉前。)
		胡教授仲申(胡翰),金华	才贤萃吾婺,仲子维吾宗。双溪濯蘅杜,三洞扪芙蓉。霜蹄繁百里,天门恨九重。寥寥信安集,一窥窥良工。(仲申所传《信安集》甚寥寥,读者不无遗恨云。)

这一系列诗歌咏赞了金华地区自南朝梁至明初的十九位先贤,分为《婺中三子诗》《二怀诗》《婺七贤诗》《邑三贤诗》《读国初四君遗集》组,虽然都辑存在《少室山房类稿》卷一七,① 但难以确定是否为同时期的作品。五组诗歌大体按时序次,首二组萧梁、李唐,次二组宋、元,末一组明初。但《婺中三子诗》以刘峻、骆宾王、沈约排列,或因沈约只是流宦其地数年,处于金华传统的边缘位置,故附在刘、骆之后。至于《婺七贤诗》和《邑三贤诗》具体按地域划分,"婺"是指婺州,即整个金华地区,"邑"则为胡应麟之县籍兰溪,故两者有府县之别。我们从先贤的

---

① 参见胡应麟《少室山房类稿》卷一七,《明别集丛刊》(第四辑),第 35 册,第 128~131 页。值得注意的是,《读国初四君遗集》后还有一首《宋王二隽篇》,乃记宋濂之子宋璲及王袆之子王绅。只不过,二人虽有"文艺一端",但胡应麟其实对宋之书法、王之孝行更为赞赏,故是篇并非颂其"文学",本文亦不列出。

选取编排，可以看到胡氏对乡邦文学的想法——消解以理学为主导的"文统"，整合艺文视野下的金华文学。

首先，这五组诗歌并不构成一个严格的谱系，却明显地以"文学""文学士"为目收编金华之先达，并以刘峻、骆宾王和沈约三人为"首倡"。这里的文学正是本文开首所说的"诗赋文章"义。刘、骆、沈三人中，胡应麟明显对刘、骆二人更为青眼有加，他在自传《石羊生小传》便言："婺先达无若刘孝标、骆宾王二子。孝标博洽冠古今，当梁武忮君不少殉，而宾王武氏一檄，为唐三百年忠义倡。"他为二人补传记、辑遗文，终让宾王享祠、孝标暴显，并以此自诩。① 在《婺中三子诗》组诗中，他更透过诗歌对他们的学问才思表达敬慕赞叹，乃至惋惜其生命之多舛；再加上曾游宦于此的沈约，"吾邦文学"之地位得以确立。这是从广阔的诗文发展视野来看待与乡地金华有关的三位诗文名家。孝标、休文虽然一为寓客、一为仕宦，但从"嵯峨婺女郡，星斗垂寒芒。寥寥旷千载，气运开齐梁""四声启后流，八病表先达。尽剖洪荒秘，卓为艺林筏。儒生互雌黄，志士竞铁钺"等诗句，可见其为金华文章开天地、为诗文格律辟新局的价值意义。至于刘、骆二人之"矫矫七尺躯，耻为万乘降""固知艺文杰，讵曰器识疏"，其耿直之志、忠义之姿，对胡氏来说亦堪作金华文士典范。

除此以外，胡应麟还特辟《二怀诗》，将两位唐末诗人张志和和贯休召归到金华的词场之中。胡应麟说得明白，张志和逸于仙道，释贯休遁入佛门，皆久为宗奉道学的荐绅先生"所不道"。事实上，胡氏也承认因为气运所关，二人诗作"调或卑卑""文彩顿乏"，然而在唐代金华诗歌的实际发展中，始终是不可扬弃的。此可见胡应麟以"文学"为大端，为金华文学传统上溯端绪，下接诗流，修正和扩大以宋代理学为金华文宗的焦点和界域。

---

① 胡应麟在《石羊生小传》又言："夫刘、骆两生是非旁午，历千余载，至生而始定。"[胡应麟《少室山房类稿》卷八九，《明别集丛刊》（第四辑），第 36 册，第 247 页] 王世贞《石羊生传》也指胡氏："好称说前辈风节，尝怪其郡者梁刘孝标之介、唐骆宾王之忠，而世仅仅以文士目之，当由作史者盲于心故。……上之采风使者苏君禹，君禹雅敬信元瑞，趣下其事，宾王得以乡贤祀郡城，而孝标亦暴显。"（胡应麟《少室山房类稿》，《丛书集成续编》，第 146 册，第 154 页）

除了补上萧梁、李唐时期的金华名贤，胡应麟还得重新诠释和擘画宋元"文学士"这一庞大板块。宋元文章学术以理学为重，虽然胡氏不喜谈理学心性，但若果将与理学有关的名贤从严黜退，则几乎无人可咏矣。胡应麟特别从府郡和县邑两个层面统整金华前贤，分别咏赞。《婺七贤序》便指出吕祖谦、陈亮、唐仲友、黄溍、柳贯、吴莱和陈樵七人乃"宋元以来文学士"；对于"深于经术"的同邑三贤范浚、金履祥和吴师道，亦说"俾毋以质掩其文焉"，具体表明所关注的是"文"（文章）这一部分。易言之，胡应麟是以"文苑"眼光取代"儒林"视角，来审视这些乡邦贤达的。

对于宋元金华文士之首的吕祖谦，胡氏评价道："吕太史虽一代儒宗，顾其实有不可尽泯者"。他明确肯定吕氏作为"一代儒宗"的身份地位，但亦强调其"不可尽泯者"，即艺文方面的表现，故诗中叹道："太史虽儒宗，词华蔚天植。惜哉掩艺成，端居圣门籍。"吕氏之天赋词华应该获得重视，然其艺文贡献反为"端居圣门"所掩盖，并成世人之定见，这正是胡氏感到可惜的地方。此外，与吕祖谦同时的陈亮，因不同意程朱理学而在金华的乡贤地位屡受质疑。① 不过在胡应麟眼内，推重的是其论体之势、豪雄之气。除了诗中"四上阜陵书，十返紫阳牍。至今华川阳，英气贯岳渎"之语，胡应麟还曾评陈亮《酌古论》能展现勃勃英气，文章则"步骤苏氏兄弟，时时错杂稚语其间"②。此外，遭受程朱儒门唾弃的唐仲友因得胡应麟的艺文青眼，故亦进入金华"文学士"之列。

相反，何、王、金、许四先生秉承朱子理学正统，其道学文章向为乡地所推重，《金华文统》更誉之为"文法"之典范。但在胡应麟整列和歌颂的"文学"乡贤里，竟抹去四先生之称，独选金履祥一人，明显不认同以道学为重的文学观。胡氏曾在给同郡后辈李茂能的书信中，论列婺之人才：

　　吾与足下，婺产也。婺，越之东国也。厥初人才何如哉？学术则孝标之博，洽笼千秋；诗歌则宾王之绮，藻焕百代；而皆婺产也。唐

① 参见张会会《明代乡贤祭祀中的"公论"——以陈亮的"罢而复祀"为中心》，《东北师大学报》（哲学社会科学版）2015年第2期。
② 胡应麟：《少室山房类稿》卷一一六《题范茂明淮阴先生辩陈同父〈酌古论〉》，《明别集丛刊》（第四辑），第36册，第369页。

宋之际，稍陵夷焉。伯恭、同父一再振之，至黄晋卿、柳道传、吴立夫辈，联翩胜国，殆十数家，而婺之才遂以一郡踞海内者十之三。至王子充、苏平仲、胡仲申辈，驰骤皇朝，又十余家，而婺之才遂以一郡割海内者十之六。盖至于宋文宪景濂，而一代之才，咸归吾婺矣。①

此信实可与上列组诗并置参看。胡氏所举金华的"厥初人才"正是刘峻和骆宾王。二人分领"学术"（学问）和"诗歌"（文章）两个范畴，亦足千古留名。至于信中畅论的吕祖谦、陈亮而下诸公，亦大体与组诗之列相对应。在组诗中，胡应麟主要抒写这些先贤的形象、功业、代表作品和文章影响力等，而有关儒宗圣门的描述，仅及一二而已，因此对四先生只字不提，亦是顺理成章。如此突出词场文风、消减理学儒宗的文学收编工作，可见金华"文献域"到了胡应麟手中，已将道统圣域变作文苑词场，以印证金华地区千百年之文章灿然。

四　金华"文献"之再理解："'文'学"的大传统与小传统

乡地文化传统的建构和自我身份的认同，主要在于辨析本土与他域之殊异，又或诠释中央与乡地的互动。罗时进指出，文学文化传统应注意"大传统"和"小传统"，前者代表国家都市的精英文化，后者即乡里宗族的风尚习惯。他提醒道："讨论地域文学社群的地方性和基层性，并不应将它和社会上层结构、文坛主流作家对立和割裂开来。"② 如是者，当我们思考以至形塑地方认同或所谓"小传统"时，亦不可忽略其与"大传统"的各种联系与映带关系。本部分主要谈的，便是胡应麟如何就其乡地与全国的学术思想，贯通"'文'学"的"小传统"与"大传统"。金华地区在南宋元初开始有"小邹鲁"之誉，本意为此地之圣学仁教能承续以周公、孔子为代表的"邹鲁"学问统绪。虽然胡应麟没有直接提到"小邹

① 胡应麟：《少室山房类稿》卷一一九《报李仲子允达》，第 36 册，第 477~478 页。
② 罗时进：《文学社会学：明清诗文研究的问题与视角》，中华书局，2017，第 47~49、67 页。

鲁"之名，但曾言"婺中旧有邹鲁之称"，可见其了解邹鲁学统与金华学术（小邹鲁）的比附关系。

关于金华"文献"，前文曾述本有继承儒学正统之意，宋末元初以后，金华朱子学兴，则特别指向承传程朱理学道统之贤者。当然，"文献"亦自有典籍资料的基本意思，胡应麟谈论吴师道的学问时便说："今去吴公仅二百载，而文献之详遂弗得而睹。"① 此"文献"即著述篇什。不过，当胡氏将"文献"与地方合称，或指称某人时，意思便大抵指向才人学士，如言"古今称文献，则首三吴矣。而吴之才至国朝而犹盛"；更尝称李梦阳、何景明和高叔嗣这些文士为"中原文献"②，个中意涵明显迥异于儒门内部对"中原文献"的理解。他又曾引述时贤寿郡伯张公的说话："婺为文献薮窟，自沈隐侯以风流倡，唐宋胜朝代有其人。"③ 这里对"婺为文献薮窟"的描述，实近于前引组诗胡应麟对吕祖谦的评述："于越称上游，婺实文献域。唐末何式微，宋南复中辟。"胡应麟认为，在唐宋二代"金华文献"升沉的关掟，吕祖谦处于"复中辟"的位置。如果我们接上"唐末何式微"句以至《婺中三子诗》，可推知所谓"文献"，在胡应麟看来应始盛于刘峻、骆宾王，乃至于寿郡伯张公许以"风流"的沈约。胡氏曾直言："婺自刘、骆两才人肇兴，其后迄以文献甲寰内。"④ 由此可以想见，虽然金华在宋元以后才以"文献"显隆于全国，但才人之肇始实自分属"学问"与"文章"两个领域的刘峻和骆宾王。然则胡应麟所理解的金华"文献"，已非宋元以来乡地先贤所尊奉的理学道统贤者，而是指透过著述文章以展现"学问"与"文章"的才学之士。

如果说金华"文献"之端绪从吕祖谦上溯到刘峻和骆宾王，是对"小邹鲁"传统的重新诠释，那么由"道学"向"'文'学"的学术转换，更

① 胡应麟：《少室山房类稿》卷一〇六《题吴礼部敬乡录诗话杂记后》，《明别集丛刊》（第四辑），第 36 册，第 371 页。
② 胡应麟：《少室山房类稿》卷八六《唐长公诗集序》，《明别集丛刊》（第四辑），第 36 册，第 221 页；《少室山房类稿》卷一二〇《报张中丞助父》，《明别集丛刊》（第四辑），第 36 册，第 493 页。
③ 胡应麟：《少室山房类稿》卷八四《寿郡伯张公五秩序》，《明别集丛刊》（第四辑），第 36 册，第 199 页。
④ 胡应麟：《少室山房类稿》卷八三《范浚先生集序》，《明别集丛刊》（第四辑），第 36 册，第 182 页。

可谓辟出一条与"邹鲁"传统紧密衔接的道路。"小邹鲁"之称本以义理
道统作为周、孔圣门嫡传，胡应麟则认为落实孔子"博文"之教，才能登
堂入室。而博文的具体实绩，正在"'文'学"一科。前文已述，此
"'文'学"实际包纳了"文章"和"学问"，但"文章"之道既不以道学
家为准的，"学问"之途也非仅存于道学家语录之中，而是在于切实地处
理文史知识和典籍问题的"笔札"与"载籍"，并以之成为博学之君子。①
而所谓"博学君子"之典范，又舍孔子其谁？胡应麟认为，孔子之伟大是
能在"经天纬地以为文，格物致知以为学"之余，还可为"万代博识之
宗"。他在《华阳博议引》云：

> 古今称博识者，公孙大夫、东方待诏、刘中垒、张司空之流尚
> 矣，彼皆书穷八索，业擅三冬，而世率诧其异闻，标其僻事。……仲
> 尼，万代博识之宗，乃怪、力、乱、神咸斥弗语，即井羊、庭隼间出
> 绪余，累世靡穷，当年莫究，恶乎在耶？以余所揆，古今大学术概有
> 数端，命世通儒罕能备悉，辄略而言之，核名实、铲浮夸、黜奇衺、
> 奖闳巨、掇遗逸、抉隐幽、权向方、树惩劝。②

这里指出，孔子虽曾说"不语怪力乱神"，但《孔子家语》载孔子本人也
曾提及"井羊、庭隼"这些异闻僻事，证明作为"博学君子"，实应讲求
博识多闻，即便掇遗抉隐，也是"古今大学术"之一端。此外，胡应麟在
《华阳博议》正式提出"四部"学问之前，便述道："累世不能穷其学，
当年不能究其礼，仲尼之博也，而以防风、肃慎、商羊、萍实诸浅事当
之，则仲尼索隐之宗而语怪之首也。"③ 其"博议"之始，即指出孔子之
"博"并非只有道学家所专注的"六经"之文，还包括"索隐""语怪"
这些"百家小说"之学。这是对"博文"之说的重要诠释，置于整部著作

---

① 胡应麟曾道："今之儒者自占毕世资外，茫乎昧乎，含哺鼓腹，太平之世，则亦已矣。何
　至视笔札为仇雠，以载籍为疣赘……"[胡应麟《少室山房类稿》卷一〇〇《策》，《明
　别集丛刊》（第四辑），第36册，第329页]
② 胡应麟《华阳博议引》，《华阳博议》，《少室山房笔丛》，第381页。
③ 胡应麟《华阳博议》，《少室山房笔丛》，第382页。

的第一则，更具破而后立的意味。可见胡应麟主张博学，并非一味炫博，而是策略性地将孔子拉进其所整合的"大学术"（"'文'学"）之中。或者说，在"至圣先师"与"博识之宗"两种面相之间，胡氏更为突出地将后者作为追范孔子的治学根本。至于在胡应麟之世能接近孔子这种博识之学者，当首推王世贞。前文已述胡应麟曾赞扬王世贞之文章学术能入孔门之室，而其所列举的王著包括：属于诗文评论的《艺苑卮言》、文史博物类著述的《宛委余编》，以及对旧日诗文删削改编的《凤洲笔记》等。[①]在胡应麟眼中，这些"笔札""载籍"均属于文士对于文化知识的搜集及文献整理的实绩。胡应麟近慕王世贞，远宗孔夫子，辨析标举其文与学，俨然两座桥墩，筑起千古文章学问之大桥，主导着以"'文'学"为根本的学术观念与各种相关议题。

在这个千古学术的"大传统"上，肯定有其乡金华的位置。胡应麟对孔子"博文"的诠解，标立"四部之学"的体系，无疑为"邹鲁"传统赋予新的演绎，也肯定由此改易了"小邹鲁"传统之内涵。在《华阳博议》里，胡氏细辨和列举"四部"诸种类目的博学者。按照胡应麟对孔子以后学术的诠释，金华地区中最先合于"博"学轨辙者，毋庸置疑是已纳入乡邦文化传统谱系中的刘峻。他指出，刘峻的学术范畴乃博于"众说"之"言"者（即《世说》之注），以及博于"类书"之"名物"（即《类苑》之纂）[②]。胡氏分别从子部和集部简评刘峻学问之渊博，谓其皆非读书博识不能致，故云"千言走珠贝，七录披琳琅。含毫策锦被，倏忽惊岩廊"。事实上，博类名物之学本身也是胡氏个人的学术志趣，他年轻时曾编《百家异苑》，壮岁则陆续完成《少室山房笔丛》和《诗薮》等学术著作，均代表着"'文'学"领域的开拓及相关知识谱系的重整。

---

① 胡应麟《少室山房类稿》："乃先生学术，尤有不易言者。《卮言》《宛委》《笔记》诸编，核元会运世之始终，酌皇王帝霸之高下，洞仙释怪神之窅眇，抉昆虫卉木之幽微，以追一技一长之浅深工拙……先生顾网罗囊括，恢恢有余。嗟乎先生之于斯术也，可谓至矣、极矣、美善尽矣、蔑以加矣。"［《少室山房类稿》卷八一《弇州先生四部稿序》，《明别集丛刊》（第四辑），第36册，第167页］王世贞特别在《四部稿》为其学术著作辟出"说部"，以表现"学问之宏"，《艺苑卮言》和《宛委余编》即被编排其中。至于《凤洲笔记》本为诗文删选，故于《四部稿》分散在诗、赋、文诸部。

② 参见胡应麟《华阳博议》，《少室山房笔丛》，第384页。

　　刘峻之后，入于四部之博者还有沈约和骆宾王。胡应麟将沈约置于"小学"的"博于音"者，是因为其四声之学。骆宾王则属于"集"部内的"文之博"者，除了诗赋，骆宾王最突出的文章肯定是著名的《讨武曌檄文》。至于向来被奉为金华学术端绪的吕祖谦，胡应麟将之安排在史部，其云："子玄之《通》、君实之《鉴》、伯恭之《节》、元晦之《纲》，综兼诸史，并以博称。"吕祖谦以经史典籍的整理和著述闻名，胡应麟则特别举其《十七史详节》，以彰显吕氏史学之功。除了"四部"各类属的专门名家，胡应麟也甚为注意能兼采博通者，故有所谓"文士儒流博通二典者"和"历世文人学士有功经术者"。其中后者尤为重要，在列的金华先贤便包括：吴莱、柳贯、黄溍、胡长孺和吴师道等。① 能文而兼经，在某种程度上消融了文学和经学之间高下轻重的价值判断。在胡应麟建构的学术知识体系中，所举之金华先贤在经、史、子、集四部都有体现学"博"的文章或著述。此可见"'文'学"之学术轴心，如何重新诠释金华"文献"之含义，证成和贯通"邹鲁"与"小邹鲁"两个大小学术传统。至于胡应麟，正肩负"博文""'文'学"之学术传承，以为自我之期许。

　　事实上，自明代中期开始在儒家的领域内外已形成由"直观主义"（Intuitionism）趋于"智识主义"（Intellectualism）的学术转移。胡应麟这种以"文"为"学"、为学术而学术的态度和志向，可谓这股流风之下的一种写照。包弼德曾以"文"的切入视角，考察唐宋如何考虑"道"与"文"在士人之间的互动关系，以论证"士的转型"，即既有恢复儒家道统的"儒士"，也分化出以知识文化为己任的"文士"②。他同样以"文"考察胡应麟，认为其所重"博文"已脱离金华之道学传统。但是，这不代表胡氏之学术思维完全独立在儒学之外，以及对金华的"文""学"传统漠不关心。相反，为了对抗理学轻"文"、玄谈废"学"之风，除了仰望王世贞，他亦有必要进入儒学系统，取用其话语，以重新诠释"学"与

---

① 参见胡应麟《华阳博议》，《少室山房笔丛》，第 383~387 页。

② 包弼德："由于在学的方面存在文与儒两种角度，这促使我拒绝将所有的士归为儒生，以及将所有的士学归为儒学。"（包弼德：《斯文：唐宋思想的转型》，刘宁译，江苏人民出版社，2001，第 19 页）陈广宏也提及明代的相关情况（参见陈广宏《诗论史的出现——〈诗源辩体〉关于"言诗"传统之省察》，《文学遗产》2018 年第 4 期）。

"文"的关系,提振"博文""'文'学"之内涵与价值。另外,本来奉守道学的金华传统到了明代中晚期虽已大不如前,但不致消亡殆尽,那么胡应麟对金华诗文学术传统的重新省视,以至为后学李能茂等论列先贤,皆可看作一种"移花接木"式的尝试,从而启导乡地文化的方向与愿景。

胡应麟在晚明金华地区一度成了文教宗主。后学吴之器《婺书》中"文苑列传·胡元瑞传"便指:"后司马(汪道昆)殁,而应麟愈重。诸词客裹粮入婺者踵相接,皆以事弇州、伯玉者事之,莫敢异词。"① 晚年隐居的胡应麟负盛名于乡间,以其诗文学术之所得引领地方文化风潮,乡邦的新生代如李能茂、斯一绪等先后尊奉之。李能茂本为胡应麟推赏,可惜早逝。斯一绪则联合同乡诗友龚士骧、吴之器、章有成等组织"八咏楼诗社",成员大都推称宗奉胡应麟,相互倡和论学,故金华一时之俊彦多以诗文为重。其中出身兰溪的章有成,乃金华道学拥护者章懋之曾孙,但其倾心赏慕的不是哪位道学家,而是标榜诗文、博学的胡应麟。他曾编撰《金华分灯录》《诗薮稗篇》等,又参与了万历后期由金华知府江湛然主持的纂辑胡应麟全稿的校刻工作,可见其学术取态,正是胡应麟之继者,而非祖上之所宗矣。

结 论

综上所述,胡应麟对金华地区学术传统的诠释,不但是理解其所关注的乡地学术议题的背景,更是胡氏据以重省乡地传统,从而突破"一时一方"狭隘关怀的利器。胡氏透过这些规划整合,将地方与全国、古圣与今贤的文章和学问的价值与特色妥善地榫合起来,体现其以"博学君子"为文化价值的肯定与自我期许。如果说刘勰之重视"六经"之文,是从文章学角度阐发的以"文"为"术",那么胡应麟扬榷儒门"'文'学",发挥孔子"博文"之教,以叙写经籍之流,建构"四部"之学,乃至将"文法无大'六经'"作为诗学之源,从文学到文献册籍,皆可算是从学术史视野观照的以"文"为"学"。如此,我们必须进一步反思,"文学"/

---

① 吴之器:《婺书》卷四,明崇祯十四年(1641)刻本。

"'文'学"能否放置到学术史、思想史中加以审视考量？它又与经学、理学生发出哪些互动或对应的关系？我们知道，宋儒其实已开始讨论义理、考据、词章这三者的相互关系。由宋儒到清儒，对于"文"的阐述大抵从"词章"之义。不过，"文"之不同讨论语境，实际可分为文字训诂、史子著述、艺文创作和文献经籍等诸多层面。比如阳明之言"博文"，乃收束在"约礼"之内；朱熹所持"博文"，则重文献考释而轻艺文。至于胡应麟之"博乎文"，则以四部统摄贯通，将孔门"'文'学"之"文"扩展到最宽广的范畴和意义。在"'文'学"之中，"文学"的价值得以大大提升，甚至能从学术史的边缘趋近中心位置，庶几与义理和考据、理学和经学等量齐观。

事实上，如果我们承认"词章"也属于儒学内部之事，那么胡应麟之"'文'学"无疑已参与到儒学以至广大学术的大道之中，更何况其"博文"，实际包括对各种诗赋文章及文献经典的博览精思，而非单从诗学、史学、目录学或辨伪学等个别视角，就能把握其整体的学术思考与知识体系。至于从宋明清的文学发展来看，传统经学、理学，乃至史子、道释等知识范畴，理所当然地常与文学书写伴随流转，不过我们也应注意，晚明文士对于"文学"的思考，实已上升到以"文"为"学"的学术思想层面，既扩展知识畛域，也深化之学与学问的相互关系，这对于晚明以后文学或文学批评等的发展造成什么影响，仍须审辩。

（本文原刊于《汉学研究》2021 年第 2 期）

康海落职与"前七子"的初步塑造

——关于弘、正复古思潮的一个原发性问题

孙学堂*

内容提要 文学史关于"前七子"的记载存在一些疑点,如七人是否构成文学集团,是否在弘治末或正德初就有了清晰的文学派系意识等。这些疑点的源头,可以追溯到王九思、张治道、李开先关于康海落职的相关记述。对于至为关键的"康长公行述事件",他们的记述过于强调文学层面的派系斗争,夸大了康海的文章成就和文坛影响,从而在一定程度上遮蔽了康海的现实关怀和政治理想。这些带有主观性的记述,塑造了一个以康海、李梦阳为领袖的复古文学集团,为文学史上"前七子"的层累式书写拉开了序幕。

关键词 康海 李东阳 前七子 复古派

文学史上关于某些事件或思潮的记载,有时一开始便不尽符合历史原样,又经后人多次塑造,成为"层累式"的文学史叙述。这个过程中存在许多原发性问题,需要研究者通过对史料的仔细辨析予以清理。① 对"前

---

* 孙学堂,山东大学文学院教授;出版专著《明代诗学与唐诗》等。

① "原发性问题"是左东岭教授提出的概念,指"在某一学科、某一领域,或者某一重大学术问题的开创期或形成期,受到时代思潮、个体素质或学术自身进展的限制,产生的足以影响后来研究的种种先天不足"。随着时间推移,人们将当初临时形成的"或然"体系建构视为"必然"学理现象,本来还是"问题"的东西被学界误认为确定无疑的"知识",因此"要想在学术研究上取得根本性突破,就有必要重新回顾历史,将这些所谓的'知识'重新变成'问题'并加以检讨"(左东岭《中国古代文学研究的原发性问题》,《文艺研究》2021年第8期)。按笔者浅薄的理解,"原发性问题"相当于"原发性错误",但历史难以证伪,史料解读有一定弹性,孰是孰非难以遽然定论,故被称为"原发性问题"。

七子"及康海领袖地位的塑造，便是明代弘、正复古思潮研究需要清理的一个此类问题。

一 问题："前七子"集团和康海领袖身份质疑

按照文学史的通常看法，"前七子"是明中叶重要的文学社团。而有些学者发现，这一常识很可能靠不住。早在 20 世纪 80 年代初，简锦松就认为："事实上，'七子'之说，仅是康海等关中人士所提出的，与李梦阳的主张，并不相符合。"① 加拿大学者白润德（Daniel Bryant）赞同这一发现，并通过交游考更细致地论证了"前七子"并非一个"轮廓清晰、观念齐整的群体"②。近年来，师海军也通过梳理"前七子"的赠答诗及与"七子"称号相关的文献，发表了类似的看法。③ 与此相似，陈国球认为，明中期人们相与标榜的名目很多，"'前七子'的名目不能作准；论参与其中的，实在远超七人，实际居领导地位的，则只有李梦阳、何景明等三数人"④。黄卓越、郑利华沿用了"前七子"的称号，更细致地梳理了"七子派"多至十数人乃至数十人的"入盟"成员，却并未充分论证"七子"在这一"派"中的特殊地位和特殊关系。⑤ 郑利华《前后七子研究》第二章"京师结盟与复古活动的倡起"认定七人处于"核心地位"，依据的主要材料是康海作于嘉靖十一年（1532）的《渼陂先生集序》，序中说：

---

① 简锦松：《李何诗论研究》，硕士学位论文，台湾大学，1980，第 56 页。
② 白润德：《"前七子"探实》，孙学堂译，《中国诗歌研究》（第十一辑），社会科学文献出版社，2015。
③ 参见师海军《明代"前七子"正义之一——以"前七子"诸人聚合、交游及其文学主张为考察中心》，《湖北社会科学》2016 年第 12 期；师海军《明代"前七子"正义之二——以明代"前七子"提法形成为考察中心》，《湖北社会科学》2017 年第 4 期。
④ 陈国球：《唐诗的传承——明代复古诗论研究》，台湾学生书局，1990，第 14 页。
⑤ 黄卓越《明永乐至嘉靖初诗文观研究》列出"前七子派主要成员"四十四人，这还不是全部。作者也认为："历史上流传下来的'前七子'说法即显得很不准确，因此也大约只算是一俗成的标志而已。"（北京师范大学出版社，2001，第 128 页）涉及"前七子"发展阶段的论著，有廖可斌《明代文学复古运动研究》（上海古籍出版社，1994）、雷磊《前七子派的兴起及其发展的阶段性》（《求索》2007 年第 12 期）等。如果只是根据七人所任官职、所在地点推断他们的文学活动，其实找不到七人交游唱和活动的确凿信息，这与关系密切的"后七子"差异明显。

我明文章之盛，莫极于弘治时。所以反古俗而变流靡者，惟时有六人焉。北郡李献吉、信阳何仲默、鄠杜王敬夫、仪封王子衡、吴兴徐昌谷、济南边廷实，金辉玉映，光照宇内。而予亦幸窃附于诸公之间。①

这是今日可见的最早列出"前七子"全员名单的文献，康海在该篇序文中明确说自己"附于诸公之间"，又有"先秦两汉、汉魏盛唐"的话头，所以该文向来被视为"前七子"结社或结盟的证据。但值得注意的是，康海说"时有六人"，可能是说他们最杰出，而未必是说他们一起参加文学活动。因此用这条材料证明"前七子"是一个关系密切的文人集团，理由还不够充分。

在结社研究方面，郭绍虞先生《明代文人结社年表》《明代的文人集团》和较新的成果如李玉栓《明代文人结社考》都没有"前七子"条目。② 何宗美《文人结社与明代文学的演进》上册有"前七子结社""复古派文人的结社唱和"等小节，依据的主要材料是李梦阳《朝正倡和诗跋》，其中谈到的十九人与"前七子"差异巨大，且据其"诸在翰林者不录"一句，列出十多年间入翰林者一百零三人，认为"其中很大一部分"参加过李梦阳的京师唱和，而未论及"前七子"的特殊关系。该书下册也有"前七子结社"条目，所用材料如王廷相《大复集序》提到何景明登第后与李梦阳"为文社交"，陆深《与郁直斋》提到"追念长安诗社"等，皆不足以证实其所言为"七子"之社。③ 叶晔梳理过弘治、正德年间的各种文学称号，认为"七子"之说"在当时没有什么影响，甚至找不到确凿的文献证

---

① 康海著，金宁芬校点考释《对山集》卷二八，社会科学文献出版社，2016，下册，第372页。本文引该书，个别标点不同，以下不再注明。
② 李玉栓《明代文人结社考》有"康海诸人结社""李梦阳诸人结社"条，依据张治道《翰林院修撰康公海行状》和《列朝诗集小传》中的杭济小传，"边贡结社"条仅据边贡"独怜诗社冷"之句，证据薄弱（参见李玉栓《明代文人结社考》，中华书局，2013，第70、72、85页）。
③ 参见何宗美《文人结社与明代文学的演进》，人民出版社，2011，上册，第159～160、211～221页；下册，第112页。

明它在'七子'生前就已经存在"①。这些意见更能代表研究前沿的看法。

基于这样的认识，进一步的研究应该考虑，"前七子"很可能是后人回顾文学史时层层建构出来的概念，有必要细致考察这一称号是如何出现以及流行起来的。

当前学界普遍认为"前七子"与"茶陵派"决裂的标志是以康海为中心的一个文学事件。正德三年（1508）康海之母去世，次年将与康海之父合葬。康海没按当时翰林文官的通例请李东阳等内阁重臣撰写碑传志铭，而是自己写了行状，请李梦阳、王九思、段炅撰写碑传志铭。康海还公然将这些文章汇刻为《康长公世行叙述》，并且分送馆阁诸公。这是明代文学史上一桩重要的"公案"，为了表述的方便，下文将其称作"康长公行述事件"。一般认为，在此事件之前，"复古派"处于李东阳和"茶陵派"的羽翼下。② 其实，"复古派"和"茶陵派"都是后设视角观照下的集团概念，"派"的分野在当时并不存在。何宗美梳理了茶陵派的相关史料，发现是钱谦益"在文学史上第一次勾勒出茶陵派的基本轮廓"③，"茶陵派"的概念出现在"层累"的文学史叙述中，在真实的文学史中并未出现过。"复古派"存在相似的"层累"现象。正德六年（1511）李梦阳作《朝正倡和诗跋》，次年顾璘作《关西纪行诗序》，皆深情回忆弘治间诗歌唱和的盛况，怀念这一轮诗歌唱和的引领者储巏、乔宇、邵宝及参与者何孟春等人——这些人都是李东阳的门生。可见这两位"复古派"活跃人物直到正德前期并无明显的标异于人的阵营或宗派意识。

学界之所以重视"康长公行述事件"的标志性意义，是因为认定康海是"前七子"领袖、"复古派"代表。既然当时并没有"七子"这样一个文学集团，也没有清晰的"复古派"阵营，康海既不是"复古派"的代表，也不是"前七子"的领袖，那么，将"康长公行述事件"视为"前

---

① 叶晔《"五子"诗人群列与王世贞的文学排名观》（《文学遗产》2016 年第 6 期）认为弘治、正德时期文人对于"排名及其层级的意识"较为淡漠，并认为康海《渼陂先生集序》的排名"依据既非年齿，又非科第，着实让人捉摸不透"。

② 廖可斌：《明代文学复古运动研究》，第 66~76 页。

③ 何宗美：《茶陵派非"派"试论——"茶陵派"命名由来及相关问题的考辨》，《文学遗产》2012 年第 6 期。

七子"复古派与"茶陵派"交恶或决裂的标志,显然是不妥当的。

接下来的问题是,究竟是谁最先从文学派系斗争的意义上解读这一事件的呢?我们发现,是王九思、张治道和李开先。根据他们的记载,康海、李梦阳等人和李东阳早就存在文学观念上的矛盾,李东阳早就嫉恨他们的文学成就和文学影响,"康长公行述事件"是双方矛盾激化的产物,康海落职的根本原因是在文学上标异于李东阳而遭其嫉恨。他们关于康海落职的此种看法,本文简称为"因文遭嫉"说。

二 追踪:关于康海"因文遭嫉"的记述

正德五年(1510)八月刘瑾伏诛,朝臣中有六十余人被劾"党附",并受到或重或轻的处分,康海也在其列,遂落职闲住。在当时,就鲜有人相信康海真是刘瑾党羽,更多地认为他之所以落职,是因为之前曾因"康长公行述事件"得罪了李东阳等内阁辅臣。王九思《明翰林院修撰儒林郎康公神道之碑》(以下简称《康公神道碑》)记载:

> 太安人弃养,公将西归合葬平阳公。诸翰林之葬其亲者,铭表碑传无弗谒诸馆阁诸公者,公独不然。或劝之,乃大怒曰:"孝其亲者,在文章之必传耳,官爵何为?"于是自述状,以二三友生为之。刻集既成,题曰《康长公世行叙述》,遍送馆阁诸公。诸公见之,无弗怪且怒者。公归逾二年,庚午,蕐寺瑾伏辜,言者弹劾朝士,亦滥及公。是时李西涯为相,素媢公,遂落公为民。①

"公归"二字之前讲述"康长公行述事件",之后讲述康海落职,因果分明。

康海之所以与刘瑾产生联系,是因为曾为营救李梦阳而干谒之。正德三年五月,刘瑾矫诏逮李梦阳入狱,李梦阳在狱中感到将有生命危险,写

---

① 王九思:《渼陂续集》卷中,《四库全书存目丛书》,齐鲁书社,1997,集部第 48 册,第 231 页。

下"血书"恳请康海营救。康海经过认真权衡，屈尊忍辱拜谒，① 遂因此"失身"于刘瑾之门。② 但无论是康海本人还是他的朋友，都认为他光明磊落，与阿附刘瑾者完全不同，他被划归瑾党是冤枉的，因此王九思说弹劾者"滥及"康海。而说李东阳"素娼"康海，从这段话来看，也是由于"康长公行述事件"。

张治道、李开先为康海撰写的行状和传记，则十分清楚地把"康长公行述事件"表述为文坛新旧势力矛盾冲突爆发的表现。张治道《翰林院修撰对山康先生状》（以下简称《康先生状》）说：

> 是时李西涯为中台，以文衡自任，而一时为文者皆出其门，每一诗文出，罔不模效窃仿，以为前无古人。先生独不之仿，乃与鄠杜王敬夫、北郡李献吉、信阳何仲默、吴下徐昌谷为文社，讨论文艺，诵说先王。西涯闻之，益大衔之。……无何丁母忧，归关中，往时京官值亲殁时，持厚币求内阁志铭以为荣，而先生独不求内阁文，自为状，而以鄠杜王敬夫为志铭，北郡李献吉为墓表，皋兰段德光为传。一时文出，见者无不惊叹，以为汉文复作，可以洗近文之陋矣。西涯见之，益大衔之，因呼为"子字股"。盖以数公为文称子故也。若尔，非大衔也耶？……无何瑾败，而忌者、仇者嗾言官以乡里指为瑾党，论先生，罢其官。③

---

① 刘瑾乱政以来有不少文人主动攀附，而康海作为刘瑾同乡，虽受"敬礼"，却一直洁身自好。《与彭济物》说："瑾之用事也，盖尝数以崇秩诱我矣。当是时，持数千金寿瑾者，不能得一级，而彼自区区于我，我固能谈笑而却之，使饕虦巇崄之人卒不敢加于我，此其心与事亦雄且甚矣。"（康海《对山集》卷二二，上册，第 289 页）

② 查继佐《罪惟录》及万斯同《明史》记载，康海在营救李梦阳之前还曾经"过瑾"营救左都御使张敷华，金宁芬将其事系于正德二年（1507）春（参见金宁芬《康海研究·年谱》，崇文书局，2004，第 116 页）。这件事的影响没有营救李梦阳那么大，史料记载也少。据马理《对山先生墓志铭》，康海为救李梦阳谒刘瑾，刘瑾说："人谓自来状元举不如公，恨不获一见，今幸见之，又过于所闻，诚增光关中多矣。"（康海《对山集》"附录三"，下册，第 692 页）如此言属实，则营救李梦阳时，是二人初次会面。孰是孰非，尚待进一步详考。

③ 黄宗羲编《明文海》卷四三三，中华书局，1987，第 5 册，第 4547 页。

这段记述中，值得注意的有三点：其一，说康海与李梦阳、王九思、徐祯卿等人"为文社，讨论文艺，诵说先王"，已经把他们描绘成一个矫正时下文风的文学团体；其二，通过反复使用"益大衔之"这一表述，强调李东阳早已对这些不愿追随其后的文人心存不满，这样便将康海落职与"文社"的文学活动建立起紧密的联系；其三，强调《康长公世行叙述》以秦汉文风在当时产生了轰动效应，益发令李东阳忌妒和怀恨。三点归结为一点，就是认为"康长公行述事件"是新旧文学势力矛盾冲突爆发的表现，康海因文学活动、文学成就和文学声望，遭李东阳嫉恨而落职。这就是本文所说的"因文遭嫉"说。

李开先《对山康修撰传》开篇便强调"自李西涯为相，诗文取絮烂者，人材取软滑者"，随后说康海号召并兴起秦汉文风，"同乡则有王渼陂、李崆峒、马溪田、吕泾野、张伎陵，异省更有徐昌谷、何大复、王浚川、边华泉，虽九子者皆让其雄也"①。其《渼陂王检讨传》则说康海与李梦阳"厌一时诗文之弊，相与讲订考正，文非秦、汉不以入于目，诗非汉、魏不以出诸口，而唐诗间亦仿效之，唐文以下无取焉。……而李西涯则直恶其异己，蓄怒待时而发"②。同样是把李东阳塑造为打击康、李、何、徐等文坛新锐（复古派）的势力，与张治道的记载如出一辙。

细究张治道、李开先的措辞，说李东阳"在中台"或"为相"，应该都是指正德元年（1506）刘健去职、李东阳为首辅之后。但他们又把康海与李梦阳、何景明、徐祯卿、边贡等人放在一起，则容易给人一种印象：他们结"文社"和引发李东阳嫉恨是在弘治末年，因为正德元年以后他们多数人都离开了北京。

张治道和李开先都曾亲炙于康海和王九思，他们的说法在王九思的表述中便已有苗头。嘉靖十一年（1532）王九思撰《渼陂集序》说：

予始为翰林时，诗学靡丽，文体萎弱。其后德涵、献吉导予易其

① 李开先著，卜健笺校《李开先全集（修订本）·李中麓闲居集》卷一○，上海古籍出版社，2014，中册，第916页。
② 李开先著，卜健笺校《李开先全集（修订本）·李中麓闲居集》卷一○，中册，第922~923页。

习焉。献吉改正予诗者，稿今尚在也；而文由德涵改正者尤多。然亦非独予也，惟仲默诸君子，亦二先生有以发之。①

这段话已经隐含了李梦阳、康海作为诗文领袖与李东阳对抗的意思，"诗学靡丽，文体萎弱"的代表就是李东阳。再联系王九思《康公神道碑》中说李东阳"素娖"康海，可知在他那里已经基本形成了康海落职系"因文遭嫉"的认识，只不过在张治道和李开先的叙述中表达得更加鲜明罢了。

除上引康海《渼陂先生集序》之外，王九思这段话是后人认定"前七子"存在结社交游、具有集团属性的另一条重要证据。其疑点在于：王九思弘治九年（1496）进士及第并选为庶吉士，其"始为翰林"的时间是清楚的，但"其后德涵、献吉导予易其习"的时间却是模糊的；"仲默诸君子"具体包括谁，说得也很含糊。李开先《渼陂王检讨传》转述这段话，表述为："及李崆峒、康对山相继上京，厌一时诗文之弊……唐文以下无取焉，故其自叙曰：'崆峒为予改诗稿今尚在，而文由对山改者尤多，然亦不止于予，虽何大复、王浚川、徐昌谷、边华泉诸词客，亦二子有以成之。'"②把李梦阳、康海"相继上京"与为何景明等人改订诗文放在一起说，并且列出了"前七子"的全员名单，"填充"了王九思原话中的模糊之处，于是就基本坐实了"七子"曾"结文社"倡导诗文复古，而且是在弘治后期。李开先的这个记载更清楚，但是存在的问题也更大。

之所以要分辨是弘治末还是正德初，是因为李东阳在刘瑾乱政之后才任首辅，表现出为人和为政缺乏风骨的缺陷。如果康海在弘治末年便已对李东阳不满，他们的矛盾可以从文风和文学观的不同去解释；如果他们的矛盾在正德初年爆发，那更大的可能是出于康海对李东阳这位执政大臣的不满。

王九思是弘、正古学复兴思潮的亲历者，张治道、李开先是他和康海的友人，从史料学角度来看，他们的记载应当是可信的。当今的文学史研究者也将他们的记载当作事实。如金宁芬说："康海、王九思被诬为'瑾

---

① 王九思：《渼陂集》卷首，《四库全书存目丛书》，集部第48册，第3页。
② 李开先著，卜健笺校《李开先全集（修订本）·李中麓闲居集》卷一〇，中册，第922~923页。

党',其根本原因是得罪了李东阳。……康、王实是专制统治时文坛派系斗争的牺牲品,是以'文学复古'为口号的革新派受到握有朝政大权的文坛霸主迫害的代表。"并且由此强调:"文坛斗争从来就不只是口舌之争,其中不乏扼杀鲜活生命的血雨腥风。"① 但事实很可能并非如此。如上文所说,当时并不存在文学上的派系斗争。即使人们有一些文学观念上的差异,也绝不至于斗争到如此激烈的程度。因此有必要深入考察"康长公行述事件"矛盾冲突的焦点到底在哪里。

三 聚焦:"康长公行述事件"的主要矛盾

"康长公行述事件"的确令李东阳等馆阁大佬难堪,他们因此嫉恨康海,值刘瑾伏诛之机,以驱逐瑾党为名削其职,这是很有可能的。何良俊《四友斋丛说》关于此事的记载是:

> 康对山以状元登第……不久以忧去。大率翰林官丁忧,其墓文皆请之内阁诸公,此旧例也。对山闻丧即行,求李空同作墓碑,王渼陂、段德光作墓志与传。时李西涯方秉海内文柄,大不平之。值逆瑾事起,对山遂落籍。②

这与上引王九思《康公神道碑》的那段话相比,少了两个关键的信息:一是康海对"文章之必传"的期待,二是关于李东阳"素娼"康海的叙述语。这是说康海因文章事件而遭李东阳嫉恨,并不是说他因文学观念与李东阳矛盾冲突以及文章成就威胁到李东阳的文坛地位而遭到对方忌妒和怀恨。而王九思说李东阳"素娼"康海,要表达的意思显然更复杂。其《康公神道碑》还说:

> 公在翰林时,论事无所逊避,事有不可辄怒骂,又面斥人过,见修饰伪行者又深嫉之,然人亦以此嫉公。公又尝为之言曰:"本朝诗

---

① 金宁芬:《康海研究》,第 59 页。
② 何良俊:《四友斋丛说》卷一五,中华书局,1959,第 126 页。

文，自成化以来，在馆阁者倡为浮靡流丽之作，海内翕然宗之，文气大坏，不知其不可也。"①

先说到康海积极干政的态度与刚直不阿的个性，又说到康海对馆阁诗文"浮靡流丽"的批评。这段话是在叙述康海嘉靖初"竟不冠带"之后说的，不在康海落职的叙述链条中，但完全可以视为他说李东阳"素娼"康海的一个注脚。只是康海落职前一直"在翰林"，王九思此处的说法在时间上仍然比较含糊。

除了"康长公行述事件"之外，康海还有一件令馆阁诸公难堪的事。李开先《康王王唐四子补传》说："忌者假以国老文为其所作，就正于对山，对山不知，从而批抹少存者，忌者呈之国老，诸老咸恶之矣。"② 李开先的说法应该来自马理《对山先生墓志铭》，马理的记载是：

> 乙丑冬，公还史馆，凡三年，凡论著必宗经，而子、史以宋人言为俚，以唐为新巧，以秦汉为伯仲，而有所驳也。故同志进者畏服而忌焉，多就而正所业者。忌者遂以国老文就正于公，公即革其质易其文而授之，所存者十不一二。忌者乃又以呈国老，故诸国老咸病公。③

康海弘治十五年（1502）状元及第，次年秋即送母返乡，至正德元年（1506）春才返回京师。在马理的记述中，此事在"公还史馆，凡三年"之后，由此可知，此事不可能发生在弘治末。而且马理曰"诸国老咸病公"，弘治末年刘健、谢迁在内阁，二人皆不以文显。且刘健提倡淳朴之风格，绝非"浮靡流丽"之风。正德元年二人罢去，王鏊、杨廷和入阁。从种种迹象看，"诸国老"除了李东阳外，很可能也包括王鏊。康海与王鏊的冲突在正德三年（1508）因吕柟会试名次问题而爆发，张治道《康先生状》记载："戊辰，先

---

① 王九思：《渼陂续集》卷中，《四库全书存目丛书》，集部第48册，第231页。
② 李开先著，卜健笺校《李开先全集（修订本）·李中麓闲居集》卷一〇，中册，第964页。
③ 康海：《对山集》"附录三"，下册，第692页。"所存者十不一二"之"存"字原阙，据别本补。《献征录》卷二一、《续藏书》卷二六、《罪惟录》卷一四、《熙朝名臣实录》卷二六所载康海传出自一人之手，不署撰人姓名，都有这段话，文字略有不同。

生同考会试，场中拟高陵吕仲木为第一，而主者置之第六。榜后先生忿言于朝曰：'吕仲木天下士也，场中文卷无可与并者，今乃以南北之私忘天下之公，蔽贤之罪，谁则当之？会试若能屈吕矣，能屈其廷试乎？'时内阁王济之为主考，其怒先生焉。"① 窃以为大致可以推断，康海攻击"国老"文风和在不知情的情况下涂改其文章，都发生在正德三年前后。

对于正德初"依违蒙诟"② 的李东阳，康海会持何种态度？没有直接的材料可以查实，但可以从他正德元年所作的《送王侍郎序》推知几分，序云：

> 大臣之义，以建正为大，以修洁其身为本。夫事至无可逆见也，况大臣之位关天下风俗气化之重，苟一不洁于我，则所以处位临事，将拳拳焉惟人情之哕是弥，即有周公、孔子之智，亦日惟弥诸其哕而已。凡公之所以恳切求去，皆以愧夫利其位而不急其义者也。彼将以彼所以弥诸其哕者为能，逆知后之所至可以终身其位而不败也？公之去乃所以为义也，于公何疑焉？③

据金宁芬注，"王侍郎"为王俨，时任户部侍郎，正德元年五月因愤慨于"宦寺盗权"而乞休归。其时刘瑾窃权迹象已彰，而刘健、谢迁尚未去位，李东阳"恋栈"的缺点也还没有明显暴露。但信中所说的"利其位而不急其义"者，恰是李东阳一类人。丁卯之后的李东阳，肯定者称其"弥缝其间，亦多所补救"，但"气节之士多非之"④，这不正是康海所说的"日惟弥诸其哕而已"吗？

康海在《与彭济物》中曾谈到自己不可复出的原因：

> 性喜嫉恶而不能加详，闻人之恶辄大骂不已，今诸公者，皆喜明逊而阴讥，此一不可；翰林虽皆北面事君，而勤渠阁老门下者以为贤能，仆懒放畏出，岁不能一造其户，此二不可；人皆好修饰文诈、伪

---

① 黄宗羲编《明文海》卷四三三，第 5 册，第 4547 页。
② 《明史》卷一八一，中华书局，1974，第 16 册，第 4829 页。
③ 康海：《对山集》卷三四，下册，第 460 页。
④ 《明史》卷一八一，第 16 册，第 4822~4823 页。

恭假直，而仆喜面讦人，未有不怒者，此三不可；士大夫不务修身法
事之业，而俱呻吟诗文以为高业，见其诗若文不能不怒，故见辄有
言，而彼方望我以为美也，我以言加之，此四不可。①

看起来每一点都像是"自我批评"，其实则无不指向正德初年的官场习气。
而在弘治末年刘健、谢迁任内阁辅臣时期，官场习气并非如此。这段话字
里行间表现出一股雄直之气，可见康海鲜明的个性。李东阳在刘瑾乱政时
期的软弱，就内阁首辅而言，可称之为"失节"，康海说的"不务修身法
事之业，而俱呻吟诗文以为高业"，指的是李东阳等人，这是很清楚的。

康海与杨廷和大概没有正面冲突，但从李开先所记载的康海以琵琶追
挞自称"家兄在内阁"以及杨廷仪要为康海谋求复官的这一著名逸闻来
看，似可以推知康海对杨廷和并无多少好感。至于焦芳，人格卑污，是一
个不折不扣的"阉党"，《明史·阉党传》谓其"居内阁数年，瑾浊乱海
内，变置成法，荼毒缙绅，皆芳导之。每过瑾，言必称千岁，自称曰门
下。裁阅章奏，一阿瑾意。四方赂瑾者先赂芳"②，康海不可能看得起他③。

面对刘瑾乱政时期的这样四位内阁成员，刚直不阿的康海怎么能够请
他们为父母作碑传文？考察"康长公行述事件"，不能不看清这些事实，
也不能仅将其视为一个文学冲突的事件。张治道的记载，通过叙述一系列
文学"摩擦"来强调李东阳积怨加深，由此论证康海和王九思落职是文学
派系斗争的结果，而没有将叙述重点放在康海对李东阳等人为人和为政的
不满上，其记载是片面的。

王九思和段炅都在翰林院任职，一直都与康海私交甚好，康海请他们
撰文，主要是因为他们是"交契既深，谊分兹洽"④ 的朋友。而李梦阳直

---

① 康海：《对山集》卷二二，上册，第 289 页。
② 《明史》卷三〇六，第 26 册，第 7835 页。
③ 张治道《康先生状》、李开先《康王王唐四子补传》都谈到焦芳与谢迁各因其子树党，
　焦芳欲引康海为附，康海"正言责之"。其事不太可信，但可略见康海对焦芳的态度。
④ 康海：《有怀十君子词十首·河滨》，陈靝沅编校《康海散曲集校笺》，浙江古籍出版社，
　2011，第 36 页。段炅号河滨，康海写二人交谊，谓昔日"并辔联镳情无倦"，而今"三
　春未接，一念长悬"。

声震天下，被康海营救出狱，二人于是成为"赤心朋友"①，康海此时请李梦阳作文，当然十分合乎情理。由此可以说，"康长公行述事件"属于康海的个体行为，只不过得到了友人李梦阳、王九思和段炅的支持而已，与何景明、边贡、徐祯卿、王廷相等人没有关系。刘瑾被诛之后，李梦阳起为江西提学副使，何景明起复为中书舍人，都没有遭到李东阳的打击报复，也没有事实表明李东阳嫉恨徐祯卿、边贡、王廷相等人。②

综上所述，康海不请李东阳等阁老而请李梦阳等人撰文，其出发点或许也包括文风和文学观念方面的考虑，但更主要的是对正德初年刘瑾乱政期间内阁辅臣为人、为政的不满。说康海因"康长公行述事件"遭李东阳嫉恨，似问题不大，但把它解释为文坛新旧势力的斗争，把康海和王九思落职视为这一斗争的结果，则流于片面，与历史真实不尽符合。

四 辅证：康海的人生预期与诗文成就

康海虽然在殿试中因策论出众而名噪一时，但其人生志向并不在文章一途。他是最注重"躬行"的。若按他的人生目标发展，他应该在政治和学行上有所建树。他正德七年（1512）作《浚川文集序》，提出"文有三等"之说："上焉者，惠猷启绩若唐虞咨俞之美焉；中焉者，弘道广训若孔孟删序之微焉；下焉者，序理达变若雅颂讽托之妙焉。三者不具，虽文何观？其故在所以养之者厚而毋淆、纯而毋驳而已。"③ "猷"是谋略，"绩"是功绩。"咨俞"也作"俞咨"，本是叹词，《尚书·尧典》有"帝曰俞咨"之语，后人遂用作帝王与大臣咨询商讨之文。可见康海以为第一

---

① 李梦阳《与何子书二首》其二云："仆交游遍四海矣，赤心朋友，惟世恩、德涵与仲默耳。"（李梦阳撰，郝润华校笺《李梦阳集校笺》卷六三，中华书局，2020，第 5 册，第 1940 页）

② 何良俊《四友斋丛说》卷一五云："李西涯长于诗文，力以主张斯道为己任，后进有文者，如江（汪）石潭、邵二泉、钱鹤滩、顾东江、储柴墟、何燕泉辈，皆出其门。独李空同、康浒西、何大复、徐昌谷自立门户，不为其所牢笼，而诸人在仕路亦遂偃蹇不达。"（何良俊《四友斋丛说》卷一五，第 127 页）字里行间有李东阳排斥复古派之意。其说固非无据，但也可以从李梦阳、康海等人性格耿介、不善为官等方面获得解释；且李东阳任首辅在正德元年至七年（1506~1512），其间汪俊、邵宝等人也并无明显升迁。

③ 康海：《对山集》卷二九，下册，第 389 页。

等文章须有关于国家大计；第二等则是儒家经典，是弘扬道统、教化万民的文章；第三等才涉及《诗经》雅颂之类，"序理"也就是"明理"，"达变"则如《诗大序》所谓"变风变雅"之类，指具有讽喻功能和人生寄托的作品。嘉靖七年（1528），也就是在他落职十八年后，霍韬疏荐康海、王九思等人。其《与康对山书》说：

> 今之人最号有识，亦必曰李空同尚气傲物，康对山声色自娱。生为之解曰……古之人居危疑之世，各有所托以自垢，萧何以田宅，渊明以酒，岂浅士所能知哉？我国家百六十年文明之运，宜有命世豪杰出应其盛，或立勋业追掩前辙，或续圣绪垂式后人，文章气节不与也。尚冀珍重为生辈矜式，至愿至愿。①

霍韬不是不欣赏康海和李梦阳的文章气节，而是认为文章气节与立功、立德相比，算不得"命世豪杰"之所为。这样的观念与康海是一样的。康海在《答蔡承之石冈书》中谈到霍韬这封来信，说"鄙人心事搜括略尽，其相知之真虽龊龊之交亦不过此"，又说"丈夫生世固当以拯溺救焚为心，而仆则切恨世之士大夫，贱恬退，尊势利，往往反为小人所薄。鄙志如此，正欲销忘宿志，以明士大夫之节耳"②，"拯溺救焚"是他难以忘怀的人生宿志，若要坚持这一宿志，就应该像霍韬劝导的那样，重新出仕以立功、立德；可他一旦出仕，就落入了世人"贱恬退，尊势利"的口实中，为小人所鄙薄。可见其心态之郁结迂回，以及"拯溺救焚"之"宿志"是多么难以"销忘"。马理、吕柟等人为康海所作的传记中都强调了他的用世之志，如马理《对山先生墓志铭》引吕柟的话说："公尝与后学论事曰：'吾乡稷、契、皋、伊，大士也。自余训诂儒，特书生尔。'"③ 可见其志向之高远。而王九思、张治道、李开先过于强调康海"因文遭嫉"，相形之下对康海关怀现实，有志于政、道的

---

① 黄宗羲编《明文海》卷二〇三，第2册，第2010页。
② 康海：《对山集》卷二三，上册，第314~315页。
③ 康海：《对山集》"附录三"，下册，第693页。

"宿志"强调得不够。①

在康海身后，有人对其诗文评价一概不高，如王世贞、钱谦益。二人都是文章大家兼文学史家，其评论有相当的权威性。王世贞进士及第时，康海已谢世七年，其《明诗评》说："太史制策，声名传溢海内，竟以阉人之败，削籍归耕，没齿为锢。颇效扬恽南山之田，赵瑟秦声，倚歌击筑。诗如河朔丈夫，须髯戟张，借躯报仇，人疑大侠；与之周旋，乃是酒肉伦父。"②后来的《艺苑卮言》修改了所用的比喻，说："康德涵如靖康中宰相，非不处贵，惬扰粗率，无大处分。"评价还是不高。《艺苑卮言》又评康海文说："康德涵如嘶声人唱《霓裳》散序，格高音卑。"又说："吴中祝允明始仿诸子，习六朝，材更僻涩不称，皆似是而非者，然古文有机矣。何、李之外，始有康德涵。康源出秦汉，然粗率而弗工，有质木者可取耳。"③这样的评价，完全不受康海制策"传溢海内"的声名所影响。值得注意的是，王世贞并未谈及康海在弘、正复古风会中有什么贡献。钱谦益《列朝诗集小传》则已明确将康、李并称，把康海视为"弘治七子"的重要一员。他说：

德涵于诗文持论甚高，与李献吉兴起古学，排抑长沙，一时奉为标的。今所传《对山集》者，率直冗长，殊不足观。或言德涵工于乐府，歌诗非其所长。又或言德涵有经世之才，诗文皆出漫笔，非其所经意者。余固不足以定之也。④

钱氏谈到康海在"兴起古学"中的重要作用，但他本人对康海诗文的评价

① 由于论题所限，本文未论及康海关于"道"的追求。李舜华比较康海与李梦阳后，认为："就李氏而言，无论初衷如何，其毕身所研不过止于文章而已；而康氏特以司马迁为帜，不徒在于史迁之文，更在于史迁'究天人之际，通古今之变，成一家之言'之精神。换句话说，康氏之志不在于曲，亦不在于文，而实在于以道自任。"（李舜华《礼乐与明前中期演剧》，上海古籍出版社，2006，第250页）
② 王世贞《明诗评二》，沈节甫纂辑《纪录汇编》卷一二〇，民国二十七年（1938）涵芬楼影印明万历间刻本，第27a页。
③ 王世贞：《艺苑卮言》卷五，丁福保辑《历代诗话续编》，中华书局，1983，下册，第1034、1037、1025页。
④ 钱谦益：《列朝诗集小传》丙集"康修撰海"条，上海古籍出版社，1959，第313页。

却不高。他认为康海"持论甚高"，这可能指康海"文有三等"之说。他还认为康海诗文名不副实，与他本人的"持论甚高"形成强烈反差，于是引用了别人的两种说法：其一说康海的成就在乐府；其二则说康海的志向在经世致用，并不计较诗文的工拙。至于哪一种说法对，钱氏似并无探究之兴趣。

王世贞和钱谦益的说法可以代表重文法者的批评意见。相似的还有方弘静《千一录》云：

> 李空同才名高世矣，其唱振古之作未有先之者也。……若谓其去取昌谷之文有忮心，谓嫉害康德涵，而优人至以《中山狼》为刺，则必不至是也。夫一时齐名者大复耳，徐早雕而未止，康未如其精专，其集未足以压之，且皆同声者，而何至是哉！①

方弘静与"后七子"大致同时，在他看来，康海诗文"精专"不及李、何。

在康海的同时和之后，也有人对他评价很高。值得注意的是，这些评价大多是着眼于人品气节、经济才略，而不是从文法或修辞角度着眼。如与康海同时的孙绪说："状元康德涵海、榜眼孙直卿清，皆不拘小节，为言者所劾，遂去国。然二子者实才雄一代……德涵词锋如云，直节劲气，毅然不可夺。论者谓弘治壬戌科得此二子，足为科甲之光，以忌嫉者，多老于摈斥，可惜也。"② 嘉靖年间的直臣杨爵说：

> 近日得《对山集》，读之每切感慨。盖世之才、经济之略，真以罕见其俦。杰人志士，积抱负于生平者，孰不欲亲见其行，转斯世于隆古之盛乎？然所愿不遂，则亦莫如何矣。③

---

① 方弘静：《千一录》卷一七，《续修四库全书》，上海古籍出版社，2002，第1126册，第358页。
② 孙绪：《沙溪集》卷一一《无用闲谈》，《明别集丛刊》（第一辑），黄山书社，2013，第63册，第88页。
③ 杨爵：《杨忠介集》卷四《与原方畦员外书》，《景印文渊阁四库全书》，台湾商务印书馆，1986，第1276册，第37页。

完全是由文集直探作者的学行、志气和才略。王学谟《读对山康先生集》谓：

> 今方内往往雄伯武功康先生，盖以其天才纵逸，矢口成文，世所称瑰玮代不数出者。而二三幺幺顾以为"卑卑亡奇，此何以称也"。尝谛思其故，无乃以先集驳杂而渺小之与？不佞受戎任，道出闻喜，得校定本于其子长吏（史）梣所，一纵目而知先生非常人也，乃其人品政事亦略可睹矣。①

所谓"二三幺幺"，是说嘉靖间有一种意见认为康海诗文卑卑无奇（其实王世贞的看法便属此种）；王学谟以为康海"天才纵逸，矢口成文"，是由文章探察作者之"人品政事"，认为不须过求于言语文字之间。又如曹崇朴《对山先生文集跋》谓："先生以刚方正大之气崛起弘治、正德间，发而为文，又皆质直不俚，即一时修辞之士无不诵法之。"② 称赞康海的刚方正大之气，却并不把他视为"修辞之士"。今人金宁芬也说："综观康海之文，多为实录。其笔力雄健，风格犀利，章法严密，文字古朴。崇尚文辞隽美之人，会嫌其文采不足，而这，正是他强调'世用'、实录、质朴的主张的体现。"③ 可见雄直质朴是康海为文之特点，这也正是其文章与先秦两汉文风相似之处。但对于上古文风，康海只是意会，并不模仿。

用"爱如生中国基本古籍库"检索几种常见的明代诗文总集，可以发现康海入选作品的数量（以题数计，一题下有多首或多篇者计一首或一篇）远不及李、何和其他几位"复古派"成员，也远不及李东阳。详见表 1 和表 2。

---

① 王学谟：《读对山康先生集》，康海《康对山先生集》，《明别集丛刊》（第一辑），第 97 册，第 3 页。
② 康海：《对山集》"附录二"，下册，第 679 页。
③ 康海：《对山集》"前言"，上册，第 7 页。关于康海的诗文观，参见金宁芬《康海研究》，第 18~30 页；熊礼汇《明清散文流派论》，武汉大学出版社，2004，第 187~205 页。

表1　文选情况

单位：篇

	李东阳	康海	王九思	李梦阳	何景明	王廷相	徐祯卿	边贡	顾璘
黄宗羲《明文海》	38	3	4	13	7	7	1	1	23
顾有孝《明文英华》	2	0	0	5	4	1	1	0	1
薛熙《明文在》	10/8	1/0	1/0	2/2	1/0	0/0	3/0	0/0	2/0
陈子龙等《皇明经世文编》	8	14	5	2	4	12	0	0	0
贺复徵《文章辨体汇选》	17	6	3	57	22	6	11	0	1

注：《明文海》录署名徐祯卿文章三篇，其中卷一五六《与同年诸翰林论文书》二篇系误收；《明文在》兼选诗文，表中分隔号前为诗题数，分隔号后为文章篇数。

表2　诗选情况

单位：题

	李东阳	康海	王九思	李梦阳	何景明	王廷相	徐祯卿	边贡	顾璘
李攀龙《古今诗删》	4	0	0	59	58	23	8	29	1
陈子龙等《皇明诗选》	3	1	3	116	150	10	35	15	2
彭孙贻《明诗钞》	13	3	1	71	63	22	15	33	8
朱彝尊《明诗综》	57	5	5	80	78	19	50	26	17
沈德潜等《明诗别裁集》	11	0	0	44	48	6	22	13	3
陈田《明诗纪事》	20	9	9	10	5	24	10	37	24

注：《明诗综》和《明诗纪事》标注了选诗数量，按首数而非题数统计，今据原书，不再重新统计题数。

　　从以上二表来看，除《皇明经世文编》外，康海文章入选的数量都不及其他诸家。特别是在《文章辨体汇选》《皇明诗选》《明诗别裁集》等重视体裁法度的诗文选本中，所选康海作品数量与他人差距更大。这在一定程度上说明，明清时期的选家对康海诗文的评价没有李、何那么高，尤其是从"辨体"的角度来看。而从"经世"的角度来看，康海文章获得的评价或在李、何诸公之上。由此亦可见，康海的诗文并不具有文章学方面的典范意义。

　　要之，康海在主观上并无以文学成就显扬一世、获取不朽的意图，并不以诗人和文章家自居。明乎此，就可以理解，他对李东阳的批评绝不可能仅仅停留于文风层面。就康海诗文所获评价而言，如果以规矩法度为标准，则其所获评价并没有多高；如果以经世和质实为标准，他的文章则受到了较高的推崇。因此，王九思、张治道等人认为李东阳对康海的嫉恨是因为他的文学成就、文学地位和文学影响，也就颇值得怀疑。

五　析疑：王九思等人为何说康海"因文遭嫉"

在王九思、张治道、李开先的记载中，也可以明显看出康海的落职有性格方面的原因，他们都强调康海秉性刚直，易得罪人且毫无顾忌。张治道《康先生状》甚至说："人有不善，虽公卿权贵之人亦面斥之不贷。不逐好以违情，不党同而伐异，此虽尧舜三代之时恐不能用，况末世衰俗，直道难行，而欲取大位、建大功以求如古人之所为，不亦难哉，不亦难哉！"① 王廷相套曲《送康对山太史归田》云："忒直性，口语疏。不同心肯谁厮护？歹哥哥执着把长柄斧，怪的是蕙兰当路。……多才艺抱忠良，明性理知时务，只为他气疏豪惹下荼毒，无计能回造化炉。"② 吕柟《与康太史德涵书》也说：

> 吾兄心迹明白，近日人多知之。其有今日，只因言语之肆耳。夫言行一也，古之人未有不谨于言而能美其行者。惟望吾兄非法不言，以成大业。固非若是以要誉干禄也，吾儒之法自当尔耳，官之有无，已知豪杰不以为意，但负此大材，遭时不靖，废处山林，亦人所甚惜也。况志在斯民者，其自处又将若何而后可乎？③

他们的说法可以称作"口舌致祸"或"性格致祸"说，这种说法比"因文遭嫉"说更近事实。按照吕柟的看法，康海落职并不全是冤枉的，他自己也有责任，其直接后果则是无法实现其济世的理想。

但我们更关心"因文遭嫉"说，这个说法虽不尽合乎事实，却产生了更深远的影响。不合事实的说法肯定有其主客观多方面原因。王九思等人

① 黄宗羲编《明文海》卷四三三，第5册，第4548~4549页。
② 谢伯阳编纂《全明散曲》（增补版），齐鲁书社，2016，第2册，第1192~1193页。
③ 吕柟：《泾野先生文集》卷二〇，《四库全书存目丛书》，集部第61册，第225页。

说康海"因文遭嫉"，可能有以下四个方面的原因。

第一，就王九思来说，应该是出于对李东阳的私愤。王九思没有康海那样耿直敢言，也不像康海那样关注国事，却比康海更重私人恩怨（参见《明代文学复古运动研究》，第 158 页）。他在为人和文学上的派系意识比康海强得多，上引《渼陂集序》谈到他始为翰林时追随李东阳诗风，后来有所转变，在"康长公行述事件"中，他又受邀为康海之父撰写墓志铭，他大概以为这是李东阳嗾使党羽弹劾他为刘瑾党羽并最终使他落职的原因。因此他不但在诗文中骂李东阳，还作杂剧《杜甫游春》讽刺之。他以同样的眼光看待康海的落职，所以强调康海落职也是在文学上背离李东阳的结果。

第二，强调李东阳的打击报复，相应地也就淡化了康海干谒刘瑾的过失，这大概也是"因文遭嫉"说的另一意图。康海固然不是刘瑾党羽，但《四库全书总目》所说的"以救李梦阳故失身刘瑾，瑾败坐废"[1] 终究不错。平心而论，李梦阳求救的"血书"已经把康海推向了一个尴尬的境地。如果康海要保全自己的清操，便等于置李梦阳的性命于不顾。干谒刘瑾是不得已而从权，故南轩《对山先生全集序》称之为"见瑾全友"，认为其事"固一时义气所激，而抗礼缓颊，揆之孔子见阳货，若无大相远焉，谓为学权者非邪"[2]。王学谟《读对山先生集》也说："若夫先生气节，见于处巨奄、援李献吉，谭者以为行权，余亦以为然。设一引嫌，献吉关三木出乎？顾先生用权全友，犁巨奄收而卒无以自解于当时之口。……先生委曲于艰难之中，全身全交而官不振。於乎！此经权之辨，成败之际，未易论也。"[3] 何瑭《康修撰对山墓表》说得更辩证：

> 排难解纷，变化无方，曰："此圣人之权也。"而挟智用术，颠倒纵横，言焉而不稽其所终，行焉而不究其所弊，其失也，流而为谲。……对山康子，其殆学圣人之权而未至者乎？其才甚高，其气甚

---

[1] 纪昀、陆锡熊、孙士毅等：《钦定四库全书总目》（整理本）卷一七一，中华书局，1997，下册，第 2312 页。

[2] 《康对山先生集》，《明别集丛刊》（第一辑），第 97 册，第 10 页。

[3] 《康对山先生集》，《明别集丛刊》（第一辑），第 97 册，第 3 页。

豪，其性甚真，其言行则不切切于规矩之内。其取重于当世以此，而见谤于世亦以此。①

从更高的要求来看，李梦阳出狱后，康海应该以更稳妥的方式处理好与刘瑾的关系。"学圣人之权而未至"，是说康海做得还不够好。故称其"用权"是加以肯定，而称其"未至"是有所不满。康海自信其光明磊落，但也还是怪自己没有把事情处理完善。他在给彭泽的信中说自己"与不肖之人同被驱放。上辱两朝作养之恩，下累先人涓介之业，生平微志，付之秽途"②，自悔不能如皇甫规、蔡邕那样不惧权贵而得以保全声名，而像柳宗元那样跟随了王伾、王叔文，终成一生之玷缺。他在给王廷相的信中说："丘壑之下，凡有志天下国家者，岂所忍居？苟有所不可，则亦宁死守而不易耳。平生碌碌，别无他事，维此点检最熟，而又失之，死无面目见先人于地下也。"③ 自责的意思是很明显的。

在"康长公行述事件"中为康海之父写传的段炅，据史料记载很可能是真正的刘瑾党羽。《明史·阉党传》记载："瑾怒翰林官傲己，欲尽出之外，为张彩劝沮。及修《孝家实录》成，瑾又持前议，彩复力沮。而（焦）芳父子与检讨段炅辈，教瑾以扩充政事为名，乃尽出编修顾清等二十余人于部曹。"④ 二十余人中即包括王九思。此事发生在正德四年（1509）五月，《明武宗实录》记载："当时（段）炅辈私出（焦）芳门，阴嫉善类。"⑤ 廖道南《殿阁词林记》、王世贞《弇州史料》等也有相似的记载。后来段炅见刘瑾疏远焦芳而信任张彩，遂又阿附张彩，向刘瑾告发焦芳阴事，其行为可谓无耻之极。康海请段炅为父母作传应在此事之前，但令人难以理解的是，康海落职之后，一直把段炅视为好友。对此，王九思、张治道、李开先应该是清楚的。康海看不起"依阿"于刘瑾的内阁大佬，不请他们作文，却请谄事刘瑾的段炅作文，从文学派系斗争的角度来解释，就回避

① 王永宽校注《何瑭集》卷一〇，中州古籍出版社，1999，第310页。
② 康海：《对山集》卷二二《与彭济物》，上册，第288页。
③ 康海：《对山集》卷二二《与王子衡》，上册，第290页。
④ 《明史》卷三〇六，第26册，第7835页。
⑤ 《明武宗实录》卷五〇，台湾"中研院"历史语言研究所，1962，第2册，第1153页。

了其中复杂的隐曲。

第三，谓康海落职系"因文遭嫉"，最明显的用意还在于强调康海的文章高出时辈，且早已轰动文苑，以致令馆阁大手笔"忌之"。张治道《对山先生集序》谓其"横制颓波，笔参造化"，又谓其"既弘诗规，又开文运，三唐不能限其踪，两汉不能窥其际。驰驱屈、宋，陵轹班、马。洗近代之陋，成一家之言"①。李开先《对山康修撰传》谓李东阳为相导致"诗文趋下"，"对山崛起而横制之，天下始知有秦、汉之古作，而不屑于后世之恒言"②。王九思《康公神道之碑》也说："公又尝为之言曰：'……夫文必先秦两汉，诗必汉魏盛唐，庶几其复古耳。'自公为此说，文章为之一变。"③张治道的说法太过夸饰，李开先和王九思的说法也未免夸大其词。他们缺乏康海那样的现实关怀和经世理想，对康海的人生追求和人生悲剧认识得不够深刻。

第四，也是最重要的一点，他们的记述与"康长公行述事件"和康海落职相距二三十年，在此期间，康海本人的文学态度和自我期待也有所变化。康海虽然志在经世，期望在政治教化、道德学行等方面有所建树，但在他落职之后，这方面的期待都落空了。他回顾自己的前半生，可引以自负的也只有文章而已。于是他的自我认同不得不有所转变，接受了以文章名世这一事实。在嘉靖十一年（1532）的《渼陂集序》中，他已经把自己定位于和李梦阳、何景明、边贡一样的"反古俗而变流靡"的文章之杰了。

从正德间尖锐批评"士大夫不务修身法事之业，而俱呻吟诗文以为高业"，到嘉靖中把自己定位为杰出的文章之士，康海经历了长久而缓慢的心理转变。清人孙景烈《选康对山先生文集序》说：

> 盖先生夙有经济才，常思自效，往往著于篇章，实不屑徒以文见，而文不能为先生也，顾以为先生累。忌先生之文愈己者，遂抑先生有用之才，俾不得一试，而先生遂仅以文见。④

---

① 《康对山先生集》，《明别集丛刊》（第一辑），第97册，第9页。
② 李开先著，卜健笺校《李开先全集（修订本）·李中麓闲居集》卷一〇，中册，第916页。
③ 王九思：《渼陂续集》卷中，《四库全书存目丛书》，集部第48册，第231页。
④ 康海：《对山集》"附录二"，下册，第681页。

"忌先生之文愈己者"云云显然受到"因文遭嫉"说的影响。认为康海本不欲徒以文章名世，但遭"忌"被"抑"，遂不能在文章之外施展才略，最终只能徒以文章名世。他的说法有些拗口，但抓住了康海用世之志落空的悲剧性。与王九思、张治道、李开先强调康海作为文章家的成就，并抬高其在弘、正文风转变中起到的重要作用相比，此似更能切中康海的精神。

康海在弘治末、正德初并不热衷于诗歌唱和等文学活动，且自弘治十六年至十八年（1503~1505）又不在京师，因而未必有很高的文坛声名。正德三年（1508）营救李梦阳和接下来的"康长公行述事件"使他声名大噪，随后他被劾落职，且从此坚不再出，遂以文章气节与李梦阳齐名。他在《渼陂先生集序》中把自己与徐祯卿、边贡等人并列，一方面是人生追求不得不"退而求其次"的无奈选择，另一方面也有明显的自我标榜意味。虽然完整清晰的"因文遭嫉"说出现在康海身后，但是按常理推测，王九思、张治道应该早就形成了这样的看法。也就是说，在康海生前，"康长公行述事件"就已被传播为文坛"复古派"与李东阳文学势力相对抗的群体性事件。嘉靖十一年（1532），王九思作《渼陂集序》，就把康海说成了为何景明等人润色文章的集团领袖。同时康海也作《渼陂先生集序》，说自己"附于诸公之间"，看来已接受了王九思的说法。

就文学观念而言，按照王九思的表述，好像"文必先秦两汉，诗必汉魏盛唐"是康海在任职翰林时就已提出的文学主张，而且提出之后很快就产生了较大的影响，改变了时代文风。实际情况是，康海早年颇喜唐宋文，王九思《康公神道之碑》称其"喜唐宋韩、苏诸作，尤喜《嘉祐集》"①，马理《对山先生墓志铭》也说他"读三苏文曰：'老泉集，吾取二三策焉。其简书之谓也。'读韩、柳文曰：'退之吾取其论议焉，子厚吾取其叙事焉已矣。'读《史记》《汉书》曰：'固书所载汉文献耳，迁史则春秋、战国前文献在焉。吾与其固宁迁也。'续读程、朱集曰：'旨哉，其味道也，文

---

① 王九思：《渼陂续集》卷中，《四库全书存目丛书》，集部第48册，第230页。关于苏洵对康海的影响，还有一条材料可为佐证。魏裔介《静怡斋约言录》外篇说："余读老泉，以为其《六经论》皆悠谬而无当于理。及读《忠毅公文集》，亦云：'幼见康对山之子云，其父状元公得力于《嘉祐集》，时即阅之。晚年复读，乃知其于圣人之道无所窥。'可见理在人心，自有是非之同也。"（《续修四库全书》，第946册，第145页）

之则六籍可企，迁不足论矣。'"① 他虽推崇秦汉文，但并未将其奉若神明，更从未走过模仿秦汉文的道路，"文必先秦两汉"的说法，与康海的文学观并不完全相符。而且康海在《渼陂先生集序》中提到"先秦两汉、汉魏盛唐"的话头，也明确指出是"后之君子，言文与诗者"提出来的。当然，他在嘉靖十一年提到这些话，也就表达了自己的认可。

六　结论："前七子"的初步塑造及原发性问题

通过对康海落职的记述和评论，在王九思、张治道、李开先的笔下，以李梦阳、康海为首，矫正以李东阳为代表的浮靡文风的一个"七子"复古文学集团被初步塑造出来了。

上文已经论及，王九思在嘉靖十一年所撰《渼陂集序》中已提出康海、李梦阳是反对李东阳萎弱文风的社团领袖，但对于其文学活动的开展时间和参加人员的表述都较为含糊；张治道、李开先进一步"填充"了这些含糊之处，把双方的矛盾向弘治间追溯，明确了集团的主要成员，而且更加强调康海诗文成就高、影响大，引起了李东阳的嫉恨。由此可以认为，塑造"前七子"复古派的鼻祖是王九思，而"层累"的塑造过程从张治道、李开先就已经开始了。当然，也可以把他们三人的记载视为一个整体。通过康海的《渼陂先生集序》《太微山人张孟独诗集序》等文章表彰"反古俗而变流靡"的"五六君子"来看，他本人也认同这样的说法。文学史上"前七子"的塑造过程是以此为基础进一步展开的。他们的说法先在关中范围内产生了一定影响，但在嘉、隆、万时期一直未为主流文坛所知。直到明末清初，随着"前（先）七子""后七子"并称的流行，其说才被普遍接受。钱谦益撰《列朝诗集》，大量采用了王九思、张治道、李开先记述"复古派"的材料，但转变了叙事立场，推崇李东阳，抨击复古派，抓住"前后七子"并称这一契机，对"前七子"进行了重新塑造，产生了极大影响。他过滤了康海"因文遭嫉"或李东阳"素娼"康海的说法，而强化了文学派系斗争之说，首次勾勒出"西涯一派"，谓康、王与李梦阳"诋諆先正"。在钱谦益的巨大影响

---

① 康海：《对山集》"附录三"，下册，第691页。

下，认为康海"因文遭嫉"的说法基本消失了，而"复古派"与"茶陵派"相互斗争，"前七子"以"文必秦汉，诗必盛唐"反对台阁体之说，则成为文学史常识。于这个层累书写的过程，笔者有另文粗举大概，① 关于其间存在的原发性问题，尤其是明清之际以钱谦益为核心的文学史家对"前七子"的重新塑造，尚有待进一步讨论。

就康海而言，"康长公行述事件"导致了他的落职，却促成其文学声望和文学史地位的提高，使他最终被塑造为"前七子"文学集团的"带头人"，而不是像金宁芬说的那样，在他落职之后，"人们淡化了他在文学革新运动中的影响，把他从'前七子'的带头人下降到无足轻重的地位"②。

王九思、张治道等人夸大了康海的文学成就和文学影响。相信其说，认为康海曾经转变一代文风的人当中，就有万历九年（1581）任陕西提学副使的王世懋。他一方面相信"使先秦两汉之风至于今复振，则先生力也"，另一方面怀着很高的期待阅读张治道辑本《对山集》，则"怪其盛名之下所著仅此，而时亦有曼衍、亡当于情实者"，从康桥处求得全帙阅读，"而叹其巨丽，然其为曼衍、亡当于情实者亦益以众"③。此种狐疑的产生，与王九思等人对康海文章成就和文坛地位的过度宣扬不无关系。

本文绝非要否定康海在弘治、正德时期古学复兴思潮中的地位和作用。康海的重要作用，正是表现为高远的经世理想、积极干政的进取精神和刚直不阿的个性情操。王九思等人关于康海落职的记述，主要强调文学上的派系斗争和康海的文士身份、文学成就、文坛影响，而相应地遮蔽了康海的现实关怀和经世理想，也就把康海和这一时期的古学复兴思潮狭隘化了。从弘治"中兴"到刘瑾乱政，政局陡转，古学复兴思潮也发生了巨大转变，普遍从关怀现实、经世致用转向诗文复古。这是上述原发性问题的深层原因。

（本文原刊于《文学遗产》2022 年第 2 期）

---

① 参见拙文《"前七子"书写简史》，《斯文》（第六辑），社会科学文献出版社，2020。
② 康海：《对山集》"前言"，上册，第 2 页。
③ 《康对山先生集》，《明别集丛刊》（第一辑），第 97 册，第 6 页。

在天机和无欲之间

——论唐顺之的脱洒与小心

刘尊举[*]

内容提要 黄宗羲"以天机为宗,以无欲为工(功)夫"的论断,是对唐顺之成熟阶段的心学思想的概括,背后则隐藏着其对"良知现在"与"归寂致知"思想的批判与接受。唐顺之反对江右王学的"矜持把捉",又批评以王龙溪为代表的江左诸人"任情恣肆",拈出"脱洒"与"小心",主张以"有寂有感"的功夫复得"无寂无感"的本体,却终究难以摆脱功夫与境界关系的理论困境,遂将问题引向"真实力行",主张以"真精神",即真切的生命体验,取代理论的纷争。"真精神"的提出,对其学术思想的进展与文学思想的转变都有极为深刻的影响。

关键词 唐顺之 天机 无欲 脱洒 小心 真精神

黄宗羲把唐顺之的学术思想概括为"以天机为宗,以无欲为工(功)夫",揭示出其最为核心的两个特征:对灵明心体的体认和对去欲功夫的坚守。这是唐顺之对"良知见在"与"归寂致知"两种思想审慎地批判与吸收的结果。"无欲"的主张贯穿唐顺之学术思想之始终,并且影响了他对"天机"的认取路径与领悟程度。平衡"脱洒"与"小心",是唐顺之折中"天机"与"无欲"的对症药方,也是他晚年立身行事乃至文学创作的重要依据。

---

* 刘尊举,首都师范大学中国文学思想研究院副教授。

一　去欲：唐顺之学术思想的起点

唐顺之的学术思想来源十分复杂，并且经历了不断变化的过程。① 然而，无论在哪一个阶段，他对"无欲"的强调都不曾改变，只是受关注的程度有所不同而已。

概括地讲，唐顺之的学术思想的发展大约经历了三个重要阶段：嘉靖十二年至嘉靖二十二年（1533~1543），其学术思想主要体现为朱、王会同的特征；嘉靖二十三年到嘉靖二十五年（1544~1546），则是其深入探讨心学话题、心学思想突飞猛进的时期；此后，至嘉靖三十年（1551）前后，唐顺之的心学思想趋于成熟，逐渐形成了自己的思想特色。

第一个阶段，唐顺之的学术思想主要体现出朱、王会同而倾向于朱子学的特征，基本主张是"去欲"。早在嘉靖十一年，唐顺之就与王畿结识。然而此后，在嘉靖十二年至嘉靖十四年，其主要活动是参与嘉靖八才子的诗文唱和，对性理之学并没有表现出太大的兴趣。嘉靖十四年罢归之后，唐顺之的生命趣味逐渐从诗文创作向性命之学转移。嘉靖十五年，王艮、王畿的相约来访，② 应该是唐顺之进一步理解阳明心学的重要契机。但唐顺之又于此年与尊崇程朱学的万吉定交，而万氏此时对他的评价则是："若荆川之言，盖多与阳明暗合，然究其旨归，其牴牾晦翁者鲜矣。"③ 这从一个侧面说明，唐顺之此时虽深受阳明心学的影响，但其思想尚与程朱理学没有太大冲突。更重要的是，他在作于此年的《与王尧衢书》中讲述其读书感受云："于是取程朱诸先生之书，降心而读焉。初未尝觉其好也。读之半月矣，乃知其旨味隽永，字字发明古圣贤之蕴，凡天地间至精至妙之理，更无一闲句闲语。"④ 这

---

① 参见左东岭《王学与中晚明士人心态》，人民文学出版社，2000，第 438~488 页。
② 参见唐鼎元《明唐荆川先生年谱》卷一引《心斋年谱》，民国二十八年（1939）唐肯仿宋排印本。
③ 唐鼎元：《明唐荆川先生年谱》卷一引王孚斋《古斋行状》。
④ 唐顺之：《唐荆川文集》卷五《与王尧衢书》，《四部丛刊初编》。本文中所引出自《唐荆川文集》者，具出于此书。为保持版面简洁，此后只注明相关信息于引文后，不再单独出注。此文系年据唐鼎元《明唐荆川先生年谱》，此后凡据此年谱确定作品系年者，不再注明；依据其他理由确定系年者，将一一加以说明。

说明唐顺之此时方对程朱理学逐渐有深切领会，并且赞叹有加。唐鼎元《明唐荆川先生年谱》亦极论其融贯朱、王的思想特征。① 至少在嘉靖十五年（1536）前后，这种论述是符合唐顺之学术思想的实际情形的。这种情形大约持续到嘉靖二十二年前后方有所改变。唐鼎元《明唐荆川先生年谱》在嘉靖二十二年条目下引其行状云："公去官，心未尝忘天下国家。既削迹不仕，于是一意沉酣六经百子史氏国朝典故律历之书。始居宜兴山中，继居陈渡庄，僻远城市，杜门扫迹，昼夜讲究，忘寝废食。于时学射学算，学天文律历，学山川地志，学兵法战阵，下至兵家小技，一一学习。"② 从其治学方式来看，在嘉靖十九年去官之后的短时期内，唐顺之的学术思想与阳明心学之间依然还有很大距离。

唐顺之在这一时期谈得最多的是有关"制欲"的问题。他在作于嘉靖十五年的《与王尧衢书》中谈道："仆自生齿以来，百种嗜欲颇少于人，亦绝不知人间有炫耀显赫事。独不能淡于饮食。乃始痛为节损，或四五日不肉食，始而苦之，久且甘之矣。"（《唐荆川文集》卷五）在作于次年的《与王南江》一文中，唐顺之更是对此作出明确的理论表述：

> 人心存亡，不过天理人欲之消长。而理欲消长之几，不过"迷""悟"两字。然非努力聚气，决死一战，则必不能悟。（《唐荆川文集》卷五）

这段文字大概最能代表唐顺之此期的学术思想了。所谓"人心存亡，不过天理人欲之消长"，即是要存天理，灭人欲。王阳明未尝不论去欲的功夫，但其主要用力处却是对本心的体悟。唐顺之把制欲作为存养本心的主要功夫，依然是沿袭了朱子的治学路数。其所谓"迷悟"，亦只是对天理、人欲的辨识，而非本心的彻悟。"努力聚气，决一死战"更是唐顺之此期常提的话头，虽然体现出其坚决而真诚的治学态度，却也表明其思想状态与王阳明通脱的学术精神之间还有着很大的距离。唐顺之还在作于嘉

---

① 参见唐鼎元《明唐荆川先生年谱》卷一"嘉靖十五年"条。
② 唐鼎元：《明唐荆川先生年谱》卷一。

靖十六年（1537）的《与项瓯东郡守》中谈道："德性本自广大，本自精微，本自高明，本自中庸。人惟为私欲所障隔，所以不能复然，故必道问学以尊之矣。"（《唐荆川文集》卷五）强调德性本自广大、精微，本自高明、中庸，人要去其私欲而复其本心，这与阳明的心学思想是完全一致的；同时强调道问学与尊德性亦与之不甚相忤，只不过若将道问学视为尊德性的必然途径则与心学思想相去甚远了。其实，对去欲功夫的强调，贯穿了唐顺之学术思想的始终；他直至自身的心学思想已经相当成熟，仍然没有放弃对去欲的强调。前后区别在于，嘉靖十五年至嘉靖二十二年，强调去欲的功夫是唐顺之最突出的学术思想特征；而在嘉靖二十二年之后，他逐渐将关注点集中于心学思想更为深入的层面，而去欲功夫则变成了其学术思想的一个侧面。

与之相关，拘谨与狷介是唐顺之此期人格心态的主要特征。面对嘉靖十四年前后的政治挫折，王慎中、唐顺之不约而同地从热衷于诗文创作转向了对道学的关注。他们都对早年的气节行为有所反思，但相比较而言王慎中的反思显然要及时与深刻得多。虽然唐顺之对早年的狂放行为也有所收敛，但其狷介的性格依然没有太大改变。最初，唐顺之对嘉靖十四年的罢免颇怀激愤，他在次年写给妹婿王立道的信中谈道："近日当事者所去取投闲之臣，仆已先知其去与取必如此矣，不足为怪。……其初皆以尽力国事，误触纲而抵禁，非如仆之自以私罪去也。此辈尚不得为当事者所与，则仆得与此辈同陆沉焉，固无憾也。……若使仆复如旧时随逐行队、进退以旅、趑趄喔嚅，于明时无粟粒之补，则将毁平生而弁髦。且向惟不能为此，所以甘心去官而无所悔耳。"（《唐荆川文集》卷五《与王尧衢书》）虽然声称"无所悔"，激愤之情却是溢于言表。既然时局不允许他在政治上有所发挥，他就将精力转向了"独善其身"，通过修养性情实现自我的生命价值。但其狷介的性格同样影响到其治学行为，具体表现为其对"制欲"的强调、对自身行为的苦加约束等。"畏水者不乘桥，恐其动心也"（《唐荆川文集》卷五《与王尧衢书》），大约最能体现唐顺之此时拘谨的心态与狷介的性格了。而在作于嘉靖十六年的《与项瓯东郡守》一文中，唐顺之更是明确地表达了其对狂狷人格的欣赏：

孔子不取谨愿之士，而取狂狷为有基也。狂者固不待言。至于谨
愿之士与狷者，其不为不善亦较相似。但狷者气魄大，矫世独行，更
不畏人非笑。谨愿之士气魄小，拘拘谨谨，多是畏人非笑。狷者必乎
己，而谨愿者役于物，大不同耳。（《唐荆川文集》卷五）

既然狂者不能为世所容，那么狷者似乎就成为唐顺之唯一的选择。嘉
靖十九年的罢黜又一次沉重地打击了唐顺之的狂者行为，也使得其狷介性
格发展到了极致。唐鼎元《明唐荆川先生年谱》对其狷介行为记述如下：
"公自再遭废黜，弥苦节自励，冬不火，夏不扇，行不舆，卧不裯，衣不
帛，食不肉，掇扉为床，备尝苦淡。曰不是不足以拔除欲根，彻底澄净。"
又引陈继儒《见闻录》云："荆川公满壁书'志士不忘在沟壑'语于其上
以自励。"唐顺之这些近乎怪异的行为让他的父亲十分忧虑，以至于要请
王畿来开导他。朋友们也对他提出善意的批评。比如，其门生万士和委婉
地指出唐顺之固执己见、好为新奇的缺点，认为他待人接物"好尚之少
偏，应接之过当"，故"臧否太露而人情大有所不堪"①。林应麒亦致书论
其"隘"与"骄且吝"。唐鼎元《明唐荆川先生年谱》卷一引吕留良之
言云："荆川先生性最淡洁刻苦，布袍疏食，夜卧一木板，不设重席，
且清癯多病。其封翁忧之，托王龙溪为之解说。龙溪乃谓，天下人以戒
定慧求贪嗔痴，荆川当以贪嗔痴求戒定慧。荆川倘然受之。"师友们的
忠告大约对唐顺之产生了很大的影响，此后不久，其学术思想及人格心
态即发生了极其重要的转变。

二 "归寂"思想的接受与反思

历来论唐顺之心学思想者，多关注其受王畿之影响。而就其心学入路
而言，却更接近以罗洪先为代表的归寂派的思想。

嘉靖二十三年（1544）前后，唐顺之的学术思想迅速地向阳明心学转

---

① 万士和：《上唐荆川尊师》，黄宗羲《明文海》卷一九○，《景印文渊阁四库全书》，台湾
商务印书馆，1987，第1455册，第105~106页。

变。他最初主要是接受了以罗洪先等人为代表人物的归寂派王学的思想。唐顺之与罗洪先是同榜进士，志趣相投，交谊深厚。唐顺之对罗洪先的学问、人品十分认可，曾道："是时缙绅之士以讲学会京师者数十人。其聪明解悟，能发挥师说者，则多推山阴王君汝中；其志行惇实，则多推君与吉水罗达夫。"（《唐荆川文集》卷一四《吏部郎中林东城墓志铭》）据郎瑛记载，唐顺之自言"道义得之罗念庵"①，唐鼎元则称其心学"近于双江"（《明唐荆川先生年谱》"自序"）。唐顺之与归寂派王学的关系约略可知。其实际的思路进路也的确与归寂派王学多有关联。归寂派强调排除一切外在干扰，收摄精神，体悟本心，这与唐顺之早年去欲的思路是大体一致的，因而更容易为其所接受。但"归寂"的修养方法毕竟不同于去欲的功夫，它要求于虚静中体验此灵明之心，主要还是强调体悟的功夫，而去欲则是一个自我克制的过程。而唐顺之最初却是带着明确的去欲目的来接受"归寂"方法的。最迟在嘉靖二十二年（1543），唐顺之就已经开始关注主静之学，并尝试着用"归寂"的方法修养身心。在作于此年的《答张甬川尚书》中，唐顺之谈到自己入山修炼的经历："自入山中，稍欲收敛精神，摆脱习气，庶几少有所闻，以酬宿志，且以不负长者拳拳教爱之至意。而闲静中转见种种欲根起灭不断，虽暂随气机歇息，终非拔本塞源工夫。"可知唐顺之此时主要关注的依然是去欲的问题，并将能否消除欲障作为检验"归寂"方法的标准："本体不落声臭，工夫不落闻见，然其辨只在有欲、无欲之间。欲根销尽便是戒谨恐惧，虽终日酬作云为，莫非神明妙用，而未尝涉于声臭也。欲根丝忽不尽，便不是戒谨恐惧，虽使栖心虚寂，亦是未离乎声臭也。"［《唐荆川文集》卷五《答张甬川尚书》（其一）］在给张邦奇的另一封信中，唐顺之则对主静之学不无质疑："至于身心意之别，以正心为主静之学，虽或异于朱传，而实合乎濂洛之微旨矣。其曰正心者，不属于意，不属于身者也，是心之无所发动，事物未交于视听时也。斯时也，心惟存其恂栗而已，凝然中居而外诱不敢干也。是则然矣。但不知事物既交，既有视听之时，其凝然中居而外诱不敢干者，与前时有异乎？与前时无异乎？岂所谓凝然中居者，只主于静时而为之者

---

① 郎瑛：《七修类稿》续稿卷三"荆川四得"条，上海书店出版社，2001，第561页。

乎？抑亦无分于动静而皆在者乎？更愿教之！"① 这表明，唐顺之自开始就以审慎的眼光对待主静之学，这为其之后心学思想的转变埋下了伏笔。同时也说明，此时的唐顺之还没有通过"归寂"的功夫体验到虚灵、明彻的本心。

尽管有所疑虑，但在嘉靖二十三年（1544）前后，唐顺之还是在归寂派的影响下彻底接受了心学思想。他在作于此年的《寄刘南坦》中谈道：

> 年近四十，疾灾忧患之余，乃始稍见古人学问宗旨，只在性情上理会，而其要不过主静之一言。又参之以养生家言，所谓归根复命云云者，亦止如此。是以数年来绝学捐书，息游嘿坐，精神稍觉有收拾处。（《唐荆川文集》卷五）

这说明此时归寂派的心学思想已成为唐顺之的主导思想，而其"绝学捐书，息游嘿坐"的目的也不再只是要去除私欲，而是要存养此心。在作于同一年的《答周约庵中丞》中唐顺之谈道："自屏居以来，澄虑默观亦既久之，乃稍稍窥见古之儒者所以为学之大端。窃以其实乃在于身心性情之际，而不以事功技术揭耳目为也。故其退藏于密者甚约，其究可以穷神而立命。"（《唐荆川文集》卷五）认为儒者治学之关键在于身心性情，而不在于事功技艺，这正是唐顺之对前一时期学术思想的反思。他在同一篇文字中谈道："至于象纬地形种种诸家之学，往时亦颇尝注心焉。今尽以懒病废。窃以为绝利于百途，固将借此余闲，聚精蓄力，洞极本心，洗濯愆过，以冀收功于一原，而未知竟当何如耳。"唐顺之将其早年极其关注的事功、技艺之学一并弃置，正是为了摆脱一切外在干扰，以收聚精神、存养本心。这表明，在归寂派思想的影响下，唐顺之已经逐渐摆脱了朱子格物致知的治学路数，转而一以正心为念，其学术思路已经完全转向了阳明心学。

为了获取虚寂的心境，唐顺之不但尽可能地摆脱外在的事务缠绕，还

---

① 《唐荆川文集》卷五《答张甬川尚书》（其二）。据《明唐荆川先生年谱》，此文亦作于嘉靖二十二年。

努力化解其意必固我之成心。他在作于嘉靖二十三年的《答洪方洲主事》一文中谈道："昔人谓有意为不善与有意为善皆能累心，如瓦石屑、金玉屑皆能障眼。惟慎独二字是千古正法眼藏。若于此渗透，则终日履道只是家常茶饭。平平坦坦不作一毫声色，世间一切好题目、恶题目皆不能累我矣。"（《唐荆川文集》卷五）所谓"有意为不善"和"有意为善"，都是存有机心的行为，都会对人的本心形成拖累。唐顺之此处所谓"慎独"，主要是强调关注自我本心，而不为外在的是非善恶评价所累。如此一来，终日履道只是自然、平常的事。在此，唐顺之以"瓦石屑""金玉屑"来喻指机心。在《答戚南玄》一文中，他则直接将其表述为"欣厌心"、"好丑心"与"长短心"，并进一步将其概括为"尘机"：

> 才提起处色色总在面前，才放下处了了更无一物，自是人心本来之妙，而不容增减也。古人终日从事于琴瑟、羽籥、操缦、安弦种种曲艺之间，既云终日从事矣，然特可谓之游而不可谓之溺。今之人其于琴瑟、羽籥、操缦、安弦种种曲艺即便偶一为之，则亦可谓之溺而不可谓之游，何也？为其有欣厌心也，为其有好丑心也，为其有争长竞短心也。欣厌心，好丑心，长短心，此兄之所谓即是尘机也。然则所谓艺成而下者，非是艺病，乃是心病也。扫除心病，用息尘机，弟敢不自力以承兄之教也。虽然，尘机息尽，浑沦道心，亦愿兄之无忽斯言也。（《唐荆川文集》卷五）

唐顺之认为，人心灵明，与物无违；本自完善，不容增减。其应对万物，随机自然；事过境迁，心无一物。古人虽终日从事于曲艺之事，却能不为其所累；今人偶然为之，却是沉溺不拔。这是因为古人只是自然应对，而今人却有喜恶心、是非心，从而蒙蔽了自然灵明之本心。在此，唐顺之不再仅仅把私欲视作影响本心呈现之因素，而是将机心，即其所谓尘机，视为障碍本心的根本原因。他认为今人之所以会沉溺于曲艺之中而无法自拔，并非曲艺本身有问题，而是人之本心为机心所蒙蔽，所以不能自如地应对事物。能够化解意必固我偏执之心，表明唐顺之对本心的体认突破了一大关。更重要的是，唐顺之已经不再把眼光仅仅盯在修养的功夫上，而是格外注重心灵所能呈现之境界："扫除心病，用息尘机，弟敢不自力以承兄之教也。虽然，尘机息尽，浑沦道心，亦愿兄之无忽斯言也。"这几句话深有意味。大概是说，消除机心的功夫自不必言，关键还要检验机心消除之后，能否呈现浑沦自然的本心。其实这也是在委婉地劝诫戚贤，不要只把眼光局限于修炼的功夫上，更要关注心灵境界之体悟。可见，虽然唐顺之此期主要是运用"归寂"的功夫，但这并没有影响他对本心的领会与参悟。所谓"自是人心本来之妙，而不容增减"，表明唐顺之已逐渐发现了那颗灵明的本心。

到了嘉靖二十四年（1545），唐顺之对本心的体验已经日臻成熟。他在作于此年的《与两湖书》中谈道：

> 天机尽是圆活，性地尽是洒落。顾人情乐率易而恶拘束，然人知安恣睢者之为率易矣，而不知见天机者之尤为率易也。人知任侠宕者之为无拘束矣，而不知造性地者之尤为无拘束也。（《唐荆川文集》卷五）

唐顺之此时对本心的认识已不只是灵明与至善，更体验到其天机圆活、性地脱洒的特征。他认为人若能悟得其本心，待人接物则可随机而动，原本就是率易的，原本就是无拘无束的。这表明唐顺之此时已经十分透彻地领悟了阳明的心体思想。对心体圆活、脱洒特征的体认，又促使荆川回过头来审视其"归寂"的修养功夫。他在《与与槐谢翰林》中谈道："闭门厌事，此是鄙人前身宿病，近来力自惩创，以庶几乎'吾非斯人之徒而谁与'之意。但性既偏狭，又素羸瘠，每入空山则不免仍有喜心，每遇人事迎送繁扰跋踬从事则不免仍有厌心耳。"（《唐荆川文集》卷五）表达了对自己"闭门厌事"行为的追悔。而在《答吕沃州》一文中，唐顺之则直接提出在应接纷扰中体验本心的主张：

> 兄云山中无静味，而欲闭关独卧，以待心志之定。即此便有欣羡畔援在矣。请兄且毋必求静味，只于无静味中寻讨。毋必闭关，只于开门应酬时寻讨。至于纷纭辏辏往来不穷之中，更试观此心何如？其

应酬缪辖与闭关独卧时还自有二见否？若有二见，还是我自为障碍否？其障碍还是欲根不断否？兄更于此著力一番，若有得与有疑，幸不惜见教也。（《唐荆川文集》卷五）

唐顺之认为，倘若一味地强调静中体验，便有"欣羡畔援在"，便是有机心在，便不是天机流行。因此，他建议吕氏从日常应酬、纷纭往来中寻讨本心。这样的认识再度改变了其对待种种才能、技艺的态度。在上文所引《答戚南玄》一文中，唐顺之即云："然则所谓艺成而下者，非是艺病，乃是心病也。"即表明其彻底摒弃技艺的态度已悄悄地发生了变化。稍晚时候，唐顺之又在《答任孙一麟》中谈道："若就从观书学技中将此心苦炼一番，使观书而燥火不生，学技而妄念不起，此亦对病下针之法，未可便废也。燥火不因观书而有，特因观书而发耳。妄念不因学技而有，特因学技而发耳。既不因观书学技而有，则虽不观书不学技亦安得谓之无乎？吾子虽久事于学，至于学问头脑如先立其大等语，其实未有自信、自作主宰处。"（《唐荆川文集》卷六）主张在观书、学技的过程中磨炼此心，而不再像以前那样"绝学捐书，息游嘿坐"，这表明唐顺之在通过"归寂"的功夫体认到圆活、脱洒的心体之后，已经能够自信本心，从而又突破了"归寂"思想的束缚，其生命态度也随之变得越发通脱了。

正确理解唐顺之的"归寂"思想与其对心体灵明、脱洒特征的体验之间的关系，是我们把握其此期学术思想与人格心态转变的关键。由以上论述可知，通过对"归寂"思想的接受、实践与反思，唐顺之经历了一个对外在学识、技艺先放弃又重拾的反复过程。而无论是先前的放弃，还是后来的重拾，都伴随着唐顺之心学思想的突破与进展。归寂派要求摆脱一切外在的事务缠绕，在极其宁静的心境中体验本心，这似乎与心体圆活、脱洒的特征背道而驰。其实，"归寂"毕竟只是功夫，而不是目的。通过"归寂"的功夫，最终要体验的还是那虚灵不昧的本心。这也是归寂派虽然与阳明本意之间有些隔膜，但终究还是属于心学思想系统的根本原因之所在。唐顺之也果然没有走上歧途，其对外在技艺的放弃，是从格物转向了正心，从外驰转向了内主，从对外在事物的关注转向了对内在心灵的感悟，并最终体认到了那颗活泼泼的、灵明的本心。而且，当唐顺之通过"归寂"的功夫逐渐体验到心体之圆活、脱洒之后，很快便对"归寂"功夫本身作出反思，并再度调整了自己对待外在技艺的态度。但他此时对学识、技艺的重新拾起，已与早年对事功的孜孜追求大有不同。他早年将主要的精力都投入对外在技艺的探究中，此时却是要在平常生活中体察本心。因此，无论是唐顺之最初对"归寂"思想的接受，还是之后的反思，都使其心态逐渐从拘谨转向脱洒，并最终完成了其从狷者到中行的人格转型。事实上，唐顺之早年之狷介，并非仅仅体现为他对自身的苦加约束。正如万士和所论，还体现为其自负、固执、意气行事的性格特征。而他在此期对所谓"欣厌心"、"好丑心"与"长短心"的痛加反省，正表明其心态已从当初的偏执、拘谨逐步走向圆融与脱洒。唐顺之本人也曾谈到过这种变化："仆少颇负意气，屏废以来，槁形灰心之余，化为绕指柔焉久矣。"（《唐荆川文集》卷六《答杨小竹》）这对其学术思想的进展及文学思想的转变都有着极其深刻的影响。

三 佛、道思想的影响

在唐顺之学术思想的转变过程中，佛、道思想也发挥了十分重要的作用。早在嘉靖十四年（1535）前在翰林院时，唐顺之就表现出对佛学思想的容受态度。[①] 然而，他尽管经常在此期的诗作中谈说佛理，[②] 但似乎并没有在较深的层面上理解并接受佛学思想。以如下三首游览禅寺的诗作为例：

> 端居滞文翰，久与赏心阔。出沐乘休豫，寻幽展欢悦。涉涧俯潺湲，攀峦面巉嶫。邈哉神皋奥，居然灵境别。（《唐荆川文集》卷一《游西山碧云寺作得悦字》）
>
> 宛转云峰合，微茫鸟路通。闲来竹林下，醉卧石房中。阴洞泉先冻，阳崖蕊尚红。攀萝探虎穴，憩石俯鲛宫。上客思留带，山僧不避

---

① 参见黄卓越《佛教与晚明文学思潮》，东方出版社，1997，第34~35页。

② 例如《庆寿宫斋宿》："茹素分僧饭，观空入化城。真诠今已悟，宁畏毒龙惊。"《寓城西寺中杂言五首》："三生空有偈，五蕴本无心。说法何须难，忘言悟已深。"（《唐荆川文集》卷一）

聪。夜深发清啸，流响入寒空。(《唐荆川文集》卷一《普济寺同孟中丞作》)

西山爽气朝来歇，倏忽玄阴满四陲。云里楼台翻借色，雨中花树更多姿。飞虹弄影摇丹嶂，瀑水分流射绿池。坐觉禅宫倍幽寂，凭栏把酒正相宜。(《唐荆川文集》卷一《龙泉寺对雨》)

从这三首诗中，我们感受到的是诗人的轻松愉悦与悠然自得，而非幽寂、空明之禅境。所谓"闲来竹林下，醉卧石房中""夜深发清啸，流响入寒空""坐觉禅宫倍幽寂，凭栏把酒正相宜"，其所呈现出的分明是一种优雅、脱洒的文士风流，而非渊深、沉静的禅者玄思。唐顺之此期的禅诗大都类此。可知此时的唐荆川对佛禅的喜好，同当时大部分的士人一样，主要只是对枯燥、沉闷的仕宦生活的调剂，而非深层的生命需求。而到了他被贬谪之后，尤其是在后家居期间，情形就大有不同了。以《题金山寺付僧惠杰四首》为例：

何处寻龙藏，停桡听梵音。中流一塔影，远树万家阴。僧定潮来去，月明江浅深。试将空水相，堪比慧公心。

隐隐帆樯外，分明见法幢。川光孤断石，井脉割寒江。折苇僧归渡，观潮客倚窗。一窥龙女偈，坐使战心降。

凭虚聊骋望，面面获芦秋。坐据三生石，心随万里流。鼋鼍争出没，楼馆定沉浮。向夕烟氛敛，珠光似可求。

法界元无着，寥寥空水云。钟声潮外往，佛相镜中分。经为鱼龙说，人将鹳鹤群。慈航如可借，不厌往来勤。(《唐荆川文集》卷二《题金山寺付僧惠杰四首》)

这几首诗所呈现的意境与前几首迥然有别。显然，唐顺之此时已是真正要通过对佛境的参悟以追求心灵的平静与安宁。禅寂、化境与隐逸，是唐顺之前、后家居期间最重要的诗歌主题。这是因为其生存状况及心境与昔日已大为不同。他在早年做翰林时，虽然也面临着官场中的钩心斗角、尔虞我诈，但基本的生存境况还是充实而安逸的。而在屡遭贬斥之后，唐顺之不得不直面新的人生课题，并重新调整心态。一方面，他要化解心中愤懑，平息种种欲念，在逆境中安顿好自我灵魂；另一方面，强烈的事功心及根深蒂固的社会担当意识，又使他很难心甘情愿地做一个林下太平人。如何协调好两者之间的关系，本是大部分封建士人共同面对的难题，而其在极重品节偏偏又有着极强事功心的唐荆川这里则表现得尤为突出。因此，在此问题上，他要比大部分士人经受更多的磨难，亦须付出更多的努力，作出更加艰难的挣扎。其实，阳明心学正是应明中期士人的此种生命需求而生，① 也的确能够在一定程度上解决这一人生难题。这也是唐顺之最终能够深入地理解并接受心学思想的重要原因之一。然而，对于消解苦闷、破除执着而言，佛、道思想显然能够起到更加直接也更为彻底的作用。因此，唐顺之在不断深入领悟心学思想的同时，也十分认真地从佛、道思想中寻求心灵的宁静。作为一种修养心性的途径，即便是在十分深入地理解了阳明心学之后，唐顺之也没有完全放弃对佛、道的参求。直到嘉靖二十九年（1550），他还在给王慎中的信中谈道："盖近于养生家稍稍得一归根法也。"（《唐荆川文集》卷六《答王遵岩》）既是保养身体之所需，更是完养神明之途辙。由于唐顺之这么做主要是为了解决自身的心灵安顿问题，故而他在此过程中并没有对佛与道（甚至包括儒学思想）作出明确的界分，经常将其糅杂在一起谈论。最典型的如《游永庆寺示诸友》一诗："村墟正三月，春服领春风。飞鸟机心外，青天佛眼中。观心犹是障，齐物亦非同。何处参真诀，颜生昔屡空。"（《唐荆川文集》卷二）虽然最终摆明了自己的儒家立场，却分明表明了其复杂的思想源头。

唐顺之对佛、道思想的接受，说明其"归寂派"的心学思想入路并非偶然，而是与其固有的思想状况有着极为密切的关系。同时，它又有助于我们去认真体会唐顺之在思想转变过程中的复杂心态。嘉靖十九年的仕途重挫，并没有击退唐顺之的积极用世之心，然而他却不能不在愤懑之余对自己早年的处世方式作出反思，并寻求一种尽可能平和的心态来面对生命的苦难。于是，一方面他以传统儒家"君子固穷"的精神来支撑自己的思想，另一方面他又试图到佛、道思想中去寻求心灵的慰藉。然而，强烈的

---

① 参见左东岭《王学与中晚明士人心态》，第128~180页。

事功心却使他并不能甘于"守穷",而传统儒者的社会责任感又会时时考问他的灵魂,不容许他在动荡时局中悠游度日。以下诗为例:

> 海上倭方急,云中虏又侵。缨冠非本分,抱膝复何心。树冷秋前寺,篁齐雨后林。此乡非楚泽,濯足亦成吟。(《唐荆川文集》卷二《宿荆溪上塘庵述怀》)

此诗前后表达的思想情感落差极大。前半首流露出诗人对边疆战事的莫大担忧,而后两联则刻画出一副沉寂而逍遥的隐者面孔,正体现了诗人心中的激烈矛盾。因此,在口口声声宣称"逃虚""委化"的同时,他又积极地修习各种经世之学,并有了"冬不火,夏不扇"怪异行为。值得庆幸的是,在师友的劝慰和引导下,在保持儒者本色的基础上,唐顺之逐渐化解掉横亘胸中的"意必固我",最终体验到一颗圆活、灵明的心。然而,无论是佛、道思想,还是"归寂派"心学的修养方式,都只是唐顺之寻求本心的途径,而不是最终的目的;一旦建立起对自我灵明心体的充分信心,唐顺之终究还是要积极投身于经世行为中。几经周折,唐顺之还是那个积极进取的唐顺之;但就其生命境界而言,他却再也不是一个年轻气盛、狷介孤傲的气节之士了。这一转变过程,虽然主要是在心学思想的影响下完成的,但佛、道思想同样起到了不可忽视的作用。如果说心学思想主要是从积极的角度引导唐顺之去体验那颗灵明的本心,那么佛、道思想则是以消解的方式将其心中的执着与欲念逐步化解。虽然影响方式不同,但对于唐顺之学术思想及人格心态的转变来说,两者都是极其重要的。

四 "脱洒"与"小心"

黄宗羲"以天机为宗,以无欲为工夫"的论断,其实是对唐顺之成熟之后的心学思想的总结,其背后则隐藏着唐顺之对"良知见在"与"归寂致知"思想的批判与吸收。一方面,他以心体的天机活泼反对罗洪先、聂豹等对虚寂的刻意追求;另一方面,他又批评了以王龙溪为代表的江左王学任血气为自然、取消去欲功夫的修行方式。① 就生命的受用处而言，唐顺之认为归寂派过于拘束而不够脱洒，而江左诸人又过于放任而不够谨慎，于是就提出了其"小心脱洒非二致"的思想。他在《与蔡白石郎中》（其二）中谈道：

> 来书提出"小心"两字，诚是学者对病灵药。但如前所说，细细照察、细细洗涤，使一些私见习气不留下种子在心里，便是小心矣。小心非矜持把捉之谓也。若以为矜持把捉，则便与鸢飞鱼跃意思相妨矣。江左诸人任情恣肆，不顾名检，谓之脱洒；圣贤胸中一物不碍，亦是脱洒，在辨之而已。兄以为脱洒与小心相妨耶？惟小心而后能洞见天理流行之实，惟洞见天理流行之实而后能脱洒，非二致也。（《唐荆川文集》卷六）

其实唐顺之在这里是把小心与脱洒分别视为修养的功夫与境界，小心即是"细细照察、细细洗涤"的去欲功夫，脱洒则是"洞见天理流行"之后的心灵境界。唯有下了小心的功夫，才能识得天理流行之本体；唯有识得本体，才能有脱洒的境界。则小心是脱洒的必要前提，唯经小心之后，方能得以脱洒。而小心毕竟不是目的，脱洒才是其既定的目标。后一层意思，唐顺之在《与聂双江司马》中讲得更为明确："然学者用却有寂有感的工夫，却是于此中欲识得无寂无感的本心。欲复得无寂无感的本心，而非以此妨彼之谓也。譬如有人患积热蕴结，必假芩连诸冷药以解其毒而复其元气。非以为冷气即元气，亦非以为冷气异元气而不服药之谓也。"（《唐荆川文集》卷六）其实就是说，小心的功夫是必须的，但终究还是要复得天机圆活的本心。可知，唐顺之与归寂派在功夫上并没有太大区别，其分歧乃在对心体的认识上。所以他与聂豹之间会有"心无定体"与"心有定体"的争论。而他与王龙溪对于心体的认识却是完全一致的，其区别只在是否需要去欲的功夫。故唐顺之集两者之长，主张以"有寂有感"的功夫，复得"无寂无感"的本体。如此认识，小心

---

① 参见左东岭《王学与中晚明士人心态》，第449~450页。

与脱洒之间似乎的确没有什么矛盾。然而，这显然是将功夫与本体斩为两截，与阳明心学"知行合一"的思想多有不合。王阳明"致良知"的思想同时包含两个过程，一个过程是"致得其良知"，是知的过程；另一个过程是"致其良知于万事万物"，是行的过程。而知与行是同一而不容分割的①。从唐顺之的论述来看，小心主要是一个"知"的功夫，而脱洒则是在"知"之后，应当是"行"的境界。如此一来，唐顺之就面临着一个两难的境地：要么是将知与行割裂开来，要么就难以解决小心与脱洒之间的矛盾。这不只是唐顺之一个人的困窘，而是整个王学思想所面临的理论难题。以唐顺之对心学思想的领悟程度，他不会意识不到小心与脱洒可能遇到理论问题，但他并没有从理论上解决这一矛盾，而是像大部分学者那样，把问题引向了"真实力行"，以真切的生命体验来取代理论上纷争。

无论是针对江左王学的玄悟，还是针对归寂派的拘谨，唐顺之都给他们提出了真实力行、摆脱言语意见的解决办法。他在《与张本静》中谈道：

> 若谓认得本体，一超直入，不假阶级，窃恐虽中人以上有所不能，竟成一番议论一番意见而已。……近来学者本不刻苦搜剔、洗空欲障，以玄悟之语文夹带之习，直如空花，竟成自误。要之与禅家斗机锋相似，使豪杰之士又成一番涂塞。此风在处有之，而号为学者多处则此风尤甚。惟嘿然无说，坐断言语意见路头，使学者有穷而反本处，庶几挽归真实力行一路，乃是一帖救急易方。龙溪诸兄往江西，偶以此意请教，不知兄意云何也。（《唐荆川文集》卷六）

虽然没有明言，但唐顺之此处即是就其所谓"江左诸人"的学风而言。唐顺之认为其根本症结在于不能够"刻苦搜剔、洗空欲障"，因此其"一超直入，不假阶级"的主张也就成了一番空论而已。但唐顺之在这里并没有对此进行太多的理论辨析，而是开出了"坐断言语意见路头""穷而反本""真实力行"的药方。当然，此处所谓"真实力行"应该主要是指去欲的

---

① 参见杨国荣《王学通论》，华东师范大学出版社，2003，第74~79页。

功夫而言，但最终目的却必然是切实地体验本心。唐顺之又在《与罗念庵修撰》一文中论道：

> 所示《夏游记》，中间辨析精切，深有忧于近世卤莽之学，力与破除。可谓有益世教不小。然以此验兄近来所得，则尚有论在。盖犹未免落于文义意见之间，而自己真精神不尽见有洒然透露处。岂兄对世人说法故然耶？（《唐荆川文集》卷六）

罗洪先《夏游记》主要是通过对王龙溪的辩驳论其"归寂"的思想。① 则知唐顺之所谓"卤莽之学"其实正是指良知现成派的学说。唐顺之虽然认为念庵之论可以破除"卤莽之学"，但也认为他同样不免纠缠于言语意见之间，而这不利于"真精神"的自然透露。其实此正是委婉地批评念庵之学不够脱洒。唐顺之于此同样开出了"真实力行"的方子，而此处所谓"真精神"则主要是就体悟脱洒的心体而言。可知，唐顺之主张"真实力行"，求"真精神"，既包含了刻苦磨炼的意思，又强调了对本心天机圆活特征的体认。这虽然并不能在理论上解决小心与脱洒之间的矛盾，却不失为一种摆脱理论纠缠的、务实的处理问题的方式。唐顺之论"真实力行"、求"真精神"的主张，未必是为解决小心与脱洒之间的矛盾而发，然而它却能在回避这一矛盾的前提下，将其对去欲功夫与天机圆活的体认兼容并蓄，所以应该被视为唐顺之心学思想的重要内容。

[本文原刊于《明清文学与文献》（第十二辑），中国社会科学出版社，2023]

---

① 参见罗洪先《念庵文集》卷五，《景印文渊阁四库全书》，第 1275 册，第 134～144 页。

晚明诗学中的主体质素论述及其演生过程

——从李贽的"二十分识"到公安派的尚趣重学

杨遇青[*]

内容提要 从童心说到性灵说,文人主体性规定发生了深刻变化。李贽的"才胆识"三要素说重视写作主体的独立识见与批判能力,而袁中道《吏部验封司郎中中郎先生行状》以李贽三要素说为基础,把袁宏道万历二十五年(1597)的唯趣说和万历二十七年以后重学问的倾向加以整合,归纳出了性灵主体的"识才学胆趣"五要素,形成了以"尚趣"和"重学"为特色的新论述。"尚趣"是袁宏道漫游吴越时从自然山水中获致的生命体验,"重学"是其任职北京时从宋人别集和禅学实践中生成的诗学经验。把尚趣与重学问的倾向统一起来,赋予性灵主体崭新意义,是公安派对性灵诗学的重要拓展,也展现了此期诗学演进的深层逻辑。

关键词 童心说 性灵说 才胆识 尚趣 学道有致

古典诗学中的作家论一直有两种主要趋势。一是儒家的作家论,以《尚书》的"诗言志"和《诗大序》的"吟咏情性"为核心,认为诗是主体情志的呈现。此一观点衍生出发愤抒情说、缘情说等,构筑了古典诗学的理论基石。二是以佛道两家"无我"或"性空"为内涵,强调审美主体的虚灵不昧。[①] 明中叶以来,随着阳明心学的发展,主体性问题占据了文学思想的中

---

[*] 杨遇青,西北大学文学院副教授;发表《"古学渐兴"与复古诗学的原初意义》等多篇论文。

① 参见黄卓越《晚明性灵说的佛学渊源》,《文学评论》1995 年第 5 期;普慧《慧远的禅智论与东晋南北朝的美虚静说》,《文艺研究》1998 年第 5 期。

心。王守仁说："心之虚明灵觉，即所谓本然之良知也。"① 袁中道说："虚灵之性圆，而全潮在我矣。"② 随着心本体或良知主体在士大夫中得以广泛讨论并日渐深入人心，"作者在文学世界中的位置"③ 被推至文学思想的前沿。一方面，文学主体的童心、性灵及至情等本源性问题，得到了深入省察和自觉体证；另一方面，对识、才、学、胆、趣等主体质素的发微，也丰富了关于作家精神世界的理解。在某种程度上，性灵派的作家论是在心学思潮与佛教复兴的双重影响下，对言志说与虚灵说的综合发展。从李贽到袁宏道、袁中道的诗学论述中，作为本源性的童心、性灵与作为质素论的识、才、学、胆、趣之间本末相即、互相补充。深入辨析有关作家主体质素的论述，可以深化对童心说、性灵说的理解，拓展我们对晚明士大夫的生命内涵和文学世界的认知。本文拟在历史过程中和文本语境中，探讨这一主体质素学说的生成与发展逻辑，以展现性灵诗学不断拓展的文学内涵及其主体性意义。

一　李贽的"二十分识"及其渊源

关于"作者是谁"的问题，既有本质性回答，也有描述性回答。如果说童心与性灵是对作者问题的本质性省察，那么李贽有关才、胆、识的论述则是描述性的。他在《二十分识》中系统讨论了才胆识的关系问题：

> 有二十分见识，便能成就得十分才，盖有此见识，则虽只有五六分才料，便成十分矣。有二十分见识，便能使发得十分胆，盖识见既大，虽只有四五分胆，亦成十分去矣。是才与胆皆因识见而后充者也。空有其才而无其胆，则有所怯而不敢；空有其胆而无其才，则不过冥行妄作之人耳。盖才、胆实由识而济，故天下唯识为难。④

---

① 《传习录》卷二《与顾东桥书》，王守仁著，吴光等编校《王阳明全集》，上海古籍出版社，1992，上册，第47页。
② 袁中道著，钱伯城点校《珂雪斋集》卷二〇《论性》，上海古籍出版社，2007，中册，第850页。
③ 左东岭：《李贽与晚明文学思想》，人民文学出版社，2010，第193页。
④ 李贽：《焚书》卷四，《焚书　续焚书》，中华书局，1975，第155页。

万历二十年（1592），李贽流寓武昌，"时闻灵、夏兵变，因发愤感叹于高阳，遂有《二十分识》与《因记往事》之说"[1]，借他人之酒杯，浇胸中之块垒，对高阳酒徒郦食其、海上巨寇林道乾等人的才、胆、识予以高度评价。他所谓才、胆、识，指涉颇广，"非但学道为然，举凡出世处世，治国治家，以至于平治天下，总不能舍此矣"[2]。左东岭先生认为："李贽此处所言之才、胆、识显然并非专指文学作家而发，同时亦兼指学道乃至治国治家。但李贽又在一定程度上意识到政治、哲学与文学间确实存有差异。"[3] 李贽的确把才、胆、识的标准运用于"处世"（政治）、"参禅学道"（哲学）和"出词落笔"（文学）三种论域。他反躬自察，以为"余谓我有五分胆，三分才，二十分识，故处世仅仅得免于祸。若在参禅学道之辈，我有二十分胆，十分才，五分识，不敢比于释迦老子明矣。若出词为经，落笔惊人，我有二十分识，二十分才，二十分胆"[4]。他在"处世"方面，把自己描述为洞明世道但不愿苟且的人；在"参禅学道"方面，声称自己识见逊于佛陀，至于当世名家大概并不在其法眼之中；在"出词落笔"方面，则才、胆、识皆臻于圆满。此时正是李贽批点《西厢记》《水浒传》的关键时期，"《水浒传》批点得甚快活人，《西厢》《琵琶》涂抹改窜得更妙"[5]，他先后写成《童心说》《忠义水浒传序》等宏文，在文学批评上形成了独立的观点，极为自负。[6]

---

[1] 李贽：《焚书》卷二《复麻城人书》，《焚书　续焚书》，第 68 页。

[2] 李贽：《焚书》卷四《二十分识》，《焚书　续焚书》，第 155 页。

[3] 左东岭：《李贽与晚明文学思想》，第 197 页

[4] 李贽：《焚书》卷四《二十分识》，《焚书　续焚书》，第 155 页。

[5] 李贽：《续焚书》卷一《与焦弱侯》，《焚书　续焚书》，第 34 页。

[6] 怀林《批评水浒传述语》："和尚自入龙湖以来，口不停诵，手不停披者三十年，而《水浒传》《西厢记》尤其所不释手者也。"［厦门大学历史系编《李贽研究参考资料》（第三辑），福建人民出版社，1976，第 161 页］袁中道《游居杮录》："记万历壬辰夏中，李龙湖方居武昌朱邸，予往访之，正命僧常志抄写此书，逐字批点。"（袁中道著，钱伯城点校《珂雪斋集》，中册，第 1315 页）许建中认为："我们发现李贽于万历十九年十二月开始批点《西厢记》《水浒传》，至万历二十年夏，仍在抄批《水浒传》。""万历十九年二月正在批评《西厢记》《琵琶记》，那么批点完此两剧后，因有所感于《西厢记》而写《童心说》，其时间当在第二年（万历二十年）初。"（许建平《李贽思想演变史》，人民出版社，2005，第 274~275 页）

　　李贽的才、胆、识三要素脱胎于刘知幾的"史有三长"。《新唐书》载刘知幾语云："才、学、识，世罕兼之，故史者少。夫有学无才，犹愚贾操金，不能殖货；有才无学，犹巧匠无楩楠斧斤，弗能成室。善恶必书，使骄君贼臣知惧，此为无可加者。"① 李贽在《藏书》卷四一《刘知幾传》所附按语中，认为刘知幾于"才、学二字发得明彻，论识处尚未具也"②。而与"史有三长"相比，李贽的三要素说在指涉范围与具体内容上均有较大不同。

　　在指涉范围方面，刘知幾的批评对象是史家，而李贽所论包括从孔子、释迦以下乃至海盗之属，具有普遍意义；刘知幾所论是史家的学术素养，而李贽所论包括士大夫"处世"、"参禅学道"及"出词落笔"诸层面，认为同一主体在不同层面上具有的个体潜能是有差别的，唯有在专擅的领域才有可能出类拔萃，"出词为经，落笔惊人"。

　　在内容上，李贽的论述与刘知幾相比至少有以下三个方面的特质。一是去学问化。他在万历十八年（1590）的《童心说》中就说："夫学者既以多读书识义理障其童心矣，圣人又何用多著书立言以障学人为耶？"③ 认为从闻见道理开始，学者逐渐茅塞其心，异化为假人。很显然，"天下之至文"与多读书、识义理背道而驰。二是尚胆。与刘知幾相比，李贽易"学"为"胆"，第一次把"胆"提升为主体素质的关键要素。"放胆为文"使得李贽的文章通脱颖锐，为古文发展辟一新境。④ 三是重视"识"的根本意义。一方面，刘知幾于"论识处尚未具也"；另一方面，李贽认为"盖才、胆实由识而济，故天下唯识为难"，因而，他尤其强调识的作用。他的这篇专论讨论的重点便是"二十分识"。

　　"识"，首先是行为主体独具只眼的洞察力。李贽多用才、胆、识来鉴识人物，如论顾恺之与周瑜："二公皆盛有识见、有才料、有胆气，智仁勇三事皆备。"⑤ 认为二人一者善藏，一者善发，"皆具只眼"，在处世上游

----

① 欧阳修、宋祁等撰《新唐书》，中华书局，1975，第 15 册，第 4522 页。
② 李贽：《藏书》卷四一《刘知幾传》，中华书局，1974，第 3 册，第 706 页。
③ 李贽：《焚书》卷三，《焚书　续焚书》，第 98 页。
④ 参见陈平原《从文人之文到学者之文》，生活·读书·新知三联书店，2004，第 15～28 页。
⑤ 李贽：《焚书》卷二《与友朋书》，《焚书　续焚书》，第 57 页。

刃有余。其次，识见在"出词落笔"中起到主导作用。如他论班固说："班氏文才甚美，其于孝武以前人物尽依司马氏之旧，又甚有见，但不宜更添论赞于后也。何也？论赞须具旷古只眼，非区区有文才者所能措也。刘向亦文儒也，然筋骨胜，肝肠胜，人品不同，故见识亦不同，是儒而自文者也。"① 以李贽的话语来说，班固有二十分才，但识见不济；刘向之识见在班氏之上；而司马迁则是具旷古只眼者。他把"文胜于识"者称为"文儒"，而视具"旷古只眼"者为真英雄，真豪杰。

文学主体的识见问题，可以上溯到江西诗派②和严羽《沧浪诗话》。严羽认为"夫学诗者以识为主。入门须正，立志须高，以汉魏晋盛唐为师，不作开元天宝以下人物"③，此种识见也可称为"正法眼"。"学者须从最上乘，具正法眼，悟第一义"④，所谓正法眼，原指禅家对"正法"或"第一义"的辨别抉择能力。严羽认为，历代诗歌皆有不同的体制、家数或言语，"大历以前，分明别是一副言语；晚唐分明别是一副言语；本朝诸公分明别是一副言语。如此见，方许具一只眼"⑤。因而，作为诗学批评主体的识，主要功能是"辨"，"看诗须着金刚眼睛，庶不眩于旁门小法"，"辨家数如辨苍白方可言诗"，"诗之是非不必争，试以己诗置之古人诗中，与识者观之而不能辨，其真古人矣"。⑥ 显然，严羽之"识"是指"通过阅读各家的大量作品培养起来的一种揣摩、辨别的能力"⑦。

唐顺之对此有进一步的见解。《金刚经》中佛陀曾与须菩提探讨肉眼、天眼、慧眼、法眼和佛眼的作用，⑧ 唐顺之把佛典中这一关于主体识见的理论运用到文学鉴别力上，认为："有肉眼，有法眼，有道眼。语山川者于秦中、剑阁、金陵、吴会，苟未尝探奇穷险，一一历过，而得其逶迤曲

---

① 李贽：《焚书》卷五《读史·贾谊》，《焚书 续焚书》，第 201 页。
② 张健认为："诗家重识之说出自江西诗派。""山谷云：'学才若不见古人用意处，但得其皮毛，所以去之更远。……故学者要先以识为主，如禅家所谓正法眼者，真须具此眼目，方可入道。'"（严羽著，张健校笺《沧浪诗话校笺》，上海古籍出版社，2012，第 66 页）
③ 严羽著，张健校笺《沧浪诗话校笺》，第 65 页。
④ 严羽著，张健校笺《沧浪诗话校笺》，第 7 页。
⑤ 严羽著，张健校笺《沧浪诗话校笺》，第 497 页。
⑥ 严羽著，张健校笺《沧浪诗话校笺》，第 483~493 页。
⑦ 郁沅：《严羽诗禅说析辨》，《学术月刊》1980 年第 7 期。
⑧ 参见于德隆点校《金刚经注疏》，线装书局，2015，第 117 页。

折之详，则犹未有得于肉眼也，而况于法眼、道眼者乎？"① 在这一主体识见理论中，此种"通过阅读各家的大量作品培养起来的一种揣摩、辨别的能力"，显然尚停留在"肉眼"的层面上。至于何谓"法眼"和"道眼"，他认为："千古作家别自有正法眼藏在。"②"至于中一段精神命脉骨髓，则非洗涤心源，独立物表，具今古只眼者不足以与此。""所谓具千古只眼人也，即使未尝操纸笔呻吟学为文章，但真据胸臆，信手写出，如写家书，虽或疏卤，然绝无烟火酸馅习气，便是宇宙间一样绝好文字。"③ 显然，他所谓"正法眼藏"而着眼于作家本色，即"其中一段精神命脉骨髓"，这种真精神与真识见无疑与对文法的"揣摩、辨别"无关，而与"洗涤心源"前提下的主体素质与人格涵养相关。

李贽受到了阳明学，特别是唐顺之本色论的影响。唐顺之把肉眼层面的"透迤曲折之详"和法眼、道眼层面的真精神与真识见分离开来，把"识"从外向型的"识辨诗作差异和优劣的能力"，转化为一种内向型的"真精神和千古不可磨灭之见"。李贽则跳脱于文学之外，直接讨论英雄豪杰的内在人格及人物鉴识问题。他运用才、胆、识的鉴评标准评骘历史人物的境界高下，如"蜀之谯周，以识胜者也。姜伯约以胆胜而无识，故事不成而身死；费袆以才胜而识次之，故事亦未成而身死。此可以观英杰作用之大略矣"④。他也以此来评论文学形象，如《李卓吾批评西厢记》"拷红"眉批说："红娘真有二十分才，二十分识，二十分胆。有此军师，何攻不破，何城不克，宜于莺莺城下乞盟也哉！"⑤ 因此，在才、胆、识三要素上，李贽一方面主张"盖才、胆实由识而济，故天下唯识为难"，另一方面，也认为才与胆亦可以支撑识见的发明，如评席书说："然有识而才不充，胆不足，

---

① 唐顺之著，马美信、黄毅点校《唐顺之集·荆川先生文集》卷七《答茅鹿门知县》，浙江古籍出版社，2014，上册，第293页。
② 唐顺之著，马美信、黄毅点校《唐顺之集·荆川先生文集》卷五《与两湖书》，上册，第222页。
③ 唐顺之著，马美信、黄毅点校《唐顺之集·荆川先生文集》卷七《答茅鹿门知县二》，上册，第294~295页。
④ 李贽：《焚书》卷四《二十分识》，《焚书　续焚书》，第155页。
⑤ 许建平：《李贽思想演变史》，第276页。

则亦未敢遽排众好，夺时论，而遂归依龙场，以驿丞为师也。"① 在此视域下，作为主体人格境界，识见具有本质意义和统领作用，"举凡出世处世，治国治家，以至于平治天下，总不能舍此矣"。

在三要素中，李贽于识与胆尤其自负，自以为："天幸生我心眼，开卷便见人，便见其人终始之概。夫读书论世，古多有之，或见皮面，或见体肤，或见血脉，或见筋骨，然至骨极矣。纵自谓能洞五脏，其实尚未刺骨也。此余之自谓得天幸者一也。天幸生我大胆，凡昔人之所忻艳以为贤者，余多以为假，多以为迂腐不才而不切于用；其所鄙者、弃者、唾且骂者，余皆的以为可托国托家而托身也。其是非大戾昔人如此，非大胆而何？此又余之自谓得天之幸者二也。"② 历代名家也充分肯定了李贽文章中的胆识。如袁中道说："龙湖先生，今之子瞻也，才与趣不及子瞻，而识力胆力，不啻过之。"③ 左东岭认为："李贽的确无法与东坡汪洋恣肆、挥洒自如的过人才气相比。但在目光的敏锐和冲决传统的勇气上，苏轼显然又抵不过卓吾。出于上述二因，故使李贽重胆识而略才气。"④ 陈平原认为："李贽的读书，特有眼光，别出手眼，经常能发千古之覆。读史如此，论事也如此。"⑤

综之，从《沧浪诗话》"以识为主"到李贽的"唯识为难"，是作家主体性论述的重要转进。在这一演进过程中，识见由外向型的鉴识力转向内在型的主体潜能，从诗文鉴识发展为面向修道、处世和出词落笔诸层面的主体质素论述。它摆脱了作为文学修养与鉴识的单一维度，但仍被视为文学创作的基本依据，构成作家论的核心因素。

二 袁宏道"唯趣"说的自然英旨与人性内核

万历二十年（1592）春末，李贽在武昌写下《二十分识》。这年五月二十九日，袁中道来武昌向李贽问学，相处一月多。此前一年，袁宏道曾

---

① 李贽：《续焚书》卷三《读史汇·席书》，《焚书　续焚书》，第 87 页。
② 李贽：《焚书》卷六《读书乐并引》，《焚书　续焚书》，第 226 页。
③ 袁中道著，钱伯城点校《珂雪斋集》卷一〇《龙湖遗墨小序》，上册，第 474 页。
④ 左东岭：《李贽与晚明文学思想》，第 199 页。
⑤ 陈平原：《从文人之文到学者之文》，第 20 页。

赴龙湖访李贽，从游三月有余。袁中道说："先生既见龙湖，始知一向掇拾陈言，株守俗见，死于古人语下，一段精光，不得披露，至是浩浩焉如鸿毛之遇顺风，巨鱼之纵大壑。能为心师，不师于心；能转古人，不为古转。发为语言，一一从胸襟中流出，盖天盖地，如象截急流，雷开蛰户，浸浸乎其未有涯也。"① "精光"一词，见于唐顺之《答茅鹿门知县二》，所谓"老家必不肯剿儒家之说，纵横必不肯借墨家之谈，各自其本色而鸣之为言。其所言者，其本色也，是以精光注焉"②。袁中道曾用以评价李贽，"抒其胸中之独见，精光凛凛，不可迫视"③，又认为袁宏道之从游于李贽，"一段精光"，终得披露。次一年之五月，公安三袁又联袂访李贽于麻城，逗留十余日。李贽也很推重袁氏兄弟，以为"伯也稳实，仲也英特，皆天下名士也"，而对袁宏道期望更高，"谓其识力、胆力，皆迥绝于世，真英灵汉子，可以担荷此一事耳"④。

在公安三袁中，袁宏道最为颖锐，而袁中道与李贽交往最多。袁中道在武昌向李贽问学时，甫值李贽《二十分识》脱稿，所以他对才、胆、识之说了然于心。他在袁宏道身后写下《吏部验封司郎中中郎先生行状》（以下简称《中郎先生行状》）一文，认为袁宏道从吴县辞官后，诗文"俱从灵源中溢出，别开手眼，了不与世匠相似"，总结了写作主体的五要素：

> 总之发源既异，而其别于人者五：上下千古，不作逐块观场之见，脱肤见骨，遗迹得神，此其识别也；天生妙姿，不镂而工，不饰而文，如天孙织锦，园客抽丝，此其才别也；上至经史百家，入眼注心，无不冥会，旁及玉简金叠，皆采其菁华，任意驱使，此其学别也；随其意之所欲言，以求自适，而毁誉是非，一切不问，怒鬼嗔

① 袁中道著，钱伯城点校《珂雪斋集》卷一八《吏部验封司郎中中郎先生行状》，中册，第 756 页。
② 唐顺之著，马美信、黄毅点校《唐顺之集·荆川先生文集》卷七，上册，第 295 页。
③ 袁中道著，钱伯城点校《珂雪斋集》卷一七《李温陵传》，中册，第 721 页。
④ 袁中道著，钱伯城点校《珂雪斋集》卷一八，中册，第 756 页。关于三袁与李贽交往之事实，参见林海权《李贽年谱略》，福建人民出版社，1992，第 255～258、274～278、291～294 页；戴红贤《三袁与李贽会晤时间及地点考辨》，《长江学术》2004 年第 6 辑。

人，开天辟地，此其胆别也；远性逸情，潇潇洒洒，别有一种异致，若山光水色，可见而不可即，此其趣别也。有此五者，然后唾雾皆具三昧，岂与逐逐文字者较工拙哉！①

首先，袁中道所归纳的写作主体五要素在理论上以性灵说为依据。其"别人者五"，根植于"发源既异"。此处的发源，无疑指向袁宏道的"性灵"。此前一年，袁宏道在吴县任上写下《叙小修诗》，以为"大都独抒性灵，不拘格套，非从自己胸臆流出，不肯下笔。有时情与境会，顷刻千言，如水东注，令人夺魂。其间有佳处，亦有疵处，佳处自不必言，即疵处亦多本色独造语"②，明确了写作中的性灵主体。以此"发源"，他在诗文创作中表现出"了不与世匠相似"的五种特质，这五要素亦可以视为性灵说的基本内涵。其次，性灵主体的五要素说在创作上以袁宏道漫游吴越时所作《解脱集》为依据。万历二十五年（1597）从吴县辞官后，袁宏道漫游吴越六个月，诗文辑为《解脱集》，这意味着他从官场的桎梏中获得了解脱，也是其由儒入佛的一种明志。袁中道在《行状》中说他"走吴越，访故人陶周望诸公，同览西湖、天目之胜，观五泄瀑布，登黄山、齐云，恋恋烟岚，如饥渴之于饮食。时心闲意逸，人境皆绝。先生与石篑诸公商证，日益玄奥。先生之资近狂，故以承当胜；石篑之资近狷，故以严密胜。两人递相取益，而间发为诗文，俱从灵源中溢出，别开手眼"，可见，吴越山水的熏陶与友人的商证都是他打开灵源的重要因缘。最后，性灵主体的五要素说在内容上以李贽的才、胆、识说为依据。虽然袁中道说，袁宏道诗文的五方面"了不与世匠相似"，但李贽显然不在"世匠"之列。袁中道正是在李贽的才、胆、识三要素上，增加了学与趣，构成了性灵主体的要素论。袁宏道及公安派对李贽思想的继承和发挥是毋庸置疑的，从童心说到性灵说，从写作主体的三要素到五要素，文献史实和思想脉络至为清楚。但从童心到性灵，到底有何不同，有何发展，却未必是不言自明的。从性灵主体的要素分析入手，即从趣与学入手，无疑是切入和

---

① 袁中道著，钱伯城点校《珂雪斋集》卷一八，第758页。
② 袁宏道著，钱伯城笺校《袁宏道集笺校》卷四，上海古籍出版社，2008，上册，第187页。

解释这种发展逻辑的关键处。

袁宏道在该年所作的《叙陈正甫〈会心集〉》中，确然提出了尚趣的观点：

> 世人所难得者唯趣。趣如山上之色、水中之味、花中之光、女中之态，虽善说者不能下一语，唯会心者知之。今之人慕趣之名，求趣之似，于是有辨说书画、涉猎古董以为清；寄意玄虚、脱迹尘纷以为远；又其下则有如苏州之烧香煮茶者。此等皆趣之皮毛，何关神情。①

罗宗强先生分析此段文字，认为趣有皮毛与实质之分，书画、古董鉴赏、焚香品茗以至禅悦，"这些都是趣的皮毛，而趣之要，是神情"。他重视"趣的思想与性灵说紧密相连"，以为"这种情趣，主要是闲适，是一种春山鸟鸣、弹琴绿荫、轻风拂袖、负杖行吟的境界，是一种泥炉茶铛、清谈竟日、书画彝鼎、摩挲鉴识的生活趣味。这样一种生活情趣，反映在作品上，就产生一种宁静淡远韵味，有一种悠然闲适之趣"②，洵为确论。趣贵在"神情"，这种神情体现为一种闲适雅致的生活情趣，也是在诗文中展现出来的审美趣味。

当然，如果回到"唯趣"说被提出的万历二十五年（1597），我们或许可以把这种形而上的"神情"，具体理解成"春山鸟鸣，弹琴绿荫"的象外之象的一种折光。

首先，袁宏道写作《叙陈正甫〈会心集〉》的时间，正是他漫游吴越，"恋恋烟岚"之时，准确地说，是写在他纵览天目之后，赴歙县欲登齐云前夕。③ 在此期间，他"自春徂夏，游殆三月，由越返吴，山行殆二

---

① 袁宏道著，钱伯城笺校《袁宏道集笺校》卷一〇，上册，第463页。
② 罗宗强：《明代文学思想史》，中华书局，2013，第744~745页。
③ 钱伯城《叙陈正甫会心集》笺云："陈正甫时任徽州知府，宏道此文当是作越、歙之游时在歙县所作。"（袁宏道著，钱伯城笺校《袁宏道集笺校》，上册，第464页）袁宏道《解脱集》卷四《伯修》说："又欲赴山中之约，因便道之新安，为陈正甫所留，纵谈三日。"（袁宏道著，钱伯城笺校《袁宏道集笺校》，上册，第491页）当然，也可能是他返杭后所作。

千余里"①，"看花西湖，访道天目，往返吴越间四阅月。足之所踏，几千余里，目之所见，几百余山"②，"无一日不游，无一游不乐，无一刻不谭，无一谭不畅"，这种游赏活动无疑对其诗文创作有积极影响。这一阶段是他山水小品和诗歌创作最具活力的时期，他不无夸张地说自己"诗学大进，诗集大饶，诗肠大宽，诗眼大阔"③。江盈科《解脱集序二》说："中郎所叙佳山水，并其喜怒动静之性，无不描画如生。譬之写照，他人貌皮肤，君貌神情。"④ 山水亦有喜怒动静之性，此即山水之神情。由此可见，说袁宏道的趣主要得之于吴越山水的灵气，应当并不为过。

此种灵气，得之于西湖为多。袁宏道漫游吴越以西湖为中心："浪迹四阅月，过西湖凡三次。初次游湖，次则从五泄归，再次则从白岳归也。湖上住昭庆五宿，法相、天竺各一宿。天竺之山，周遭攒簇如城。余仲春十八夜宿此。"这期间，他"每将暮，则出藕花居，棹小舟看山间夕岚，月夜则登湖心亭，过第四桥、水仙庙，从堤上步而归"⑤。山间夕岚，湖上月色，为其小品文增添了可望而不可即的氤氲气息。他在《西湖二》中写道：

> 西湖最盛，为春为月。一日之盛，为朝烟，为夕岚。今岁春雪甚盛，梅花为寒所勒，与杏桃相次开发，尤为奇观。石篑数为余言，傅金吾园中梅，张功甫家故物也，急往观之。余时为桃花所恋，竟不忍去。湖上由断桥至苏堤一带，绿烟红雾，弥漫二十余里。歌吹为风，粉汗为雨，罗纨之盛，多于堤畔之草，艳冶极矣。然杭人游湖，止午未申三时，其实湖光染翠之工，山岚设色之妙，皆在朝日始出，夕舂未下，始极其浓媚。月景尤不可言，花态柳情，山容水意，别是一种趣味。此乐留与山僧游客受用，安可为俗士道哉！⑥

---

① 袁宏道著，钱伯城笺校《袁宏道集笺校》卷一一《吴敦之》，上册，第505页。
② 袁宏道著，钱伯城笺校《袁宏道集笺校》卷一一《赵无锡》，上册，第494页。
③ 袁宏道著，钱伯城笺校《袁宏道集笺校》卷一一《伯修》，上册，第492页。
④ 袁宏道著，钱伯城笺校《袁宏道集笺校》"附录三"，下册，第1691页。
⑤ 袁宏道著，钱伯城笺校《袁宏道集笺校》卷一〇《湖上杂叙》，上册，第438页。
⑥ 袁宏道著，钱伯城笺校《袁宏道集笺校》卷一〇《西湖二》，上册，第423页。

我们完全可以把此类小品文视为对"趣"的诗性描述。如前所述，"趣如山上之色、水中之味、花中之光、女中之态，虽善说者不能下一语，唯会心者知之"。在这篇游记中，"一日之盛，为朝烟，为夕岚"，"湖光染翠之工，山岚设色之妙，皆在朝日始出，夕舂未下，始极其浓媚"，是为"山上之色，水中之味"；"湖上由断桥至苏堤一带，绿烟红雾，弥漫二十余里"，是为"花中之光"；"歌吹为风，粉汗为雨，罗纨之盛，多于堤畔之草，艳冶极矣"，是为"女中之态"。乃至"安可为俗士道哉"一句，亦含有"唯会心者知之"的意味。而"花态柳情，山容水意，别是一种趣味"，就是对"趣"的总结和释文。

袁宏道也把这种得之于山水的灵感用于诗文批评。他在该年写信给钱象先说："扇头诸绝，鲜妍如花，淡冶如秋，葱翠如山之色，明媚若水之光。"[1] 钱氏所赠扇头绝句，给他以美不胜收的感受，他形容这种审美感受亦如"山上之色，水中之味，花中之光，女中之态"，一言以蔽之，诗中充溢着"趣"。因此，我们如果肯定趣是一种在物质形态之中又超越物质形态的"神情"，那么它首先是袁宏道寓目所见的"花态柳情，山容水意"，是可望而不可置于眉睫间的山水之神情。这种山水之神情通过文学书写，转化成作品中的那种"宁静淡远韵味"和"悠然闲适之趣"。

那么，是否可以把"性灵"直接理解成一种山水之灵趣？事实并非如此。如袁中道所言："远性逸情，潇潇洒洒，别有一种异致，若山光水色，可见而不可即，此其趣别也。"趣孕育于山水，仿佛"山容水意"，但本质上是主体的"远性逸情"。袁宏道曾在《叙竹林集》中追忆与董其昌的轶事，在董其昌的论画语中他领悟到"善画者，师物不师人；善学者，师心不师道；善为诗者，师森罗万像，不师先辈"[2]。诗画一理，通过师物、师心、"师森罗万像"，才能推陈出新，新新不已。显然师物即"师森罗万像"，那么师心与师物又是何种关系？即主体性的"远性逸情"与自然山水的"森罗万像"是何种关系？

---

① 袁宏道著，钱伯城笺校《袁宏道集笺校》卷一一《钱象先》，上册，第497页。
② 袁宏道著，钱伯城笺校《袁宏道集笺校》卷一八《叙竹林集》，中册，第700页。

众所周知，袁宏道是禅中高手。袁中道《解脱集序》说他"既解官吴会，于时尘境乍离，心情甚适。山川之奇，已相发挥；朋友之缘，亦既凑和。游览多暇，一以文字为佛事。山情水性，花容石貌，微言玄旨，嘻语谑辞，口能如心，笔又如口，行间既久，遂以成书"①。这是对其诗文意义的抉微，所谓"山情水性，花容石貌"不过是"一以文字作佛事"。此时，袁中道在真州见到袁宏道，对《解脱集》的诗文新变很是讶异，以为"彼文人雕刻剪镂，宁不烂漫，岂知造物天然，色色皆新，春风吹而百草生，阳和至而万卉芳哉"②。袁宏道的诗文师物而不师人，师森罗万像而不师先辈，在袁中道眼中如"造物天然，色色皆新"，其如椽妙笔书写的不仅是诗人本色，亦是万物的本色，色色皆充盈着生命活力。袁中道《中郎先生全集序》又说：宋元以来，诗文芜烂，"徒取形似，无关神骨"，袁宏道起而振之，"而诗文之精光始出。如名卉为寒氛所勒，索然枯槁，而杲日一照，竞皆鲜敷；如流泉壅闭，日归腐败，而一加疏瀹，波澜掀舞，淋漓秀润。至于今天下之慧人才士，始知心灵无涯，搜之愈出，相与各呈其奇，而互穷其变，然后人人有一段真面目溢露于楮墨之间"③。诗人若心源枯竭，如花残水涸，灵气索然；若稍加疏瀹，则"心灵无涯，搜之愈出"。袁中道毫不犹疑地把袁宏道诗文之"色色皆新"，归之于"性灵"。

很多古典术语经过现代思想过滤以后，往往失去了其原本充盈的生命意义。为了更好地理解师物与师心的关系，我们有必要对"森罗万像（象）"一词加以解释。该词较早见于陶弘景的《茅山长沙馆碑》："夫万象森罗，不离两仪所育；百法纷凑，无越三教之境。"④ 这是在道教的语境中，对多样化的现象与一以贯之的道之间的关系阐述。而这一阐释在《华严经》关于"一多关系"的论述中得到充分发挥。如法藏在其《妄尽还原观》中说："经云：'森罗及万象，一法之所印。'言一法者，所谓一心也。是心即摄一切世间、出世间法，即是一法界大总相法门体。唯依妄念，而

---

① 袁中道著，钱伯城点校《珂雪斋集》卷九，第 451 页。
② 袁中道著，钱伯城点校《珂雪斋集》卷九，第 452 页。
③ 袁中道著，钱伯城点校《珂雪斋集》卷一一，第 522 页。
④ 严可均辑《全上古三代秦汉三国六朝文》，中华书局，2012，第 4 册，第 3222 页。

有差别，若离妄念，唯一真如，故言海印三昧也。"① 一法即是一心。简言之，一心与万象之关系，即是真与妄的关系。依真心，万象为一心；依妄念，一心为万象。无论真妄，统于一心。因而一心为理，森罗万象为事，一心与森罗万象不一不异，理事无碍，此即华严宗的"理事圆融观"。这一观念在后来的佛教发展中成为共识，如禅宗的马祖道一说："三界唯心，森罗万象，一法之所印。凡所见色，皆是见心。心不自心，因色故有。汝但随时言说，即事即理，都无所碍。菩提道果，亦复如是。"② 嵇山章禅师曾在投子和尚门下作柴头。有一次，投子和尚吃茶毕，问嵇山章说："森罗万象，总在这一碗茶里。"嵇山章二话不说就端起茶碗倒掉，拿着空杯问投子和尚说："森罗万象到哪里去了？"投子和尚只得长叹一声道："可惜了一碗好茶。"③ 这里投子和尚说的是万即是一，嵇山章的解释是一即是空，投子和尚则表明要不着空，不着相。袁宏道在万历二十四年（1596）就曾写信给陈正甫说："《华严经》以事事无碍为极，则往日所谈皆理也。一行作守，头头是事，那得些子道理。看来世间，毕竟没有理，只是事，一件事是一个活阎罗。若事事无碍，便十方大地，处处无阎罗矣，又有何法可修，何悟可顿耶？"④ 这是说他在吴作令，事事执着，不能放下，而按照华严宗教义，事事无碍，又有什么不能放下的呢？他在《八识略说叙》中说："性一而已，相惟百千。离百求一，一亦不成；离相言性，性复何有？"⑤ 在《德山麈谈》中说："儒者但知我为我，不知事事物物皆我；若我非事事物物，则我安在哉？如因色方有眼见，若无日月灯山河大地等，则无眼见矣。"⑥ 在佛教徒看来，"山光即是佛光，鸟性即是佛性，悉表真如；潭影无非佛影，人心无非佛心，尽归般若"⑦，翠竹黄花皆是一法之所印，一心之所现。若无百千相，何来唯一性？若无山水之灵气，我之性灵

---

① 石峻等编《中国佛教思想资料选编》，中华书局，2014，第 3 册，第 99 页。
② 普济著，苏渊雷点校《五灯会元》卷三，中华书局，1997，第 128 页。
③ 普济著，苏渊雷点校《五灯会元》卷一三，第 826 页
④ 袁宏道著，钱伯城笺校《袁宏道集笺校》卷六，上册，第 265 页。
⑤ 袁宏道著，钱伯城笺校《袁宏道集笺校》卷一八，中册，第 702 页。
⑥ 袁宏道著，钱伯城笺校《袁宏道集笺校》卷四四，下册，第 1289 页。
⑦ 屠隆《重建破山寺碑》，《常熟县破山兴福寺志》，杜洁祥主编《中国佛寺史志汇刊》（第一辑），明文书局，1980，第 35 册，第 103 页。

又在何处挂搭呢？事实上，眼见为色，离相无性，森象万象即为性海之洪澜，空诸所有，才能尽揽森罗万象于襟怀之中。所以袁宏道说事事物物皆我，我即事事物物。袁宏道以华严禅的眼光看山水，所以，山光水态无非性灵，可见他不愧为"千古具眼人"①。

事实上，从童心说到性灵说，文人的主体性规定发生了深刻的变化。李贽万历二十年（1592）的才、胆、识说重视写作主体的独立识见与批判能力，所谓绝假纯真的童心，以识为本，以才与胆为用，对人世间一切真伪具有敏锐的判断力，对一切闻见道理假人假事加以口诛笔伐。袁宏道万历二十五年的唯趣说则集中表现为"闲情逸性"。在袁宏道的性灵说中，作为主体的"性"，则指向事事物物皆我，我即事事物物，它是一心之性，是森罗万象的神情，是一心与森罗万象的理事圆融、交相辉映；作为作用的"灵"，是袁宏道在人世间解脱之后的闲适神情在自然山水上的映射。在官场的事障和闻见道理的理障中，袁宏道是不自由的；他逃到了自然山水中，也回归到禅意中，从中发现了自然英旨与人性的奥秘。

三 性灵诗学的学问转向与"学道有韵"

袁中道以为《解脱集》不但体现出袁宏道的才、胆、识、趣，也体现出对学问的融会。他对性灵主体的五要素的论述，理应是袁宏道这一时期创作或思想的归纳。这却未必能得到文献的充分印证，至少从《叙陈正甫〈会心集〉》看，袁宏道其时并不那么重视学问，趣与学之间反而呈现出明显的紧张关系。袁宏道以为：

> 夫趣得之自然者深，得之学问者浅。当其为童子也，不知有趣，然无往而非趣也。面无端容，目无定睛，口喃喃而欲语，足跳跃而不

---

① 藕益智旭《评点西方合论序》："袁中郎少年颖悟，坐断一时禅宿舌头，不知者以为慧业文人也。后复深入法界，归心乐国，述为《西方合论》十卷，字字从真实悟门流出，故绝无一字蹈袭，又无一字杜撰。虽ुは宗堂奥，尚未极诣，而透彻禅机，融贯方山、清凉教理，无余矣。""中郎年少，风流洒落，亦为缙绅所忽。试读彼《西方合论》，可复忽乎？呜呼，今人不具看书眼，何怪乎以耳为目也哉！"（智旭撰，于海波点校《净土十要》，中华书局，2015，第434页）

定，人生之至乐，真无逾于此时者。孟子所谓不失赤子，老子所谓能
婴儿，盖指此也。趣之正等正觉最上乘也。山林之人，无拘无缚，得
自在度日，故虽不求趣而趣近之。愚不肖之近趣也，以无品也，品愈
卑故所求愈下，或为酒肉，或为声伎，率心而行，无所忌惮，自以为
绝望于世，故举世非笑之不顾也，此又一趣也。迨夫年渐长，官渐
高，品渐大，有身如梏，有心如棘，毛孔骨节俱为闻见知识所缚，入
理愈深，然其去趣愈远矣。①

李贽的"童心"与袁宏道的"趣"之间的关联性至为明白。李贽反对
闻见道理，推崇童心，袁宏道以"出自童心，无污染之天趣，为最上乘"，
"推崇的是最上乘的童心之趣"②，认为老学究"为闻见知识所缚"，入理
愈深，去趣愈远，无法参透生命真趣。这是李贽与袁宏道共通的人生经
验，也是《解脱集》所以被书写的前提。显然，袁宏道对童心的理解，立
足于"自然"与"学问"两个相对立的范畴，学问并非滋长灵性的养分，
而是导致生命异化的枷锁。他不仅要从世俗官场中解脱出来，也要从精神
上的"闻见道理"中解脱出来，而被解脱的或者说从闻见道理中解缚出来
的就是主体精神上的"童趣"。

袁宏道在其性灵说的宣言《叙小修诗》中曾说："吾谓今之诗文不传矣。
其万一传者，或今闾阎妇人孺子所唱《擘破玉》《打草竿》之类，犹是无闻
无识真人所作，故多真声，不效颦于汉、魏、不学步于盛唐，任性而发，尚
能通于人之喜怒哀乐嗜好情欲，是可喜也。"③ 李贽以为"失却真心，便失却
真人。人而非真，全不复有初矣"④，袁宏道则认为有"真人"始有"真
声"，所谓"真人"的基本内涵是"无闻无识"。可见"性灵"与"闻见道
理"是矛盾的，从"闻见道理"中解脱出来，才能有"任性而发"的真声。

显然，从李贽的《童心说》（1590）到袁宏道的《叙小修诗》（1595）、
《叙陈正甫〈会心集〉》（1597），贯穿着对童心天趣与闻见道理的非此即彼

---

① 袁宏道著，钱伯城笺校《袁宏道集笺校》卷一〇，上册，第463页。
② 罗宗强：《明代文学思想史》，第744页。
③ 袁宏道著，钱伯城笺校《袁宏道集笺校》卷四，上册，第188页。
④ 李贽：《焚书》卷三《童心说》，《焚书 续焚书》，第98页。

的论述；而从李贽《二十分识》（1592）中的才、胆、识到袁中道《中郎先生行状》（1610）中的识、才、学、胆、趣，袁氏兄弟对李贽的作家主体论述有了较大发展。除"趣别"外，袁宏道还从"经史百家""玉简金叠"里，采其菁华，"此其学别也"。那么，如何理解袁宏道在"学别"上的理解与其文学意义？袁宏道的"学问"与"为闻见知识所缚，入理愈深，去趣愈远"者是异是同？

事实上，把"学问"二字植入公安派的诗学经验中是性灵诗学的重要拓展，而这种拓展在袁宏道入京谒选教职以后变得明朗起来。任何问题的提出，都必须与提问语境相适应。唯趣说产生在袁宏道万历二十五年（1597）漫游吴越的间隙，他对童心天趣的自觉阐发与"山光水色"的熏陶不无关系，所以说"趣得之自然者多，得之学问者少"；万历二十六年袁宏道任顺天府教授，此后两年多的时间里，他主要在顺天府和国子监担任教职。这一时期，袁宏道对读书和治学显示出更加积极态度。

首先，袁宏道在此期间集中地阅读了宋人别集，致力于欧、苏文集的批点。他经常在致友朋的书信中分享其读书体验："邸中无事，日与永叔、坡公作对"[①]，"近日始遍阅宋人诗文"[②]，"生在此甚闲适，得一意观书。学中又有《廿一史》及古名人集可读，穷官不须借书，尤是快事。近日最得意，无如批点欧、苏二公文集"，经过系统阅读，他重新发现了苏诗的价值，认为"苏，诗之神也"[③]。究其原因，"苏公之诗，出世入世，粗言细语，总归玄奥，恍惚变怪，无非情实。盖其才力既高，而学问识见，又迥出二公之上，故宜卓绝千古"[④]，认为苏轼的诗虽不如李、杜二公遒逸，但才、学、识兼备，"超脱变怪过之，有天地来，一人而已"[⑤]。他还以"才高"与"学博"二端来衡鉴当世名流，认为徐祯卿、王世贞"才亦高，学亦博，使昌谷不中道夭，元美不中于鳞之毒，所就当不止此"[⑥]。

① 袁宏道著，钱伯城笺校《袁宏道集笺校》卷二一《答梅客生开府》，中册，第 734 页。
② 袁宏道著，钱伯城笺校《袁宏道集笺校》卷二一《答陶石篑》，中册，第 743 页。
③ 袁宏道著，钱伯城笺校《袁宏道集笺校》卷二一《与李龙湖》，中册，第 750 页。
④ 袁宏道著，钱伯城笺校《袁宏道集笺校》卷二一《答梅客生开府》，中册，第 734 页。
⑤ 袁宏道著，钱伯城笺校《袁宏道集笺校》卷二一《与李龙湖》，中册，第 750 页。
⑥ 袁宏道著，钱伯城笺校《袁宏道集笺校》卷十八《叙姜陆二公同适稿》，中册，第 696 页。

袁宏道对才学识，特别是对学问的肯定，很可能与其作为教授和助教的身份有关。一则他"邸中无事"，不拟作吴令时之苦窘，不复如漫游吴越时的放浪形骸；二则他"一意观书"，特别是对欧、苏文集的研究，让他对宋人学问有了更深切的体认。毋庸置疑，做学问是教授生涯的题中之义。他说："近日坐尊经阁，与弟子谈时艺，乐亦不减。阁中有廿一史、十三经及他书甚多，穷官不必买书，是第一快活事。"① 当他看到"门人某等留心学问，其为文根理而发，无浮词险语"，也表示"是可喜也"。他为弟子作的《叙四子稿》中，总结了举业中"险""表""贷"三种浮词险语，肯定了文与学的关系，认为"文之不正，在于士不知学。圣贤之学惟心与性。今试问诸业举者，何谓心，何谓性，如中国人语海外事，茫然莫知所置对矣。焉知学？既不知学，于是圣贤立言本旨，晦而不章，影猜响觅，有如射覆"，而解决的办法是"士当教之知圣学耳，知学则知文矣"②。

举子业须知学，而"圣贤之学，唯心与性"，无论是"根理而发"的举子业，还是"任性而发"的真诗，都不能离此本源。袁宏道说："近日始学读书，尽心观欧九、老苏、曾子固、陈同甫、陆务观诸公文集，每读一篇，心悸口呿，自以为未尝识字。"③ 所谓"未识字"的典故，来自其导师李贽和座师焦竑。焦竑《焦氏笔乘》记李贽在南京时聚友讲学，"宏甫曰：'君辈以高科登仕籍，岂不读书！但苦未识字，须一讲耳。'或怪问其故。宏甫曰：'《论语》《大学》岂非君所尝读耶？然《论语》开卷便是一学字，《大学》开卷便是大学二字。此三字吾敢道诸君未识得，何也？此事须有证验始可"④。李贽以讲学著称，当然既识字，又知学。"学"字要彻上彻下，始是识得，"大学"二字要证得行得，始是真解。而袁宏道认为，举子业"义本浅也而艰深其词"，"词本芜也而雕绘其字"，"理本荒也，而剽窃二氏之皮肤，如贫无担石之人，指富家之困以夸示乡里也"⑤，学问没有本源，文章则如沐猴而冠，识者哂之。所以"当知读书亦是难

① 袁宏道著，钱伯城笺校《袁宏道集笺校》卷二一《答梅客生》，中册，第 745 页。
② 袁宏道著，钱伯城笺校《袁宏道集笺校》卷十八《叙四子稿》，中册，第 697~698 页。
③ 袁宏道著，钱伯城笺校《袁宏道集笺校》卷二二《答王以明》，中册，第 772 页。
④ 李剑雄点校《焦氏笔乘》卷四"读书不识字"条，上海古籍出版社，1986，第 113 页，
⑤ 袁宏道著，钱伯城笺校《袁宏道集笺校》卷二一《叙四子稿》，中册，第 698 页。

事"，此时袁宏道已"习久渐惯苦读。古人微意，或有一二悟解处，辄叫号跳跃，如渴鹿之奔泉也"①。

读书是为了求道。在北京的两年多，袁宏道的思想发生了较大变化。万历二十六年（1598），陶望龄写信给袁宗道："近日看《宗镜录》，可疑处甚多，即如'三界唯心，一切惟识'二语，三岁孩儿说得，八十岁翁行不得。"袁宏道读后哂之，复书说："既云唯心，一切好恶境界，皆自心现量也，更何须问行与不行？"②他执定"唯心"一语，不重"行与不行"。但次年，他在写给陈正甫的信中说："古人云'行起解绝'，弟辈未免落入解坑，所以但知无声臭之圆顿，而不知洒扫应对之皆圆顿也。"③又《答陶石篑》说："妙喜与李参政书，初入门人不可不观。书中云：'往往士大夫悟得容易，便不肯修行，久久为魔所摄。'此是士大夫一道保命符子，经论中可证者甚多。姑言其近者：四卷《楞伽》，达摩印宗之书也；龙树《智度论》，马鸣《起信论》，二祖师续佛慧灯之书也；《万善同归》六卷，永明和尚救宗门极弊之书也。兄试看此书，与近时毛道所谈之禅，同耶否耶？"④他在该年十二月二十日所作《西方合论序》中说："余十年学道，堕此狂病，后因触机，薄有省发，遂简尘劳，归心净土。礼诵之暇，取龙树、天台、长者、永明等论，细心披读，忽尔疑豁。既深信净土，复悟诸大菩萨差别之行。如贫儿得伏藏中金，喜不自释。"⑤万历二十年春初，他致信给他的精神导师李贽说："世人学道日进，而仆日退，近益学作下下根行。孔子曰：'下学而上达。'枣柏曰：'其知弥高，其行弥下。'始知古德教人修行持戒，即是向上事。彼言性言心，言玄言妙者，皆虚见惑人，所谓驴橛马桩者也。"⑥袁宏道从万历十九年龙湖问道以来，至此正好十年。他开始全面反省狂禅，晦言心性，走向实修实证的"下下根行"。

① 袁宏道著，钱伯城笺校《袁宏道集笺校》卷二二《答王以明》，中册，第772页。
② 袁宏道著，钱伯城笺校《袁宏道集笺校》卷二一《答陶石篑》，中册，第736页。
③ 袁宏道著，钱伯城笺校《袁宏道集笺校》卷二二《答陈正甫》，中册，第775页。
④ 袁宏道著，钱伯城笺校《袁宏道集笺校》卷二二《答陶石篑》，中册，第790页。
⑤ 石峻等编《中国佛教思想资料选编》，第8册，第312页。
⑥ 袁宏道著，钱伯城笺校《袁宏道集笺校》卷二二《李龙湖》，中册，第792页。

综上所述，万历二十七年（1599）前后，即在北京担任顺天府教授和国子监助教期间，袁宏道的佛学思想发生了关键性的进展。从以前的一切现成，不重功夫，转向重实证实修的"下下根行"，同时他此期的文学思想中也突显了读书和学问的意义。

重学问的袁宏道是否仍坚持对"闻见道理"的批判，或者说性灵说是否能够在天趣与学问之间能达到平衡？答案是肯定的。万历三十五年，袁宏道在《寿存斋张公七十序》发展了唯趣说，把它解释为"学道有致"的韵致说。该文写道：

> 山有色，岚是也；水有文，波是也；学道有致，韵是也。山无岚则枯，水无波则腐，学道无韵则老学究而已。昔夫子之贤回也以乐，而其与曾点也以童冠咏歌。夫乐与咏歌，固学道人之波澜色泽也。……大都士之有韵者，理必入微，而理又不可以得韵，故叫跳反掷者，稚子之韵也；嬉笑怒骂者，醉人之韵也。醉者无心，稚子亦无心，无心故理无所托而自然之韵出焉。由斯以观：理者，是非之窟宅，而韵者大解脱之场也。①

虽然这并非讨论文学的专论，但无疑是对童心和趣的一种重新阐释。士之韵如山之岚、水之波，是童心的洋溢。稚子的叫跳反掷，醉人的嬉笑怒骂，都是理无所托的"自然之韵"。与唯趣说一样，他仍然沿用了有关童子的拟人和山岚水波的拟象，也认为韵致"得之自然者多，得之学问者少"。这一理论的重要发展是，把韵解释为"学道人之波澜色泽"。一方面，学道者"一一绳之于理"，但"理又不可以得韵"，所以世上不乏"学道无韵"的老学究；另一方面，世之有韵者"理必入微"，体证到至人无己、无心是道的妙处，所以"理无所托而自然之韵出焉"。禅宗以为"无心是道"，无心则立处皆真，事事皆得其本色；有心则胶柱鼓弦，入于理窟而不自知。袁宏道以为童子、醉人无心，所以"理无所托"而有"自然之韵"。禅心与神韵是生命由内而外的延展，而"理"被驱逐出理想的

---

① 袁宏道著，钱伯城笺校《袁宏道集笺校》卷五四，下册，第1541页。

生命境界。但无心是道的法门并非二氏所独有，如颜回之乐，曾点之咏歌，从心所欲而韵致不绝，"的然以孔颜之乐为学脉"。总之，韵是趣的深化，如果说趣源于童心与自然山水相看两不厌的冥会，那么，韵则是学道人对无心是道的生命本相的自觉把握。韵以"学道"与"理必入微"为前提，而被"闻见道理"所裹挟的老学究不与也。

在文学批评史上，严羽《沧浪诗话》对兴趣说的建构具有典范意义。他提出"盛唐诸公唯在兴趣"，"如空中之音、相中之色、水中之月、镜中之象，言有尽而意无穷"①。这一兴趣说与袁宏道的"趣如山上之色、水中之味、花中之光、女中之态"有异曲同工之妙。严羽也重视别材别趣与读书穷理的辩证关系，认为"夫诗有别材，非关书也，诗有别趣，非关理也。然非多读书，多穷理，则不能极其至"②。但二者指涉的层面仍有较多不同。首先，"严羽所讲的兴趣，就是指诗歌艺术'言有尽而意无穷'的特点所引起的人的审美趣味"③，这一审美批评立足于言、意关系。兴趣是言外之意，即一唱三叹之音。但袁宏道所讲的"世人所难得者唯趣"，首先是一种作者批评，指向"童子"、"山林之人"、"愚不肖"和"年长官大"者的人生趣味，以童子的"不知有趣"为最上乘。可以说，严羽的"镜花水月"偏重于"作品中所表现的悠远的韵味"④，而袁宏道的"山容水态"本质上是指作者的"闲情逸性"，也指这种闲情逸性在作品中的呈现状态。其次，严羽的兴趣说是师古的，专门用来概括盛唐诗歌的美学特征，但袁宏道"师森罗万像，不师先辈"。森象万象不仅指涉山水，也包括辨说书画、涉猎古董，烧香煮茶等；不仅指涉森罗万象的"皮毛"，更

---

① 严羽著，张健校笺《沧浪诗话校笺》，第157页。

② 严羽著，张健校笺《沧浪诗话校笺》，第129页。

③ 张少康《论〈沧浪诗话〉——兼谈严羽和王士禛在文艺思想上的联系和区别》，《北京大学学报》（人文科学）1964年第3期。对严羽兴趣说的解释有不同角度，王运熙《全面认识和评价〈沧浪诗话〉》以为"兴趣是指抒情诗所以具有感染力量的艺术特征"，这是作品视角；朱自清《中国文评流别述略》以为"兴趣可以说是情感的趋向"，叶嘉莹《王国维及其文学批评》以为兴趣是"由于内心的兴发感动所产生的一种情趣"，这是作者视角。张少康则主要采用了读者视角。虽然并不能否认，兴趣是基于吟咏情性的一种表达，但就《沧浪诗话》主要倾向而言，它偏重于"作品中所表现的悠远的韵味"（严羽著，张健校笺《沧浪诗话校笺》，第158~161页）。

④ 严羽著，张健校笺《沧浪诗话校笺》，第159页。

是会心者从象中领会到的"神情"。此外，严羽的读书穷理是用来为诗人助"兴"的，但袁宏道的读书穷理是用来修道的。总之，严羽是以艺术为中心的批评家，而袁宏道是以诗人为中心的表现者，所以他的理论被概括为"性灵"，性灵是主体自内而外的"神情"。

余 论

毫无疑问，袁中道在《中郎先生行状》中对性灵说的五种主体要素的归纳具有整合性。他以从李贽处学来的才、胆、识为基础，把袁宏道于万历二十五年（1597）在童心说基础上发展而来的唯趣说和万历二十七年以来经过读书学道过滤后的重学问面向综合起来，形成了性灵派的诗人主体质素论述。从重识到尚趣、重学，我们清楚地看到袁宏道文学思想和李贽的联系与发展，一方面他继承了童心与才、胆、识的主体论述，另一方面他更偏向于得之于自然的天趣与得之于读书求道的韵致。而尚趣与尚韵构成了性灵说发展的两个阶段。

必须要说明的是，袁宏道的思想发展基于其自身学养的提升，也基于他与李贽在个性上的差异。后者明确体现为性灵说的主体论述中对"胆"的忽视。虽然袁中道说，袁宏道"随其意之所欲言，以求自适，而毁誉是非，一切不问，怒鬼嗔人，开天辟地，此其胆别也"，但其"胆别"不过表现为"自适"和"一切不问"，与李贽的"好刚使气，快意恩仇，意所不可，动笔之书"相勘，充其量是一种"闲情逸性"罢了。因此，袁中道明确表示对李贽"虽好之，不学之也"，"不能学有五，不愿学者有三"，其中包括"公直气劲节，不为人屈；而吾辈怯弱，随人俯仰"①，可见在胆力方面，不论是袁宏道或袁中道，与李贽相去甚远。但袁宏道在识见方面与李贽不遑多让，如他所言："仆自知诗文一字不通，唯禅宗一事，不敢多让。当今劲敌，唯李宏甫先生一人。其他精炼衲子，久参禅伯，败于中郎之手者，往往而是。"② 袁宏道的识见更偏重在"参禅学道"上，尤其是

---

① 袁中道著，钱伯城点校《珂雪斋集》卷一七《李温陵传》，中册，第725页。
② 袁宏道著，钱伯城笺校《袁宏道集笺校》卷一一《与张幼于》，上册，第503页。

万历二十七年以后，袁宏道全面反省狂禅，认为"五叶以来，单传斯盛，迫于今日，狂滥遂极，谬引惟心，同无为之外道，执言皆是，趋五欲之魔城"①，走向更稳实的"下下根行"，与李贽向上一路的思想形态已经有了较大距离。但与李贽相比，袁宏道缺少"出世处世"的批判锋芒，基本上可归于有识无胆的类型。总之，李贽作为自觉的异端思想家，更重视主体在识力和胆力上的能量，偏重于对"闻见道理"的批判，但袁宏道更钟情于山水与生活中的适性与自得，偏向于"闲情逸性"的表达而归宿于读书求道的人文体验。或者说童心的实现需要写作主体才、胆、识的支撑，而性灵则源于"得之自然"的天趣和"学道有致"的韵味。

此后的叶燮明确地把文学要素分为"在物者"和"在我者"。所谓"在物者"，"曰理，曰事，曰情，此三言者足以穷尽万有之变态"；"在我者"，"曰才，曰胆，曰识，曰力，此四言者所以穷尽此心之神明"②。叶燮强调"才、胆、识、力"交相为济，重视识见的意义。他在李贽三要素的基础上增设了"力"，认为"惟力大而才能坚，故至坚而不可摧也"，而"三百篇而后，唯杜甫之诗，其力能与天地相终始"③，这些都可以视为对李贽学说在"出词落笔"层面上的延展。但叶燮的文学思想与袁宏道的唯趣说相去甚远。简言之，叶燮的思维是分析的，他明晰地划分了创作中物与我、能与所、主与客的关系，认为"以在我之四，衡在物之三，合而为作者之文章"④；而袁宏道的唯趣说是理事圆融的，森罗万象无非一心之所印，山容水态无非神情之摇曳，"要以出自性灵者为真诗尔"⑤。李贽说："心即是境，境即是心，原是破不得的，惟见了源头，自然不待分疏而了了在前矣。"⑥ 袁宏道关心的是"见了源头"，叶燮关心的是文章之生成，

---

① 石峻等编《中国佛教思想资料选编》，第 8 册，第 312 页。
② 郭绍虞主编，叶燮著，霍松林、杜维沫校注《原诗》（与薛雪《一瓢诗话》、沈德潜《说诗晬语》合刊），人民文学出版社，1979，第 23 页。
③ 郭绍虞主编，叶燮著，霍松林、杜维沫校注《原诗》（与薛雪《一瓢诗话》、沈德潜《说诗晬语》合刊），第 27~28 页。
④ 郭绍虞主编，叶燮著，霍松林、杜维沫校注《原诗》（与薛雪《一瓢诗话》、沈德潜《说诗晬语》合刊），第 24 页。
⑤ 江盈科：《敝箧集序》，袁宏道著，钱伯城笺校《袁宏道集笺校》"附录三"，下册，第 1685 页。
⑥ 李贽：《续焚书》卷一《复陶石篑》，《焚书 续焚书》，第 8 页。

他用主客对立的思辨逻辑，打破了性灵诗学中心境一体的主体灵性。

就此而言，李贽与袁宏道虽然在主体论述上有不少差异，但他们对主体性的本质省察是连续的，对主体性的要素分析一脉相承。把李贽与袁宏道的主体论述置于严羽与叶燮之间，我们不难发现，万历二十年至三十年（1592~1602）的确是主体精神鲜明而踔厉奋发的年代。

［本文原刊于《四川大学学报》（哲学社会科学版）2022 年第 4 期］

袁宏道性灵文学中的"边缘人心态"
及其理论弊端

马　昕[*]

内容提要　袁宏道的文学创作与思想，根源于一种"边缘人心态"，具体表现为孤傲、疏狂的性格特征，归隐或游历的生活方式，以及带有异端色彩的思想观念。这种心态发源于袁宏道人生的早期阶段，与其家庭环境、地域文化心理和思想文化氛围密不可分。到中后期，仕隐矛盾加剧，其边缘人心态有逐渐模糊化的趋势。袁宏道诗文创作风格的变化以及性灵文学思想的确立，都以这种边缘人心态为基础，其中暴露了袁宏道的诸多理论错误。正是这些，导致袁宏道及其所代表的公安派无法成为引领晚明文学潮流的核心力量。

关键词　袁宏道　边缘人心态　性灵文学

在明代文学的发展脉络中，公安派处于承上启下的关键节点。公安三袁汇聚了此前徐渭、李贽等人的思想力量，顺应了晚明时期思想解放之大势，掀起了批判与反思复古文学的高潮。但这股声浪短暂兴盛之后却又迅速衰歇、后继无人，虽同为明清时期性灵文学思潮的代表，却与此后锺惺、谭元春所率领的竟陵派以及袁枚、赵翼所倡导的性灵文学热潮形成鲜明落差。其中不乏一些偶然因素，比如袁宗道位居台阁、官运可期，性格中也具备文坛领袖应有的素质，袁宏道创作成绩突出，理论表达清晰、明确，但二人都不幸早亡，其文学事业亦随之中道夭折；袁中道则长期困于

---

*　马昕，中国社会科学院文学研究所编审。

场屋、位卑名轻，错过了成为文坛领袖的最佳时机。然而在这些偶然因素的背后，是否还有一些必然因素更值得我们注意呢？

事实上，与锺、谭和袁、赵相比，公安三袁尤其是袁宏道的文学思想中缺少足够的建设性因素，其文学风貌中也缺少一股刚健浑朴的精神力量，这使得作为公安派最杰出代表的袁宏道，因其自身的心态局限，为整个公安派设定了一个阻碍其持续发展的"天花板"。本文认为，公安派速兴速衰的根本原因，应是袁宏道精神世界深处的一种独特心态，我们称之为"边缘人心态"。

左东岭先生曾在分析元代文人心态时提出过一个"旁观者心态"的概念，① 元代文人多沉湎诗酒、纵情山水，因此创作出大量具有隐逸色彩的文学作品，这与袁宏道的性灵文学有着颇为相似的外在特征。但元人的闲散放任是仕进之途受阻后的一种被迫选择，"是民族隔阂所带来的政治边缘化的历史状况而导致的"。我们用"边缘人心态"来概括袁宏道的文学动机，情况恰恰相反。袁宏道二十五岁就中了进士，宦途算不上坎坷，几次归隐都是出于自愿，反倒做官才是出于被迫。因此可以认为不是外在的政治境遇影响其文学表征，而是内在的心态因素同时决定了他的社会行为与文学创作。相较而言，旁观，则仍然在场；边缘，则心怀拒斥。元人的旁观者心态基本只与外在的政治境遇发生关联，而袁宏道的边缘人心态则关乎思想世界的深层动机。因此我们提出这样一个新的概念，力图更准确地描摹袁宏道的心态面貌，以与此前的吴中派以及此后的竟陵派、随园派等相似的文学流派形成区别。

边缘人心态的特征主要包含三个层次：一是孤傲、疏狂的性格特征，喜好独往独来，对社会主流人群保持一定距离；二是或归隐或游历的生活方式，远离官场，甚至脱离乡土宗族；三是带有异端色彩的思想观念，对社会正统意识形态（尤其是儒家思想）不加步趋。

边缘人心态的成因十分复杂，其在袁宏道不同人生阶段的具体表现也存在一定的矛盾性。更重要的是，这种心态不仅培育出袁宏道诗文作品的

---

① 左东岭：《元明之际的种族观念与文人心态及相关的文学问题》，《文学评论》2008 年第5 期。

诸多风格面貌,也是其性灵文学思想的土壤和根基。因此,本文先从袁宏道文学生涯的三个主要阶段分别讨论其边缘人心态的具体表现,再讨论此种心态与其创作风格和文学思想的关系,最后则以此为观察视角,将袁宏道与袁宗道、袁中道乃至钟、谭、袁、赵进行比较,以期更加鲜明地确立袁宏道的文学史地位。

一 边缘人心态的确立及成因

袁宏道于隆庆二年(1568)出生于湖北公安,万历二十年(1592)登进士第。后于万历二十二年选授吴县知县,次年赴任。但在任仅一年,便不堪于吏事之繁重,多次上书请辞。最终于万历二十五年获准辞官,开始其放浪江湖的性灵人生。袁宏道辞任吴县知县之前这段时光,可以视作其文学生涯的早期阶段。其全集中的《敝箧集》、《锦帆集》和《去吴七牍》就完成于此阶段,约占其传世作品的五分之一。

我们从这一时期的诗作中,能够清楚地感受到一种悲伤抑郁的情绪,这与其中后期作品的主体风格和情感基调迥然不同。尤其是在一些咏怀述志的诗篇中,袁宏道极力将自身塑造成寒窘而孤傲的贫士形象。这种形象除了贫穷和不遇的表层特征之外,还蕴含着孤独、寂寞的心理特征。像"谁是乾坤独往来""尽日江头独醉归""孤尊相对日,万死可怜身""兀坐无俦侣""独往吾何有,狂痴世所怜""孤蓬四海人""江湖迹易孤""孤馆寂无人"[①] 这样的诗句比比皆是,这些都是为了渲染袁宏道脑海中想象的那种独往独来、自外于喧嚣尘世的个人形象。此时其诗中时常表露出对主流社会的拒斥与疏离心理,具体的心理表征包括自卑、不甘与疏狂等。所谓自卑,例如他在《秋扇》中将失宠宫妃班婕妤手中的纨扇拟人化,称其"自甘藏箧笥,不敢触寒威"[②]。此二句恰可为《敝箧集》这一书名作最佳的注脚,袁宏道借此隐喻身处社会边缘的寒士不敢对社会正统观念发起挑战,其中蕴含着如同弃妇一般的自轻自贱之意。所谓不甘,是

① 袁宏道著,钱伯城笺校《袁宏道集笺校》,上海古籍出版社,2008,第28、62、71、82、86、94、96、140页。

② 袁宏道著,钱伯城笺校《袁宏道集笺校》卷一,上册,第21页。

说贫士号称"自甘"于寒窘的境遇，却又实实在在地透露出"不甘"的情绪。例如《感兴》（其一）中，袁宏道虽自言"富贵非所欲"，实则却是如同"白日不可挽，黄金不可为"① 一样求而不得罢了。所谓疏狂，则是自卑、不甘等负面情绪持续酝酿后的激烈征象。但它不是一众狂人的"群魔乱舞"，而是孤独贫士面对昏昏俗世的艰难抗争，因此"狂"的性格每每与"独"的境遇相关联。例如《病愈后作》（其二）中，先用"独坐真成闷，孤砧急暮声"二句铺陈了孤独、寂寞的情绪，继而说"乾坤偏恶道，世路几狂生"，视天地之间皆为恶道，且以"狂生"自比，颇有愤世嫉俗之感。而"狂"的对立面正是"俗"，所以袁宏道在《偶成》中说"世情到口居然俗，狂语何人了不猜"②，将"狂"与整个俗世相对立。如果说自卑与不甘仍然暴露出贫士对俗世之名利残存一分觊觎之心，那么疏狂与俗世的对立便彻底了结了这份仅存的觊觎，宣告其边缘人心态的真正树立。

此阶段著作《锦帆集》中的十余篇游记，历来被视作袁宏道文章中的极品，实则是其在以山水景物象征孤傲的情操。其中最著名者当推《虎丘》③，该文描述了中秋之夜虎丘山上千人竞歌的场景："布席之初，唱者千百，声若聚蚊，不可辨识"，虽可称为盛况，却无美感可言；直到"明月浮空，石光如练"之时，"一切瓦釜，寂然停声，属而和者，才三四辈"，人数大幅减少；继而仅剩"一人缓板而歌"，"清声亮彻，听者魂销"；而至夜深之时，唯有"一夫登场，四座屏息，音若细发，响彻云际"，使"飞鸟为之徘徊，壮士听而下泪矣"。袁宏道对独唱的形式情有独钟，似乎不仅与他对声乐艺术的欣赏喜好有关，背后暗示的意涵应是独往独来的贫士之歌胜过百人千人的众声喧哗。而代表社会正统势力的官员则鲜明地站在了歌者的对立面，因为当袁宏道以知县身份登临虎丘之时，"歌者闻令来，皆避匿去"。这使袁宏道感慨"乌纱之横，皂隶之俗"，竟唐突了贫士之歌的无限美感。袁宏道固然将虎丘歌者视作孤独贫士的现实化身，却又无比冷酷地将自己归入"横"与"俗"的行列，仅仅是因为自

---

① 袁宏道著，钱伯城笺校《袁宏道集笺校》卷一，上册，第 26 页。
② 袁宏道著，钱伯城笺校《袁宏道集笺校》卷一，上册，第 28 页。
③ 袁宏道著，钱伯城笺校《袁宏道集笺校》卷四，上册，第 157～158 页。

己此时尚有官职在身。而此文作于万历二十四年（1596）年底，当时的袁宏道已"幸得解官"，无官一身轻的他再登虎丘，终于弥补了此前唐突歌者的遗憾。在《上方》① 一文中，袁宏道则将虎丘山与上方山构建成一组对立的形象：因虎丘"独卑"，与平原旷野相互掩映，"入目尤易"，因此游人众多；而上方"比诸山为高"，故而"四顾皆伏，无复波澜"，既无景可览，自然游人稀少。面对游人的一取一舍，袁宏道感慨道："岂非标孤者难信，入俗者易谐哉？""虎丘如冶女艳妆，掩映帘箔；上方如披褐道士，丰神特秀。"在虎丘与上方的如此对比中，后者不正是孤独贫士的象征吗？

在孤独、寂寞的心境之外，贫士形象还被赋予"无用"的哲学内涵。这一内涵集中呈现于《锦帆集》的尺牍文章中。尺牍是袁宏道作品中与诗和游记并称的重要文体，他在说与亲友的絮语中常有对心境与志向的自陈。这些尺牍中最常见的内容就是倾诉其在吴县为官之苦，"大约遇上官则奴，候过客则妓，治钱谷则仓老人，谕百姓则保山婆。一日之间，百煖百寒，乍阴乍阳，人间恶趣，令一身尝尽矣"②。在《锦帆集》收录的百余篇尺牍中，这类倾诉俯拾即是、喋喋不休，又多是说与至亲密友，可见袁宏道对官场的厌恶并非虚语客套，而是其内心世界最真实的表露。他在《去吴七牍》中对上级陈述自己请求辞官或改任闲职的动机，是庶祖母詹氏的鞠养之恩不能不报；袁中道则认为袁宏道辞官是因为在天池山讼案中"意见与当路相左，郁郁不乐，遂闭门有拂衣之志"③。但前者不过是一种老生常谈的说辞，后者则只能算是袁宏道下定决心辞官的"导火索"而已，根本原因实是袁宏道内心深处对官场所代表的主流俗世怀有坚决的拒斥心理。他认为知县之职是"最苦最下"④ 之事，是对身心自由的"束缚"⑤，

① 袁宏道著，钱伯城笺校《袁宏道集笺校》卷四，上册，第159~160页。
② 袁宏道著，钱伯城笺校《袁宏道集笺校》卷五《丘长孺》，上册，第208页。
③ 袁中道著，钱伯城点校《珂雪斋集》卷一八《吏部验封司郎中中郎先生行状》，上海古籍出版社，2019，中册，第802页。
④ 袁宏道著，钱伯城笺校《袁宏道集笺校》卷五《管宁初》，上册，第229页。
⑤ 袁宏道著，钱伯城笺校《袁宏道集笺校》卷五《龚惟长先生》，上册，第222页。

整个官场则如"活地狱"① 一般煎熬着他，使他"通身是苦"②，"苦痛入骨"③。但他也清醒地知道，这所有的苦都怨不得官场本身，而只能从自身找原因。他终于发现，原来自己和芸芸众生并不一样，骨子里具有一种"无用之人"的基因，只能以边缘人的姿态和官场保持距离。袁宏道深知世间有大把的人真以做官为乐（即所谓"吏趣"），或是确具为官之才（即所谓"吏才"），他们都属于有用之人和可用之人。袁宏道却以做官为苦，他认为这是因为自己本就是个"支离无用"④ 之人。他还在尺牍中多次将自己界定为"闲人"⑤、"无事人"⑥、"物外人"⑦ 乃至"不复人世间人"⑧，具有"不合于世"⑨ 的天生反骨，其闲散与无用的基本特征就是处于人世间的边缘位置，与主流社会保持相当的距离。他此时所追求的人生境界既非庄子、列子一般超尘绝世、迥出群伦的"玩世"，也非遁入空门、犹存机锋的"出世"，更非空谈道德仁义的"谐世"，而应以"适世"二字做出精准的概括。他说："独有适世一种其人，其人甚奇，然亦甚可恨。以为禅也，戒行不足；以为儒，口不道尧、舜、周、孔之学，身不行羞恶辞让之事，于业不擅一能，于世不堪一务，最天下不紧要人。虽于世无所忤违，而贤人君子则斥之惟恐不远矣。弟最喜此一种人，以为自适之极，心窃慕之。"⑩ 正是这种既不高明也不蠢俗而仅仅是闲散无用的状态，最贴合袁宏道当时的自我认知，这些无疑都符合边缘人的心理特质。

袁宏道在其早期生涯中之所以具备这种边缘人心态，原因是多方面的。他在二十四岁所作的《述怀》诗中自言其"少小"时便已具备"手提无孔锤，击破珊瑚网"的魄力，有"不受拘束之抱负"⑪。可见，这种边

---

① 袁宏道著，钱伯城笺校《袁宏道集笺校》卷五《罗隐南》，上册，第 227 页。
② 袁宏道著，钱伯城笺校《袁宏道集笺校》卷六《何湘潭》，上册，第 272 页。
③ 袁宏道著，钱伯城笺校《袁宏道集笺校》卷五《梅客生》，上册，第 230 页。
④ 袁宏道著，钱伯城笺校《袁宏道集笺校》卷六《张幼于》，上册，第 257 页。
⑤ 袁宏道著，钱伯城笺校《袁宏道集笺校》卷六《皇甫二泉》，上册，第 262 页。
⑥ 袁宏道著，钱伯城笺校《袁宏道集笺校》卷六《伯修》，上册，第 279 页。
⑦ 袁宏道著，钱伯城笺校《袁宏道集笺校》卷六《倪崧山》，上册，第 307 页。
⑧ 袁宏道著，钱伯城笺校《袁宏道集笺校》卷六《陶石篑》，上册，第 286 页。
⑨ 袁宏道著，钱伯城笺校《袁宏道集笺校》卷六《孙心易》，上册，第 293 页。
⑩ 袁宏道著，钱伯城笺校《袁宏道集笺校》卷五《徐汉明》，上册，第 218 页。
⑪ 袁宏道著，钱伯城笺校《袁宏道集笺校》卷一，上册，第 37 页。

缘人心态应从其早期成长环境中探寻原因，而与其未入翰林、外任县令的政治遭遇无关。

首先是家庭环境的影响。袁氏祖上出身行伍，到父亲袁士瑜辈才开始弃武从文，却仅为诸生，终身未获一第。尽管袁宏道的科场命运堪称顺遂，但仍然缺少簪缨子弟的雍容和雅之气，这与唐寅出身商贾之家的情况颇有些类似。不过，家族出身的卑微，未必直接催生出其边缘人心态。毕竟，同一家族出身的大哥袁宗道，就具备稳实、老成的性格特点。若比较三袁的童年经历，会发现一个重要的差异，那就是袁宏道和袁中道都有母爱缺失的遗憾。

三袁皆为袁士瑜嫡妻龚氏所生，但袁宏道七岁时龚氏就早早离世，庶母刘氏掌家后，对龚氏所出三子有所苛待，而袁士瑜对此不闻不问，明显是有所偏心。袁中道晚年忆及此事时，仍说三兄弟"备尝荼苦"，"不忍言之"[①]。不过龚氏去世时，袁宗道已满十五岁，他从龚氏那里获得过充足的母爱，即便有庶母的责难，但以其将及弱冠的心智也足以应对。而袁宏道、袁中道丧母时尚属幼年，二人早年的叛逆性格，恐怕与此有关。这与徐渭出生百日即丧其父，十岁时生母又被逐出家门的经历颇有几分相似。

母爱的缺失与父亲的偏心，深刻影响了袁宏道的童年记忆，这些都导致其对乡土宗族怀有较为疏远的心态。这并不是一种情理上的猜测，因为我们确实能在袁宏道的早期诗作中找到与此有关的些许印迹。其拟古乐府《悲哉行》塑造了一位矢志于长生之道的仙人形象，虽非作者个人形象的真实刻画，却与其早年经历颇为相似。仙人因为"宿志慕长生"而陷入"朋党尽刺讥""父母不我容"的窘境，好不容易学成仙术回归故乡，却发现"归来见荒冢，半是孙曾碑。城池百易主，族里无从知"[②]，亲朋皆已化作枯骨，人间早已换了模样，仙人失去家族宗亲的接纳，唯有仙鹤相伴左右。这种"永生者"的孤独感，最为痛切深刻，其人看似超世高蹈，可一旦被家族关系排除在外，便相当于被整个世界抛弃，从此永远地沦为社会的边缘人。因此我们说，袁宏道之所以声称要告别现

---

① 《游居柿录》，袁中道著，钱伯城点校《珂雪斋集》卷六，下册，第1329页。
② 袁宏道著，钱伯城笺校《袁宏道集笺校》卷一三，中册，第582~583页。

世人间，保持一种边缘人的姿态，似应与其童年时期父母之爱的缺失以及对家族的疏离感有关。

其次是楚人的地域文化心理。袁宏道中第成名之后，那些童年阴影终于慢慢消释，内心也逐渐达成平衡与和解。当他昂首步入科宦之途时，其社会身份也不再是家中失宠之次子，而是楚地新出之英杰。当他来到京城应试、候选，以及前往吴县任职时，面对完全不同的生活环境，楚人的地域文化心理开始发挥作用。然而自宋元以来，两湖之地始终是中华文化的边缘地带。明朝建立之后，浙东、吴中、江西、闽、粤等地域文学流派在洪武时期纷纷崛起，唯独缺少楚人的身影。湖南人李东阳建立了茶陵派，但其文学活动"所直接引发的是庙堂文学风气的转变，与楚一地文学并无多大关系"①。复古派崛起后，楚人吴国伦虽然跻身"后七子"之列，却也没能将楚文化的内涵植入格调诗学的体系之内。相比于文化繁盛的中原和江南，楚地已经寂寞了太久。袁宏道却在其早年诗作中频频以"楚士"自居，表现出强烈的地域意识。例如他看到江陵人张居正死后被籍没时，作《古荆篇》以表痛惜之情，发出了"楚国非无宝，荆山空有哀"②的感慨；他在为启蒙老师万莹所作的诗中说"楚士从来多寂寞"③；他看到李沂、周弘禴因劾奏宦官张鲸而遭罢免时，控诉道"一时谪籍楚人多"④；他因患病而自怨自艾时说"世路他如梦，浮名我失弓"⑤，用的也是楚人失弓的典故。这种对楚人的同情心理，使我们感到他已经将楚人作为一个整体，当作中华文化版图中的一个边缘角色。而这种写法仅多见于袁宏道的早年作品，代表其边缘人心理的早期形态。

最后，如果将楚地文化的内涵具体化，就会发现这一"边缘地域"的背后还潜藏着诸多"边缘思想"的身影。一是禅学思想，湖北恰是禅宗南传过程中的重要坐标，四祖道信大师和五祖弘忍大师的道场都位于黄梅；二是道教思想，湖北境内的太和山（今武当山）正是明代道教最为繁盛之

---

① 陈广宏：《竟陵派研究》，商务印书馆，2021，第149页。

② 袁宏道著，钱伯城笺校《袁宏道集笺校》卷一，上册，第3页。

③ 袁宏道著，钱伯城笺校《袁宏道集笺校》卷一《万二酉老师有垂老之疾……时丁亥九月也》（其二），上册，第14页。

④ 袁宏道著，钱伯城笺校《袁宏道集笺校》卷二《赠人》，上册，第72页。

⑤ 袁宏道著，钱伯城笺校《袁宏道集笺校》卷一《病起偶题》（其三），上册，第11页。

地；三是心学思想，万历早期的黄安、麻城恰是李贽传播心学思想的主阵地。相比居于主流地位的正统儒学，这三种思想都明显带有异端色彩。正是由于两湖并非正统思想的核心地带，公安更是"数十年无善治"①之区，这些异端思想才"有隙可乘"，在楚地获得大规模传播。袁宏道的青少年时代就是在这样一种文化环境中度过的。他八岁就已潜心禅门，开始"冥心求圣果"②；二十一岁中举后"乃学神仙"③；二十三岁又与李贽结交，深受"童心说"影响。这些最终都化作其早期诗作中的边缘人心态。

袁宏道早期诗作中的心学表达集中呈现在与李贽有关的诸多作品中，道教思想凝聚为对楚地人物老子、庄子典故的大量运用，而禅学思想则突出地表现为逃禅倾向。更值得注意的是，他将这些内容与孤独、疏狂的边缘人形象结合起来，使"边缘思想""边缘地域"真正和"边缘人"构成关联。例如他在《漫兴》（其二）中说"独往吾何有，狂痴世所怜"，又说"昨来益自喜，信口野狐禅"④，将孤独、疏狂的边缘人气质与逃禅行为建立起联系；又如《怀龙湖》一诗一方面是在怀念李贽，一方面又说"老子本将龙作性，楚人元以凤为歌"，表面用的是老子、陆通的典故，隐隐然是要效仿李白"我本楚狂人，凤歌笑孔丘"的狂人狂态。此类表达的最终指向都是挣脱社会主流价值观的束缚，尤其是对儒学、儒士发起质问。例如《狂歌》一诗云"六籍信刍狗，三皇争纸上"，讽刺那些假借孔子权威故弄玄虚之俗儒，一闻庄子所谓"至人"之言，便只能"垂头色沮丧"⑤。

袁中道曾说"中郎别有灵源，故出之无大无小，皆具冷然之致"⑥，亦即将袁宏道的性灵才情归于天分，但实情未必如此简单，我们认为此应是基于以上这些复杂而深刻的因素。

---

① 袁宏道著，钱伯城笺校《袁宏道集笺校》卷三六《邑钱侯直指疏荐序》，中册，第1134页。
② 袁宏道著，钱伯城笺校《袁宏道集笺校》卷一《初夏同惟学、惟长舅尊游二圣禅林检藏有述》（其四），上册，第5页。
③ 袁中道著，钱伯城点校《珂雪斋集》卷九《解脱集序》，中册，第479页。
④ 袁宏道著，钱伯城笺校《袁宏道集笺校》卷二，上册，第86页。
⑤ 袁宏道著，钱伯城笺校《袁宏道集笺校》卷二，上册，第61~62页。
⑥ 袁中道著，钱伯城点校《珂雪斋集》卷一〇《吴表海先生诗序》，中册，第494页。

二 边缘人心态的发展与蜕变

　　万历二十五年（1597）初，袁宏道获准辞官。但他并未立刻回到公安，而是与好友陶望龄等人在杭州、绍兴、徽州一带游览数月，其间所作诗文编为《解脱集》四卷。是年六月至次年年初，袁宏道三次前往扬州、仪征一带游览，其间作诗百首，又结为《广陵集》一卷。万历二十六年（1598）二月，袁宏道自扬州入京候选，再次开启仕途，但接下来几年中只担任过顺天府教授、国子监助教、礼部仪制司主事等闲散官职，多数时间在北京生活，其间所作诗文结为《瓶花斋集》十卷。万历二十九年（1601），袁宏道二度辞官，至万历三十四年（1606）始上京补礼部主事。这六年间，他隐居于柳浪馆，行迹多在公安及其周边的沙市、桃源等地，其间诗文作品辑为《潇碧堂集》二十卷。以上是袁宏道文学生涯的第二阶段，《解脱集》《广陵集》《瓶花斋集》《潇碧堂集》共占其传世作品的六成左右。在此阶段，他不断徘徊于仕隐之间，但多数时间处于归隐状态，即便做官也多为闲职，与担任吴县知县时的身心状态截然不同。可见在此期间，边缘人心态仍占据袁宏道精神世界的主要位置。

　　从《解脱集》这一书名可以看出，袁宏道对自己刚刚卸下官任时轻松自在的心情是毫不掩饰的。他如倦鸟归林一般，不仅从繁杂沉重的地方政务和形格势禁的官场生活中解脱出来，更是从诸多"无形的枷锁"中解脱出来。首先是解除了一身的病痛，"官解而病亦解"①。袁宏道早期诗作中时常写到罹患大病的状态，《病起独坐》《病起偶题》《病起》《病中见中秋连日雨，柬江进之》②等诗都将多病的身体状态与其精神层面的不自由联系起来。然而《解脱集》卷一便有《病痊》诗云："病合当求去，宦情非是阑。与其官作病，宁可活无官。"③认为病与官同来同去，解职辞官

---

①　江盈科撰，黄仁生点校《江盈科集·雪涛阁集》卷八《解脱集引》，岳麓书社，2008，第277页。

②　袁宏道著，钱伯城笺校《袁宏道集笺校》卷一，上册，第10～11页；卷三，上册，第122、130页。

③　袁宏道著，钱伯城笺校《袁宏道集笺校》卷八，上册，第336页。

后，身体也迅速恢复了健康。其次是摆脱了正统儒家士大夫的生活方式，可以自由地沉湎于求仙、参禅的狂士生活中。例如他在《梦中题尊经阁醒后述之博笑》中说"多少穷乌纱，皆被子曰误"①，在《闲居杂题》（其二）中说"儒衣脱却礼金仙，三十偷闲也少年"②，又以游戏口吻作《醉乡调笑引》，宣称"天有酒则不倾，国有酒则不争，有王者起，必世而后仁，何用导以德、齐以刑"。而在这些情绪的背后，仍然是边缘人心态在起作用。例如他在诗中写道"掷却乌纱是野人"③，"野人"一词含有双关的含义，既是指他处于文明圈层的边缘位置，又能构成朝与野的对立，指向弃官归隐的生活选择。

但袁宏道的家庭出身其实不允许他如此轻松地隐居下来，毕竟他的家族经过几代人的奋斗才终于有袁宗道、袁宏道二人中第入仕，家族门楣还等待他们去光耀。所以袁宏道辞官后，因畏惧父亲的责难，竟不敢直接回到公安，而是在外游历不归。说是归隐，其实是"隐而不归"，这种状态也昭示了袁宏道与传统社会观念之间的紧张关系。为了应对父亲的质疑，袁宏道必须为其归隐行为找到合适的理由。这些都体现在他解官之初的诗文作品中，其中的思维逻辑仍然与边缘人心态密不可分。例如他在游览浙江桐庐时就严子陵的话题写了《严子陵滩限韵，同陶石篑、方子公赋》这组咏史诗。历来文人归隐，都以严子陵作为道德典范，以光武帝识人之明，他肯纡尊降贵亲自征召严子陵入仕，就说明严子陵必定胸怀大才，这一点历来都未曾引人怀疑。袁宏道却说严子陵不过是"羊裘钓滩下，一渔户而已"，将其界定为无用之人，而"无用合退藏，非是退藏是"，归隐本身未必比做官高尚，但既然是一无用之人，又何必盲目进入官场呢？对于袁宏道自身而言，既然"我才不如狗"，则"安用强奔腾"？"明月虽有照，终不笑孤灯。不见东阳殷，强出如冻蝇。"若无才无用而强入仕途，恐怕也不会有什么好结果，还不如"因拙而辞世"④ 呢。同样的话题在其

①　袁宏道著，钱伯城笺校《袁宏道集笺校》卷九《梦中题尊经阁，醒后述之博笑》，上册，第 386 页。

②　袁宏道著，钱伯城笺校《袁宏道集笺校》卷八，上册，第 330 页。

③　袁宏道著，钱伯城笺校《袁宏道集笺校》卷八《元宵饮华中秘宅上》（其二），上册，第 339 页。

④　袁宏道著，钱伯城笺校《袁宏道集笺校》卷九，上册，第 397~398 页。

同时所作的《钓台记》中也提到了，袁宏道对同游钓台的陶望龄说："子陵知不可用而不用者也。"① 这整套逻辑都以"无用"为逻辑基础，带有明显的边缘人心态。

袁宏道在辞官之初的诗作中仍然极力描摹自己的孤独形象，但不像早年诗作那样，在孤独的姿态上笼罩一层悲伤的情绪，而是将"独钓寒江雪"的归隐生活写得充满乐趣、令人神往。如果说袁宏道早年的边缘人心态类似于屈原之"独醒"，因被主流社会抛弃而转入孤傲、疏狂的负面情绪，那么归隐之后则类似于杨朱之"独乐"，因是对主流社会的主动割舍，故而精神气象中多了些健康、爽朗的色调。例如他在《偶成》（其三）中说，虽然自己"天涯侣伴稀"，却"未须愁独立"，因为迟早会栖居于自己的梦中桃源，那里有"云来吹水叶，潮去落沙衣"的美景，也有"梅花伴钓矶"②的自由生活。袁宏道对自己的"独乐"状态颇有些沾沾自喜之意，于是构成"独"的内涵。他自得于自己敏锐的判断，做出了正确的人生选择，而认为世间的"凡庸"之辈，价值观都已错乱颠倒，他们总是将真正的苦当作乐，将真正的乐当作苦，乃至"不食本分草"，"拾他粪扫堆，秘作无价宝"③。袁宏道对"乐"的内涵也有深刻的认识，认为隐逸生活的乐趣不是指"酒肉""声伎"一类肤浅的享受，而是指"无拘无缚，得自在度日""率心而行，无所忌惮，自以为绝望于世，故举世非笑之不顾也"④的生活状态。换言之，袁宏道在传统的隐逸之乐中植入了新的元素，即"绝望于世"的边缘人心态。

不过很可惜，这样无忧无虑的生活并没有持续多久，在京城为官的袁宗道很快就写信督促袁宏道进京候选、重入仕途。万历二十六年（1598）二月，袁宏道无奈地踏上进京之路。⑤ 在旅途中，他就已经开始作诗宣泄其奔竞劳碌之苦。他在拟古乐府《门有车马客行》中塑造了一个入秦八年始得一微官的底层官僚形象，又在《京洛篇》中塑造了一个携诗稿行卷于

---

① 袁宏道著，钱伯城笺校《袁宏道集笺校》卷一〇，上册，第461页。
② 袁宏道著，钱伯城笺校《袁宏道集笺校》卷八，上册，第341~342页。
③ 袁宏道著，钱伯城笺校《袁宏道集笺校》卷九《天目书所见》，上册，第377~378页。
④ 袁宏道著，钱伯城笺校《袁宏道集笺校》卷一〇《叙陈正甫会心集》，上册，第463页。
⑤ 参见沈维藩《袁宏道年谱》，复旦大学中国古代文学研究中心编《中国文学研究》（第一辑），江西教育出版社，1999，第251页。

朱门的投考书生，俨然皆为其自身之投射。① 入京之后，官还没做几天，他就萌生退意，说"六载牵羁成底事，不如潇洒学为农"②。随着生活逐渐安顿下来，他也终归无可奈何，只能给自己一个安于现状的理由："逍遥未必是无官，割累忘情梦也安。"③

在接下来几年的京城仕宦生活中，袁宏道的心态特征可以概括为：在仕与隐之间左右摇摆、纠缠不清。他对此有着清楚的认识，例如他在写给两位堂叔的尺牍中说："长安沙尘中，无日不念荷叶山乔松古木也。因叹人生想念，未有了期。当其在荷叶山，唯以一见京师为快。寂寞之时，既想热闹；喧嚣之场，亦思闲静。"④ 在写给友人潘楺的书信中说："山居既久，与云岚熟，亦复可憎。人情遇时蔬鲜果，取之唯恐不及，迨其久，未有不厌者，此亦恒态也。"⑤ 在《人日自笑》诗中写道："是官不垂绅，是农不秉耒，是儒不吾伊，是隐不蒿莱。是贵着荷芰，是贱宛冠佩，是静非杜门，是讲非教诲，是释长鬓须，是仙拥眉黛。"⑥ 他对自己的身份十分迷惑，官不官、隐不隐，介于多重身份意识的混乱状态中，简而言之就是"倏而枯寂林，倏而喧嚣阓"。自己此时到底是身处社会边缘得以寂寞、闲静，还是身处政治中心而须面对热闹、喧嚣，袁宏道是说不清楚的。如果我们说他的早期作品和辞官之初的作品中的边缘人心态是清晰而坚定的，那么此时这种心态就开始有些模糊不清了。在这种徘徊的状态中，官也是做不久的，最终只能陷入"寂寞繁华两不成"⑦的窘境。

果然，在京为官仅仅三年，袁宏道就再次辞官，隐居于柳浪馆中。在一段优游林下的日子过后，他重新陷入对官场热闹的怀念中，开始扬言"不肖非以退为高"⑧。大概是为了给这种妥协的行为作开脱，他努力寻找归隐生活的弊端，最常提及的则是偏僻的乡居生活中缺少社交的机会，例

① 袁宏道著，钱伯城笺校《袁宏道集笺校》卷一三，中册，第583~584页。
② 袁宏道著，钱伯城笺校《袁宏道集笺校》卷一四《戊戌初度》（其四），中册，第617页。
③ 袁宏道著，钱伯城笺校《袁宏道集笺校》卷一五《和韵赠黄平倩》，中册，第636页。
④ 袁宏道著，钱伯城笺校《袁宏道集笺校》卷二一《兰泽、云泽两叔》，中册，第747页。
⑤ 袁宏道著，钱伯城笺校《袁宏道集笺校》卷四三《潘茂硕》，下册，第1272页。
⑥ 袁宏道著，钱伯城笺校《袁宏道集笺校》卷三三，中册，第1058页。
⑦ 袁宏道著，钱伯城笺校《袁宏道集笺校》卷一四《闲居》（其二），中册，第614页。
⑧ 袁宏道著，钱伯城笺校《袁宏道集笺校》卷四三《答钱云门邑侯》，下册，第1275页。

如他在写给友人的尺牍中袒露道："青山白石，幽花美箭，能供人目，不能解人语；雪齿娟眉，能为人语，而不能解人意。盘桓未久，厌离已生。唯良友朋，愈久愈密。"① "山中莳花种草，颇足自快。独地朴人荒，泉石都无，丝肉绝响，奇士雅客，亦不复过，未免寂寂度日。"② 与 "奇士雅客" 的交往，使人不至于脱离社会主流圈层。看来那个曾经高唱着孤独之歌的独醒者袁宏道，如今也不再甘于边缘人的状态了。

万历三十四年（1606）八月，袁宏道与弟弟袁中道、袁安道一同北上入京，补礼部主事。次年十二月，改吏部主事。万历三十六年（1608），任吏部验封司主事，摄文选司员外郎事。其于任上颇有作为，诛除奸吏，立年终考察书吏之法。次年，升吏部考功司员外郎，与兵部主事朱一冯往陕西典试。这几年的诗作结为《破研斋集》三卷。典试结束后的回京途中，袁宏道作华山、嵩山之游，此间诗文编为《华嵩游草》二卷。万历三十八年（1610）初，升任吏部验封司郎中，二月离京南归公安，九月因病去世。万历三十四年至三十八年的部分诗文作品又被编为《未编稿》三卷。这五年也恰是袁宏道文学生涯的第三阶段，《破研斋集》《华嵩游草》《未编稿》约占其传世作品的五分之一。在此阶段，他在心态上仍然徘徊于仕隐之间，但基本处于为官状态，且多涉及吏事、选举之实务。

袁宏道在这一阶段的心态尤其难以捉摸，生活状态的巨变使他愈加偏离自己之前的人生规划，彷徨、迷惘的色彩变得特别强烈。值得玩味的是他万历三十四年北上入京途中，写下一首《余山居六年矣，丙午秋复北上，临发偶成》，尾联云 "鸥凫争作语，客子几年归"③。在这刚刚决定重入仕途的时候，他竟已萌生归意，盘算着数年之后再次归里山居。袁宏道在任职期间于潞河送别袁中道时，写下组诗，集中表达了归隐之志。这组诗作或托物言志，说 "鱼宁愁水阔，鸟岂畏山深" "辟如纵鹦鹉，未有恋笼心"，自己虽在樊笼之中，却坚称自己未有恋笼之心；或直言 "陶朱吾可学，凿水养鲲鳞" "吾庐行信美，乡社几时归"，仍在重申自己未来的归

---

① 袁宏道著，钱伯城笺校《袁宏道集笺校》卷四三《陶周望祭酒》，下册，第 1274 页。

② 袁宏道著，钱伯城笺校《袁宏道集笺校》卷四三《萧允升祭酒》，下册，第 1254 页。

③ 袁宏道著，钱伯城笺校《袁宏道集笺校》卷四五，下册，第 1301 页。

隐计划；最终则宣称"东皋犹滞酒，余乃醒而狂"①，似乎又找回了那份疏狂而独醒的少年意气。另有《偶作》诗云："为道知难进，求闲亦未成。凭将无益事，娱此有涯生。见水移舣去，闻山背袂行。感时多长语，虚窍偶然鸣。"② 前四句再次表达了在仕隐之间进退维谷的尴尬处境，后四句又似在逃避这一难题，言道见水闻山之时已羞于徜徉其间，而唯有匆匆离去，免生憾恨。再看《元日登王章甫水明楼》二首，其一云"经年劳碌马蹄间，久客虽归也不闲"，其二云"君欲读书我从仕，何曾真作看山人"③，竟将自己多年的归隐经历一笔抹杀，认为那段山居的时光其实算不得真的归隐。如何理解此意呢？似乎只能归为一种心态上的认定：之前徜徉于山水之间的快意，不过是一时的错觉；而此时的出仕，才真正宣告其心态上的虚伪和软弱。这种如同失节一般的悔恨感，困扰着袁宏道，使他觉得仿佛世间万物也都是这种软弱的投射。万历三十六年（1608），他游览武昌时作诗云："遥知郁郁葱葱地，只在熙熙攘攘间。沙鸟窥鱼鸥觅渚，试看何物是清闲。"④ 他面对武昌江头、晴川阁下山水与都市相错杂的景象，对于何为仕、何为隐，何为忙、何为闲，看得愈加模糊；同时，边缘与主流的界限也不再清晰。

三 袁宏道创作风格嬗变与边缘人心态的关系

将袁宏道的文学生涯分为上述三个阶段逐一分析，可了解其各个阶段诗文作品所蕴含的人格倾向，亦可从情感内容层面知其边缘人心态树立与蜕变的大致过程。进一步分析则能够看出与情感内容相伴随却又不完全一致的变化轨迹，这是其作品风格的嬗变历程。

袁宏道诗文作品在当时以及后世，给人留下的最深刻印象，可用钱谦益《列朝诗集小传》中的评价来概括，即"机锋侧出，矫枉过正，于是狂

---

① 袁宏道著，钱伯城笺校《袁宏道集笺校》卷四六《潞河舟中和小修别诗，次韵》（其四、其六、其八、其十），下册，第1352~1353页。
② 袁宏道著，钱伯城笺校《袁宏道集笺校》卷四六，下册，第1358页。
③ 袁宏道著，钱伯城笺校《袁宏道集笺校》卷四六，下册，第1376页。
④ 袁宏道著，钱伯城笺校《袁宏道集笺校》卷四六《登晴川阁望武昌》，下册，第1376页。

瞀交扇，鄙俚公行，雅故灭裂，风华扫地"①。但其实这只能概括其中期作品的主体风格。袁宏道前期的《敝箧集》和《锦帆集》一共只有六卷，后期的《破研斋集》、《华嵩游草》和《未编稿》一共只有八卷，数量都不多；而中期的《解脱集》《广陵集》《瓶花斋集》《潇碧堂集》共有三十五卷，自然而然地构成了袁宏道诗文作品的主体面貌。但这也对前期、后期作品的风格形成了遮蔽效应，容易使人们忽略袁宏道由前期到中期以及由中期到后期的两次风格转变所包含的深刻意蕴。

先来看从中期到后期的风格变化。传统观点认为，其转变的"分水岭"是万历三十七年（1609）袁宏道主持陕西乡试。在此之前，袁宏道作诗偏于刻露、鄙俗，作文也偏于率意，招致时人非议；在此之后，其创作风格（尤其是诗风）回归风雅正途，趋于稳实、老练。袁中道《花雪赋引》对此有所记载："予兄中郎，操觚即不喜学近代人诗，由浅易而沉深，每岁辄一变。往年自秦中主试归，语予曰：'我近日始知作诗。如前所作禅家谓之语忌十成，不足贵也。'故今华嵩游诸诗，深厚蕴藉，有一唱三叹之趣。"②

实则这种变化在此前袁宏道隐居于柳浪馆的数年间已有伏笔。早在万历三十年袁宏道刚刚归隐于柳浪馆时，就在写给袁叔度的尺牍中反省道："不肖诗文多信腕信口，自以为海内无复赏音者，兄丈为之梓行，此何异疮痂之嗜。幸谨藏之奥，为不肖护丑，勿广示人也。"③ 袁叔度曾为袁宏道刻印诗文集七种，是其文学上的知音，故有"疮痂之嗜"的说法。但袁宏道担心自己那些旧作招致更多的訾议，居然希望袁叔度减少对其诗文集的传播，足见其自悔心理之真实与强烈。万历三十二年他在写给黄辉的尺牍中自言："诗文之工，决非以草率得者，望兄勿以信手为近道也。"④ 同年他为曾可前文集所作序中也说："余诗多刻露之病。……余文信腕直寄而已。"⑤ 这些材料共同揭示了袁宏道有"晚年自悔"的想法。

① 钱谦益：《列朝诗集小传》，上海古籍出版社，2008，下册，第 567 页。

② 袁中道：《珂雪斋近集》，中央书店，1936，下册，第 36 页。

③ 袁宏道著，钱伯城笺校《袁宏道集笺校》卷四二《袁无涯》，下册，第 1251 页。

④ 袁宏道著，钱伯城笺校《袁宏道集笺校》卷四三《黄平倩》，下册，第 1259 页。

⑤ 袁宏道著，钱伯城笺校《袁宏道集笺校》卷三五《叙曾太史集》，中册，第 1106 页。

万历三十四年（1606），他即将北上入京、重入仕途，此时其写给袁叔度的另一封尺牍，值得我们重视：

> 北车已脂，而宗禅适到。开函读手书，如渴鹿得泉，喜跃倍常。深蒙嗜痂之誉，愧汗无地。仆碌碌凡材耳。嗜杨之髓，而窃佛之肤；腐庄之唇，而凿儒之目。丑闲居之小人，而并疑今之名高者，以为徇外不情；师并生并育之齐民，而等同其事。至于诗文，乖谬尤多，以名家为钝贼，以格式为涕唾，师心横口，自谓于世一大庆而已。而孰谓世有好之，如无涯其人其人者，无涯误矣。读凡夫诸作，信佳士也，恨不识之。花山公案何如？往日凡夫愿力过于吴令，故成毁顿异。但宝地既复，则当平气处之。①

此前的几条材料，都有可能理解为客套的场面话或偶尔的自我批评，但他在以上这段表述中，却十分全面地反省了自己过往那些率意鄙俗之作，明确而真诚地表达出自悔之意。他首先以杨朱、庄子自比，反省自己对社会正统观念（尤其是儒家思想）的冒犯；继而将思想观念上的弊病延伸到文学问题上，称自己的诗文同样"乖谬尤多"。所谓"以名家为钝贼，以格式为涕唾"，揭批了自己对居于主流的复古文学观念的反叛；所谓"于世一大庆"，则将自己独树一帜却招致訾议的性灵文学风格视作一种不值一提的边缘形态。我们认为，这些都是其边缘人心态的文学化表征。袁宏道经历了社会正统观念的长期规训之后，不再有年少时期的孤傲和疏狂，转而改换面目，将过往的性灵风范视作自己颟顸鄙俗的表征。

这封尺牍在最后提到一个关键人物，就是赵宦光（一作"赵宧光"）。袁宏道早年辞任吴县知县，除了病痛折磨、孝道未竟等原因外，直接的"导火索"就与此人有关。沈维藩在《袁宏道年谱》中对此事有所考证，认为是赵宦光在天池山（又称"花山"）与人争夺"宝地"，致起讼案。袁宏道作为吴县知县，没有支持赵宦光的诉求，于是为其所毁。在"当路

---

① 袁宏道著，钱伯城笺校《袁宏道集笺校》卷四三《袁无涯》，下册，第 1281～1282 页。

者"的干预下，宝地最终还是被赵宦光据为己有。① 赵宦光有两重身份值得我们注意：一方面，他中年隐居于苏州城西寒山之麓，在这里凿山劈石、修筑"寒山别业"，使之成为苏州名流必造之所，因此他虽有隐士之名，却与各路名流保持着密切的交往，"声气交通、实奔走天下"②；另一方面，他又是明代复古派的后期代表人物之一，论诗"受复古诗学如胡应麟《诗薮》、许学夷《诗源辩体》等影响，强调诗之体制格调，谓学诗必从《风》《雅》《骚》赋入"③，所著《弹雅》一书集中呈现了他的复古诗学理论，堪称明代复古诗学的最后一部重要著作。前一种身份彰显了赵宦光身居名流的社会地位，后一种身份则标定了他在文坛中所属的派系。天池山讼案已经过去整整十年，袁宏道与赵宦光终于重新建立起交往。他阅读了赵宦光的诗作，给出"信佳士也"的评语，还"恨不识之"。当年两人因天池山讼案而生嫌隙，但十年过去后，"宝地既复"，自当"平气处之"。这种态度既放下了与赵宦光及其背后之"当路者"的人事矛盾，也表达了对复古诗学的"归顺"之意。对于袁宏道这一妥协的姿态，我们应如何评价？这到底是人格随岁月的流逝而得到淬炼，还是赤子之心的日渐失落呢？

袁中道将此变化的成因概括为"学以年变，笔随岁老"④ 八个字，似乎袁宏道后期文学风格的脱胎换骨，只是其年岁、阅历增长后的一种自然反应。但我们发现，袁宏道对自己中期文学风格的反思，实则与其对社会政治的理解完全同步，他甚至直接将复古文学思想与社会阶层意义上的"当路者"相等同。在他的观念里，复古文学所传承的风雅之道，俨然已成为主流社会意识形态的"代言人"。在今天看来，这种对应关系毫无必要，而且它正是袁宏道在其中后期接连陷入文学困局的根本原因。

这里我们就需要再考察一下袁宏道前期到中期的风格转变了。袁中道

---

① 沈维藩：《袁宏道年谱》，复旦大学中国古代文学研究中心编《中国文学研究》（第一辑），第 226~227 页。

② 永瑢等：《四库全书总目》，中华书局，1965，下册，第 1761 页。

③ 陈广宏、侯荣川编校《稀见明人诗话十六种·弹雅提要》，上海古籍出版社，2014，下册，第 759~760 页。

④ 袁中道著，钱伯城点校《珂雪斋集》卷一一《中郎先生全集序》，中册，第 553 页。

在为袁宏道所作的行状中，对袁宏道前期作品风格的评价是"独往独来，自舒其逸"，对其中期作品风格的评价则是"别开手眼，了不与世匠相似""不镂而工，不饰而文""随其意之所欲言，以求自适"①。这两类评价确实没有什么本质区别，这也就形成了对袁宏道前期风格特质的遮蔽。相比起来，江盈科和张献翼对袁宏道的少作倒有着更为精准的认识。江盈科说："君总角时已能诗，下笔数百言，无不肖唐。"② 袁宏道于万历二十五年（1597）给张献翼的尺牍中说："公谓仆诗亦似唐人，此言极是。"③ 可见不仅张献翼认为袁宏道早年诗作似唐，而且袁宏道本人对此也是赞同的。其实，在袁宏道早期诗作中，不仅有大量的歌行体、拟古乐府和宫词颇具唐人风范，即便是那些抒写边缘人心态的作品，也不乏深厚沉郁的气质与缠绵婉转的情韵。这说明一个问题：袁宏道自少时就已养成的孤傲、疏狂的边缘人心态，与复古派所崇尚的诗文风格，其实并无本质矛盾，完全可以兼容。而到中期，袁宏道的边缘人心态继续得到发扬，其人却放弃了早期那种与风雅传统相兼容的创作特征，而发展出刻露鄙俗的所谓性灵风格；后期则与中期完全相反，其社会心态由边缘回归主流，创作风格也与之相伴随地转而向复古派靠拢。换句话说，袁宏道中期和后期的人格倾向与作品风格都是同步的，只有前期作品呈现出一定的复杂性。而前期作品的这种复杂性，恰恰反证了其中期与后期在社会心态与文学风格上的同步，也许毫无必要。

边缘人心态首先是一种具有社会属性的心态特征，要想在诗文作品中呈现这种心态，粗率鄙俗的作品风格并不具有必要性。袁宏道由前期到中期的风格转变，实际上就是误入歧途。他将对真情的抒发与率意的风格简单地对应起来，将边缘人心态的呈现方式下沉到修辞层面，这与其说是对其性灵文学思想的坚决实践，不如说是他在文学风格层面上的一次失败的实验。

---

① 袁中道著，钱伯城点校《珂雪斋集》卷一八《吏部验封司郎中中郎先生行状》，中册，第 803 页。
② 江盈科撰，黄仁生点校《江盈科集·雪涛阁集》卷八《敝箧集引》，第 276 页。
③ 袁宏道著，钱伯城笺校《袁宏道集笺校》卷一一《张幼于》，上册，第 502 页。

四 边缘人心态影响下的性灵文学思想

历来对袁宏道性灵文学创作持正面立场的评论者，多在承认其粗率鄙俗的同时，用"求真"这一初衷为其开脱。但将粗俗的"真"赤裸裸地彰显在读者面前，又是否具备文学审美的合理性呢？评论者参不透其中关窍，皆因未从边缘人心态的视角来审视袁宏道性灵文学理论中的隐秘逻辑。袁宏道就曾自言："余论诗多异时轨，世未有好之者。"① 暗示其文学理论与边缘人心态之间的微妙关联。要想探寻这些深层而隐秘的逻辑脉络，必须重新细读袁宏道一些重要的文学理论篇目，深挖其理论表述背后潜藏的语境。

我们知道，袁宏道对"真诗"的追求，一开始就伴随着对复古派末流的批判。万历二十二年（1594），袁宏道还未出仕时，有两首写给城南文社社友李学元的诗，这是其文学旨趣的第一次集中呈现。其一云："若问文章事，应须折此心。中原谁掘起，陆地看平沉。矫矫西京气，洋洋大雅音。百年堪屈指，几许在词林。"诗中提到"西京气""大雅音"，指向的正是文尚秦汉、诗宗风雅的复古派，言语中并无不敬之意，但末二句却将百年以来以前、后"七子"为中心的词林人物一概抹杀。综合来看，他是对李梦阳、何景明等复古文学的首倡者保持仰慕之意，却对其后来的追随者大加挞伐。进一步的论述要看其二："草昧推何李，闻知与见知。机轴虽不异，尔雅良足师。后来富文藻，诎理竞修辞。挥斥薄大匠，裹足戒旁歧。模拟成俭狭，莽荡取世讥。直欲凌苏柳，斯言无乃欺。当代无文字，闾巷有真诗。却沽一壶酒，携君听《竹枝》。"② 袁宏道对何、李草创的复古文学表示推服，认为"尔雅良足师"；却对何、李的众多追随者（包括李攀龙、王世贞等人）那种专注于文藻修辞的做法十分不满。而要想解救复古派末流的弊端，就应从"闾巷"中探访"真诗"，在《竹枝词》等民歌中获得灵感。"闾巷"一词正是理解这两首诗的关键，它是袁宏道边缘

---

① 袁宏道著，钱伯城笺校《袁宏道集笺校》卷一八《叙梅子马王程稿》，中册，第699页。
② 袁宏道著，钱伯城笺校《袁宏道集笺校》卷二《答李子髯》，上册，第81页。

人心态在文学理论层面的自然映射，同时也与李梦阳所主张的"真诗乃在民间"① 之说一脉相承，更可见袁宏道所反对的复古文学实与何、李无关。

万历二十四年（1596），袁宏道在吴县担任知县期间，对政务之繁苦深表厌恶，孤高、桀骜的边缘人心态随之达到顶峰。这时他为弟弟袁中道的诗集作序，撰写了著名的《叙小修诗》② 一文，用详尽的篇幅系统论述了性灵文学理念。在此文中，袁宏道提出了"独抒性灵，不拘格套"的说法。理解这八个字，既要留意概念术语的准确含义，又要联系整篇文章内部相互关联的语境信息。前人多紧盯"性灵"二字，将袁宏道的理论重心导引到抒情性问题上，认为抒发真情才是性灵文学的重点；或是更看重"不拘格套"这一反面论断，认为是针对模拟、抄袭风气而言，却唯独漏掉了"独"这个字。我们细读《叙小修诗》，会发现"独"所代表的与世决绝、特立独行、以边缘人心态对抗主流社会的行为方式，才是袁宏道深敬袁中道之处，同时也是其性灵文学理论的真正要义，其背后处处都有边缘人心态的踪影。

袁宏道首先称赞袁中道"以豪杰自命"的气概，称其"欲与一世之豪杰为友"，却"视妻子之相聚，如鹿豕之与群而不相属也"，"视乡里小儿，如牛马之尾行而不可与一日居也"。关于"豪杰"二字的含义，袁中道在《报伯修兄》中已有解释："狂狷者，豪杰之别名也。"这在袁中道自身的语境中，可作两种理解：一是"挺然任天下事"的杰出人物，这种人有担当、可任事，能力挽狂澜、独排众议，他举的例子是领导改革事业的张居正；二是"上之不敢自附于圣贤，而下之必不俯同于庸人"的孤傲士人形象，这是他在二十多岁的年龄尚可达到的状态。袁宏道却独取第二种含义，认为所谓"豪杰"就是要追求一种疏狂任性、孤绝于世、独往独来的生命状态，而拒绝依附于乡土宗族等社会伦理的主流圈层，避免堕落为"庸人"和"乡愿"。袁中道年少时所作《得中郎书》一诗云："业已为游子，何须问始终。家人已死看，父母未生同。"③ 正表达了这种对乡土宗族

---

① 李梦阳撰，郝润华校笺《李梦阳集校笺·李梦阳诗文补遗·诗集自序》，中华书局，2020，第 5 册，第 2051 页。
② 袁宏道著，钱伯城笺校《袁宏道集笺校》卷四，上册，第 187~189 页。
③ 袁中道著，钱伯城点校《珂雪斋集》卷一，上册，第 22 页。

乃至整个主流社会的拒斥心理，恰好符合袁宏道对边缘人心态的想象。

在《叙小修诗》中，袁宏道还十分艳羡袁中道"泛舟西陵，走马塞上，穷览燕、赵、齐、鲁、吴、越之地，足迹所至，几半天下"的经历。与上引《答李子髯》其二对读可知，这些壮游经历除了凸显豪侠之气外，其实也指向"闾巷"《竹枝》。袁宏道认为，正是这些深入民间的经历，使袁中道的诗作"因之以日进"，从而达到"独抒性灵，不拘格套"的境界。那么何为"格套"呢？我们不能想当然地认为是写诗作文的格调、套路。试看袁宏道在万历二十五年（1597）初辞吴县之任时写给友人朱一龙的尺牍，他向对方倾诉自己"乍脱宦网"后的快意，回忆过往两年的官场生活，说自己"两年为格套所拘"①。万历二十六年，袁宏道在写给梅国桢的尺牍中再次用到"格套"一词，将其与"官之理"②相对应。万历二十七年，袁宏道在为梅蕃祚诗集所作序中转述梅氏诗论："诗道之秽，未有如今日者。其高者为格套所缚，如杀翮之鸟，欲飞不得；而其卑者，剿窃影响，若老妪之傅粉。"③ 既然"高者"与"卑者"情况有别，那么"格套"就应与"剿窃影响"并不等同，再结合"杀翮之鸟，欲飞不得"的比喻，可知其是受官位利禄之束缚，为正统观念所拘囿之意。综合以上几条可知，在袁宏道的"词典"里，"格套"其实是官场乃至整个社会正统观念的代名词，是"闾巷"《竹枝》的对立面，同时也是边缘人心态所要抗衡的对象。

在《叙小修诗》中，袁宏道还提到了袁中道的诗文有其"佳处"，也有其"疵处"。前者是指对真情实感的抒发，后者则直接表现为所谓的"本色独造语"。那么何为"独造"呢？我们将其与"独抒性灵"的"独"，以及袁中道远离妻子、乡里的行为选择结合起来，可知其背后正是一种独往独来的边缘人心态。在提到复古派末流时，他还发出这样的控诉："盖诗文至近代而卑极矣，文则必欲准于秦、汉，诗则必欲准于盛唐，剿袭模拟，影响步趋，见人有一语不相肖者，则共指以为野狐外道。""野狐外道"同样是相比于风雅正道而言的一种边缘状态。在《叙小修诗》的最后一段，袁宏道描述了中道的生存情状：

①　袁宏道著，钱伯城笺校《袁宏道集笺校》卷六《朱司理》，上册，第 303 页。
②　袁宏道著，钱伯城笺校《袁宏道集笺校》卷二一《答梅客生》其二，中册，第 738 页。
③　袁宏道著，钱伯城笺校《袁宏道集笺校》卷一八《叙梅子马王程稿》，中册，第 699 页。

> 百金到手，顷刻都尽，故尝贫；而沉湎嬉戏，不知樽节，故尝病；贫复不任贫，病复不任病，故多愁。愁极则吟，故尝以贫病无聊之苦，发之于诗，每每若哭若骂，不胜其哀生失路之感。

将这种既贫且病又兼多愁的生命状态"发之于诗"，自然而然便形成了"哀生失路"的边缘人心态。但从《珂雪斋集》卷一、卷二所收录的袁中道访吴之前的诗作来看，爽朗乐观、豪气干云的诗作占有相当大的比例，然而袁宏道却从中勾勒出这样一副孤绝穷愁的边缘人形象，着实令人生疑：不知是怀有强烈边缘人心态的袁宏道戴上有色眼镜之后只能从袁中道早年诗作中感受到这类悲观、落拓的情绪，还是他只将袁中道诗作当作自己建构性灵诗学的工具而已。其实无论是哪一种情况，都印证着《叙小修诗》背后的边缘人心态。

万历二十五年（1597），袁宏道暂住于无锡期间，给友人张献翼写了一封长信，再次集中表达其性灵文学思想。张献翼，字幼于，早年入赀为国学生，屡困场屋，乃颓然自放，多有越礼任诞之举，为万历时期狂士之代表。基于相似的疏狂性格，袁宏道将张献翼引为知己。在这封信中，袁宏道首先表明："至于诗，则不肖聊戏笔耳。信心而出，信口而谈。"这种戏笔的态度，与他此时期作品中已开始显露的率意风格实相匹配。袁宏道对其他多数友人表达自己的文学思想时，常有较为冠冕堂皇的逻辑基础，例如他常说自己不是为了反对秦汉盛唐才反对秦汉盛唐，而是基于文学史代有新变的既往经验，以及文学对心性、情感之真的正当追求才反对的。但在这篇长信中，袁宏道罕见地道出一些隐秘的想法："世人喜唐，仆则曰唐无诗；世人喜秦、汉，仆则曰秦、汉无文。世人卑宋黜元，仆则曰诗文在宋、元诸大家。……见从己出，不曾依傍半个古人，所以他顶天立地。今人虽讥讪得，却是废他不得。"这简直是在故意与社会主流文学观念相颉颃，浑不顾忌可能招致的争议，只求"顶天立地"以成其"废他不得"的一家之言。这种但求于世间赚得一隅栖息之地的文学追求，境界算不得高超，格局也算不得开阔，因为它完全是基于袁宏道早已深植内心的边缘人心态产生的。

我们知道，袁宏道的性灵文学思想不外乎两个基点：一是求真，二是求新。因求真而反模拟，因求新而反复古。求真，则主张信口而出、信手而就的创作方法；求新，则坚持代有新变、与时俱进的文学史观。但生活中那些真诚的情感，由于文体规范的客观限制以及审美疲劳的自然规律，不一定总能给人带来新鲜感；而那些看似陈旧的情感，也许正是文人当时当刻境与情会的真实心理反应。因此，将求真作为抒发性灵的法门，实则不能给文人以真正有效的指导；而将求新发展到极端，则难免由情感内容之新、文体规制之新逐渐滑落到修辞技巧之新，乃至用词造句之新，这就埋伏了庸俗化乃至低俗化的风险。袁宏道的做法，也正是用俗来弥合求真与求新的矛盾。江盈科《敝箧集引》引述了袁宏道的一段话，其中就暗示了这层意思：

> 诗何必唐，何必初与盛？要以出自性灵者为真诗尔。夫性灵窍于心，寓于境。境所偶触，心能摄之；心所欲吐，腕能运之。心能摄境，即蝼蚁、蜂虿皆足寄兴，不必雎鸠、驺虞矣；腕能运心，即谐词谑语皆足观感，不必法言庄什矣。以心摄境，以腕运心，则性灵无不毕达，是之谓真诗，而何必唐，又何必初与盛之为沾沾？①

前两句中，"诗何必唐"强调求新，"出自性灵者为真诗"强调求真，而联系这两者的桥梁则是"即蝼蚁、蜂虿皆足寄兴，不必雎鸠、驺虞""即谐词谑语皆足观感，不必法言庄什"，正是以庸俗为解药。如果说"雎鸠、驺虞""法言庄什"所代表的，是居于社会正统地位的儒家思想以及由此派生而来的出风入雅的复古文学追求，那么"蝼蚁、蜂虿""谐词谑语"所代表的，不正是粗俗鄙陋的风格与琐屑无稽的内容吗？当读者对"雅"的内容与风格产生审美疲劳时，可以偶尔用"俗"的内容与风格加以调剂，但不能只有俗，也不能总是俗，否则俗就不再是调剂而是变成了主体，这是袁宏道的第一重理论错误。当文学呼唤真诚的时候，固然应该反对那些虚伪矫饰的内容与雕章琢句的风格，但这并不意味着庸俗才是人性的真相、情感的真实，这是袁宏道的第二重理论错误。这两重错误最终汇总为一个"俗"字，其背后实则又是袁宏道精神世界中挥之不去的边缘人心态。

---

① 江盈科撰，黄仁生点校《江盈科集·雪涛阁集》卷八，第 275~276 页。

结　语

以上我们分析了袁宏道文学生涯的若干阶段，由此透视其文学创作与理论的深层根源，实在于一种边缘人心态。现在我们再回到本文最初所提出的问题：为什么袁宏道所代表的公安派速兴而速衰？我们认为，根源正在于袁宏道精神世界中的边缘人心态。这种心态或许可成一家之言、开一派之风，但不足以担当起引领整个时代文学潮流的重任。如果说竟陵派对"古人之真精神"的追求总体来看是一种崇雅的思想，那么袁宏道将"真"与"俗"相等同，显然已局限于一种较为孤僻、狭隘的格局中；如果说袁枚的性灵中洋溢着一股令人艳羡的"富贵气"，那么袁宏道的性灵中则带有一种令人同情的寒窘气。尚雅避俗是中国古典文学的大趋势，喜富恶贫是人性的常情与常态。袁宏道文学创作与文学思想的优势与劣根，仍然值得我们继续深挖。因为它所牵连出来的问题，实关乎一些更为宏大的主题。

［本文原刊于《苏州大学学报》（哲学社会科学版）2022 年第 6 期］

风景旧曾谙：明清《江南春》唱和主题的形成与演变

汤志波[*]

内容提要 明清百余人追和倪瓒《江南春》，将原唱中的家国之怀变为闺愁情怨。从"互文性"视域探讨其成因可以看出，《江南春》唱和中模拟或暗合了前代诗歌相关意象典故，如写"春"之"春草"和"浮萍"所指涉的"王孙"与"浪子"、写"江南"之"横塘"与"西施"所象征的离别与爱情，共同影响并促成了其闺怨主旨。《江南春》唱和以步韵为主，固定的韵脚形成了固定的词组，从而引申出特定的意象群，进一步促使《江南春》主题趋同。但在"影响的焦虑"下，唱和者对词组、意象有意地偏离、修正，因而"误读"下的主旨不再整齐划一。作为"强者诗人"代表的赵琦美连和百阕《江南春》，既创造性地将部分《江南春》变成咏史诗，又受前代诗人、当代唱和甚至自己写作惯性的影响，最终未能摆脱闺怨主旨，显示出传统影响的深远。

关键词 《江南春》 互文性 焦虑 江南意象 闺怨

元末明初，倪瓒作《江南春》三首，全录如下：

> 汀洲夜雨生芦笋，日出瞳昽帘幕静。惊禽蹴破杏花烟，陌上东风

---

* 汤志波，华东师范大学中文系副教授。发表过《何处是江南：明清〈江南春〉唱和与江南文人的身份认同》等论文。

吹鬓影。

　　远江摇曙剑光冷，辘轳水咽青苔井。落花飞燕触衣巾，沉香火微紫绿尘。

　　春风颠，春雨急，清泪泓泓江竹湿。落花辞枝悔何及，丝桐哀鸣乱朱碧。嗟我胡为去乡邑，相如家徒四壁立。柳花入水化绿萍，风波浩荡心怔营。①

这是典型的江南暮春之景，辘轳青井，落红满地，诗中既有青春已逝、去国怀远的感伤，也有抛家舍业、孤独落魄的惆怅。明弘治间沈周、祝允明等人陆续步韵追和，至嘉靖间文徵明、仇英、文嘉等又为之补《江南春图》并引发群体唱和，其唱和遂为文坛盛事，至清末已有百余人参与。《江南春》采用先写景后抒情的结构模式，借江南之春景抒发感慨，或历史兴亡，人事沧桑；或红颜易老，远人未归。袁袠《江南春词序》已指出："我吴先辈，追和厥词：或述宴游，或标风壤；或抒己志，或赋闺情。"前两者即是写景，后两者则为抒情。具体来说，"述宴游"是书春景，多"赋闺情"；而"标风壤"是写江南，易"抒己志"。但文学史传统下的"江南"意象已多与女性尤其是爱情联系起来，加之步韵唱和中的韵脚更易与春景搭配，所以"赋闺情"成为主流，《江南春》唱和也演变为闺怨主题的唱和。

一　模拟或暗合：《江南春》意象选择与主旨形成

　　有学者指出，"互文性"是中国古典诗歌最突出的文本特征，也是古典诗歌作品最普遍的现象。互文原因可以归纳为两种，即"有心而相仿"

---

① 倪瓒等《江南春》，《四库全书存目丛书》，齐鲁书社，1997，集部第292册，第378页。本文所引《江南春》及相关序跋均出于笔者辑录校笺《江南春校笺》，上海古籍出版社即将出版，以下不再注明出处。

的模拟与"无心而同思"的暗合。①《江南春》在字词、意象、典故上同样存在对前代作品的模拟或暗合，如倪瓒"春风颠，春雨急"或是化用杜甫《逼仄行》"晓来急雨春风颠"②，唐寅"江南山郭朝晖静"出自杜甫《秋兴》"千家山郭静朝晖"③，文彭"手搓梅子中门立"借鉴了韩偓《偶见》"手搓梅子映中门"④，黄姬水"柳条处处变鸣禽"显然源自谢灵运《登池上楼》"园柳变鸣禽"⑤，景霁"流莺恰恰传新声"应是学习杜甫《江畔独步寻花》"自在娇莺恰恰啼"⑥。有些甚至全句一字不改，如景爵"林花着雨胭脂湿"、黄丕烈"农人告余以春及"与杜甫《曲江对雨》、陶渊明《归去来兮辞》中的句子完全相同。"江南春"顾名思义就是写江南春景，可以简单分为"春"与"江南"两部分，本文分别选择"春草""浮萍"与"横塘""西施"两组基本意象作为观照，探讨在诗歌传统影响下其主旨的形成过程。

《江南春》唱和中除直接点明清明、谷雨、寒食、上巳、花朝等时令节日外，更多是以描绘春季的自然景观来写"春"。"暮春三月，江南草长"，漫山遍野的绿草在《江南春》中亦频繁涌现，如"绿波芳草西郊静""岸草汀蒲弄新碧""芳草芊芊护金井""风吹绿草遍天涯"等。这本是常见的春景，却引申出"天涯草为王孙湿""王孙不归草空碧""芳草王孙断肠碧""王孙不归萋草碧""王孙未归草又碧"等思念的主题。春草再绿，王孙不归，与春草相伴而来的"王孙"意象在《江南春》中一再

---

① 参见蒋寅《拟与避：古典诗歌文本的互文性问题》，《文史哲》2012 年第 1 期；焦亚东《中国古典诗歌的互文性研究》，上海三联书店，2019，第 54 页。"互文性"（intertextuality）也译作"文本间性"，由克里斯蒂娃在《词语、对话和小说》一文中提出："任何文本的建构都是引言的镶嵌组合，任何文本都是对其他文本的吸收与转化。"（朱莉娅·克里斯蒂娃《词语、对话和小说》，祝克懿、黄蓓锦译，《当代修辞学》2012 年第 4 期）互文性理论自产生至今不断被阐释，文学研究中更多使用狭义的互文性概念，指一个文学文本与其他文学文本之间可以论证的相互指涉关系，即通过引用、借用、拼贴、组合、仿写等借鉴、模仿甚至剽窃的手法所确立的或通过活动的记忆与联想所确认的不同文本之间的关系属性。

② 杜甫撰，萧涤非等校注《杜甫全集校注》，人民文学出版社，2014，第 2 册，第 1095 页。

③ 杜甫撰，萧涤非等校注《杜甫全集校注》，第 7 册，第 3789 页。

④ 韩偓撰，吴在庆校注《韩偓集系年校注》，中华书局，2015，中册，第 843 页。

⑤ 谢灵运撰，张兆勇笺释《谢灵运集笺释》，中国社会科学出版社，2017，第 20 页。

⑥ 杜甫撰，萧涤非等校注《杜甫全集校注》，第 4 册，第 2219 页。

呈现，其主题也由写春景转为抒闺情：

> 黄鹂留春春不及，王孙千里为谁碧。（沈周）
>
> 王孙不归念乡邑，天涯落日凝情立。（文徵明）
>
> 王孙何为离乡邑，骞芳踯躅久伫立。（王守）
>
> 杨柳烟笼万家邑，柳下王孙为谁立。（文嘉）
>
> 王孙不归心于邑，女伴羞随弄花立。（彭年）
>
> 燕子风高海棠冷，王孙游冶迷乡井。（张之象）
>
> 伤春送春满城邑，王孙年年凄独立。（张意）
>
> 花风吹拂银床冷，王孙何事忘乡井。（袁梦鲤）
>
> 王孙未得归乡邑，啼鸠声中空伫立。（路永昌）
>
> 王孙何事思乡邑，醉倚晴霞仍伫立。（朱之蕃）

可以看出，《江南春》唱和深受以春草喻离别的文学传统之影响。"王孙"意象最早见于《楚辞·招隐士》"王孙游兮不归，春草生兮萋萋"①，"王孙"即王之子孙，《楚辞》中或指屈原，后来也泛指贵族子弟，并进一步演变成对他人的尊称。王孙远游不返，看到春季蕃庑的青草，思念与惆怅之情遍及天涯，绵绵不绝。自然界的春草由此与离别、思念之情联系起来，纯粹的自然意象中蕴含了个人情感。南朝江淹《别赋》"春草碧色，春水绿波。送君南浦，伤如之何"②，以春草起兴，进一步强化了"春草"与"送别"的关联性。南朝山水诗兴起后，谢灵运《悲哉行》"萋萋春草生，王孙游有情"③、谢朓《王孙游》"绿草蔓如丝，杂树红英发。无论君不归，君归芳已歇"④ 均是乐府中以春草写离别、寓思念之代表。唐代王维《山中送别》"春草明年绿，王孙归不归"⑤、白居易《赋得古原草送

---

① 洪兴祖撰，白化文等点校《楚辞补注》，中华书局，2018，第 233 页。

② 江淹撰，丁福林、杨胜朋校注《江文通集校注》，上海古籍出版社，2017，第 1 册，第 123 页。

③ 谢灵运撰，张兆勇笺释《谢灵运集笺释》，第 82 页。

④ 谢朓撰，曹融南校注集说《谢宣城集校注》，上海古籍出版社，1991，第 190 页。

⑤ 王维撰，陈铁民校注《王维集校注》，中华书局，2018，第 2 册，第 508 页。

别》"又送王孙去，萋萋满别情"① 同是千古传颂的名句，李商隐曾将此概括为"见芳草则怨王孙之不归"②。宋代李重元"萋萋芳草忆王孙"一首更是脍炙人口，"忆王孙"遂为词牌名，王孙与春草亦成为中国文学史上固定的关联意象。《江南春》唱和中大量描写春天的芳草，自然情境相关而延续到"王孙"意象，从而形成了思念与闺怨的主题。

春季不仅有芳草，还有杨柳低垂，柳絮飘飘。倪瓒首唱"柳花入水化绿萍"将柳花（柳絮、柳绵）与浮萍联系起来，此在追和中也屡次出现，如"陌头柳花飞作萍""柳绵已作浪中萍""眼看飞絮化浮萍""杨花满洲生绿萍""柳绵无赖化流萍""请看点点溪上萍，柳花昨日犹营营"等。柳絮化萍亦是诗歌中常用之典，苏辙《柳湖感物》云："偶然直堕湖中水，化为浮萍轻且繁。随波上下去无定，物性不改天使然。"③ 柳絮随风飞舞，浮萍逐波飘荡，都易引起离愁感伤。浮萍四处漂流，就如同女主人公所念之漂泊不定的荡子（浪子）：

> 嗟哉荡子真浮萍，何年得返征西营。（袁梦麟）
> 天涯荡子似浮萍，青楼向月空屏营。（王伯稠）
> 多情浪子似浮萍，望夫石上空营营。（贡修龄）
> 浪子浮踪无定萍，平康陌上采花营。（赵琦美）
> 谁知浪子似浮萍，漫把思情心上营。（赵琦美）

由此写"春"之浮萍与荡子联系了起来，浪子不归、佳人泣念的场景在《江南春》中频繁呈现：

> 楼头少妇泣罗巾，浪子马蹄飞软尘。（沈周）
> 荡子未归春服冷，佳人自汲山前井。（文彭）
> 宕子离家去京邑，遥山遮人翠屏立。（岳岱）

---

① 白居易撰，谢思炜校注《白居易诗集校注》，中华书局，2017，第 3 册，第 1042 页。
② 李商隐撰，刘学锴、余恕诚校注《李商隐文编年校注》，中华书局，2002，第 4 册，第 1867 页。
③ 苏辙撰，陈宏天、高秀芳点校《苏辙集》，中华书局，2017，第 1 册，第 51 页。

> 荡子不归心凄邑，北望凭栏空伫立。（张凤翼）
>
> 题诗写恨寄罗巾，浪子心狂轻垄尘。（赵琦美）
>
> 荡子何为去乡邑，沉吟不语空自立。（汤承彝）

可见女性思念或埋怨的王孙、浪子形象，分别是由写春景之春草、浮萍指涉引申而出，均与"春"密切相关。此外成双成对的春鸟、暮春时节的落花，都会让佳人触景生情，引发闺思，这在中国诗歌史上亦颇为常见，它们在与春草、浮萍共同构筑起《江南春》中"春"之意象的同时，也不自觉地将主题引向了闺怨。

《江南春》唱和中的春草、浮萍、杨柳、落花虽是典型的春季意象，但并非江南所特有，如何凸显所写春景是江南之春？除直言太湖、吴江、虎丘、灵岩等自然风光外，作者多用"横塘"来指代江南，如"桃花新水横塘碧""横塘陌上飘香尘""十里横塘归未及""横塘水漫生新萍""横塘初日揭沉烟""横塘如画波无尘""寂寂横塘春草碧"等。江南历史上古堤名"横塘"者至少有两处，一在南京秦淮河南岸，唐代崔颢《长干曲》"君家住何处？妾住在横塘"① 即是指此，后世也代指女子所居之地；一在苏州古城西南运河上，宋代贺铸晚年曾徙居于此，其"凌波不过横塘路，但目送、芳尘去""一钩新月渡横塘，谁认凌波微步、袜尘香"② 均是写此地，前者传颂尤广。苏州之横塘亦是驿站，宋代范成大有《横塘》一诗写赠别："南浦春来绿一川，石桥朱塔两依然。年年送客横塘路，细雨垂杨系画船。"③ "横塘"由此成为与爱情、离别密切关联的江南意象。《江南春》唱和中频繁出现的"横塘"不仅点明了所咏之地域是"江南"④，也促进了诗歌内容向闺怨主旨靠拢。

横塘之外，《江南春》唱和中另一经常提及的江南景物就是与西施相关的馆娃宫、西施井，相关作品多是借追忆西施的爱情来衬托自身，颇有

---

① 崔颢撰，万竞君注《崔颢诗注》，上海古籍出版社，1989，第43页。

② 贺铸撰，锺振振校注《东山词》，上海古籍出版社，1989，第152、324页。

③ 范成大撰，富寿荪标校《范石湖集》，上海古籍出版社，2006，第35页。

④ 《江南春》唱和在嘉靖间由袁袠的推动而兴盛，袁氏即居于苏州横塘，曾置"横塘别业"读书其中，因此《江南春》中的"横塘"屡次出现或与此有关。

凄怨哀伤之感：

> 古人行处青苔冷，馆娃宫锁西施井。（唐寅）
>
> 虎丘不见紫玉魂，石湖曾照西施影。（文彭）
>
> 馆娃人远金钗冷，翠缬阴沉落双井。（陆冶）
>
> 吴宫深锁金铺冷，西施去后留荒井。（袁尊尼）
>
> 响屧廊空春月冷，娟娟只照西施井。（赵琦美）
>
> 响屧廊空履痕冷，馆娃旧事沉宫井。（李流芳）
>
> 藕丝裙妥蝉衫冷，胭脂泪染西施井。（孙致弥）

馆娃宫是春秋时吴王夫差为西施所造，在今苏州市灵岩山上，灵岩寺即其旧址。吴人谓美女为娃，西施也称为馆娃。"响屧廊"亦与西施有关，相传吴王令西施辈步屧，廊虚而响以得名。馆娃宫、西施井及响屧廊等意象在不断凸显江南的同时，也与爱情密切相关，馆娃旧事虽已消逝远去，但江南女子的伤春仍在继续。

不仅横塘意象与西施典故容易串联起闺情主题，文学史中的"江南"自南朝开始，就与女性、爱情密切联系在一起，无论是文人间的"宫体诗"，还是民间流行的"吴声歌曲"，尤其是后者中《江南思》《江南曲》《江南弄》等以"江南"为题的乐府中大量描绘舟中采莲或采萍的年轻女子，歌颂爱情或抒写离别，建构了将旖旎水乡与思念哀怨联系在一起的江南记忆，这些诗歌中的典故、意象无不影响制约着后继的诗人，明清《江南春》唱和也顺理成章地发展成闺怨诗。其实，历代描写西施的诗歌中不仅有对爱情的赞美，也有兴亡哀叹，《江南春》唱和也借此表达急流勇退或及时行乐之意，引申出"抒己志"主旨。但"赋闺情"成为《江南春》的主流，显示出文学史上写"春"则"闺怨"的模式影响深远，唱和者在其影响下或追述传统，或从其情感价值上对前人作品进行精神上的体认。而江南温润多雨的气候也更易与"春"联系起来，作为江南代表性象征的"杏花春雨"，实际上就是"江南春"——如清代王翚绘《杏花春雨江南图》，就录明代文彭所作《江南春》于其上。"江南春"已成为江南文化记忆中的代表典范，相关典故意象在历代文人墨客的反复吟咏描摹下形成了"断肠春色在江南"① 的闺怨文学传统，与明清百余人追和的《江南春》共筑起一个互文共生的审美意象。

二 唱和与焦虑：《江南春》主旨的趋同与分化

倪瓒原作本是古诗三首，沈周、祝允明等人将《江南春》视为两首，后又演化为词一阕整体追和，全诗十六句，笋、静、影、冷、井、巾、尘、急、湿、及、碧、邑、立、萍、营十五字次韵，从明中叶至清末，这一步韵唱和形式被严格继承了下来，现存二百六十二首《江南春》中，仅五首未步韵。② 严整的形式限制了作者发挥，固定的韵脚导致了固定的词组搭配，从而形成了特定的意象群，进一步固化了《江南春》主旨。第一首（上阕）中前五字"笋""静""影""冷""井"多是用来写春景，后两字"巾""尘"则可以抒情；第二首（下阕）前四字"急""湿""及""碧"组成的词组意象更易写景，而后四字"邑""立""萍""营"则多抒情。倪瓒原唱第三句"惊禽蹴破杏花烟"追和中虽不步韵，但亦是写春景。这不仅塑造了《江南春》先写景后抒情的创作模式，而且导致其写景的篇幅要远多于抒情。

"笋"作为江南初春的意象无须赘言，"静"多是写春花、春树之闲散宁静，如"柳软花娇春日静""绿波芳草西郊静""燕子低飞绿阴静"等；或以喧闹来反衬春之静谧，如"乳燕鸣鸠破春静""玉勒花骢嘶不静""锦蜂作队喧林静"。引申出"王孙"意象的春草在《江南春》中频繁出现，不仅因为它是春季显著特征，更与步韵唱和中"碧"字韵脚有关，如"碧草连天蘸深碧""原头芳草年年碧""迷天草色蕤蕤碧""油油芳草萦怀碧"等，步韵的"碧"字最易联想到的春季景物就是芳草。"巾"与"尘"前后两句韵脚搭配也易形成闺怨，女性的"罗巾""衣巾""衫巾"多与"芳尘""香尘""陌上尘"等意象或典故组合，如"低回拂拭整罗巾，生怜罗袜凝芳尘""娇歌艳舞整衫巾，盈盈罗袜飘香尘""含情自刺鸳

---

① 韦庄撰，聂安福笺注《韦庄集笺注》，上海古籍出版社，2002，第 13 页。
② 这里的"一首"或"一阕"对应倪瓒原作三首。《江南春》文体演变过程参见拙文《由诗到词：明清〈江南春〉唱和与文体误读》，《文艺理论研究》2017 年第 6 期。

鸯巾，绣袜空吟陌上尘"等，已接近轻艳靡丽的宫体诗。"邑"字基本含义有两种，一是京城或国都，唱和中常见的词组如"城邑""京邑"等；其二"邑"也通"悒"，有忧郁之意，如"邑邑""于邑""凄邑"等。前者作为都城多指怨妇牵挂思念之处，如"宕子离家去京邑""游子不归久都邑""郎君底事留他邑"；后者如"美人伤春情邑邑，手捻花枝傍花立""伤春病酒生忿邑，对花独自无言立""忽忆远人心邑邑，无语伤神背花立"，描写女性面对良人未归、青春已逝的郁郁不乐。"萍"字以浮萍（绿萍、青萍、蓬萍）为主的意象寓意前已有述，"营"或指军营，如"妾身愿作清江萍，随流直到辽阳营""玉关草色上青萍，春光应到国西营""还题红叶托浮萍，乘流寄到关西营"；或写内心之感受，如"重嗟夫婿浪如萍，闲愁离恨长营营""春城飞花乱撒萍，深闺思妇心怔营""荧荧清泪点苔萍，枕边别思儿怔营"等。无论是写思念对象远在边疆军营，还是表达自己内心的纠结与惶恐，都引向了闺怨主旨。

互文性理论强调一切文本都处在互相影响、交叉、重叠、转换之中，美国学者布鲁姆在《影响的焦虑》一书中指出，后来的诗人处于传统影响的阴影里，由传统的影响引起焦虑，并从互文性视角阐述了这种焦虑的起因："天赋稍逊者把前人理想化，而具有较丰富想象力者则取前人之所有为己用。然而，不付出代价者终无收获。取前人之所有为己用会引起受人恩惠而产生的负债之焦虑。"① 《江南春》的意象、典故乃至主题，都受到前代诗歌之影响，面对前人的众多作品，追和者则尽可能将其化用、拟作，其"焦虑"更多来自同代作者的步韵唱和。步韵要求完全按照原唱的韵脚字眼并顺着原来次序逐字押韵，有限的江南意象反复唱和，必然导致大量雷同句子出现，如"陌头杨柳笼烟湿"与"陌头杨柳浓于湿"、"隔水差池双燕影"与"帘幕差池双燕影"、"绿波芳草西郊静"与"绿波芳草回塘静"等仅改变个别字词，至于"燕来迟""春去急"等更是一字不变而反复出现。严格的韵脚固定了基本的词组与意象，如何推陈出新，难中见巧，使己作与众不同？布鲁姆提出创造性的文学阅读方式"误读"，

① 哈罗德·布鲁姆：《影响的焦虑：一种诗歌理论》，徐文博译，江苏教育出版社，2006，第5页。

其实这不仅是一种读者的阅读理论，更是作者的创作策略，布鲁姆在书中讨论了六种误读的方式，强调影响关系上创造性的差异、偏离、逆接、修正，通过误读前人所产生的新解释，创作出一个自我得以发挥的空间。"影响的焦虑"下《江南春》唱和也有对固定韵脚所形成的词组、意象、典故的有意偏离、修正、误读，导致闺怨主旨不再整齐划一、千篇一律，显示出分化的趋势。

例如，首句句末"笋"字，《江南春》唱和中或写笋的各种名称，如芦笋、樱笋、蔬笋、蒲笋、紫笋、冬笋、蕨笋、韭笋、菱笋、离根笋、猫头笋、汶阳笋等；或笋的形态气味，如香笋、嫩笋、纤笋、幺笋、青笋、芳笋、酸笋、苦笋等；乃至各种笋的制作方式，如烧笋、烹笋、剥笋、渍笋等。在这种不断重复的"焦虑"下，唱和者亦开始有意回避与偏离常规意象，如"稽山禹穴森石笋""水落五湖呈石笋""天平嶙峋插玉笋"等是写其状如笋的石或山，借指江南风景。康熙间周金然所和"建业歌钟移簴笋，春风暗度金塘静"，其中"簴笋"即"笋簴"——悬挂钟磬的器具——倒置，这里借指礼乐，写南京以暗喻明清易代。可以看出，随着意象的偏离，主题也有所变化。

再如，"碧"字前已言及以写草碧居多，其次写水碧、天碧、山碧等自然景象，但作者在唱和中也可以另辟蹊径，或写人文意象，如"衣服碧""油车碧"等；或化用典故，如"尽日为欢连夜及，王孙眉琐横双碧""欲挽征车去无及，玉颜憔悴横双碧""游蜂逾墙追莫及，带酒长哦双眼碧"等，均以"碧"来形容眼睛，其典出苏轼"王孙青琐横双碧，肠断浮空远山色"[1]，较之简单描写自然界的碧绿，已增加了词句的典雅程度与意境的深度。更为典型的是对倪瓒原唱"丝桐哀鸣乱朱碧"中"朱碧"一词的误读。《汉语大辞典》注释"朱碧"为丹青，借指图画，但其在倪瓒诗中仍难以理解。其实原唱中的"朱碧"是醉眼昏花之意，化用"看朱成碧"之典，如李白《前有樽酒行》"催弦拂柱与君饮，看朱成碧颜始红"，王僧孺《夜愁》"谁知心眼乱，看朱忽成碧"，武则天《如意娘》"看朱成

---

① 苏轼撰，黄任轲、朱怀春校点《苏轼诗集合注》，上海古籍出版社，2001，第 3 册，第 1204 页。

碧思纷纷，憔悴支离为忆君"等，均是此意，① 倪瓒《次韵别郑明德》"馋涎饫甘美，醉眼乱朱碧"② 亦与此意同。《江南春》唱和中仅见清代孙致弥"花朝几日清明及，醉眼瞢腾眩朱碧"与倪瓒原唱之意相近，其他"碧"均是"绿色"之意，或将"朱碧"误读为"朱成碧"：

> 春有归期将渐及，莫辞笑看朱成碧。（朱之蕃）
> 浣红湮翠行将及，纷纷转眼朱成碧。（顾起元）
> 失今不乐何嗟及，东风一夜朱成碧。（贡修龄）
> 点点落红花片及，纱窗半启朱成碧。（赵琦美）
> 荏苒年华老将及，世间万事朱成碧。（潘遵祁）

以上五句均非倪瓒原意，打断了诗歌传统中"看朱成碧"之典的延续，仅取字面意思，写暮春红花落尽后颜色的变化，借指春光易逝，表达伤春或及时行乐的主旨。

在以"赋闺情"为主导的唱和下，对于如何突破传统的影响转而"抒己志"，作者采取的策略多是在"巾"与"尘"、"邑"与"立"、"萍"与"营"三组韵脚的词组意象搭配上另辟蹊径，从而导致主旨变化。如将"巾"字韵脚的"芳巾""罗巾"偏离至陶渊明"漉酒巾"、林宗"折角巾"等典故，象征旷达疏放或归隐林泉；与之相对的则是表达对官场厌恶之情的"元规尘"或"京洛尘"：

> 清狂倒着漉酒巾，蓬莱高醉起风尘。（王守）
> 谢公笑戴折角巾，朝来不障元规尘。（文嘉）
> 倒着陶潜漉酒巾，差胜日随肥马尘。（王逢元）

---

① 参见李白撰，瞿蜕园、朱金城校注《李白集校注》，上海古籍出版社，2016，第1册，第252页；徐陵编，穆克宏点校《玉台新咏笺注》，中华书局，2017，上册，第269页；郭茂倩编《乐府诗集》，中华书局，2017，第1656页。明代周婴《卮林》中对"朱碧"一词来源论述甚详（参见周婴《卮林》卷五《论何》，福建人民出版社，2006，第108页）。
② 倪瓒：《倪云林先生诗集》卷一，《四部丛刊》，第27b页。

醉余岸却漉酒巾，风流不染洛京尘。（张意）

乱扑飞花漉酒巾，喜无车马动朱尘。（许振光）

好取松醪漉葛巾，光阴九十镜中尘。（席后沇）

上述例句已不再描写闺怨，陶渊明、谢灵运的形象将主旨引向了归隐。同样"邑"与"立"的搭配，前者作为都城之意，不再是虚指浪子漂泊之地，而是实写所居城市以凸显江南地域，如"故苑长洲改新邑""风土清嘉古都邑""吴王昔日为都邑""姑胥馆娃在吴邑"等，由此更易引发对历史沧桑的感慨，如"泰伯虞仲经营邑，踌躇搔首风前立""阖闾勾践空城邑，男儿功名几时立""乌啼只在旧吴邑，劝君秉烛花间立""馆娃自昔名都邑，绮丽难忘凭吊立"等。作为感情的"邑邑"，也有对自己怀才不遇、功名未就的忧郁烦闷，如"胡为怀忧恒邑邑，仰天大笑掀髯立""愚者惜费长邑邑，贤达又愧修名立""休教双幡鬓于邑，可怜华表孤鹤立"等。"萍"与"营"的组合，除了象征荡子的"浮萍"以外，还有作为古宝剑名的"青萍"意象，借喻兵柄军权，由此表达个人建功立业的雄心抱负，如"摩挲醉眼看青萍，人生何必徒营营""吴儿意气佩青萍，欲为君王破虏营""鹈膏何日拂青萍，坐视犲虎纷营营""腰间宝气浮青萍，寒茫射斗惊天营"等，均已经修正至"抒己志"的主旨。

三 "强者诗人"：赵琦美《江南春》的
创新与回归

布鲁姆强调"误读"的主体是"强者诗人"，"所谓诗人中的强者，就是以坚忍不拔的毅力向威名显赫的前代巨擘进行至死不休的挑战的诗坛主将们"[1]。有研究者将其内涵归纳为："强者诗人主要就是要具备强烈的自我意识以及丰富的想象力或者创造能力。"[2] 或阐释为："强者诗人……须是主动积极，有能力成一家之言，有开创性，能尽变前人、卓然自立，

---

[1] 哈罗德·布鲁姆：《影响的焦虑：一种诗歌理论》，徐文博译，第5页。

[2] 延永刚《哈罗德·布鲁姆误读理论研究》，博士学位论文，哈尔滨师范大学，2016，第49页。

又能化焦虑为动力，具有强烈自主意识与前驱抗衡竞争的一流诗人。"①
《江南春》唱和中意象典故大量的重复导致了内容趋同、主题僵化，当然
也不乏个别意象或主题体现出较强的个人色彩，如文徵明"象床凝寒照蓝
笋"中"蓝笋"一词在唱和中极为少见，蓝笋（篮笋）即竹床，与前
"象床"之意同，典出《千字文》："昼眠夕寐，蓝笋象床。"作为书法家
的文徵明曾多次写楷、行、隶、篆四体《千字文》，②对"象床"与"蓝
笋"的关联甚为熟悉，故用此意象。一些作品在主题上也逐渐突破千篇一
律的闺怨，或将作者自身经历融入唱和中，如唐寅写自己因科举案的牵连
而"铸鼎铭钟封爵邑，功名让与英雄立"，文徵明写本人官场致仕后的感
受"晚风吹堕白纶巾，醉归不梦东华尘"，袁表写自己幼子夭折"庭栽凤
竹生雏笋，风折孙枝环佩静"等，多有真情实感而能别开新意。

代表性的"强者诗人"，可以赵琦美为例。约万历四十一年（1613）
起，赵琦美开始追和《江南春》，首和二十阕并自序云："自倪迂创咏《江
南春》，和者几数十家，予亦效颦和二十叶，聊自解颐，非敢步诸贤之后
尘也。"后又二和、三和各二十阕，结成《容台小草》一书。陆化熙为之
作序称："抑情以就韵，而情愈不穷；按韵以征事，而事愈不屈。设使人
掩其卷首名氏，诵至卷末，几若一时得六十词家刻烛唱酬，以致灵幻若
此，而不知乃出一手，亦奇矣。"万历四十二年（1614）秋，赵琦美改都
察院都事，又两和《江南春》共四十阕，结成《柏台草》一书。谢兆申序
之云："韵俭若急，则词告匮，公乃演音若六变若九变，若钧天奏而出之
无怠乎……清庙之瑟，一人唱，三人欢，乃有遗音；江南之曲，倪倡一而
公和百，乃有逸响矣。"赵琦美连续五和共得百阕《江南春》，从意象到主
旨都有所突破，如开篇写"笋"：

> 吴姬当垆纤玉笋，蜂衙喧罢青帘静。
>
> 小楼调笙寒玉笋，深深庭院歌喉静。
>
> 樱棵忆唇指忆笋，吴姬垆头私语静。

---

① 陈昭吟《宋代诗人之"影响的焦虑"研究》，台湾花木兰文化出版社，2009，第9页。
② 参见王世贞撰，汤志波辑校《弇州山人题跋》，上海书画出版社，2020，第134、235页。

银甲纤纤萌玉笋，檀槽拨罢冰弦静。

银筝按拨纤葱笋，酒泛流霞春意静。

桃腮困托纤纤笋，檐雨丁丁春院静。

绣鞋尖尖三寸笋，灯花谢烬幽香静。

红牙版拍纤纤笋，盏落歌残夜声静。

银缸暗剔尖葱笋，影伴孤灯四壁静。

赵氏连篇累牍以自然界的春笋来比喻女性的手或足，这在之前的唱和中并不多见。再如写酒"酒杯茗碗交相及，酒面浮蛆绿沉碧""坐客交哗罚盏及，香浮绿蚁蛆沉碧"，两次出现的"蛆"字乍看突兀，实际是指浮在酒面上的白沫，表现出其强烈的个人语言习惯。还有用"太簇""玉律"指代初春，如"太簇律飞春不静""暗吹玉律柯亭笋""玉律灰飞春到笋"等。太簇是古乐十二调中阳律的第二律，古人以乐器十二律与十二月相配，因此也代指正月；"玉律"是玉制的标准定音器；二者均与音乐关系密切。在《江南春》百余家唱和者中，仅见赵琦美用此，显示出其作为戏曲家的知识背景与意象趣尚。赵琦美追和中还反复出现"白骨""朽骨""荒冢"等意象，如"江水风吹古骨冷""覆面夫差骨已尘""英雄朽骨成灰冷""名不存留白骨营""枯木停停荒冢立""荒冢累累宰木立"等，与江南春季的繁华艳丽形成了强烈反差，在此之前仅见祝允明"绣衫棱棱遮骨立"一句有"骨"字，但也仅是用来形容女性的消瘦。赵琦美更喜欢用朽骨与荒冢来写人生短暂，功名无常，在意象选择上独树一帜。

赵琦美所和百阕《江南春》中，虽然"赋闺情"仍占主流，但"抒己志"也有所增多。同样是写西施故事，赵琦美更愿意选择吴越争霸的视角：

吴姬当垆纤玉笋，蜂衙喧罢青帘静。风流人去锦帆枯，越来溪上旌旗影。响屧廊空春月冷，娟娟只照西施井。霸图萧索泪沾巾，至今士女踏芳尘。　湖水渺，胡帆急，春衫常带酒痕湿。追欢买笑将无及，月落汀洲烟水碧。休教双鹡鸰于邑，可怜华表孤鹤立。嗟哉浮华浪涌萍，胡不学仙甘世营。

　　暗吹玉律柯亭笋，稽山月落英雄静。苎萝山剩美人魂，浣沙石畔精灵影。越王台上啼鹃冷，铸金人去遗鸥井。溪纱剪作绣罗巾，覆面夫差骨已尘。　　越山遥，吴水急，五湖烟雨轻帆湿。载娃一望齐山及，回首姑胥荒草碧。可怜虞仲千年邑，独吊寒鸦城上立。西风桂子落如萍，越谢吴衰暮霭营。

前者还有些许闺怨，但霸业销尽后的凄凉引向了求仙问道的主旨；后者以苎萝山、浣沙溪、越王台等遗迹起兴，从后人的视角追忆这段爱情往事，人去楼空，荒草漫布，最后不是唏嘘红颜薄命，而是感慨历史沧桑。不仅苏州、杭州的江南书写多"越谢吴衰"之历史轮回，作为六朝古都的南京，更是赵琦美寄兴的重点，如"六代兴亡青霭冷，至今人说胭脂井。玄武湖边风折巾，李花桃花点路尘""抚今追往恨邑邑，钟山明月相对立。世上功名还似萍，秦皇埋玉何营营""朱雀桥边闲草冷，乌衣巷口斜阳井。江潮流恨泪沾巾，麦饭梨花陵上尘""丽华珠泪湿香巾，北来鼙鼓惊边尘""叔宝亡陈迹似萍，胡公台下何营营"等，这些意象典故更易引导抒发兴亡感怀，使作品逐渐偏离了香艳哀怨的主题。赵琦美最大的贡献，是将《江南春》演变为咏史之作，试举二例：

　　山妻午馈供烧笋，饱罢窥园花径静。蝴蝶领将春意忙，柳条管定征骖影。阖庐隧道春波冷，龙骨何年出深井。江水千秋净佩巾，金山波底几扬尘。　　仲谋长，寄奴急，几番老泪英雄湿。茫茫天意嗟何及，三山自古云间碧。江乘南徐两荒邑，棘林鸥鸦叫夜立。纵使浮江实采萍，功名满地鬼经营。

　　山樱初肥箨辞笋，涓涓石罅流泉静。虞仲坟前芳草深，巫咸祠畔飞鸢影。湖帆落日蓑烟冷，南学精华存墨井。城北山椒拾锦巾，游人浴佛踏香尘。　　海潮生，湖波急，菖蒲芽灭波痕湿。河豚烹罢黄鱼及，洞边莼叶钱同碧。九四都吴作岩邑，累累山顶藏军立。电火功名迹扫萍，白茅流泽后人营。

第一首中的"江乘南徐"即南京与镇江，其从吴王阖闾追忆到三国孙权、南朝刘裕，感叹当年辛苦经营的山河都邑，如今已是战乱后鸥鶇夜鸣的荒废城市，显赫的功名又能如何。第二首写常熟，重述虞山乡贤虞仲、巫咸、言偃之功绩，而这些所谓的功名也不过如电光火石一般，转眼逝去。虽然赵琦美所和《江南春》之内容尚未超出写春景、绘江南的范围，但意象典故已焕然一新。明代《江南春》唱和中"江南"地域局限在长江下游的"八府一州"，但赵琦美将"江南"范围拓展到了长江中游，试看以下二首：

> 湘水夫人泣斑笋，帝车寂寞空山静。苍梧龙御蒲坂荒，巫峡高高两山影。江水风吹古骨冷，狐狸劳劳揾傍井。无复当时旧履巾，唐虞没兮湘流尘。 老猿哀，子规急，野花零落红泪湿。楚些于今悲不及，九嶷云树幕天碧。杜若芳洲增慨邑，可怜嗣子不得立。商家剪夏如扫萍，箕山禅脉苦经营。

> 君山方竹初生笋，洞庭波溶金液静。风帆片片落烟汀，浦溆青青袅烟影。鱼龙朝夜深渊冷，岳阳楼空临万井。平湖八百碧铺巾，汉武求仙剩曲尘。 天影高，波纹急，荆山四望青岚湿。武昌杨柳何堪及，张绪风流远山碧。渚宫故垒余丘邑，月落寒乌城上立。汨罗遗恨积如萍，又近招魂角黍营。

"湘竹"典故在《江南春》中较为常见，但第一首是借追溯湘竹之典写舜帝往事。舜迁都于蒲坂，后南巡苍梧而死，崩葬九嶷山。二妃娥皇、女英千里寻夫，知舜已死后抱竹痛哭，竹上生斑，这就是"湘水夫人泣斑笋"之来历。舜曾想禅让给隐居箕山的许由，但被许由拒绝。之后历经夏商更迭，让人嗟叹古风已远。第二首中的"洞庭"不是太湖东南的洞庭山，而是湖南的洞庭湖，君山、岳阳楼以及汉武帝求仙的故事都指向云梦泽。其中由洞庭湖进而联想到楚国的屈原，汨罗、角黍等意象均是写屈子之事。赵琦美"以坚忍不拔的毅力"连和百阕，不断试图突破"赋闺情"的主旨，在抄校元杂剧的阅读体验上自出机杼，将《江南春》变成咏史之作，[①]

---

① 赵琦美唱和《江南春》时正在抄校《脉望馆杂剧》，元杂剧的内容主题也可能会影响《江南春》的创作（参见徐子方《赵琦美年谱》，《戏曲艺术》2018 年第 3 期）。

实现了对"前驱诗人"的超越。

赵琦美《江南春》中的咏史作品，多集中在初和、次和即前四十阕中，后六十阕中的绝大部分作品又回归闺怨主题。究其原因，是伤春闺怨意象可以不断重复组合，而咏史典故难以重构复写。如果说在《江南春》中咏史是赵琦美面对唱和焦虑所采取的策略，那么其大量的闺怨之作则显示出诗歌传统影响之深远。其实赵琦美不仅受前代诗人影响，还受自己创作思维惯性的影响，步韵唱和中前后两首的字词、意象、典故多次重复使用，如"疏星落落点寒萍"与"泪珠簌簌点青萍"，后者仅替换个别词语，结构仍是延续前句。"思思想想乱如萍"与"为郎心切乱如萍"、"滴乳岩空晴溜静"与"万木欣欣晴溜静"、"云散月来虚井邑"与"四际无声虚井邑"等前后相连的两首最末三字相同，均是写作惯性的延续。再如：

> 落花一夜相思冷，少妇红窗泣瓶井。
> 独留春色相思冷，谒浆入扣桃花井。
> 琵琶拨尽相思冷，拍拍哀音绠断井。
> 谁怜此际相思冷，瓶沉绠断深深井。
> 琵琶拨尽相思冷，孤鸿嘹唳归乡井。

其中"相思冷"重复出现五次，"琵琶拨尽相思冷"甚至一字未改直接套用。同样，"春月冷""春风冷""春晓冷""春波冷""春光冷""春色冷""春余冷""春昼冷""春宵冷""春衫冷""春意冷""春流冷""春辞冷""凄春冷""残春冷""辞春冷""留春冷""春嫩冷""饶春冷""嫌春冷""将春冷"等仅"春"与"冷"的搭配就占了近三分之一。再如"巾"字韵脚句中，"罗巾"一词出现二十四次，有时甚至连续六句均以"罗巾"结尾；"香巾"也出现了十次，"潸潸珠泪湿香巾"与"丽华珠泪湿香巾"仅更改了前两字。即使在不同韵脚之间，也存在遣词造句的顺承，如"六幅罗裙窣地长"与"不觉裙宽窣地尘"同样是写女性裙长拂地貌，"疏星落落天澄碧"与"疏星落落点寒萍"前半部分意象完全一致。前两次唱和创作时长暂不可考，据赵琦美自序，第三次唱和仅用了六天，第四次时间较久用了半年，第五次则用了十八日。其在十几天甚至数日内连续步韵唱和，而这些雷同的意象便于构思组织，意义相近的名词、形容词的大量替换组合使用，则有利于降低创作难度，在如此重复之下，《江南春》也自然回归了闺怨主题。

余 论

受袁袠《江南春词序》之影响，我们将《江南春》按主旨分为"抒己志"与"赋闺情"，但两者并非截然对立，如歌咏西施之作，本来就可以"借男女离合之情，抒家国兴亡之感"，中国诗学中也有以夫妻喻君臣的传统，万历四十三年（1615）冯维位为赵琦美《江南春》"题辞"就指出："夫人志约结而不得通，必有托焉以纾其挹；才有所不得展，必借聊萧之具以驰骋其藻艳之词。故篇什之托兴于蛾眉窈窕、思妇闺英者居多。"虽然百余位作者不约而同选择了"赋闺情"，但这也并非其想要表达的真实意图。首先，步韵唱和限制了作者发挥，固定的韵脚易与春景搭配，故其多迁意就韵，因韵求事，使《江南春》中大量篇幅写春；亦难于命意布局，所谓"步韵最困人，如相殴而自縶手足也。盖心思为韵所束，于命意布局，最难照顾"①。不改变韵脚，就很难突破《江南春》先写景后抒情的创作模式及写景篇幅远大于抒情的事实。因此《江南春》的步韵唱和，严重影响了作者真实情感与主旨的表达。其次，《江南春》唱和本来就是文人间的游戏之作，或是酒后逞才，或是聊以寄兴。步韵唱和的《江南春》由于有固定的韵脚作"黏合剂"，同样可以将江南与春季的各种意象打乱、拼凑成"新作"，已有学者感受到《江南春》唱和"大多只是将与江南或吴中风物相关的字面依韵拼凑而已"，并以两句为单位把各家作品打乱，用集句的形式重新"组装"《江南春》。② 其实根本不用以两句为单位，更无须刻意选择例句，仅按嘉靖刻本《江南春》中作者先后顺序，依次选取一句即可"组装"：

---

① 吴乔：《答万季野诗问》，丁福保辑《清诗话》，上海古籍出版社，2015，第25页。
② 参见张仲谋《论〈江南春〉唱和的体式及其文化意味》，《南京师大学报》（社会科学版）2017年第2期。

汀洲夜雨生芦笋（倪瓒），东风力汰倡条静（沈周）。不堪丽日入房栊（祝允明），双双蝴蝶斜翻影（杨循吉）。倡家抱宿怯霜冷（徐祯卿），日出莺花春万井（文徵明）。低头照井脱纱巾（唐寅），馆娃日出生香尘（蔡羽）。　　春归疾，花飞急（王守），春林晓雾岩花湿（王宠）。草色天涯恨何及（王谷祥），断烟芳草伤心碧（钱籍）。得失谁论万家邑（皇甫涍），柳下王孙为谁立（文嘉）。晴光泛泛荡青萍（彭年），抖擞还将游具营（袁表）。

以上十六家作者时代、生平不一，但拼凑之作似出自一人之手，不仅音韵协畅，而且逻辑贯通。毫无疑问，这些拼凑的诗歌，绝大部分主旨依旧指向闺怨。因此可以说，闺怨主旨只是受前代诗歌影响下江南春季意象、典故的组合拼凑而延续的产物，并非作者真实情感意图的表达。

《江南春》唱和中主旨的演变，与作者个人的生平经历、阅读体验有关，更与大的时代背景相关。元末明初倪瓒首唱《江南春》颇多"抒己志"，而嘉靖后承平日久，原唱中的黍离之叹已消磨殆尽，故多"赋闺情"。明末清初的唱和中，则又多歌咏南京来写易代之悲，康熙间归庄在《汇刻江南春词序》中指出："云林当至正之末，方内如沸，淮张据吴，所谓江南春色，半销磨于金戈铁马之中。若文、沈以下诸公，生成、弘、正、嘉间，此极盛之时也。山川锦绣，楼阁丹青，有非画图之所能尽者，宜其胜情藻思，波涌云兴。今日江南，则又一变矣，要之泽国江山、吴宫草树、三春佳丽无改于前，虽复怀伯仁之叹嗟，亦何妨子山之词赋哉！"再如咸丰间潘遵祁写南京的太平天国运动"秣陵闻道遍红巾，可怜白骨扬成尘"，光绪末翁同龢写八国联军侵华"江山如此一沾巾，可怜西北多风尘"，在时代动荡的背景下，《江南春》更多是写家国之怀，"赋闺情"的篇幅与主旨也随之减少。

《江南春》唱和中的意象乃至主旨均非凭空产生，都受到历代文学之影响与制约，其写江南春景所用典故、意象或多或少是我们所熟悉的，给人一种"江南好，风景旧曾谙"的感觉。主旨单一虽然在一定程度上削弱了其艺术价值，但我们对《江南春》唱和的研究，并非拘泥于"赋闺情"与"抒己志"主题的归纳分析，至于以此主旨来阐释作者意图更是缘木求鱼，"江南春"意象的来源、发展及演变过程才是我们研究的重点。《江南春》唱和作为"游戏"能持续数百年之久，是明清江南文人不断参与"江南意象"构建的结果，江南文人在追和中实现了自己的身份认同以及对江南文化的体认。①

［本文原刊于《中国诗歌研究》（第二十辑），社会科学文献出版社，2020］

---

① 参见拙文《何处是江南：明清〈江南春〉唱和与江南文人的身份认同》，《社会科学》2018 年第 11 期。

模件化的创造力：以高启的咏物律诗为例

颜子楠*

内容提要 本文借用艺术史领域中"模件化"研究的基本概念，以高启的咏物律诗为例，尝试将结构主义阐释角度运用于明代诗歌文本的解读。通过观察高启的五言咏物律诗，本文总结出十二种模件类型，讨论这些模件在律诗中出现的位置，并揭示高启五言咏物诗的固定写作思路。以此为基准，进一步分析高启的七律组诗《梅花》，探讨其中模件的"增殖"现象与模件的组合运用方式，强调组诗所拥有的储备功能。最后，通过对比组诗与类书在实用性方面的异同，提出一个假说：对于诗人而言，组诗的现实功能等同于一部诗人自制的小型类书，而这个小型类书所储备的模件及模件组合，可以被诗人用来应对其社交创作的需要。

关键词 咏物诗 高启 模件化 结构主义

引言：结构主义阐释学

由于作品数量巨大，我们对于明代诗歌的文本阐释，往往会有力不从心之感。一方面，传统的以抒情、叙事、审美为基本路径的文学阐释方式，似乎很难用来解读明代诗歌的实用功能[①]。另一方面，如果以思想变迁或经济发展等角度阐释明代诗歌的实用功能，其研究结论则更容易指向

---

* 颜子楠，北京师范大学文学院副教授；发表《清乾隆时期的京城文学生态》等多篇论文。
① 比如孙康宜就尝试从"抒情"的角度分析明代前中期的诗歌发展脉络（参见孙康宜、宇文所安主编《剑桥中国文学史》，刘倩等译，生活·读书·新知三联书店，2013，下卷，第22~82页）。

文学以外的领域——也就是将文学作为研究的对象，而最终探讨的问题却属于思想史、经济史的范畴①。鉴于此，本文提出一种结构主义的阐释方法，希望这种阐释方法能够适用于分析明代诗歌的实用功能，而最终回归讨论文学范畴之内。换言之，本文所关注的，是明代诗人在诗歌创作实践过程中的具体思路，而这一话题最终会让我们思考明代诗歌的巨大数量与诗人个体的文学创造力之间的关系。

本文借鉴雷德侯在《万物：中国艺术中的模件化和规模化生产》中提出的"模件化"的概念，尝试以拆解"模件"的眼光分析具体的诗歌文本。然而，本文无意完全移植《万物：中国艺术中的模件化和规模化生产》中对于"模件"的具体定义以及相关五个层次的划分——过于复杂的层次并不适用于对诗歌文本的讨论②。本文对于诗歌中的"模件"的定义，大体上指的是句子的"写作原则"而非具体的字词，这在下文会给出更准确的定义和例句。

本文选取高启的咏物律诗进行"模件化"文本分析。高启作为明代初期最负盛名的诗人，后世对其整体评价很高，但大致不脱四库馆臣的定论。③ 关于高启具体作品的讨论，当今学界所关注的一般是其《青丘子歌》，因为这首作品中的自我表达非常清晰且强烈，比较契合传统"知人论世"的阐释角度。然而在明清时期，诗评家最为关注的却是高启的咏物七律组诗《梅花》九首，胡维霖、王夫之、吴乔、王士禛等均有对高启《梅花》组诗的评语④。至于康熙朝官修的《御定佩文斋咏物诗选》卷二百九十七"梅花类"下的七言律诗部分，总共选取了高启《梅花》九首中的四

---

① 比如吕立亭就尝试用"商业"的角度分析晚明诗歌的社会实用性（参见孙康宜、宇文所安主编《剑桥中国文学史》，下卷，第 83~177 页）。

② 参见雷德侯《万物：中国艺术中的模件化和规模化生产》，张总等译，生活·读书·新知三联书店，2012，第 4~11 页。雷德侯的"模件化"的分析范围涵盖了汉字系统、青铜铸造、兵马俑、工艺品、建筑结构、印刷技术和各类绘画，唯独没有谈及文学创作。

③ 参见高启《大全集》，《钦定四库全书荟要》，台湾世界书局，1985，第 410 册，第 365~366 页。批评高启诗歌的"拟似说"与模件化的分析可能有所关联，但本文无力涉及高启的全部诗作，只能先用少量的文本进行解读。

④ 参见胡维霖《胡维霖集》，《四库禁毁书丛刊》，北京出版社，1997，集部第 164 册，第 569 页；王夫之《姜斋诗话》，丁福保辑《清诗话》，上海古籍出版社，2015，上册，第 21~22 页；吴乔《围炉诗话》，郭绍虞编选，富寿荪校点《清诗话续编》，上海古籍出版社，2016，第 2 册，第 582 页；王士禛《渔洋诗话》，丁福保辑《清诗话》，上册，第 176 页。

首以及《次韵西园公咏梅》二首中的一首。仅一人就有五首咏梅七律入选，这个数量是相当突出的，由此也可以看出高启《梅花》组诗在当时的影响力①。此后，诗坛对于高启《梅花》组诗的关注甚至一直延续到了晚清，不过其主要基调是贬斥组诗中的"雪满山中高士卧，月明林下美人来"②一联。本文讨论高启的七律咏物组诗《梅花》九首，并以此为基础来测试"模式化"分析方法究竟能给我们带来哪些启发。不过在此之前，为了建立基本的分析框架，我们需要从语法结构相对简单的五言律诗开始讨论。

一 从联到诗：模件的类型与写作思路

除了著名的七律《梅花》诗，《御定佩文斋咏物诗选》中还有多处使用了高启的咏物诗（大多都是绝句）作为例子。其中，五律《葵花》与《赋得蟹送人之官》（以下简称《赋得蟹》）在创作上比较具有代表性，可以作为分析高启咏物律诗的起点：

葵花

艳发朱光里，丛依绿荫边。夕同山蕣落，午并海榴燃。
幽馥流珍簟，鲜辉照藻筵。群芳已谢赏，孤植转成怜。

赋得蟹送人之官

吐沫似珠流，无肠岂识愁？香宜橙实晚，肥过稻花秋。
出薋来深浦，随灯聚远洲。郡斋初退食，可怕有监州。③

---

① 参见《御定佩文斋咏物诗选》，《景印文渊阁四库全书》，台湾商务印书馆，1986，第1434册，第94页。
② 田同之《西圃诗说》，《清诗话续编》，第2册，第733页；恒仁《月山诗话》，张寅彭主编，吴忱、杨焄点校《清诗话三编》，上海古籍出版社，2014，第3册，第1603页；潘德舆《养一斋诗话》，《清诗话续编》，第4册，第1967页；朱庭珍《筱园诗话》，《清诗话续编》，第4册，第2264页。
③ 《御定佩文斋咏物诗选》，《景印文渊阁四库全书》，第1434册，第297、640页。另见高启著，金檀辑注，徐澄宇、沈北宗校点《高青丘集》，上海古籍出版社，2013，上册，第251页；下册，第495页。《西斋池上三咏》（其一为《葵花》）在《高青丘集》中被归为五言古诗。

从"模件"的角度考虑，我们首先需要把以上的诗作以"联"为单位进行拆分，并按照其涉及的内容和观察的角度予以归纳分类。

《葵花》的首联与《赋得蟹》的颔联在写作原则上非常接近，分别从"艳""丛""香""肥"的角度讨论该物品本身具有的特性，因此可以被归为一类：模件 A，强调物品的基本静态属性。相对而言，《赋得蟹》的首联则是从"吐沫""无肠"的动态角度来讨论物品本身属性的，因此被视为另一类：模件 B，强调物品的特殊动态属性。简而言之，这两种模件都是从物品本身的属性出发，差异在于描写的重点一在静态（句子中起主要作用的是形容词），一在动态（句子中起主要作用的是动词）。

《葵花》的颔联使用了"同"和"并"字，属于咏物诗写作的基础手法，即观察物品本身与其他物品的共性。从这一角度继续分类，模件 C 强调静态共性，而模件 D 则强调动态共性。此处《葵花》颔联中的关键词是动词"落"与"燃"，因此属于模件 D。然而这个颔联在高启的咏物五律中或许可以算作一个特例，因为大多数强调共性的句子都被高启放在了尾联，例如《赋得蝉送别》中的"离管尊前发，凄凉调正同"（模件 C，关键词为形容词"凄凉"），以及《鹭》中的"蒹葭同夜宿，应只许沙鸥"（模件 D，关键词为动词"宿"）①。

在咏物诗的写作中，必然会讨论题咏的物品本身与其他物品之间的关联性。在关联性的书写方面，以上描绘共性的句子往往比描绘差异性的句子更少见。因此，与模件 C、模件 D 相对应，模件 E、模件 F 应该是分别强调与他物静态和动态的差异。同时，与讨论共性的句子很相似，高启往往会把讨论差异的句子放在诗歌的尾联，以起到收结全诗的作用。比如《葵花》的"群芳已谢赏，孤植转成怜"（模件 F）。与此类似的还有《石屋》中的"华栋几回新，渠渠独千古"（模件 E），《观鹅》中的"沧波堪远泛，莫入野凫群"（模件 F），以及《孤雁》中的"不共凫鹜宿，蒹葭夜夜寒"（模件 F）②。

---

① 高启著，金檀辑注，徐澄宇、沈北宗校点《高青丘集》，下册，第 489、463 页。
② 高启著，金檀辑注，徐澄宇、沈北宗校点《高青丘集》，下册，第 533、823、460 页。

在关联性的描写中，除了简单的共性与差异性，更为复杂的则是两个或两个以上物品之间的适用原则、契合方式或者因果关系——这可以被统归为模件 G。《葵花》的颈联"幽馥流珍簟，鲜辉照藻筵"与《赋得蟹》的颈联"出簖来深浦，随灯聚远洲"都属于这类。葵花之"馥""流"到了"簟"上，也就是葵花"馥"的特点与"簟"之间有了契合；葵花之"辉""照"到了"筵"上，也就是葵花"辉"的特点适用于"筵"。蟹之所以能"来深浦"，是因为"出簖"；蟹之所以能"聚远洲"，则是因为"随灯"。

诗人在创作咏物诗时往往也最为关注两个物品之间的适用原则、契合方式或者因果关系，也就是模件 G①。在高启其他咏物诗中，类似的例子大量存在于诗作的颈联，这是一个非常明显的个人写作习惯：

声中乱雨至，阴下一鱼行。（《西斋池上三咏·荷叶》颈联）

乍覆游鱼戏，难藏宿鹭眠。（《新荷》颈联）

朱弦未荐曲，彤管屡题诗。（《西斋池上三咏·桐树》颈联）

美女名偏称，流莺啄未空。（《樱桃》颈联）

穿树临幽槛，缘莎集小庭。（《流萤》颈联）

城南游紫陌，塞上踏黄沙。（《马》颈联）

避棹/惊时起，窥鱼/立未休。（《鹭》颈联）

---

① 由于两个物品之间的适用原则、契合方式或者因果关系等问题非常复杂，因此模件 G 在原则上可以被继续细化为二级模件 G-1（适用原则）、G-2（契合方式）、G-3（因果关系），甚至是三级模件 G-1-1、G-1-2、G-1-3，等等。但本文并不需要分析某一模件所包含的具体下级类型，因此不再进行细化分类。

呼群／云外急，吊影／月中残。（《孤雁》颈联）

乱催／窗日堕，微唤／浦风生。（《新蝉》颈联）

影动／疑人折，香摇／妒蝶寻。（《邻家桃花》颈联）①

在以上例子中，前三例强调的是诗题中的物品与联对中所举的两个物品之间的适用原则（名词加着重号）；中间三例强调的是诗题中的物品与联对中所举的两个物品之间的契合方式（名词加着重号）；最后四例强调的则是每句两个动词之间明确的因果关系（动词加着重号）。

以上《葵花》《赋得蟹》两诗中还剩下一联没有归类，也就是《赋得蟹》的尾联"郡斋初退食，可怕有监州"。原则上，这本应该是一个特例，因为这两句所对应的并非诗题中的物品本身，而是"送人之官"一事。然而高启诗中这一类的句子，其写作原则是在强调物品对于"人"的实用功能，且大多出现在尾联，因此可以被归类为模件 H。同样出现在尾联的例子还有很多，比如《樱桃》中的"忆曾春荐后，捧赐出深宫"，《荷叶》中的"桂棹还思折，江南日暮情"，《新荷》中的"佳人休便折，留荫采莲船"，《桐树》中的"坐恐销华泽，商吹起前除"，《梧桐》中的"绿绮谁能斫？持将奏《凤凰》"，《流萤》中的"莫将罗扇扑，囊取照遗经"②，等等。

通过分析高启其他咏物五律，我们还可以找到以上两首诗中并未出现的四种模件，比如：

归鸦

哑哑噪夕辉，争宿不争飞。（模件 B）

未逐冥鸿去，长先野鹤归。（模件 F）

① 高启著，金檀辑注，徐澄宇、沈北宗校点《高青丘集》，上册，第 251~252 页；下册，第 460、463、465—466、519、538 页。

② 高启著，金檀辑注，徐澄宇、沈北宗校点《高青丘集》，上册，第 251~252 页；下册，第 463~465、538 页。

荒村流水远，古戍淡烟微。（特殊句，与物品无直接关联，暗示"归"）

借问寒林树，何枝最可依？（模件 G）

归燕

昨夜凉生垒，乌衣入梦思。（特殊句，介绍背景）

语多如恋主，去早若知时。（模件 B）

海阔浮云远，梁空落月迟。（特殊句，与物品无直接关联，暗示"归"）

客身翻愧尔，秋至负归期。（特殊句，句中主语为"我"）

观鹅

交睡春塘暖，蘋香日欲曛。（模件 B）

嫩怜黄似酒，净爱白于云。（模件 A）

击乱思常侍，笼归忆右军。（特殊句，直接用典，涉及历史人物）

沧波堪远泛，莫入野凫群。（模件 F）①

以上诗例中存在四种未被归类的句子。"击乱思常侍，笼归忆右军"，直接运用典故，目的是让读者联想到物品与历史人物之间的特殊关系，可以认定为模件 I。除此之外，另外三种未被归类的句子，其出现的位置往往是固定的。首先是"昨夜凉生垒，乌衣入梦思"，出现在首联。这句直接交代了写作背景，尽管提及了燕子有"乌衣"的静态属性，但更重要的是暗示了诗人的存在，因此与已知的模件还是有些差异的。鉴于此，我们将这类出现在首联的句子命名为"破题语"，即模件 X。另一种是"荒村流水远，古戍淡烟微"与"海阔浮云远，梁空落月迟"，出现在颈联。从语法层面来看，这种句子与物品本身没有直接关联，但依然能够暗示出题

---

① 高启著，金檀辑注，徐澄宇、沈北宗校点《高青丘集》，上册，第288—289页；下册，第460、463、508、823、825页。《御沟观鹅》在《高青丘集》中被归为五言古诗。

目中的另一个字。由于出现在颈联，这种句子主要的功能在于"起承转合"中的"转"。鉴于此，我们可以将之命名为"转接语"，即模件 Y。最后一种是"客身翻愧尔，秋至负归期"，其写作原则是强调"我"对于物品的反应。这种出现在尾联的句子，正是高友工、梅祖麟在分析唐诗时提出的"推论语言"（propositional pole）①。因此本文袭用这一概念，将之命名为"推论语"，也就是模件 Z②。

总而言之，高启的咏物五律中大致出现了十二种不同的模件，可以被归为两大类：前九种是没有固定的位置限制的，也就是可以被放在任意一联；后三种与之相反，是有固定的位置限制的。

1. 模件 A（强调物品的基本静态属性）
2. 模件 B（强调物品的特殊动态属性）
3. 模件 C（强调与他物的静态共性）
4. 模件 D（强调与他物的动态共性）
5. 模件 E（强调与他物的静态差异性）
6. 模件 F（强调与他物的动态差异性）
7. 模件 G（强调与他物的适用原则、契合方式、因果关系）
8. 模件 H（强调物品对于"人"的实用功能）
9. 模件 I（直接用典，涉及历史人物）
10. 模件 X（出现在首联的"破题语"，交代写作背景，暗示诗人存在）
11. 模件 Y（出现在颈联的"转接语"，与物品本身没有直接关联）
12. 模件 Z（出现在尾联的"推论语"，强调诗人对于物品的反应）

---

① 高友工、梅祖麟认为，律诗的尾联往往是具有"连续性的"，诗人充当句子的主语，诗人和读者的"理性反应、理解力"在此起到了决定性的作用，等等（参见高友工、梅祖麟著《唐诗三论：诗歌的结构主义批评》，李世跃译，商务印书馆，2013，第49～53、123页）。
② 此处需要注明，模件 Z 强调"我"对物品的反应，这与模件 H 强调物品与"人"相关的实用功能的本质差异在于：模件 Z 指向性非常明确，即为诗人本身；而模件 H 并不指向具体个人，而是指向"人"这个概念的集合。

如果用以上模件分类来分析高启所有的咏物五律，我们大致能够观察到高启相对固定的写作思路。首先，模件 A 与模件 B 一般只出现在诗歌的上半部分，而模件 G 只出现在下半部分。其次，模件 D 与模件 F 经常出现在尾联，但偶尔也会出现在诗歌的颔联或颈联（由于性质相同，模件 C 与模件 E 也应该会被如此运用）。模件 H 一般出现在尾联；模件 I 只出现了一次，无法具体总结其出现的规律。最后，模件 X、模件 Y、模件 Z 出现的位置是固定的。

> 首联：模件 X、模件 A、模件 B
>
> 颔联：模件 A、模件 B、模件 D（模件 C）、模件 F（模件 E）
>
> 颈联：模件 Y、模件 G、模件 D（模件 C）、模件 F（模件 E）、模件 I
>
> 尾联：模件 Z、模件 G、模件 D（模件 C）、模件 F（模件 E）、模件 H

原则上，高启在五律的前半部分更加关注物品本身的特性，也会针对物品的某种属性与其他物品作对比；但在五律的后半部分，高启更倾向于强调物品与其他物品之间的适用原则、契合方式、因果关系，最终收尾则是强调物品与其他物品对比之后的特殊性，或者人对物品的反应，以及人对物品实用功能的认知。

总结出高启相对固定的写作模式之后，以下才是"模件化"研究真正需要解答的问题。首先，为什么高启单单选取了这种模件的排列方式？换言之，其他诗人的模件排列方式与高启是否会有较大差异？其次，这种模件的排列是否能够超越高启个人，而指示出某个时代或者某个特定群体咏物诗写作的普遍规律？最后，模件的排列方式是否能够超越题材的限制，比如咏物诗的模件在多大程度上可以和咏怀诗、咏史诗甚至是送别诗的模件互通？由于研究对象和范围所限，回答以上问题还需要更多文本分析的积累。而下文要讨论的，是高启如何将"模件化"写作进一步复杂化——单篇的五言律诗是无法作为更加复杂的"模件化"写作的载体的。

二 从诗到组诗：模件的增殖与组合方式

在高启存世的作品中，七言律诗整体数量偏少，约两百四十首。其中，单篇咏物诗的数量更少；最为显眼的，也是后世评论最多的，正是《梅花》九首。这些评论大多集中在最著名的"雪满山中高士卧，月明林下美人来"一联——明清诗评家似乎并不在意这一组诗的整体意义。然而从作者的方面来看，组诗的整体性其实才是诗人创作时的主要考量。咏物组诗与单篇咏物诗的差异，主要在于组诗能够从多方面描绘某一事物，抑或是按照某种既定层次或逻辑描绘某一事物。

如果将《梅花》组诗当作一个整体来看，那么从"模件化"的角度我们至少应该思考以下两个问题。其一，九首同题诗作，总共七十二句诗，原则上不能有重复出现的句子，为了达到每句都不一样的效果，诗人务必要对单一的模件进行适度改造。其二，七言句的容量要比五言句更大，因此诗人对单一模件进行的改造，往往是增加一些内容——这就是《万物：中国艺术中的模件化和规模化生产》一书中提到的模件的"增殖"。

> 人造的模件化单元有两个增长方式。虽然所有的模件都会暂时地按比例增长，但是在某一点上，这种合乎比例的增长停止了，而代之以新模件的加入。……这就是细胞增殖的原则：达到某一尺度一个就会分裂为二，或者如树木萌发出第二个枝丫，而不是把第一枝的直径增加一倍。①

在律诗中，从五言句增长到七言句，这就是"细胞增殖"的关键点：五言律的每一联是一个模件（一联中包含两个模件的案例比较少见），而七言律诗的每一联很可能增长为两个模件（当然也有一联保持一个模件的案例）。反言之，一联中增加了模件，实际上也就等同于在一联内将不同的模件组合运用。以下选取《梅花》组诗中的三首进行文本分析，并思考高

---

① 雷德侯：《万物：中国艺术中的模件化和规模化生产》，张总等译，第10页。

启是如何将不同的模件组合在一起的。

其一

琼姿只合在瑶台，谁向江南处处栽？（模件 A+模件 G）

雪满山中高士卧，月明林下美人来。（模件 I+模件 C）

寒依疏影萧萧竹，春掩残香漠漠苔。（模件 A+模件 G）

自去何郎无好咏，东风愁寂几回开？（模件 Z+模件 I)[1]

这首诗的首联强调"琼姿"，是在描绘梅花的静态属性，因此是模件 A；而此后言及"江南处处栽"，则是强调梅花与"江南"的适用原则，因此是在模件 A 的基础上组合了模件 G。诗中最重要的颔联，不仅通过拟人的方式运用了"高士"与"美人"的典故，也就是模件 I，同时还使用暗喻的方式把梅花的"白"表达了出来，因此是强调了梅花与"雪""月"的静态共性，也就是模件 C。诗的颈联强调的是梅花的另外两个静态属性——"疏影"与"残香"，因此是模件 A；同时，这两句深层的意思是，由于寒冷，梅花需要依靠"竹"，而由于春天到来，梅花的香气渐渐被"苔"的香气所掩盖，这属于刻意的逻辑构建，即模件 G。诗的尾联使用拟人手法，强调在何逊《扬州法曹梅花盛开》之后，再无人能写出咏梅的佳作，因此梅花再开的时候也会感觉到忧愁与寂寞——这是具有反问语气的"推论语"，即模件 Z；既然提及了何逊的典故，这也就是将模件 I 与模件 Z 组合在了一起。

其二

缟袂相逢半是仙，平生水竹有深缘。（模件 X+模件 G）

将疏尚密微经雨，似暗还明远在烟。（模件 B+模件 G）

薄暝山家松树下，嫩寒江店杏花前。（模件 C+模件 E）

秦人若解当时种，不引渔郎入洞天。（模件 Z+模件 I）

---

[1] 高启著，金檀辑注，徐澄宇、沈北宗校点《高青丘集》，下册，第 651~653 页。

这首诗的首联提出了诗人与梅花的"相逢"，因此属于交代写作背景，是"破题语"，即模件 X；此后言及梅花与"水竹有深缘"，则是在强调契合方式，即模件 G。颔联的"将疏尚密"与"似暗还明"都是在说梅花的动态特性，即模件 B；而语法结构上，"将疏尚密"的原因是"微经雨"，"似暗还明"的原因是"远在烟"，属于强调因果关系，即模件 G。颈联说出现"松树"的地方也有梅花，以及开"杏花"的地方也有梅花，但此时杏花还没开——既谈了静态共性，又谈了静态差异性，因此属于模件 C 与模件 E 的组合。尾联是诗人对于物品的假设和想象，即模件 Z；但同时，这种想象又颇有些翻案诗的意味，是从新的角度阐释了《桃花源记》的故事，因此是模件 I。

其七

独开无那只依依，肯为愁多减玉辉。（模件 B＋模件 A）

帘外钟来初月上，灯前角断忽霜飞。（模件 G＋模件 C）

行人水驿春全早，啼鸟山塘晚半稀。（模件 G＋模件 B）

愧我素衣今已化，相逢远自洛阳归。（模件 Z＋模件 I）

这首诗的首联强调"开"和"减"的动态，同时又写出了"依依"的静态，因此是模件 B 与模件 A 的组合。颔联包含的名词较多，既涉及了梅花与"钟""角"的契合方式，又暗示着梅花与"月""霜"的共同属性，因此是模件 G 与模件 C 的组合。颈联涉及梅花与"行人水驿""啼鸟山塘"之间的契合方式，同时又描写了梅花"早""稀"的动态，因此是模件 G 与模件 B 的组合。尾联用"缁尘素衣"的典故，同时以"我"的口吻收结，因此是模件 I 与模件 Z 的组合。

如果按照同样的文本分析方法将《梅花》九首全部解读，那么大约有一半左右的联句是可以被看作模件组合运用的例子，也就是遵循了"细胞增殖"的原则。在这类组合运用的联句中，兼容性最强（最容易与其他模件相互搭配）的模件是模件 G（强调与他物的适用原则、契合方式、因果关系）与模件 I（直接用典，涉及历史人物）。此外，这两个模件出现的位置比较随意，但大致上，模件 G 出现在前三联的可能性更高，而模件 I 出现在后两联的概率更大。

通过分析《梅花》九首中的模件组合运用，我们能够发现两个问题。其一，模件组合对于读者和作者有不同意义。如果从读者的角度来分析高启组诗之中的某一首作品，我们还是能够揭示一个相对固定的写作思路。前文已经讨论过，高启的单首五律咏物往往有上半部分写物品本身，下半部分写物品与其他事物关联的倾向，在《梅花》组诗中这种倾向依旧存在。然而，如果我们从作者的角度去考虑为什么要把模件组合运用，可能会发现，由于模件 G、模件 I 与其他模件的组合方式展现了强大的兼容性，一旦大量使用这两种模件，原本相对固定的写作思路就变得不那么明显了。推而广之，模件的"增殖"是能够提升诗歌修辞的复杂程度的，甚至能够让诗人掩饰自己固定的写作思路①。

其二，《梅花》的组诗形式在实际上等同于收纳了更多的模件组合方式。对于一首单篇的咏物诗而言，其中能够包含的模件数量和模件的组合方式是有限的，因此诗人务必先考虑选择哪些模件使用，再考虑放置模件的具体位置。但对于组诗而言，这种限制可以被打破。作为一个整体，组诗可以容纳更多的模件，同时允许诗人尝试不同的模件组合，最终将这些模件组合都容纳在同一题目之下。因此，在组诗的每首作品中，每一联选取哪个模件或模件组合，甚至模件或模件组合出现的位置，都变得不那么重要了。从这一角度考虑，《梅花》组诗的功能，或许并不在于为读者提供一系列不同的吟咏梅花的单篇作品，而在于为作者自己提供一个存储吟咏梅花时可能使用到的模件以及模件组合的空间。

三　从组诗到类书：模件的储备与重复使用

一旦提到组诗拥有储备模件的功能，就很容易让我们联想到类书：如果说组诗储备的是不同的模件和模件组合方式，那么类书所储备的则是知识与成句。鉴于已有的研究成果，我们大致可以认为，类书所储备的知识

---

① 我们如果主要关注模件 Z，且参考高友工、梅祖麟对于唐诗尾联"推论语言"的分析，或许可以认为，高启的这些作品确实是"拟唐似唐"的。

与成句，理论上应该能够帮助经验不足的诗人创作出较为通顺的作品，而且使文学创作逐渐趋于程式化①。那么与类书相比，组诗所储备的模件和模件组合方式，是否也有同样的现实功能？这是本部分主要思考的问题。

为了更好地对比组诗与类书在实用性方面的异同，本文选取了一部明代中期的类书《新刻重校增补圆机活法诗学全书》进行分析②。在这部类书中，"梅花"条下先给出了"叙事"（解释什么是梅花）、"事实"（列出与梅花相关的典故）、"品题"（给出两首完整的例诗），大体上属于介绍和梅花相关基础知识；此后，"大意"部分按照成对的方式列出了所有与梅花相关的关键词③。"大意"之后是一系列的成句，分为"起句""联句""结句"三类，这些成句中的大部分都是前人的成句，或者对于前人成句进行了很小的改动（有些是抄写刊刻过程中出现的错误）。然而，"起句"中的很多例子竟然并不是律诗的首联，而是绝句的前两句；"结句"中也有对仗的联句出现。更为关键的是，破题的"梅"字几乎没有出现在"联句"部分（仅"天到梅边有别春"中出现），但在"起句"和"结句"中都有不少例句包括"梅"字。以上这些细节或许可以证明，类书编者对于律诗创作的理解，大致以律诗的中间两联为重点，首尾则以"破题"或"扣题"为原则来进行搭凑。

此外，观察"大意"中给出的关键词和"起句""联句""结句"中给出的所有例句，我们大致可以推想类书编者的思路，并且进一步思考一个诗人如何运用类书来进行创作。类书编者选定的这些例句，是以"大意"中的关键词为导向的，这就导致诗人参考类书进行创作时，很可能会

---

① 参见侯体健《四六类书的知识世界与晚宋骈文程式化》，《文艺研究》2018 年第 8 期。
② 张健系统地梳理了这种诗学类书在元、明、清时期的发展和版本流变。其中与本文所用的《新刻重校增补圆机活法诗学全书》相关的部分（参见张健《从〈学吟珍珠囊〉到〈诗学大成〉〈圆机活法〉——对一类诗学启蒙书籍源流的考察》，《文学遗产》2016 年第 3 期）。
③ "大意"一词作为此部分的标题难免会误导读者。按张健的研究，"大意"在更早的诗学类书《诗苑丛珠》中，原本题为"散对"（参见张健《从〈学吟珍珠囊〉到〈诗学大成〉〈圆机活法〉——对一类诗学启蒙书籍源流的考察》，《文学遗产》2016 年第 3 期）。

采取一种"某些关键词之间可以固定搭配"但"某个关键词不能重复出现"的写作思路。举例来讲，如果诗人首联使用了"青帝宫中第一妃，宝香薰彻素罗衣"一类的句子，那么颔联或颈联则必定不能使用"舞烟每恨风无赖，映月浑疑雪有香"，或者"香骨瘦来冰蕊细，梦魂清处月波凉"一类的句子——因为"宝香"在首联出现过，因此"雪香""香骨"一类的词就无法在颔联或颈联中继续使用了，所以诗人要考虑选用其他关键词。

归根结底，类书所存储的是知识与成句，而知识的载体和成句的核心都是关键词。因此，诗人在创作时需要考虑这些关键词如何搭配，以及如何避免重复。相比之下，组诗所储备的是一系列模件和模件组合。针对某个物品而言，与其相关的关键词的数量很可能是有限的；尽管模件的类型也是有限的，但模件的组合方式是无限的。鉴于此，或许我们可以提出一个假说：组诗的现实功能等同于一部诗人自制的小型类书，用来储备有限的模件和无限的模件组合。与普通的类书相比，这个小型类书为诗人提供的并不是那些固定的关键词，而是更为灵活的"写作原则"。

当组诗中储备了足够的模件和模件组合，假设诗人需要在不同的情况下创作相同题材的作品，那么他很有可能会将这些储备的模件和模件组合拿出来再次使用。以高启为例，除了《梅花》九首之外，高启还创作了《次韵西园公咏梅》二首和《咏梅次衍师韵》五首。这些作品之间的关联性，是可以从"模件重复使用"的角度进行阐释的：较为简便的操作是不对某个模件或模件组合进行太大的字词层面的改动；复杂一些的操作则是在保持既定写作思路不变的情况下在字词层面进行较大的调整；另外，还有一种情况是模件有所改变但字词层面有一致性，不过这种写法是以关键词为关注点的写法，不在本文的讨论范围之内。以下是《次韵西园公咏梅》二首的文本分析。

其一

如何天与出尘姿，不得芳名入《楚辞》？（模件 A）

春后春前曾独探，江南江北每相思。（模件 H+模件 I）

微云淡月迷千树，流水空山见一枝。（模件 G）

拟折赠君供寂寞，东风无那欲残时。（模件 Z）①

　　这首诗的首联仅强调梅花的静态特殊性"出尘"，因此是模件 A。这与《梅花》（其一）的首联"琼姿只合在瑶台，谁向江南处处栽"的意思有相似之处。颔联谈及梅花与人的实用关系，则为模件 H，而"每相思"又暗指何逊的典故，因此为模件 I。模件 H 在高启的组诗中仅出现过一次，即《梅花》（其九）的尾句"山窗聊复伴题诗"。颈联讲的是梅花与"云""月""水""山"相契合，因此是模件 G。这一联与《梅花》（其三）的颈联"淡月微云皆似梦，空山流水独成愁"在文字层面相当接近，其写作的思路也是一致的。尾联则是言及诗人对梅花做出的反应，因此是模件 Z。这一句中的"寂寞"与"东风"会让我们想到《梅花》（其一）的尾联"自去何郎无好咏，东风愁寂几回开"，同样是在描写诗人对梅花的反应。综合来看，除了颔联之外，这首诗中的另外三联都能在《梅花》九首中找到较为明确的对应。

其二

雪中无伴只孤芳，倚竹元非翠袖妆。（模件 A+模件 B）

马上忽逢临水驿，鹤边俄见向山房。（模件 B）

春愁寂寞天应老，夜色朦胧月亦香。（模件 Y）

此地一尊聊自恋，扬州回首已凄凉。（模件 Z+模件 I）②

　　这首诗的首联强调"孤芳"的静态和"倚"的动态，因此是模件 A 与模件 B 的组合。高启《梅花》（其七）的首联"独开无那只依依，肯为愁多减玉辉"同样也是这种写法。颔联的"临"与"向"强调梅花的动态属性，因此是模件 B。这联的写作思路与《梅花》（其九）的颔联"不共人言唯独笑，忽疑君到正相思"基本一致。同时，从字面上看，"马上""鹤边"与《梅花》（其三）的颔联"骑驴客醉风吹帽，放鹤人归雪满舟"

---

① 高启著，金檀辑注，徐澄宇、沈北宗校点《高青丘集》，下册，第 643 页。
② 高启著，金檀辑注，徐澄宇、沈北宗校点《高青丘集》，下册，第 643 页。

有关联，"水驿""山房"则与《梅花》（其七）的颈联"行人水驿春全早，啼鸟山塘晚半稀"有关联。颈联的字面与梅无直接关联，因此是模件Y，这种写作思路在高启的颈联中较为常见。这两句又与《梅花》（其八）的颔联完全重复。尾联写诗人的反应，同时引出何逊的典故，因此是模件Z与模件I的组合。在高启的《梅花》组诗中，有六首是使用模件I来收结的。此外，这首诗的尾联与《梅花》（其五）的尾联"寂寥此地君休怨，回首名园尽棘丛"在字面上有重复。

以上的文本分析仅仅想证明，高启的《次韵西园公咏梅》二首总共包含八联诗句，其中七联都可以在《梅花》九首中找到相似的联句。无论是在字词层面，还是在模件层面，这两组诗作之间的关联性极为明显。如果我们再将《咏梅次衍师韵》五首纳入观察范围，那么这三组组诗之间的关联性则变得更为复杂。表1仅列出在字词层面和模件层面相关性都比较明显的例句。

表 1　高启集中三组咏梅诗句对比

《咏梅次衍师韵》五首*	《次韵西园公咏梅》二首	《梅花》九首
其一颔联： 吴妃舞竟珠钿委，汉女游归玉佩抛。		其八颈联： 楚客不吟江路寂，吴王已醉苑台荒。
其二尾联： 此地一尊聊自慰，扬州回首月荒凉。	其二尾联： 此地一尊聊自恋，扬州回首已凄凉！	其五尾联： 寂寥此地君休怨，回首名园尽棘丛。
其三颔联： 春后春前曾独看，江南江北每相思。	其一颔联： 春后春前曾独探，江南江北每相思。	
其三颈联： 猿啼古驿征帆宿，马立荒郊酒斾垂。	其二颔联： 马上忽逢临水驿，鹤边俄见向山房。	其三颔联： 骑驴客醉风吹帽，放鹤人归雪满舟。 其七颔联： 行人水驿春全早，啼鸟山塘晚半稀。

续表

《咏梅次衍师韵》五首	《次韵西园公咏梅》二首	《梅花》九首
其三尾联： 拟折一枝供寂寞，东风无那欲残时。	其一尾联： 拟折赠君供寂寞，东风无那欲残时。	其一尾联： 自去何郎无好咏，东风愁寂几回开？
其四颔联： 未逢人寄千山外，忽讶君来一夜中。		其九颔联： 不共人言唯独笑，忽疑君到正相思。
其四尾联： 酒空客去愁多处，簌簌繁霜袅袅风。		其八尾联： 枝头谁见花惊处？袅袅微风簌簌霜。
其五颔联： 遥情尚忆僧房里，忽见偏怜客路中。		其四颔联： 诗随十里寻春路，愁在三更挂月村。
其五颈联： 淡月微云应万树，荒山流水只孤丛。	其一颈联： 微云淡月迷千树，流水空山见一枝。	其三颈联： 淡月微云皆似梦，空山流水独成愁。
	其一首联： 如何天与出尘姿，不得芳名入《楚辞》？	其一首联： 琼姿只合在瑶台，谁向江南处处栽？
	其二首联： 雪中无伴只孤芳，倚竹元非翠袖妆。	其七首联： 独开无那只依依，肯为愁多减玉辉？
	其二颈联： 春愁寂寞天应老，夜色朦胧月亦香。	其八颔联： 春愁寂寞天应老，夜色朦胧月亦香。

* 高启著，金檀辑注，徐澄宇、沈北宗校点《高青丘集》，下册，第 659～660 页。

如果继续使用"模件化"的阐释方式将《咏梅次衍师韵》五首的每一联都进行解读，那么我们将很容易看到，这些联句的模件几乎也都是《梅花》九首中使用过的，无非是模件的组合方式有所变化。

现在能够见到的高启较早的诗集为《缶鸣集》，共收诗九百余首，是高启内侄周立于永乐元年（1403）重编的，其中卷十录有《梅花》九首，但并没有另外两组①。此后，徐庸于景泰元年（1450）刊刻了《大全集》，共收诗一千七百余首，该诗集于康熙三十四年（1695）由竹素园主人翻刻，其中卷十五包含这三组诗②。然而，组诗在不同诗集中出现的先后顺序并不等同于组诗实际创作的先后顺序。朱庭珍认为："明高青丘《梅花》七律，皆其少作，无一佳章。"③ 不过暂时还没有任何文献方面的材料可以验证朱庭珍的观点，也无法确认这几组诗到底是什么时候、在何种情况下被创作出来的。因此需要澄清的是，本文并不认为高启是先写好了《梅花》组诗，之后才创作了《次韵西园公咏梅》和《咏梅次衍师韵》两组，而只是在强调"组诗等同于小型类书"的假说和"模件被重复使用"的观点在高启的这三组诗中是可以得到验证的。

四 余论：社交功能与文学创造力

本文从高启的几首咏物五律入手，分析其中包含的模件的基本类型，并发现了高启在创作咏物律诗时相对固定的写作思路。这种思路在高启最为知名的七律组诗《梅花》九首之中也有所反映。但由于五言句与七言句每一联的容量差异，高启的七言联句往往包含两种不同的模件组合，即存在模件"增殖"的状况，这也使他的固定写作思路被掩盖。同时，咏物组诗的性质与单篇咏物作品存在差异，单篇作品的性质使诗人更加关注模件

① 参见高启《缶鸣集》卷一〇，明永乐元年重编本，第17a~18b页。此为《缶鸣集》丙本，关于其版本分析，参见何宗美《高启诗文集辨证》，《文献》2014年第5期。
② 参见高启《大全集》卷一五，明景泰元年徐庸刊本，第21b~22a、25b~27b、30a~31a页。关于其版本分析，参见何宗美《高启诗文集辨证》。
③ 朱庭珍：《筱园诗话》，《清诗话续编》，第4册，第2264页。

的选择与安置，而组诗则提供了一个更大的空间，让诗人能够尽可能多地储存不同的模件和模件组合。因此，本文提出一个假说：高启的《梅花》组诗实际上等同于一本小型的类书，其中储存了大量吟咏梅花的写作原则，而这些写作原则，也就是模件和模件组合，在有需要的情况下会被高启重复使用。总而言之，本文以高启的咏物诗为案例来讨论他创作的"模件化"倾向——这是一种结构主义的阐释方法。然而如果想要将这一方法推而广之，进而思考"模件化"研究在明代诗歌中的普遍适用性，则还有待检验更多的案例。

最后，对比前文中的表格，我们会发现《次韵西园公咏梅》和《咏梅次衍师韵》的相关例句之间，不单在模件层面有所重复，在字词层面的重复也非常明显。关于这个现象，赵翼实际上已经注意到了，甚至还提供了更多的线索。

> 青丘诗亦有复句。如《次韵西园公咏梅》云："春后春前曾独采，江南江北每相思。"而《和衍师咏梅》第三首，亦有此二句，但改"采"为"探"耳。①《次韵陈留公见贻湖上之作》有云："叶应随鸟散，山欲趁波流。"而《月夜游太湖》排律内亦有此二句。《晚寻吕山人》有云："君家最可认，隔树有书声。"而《题画赠内弟周思恭》亦云："君家还可认，为有读书声。"《送思上人》有云："野饭晨留钵，城钟夜到船。"而《送衍师》亦云："村中乞米晨留钵，城外闻钟夜到船。"但变五言为七言耳。《咏樵》有云："伐木惊禽起，穿云畏虎过。"又一首《咏樵》云："穿云冲过虎，伐树起栖禽。"皆未免重复。至如《咏梅》九首内，以"雪满山中高士卧，月明林下美人来"为佳句，而第五首"翠袖佳人依竹下，白衣宰相住山中"，此则虽不复词，而窠白仍复。②

---

① 此处赵翼所述有误。高启《次韵西园公咏梅》中为"探"，而《咏梅次衍师韵》（即赵翼所谓《和衍师咏梅》）中为"看"（"采""看"或许为误刻或误校）。

② 赵翼：《瓯北诗话》，人民文学出版社，2006，第127页。

以上赵翼所举出的这些例句都是字词层面极为相近的，在模件化层面自然也是一致的——赵翼最后使用的"窠臼"一词实际上与本文所使用的"模件"都指向同一个概念①。如果能够超越字词层面，以"模件化"写作的角度去检验高启的全部诗作，我们很可能会发现，高启诗集中模件层面的重复使用要比字词层面的重复使用更加普遍。

除此之外，赵翼的观察实际上还指向了另一个问题：诗歌的社交功能。相同或类似的句子，会被高启用来写给不同的读者。与《梅花》组诗相比，《次韵西园公咏梅》和《咏梅次衍师韵》两组诗都拥有着明确的读者。基于这种观察，我们是否可以认为，字词层面的重复意味着高启在创作其中某一组作品时存在应酬（甚至是偷懒）的想法，比如高启可能会认为，他写给"西园公"的作品是不会被姚广孝看到的，反之亦然。那么，与字词层面的重复相比，模件层面的重复又意味着什么？

在社交应酬的大环境下，诗人经常需要面对不同的读者群体，而诗歌的社交性质难免会迫使诗人表达相同的意思。此时，字词层面的重复或许会让读者感到诗人的才华有限，而模件层面的重复多少能够掩饰这一尴尬的状况。因此，模件层面的重复要比字词层面的重复对诗人写作能力的要求更高，也更不容易让其读者察觉。鉴于此，或许我们可以认为，模件的重复使用，反而意味着一种被迫产生的文学创造力。雷德侯在《万物：中国艺术中的模件化和规模化生产》一书中对比了中西文化对"创造力"的理解差异，提出西方的"创造力被狭隘地定向于革新"，而中国的艺术家则抱有不同的观念，认为"大批量的制成作品也可以证实创造力"②。这一看法或许对于我们重新理解巨大数量的明代诗歌具有启发意义：明代诗歌的现实功用需要与传统的审美追求达成妥协，而诗人的创造力恰恰表现在为达成妥协而采取的手段，即诗人对模件的认知、组合、储备，乃至于重复使用上。

---

① 更细致的文本对比应该能够发现更多的重复例句，比如五律《江上对雨》的"鸟湿归难疾，蛰寒响易哀"，在五排《雨》中则有"鸟湿归难疾，花寒落已多"（高启著，金檀辑注，徐澄宇、沈北宗校点《高青丘集》，下册，第825页）。

② 雷德侯：《万物：中国艺术中的模件化和规模化生产》，张总等译，第11页。

附录 《新刻重校增补圆机活法诗学全书》"梅花"条

【大意】

玉蕊、琼枝；玉骨、冰肌；竹外、墙头；含烟、带雪；破腊、传春；素面、芳姿；雪萼、霜葩；烂漫、清奇；清香、幽艳；洁白、馨香；疏影、暗香；花魁、春信；横枝、冷叶；雪香、冰艳

【起句】

● 独自不争春，都无一点红。（按：吕本中五绝《梅》，"红"原为"尘"）

● 溪岸堆残雪，江梅开瘦枝。（按：张孝祥五绝，诗题不详，"堆残雪"原为"有残雪"）

● 忽见寒梅树，开花汉水滨。（按：王适五绝《江滨梅》）

● 墙角数枝梅，凌寒特地开。（按：王安石五绝《梅花》，"特地开"原为"独自开"。又王安石五绝《题黄司理园》："为忆去年梅，凌寒特地来。"）

● 疏枝横玉瘦，小萼缀珠光。［按：陈亮五律《咏梅》（其四）首联，"缀珠光"原为"点珠光"］

● 昨夜雪初晴，寒梅破蕾新。（按：蒋之奇五绝《梅花》，"雪初晴"原为"雪初霁"）

● 玉骨绝纤尘，前生清净身。（按：蒋堂五律《梅》，"前生"原为"前身"）

● 淡淡梅花不要妆，真珠楼阁水晶寒。［按：杨万里七绝《和张功父梅诗十绝句》（其四），"水晶寒"原为"水精乡"］

● 尘外冰姿世外心，宜晴宜雨更宜阴。［按：贾似道七绝《梅花》（其三）］

● 同是空山岁晚晴，野梅寒月可中庭。

● 青帝宫中第一妃，宝香薰彻素罗衣。［按：陆游七绝《雪后寻梅偶

得绝句十首》（其二），"素罗衣"原为"素绡衣"］

● 南枝多暖北枝寒，一种春风有两般。（按：刘元载妻七绝《早梅》，"多暖"原为"向暖"）

● 姑射仙人冰雪容，尘心已共彩云空。（按：朱熹七绝《梅》）

● 雪径清香蝶未知，暗香谁遣好风吹。［按：李镇七绝《早梅》（其一），"清香"原为"清寒"］

● 搜诗索笑傍檐梅，冷叶疏花带雪开。（按：易士达七绝《梅花》，"冷叶"原为"冷蕊"）

● 梅雪争春未肯降，骚人阁笔费评章。（按：卢梅坡七绝《雪梅》）

【联句】

● 点点凌霜瘦，疏疏傍雪妍。

● 冷叶轻裁玉，寒梢细点琼。

● 水遥疏影瘦，风送暗香清。

● 入檐看遥影，挂月见横枝。［按：元好问五律《京兆漕司官居三首》（其三）颔联，"遥"原为"瘦"］

● 风递清香去，禽窥素艳来。（按：齐己五律《早梅》颈联，"清香"原为"幽香"）

● 色连千嶂月，香散一帘风。

● 不随群卉折，独占一阳开。

● 东阁供吟笔，西湖豁醉肠。

● 冷落溪桥晓，殷勤江路春。（按：蒋堂五律《梅》颈联，"冷落"原为"冷淡"）

● 暗香清入座，疏影暗黄昏。

● 一朵忽先破，百花皆后香。［按：陈亮五律《咏梅》（其四）颔联，"忽先破"原为"忽先发"］

● 欲传春信息，不怕雪埋深。［按：陈亮五律《咏梅》（其四）颈联，"雪埋深"原为"雪埋藏"］

● 舞烟每恨风无赖，映月浑疑雪有香。

● 更无俗态能相杂，惟有清香可辨真。（按：郑獬七律《雪中梅》颔联，"俗态"原为"俗艳"）

● 香骨瘦来冰蕊细，梦魂清处月波凉。（按：刘著七律《文季侍郎得绿萼香梅子文待制有诗辄亦同赋》颔联）

● 一径芳寒迷草石，数枝潇洒出风尘。

● 耐寒颜色丹青薄，照雪精神表里清。

● 花鸟有情应自惜，蛾眉倾国故难藏。（按：周昂七律《和路宣叔梅》颈联，"应自惜"原为"应见惜"）

● 含情最惜黄昏后，照影偏宜绿水傍。

● 十分素魄偏宜月，一种浮香不待风。

● 暗有浮香通淡月，瘦无寒叶到空枝。〔按：李新七律《次韵任使君咏梅二首》（其一）颔联〕

● 只消一朵南枝胜，尽受群花北面降。〔按：刘克庄七律《再和方孚若瀑上种梅五首》（其三）颔联，"胜"原为"拆"〕

● 冰池照影何须月，雪岸闻香不见花。（按：戴复古七律《梅》颈联）

● 月从雪后皆奇夜，天到梅边有别春。（按：范成大七律《亲戚小集》颔联，"天到"原为"天向"）

【结句】

● 休横三弄笛，留衬寿阳妆。

● 香中别有韵，清极不知寒。（按：崔道融五律《梅花》颔联）

● 满头虽白发，聊插一枝春。（按：蒋之奇五绝《梅花》）

● 妒雪聊相比，欺春不逐来。（按：杜牧五律《梅》颔联）

● 雪中未问和美事，且向百花头上看。（按：王曾七绝《早梅》，"美"原为"羹"，"看"原为"开"）

● 循檐索共梅花笑，冷蕊疏花半不禁。〔按：杜甫七律《舍弟观赴蓝田取妻子到江陵喜寄三首》（其二），"循"原为"巡"，"疏花"原为"疏枝"〕

● 片片梅花随雨脱，浑疑春色堕林梢。（按：章少隐逸句，"春色"原为"春雪"）

● 人疑只有孤山识，尚有知心宋广平。

● 相思一夜梅花发，忽到窗前疑是君。（按：卢仝鼓吹曲辞《有所思》）

● 夜深更拥寒衾睡，明月梅花共一窗。（按：楼枎逸句，"睡"原为"坐"）

（本文发表于《励耘学刊》2021 年第 2 辑）

技法与德性：明代七子派"诗文如何书写"探研*

内容提要 明代七子派在谈诗论文中重点关注了诗文如何书写这一问题，从李梦阳"尺尺寸寸"、何景明"舍筏登岸"到李攀龙"拟议以成其变化"、王世贞"文至临摹则丑矣"，七子派的诗文复古经历了由"拟议"到"新创"的不断修正过程。在这一过程中，有关诗文书写的起点是拟议还是新创的论争尤为激烈，成为明清诸诗文流派讨论的焦点。七子派成员从不同层面对此给予不同阐发，甚至追随七子派的陈子龙、沈德潜以及桐城派对这一问题也予以重点关注。围绕这一问题，七子派与其他诗文流派在模拟与新创、有法与无法、直径与曲径等问题上有过论争，公安派又在此基础上将诗文书写由注重技术技巧的技法问题转化为宣泄情感情绪的情感问题，沈德潜等又将之提升为人格修养的德性问题。

关键词 拟议 七子派 诗文书写

中国新闻网 2017 年 8 月 20 日的报道《机器人写诗出诗集，人工智能挑战人类情感》① 提出一个问题：冰冷的机器人如何生产出具有人类体温的诗的情感？对于这一问题，目前各方观点不一，但这至少说明一个问题：诗

---

* 本文为国家社会科学基金重大招标项目"丝路审美文化中外互通问题研究"（项目编号：17ZDA272）、"兰州大学'一带一路'专项项目资助"（项目编号：2018ldbryb006），以及兰州大学"中央高校基本科研业务费专项资金资助"（项目编号：18LZUJBWZY018）的阶段性成果。

① http://www.chinanews.com.cn/gn/2017/08-20/8309092.shtml。除了新诗外，机器人也创作古体诗（参见 http://www.jfdaily.com/news/detail? id=55628）。

歌书写有技法可言，通过学习模仿前人经典，在没有真情实感的情况下也能创作出好诗。明代前、后"七子"一直关注如何通过学习模仿前人经典从而快速有效地提升诗文书写水准，谢榛在《四溟诗话》中提出："杜牧之《清明》诗曰：'借问酒家何处有，牧童遥指杏花村。'此作宛然入画，但气格不高。或易之曰：'酒家何处是，江上杏花村。'此有盛唐调。予拟之曰：'日斜人策马，酒肆杏花西。'不用问答，情景自见。"① 这种换句或换字之法与黄庭坚提出的"点石成金""夺胎换骨"有异曲同工之妙，是快速提升诗文书写能力和水准的一种捷径。明代读书人在科举中第后面临创作大量诗文以应对新文化生活的需求，因此快速提升书写技法成为一种迫切诉求。谢榛就通过换字换句展示出诗文书写获得"唐调"的门径。对"前七子"而言，台阁体、茶陵派掌控了文权，融"理学""经济""文章"为一体，在此种情况下，获得诗文书写的技法对掌控文权、砥砺士节世风有极其重要的意义。胡应麟《诗薮》提出："汉唐以后谈诗者，吾于宋严羽卿得一悟字，于明李献吉得一法字，皆千古词场大关键。第二者不可偏废，法而不悟，如小僧缚律；悟不由法，外道野狐耳。"② "法"与"悟"成为诗文书写的两个层面，由"法"入"悟"被视为正途。古代诗话、文话除了辑佚诗文、记录诗事外，还有很多对诗文理论的谈论，这些谈论往往源于创作实践，用于指导诗文书写。显然这些谈诗论文的话语主要源于书写的需要，时人对诗文如何书写的关注也源于其现实生活的需求。目前有关前、后"七子"的研究比较多地强调了诗文复古与前人作品"像"与"不像"的模拟问题，或是反理学、反台阁、反八股文等诗文流派间"斗争"与"矫弊"的问题。③ 当然这些讨

① 谢榛：《四溟诗话》卷一，清道光二十五年（1845）刻《海山仙馆丛书》本。
② 胡应麟：《诗薮》，上海古籍出版社，1979，第100页。
③ "模拟剽窃"成为明代七子派身上的一块标签，《四库全书总目》卷一八九《唐宋八大家文钞》提要云："明茅坤编……《明史·文苑传》称坤善古文，最心折唐顺之，顺之所著《文编》，唐宋人自韩柳欧三苏曾王八家外，无所取，故坤选《八大家文钞》。……自李梦阳《空同集》出，以字句摹拟秦汉，而秦汉为窠臼；自坤《白华楼稿》出，以机调摹拟唐宋，而唐宋又为窠臼，故坤尝以书与唐顺之论文，顺之复书有'尚以眉发相山川，而未以精神相山川'之语……云云。"夏崇璞提出："七子但知摹仿，不知创造……彼七子者，傀儡秦汉耳，名之曰伪古，当矣。"（参见夏崇璞《明代复古派与唐宋派之潮流》，《学衡》第9期，1922）郑利华《前后七子研究》一书对此有所纠正。关于七子派反理学、反台阁、反八股等，文学界已有很多谈论。

论在一定程度上深化了我们对明清诸诗文流派的理解，但忽略了七子派及诸诗文流派对于快速、高效提升书写水准的"焦虑"以及从实践层面对相关问题的思考和探索。

诗文发展至明清，如何继承发展秦汉、唐宋留下的丰厚的历史文化遗产，成为时人"焦虑"的问题。在诗文书写方面，如何吸收借鉴前人的优秀成果并进行创新，成为明清诸诗文流派关注的焦点问题。围绕这些问题，七子派内部曾产生"李何之争"等多种论争。前、后"七子"与唐宋派、公安派、竟陵派也围绕诗文如何书写有过多次观点碰撞。这些论争在后来的云间诗派、格调派、桐城派那里产生不同的反响，归纳起来主要有这些问题：（1）诗文书写的起点究竟是模拟还是新创？（2）诗文书写是有法可依还是无章可循？（3）诗文书写方法的获得是"直径"还是"曲径"？（4）诗文书写是技术技巧、情感情绪问题，还是人格修养问题？如此等等。这里拈出诗文如何书写这一问题，可以在明清诸诗文流派间构建对话连接，改变对某一流派进行静态化、孤岛化、碎片化研究的现状。此外，这一问题还有助于我们对前、后"七子"及云间派、格调派、桐城派做出"应然"而非"实然"的判断。

一 模拟与反模拟

诗文书写的起点在哪里？是生活原型，还是前人经典？艾布拉姆斯指出文学活动的四要素——作品、宇宙、作家、读者，并以"镜"和"灯"为喻，提出反映论与表现论。[1] 作品、宇宙、作家、读者这些关键词对理解现代作家的创作以及读者的接受等都有一定的价值，且文学源于"生活"（或"宇宙"）的观点确有一定道理。但对中国古代诗文书写者来说，这样的阐释仍显不妥。实际上无论模仿说还是表现说，都坚持文学是对现实的表现或模仿，但创作者在很多时候面对"生活原型"一筹莫展。这就需要先学习前人的书写经验，从中获得写作的技法，然后再面对"生活原

---

[1] 参见〔美〕M.H.艾布拉姆斯《镜与灯：浪漫主义文论及批评传统》，郦稚牛、张照进、童庆生译，北京大学出版社，2004，第5页。

型"并进行书写。文学虽源于生活，但"生活原型"并不等于文学。那么，如何将"生活原型"变为文学？明清各诗文流派对这一问题曾作出不同的解答。依据李梦阳的说法，诗文书写首先要如同临摹字帖一样模仿前人经典，创作者先在心中植入前人经典之作，然后才能将生活原型化为诗。前人之作有着示范作用，蕴含着写作的法式、经验、情感、标准。不过针对李梦阳强调诗文书写"尺尺寸寸""墨守成规"的说法，何景明提出了异议，认为"法"非"死法"，应采取"舍筏登岸"的灵活方法。对此，李梦阳在《驳何氏论文书》中进行了反驳。李梦阳认为诗文书写存有内在固定的方法和规律，且方法与诗文具有一体性，要写诗，心中先要有诗，诗人应在掌握了写诗的基本规则后，再以"我之情"述"今之事"。他以临摹字帖为喻，强调对前人经典的摹写。他在《再与何氏书》中进一步提出："夫文与字一也，今人模临古帖，即太似不嫌，反曰能书。何独至于文，而欲自立一门户邪？"① 何景明对李梦阳的这一说法很不以为然，他认为诗文书写的更高境界是心中没有模仿对象，"临景构结，不仿形迹"，这样才能写出自己的诗。当然，何景明也强调学习前人经典，不过他重视"舍筏登岸"的学习，这与李梦阳"尺尺寸寸"、以古人规矩为规矩的创作方法有很大不同。"尺尺寸寸"与"舍筏登岸"是前七子在诗文书写方面展示出的不同学习路径。其实"尺尺寸寸"与"舍筏登岸"可以视为学习前人的初级和高级阶段。

从李梦阳"尺尺寸寸"到何景明"舍筏登岸"，再到后来李攀龙"拟议以成其变化"、王世贞"文至临摹则丑矣"，七子派对诗文如何书写有不同的见解。对于李攀龙作品模拟太多的弊病，钱谦益以《漫兴》一诗加以讥讽："万里江湖迥，浮云处处新。论诗悲落日，把酒叹风尘。秋色眼前满，中原望里频。乾坤吾辈在，白雪误斯人。"② 钱谦益虽戏谑李攀龙，但他本人的诗文书写也始于模拟。钱氏早年仰慕李梦阳、王世贞，称"仆年十六七时，已好陵猎为古文。《空同》《弇山》二集，澜翻背诵，暗中摸

---

① 李梦阳：《空同集》卷六二《再与何氏书》，明刻本。
② 钱谦益：《列朝诗集》丁集卷五，清刻本。

索，能了知某纸"①。王慎中、陈子龙亦同，"慎中为文，初亦高谈秦汉，谓东京以下无可取，已而悟欧、曾作文之法，乃尽焚旧作，一意师仿，尤得力于曾巩"②。陈子龙自述："盖予幼时……得北地、琅琊诸集读之，观其拟议之章，飒飒然何其似古人也。因念此二三君子者，去我世不远，竭我才以从事焉，何遽不若彼？而是时方有父师之严，日治经生言，至子夜入定，则取乐府、古诗等拟之，疾书数篇，要之以多为胜，以形似为工而已。"③ 从这些案例可以看出，古人的诗文书写往往是从模拟起步的。当然，关于诗文书写起于模拟，王世贞晚年也曾予以批评："书画可临可摹，文至临摹则丑矣。"④ 不过他早年认同从模拟着手："全取古文，小加裁剪……模拟之妙者，分歧逞力，穷势尽态，不唯放手，兼之无迹，方为得耳。"⑤

李梦阳"尺尺寸寸"之说虽受到很大非议，却赢得了桐城派姚鼐、刘大櫆等人的支持。姚鼐强调作诗从模拟着手，先模拟格律声色，再模拟"神理气味"；先模拟一家，然后博采众长，最后形成自己的风格。他说："近人每云作诗不可摹拟，此似高而实欺人之言也。学诗不摹拟，何由得入？须专摹拟一家，如是数番之后，自能镕铸古人，自成一体。若初学未能逼似，先求脱化，必全无成就。"⑥ 姚鼐又主张桐城派学诗应从近处学，先学七子派。刘声木有这样的记载："明七子之诗，虽不免模拟，然与唐人风骨相近，学诗者有脉络可寻，终为正轨。国初诸家，过事贬斥，实非公论。新城王文简公以诗名一代，亦从七子入手，故吴乔目为'清秀李于鳞'，文简衔之终身，以一语中其微隐。桐城姚鼐《惜抱轩尺牍》谓：学诗须从明七子诗人手，不可误听人言。曾编《明七子律诗选》□卷，示之准的。"⑦ 七子派诗文书写始于模拟的观点得到了桐城派的认可，"姚门四

① 钱谦益：《有学集》卷三九《答山阴徐伯调书》，《续修四库全书》，上海古籍出版社，2002，第1391册，第392页。
② 《四库全书总目》卷一七二。
③ 陈子龙：《安雅堂稿》，伟文图书出版有限公司，1977，第145~146页。
④ 王世贞：《弇州山人四部稿》卷一五五《艺苑卮言附录四》，明刻本。
⑤ 王世贞：《艺苑卮言》增补卷三，明刻本。
⑥ 姚鼐：《惜抱先生尺牍》卷八，清宣统间重刊本。
⑦ 刘声木：《苌楚斋随笔》卷一"论明七子诗"条，中华书局，1998，第16页。

杰"之一的姚永朴在《文学研究法·史学研究法》中，通过罗列"惜抱先生《与管异之书》""曾文正公《家训》""惜抱先生《古文辞类纂序》"等观点，对模拟与新创的关系作了深入阐释，并支持诗文始于"模拟"的言论。他强调："夫摹拟者，所以求古人之法度也；脱化者，所以见一己之性情也。"① 他将学习前人分为初始阶段的"模拟""法度"与更高阶段的由"脱化"见"性情"。从创作实践上来说，七子派提出的"模拟"主要用于指导创作，七子派也不断对自身理论进行修正和补救。当然，模拟与新创不能完全对立，而应成为诗文书写的不同阶段，对初学者不能完全以新创来要求。

诚然，理想的诗文书写是"为情造文"，当写作灵感来临时，下笔千言，不可遏抑。假如书写者心中先有了他人之作，就容易形成程式化书写。锺惺《诗归序》批评这一现象说："取古人之极肤、极狭、极熟，便于口手者，以属古人在是。"② 随着社会生活的快速发展，诗文在现实社会生活中获得了大量应用，在短时间内快速提升书写水准成为明代文人生活的一种需求，然而这种同质化的书写往往会带来模式化的效应。袁宗道给出的解决方案是："若使胸中的有所见，茍塞于中，将墨不暇研，笔不暇挥，兔起鹘落，犹恐或逸，况有闲力暇暜引用古人词句乎？"③ 这种"为情造文"的书写是一种理想化的写作状态，是技法纯熟后的任意挥洒，不过对初学者或书写技法不成熟者来说未必适用，很多时候书写者面对的是"眼前有景道不得"的无奈。基于此，只有通过对前人经典作品的学习，才能获得写作技法的快速提升。

二　"有法"与"无法"

在模拟与非模拟论争的背后，是诗文书写"有法"与"无法"的问题：诗文书写到底是有法可依还是无章可循？古人探讨诗文如何书写，不仅将之视为技术技法问题，还将之提升至道德伦理层面，将人品与诗品、

---

① 姚永朴：《文学研究法·史学研究法》，吉林时代文艺出版社，2009，第71页。
② 锺惺：《隐秀轩集·文昃集》序一，明天启间沈春泽刻本。
③ 袁宗道：《白苏斋类集》卷二〇《论文》，明刻本。

文品联系在一起。因此，"法"不仅仅表现在知识技术层面，还表现在情感情绪层面和人格境界层面。

在诗文书写技法问题上，李梦阳与何景明可谓针锋相对。李梦阳认为古人之作，有法可依，存在一种普遍法式，后人学习前人诗文书写应如临帖，"夫文与字一也，今人模临古帖，即太似不嫌，反曰能书。何独至于文，而欲自立一门户邪"。李梦阳墨守前人之规的做法，引起何景明的不满，何氏《与李空同论诗书》一文说："空同子刻意古范，铸形宿镆，而独守尺寸，仆则欲富于材积，领会神情，临景构结，不仿形迹，诗曰：'惟其有之，是以似之。'"[①] 何景明认为学习前人应从"神情"入手，而不应从字句"形迹"着眼，心中有了模仿对象，就会有"似之"之作。李梦阳、何景明各执一词，彼此都未说服对方，原因是二人探讨的是诗文书写不同阶段的问题。对此，许学夷说："学者必先造乎规矩，而能驰骋变化于规矩之中，斯足以尽神圣之妙，所谓'从心所欲，不逾矩'是也。苟初不及乎规矩，而欲驰骋变化以从心，鲜有不败矣。"[②] 显然，许学夷将诗文书写分为遵守规矩与超越规矩两个阶段，支持李梦阳先守规矩、后求变化的观点。顾璘认为："空同言作诗必须学杜，诗至于杜，如至员不能加规，至方不能加矩矣。此空同之过言也，夫规矩方员之至，故匠者皆用之，杜亦在规矩中耳，何得就以子美为规矩邪？"[③] 顾璘认为诗文书写存在一种超越作品的普遍规律，杜甫作品也在规矩之中，李梦阳以杜甫作品为规律不妥，这一说法是将书写规律与具体作品相分离。不过，顾璘不赞同何景明"舍筏登岸"之说，其《国宝新编》提出："观其（引者按：指何景明）与李氏论文，直取'舍筏登岸'为优，斯将尽弃法程，专崇质性。"[④] 顾璘认为"舍筏登岸"而"崇质性"，并不妥当。

关于诗文书写"有法"还是"无法"的问题，七子派、唐宋派、公安派、桐城派观点不一。唐顺之云："汉以前之文，未尝无法，而未尝有法，法寓于无法之中，故其为法也，密而不可窥。唐与近代之文，不能无法，

① 何景明：《何大复集》卷三二《与李空同论诗书》，中州古籍出版社，1989，第575页。
② 许学夷：《诗源辩体》卷三五第三十六则，明刻本。
③ 朱彝尊：《明诗综》卷三四《李梦阳》，清刻本。
④ 陈田：《明诗纪事》，上海古籍出版社，1993，第2册，第1144页。

而能毫厘不失乎法，以有法为法，故其为法也，严而不可犯。"① 如果不言"有法"，那么"无法"也就不存在。唐顺之强调"开阖首尾，经纬错综"之法，最初与李、何一致，后来其思想有了改变，强调由"有法"到"无法"，"有法"寓于"无法"。袁宏道改变了"有法"与"无法"讨论中对生活原型的关注，提出"活法"为"至法"，"善为诗者，师森罗万象，不师先辈"，"法李唐"，"法其不为汉，不为魏，不为六朝之心而已，是真法者也"②。袁宏道强调直面"生活原型"的书写，将诗文书写由技术技法层面提升至情感情绪层面，认为由生活感受而生出的情感情绪才是诗心，于是以"无法"运"有法"，认为这才是生产诗的"真法"。早在袁宏道之前，王世贞也强调："诗不云乎'有物有则'，夫近体为律，夫律，法也，法家严而寡恩。"③ "《春秋》之制义法，自太史公发之，而后之深于文者亦具焉。义即《易》之所谓'言有物'也，法即《易》之所谓'言有序'也。义以为经，而法纬之，然后为成体之文。"④ 王世贞的"义""法"思想开启了方苞"义法"说之先河，此时，王世贞与李攀龙一起倡导诗文复古，强调古文思想内涵的正统性与体制音律的规范性。后来，王世贞思想发生了转变，提出"气雄而调古，驰骤开阖，不法而法"，"有法悟无法，无修解有修"⑤。王世贞由早年强调"有法"到晚年重视"不法而法"，既是思想认识的提高，也是书写技能提升后的转变，更是先学规矩后求变化的学习演变过程。

在"有法"与"无法"的论争中，公安派将七子派强调的"法"引申为情感情绪的宣泄。袁宏道提出："文章新奇无定格，只要发人所不能发，句法字法调法，一一从自己胸中流出，此真新奇也。"⑥ 显然袁宏道将七子派探讨的诗文书写"技法"问题置换为如何抒情的问题，"情"强调的是"真伪"而非"技法"。袁宏道提出："唐人妙处，正在无法耳。如

---

① 唐顺之：《荆川集》卷一〇《董中峰侍郎文集序》，《四部丛刊》。

② 袁宏道：《袁中郎随笔》，中华工商联合出版社，2016，第235页。

③ 《弇州山人四部稿》卷六五《徐汝斯诗集序》。

④ 方苞：《望溪集》卷二《又书货殖传后》，清刻本。

⑤ 王世贞《弇州山人续稿》卷四七《喻邦相杭州诸稿小序》、卷一五八《仙师书大通经》，明刻本。

⑥ 袁宏道：《袁中郎随笔》，第169页。

六朝汉魏者，唐人既以为不必法，沈、宋、李、杜者，唐人虽慕之，亦绝不肯法，此李唐所以度越千古也。"① 唐人对前代是否"不必法"或"不肯法"，只是袁宏道的想象，王勃"落霞与孤鹜齐飞，秋水共长天一色"就是模仿庾信"落花与芝盖齐飞，杨柳共春旗一色"。袁宏道强调学习"生活原型"，其《叙竹林集》提出"法李唐"，"法其不为汉，不为魏，不为六朝之心而已，是真法者也"②。没有方法的方法被袁宏道视为"真法"，然而没有方法的方法也是源于具体的方法，如果仅仅直面"生活原型"，对前人经典不吸收、不借鉴，可能会出现"眼前有景道不得"的尴尬。袁宏道过分强调师心而不师前人经典，诗文完全成为书写者情感情绪的宣泄方式，这一认知有一定的片面性。袁宏道在《又与冯琢庵师》中提出："古人诗文，各出己见，决不肯从人脚跟转，以故宁今宁俗，不肯拾人一字。"③ 其《雪涛阁集序》提出："信口信腕，皆成律度，其言今人之所不能言与其所不敢言者。"④ 为了情感的真实，袁宏道"宁今宁俗"，与江盈科一起强调"信口信腕"，放弃对前人经典的学习和模仿，直面生活原型，产生了俗滑浅率之弊。七子派就诗文如何书写这一问题在模拟与非模拟、有法与无法层面进行了论争，侧重技术技巧、知识层面的把握。明代早期的台阁体、茶陵派注重"理学""经济"与"文章"的融合，前后七子将之转化为知识技法问题，公安派则从审美层出发，强调个体的生命体验和感受，将之转化为情感情绪问题。到了清代，推崇七子派的沈德潜又将这一问题从技术技法层面、审美层面提升至人格境界层面。沈德潜强调诗歌"和性情，厚人伦，匡政治"的社会教化功能，宣扬"温柔敦厚"的"诗教"观，强调诗文书写"先审宗旨，继论体裁，继论音节，继论神韵，而一归于中正和平"⑤，诗的好坏取决于人格境界的高低。沈德潜提出"文章诗歌本乎心术"，对七子派所言格调的仅注重技术技法有了新的提升和修正，其通过标举温柔敦厚兼主风教，主张诗文书写关乎人伦日用、反

---

① 袁宏道：《袁中郎全集》卷二三《答张东阿》，明刻本。
② 袁宏道：《袁中郎随笔》，第 235 页。
③ 袁宏道：《袁中郎随笔》，第 168 页。
④ 袁宏道：《袁中郎随笔》，第 238 页。
⑤ 沈德潜：《唐诗别裁集》，中华书局，1975，第 2 页。

映现实，提倡适合官方口味的诗歌理论，强调"性情"与"诗教"合一。对七子派、公安派、竟陵派的诗文书写问题，王士禛《丙申》提出批评："公安滑稽而不典，弇州工丽而不远。竟陵取材时文，竞新方语，既寒以瘦，亦俗而轻，何有于谐声丽则乎？"① 王士禛倡导"神韵说"，以"典远丽则"为诗文书写的典范。此后，翁方纲提出"肌理说"，强调"文理"与"义理"合一，尊崇合乎儒家道德规范的学问和思想，昌明世教，将诗学架构在义理、考据、辞章这一框架内。后来袁枚提倡"性灵说"，强调诗歌"乃为己作"，放弃诗教追求，强调诗文书写真性情，而所谓的真"性情"主要是男女之情，即"情之所先，莫如男女"。这样，袁枚提倡的诗文抒写真性情与公安三袁强调的情感情绪问题，就形成了内在连接。

三 "直径"与"曲径"

学习对象对学习者具有反塑作用，因此，以什么时代、什么人的作品为学习和模拟的对象，以什么方式进行学习和模拟，对学习者的作品风格和内容会产生很大影响。那么，学习前人经典的方式是由近及远还是由远及近呢？走"直径"与走"曲径"对快速提升诗文书写水准会有什么不同？对此问题，明清不同诗文流派给出了不同的回答。

诗文宗法对象的选择除了有提升自身书写技法的意义外，还有对宗法对象的情感认同及反塑自身的问题。此外，不同的宗法对象对营造新的社会文化环境也有特别的意义。古人常将"国运""世运"与诗文风格联系起来。钱谦益提出"萌坼于灵心，蛰启于世运，而苗长于学问"②，认为竟陵派"幽深孤峭"的诗风是"亡国之音""国妖"。由此可以看出，诗文风格小而言之属于个人"人格"修养问题，大而言之关系到"国运"。前、后"七子"学"秦汉""盛唐"，从某种意义上说，就是要由"古文"上升到"古道"，恢复汉唐气象。

诗文书写需要在模仿中学习，但学习不是为了模仿，模仿也不是为了

---

① 周亮工：《尺牍新钞》，岳麓书社，2016，第 84 页。
② 钱谦益：《有学集》卷四九《题杜苍略自评诗文》，《续修四库全书》，第 1391 册，第 1594 页。

复制，而是重新经历和体验学习对象的创作过程或创作体验。诗文如何书写，对明清不同流派而言，就是如何学习前人、走什么样的学习路径的问题，也就是走"直径"还是"曲径"的问题。所谓"直径"，就是直接学习汉魏；所谓"曲径"，就是由唐宋起步，再学汉魏。对此，明清各诗文流派给予了不同阐发。如果以花为喻，想要写出有关花的诗，首先要研读写花的诗，然后再直面鲜花。当然，读什么时代有关花的诗也很讲究，是宗法秦汉还是唐宋，不同的诗文流派会采取不同的方式。七子派关心的是宗法什么时代有关花的诗才会更富有汉唐气象，特别是要写出具有汉唐气象的诗文该走什么样的路径才更简捷、更有效。另外，各种路径所取得的效果如何，哪种风格最容易被认可，对社会风气塑造最有效，也很重要。

　　七子派舍宋元而学秦汉的复古路径，一直为后人所诟病。"唐宋派"诸人认为学习前人经典最有效的方法是先学唐宋，然后再上溯秦汉。关于复古中"直径"与"曲径"的差异，郭绍虞认为学秦汉"以其距离远，先摹形迹，以语句组织入手，泥古不化"，宗唐宋"从语气神情揣摩，开阖抑扬之法，而似觉神明在心，变化由己"①。前、后"七子"学秦汉，喜用古地名、人名、职官名，给人以模拟有痕的印象。如果从近处唐宋入手，就可以得其"神"；如果从秦汉入手，就难以把握文章内在神韵，容易偏向学古人语句，得其"形"而遗其"神"。唐宋派强调先学"八大家"然后再学秦汉。为此，茅坤编选《唐宋八大家文钞》，强调从"八大家"入手。这一观点也得到了桐城派的支持，姚鼐编纂《古文辞类纂》，曾国藩编纂《经史百家杂钞》，也是强调先从方苞、刘大櫆等学起，然后上溯归有光、唐宋八大家，再上溯秦汉。方东树提出："往者姚姬传先生纂辑古文辞，八家后于明录熙甫，于国朝录望溪、海峰，以为古文传统在是也。"② 这样，桐城派就形成了一套学习古文的谱系，"是编所录，惟汉人散文及唐宋八家专集，俾承学治古文者先得其津梁，然后可溯流穷源，尽诸家之精蕴耳"③。可见，"唐宋八家"是桐城派学习古文的"津梁"。

　　唐宋派的学古路径与七子派不同，由近及远的"曲径"得到了清人认

---

① 郭绍虞：《中国文学批评史》，百花文艺出版社，1999，第314页。
② 方东树：《仪卫轩文集·答叶溥求论古文书》，清刻本。
③ 杨荣祥：《方苞姚鼐文选译》，巴蜀书店，1991，第5页。

可，四库馆臣说唐顺之"文章法度具见《文编》一书，所录上自秦汉以来，而大抵从唐宋门庭沿溯以入"①。四库馆臣认为从唐宋门径入手，便不会有模拟剽窃之弊，且从唐宋入手以溯秦汉当为正途。当然，这一观点也有一定的片面性，从唐宋入手也同样存在"摹仿之弊""徒在形貌"的问题。王闿运《八代诗选》提出："自近人专从唐宋人诗入手，乃有薄汉魏六朝为选体者，是欲矫明七子模仿之弊，而数典忘祖也。不知明七子诗，正坐徒袭形貌，即其学李杜者亦然，是不善学也。今人不知学，其弊与明七子等。"② 说明把模拟剽窃简单地归结为学习路径的"直"与"曲"，颇有偏颇。刘大櫆《盛唐诗选》《唐诗正宗》等标举盛唐诗，与明七子"诗必盛唐"相契合，方东树《昭昧詹言》评刘长卿之《献淮宁军节度李相公》云："海峰《正宗》独以此一篇入选，所以崇格也。《正宗》之选，专取高华伟丽，以接引明七子。"③ 说明在学盛唐方面，前、后"七子"与桐城派有一致之处，都强调先从形貌再到神情，先从具体再到抽象，也就是学习前人经典并不是一步到位的，而要分阶段进行。

关于诗文书写是走"直径"还是"曲径"的问题，袁宏道以"变"的文学观反对七子派对学习方法的探讨："天下无百年不变之文章，有作始，自有末流；有末流，还有作始。其变也，皆若有气行乎其间。创为变者，与受变者，皆不及知。"④ 袁宏道将复古视为"剿袭"，与七子派探讨的如何快速提升诗文写作技法存在一定偏差，不在同一话语空间中。公安派追求的是直面生活原型的情绪宣泄，而非七子派关注的快速提升诗文书写水准的技法问题。袁宏道《叙小修诗》云："大都独抒性灵，不拘格套，非从自己胸臆流出，不肯下笔。"⑤ "独抒性灵"虽便于情感的表达和宣泄，但诗文书写还要考虑读者的接受等问题。袁宏道提出："出自性灵者，为真诗尔。"⑥ 公安派打破了七子派对前人经典的膜拜，追求信手信腕、师心自用的情感宣泄，重视对生活原型的体认和感受，追求更高层面的书写境

---

① 《四库全书总目》卷一七二。
② 转引自夏敬观《八代诗评》，《同声月刊》第 1 卷第 2 号，1941。
③ 方东树：《昭昧詹言》，人民文学出版社，1984，第 32 页。
④ 袁中道著，钱伯城点校《珂雪斋集》卷一○《花云赋引》，上海古籍出版社，1989。
⑤ 袁宏道：《袁中郎随笔》，第 221 页。
⑥ 袁宏道：《敝箧集叙》，《敝箧集》，明万历间刻本。

界，与七子派所关注和探讨的初级写作状态已不在同一维度。

要之，诗文如何书写是明清各诗文流派关注的焦点，七子派、唐宋派、公安派及桐城派、格调派从模拟与非模拟、“有法”与“无法”、“直径”与“曲径”等层面，从宗法路径、技术技法与境界修养等角度展开探讨。当然，不同诗文流派对诗文书写有不同的看法。对古人而言，如何书写已不仅仅是技术技法问题，更是人生境界和人格修养问题，甚至是关乎国运的问题。因此，应将前、后“七子”诗文书写问题放在明清文学生态中加以观照。

［本文原刊于《湘潭大学学报》（哲学社会科学版）2019 年第 1 期］

交往的诗学[*]

——锺惺、谭元春交往书信中的《诗归》言说与竟陵诗学的登场

余来明^{**}

内容提要 锺惺、谭元春合编的《诗归》是反映竟陵派诗学观念的重要诗歌选本，是促成竟陵诗学成为晚明诗坛主流话语的核心力量。这种诗学力量的形成，除了受助于选本自身所传递的颠覆性诗学理念，同样离不开二人在推广方面所做的努力。锺、谭二人借助与友人的往来书信，揭示《诗归》在编选宗旨、诗学理念、诗歌评价上的独特之处，由此彰显《诗归》"与世独异"的编选策略，标明异于"后七子"、公安派的诗学立场，传扬独具一格的批评观念，构建自成一体的话语系统，从而在晚明诗坛树立起竟陵诗学的旗帜。

关键词 竟陵诗学 《诗归》 锺惺 谭元春 文人交往

明代万历后期以锺惺、谭元春为代表的竟陵派的兴起，是晚明诗坛继公安派兴起之后最受关注的现象之一。竟陵诗学在晚明诗坛的登场，以锺、谭二人合编的《诗归》问世为重要标志，所谓"袁中郎之说极为诡幻，然不过载诸其集，初未尝有成书也。伯敬、友夏则定为《诗归》以为法，实以一时宗尚不敢置喙，故纵心至是"①，即是出于对当时诗坛状况的真实观察。锺、谭《诗归》通过标举"性灵"诗学，对中国古典诗

---

* 本文为国家社会科学基金重点项目"《锺惺全集》整理与研究"（项目编号：18AZW015）的阶段性成果。

** 余来明，武汉大学中国传统文化研究中心教授；出版专著《"文学"概念史》等。

① 许学夷著，杜维沫校点《诗源辩体》卷三六，人民文学出版社，1987，第372页。

歌的两大典范系统（古诗与唐诗）进行重新组装，以不同时好的选录标准和评点观念引起广泛关注，以致时人有"锺、谭一出，海内始知'性灵'二字"①的感叹。《诗归》自问世后短短数年间便风靡整个诗坛，成为继李攀龙《古今诗删》《唐诗选》之后最具影响力的古诗、唐诗选本。即便是对锺惺批评甚厉的钱谦益也不得不承认："数年之后，所撰《古今诗归》盛行于世，承学之士，家置一编，奉之如尼丘之删定。"②锺、谭《诗归》虽然以其不同一般的诗学眼光而成为热议话题，但收获的更多是批评之声，甚至因此遭人怪罪和怨恨，数次惹来祸患。③邹迪光身为锺惺的师长，向来以"最称好奇"闻名，在见到《诗归》之后，也对锺、谭二人选诗的观念和做法大感惊诧，以至于发出了"不意世间有此大胆人"④的感慨。

返回晚明诗学现场，我们不禁会发出这样的疑问：一部问世不久即招致诸多非议和批评的诗歌选本，以及当中所蕴含的竟陵诗学观念，是如何在"诗友圈"中进行传播，进而在晚明众声喧哗的历史场景中脱颖而出，成为代表一个时代的诗学声音的？由于文献记载的限制，后世很难建构细节翔实的历史现场，然而这并不妨碍我们在相关事实之间建立联系，去探寻历史记录背后的隐幽与深义。本文的考察侧重于锺惺、谭元春二人作为编选者，如何利用交往性的文本（包括往来书信、为他人所作诗序等），努力将个人化的诗学理念转化为具有普遍意识的诗学宗尚。以往来书信讨论诗学问题，即所谓与人论诗书，是中国古代诗学批评的重要文类形式，著名者如司空图《与李生论诗书》、严羽《与吴景仙论诗书》、宋濂《答章秀才论诗书》、何景明《与李空同论诗书》、李梦阳《驳何氏论文书》、徐祯卿《与李献吉论文书》等。明代以后，具有私人性质的往来书信，在诗学观念的形成、传播中扮演了重要角色。追索竟陵诗学在明末诗坛的登

① 鉴庵：《序友夏》，《谭元春集》"附录一"，上海古籍出版社，1998，第953页。
② 钱谦益：《列朝诗集小传》丁集中"锺提学惺"条，上海古籍出版社，2008，第570页。
③ 参见锺惺《隐秀轩集》卷二八《与井陉道朱无易兵备》，上海古籍出版社，2017，第562页；《谭元春集》卷二五《退谷先生墓志铭》，下册，第681页。
④ 许学夷著，杜维沫校点《诗源辩体》卷三六，人民文学出版社，1987，第372页。邹迪光年七十，锺惺曾为作序，言及年十八就郡国童子试时，邹曾督学楚中，因而自己出其门下（参见锺惺《隐秀轩集》卷一九《邹彦吉先生七十序》，第363~365页）。

场，即是通过锺惺、谭元春在与人的书信中对《诗归》的编选宗旨、评诗论调等不断进行叙说而展开，最终则以《诗归》的刊行面世来实现其诗学观念的公告天下。在此过程中，作为诗学观念载体的诗选文本不再是单向形态的阅读对象，而是在对话场景中被置于话题中心的思想源码，潜藏于其文本背后的思想张力得到充分发掘，经过彼此双方往还的论说，从而形成新的观念场域。发掘这样的文学史细节，可以从一个侧面认识和理解竟陵诗学成为晚明诗坛强音的历史过程。

一

对于锺惺、谭元春而言，《诗归》编选是一项"用心良苦"的工作，其目的是通过文本选择、诗歌评点等形式建立起新的古诗、唐诗典范系统，并由此传递独具一格的诗学观念。就像锺惺在《隐秀轩集自序》中所自称的："平气精心，虚怀独往，外不敢用先入之言，而内自废其中拒之私，务求古人精神所在。"① 这样的思想追求不仅体现在其自著诗文中，也是贯穿于《诗归》选评的根本理念。如在一封写于"作官已五载"的信中，锺惺谈及《诗归》的选诗理念：

> 家居复与谭生元春深览古人，得其精神，选定古今诗曰《诗归》。稍有评注，发覆指迷。盖举古人精神日在人口耳之下，而千百年未见于世者，一标出之，亦快事也。②

无论是"深览古人，得其精神"，"稍有评注，发覆指迷"，还是"举古人精神……一标出之"，都旨在强调《诗归》的编选和评论是建立在发掘古典诗歌文本真实意涵的基础之上，同时又突出这种意涵的发掘不但具有普遍合理性，还是一项"前无古人"的工作，即信中所说的"盖举古人精神日在人口耳之下，而千百年未见于世者"，由此来凸显文本解释的创造性

---

① 锺惺：《隐秀轩集》卷一七，第314页。
② 锺惺：《隐秀轩集》卷二八《与蔡敬夫》，第545页。

和权威性。

在写给友人的信中，锺惺和谭元春都强调自己在编选《诗归》时所付出的艰辛努力和所持有的严谨态度。谭元春在写给蔡复一的信中，提及他与锺惺选录唐诗的经过时说：

> 春阅唐诗讫，曾有"无嫌同或异，常恐密兼疏"之句，盖彼取我删，彼删我取，又复删其所取，取其所删，无丝毫自是求胜之意，乃可共事。①

信中所说，可以谭元春《住伯敬家检校唐诗讫复过京山》诗为参证："勿嫌同或异，常恐密翻疏。仙佛精神耀，贤愚准则如。既须存豁达，亦以戒孤虚。解者须之后，勤焉慎厥初。"② 谭元春在不同情境中回忆自己与锺惺编选《诗归》的情形，都强调二人态度的一丝不苟。如他在《退谷先生墓志铭》中回忆此段经历说："万历甲寅（1614）、乙卯（1615）间，取古人诗与元春商定，分朱蓝笔，各以意弃取，锄莠除砾，笑哭由我，虽古人不之顾，世所传《诗归》是也。"③ 又如在《自题西陵草》中说："甲寅之岁，予与锺子选定《诗归》，精论古人之学，似有入焉者。而适以其时往西陵，遇境触物，所思所笔，遂若又进一格。"④ 种种记述表明，为了显示《诗归》编选的不同寻常，二人一再强调自己是以探幽索微的态度开展工作，并将自己当作古人的知音，以此发掘所谓的"真诗"与"古人精神"。

同样是提及编选《诗归》时的严谨态度与良苦用心，锺惺的说法更加形象、具体，他在写给蔡复一的信中说道：

> 凡得公诗无不和者，此番独未能。自西陵游后，断手于此矣。两三月中，乘谭郎共处，与精定《诗归》一事，计三易稿，最后则惺手钞之。……至手钞时，灯烛笔墨之下，虽古人未免听命，鬼泣于幽，

① 《谭元春集》卷二七《奏记蔡清宪公前后笺札》其四，下册，第 758 页。
② 《谭元春集》卷六，上册，第 237 页。
③ 《谭元春集》卷二五《退谷先生墓志铭》，下册，第 681 页。
④ 《谭元春集》卷三〇，下册，第 806 页。

谭郎或不能以其私为古人请命也。此虽选古人诗，实自著一书。①

一方面，为了保持对编选工作的专注，锺惺甚至放弃与友人长期保持的以诗歌唱和之举，其用心由此可见一斑。而在这种用心专一的背后，则是"虽选古人诗，实自著一书"的观念与态度。另一方面，作为《诗归》的最终编定者，锺惺在信中更是以小说家的姿态来展现其诗歌选评的深心孤诣，想象着夜深人静之时，在灯烛微光的映照下，选者伏案奋笔疾书，一首首古诗、一个个古人跃然纸上，与之跨越千年时空进行无声的对话。其间情形，恰如锺惺在一首诗中所写："兹来真不苟，所得颇皆微。孤意相今古，虚怀即是非。"②"微得""孤意"之中，潜藏的是选评者不同寻常的诗学观念，而这种观念在锺惺的自我认知中又与"古人精神"遥相契合。

锺、谭二人与蔡复一之间往来书信颇为频繁，从万历四十三年到四十四年（1615~1616）的多封书信都涉及《诗归》编选相关问题。在万历四十三年写给蔡复一的信中，锺惺对编选《诗归》的诗学指向进行详细阐发，并批评"后七子"、公安派流弊。信中谈道：

> 常愤嘉、隆间名人，自谓学古，徒取古人极肤、极狭、极套者，利其便于手口，遂以为得古人之精神，且前无古人矣。而近时聪明者矫之，曰："何古之法？须自出眼光。"不知其至处又不过玉川、玉蟾之唾余耳，此何以服人？而一班护短就易之人得伸其议，曰："自用非也，千变万化不能出古人之外。"此语似是，最能荧惑耳食之人。何者？彼所谓古人千变万化，则又皆向之极肤、极狭、极套者也。③

所谓"学古"的"嘉、隆间名人"，是指以王世贞、李攀龙为代表的"后七子"复古派，而提出以"自出眼光"对其"矫之"的"近时聪明者"，则是指以袁宏道为代表的公安派诸人。对于嘉靖后期以至万历年间的这两

---

① 锺惺：《隐秀轩集》卷二八《与蔡敬夫·又》，第546页。
② 锺惺：《隐秀轩集》卷一二《友夏见过与予检校〈诗归〉讫还家》，第232页
③ 锺惺：《隐秀轩集》卷二八《再报蔡敬夫》，第547页。

股诗学思潮，锺惺都持批评态度。在此基础上，锺惺将发掘"古人精神"作为《诗归》编选的宗旨，即所谓"诗归"之"归"的要义，也就是他所说的"归之为言，实也"。这是一种不同于"后七子"、公安派的诗学声音，其中关乎的是诗文"实"与"不实"的问题。他在信中说：

> 夫诗文与白业，不当论其第一第二，而且论其实与不实。仕宦去白业远，然虚谈白业亦易；山林去诗文近，然实修诗文亦难。公步步著实人，故与公实心勘之，知公必虚心听之。……夫诗何以曰"归"？归之为言，实也。①

这样的论说，在万历四十五年（1617）锺惺所作《诗归序》中被进一步发挥，针对的是明代中期以后颇为盛行的"复古"论调：

> 今非无学古者，大要取古人之极肤、极狭、极熟，便于口手者，以为古人在是。使捷者矫之，必于古人外自为一人之诗以为异；要其异又皆同乎古人之险且僻者，不则其俚者也，则何以服学古者之心？无以服其心，而又坚其说以告人曰："千变万化，不出古人。"问其所为古人，则又向之极肤、极狭、极熟者也。世真不知有古人矣。②

由此引出的，是锺惺选诗以寻找古人"真诗"的观念，"不敢先有所谓学古不学古者，而第求古人真诗所在"，这也是《诗归》之所谓"归"的真义："非谓古人之诗以吾所选为归，庶几见吾所选者以古人为归也。引古人之精神以接后人之心目，使其心目有所止焉。"而他所谓的"真诗"，也就是古人精神的真实反映。由此出发，锺、谭二人的选诗之举也就成了一次对"古人之诗"内涵的重新发掘，即序中所说的"察其幽情单绪，孤行静寄于喧杂之中；而乃以其虚怀定力，独往冥游于寥廓之外"，以达到一种"古今人我"合为一体的境界，"选古人诗，实自著一书"的含义也由

---

① 锺惺：《隐秀轩集》卷二八《与蔡敬夫·又》，第546页。
② 锺惺：《隐秀轩集》卷一六《诗归序》，289~290页。

此得到体现。

锺惺对《诗归》诗学精神的推扬，得到了友人蔡复一的回应。蔡氏为谭元春《寒河集》作序，对"真诗"说作了进一步阐发：

> 诗、乐致一也，《三百篇》何删哉？存其可以乐者而已。诗而不可乐，非真诗也。音曰清音，感曰幽感，思以音通，音以感慧，而诗乐之理尽是矣。……乐亡而称诗者，离音而事藻，离感而取目，而真诗危。存于人代，众波沿接，持论益肤。一以为摹古，一以为运我，皆然矣，而皆未然。夫自然真诗，虽无择而存，而其行于世也，细若气，微若声，不可以迹。古作者遗编炯炯向人，如精神之在骨体，非善相者，孰察其人之天？而学人心成于习，偕来者众，而我日以孤，真想一线，如石火之瞥见而不可再追。盖生熟安而主客变，己之精神莫知其所往矣，况能深求作者之精神乎？①

这篇序文虽是为谭元春文集而作，同样也是对《诗归》编选精神的解读，即蔡氏在序末所说的，"序友夏诗可也，以序《诗归》亦可也"。在蔡复一看来，返归以音、感为核心的"乐"诗，既是锺、谭合选《诗归》的真正用意，同时也反映于二人自己的创作之中，目的是达到"真我""真古"的境界，即序中所说的"吾读锺伯敬、谭友夏所定《诗归》，而于乐若有所会"。以诗、乐一致来理解锺、谭《诗归》所提倡的"古人精神"，蔡复一不愧为二人诗学的知音。

如上种种，锺惺、谭元春在写给友人的信中，不断讨论一个处在编纂过程中的诗歌选本及其编选理念，是出于怎样的目的？朋友间进行诗学探讨是一个方面，以话题性引起诗友关注以造成阅读期待，从而使该书迅速进入士人视野，或许也是二人的潜在用意。迄今可见较早的《诗归》刊本刻于万历四十五年（1617），出版不久即引起其他书商的兴趣以及选家的重视。日本内阁文库所藏万历四十五初刊本《诗归》的内页中，有"新刊楚锺伯敬、谭友夏二先生选定《诗归》。在南仓巷石桥西吴寓发行。倘有

---

① 蔡复一：《遁庵全集》下册《寒河集序》，商务印书馆，2018，下册，第 913~914 页。

翻板，在远必追"等字样，颇有一种版权专属的意味。闵振业于泰昌元年
（1620）前后刊行三色套印本《诗归》，书前小引称："去岁（万历四十七
年或泰昌元年）校雠《史抄》，习心未已，取锺、谭两先生所评《诗归》
而读之，上自隆古，下逮唐季，无不以己意进退之，分为二集，共若干
卷。"① 从时间上看，闵振业所见应为《诗归》初刊本，距离其刊刻行世仅
过去两三年。根据各家书目记载，《诗归》在明代的刊本尚有崇祯中金沙
王氏石友斋刊本、崇祯君山堂刊本、崇祯十四年（1641）陆朗刊古唐诗归
合刻本、刘敦重订明末刊本，以及闵及申、林梦熊重订明末刻本，明末坊
刻本，等等。② 由此可见，《诗归》在刊行之后就迅速受到关注，并以不同
的版本样式得到翻刻、重刊。由于该书在晚明古诗、唐诗选本方面的代表
性，继《诗归》而出的诸多唐诗选本，如李沂《唐诗援》、曹学佺《石仓
十二代诗选·唐诗选》、郭濬《增定评注唐诗正声》等，都试图通过重新
选录唐代诗人诗作，扭转《诗归》所建立的唐诗典范系统。

二

　　《诗归》以"与世异同"的面目出现于晚明诗坛，作为选评者的锺惺、
谭元春二人高举发"古人精神"的旗帜，以古人、古诗的知音者自居，其
批评前代诗选、诗评的意味明显。就像锺惺在《隐秀轩集自序》中反省
"复古""反复古"的创作理路时所说："近时所反之古，及笑人所泥之
古，皆与古人原不相蒙，而古人精神别自有在也。"③ 而能够发掘"别自有
在"的"古人精神"的选本，就是自己与谭元春合编的《诗归》。由此生
发的选诗评诗理念，便有一种回归诗歌经典本身的意味，既为自家诗歌选
评之合理性提供无尽空间，也可进一步印证锺惺在诗歌解读方面所提出的
"《诗》，活物也"④ 的阐释理念。

　　与编选过程、选评宗旨的叙说相呼应，具体作品的"选"与"不选"

---

① 锺惺、谭元春评选《诗归》，明乌程闵氏刻三色套印本。
② 参见陈国球《明代复古派唐诗论研究》，北京大学出版社，2007，第277~284页。
③ 锺惺：《隐秀轩集》卷一七，第314~315页。
④ 锺惺：《隐秀轩集》卷二三《诗论》，第457页。

及相关诗作评价等问题，也是锺惺、谭元春与友人书信谈论《诗归》编选的重要话题。在与友人往来的书信中，他们相互就《诗归》编选的理念、宗旨、特色以及具体作品入选与否等问题进行讨论，这使得锺、谭二人既可以更充分、清晰地阐明自己的诗学观念，也能就知识界可能提出的批评预先做出解说。锺惺在回答蔡复一就《诗归》中具体诗人、篇目择选提出的疑义时，曾申辩说：

> 若《诗归》中所取者不必论，至直黜杨炯，一字不录。而《滕王阁》《长安古意》《帝京篇》《代悲白头翁》初、盛应制七言律，大明宫唱和、李之《清平调》、杜之《秋兴》八首等作，多置孙山外，实有一段极核极平之论，足以服其心处，绝无好异相短之习。夫好异者固不足以服人也，古诗中去取亦然。想公所云云，决不指此耳。①

蔡复一的来信内容虽不得而知，但其指向之一当是对《诗归》中不选前人公认应选的作家、作品持不同意见，然而似乎并没有指出具体的诗人和篇目。而对秉持"与世独异"选诗理念的锺惺来说，哪些诗人、作品当选而未选会引来批评和非议是其了然于心的，因而他在回信中便做出假设式的排解，以回护自己不选"名家""名诗"的做法。在天启二年（1622）沈春泽刊刻的《隐秀轩集》中，锺惺与蔡复一论诗的书信也被收录其中，原本具有私密性质的朋友间往来的书信因为文集的出版而得以公之于众，锺惺复信蔡复一所预设的辩解之词，也就成了他对明末知识界针对《诗归》所提出的可能批评的一种回应。

对锺惺谈及《诗归》的来信，蔡复一也曾予以答复。锺惺在《再报蔡敬夫》中曾说："《诗归》一书，自是文人举止，何敢遂言仙佛？"②"仙佛"的说法并非蔡复一的创见，而是来自谭元春的《住伯敬家检校唐诗讫复过京山》诗，"仙佛精神耀，贤愚准则如"③，蔡氏借之以评《诗归》，从某个方面来说也是对二人发"古人精神"（"仙佛精神"）编选理念的认

---

① 锺惺：《隐秀轩集》卷二八《再报蔡敬夫》，第547~548页。
② 锺惺：《隐秀轩集》卷二八，第547页。
③ 《谭元春集》卷六，上册，第237页。

可。锺惺在信中提示蔡复一要就《诗归》提出具体意见和建议，即他在信中所说的"来谕所谓去取有可商处，何不暇时标出，乘便寄示"，一方面自然是希望通过他者之眼来观察学界可能对其评选做出的反应，另一方面也是为自己后续更进一步的辩说留出余地，以便对自家的诗学见解作更充分的表达。

而在写给谭元春的信中，蔡复一提出的批评意见更为具体。据谭氏《奏记蔡清宪公前后笺札（其四）》记述，蔡在信中指出："《诗归》中有太尖而欠雅厚者，宜删去一二。"又认为："情艳诗，非真深远者勿留，不喜人于山水、花木著妇女语。"针对这两条建议，谭元春在肯定其眼光精到的同时，也做出相应解释。针对前一条，他说："春与伯敬盖厌诗之宗匠，人所应有必有，事所众入必入，如书画之作家，骨董之行家，虽曰可法，而识者憎焉。所以选诗之役，其流为风趣太多，主臣有之。"① 因复古而兴起的模拟之习与重复论调，不仅体现在诗歌创作方面，在诗学经典的选择上也存在大同小异的情形。本着发古人诗歌真精神的宗旨，锺、谭提出了"灵""厚"兼长的诗歌标准，认为："诗至于厚而无余事矣。然从古未有无灵心而能为诗者，厚出于灵，而灵者不即能厚。"② 关于后一条，谭元春以二人编选《诗归》的心路历程为例，对他们在具体文本选择过程中的取舍标准做出解释：

> 春选古诗，至齐、梁、陈、隋而叹焉，顾伯敬曰："岌岌乎殆哉！诗至此时，与填辞差一黍耳。隋以后即当接元，被唐人喝断气运。天清风和，可谓炼石重补矣。"伯敬以为然，相与咨嗟久之。然有真能动人者亦不能舍，虽其气近妖，不妖于"车来""贿迁""淇梁""芍药"也。至于山水花木之间，宜秀宜润。秀有近于媚而实非媚，润有似于软而实非软。有烟粉之妇女，有淡妆之妇女，皆能与山水花木作仇，反不能点缀其光景也。③

---

① 《谭元春集》卷二七，下册，第 758 页。
② 锺惺：《隐秀轩集》卷二八《与高孩之观察》，第 551 页。
③ 《谭元春集》卷二七，下册，第 758~759 页。

对所谓"情艳诗"予以关注和好评，是锺、谭《诗归》引人注意的一大特点。如锺惺评王维《西施咏》说："情艳诗到极深细、极委曲处，非幽静人原不能理会，此右丞所以妙于情诗也。彼专以禅寂、闲居求右丞幽静者，真浅且浮矣。"① 在锺惺看来，情艳诗的深层意蕴只有具有幽静境界的人才能体会，而王维时常为人称道的禅寂、闲居等作，并非其"幽静"品格的真正写照。又如谭元春评张谔《百子池》云："美人诗，不在艳语，而在艳情，如此诗则情、语俱艳矣。语艳，亦非龌龊浓词也。"（锺惺、谭元春《唐诗归》卷四）事实上，在对具体诗作进行评点时，锺惺、谭元春对"艳诗"是持审慎态度的，如在《唐诗归》中唐开卷的评语中，锺惺认为"汉魏诗至齐梁而衰，衰在艳。艳至极妙，而汉魏之诗始亡"，谭元春则指出"艳之害诗易见，澹之害诗难知"（锺惺、谭元春《唐诗归》卷二五）；然而当"艳"与"情""幽""苦""悲"等词组合在一起，也就脱离了流于低俗趣味的"脂粉之气""龌龊浓词"。从中也可以看出《诗归》不同一般的选诗标准和评诗观念。

在写给谭元春的信中，蔡复一还曾对《诗归》评点王维诗作的看法提出质疑。谭元春《奏记蔡清宪公前后笺札（其二）》说："乃蒙先示梅诗，拜手寒香，复论诗禅之理甚微，似谓不肖评右丞诗误。"② 考《唐诗归》卷八、卷九收录的王维诗，谭元春的评语如"夜中独坐，不言不语，领略寂然，自有其妙"（《东溪玩月》总评），"写出禅师随缘无心妙境"（《燕子龛禅师》夹评），均将其诗视作禅语。二人看法的不同，就像谭元春在信中说的："明公以佛作诗，而春以诗作佛，则大小之别，浅深之候，莫可强耳。"类似问题，都是历来评论家关注的焦点，谭、蔡之间的往返论说，实际上是为《诗归》中锺、谭二人的选诗、评析做了进一步的注解，使相关看法更趋明晰。

蔡复一写给锺惺、谭元春的回信不见于今存《遁庵全集》，除上述锺惺、谭元春致信中称引的内容之外，其余的评论意见如何已不可知。蔡复一《寄锺伯敬》诗中曾提及《诗归》，有句云："《诗归》寡可恨，《史怀》

---

① 锺惺、谭元春：《唐诗归》卷八，明万历四十五年刻本。以下出自本书者，只于引文后括注信息，不再一一说明。

② 《谭元春集》卷二七，下册，第755页。

幸加删。不避众眼瞋，恐或惜其漫。”[①] 蔡复一与锺惺相交在万历三十八年（1610），诗中有句称“十年为兄弟”，则可知其大约作于泰昌元年（1620）前后。诗中将《诗归》与锺惺另一部论史之作《史怀》并论，称二者“不避众眼瞋，恐或惜其漫”，一是说其不同众论的选诗、评史眼光，同时也指出其可能存在“漫”的弊端。蔡复一对《诗归》选诗精神的体会及其可能招致批评的认知，一方面源于自己阅读《诗归》的直观感受，另一方面还和他与锺、谭二人往来书信中关于《诗归》的种种叙说直接相关。

锺惺、谭元春与友人书信就《诗归》具体篇目的选评问题所作的讨论，反映的只是该选本独具个性选诗策略的一个侧面。针对具体诗歌评选，锺惺、谭元春常以辩驳的态度展开批评。如谭元春评刘缓《敬酬刘长史咏名士悦倾城》云：“耳食者多病六朝靡绮，予谓正不能靡，不能绮耳；若使有真靡、真绮者，吾将急取之。”[②] 锺惺评杜甫《小寒食舟中作》云：“予于选杜七言律，似独与世异同。盖此体为诸家所难，而老杜一人选至三十余首，不为严且约矣。然于寻常口耳之前，人人传诵，代代尸祝者，十或黜其六七。友夏云：‘既欲选出真清，安能顾人人唾骂，留此为避怨？’”（锺惺、谭元春《唐诗归》卷二二）无论是对“靡绮”的六朝诗表达好感，还是不选人人传诵的杜甫诗作，都显示出二人别出“新”裁的选诗策略。又如在对初唐应制诗的评价上，锺惺一改前人以张说《奉和圣制途径华岳》为代表作品的看法，转而对宋璟的《奉和御制璟与张说源乾曜同日上官命宴都堂赐诗应制》《奉和圣制送张说巡边》予以高度评价：“唐人应制，虽名手鲜佳者。天威在上，志意不舒，一也；随众应付，兴会不值，二也；避忌限体，才情不纵，三也。广平二诗，典重风雅，可以为法。沈、宋、燕、许，庄重有之，柔厚不如，世乃舍此而专取《华岳应制》一篇，可叹也。”同时指出，这类作品之所以不入前代选家法眼，是缘于其“朴”的特点和“无应制套头”，而诗中所写的“以智泉宁竭，其徐海自清”等句，则必定会被李攀龙等视为“不庄”（锺惺、谭元春《唐诗归》卷四）。锺、谭二人编选《诗归》，出发点之一是要打破前、后“七子”复

① 蔡复一：《遁庵全集·遁庵诗集》卷一，上册，第63页。

② 锺惺、谭元春：《古诗归》卷一四，明万历四十五年刻本。

古以来所形成的古诗、唐诗典范系统，重建以"真""清""厚""灵"等为核心观念的诗学谱系。谭元春《诗归序》曾明确表示：

> 人咸以其所爱之格，所便之调，所易就之字句，得其滞者、熟者、木者、陋者，曰"我学之古人"。自以为理长味深，而传习之久，反指为大家，为正宗。人之为诗，至于为大家，为正宗，驰海内有余矣，而犹敢有妄者言之乎？①

在谭元春的批评视野中，前、后"七子"提倡复古却在格调、字句上表现出滞、熟、木、陋等弊病，反被视为诗歌创作的大家、正宗，驰名海内，受人尊崇。《诗归》的编选就是要改变这一状况，以"必黜名之意""必胜博之力""必惊灵之眼"，"恬一时之声臭，以动古今之波澜"，呈现一种不同以往的古人面目："凡素所得名之人，与素所得名之诗，或有不能违心例收者，亦必其人之精神止可至今日而不能不落吾手眼。因而代获无名之人，人收无名之篇，若今日始新出于纸，而从此诵之将千万口，即不能保其诵之盈千万口，而亦必古人之精神至今日而当一出，古人之诗之神所自为审定安置。"② 在锺、谭二人看来，其人、其诗无论有名无名，之所以得以入选，在于其中所蕴含的"古人精神"有值得被推尚的理由，他们进而对那些前代选本不曾收入的诗予以特别关注，加以选评，表彰典型，另立宗范。

在复古诗学观念体系中，五言古诗以汉魏为发展顶点，唐以后的作品被视作变体。其中最经典的论述，当属李攀龙《选唐诗序》中的名言："唐无五言古诗而有其古诗。" 在此意下，其批评意见也多为否定论述，如"陈子昂以其古诗为古诗，弗取也"，"七言古诗，唯杜子美不失初唐气格，而纵横有之"，"太白纵横，往往强弩之末，间杂长语，英雄欺人耳③，等等。而在锺惺看来，唐人即便在"古诗"一体上也要胜于魏晋。如他在《唐诗归》卷四选录张说的五言古诗《杂诗》，给出的评语是："唐人古诗胜魏晋

---

① 《谭元春集》卷二二，下册，第594页。
② 《谭元春集》卷二二《诗归序》，下册，第595页。
③ 李攀龙：《沧溟先生集》卷一五，上海古籍出版社，2014，第473~474页。

者甚多，今人耳目，自不能出时代之外耳。"总评张九龄《感遇》诗，直接批评李攀龙"唐无五言古诗而有其古诗"的说法："《感遇》诗，正字气运蕴合，曲江精神秀出，正字深奇，曲江淹密，各有至处，皆出前人之上。盖五言古，诗之本原，唐人先用全力付之，而诸体从此分焉。彼谓'唐无五言古诗而有其古诗'，本之则无，不知更以何者而看唐人诸体也。"（锺惺、谭元春《唐诗归》卷五）在此，锺惺将五言古体视为各体诗的本原，认为唐代诗人首先是全力写作此体作品，然后再在其他诸体上用力。基于此，他推举陈子昂、张九龄的《感遇》五言古诗，认为其创作水准居于汉魏五言古诗之上。类似的评价，也见于对王维、孟浩然诗歌的评价："王、孟之妙在五言，五言之妙在古诗，今人但知其近体耳。每读唐人五言古妙处，未尝不恨李于鳞孟浪妄语。"（锺惺、谭元春《唐诗归》卷八）这些均可以看出锺惺在评选理念上反"后七子"复古之道而行的意图，而在具体的文本批评方面，他则把矛头指向李攀龙编选的《古今诗删》。后来曹学佺（1574~1646）继锺、谭之后编选唐诗，也十分注意在此问题上展开辨析："予选唐诗，李集最多，而杜次之，然皆与法合也。选唐诗而不入李、杜者，不重古风故也。于鳞谓唐无古风，识者哗之，然非观李、杜之古风，则无以见唐古风之盛；非观宋及国初之不以李、杜入选，则无以见唐无古风。非始于于鳞之言也。"[1] 试图为李攀龙的观念寻找历史有证的渊源。之所以会出现这种批评观念不断拨正的现象，一方面是因为其突破性言论可能引致的反驳需要消解，尽管此时距离李攀龙倡导其说已过去数十年；另一方面则是因为需要以前人做法为李攀龙的论说提供历史的支撑，重新建立复古话语的合理性。

以上做法主要是从反其道而行的角度对前代诗选进行批驳，锺、谭选评《诗归》的另一个重要面向是选他人所未选的作品，即所谓的"每于古今诗文，喜拈其不著名而最少者，常有一种别趣奇理，不堕作家气"（锺惺、谭元春《唐诗归》卷一六）。如《唐诗归》卷二选李峤《长林令卫象饧丝结歌》，谭元春在一条评语中指出："粗题细作，枯题润作，从来人何以不选？"又或者是对经典作家、作品提出不同见解，发他人未发之论。

---

[1] 曹学佺：《石仓十二代诗选·唐诗选序》，明崇祯间刻本。

如《唐诗归》卷三锺惺评宋之问《下桂江龙目滩》云："沈宋以排律著名，皆因应制诸篇。此等作幽奇深秀，正其长技，人皆不知，直以'整栗'二字尽沈宋耳。畏难就易，贵耳贱目，可叹可叹。"谭元春评乐府诗《古诗为焦仲卿妻作》（即《孔雀东南飞》），也立足于其"人不知"的一面："人知其详处，不知其略处；人知其真处，不知其谐处；人知其苦处，不知其复处；人知其烈处，不知其细处。知此数者，可以读此诗。"（锺惺、谭元春《古诗归》卷六）如此种种，都可以看出锺、谭二人所谓发"古人精神"的诗学追求，而在复古影响仍方兴未艾、公安思潮兴兴未已的背景下，其"与世独异"的选诗策略成为实现这一追求的最佳途径。锺、谭二人与诗友之间交往书信中揭橥的诗学观念和对具体作品的批评意见，也通过《诗归》对具体作品的选与评而得到进一步伸张。

三

万历四十六年（1618）朝廷进行官员汰选，时任行人的锺惺最终被任命为工部主事。当时的传闻说他是因为《诗归》得罪，即锺惺在写给朱之臣［万历三十二年（1604）进士］信中所说的："明公五月书中有云，不肖以《诗归》招尤。初谓事理不甚关切，疑风闻之误。久乃知其有之。"面对自己可能因为编选《诗归》而招致祸患，锺惺处之以淡然、乐观的态度，甚至还以嘲弄的心态自我宽慰，认为是当事者出于好意，不过分苛求于己，目的是使自己被汰选一事看起来更显"高雅"："不肖性疏才劣，可以见斥之道甚多。至《诗归》一书，进退古人，怡悦情性，鼓吹风雅，于时局官守似不相涉。徐思之，乃当事者不忍过求于某，断其进趋之路，姑择此微罪某某；而又不甘处己于俗，分此美名，若其目中亦曾看过此书者。"并认为若因编选《诗归》而政路不畅，反倒是成就自己的美事："若真以《诗归》见处，则此一书将借此一语口实以传。某以一官徇此一书，且有余荣；彼其之子，何爱于某而肯为此乎？"① 这当然只是锺惺在不得已

---

① 锺惺：《隐秀轩集》卷二八《与井陉道朱无易兵备》，第 562～563 页。《明史》卷二三六《夏嘉遇传》云："时嘉遇及工部主事锺惺、中书舍人尹嘉宾、行人魏先国皆以才名当列言职，（元）诗教辈以与之麟善，抑之，俾不与考选。"

情形下的自我解嘲。而在此情形下，无论锺惺政途遭遇阻滞是出于何种原因，都会与这一刚问世就引来巨大争议的诗选联系起来。直至锺惺去世，谭元春为其撰写墓志铭，仍特意提到此段遭际："几以此（即《诗归》）得祸者数矣。小儒辈侏侏暖暖，刻为书破之。退谷笑谓我曰：'是何见之晚也？吾辈除此书外，自有可传后者，正不须护之。使人不妒我辈，护此书而必欲其兴，与世之妒此书而必欲其废，广隘深浅，相去几何？'予深高其言。"① 事实也正如锺惺所料。《诗归》因为独异的选诗眼光招致各方的批评和质疑，同时也使诸多士人对其产生浓厚兴趣，赞成或反对都表明其影响的深广。

尽管是否真有其事已很难确考，然而从众口传闻到坐成事实，可以看出《诗归》在出版以后所引起的空前关注。而在这一事件中令我们感兴趣的是：《诗归》这一颇具规模的诗选文本，是如何在短时间内为人所知，从而建立起广泛的阅读群体的？假如朱之臣所说确有其事，《诗归》仅在上一年刊刻，如何在不到一年之后，就引起持不同政见官员的注意，并且由诗学观念的差异演变为政治打压？如此种种疑问，或许都与锺惺、谭元春在与朋友往来书信中大力宣扬《诗归》的诗学理念有直接关系。从作品的署名权来说，《诗归》尽管是由锺惺、谭元春合作编定，然而从二人与友人之间书信往来的情形来看，他们又无疑是将其作为一个开放的诗歌选本，在某种程度上希望能够通过对编选过程、选诗理念、评论观点等方面进行探讨而树立独具一格的诗学观念。这样的用意，在锺、谭二人写给蔡复一的信中都有所表达。锺惺在完成编选工作之后，曾专门请人手抄，寄给蔡复一，即他在写给蔡信中所说的，"手抄一卷，募人抄副本一卷。副本以候公使至而归之公"②。而对于来自蔡复一的意见，锺、谭二人都颇为重视。在《诗归》中，极为罕见地出现了直接标注为蔡复一评点的内容，分别为《古诗归》卷六《李陵录别诗八首（选五）》（凤凰鸣高岗）的一条总评，卷七曹操《短歌行》的一条夹评。从评点的形式及对象的内容，以及锺惺编定《诗归》后曾寄送给蔡复一的情况来看，这些似乎是蔡复一

---

① 《谭元春集》卷二五《退谷先生墓志铭》，下册，第 681 页。
② 锺惺：《隐秀轩集》卷二八《与蔡敬夫·又》，第 546 页。

直接在选本上所作的批注。然而到底是蔡氏只批注了此两条，还是他的批注只有这两条被锺、谭采录，至今已无法得知。

一方面是出于朋友间诗文往来的情谊（谭元春《环草小引》将锺、蔡二人称为诗侣）；另一方面也是希望以征求意见的方式引起友人的关注与讨论，进而将自己的诗学话语和批评观念推而广之，以此树立与前、后"七子"复古传统、公安派抒情传统不同的诗学价值系统。因此，可以看到，在锺惺、谭元春写给友人论诗的书信中，一个突出的内容就是强调《诗归》与前代诗选相比在发掘古人精神方面的独创性和差异性特征。一如锺惺在写给蔡复一的信中所说的："不揆鄙拙，拈出古人精神，曰'诗归'，使其耳目志气归于此耳。其一片老婆心，时下转语，欲以此手口作聋瞽人灯烛舆杖，实于古人本来面目无当。自觉多事，不能置此身庐山之外，然实有所不得已也。自谭生外，又无一慧力人如公者棒喝印正。"① 就锺惺、谭元春二人来说，选评《诗归》只是个人的一项编选诗歌活动，而使这一成果成为大众审美的共同趣向，向更多的人传递其诗学观念和审美理想，则是二人编成此书之后极力向师友推介的目的。锺惺甚至称自己"平生精力，十九尽于《诗归》一书"②。因此可以看到，他虽自谦"于古人本来面目无当"，又自我辩解说这是"有所不得已"的"多事"之举，以"不能置此身庐山之外"而自责，期待他人的"棒喝印正"以使诗作的批评更加客观、平允，然而实际上则是希望通过同道者之口将所谓的"转语"宣之于人，警醒"聋瞽人"，将《诗归》作为众人诗歌创作道路上的"灯烛舆杖"，进而推动竟陵诗学成为时人广为接受的诗歌美学与创作宗旨。

通过编选《诗归》确立新的诗歌典范系统和批评观念，是锺惺特别用意之处。他曾经写信教导自己的弟弟锺恮说："诗合一篇读之，句句妙矣，总看有一段说不出病痛。须细看古人之作，《诗归》一书，便是师友也。慧处勿纤，幻处勿离，清处勿薄。可惜此种才情骨韵，当炼之成家。"③ 由此看来，锺惺显然是将《诗归》中选录的古、唐诗歌作为学诗的典范文

① 锺惺：《隐秀轩集》卷二八《再报蔡敬夫》，第547页。
② 锺惺：《隐秀轩集》卷二八《与谭友夏》，第549页。
③ 锺惺：《隐秀轩集》卷二八《与弟恮》，第553页。

本，希望锺惺能够通过研读古人诗作，革除自己诗歌创作中存在的"病痛"，从而避免"纤""离""薄"等鄙陋。而这样的问题，恰恰是锺惺、谭元春友人在与二人往来书信中提出的疑问。高出（1579~1630）在写给锺惺的信中指出，《诗归》所展示的评诗标准，与锺、谭二人的创作之间未能做到互为呼应，即锺惺在回信中所谓的"向捧读回示，辱谕以惺所评《诗归》，反覆于'厚'之一字，而下笔多有未厚者，此洞见深中之言"，而这一点也是后人批评竟陵派常提到的因素之一。而在锺惺看来，提倡具有"厚"之意味的诗与能否写出体现"厚"之境界的诗作，二者并不矛盾，"所谓反覆于'厚'之一字者，心知诗中实有此境也"，"其下笔未能如此者，则所谓知而未踏，期而未至，望而未之见也"①。锺、谭编选《诗归》，确立以"厚"为核心的诗学话语（"平而厚""险而厚"）和作品典范（前者如《古诗十九首》，苏、李诗，后者如汉《郊祀铙歌》、魏武帝乐府），正是出于对既"厚"且"灵"的诗歌艺术的追求。

基于同样的理解，曹学佺在与锺惺、高出等人往来书信中也从理论与创作两个角度对锺、谭提出批评："曹能始谓弟与谭友夏诗，清新而未免于痕；又言《诗归》一书和盘托出，未免有好尽之累。"② 类似看法，曹学佺于崇祯初年编选《石仓十二代诗选·唐诗选》时又特意予以重申："予友锺伯敬之《诗归》，予又病其学李卓吾，卓吾之评史则可，伯敬以之评诗则不可。评史者欲其尽，评诗者不欲其尽也。"（曹学佺《石仓十二代诗选·唐诗选序》）锺惺在写给谭元春的信中，虽然对曹学佺的诗文有批评之词，但也承认其"清新而未免有痕"的评价是"深中微至之言"。③ 然而他同时又辩解称，自己的作品和《诗归》的选评之所以会出现"有痕"与"好尽"的弊病，正是缘于"不厚"。在锺惺看来，自己之所以在《诗归》中将"厚"的诗学观念和盘托出，反复强调，也是出于对诗坛"以顽冥不灵为厚"风气的纠救。

锺惺、谭元春借由编纂《诗归》推行其诗学理想，促成了竟陵诗学在晚明诗坛的广泛传播。钱谦益称锺惺"擢第之后，思别出手眼，另立深幽

---

① 锺惺：《隐秀轩集》卷二八《与高孩之观察》，第551页。
② 锺惺：《隐秀轩集》卷二八《与高孩之观察》，第551页。
③ 锺惺：《隐秀轩集》卷二八《与谭友夏·又》，第550页。

孤峭之宗，以驱驾古人之上"，又与谭元春相互应和，于是"海内称诗者靡然从之，谓之锺谭体"①。钱谦益的这一说法，可以锺惺于泰昌元年（1620）所记一段逸闻为参照："稚恭之友有戴孝廉元长者，序稚恭诗，忧近时诗道之衰，历举当代名硕，而曰：'近得竟陵一脉，情深宛至，力追正始。'竟陵不知所指，或曰：'锺子，竟陵人也。'予始逡巡踧踖，舌挢而不能举。近相知中有拟锺伯敬体者，予闻而省愆者至今。"② 与之互为映照的是明末士林阅读《诗归》的热潮。邹漪在《启祯野乘》中说："当《诗归》初盛播，士以不谈竟陵为俗，王、李之帜，几为尽拔。"③ 从被推尊为"竟陵一脉"，所作之诗被冠以"锺伯敬体"之名，进而受到他人追捧和摹拟中，锺惺已看到自己日后必将遭受与前、后"七子"、公安派相同的命运。在他看来，他人对自己的效仿与追捧看似出于爱誉，实则只会滋生疑议，蜂拥而起的拟作非但不能使自己革弊前人的诗学创举获得持久生命力，反会使之因末流之弊而迅速成为被抛弃的陈滥格套。历史的后见之明也确实如锺惺所说，竟陵派在兴盛的同时也蕴含着巨大的危机，转瞬间即成为众口批评的对象。然而即便如此，万历最后十年以至天启、崇祯年间，竟陵诗学在公安派余绪尚未完全消歇的情形下，确实一跃成为当时诗坛的主流话语。

[本文原刊于《学术研究》2023 年第 9 期]

---

① 钱谦益：《列朝诗集小传》丁集中"锺提学惺"条，第 570 页。
② 锺惺：《隐秀轩集》卷一七《潘稚恭诗序》，第 323 页。
③ 邹漪：《启祯野乘》卷七《锺学宪传》，《四库禁毁书丛刊》，北京出版社，1998，史部第 40 册，第 491 页。

本质主义思维模式中的论说矛盾

——王夫之诗歌批评学理疏失探析

徐 楠[*]

内容提要 王夫之诗歌批评中，存在面貌各异的本质主义思维模式，也因之形成三种论说矛盾：重道轻艺、反对定法，但难以合理解释普遍具有法之要素的诗歌文本；维护典范风格批评标准，但因此无法合理分疏真与伪、因袭与创造之别，亦消解涉及情真、创作个性诸说的理论意义；以文本外标准介入诗歌文本艺术价值评判，令评判标准产生混乱。它们典型地呈现出王夫之诗歌批评的学理疏失。文学批评应尽可能自觉地坚持带有范导性品格的多元主义原则，反省本质主义思维模式的限度，在自觉的对话、省思中最大限度地自我解蔽。当下的中国古代诗学研究，则应一方面尽可能充分地理解、尊重研究对象，另一方面对其做出深入的批判性考察；既立足于对文献实存特征的尊重，又对研究者自身"前理解"之限度保持警觉。

关键词 王夫之 诗歌批评 学理 本质主义 多元主义

王夫之诗学一直是学界研究的热门主题。在诠释其体系、剖析其范畴、揭示其价值的同时，论者也对其诗歌批评的缺陷有所关注。这方面成果，一般均能对船山评诗极端、偏颇之处有所察觉，也多停留于点到为止的印象式概说。能结合船山批评实例，在相关探究中更进一步者，当以钱仲联《王船山诗论后案》、蒋寅《清代诗学史》（第一卷）为代表。二位

---

* 徐楠，中国人民大学文学院教授。

学人主要揭示船山诗歌批评观念的狭隘、诗歌鉴赏能力的不足，其中精解胜识，予人启发甚多。不过，有关船山批评的学理疏失，仍不是其论析的重点。笔者所谓"学理疏失"，主要指常常相生相伴的两方面问题：一，批评原则、批评方法与批评对象的性质、特征不尽匹配；二，批评观点的表达存在逻辑破绽。在王夫之诗歌批评中，它们常以不同样态如影随形般呈现，令相关论说时见矛盾。而此类问题的产生，实与王夫之面貌各异的本质主义①思维模式密切相关。在笔者看来，凡斯种种，均需抓住典型个案深入探究；不然，便很难揭示船山批评缺陷的症结所在。以此为基础，今人亦可进一步省思中国古代诗学中某些常见的学理问题，并对文学批评及中国古代诗学研究应持之原则、应用之方法进行推敲。

一　重道轻艺：难以被实际批评支持的观念

在《清代诗学史》（第一卷）中论及王夫之诗学的学理依据时，蒋寅引用了王氏《周易外传》中的"无其器则无其道"及《尚书引义》中"离于质者非文，而离于文者无质也。惟质则体有可循，惟文则体有可著"等观点。正如其所说，这类议论本来不是谈论文学问题的，但它们最终阐明了一个与文学相通的哲学原理，并成为王夫之诗学"有机结构论"的思想基础。②可进一步加以申说的是，在古代文论史上，以道器不二、体用不二观念论文，早有源头。如果说《论语》论君子品格时谈到的"文犹质也，质犹文也"只包含这类观念的萌芽，那么六朝时刘勰等认为人文与天文、地文具备同构性，并由此推出"心生而言立，言立而文明，自然之道也"③一类结论，便确乎是在自觉地表达"文外无道""道因文显"。这已然是对工具论的挑战，与文道二分、体用二分的"明道""载道"诸说在理路上异趋。就此而言，王夫之在论文质关系及诗学中相应的结构问题

①　"本质主义"这一概念在西方哲学的形而上学传统中，包含着区分"现象""本质"两个世界，且以后者为"不变之终极实在"的命意。本文所用"本质主义"则取其广义，指将某种观点、原则、方法或事物某些特征视为绝对真理的思想。

②　上述引文及转述之观点，参见蒋寅《清代诗学史》（第一卷），中国社会科学出版社，2012，第416~417页。

③　范文澜：《文心雕龙注》，人民文学出版社，1998，第1页。

时，实切近源远流长的"自然之道"一派。这类观点能为"文"存在之必然性、合理性提供更为扎实的理论依据，是毫无疑问的。

不过在笔者看来，在具体讨论文学创作中"道"与"艺"的关系时，王夫之似持有"重道轻艺"的观念。也正是这一层面的问题，对其实际批评的效果产生了较多影响。

从王夫之现存诗学文献可知，他的确有过"谋篇天人合用，作句以用天为主"① 一类看法，那似乎是给人工技法存在的必要性留余地。但不可否认的是，就基本倾向而言，他终归一以贯之地推崇"现量"式创作，反对创作的经营性、制作性、竞争性，甚至反对任何预设的创作法则。萧驰认为："王夫之诗学的主要命题都可以归结为一种对创作的非创作性解释，对表现的非表现理论。"② 张健曾提出"极端内在性立场"说，揭示王夫之诗学此类特征。③ 蒋寅也指出，王夫之"所谓章法者，一章有一章之法也，千章一法，则不必名章法矣"这样的理念"与其说是对章法概念的改造，还不如说是解构"④。显然，王夫之和刘勰在这一点上差别较大。刘勰固然把人文与天文、地文类比，认为其存在系"自然之道"。但他同时也自觉地将全书主旨之一定位为剖析"为文之用心"，并以"宗经"为大前提，以"通变"为基本原则，指出作文者必须经由后天的"学"与"习"，才能有所成就。可见于他而言，天文、地文皆本然如此，不假外力而成，人之文章则难以脱离后天修为，不像前二者那样具备"本然即合理"的品格；且此种修为并非遗世独立的自我磨炼，而是必然包括对既有创作传统、创作规则之研习与融汇的。这种看法，其实属于古代文论史上的"道艺相生"观念。这派论者一般认为：为文不可能脱离法与人工，关键在于做到出新意于法度之中，由人工而臻天巧。钱锺书的总结，颇能得此观念之精要："王济有言：'文生于情。'然而情非文也。性情可以为诗，而非诗也。诗者，艺也。艺有规则禁忌，故曰'持'也。'持其情志'，可以为

---

① 《和萃芳馆主人鲁印山韵》（袁宏道）评语，王夫之《明诗评选》卷六，《船山全书》，岳麓书社，1996，第14册，第1529页。

② 萧驰：《王夫之和柯勒律治诗学比较研究》，《文艺研究》1996年第3期。

③ 参见张健《清代诗学研究》，北京大学出版社，1999，第264～282页。

④ 蒋寅：《清代诗学史》（第一卷），第439页。

诗；而未必成诗也。艺之成败，系乎才也……虽然，有学而不能者矣，未有能而不学者也。大匠之巧，焉能不出于规矩哉。"①

那么，"道艺相生"观与王夫之的"重道轻艺"观，哪一个堪称探本之论呢？

就义理而论，二者都与道家哲学关于"道"之品格的思辨有甚深关联。不过道家哲学所论之"道"（或"无"），系形上本体，因而统驭万"有"，也因"有"而显，但绝不可能降格为任何具体之"有"。明乎此，可知论文艺时源自此类观念的"天成""无法"，只有在设譬的意义上方能成立。因为文艺创作既然必须经由特定媒介、技巧方能显形，就注定其只能是由规则禁忌赋形之"有"，于是，便必然带有可分析的品格，不可能是无可剖析的道本身。故而以"天成""无法"为虚灵的"范导性"命题，并无问题；但是真以为它们可以实在化，便是拘执之见了。更进一步讲，判断文艺理论是否"探本"，关键还是要看其能否得到实存文艺现象的普遍支持。从创作角度来看，无论中西，都很难找到脱离传统的戛戛独造者；创作传统积淀得越成熟、越深厚，这样的天才越难出现。从接受角度来看，某一具体文本之所以能被认知、被理解，正是因为其与既有表达惯例存在可识别之关联。不难看出，脱离传统、绝对舍弃表达惯例的文本即便存在，也是几乎不可能有效进入读者世界的。

由上可知，与"道艺相生"观相比，王夫之式的"重道轻艺"观恐不够精严。而当其被运用于实际批评时，缺乏说服力之情况也就难免发生。显而易见，诗歌批评的常情是：批评者较难证明作者在创作时是否"天机自动""不从定法"，但往往可以通过归纳、比较，证明其文本具备实然的"合惯例性"特征。如此说来，在面对存在"合惯例性"的文本时，只要以"天成""无法"或退一步讲的"无定法"为褒奖理由，就可能遭遇质疑。以下即择取三组例证，具体分析船山批评的相关瑕疵。

例证一。《古诗评选》卷五录谢灵运名篇《游南亭》。诗曰："时竟夕澄霁，云归日西驰。密林含余清，远峰隐半规。久痗昏垫苦，旅馆眺郊歧。泽兰渐被径，芙蓉始发迟。未厌青春好，已睹朱明移。戚戚感物叹，

---

① 钱锺书：《谈艺录》，中华书局，1993，第 39 页。

星星白发垂。药饵情所止，衰疾忽在斯。逝将侯秋水，息景堰旧崖。我志谁与亮？赏心惟良知。"王夫之评曰："即如迎头四句，大似无端，而安顿之妙，天与之自然。无广目细心者，但赏其幽艳而已。且此四语承授相仍，而吹送迎远，即止为行，向下条理，无不因之生起。呜呼，不可知已。虽然，作者初不作尔许心，为之早计，如近日倚壁靠墙汉说埋伏、照映。天壤之景物、作者之心目如是，灵心巧手，磕着即凑，岂复烦其踌躇哉。"① 他集中分析从"时竟夕澄霁"至"远峰隐半规"这"迎头四句"，指出其不直接入题，且"向下条理，无不因之生起"，这便揭示出其在意脉经营上的意义。引人瞩目的是，王夫之着重强调，这样的写法乃是"作者初不作尔许心"，"灵心巧手，磕着即凑"的。这就意味着，在他看来，此种由景及情的写法自然而然地再现了备受其推崇的"现量"一类创作原理，故远胜"埋伏""照映"等格套。读大谢诗可知，他在写作行旅、游历、登临这类主题的诗歌时，常采用开篇交代行动缘由及心境、继而引出山水观览的套路，也常使用开篇即点题直陈游历行为的套路；《过始宁墅》《登池上楼》《游岭门山》《登上戍石鼓山》《初去郡》《入彭蠡湖口》等属前者，《富春渚》《晚出西射堂》《登永嘉绿嶂山》《石室山》《登石门最高顶》《过白岸亭》等属后者。如果仅将这些作品作为参照，那么《游南亭》开篇从容作四句景语，然后引出主题申说的写法，确实不落俗套。问题在于，径以此判定其远离刻意经营，会具有充分的说服力吗？

应该看到，创作发生意义上的感物生情和创作技法意义上的由景及情，是创作活动中不同层面之事。二者具有可类比性，但未必具备同一性。就此而言，王夫之凭《游南亭》的技法特征便断定其必不涉人工，或略欠斟酌。再作细究，则大谢行旅、游历、登临诗中，《游南亭》式的意脉经营，毕竟仍较为常见。举例来说，《从斤竹涧越岭溪行》《入华子冈是麻源第三谷》都是开篇先作四句景语，继而过渡到书写游历行为或情志，与《游南亭》若合符契。《游赤石进帆海》《郡东山望溟海》《石壁精舍还湖中作》开篇作两句景语引出主题，运思和《游南亭》也非常近似。既然这种写法在大谢诗中是具有惯例意义的，那么以"初不作尔许心"云云论

① 王夫之：《船山全书》，第14册，第733页。

之，未免说服力不够。有趣的是，《古诗评选》卷五恰好也收入谢灵运以
"首夏犹清和，芳草亦未歇"开篇，引出以下游历诸句的《游赤石进帆
海》，且以"迢然以起，即已辉映万年"称赞之①。所谓"迢然以起"，仍
是指不直接入题的技法。倘再进一步阅读，便又可发现，这类写法本就是
王夫之在其诗歌批评中多次举例称颂的。《古诗评选》卷二评陶渊明《时
运》曰："将飞者必伏，将刑者必赏，此浅机也。文士得之，早已自矜胜
算。夫诚以傲彼开门见山之俗谛，则有余矣。"② 同书卷四评阮籍《咏怀》
之"傆物始终殊""步游三衢旁"二首曰："缓引夷犹，直至篇终乃令意
见。故以导人听而警之不烦。古人文字，无不如此。后世矜急褊浅，于是
而有开门见山之邪说，驱天下以入鄙倍。"③ 细玩两条评语，可知船山之所
以高度推崇此类写法，和他厌恶"开门见山"这类诗文章法俗套也有莫大
关系。问题在于，随着他自己一次次从诗歌史上找出运用此法的案例，此
法的"人工""定法"特征，也便愈发鲜明。而令此法显露这些特征的，
又不仅是船山自己的言论。回观诗学史，他一贯鄙视的诗格诗法类著作，
早已自觉地对此法作出归纳。唐代署王昌龄《诗格》在"十七势"中说的
"都商量入作势""直树一句，第二句入作势""直树两句，第三句入作
势""直树三句，第四句入作势"，正是指这种迤逦生发、渐渐推出题意的
技法。"下句拂上句势"谈的是两句间语义关系的问题，其目的也正是规
避情意早出、后继乏力之病。④ 由此愈发可见，以"初不作尔许心""磕着
即凑"云云盛赞此法，恐怕是存在商榷余地的。

例证二。《明诗评选》卷五录僧宗渤《登相国寺楼》："冬日大梁城，
郊原四望平。云开太行碧，霜落蔡河清。欲问征西路，兼怀吊古情。夷门
名尚在，无处觅侯嬴。"王夫之评曰："两节自有相关处。凡两节诗，自贤
于三段。三段者，两端虚，中间实也。四段者，中复分情景也。皎然老
髡，画地成牢者在此，有心血汉自不屑入。"⑤ 无疑，船山推重这种"两

---

① 王夫之：《船山全书》，第 14 册，第 733 页。
② 王夫之：《船山全书》，第 14 册，第 605 页。
③ 王夫之：《船山全书》，第 14 册，第 683 页。
④ 参见张伯伟编《全唐五代诗格汇考》，江苏古籍出版社，2002，第 153~156 页。
⑤ 王夫之：《船山全书》，第 14 册，第 1457 页。

节"式的律诗结构，意在反击律诗写作专攻颔颈两联、专讲起承转合、细分情联景联一类格套。不过考诸诗史，"两节诗"终归也有"格套"之嫌疑。律诗只要前后两联各自形成完整的意义单元，就可被看作具备此种结构。这样的案例颇为常见。仅以杜甫诗为例，《房兵曹胡马诗》《春宿左省》等名篇都符合其要求。该结构在诗格类著作中同样得到关注。如《冰川诗式》卷七之"前开后合格"曰："前开后合者，前四句言昔时，开也。后四句言今日之事，合也。"① "纤腰格"曰："纤腰者，前四句一意，后四句一意。前以景物兴起，后以人事见题。中间意思若不相接，而意实相通，但隐而不觉也。"② 而在清初，这种结构更是因金圣叹的"律诗分解"说广为人知。王夫之自己在评王维《使至塞上》时，赞王维曰："右丞每于后四句入妙，前以平语养之，遂成完作。"③ 评李白《太原早秋》时，明确指出其系"两折诗"④。评崔颢歌行《七夕》后四句（该诗共八句）曰："忽入宫怨，读乃觉之，始知前四句之为宫怨引也。"⑤ 评杨慎七律《宿金沙江》曰："只两段自开合。"⑥ 所以王夫之此类批评，似仍未跳出"以定法反定法"的窠臼。

　　例证三。《古诗评选》卷四录古诗《四坐且莫喧》："四坐且莫喧，愿听歌一言。请说铜炉器，崔嵬象南山。上枝似松柏，下根据铜盘。雕文各异类，离娄目相联。谁能为此器，公输与鲁班。朱火然其中，青烟扬其间。从风入君怀，四坐莫不欢。香风难久居，空令蕙草残。"船山评曰："雍门之感田文者，其妙在先为迂谬，纵之听而忽惊之。此道良宜于诗，而古今莫窥其际。唯此迤逦引入极盛，忽然冷醒，荡魂伤魄，霜可飞，石可饮矣。"⑦ 按卒章显志之法，可分顺承前文、逆转前文两类。此诗以主要篇幅描绘铜炉器形态、做工，颇似纯粹体物之作；然而渐至篇尾时，笔锋陡转至"四座且莫欢"，继而隆重推出一篇之本旨所在。这乃

① 周维德编《全明诗话》，齐鲁书社，2005，第2册，第1696页。
② 周维德编《全明诗话》，第2册，第1701页。
③ 王夫之：《船山全书》，第14册，第1003页。
④ 王夫之：《船山全书》，第14册，第1015页。
⑤ 王夫之：《船山全书》，第14册，第899页。
⑥ 王夫之：《船山全书》，第14册，第1206页。
⑦ 王夫之：《船山全书》，第14册，第651页。

是典型的逆转式之卒章显志。前引王夫之评语，正是对这种章法特点的准确揭示。和王夫之厌恶的诸般俗套相比，此法似乎应用得并不普遍。而事实上，在古代讽谏文学创作传统中，"劝百讽一"式的逆转写法本就是重要惯例。除此之外，在诗史上，曹植《赠白马王彪》中的"心悲动我神"章，阮籍《咏怀》之"二妃游江滨""儒者通六艺"等，都是五古中使用该法的佳作。李商隐七律《茂陵》前三联不露声色地吟咏汉武帝的奢靡生活，至尾联方形成反讽，亦是七律中应用此法的例证。明代《冰川诗式》中有律诗技法"归题格"曰："归题者，首联与中二联言他事，至结联方说归本题。"① 这已然是对该章法的自觉总结。而无可回避的是，王夫之本人也早已不止一次地指明此法。《古诗评选》卷一评鲍照《代白纻舞歌词》："一气四十二字，平平衍序，终以七字于悄然暇然中遂转遂收。"② 同卷评卢思道歌行《从军行》结末两句："忽掉一波，有如带出，元来确是正意。"③ 这些都是对同一章法的指明。能敏锐地揭示此法的表现效果，自是令人钦佩的。可反复赞美此法，或也便与其反定法的价值理想暗生龃龉了。

可举的典型案例，不止以上这些。王夫之在《夕堂永日绪论内编》中专论"古诗无定体"，却终归总结出"意不枝，词不荡，曲折而无痕，戍削而不竞"这些"天然不可逾越之矩矱"④——无论如何以"天然"修饰之，矩矱终归还是矩矱。且这种讲法，与严羽"语忌直，意忌浅，脉忌露，味忌短，音韵忌散缓，亦忌迫促"⑤ 这一价值理想，与明代复古派普遍认同的五古典范特征，均无实质差别。论诗歌开篇之修辞，船山明确反对"危唱雄声"⑥，这自然有益于反省"（破题）要突兀高远，如狂风卷浪，势欲滔天"⑦ 诸论的机械造作。不过他推崇的手段，仍是在诗评中反

---

① 周维德编《全明诗话》，第 2 册，第 1702～1703 页。
② 王夫之：《船山全书》，第 14 册，第 533 页。
③ 王夫之：《船山全书》，第 14 册，第 567 页。
④ 戴鸿森：《姜斋诗话笺注》，人民文学出版社，1981，第 59 页。
⑤ 严羽著，张健校笺《沧浪诗话校笺》，上海古籍出版社，2012，第 451 页。
⑥ 《暂使下都夜发新林至京邑赠西府同僚》（谢朓）评语，王夫之《古诗评选》卷五，《船山全书》，第 14 册，第 767 页。
⑦ 杨载：《诗法家数》，何文焕辑《历代诗话》，中华书局，2004，下册，第 729 页。

复提到的"平起"而已。① 论诗歌结句之造语，船山推重"澹收""有留势"② 一类风范。这对于规避倾泻无余、蹇涩矫强的结句方式，无疑颇有帮助。然而具有这种品格的作品，本就在诗史中屡见不鲜，且题王昌龄《诗格》便已将类似写法总结为"含思落句势""心期落句势"等定法。至于船山在《夕堂永日绪论内编》提出的"古诗及歌行换韵者，必须韵意不双转"③，又何尝不是携带着定法基因的呢？这类言说内含的纠偏补弊之苦心，今人自当深切体察。不过其理路欠精切之处，也是不应被我辈刻意掩盖的。

二 典范风格优先：对情真、个性诸标准的消解

王夫之《夕堂永日绪论内编》曰："才立一门庭，则但有其局格，更无性情，更无兴会，更无思致，自缚缚人，谁为之解者？……李文饶有云：'好驴马不逐队行。'立门庭与依傍门庭者，皆逐队者也。"④ 这段文字标举的基本价值立场，也在王夫之评论历朝诗时多次现身。船山以性情为诗之本，强调诗歌情感应具有真实性和即景会心的当下性。这些主张经时贤反复举证论说，已是毋庸赘言的常识。不少学者亦曾根据其对"立门庭"的抨击、对"现量"及"内极才情，外周物理"⑤ 等创作原理的提倡，论定其倡导创作个性，此种结论当然不为无据。但读者尚需注意，王夫之毕竟同样是执着地坚持"典范风格"理想的。钱仲联在《王船山诗论后案》中早已指出："船山论诗，重视性灵神韵，对雄浑奇伟、厚重沈健的作品，意存歧视。"⑥ 如果融汇当代学界共识，把这一问题讲得更精确

---

① 如评鲍照《代白纻舞歌词三首》："其妙都在平起。"（王夫之《古诗评选》卷一，《船山全书》，第14册，第533页）又如评李益《野田行》："平平起四句，怨送佳句，如白云乍开，碧峰在目。"（王夫之《唐诗评选》卷一，《船山全书》，第14册，第918页）

② 如评王融《栖玄寺听讲毕游邸园七韵应司徒教》："至末澹收。"（王夫之《古诗评选》卷五，《船山全书》，第14册，第764页）又如评宋之问《初至崖口》："一结尤有留势。"（王夫之《唐诗评选》卷二，《船山全书》，第14册，第930页）

③ 戴鸿森：《姜斋诗话笺注》，第61页。

④ 戴鸿森：《姜斋诗话笺注》，第99页。

⑤ 戴鸿森：《姜斋诗话笺注》附录《夕堂永日绪论外编》，第199页。

⑥ 钱仲联：《梦苕庵清代文学论集》，齐鲁书社，1983，第61页。

些，那么或许该这样说。论内容时，王夫之既重视"性情"，又对其要求颇为严苛，凡涉及功利或俗趣者，多为他所抵制。论审美特征时，他特重俭净浑成、悠游不迫诸品，有时也能兼容雄浑作风，至于对雄放刚健、险怪奇伟、浅直琐细、远离中和理想者，则多有排斥。评判诗体正变优劣时，他通常以某一体诗发轫期作品为该体正宗；在古、近体诗比较中，以古体为高，以近体为卑。于此观之，船山诗学中的重情论当然不是自然感发优先论，而其"兴会""性灵""才情"诸说也自有其限度。所有这些，注定会对其实际批评产生影响。

《古诗评选》卷四录王粲《杂诗》：

> 日暮游西园，冀写忧思情。曲池扬素波，列树敷丹荣。
> 上有特栖鸟，怀春向我鸣。褰衽欲从之，路险不得征。
> 徘徊不能去，伫立望尔形。风飘扬尘起，白日忽已冥。
> 回身入空房，托梦通精诚。人欲天不违，何惧不合并。①

王夫之评曰："若世推尚王仲宣之作，率以凌厉为体……如仲宣此诗，岂不上分《十九首》之席，而下为储光羲、韦应物作前矛？讵必如《公宴》《从军》，硬强死板，而后得为建安也哉？有危言而无昌气，吾不知之矣。"② 王夫之欣赏这首作品，认为其风格"上分《十九首》之席"。这个判断是否合理，自可见仁见智。笔者更为关注的是：该作品之所以被他推重，不是因为具备独到情感体验，而是因为比较接近他所推崇的古朴浑融之汉诗风格，远离"凌厉""硬强死板"这类他所蔑视的风貌。就此例来看，他在裁断诗歌价值时，是持"典范风格优先"态度的。这种特征，也体现在他对曹丕代表作《杂诗二首》的批评方式上。整体上看，这两篇作品都具有清婉悲凉的"曹丕面目"。不过若以原创性论，其差别便比较明显。其一"漫漫秋夜长"的模拟痕迹一望即知：论意脉，"忧愁不寐—出户观星—怀人思乡—怨悱感伤"乃是汉魏间同主题诗歌写作的惯用程式；

---

① 王夫之：《船山全书》，第 14 册，第 666 页。
② 王夫之：《船山全书》，第 14 册，第 666 页。

论造语，辗转难寐、天汉西流、草虫悲鸣、北雁南翔、欲飞无翼、欲济无梁等，无不是汉魏人信手拈来的惯用套路。而其二"西北有浮云"的诗笔聚焦于浮云意象，由比兴发端，于落句提炼出"客子常畏人"这一具有普遍意义的生命体验——用可征之创作传统参照，该诗以颖异之构思切中人情，艺术价值绝非带有练笔痕迹的其一可比。问题是，王夫之怎样评价这两首作品呢？他总评二诗曰："果与'行行重行行''携手上河梁'狎主齐盟者，唯此二诗而已。扬子云所谓不似从人间得者也。"① 又专评其二曰："夫大气之行，于虚有力，于实无影。其清者，密微独往，益非嘘呵之所得。及乎世人茫昧于斯，乃以飞沙之风、破石之雷当之。究得十指如捣衣槌，真不堪令三世长者见也。锺嵘伸子建以抑子桓，亦坐此尔。"② 从中可见，他关注的仍然是两首诗风格的"合典范性"问题，而不是其感发、意趣是否真切、独到。尤其专评其二时，他把精力集中到从风格角度扬曹丕、抑曹植的话题上，对此诗的创造性则不置一词——正因为持典范风格优先的立场，他才对模拟痕迹甚重的其一和有独至之妙的其二平等看待。

我们还可以品读《古诗评选》卷一收录的下面两首乐府：

> 门有车马客，问君何乡士。捷步往相讯，果是旧邻里。
> 语昔有故悲，论今无新喜。清晨相访慰，日暮不能已。
> 词端竟未究，忽唱分途始。前悲尚未弭，后忧方复起。（张华《门有车马客行》）

> 门有车马客，问客何乡士。捷步往相讯，果得旧邻里。
> 凄凄声中情，慊慊增下俚。语昔有故悲，论今无新喜。
> 清晨相访慰，日暮不能已。欢戚竟寻绪，谈调何终止。
> 辞端竟未究，忽唱分途始。前悲尚未弭，后感方复起。
> 嘶声盈我口，谈言在君耳。手迹可传心，愿尔笃行李。（鲍照《代门有车马客行》）③

---

① 王夫之：《船山全书》，第 14 册，第 661 页。
② 王夫之：《船山全书》，第 14 册，第 662 页。
③ 王夫之：《船山全书》，第 14 册，第 515、531 页。

古人作模拟诗，或求似，或求变。求变者，或引申、升华原作主题，或写出自家语体特征。求似者，也是以神似原作为优，生吞原作为劣。比较可知，上举鲍照诗几乎一字不易地照录张华作品，虽在此基础上嵌入数句，但似并无点铁成金之效。而王夫之的评语却是："惟此种不琢不丽之篇，特以声情相辉映，而率不入鄙，朴自有韵，则天才固为卓尔，非一往人所望见也。"① 可见，船山即便同时选入张、鲍二诗，也仍然拒绝在比较中思考后者可能存在的缺陷。他所关注的，只是该作的风格是否可取——作品只要被他认定为"不琢不丽""率不入鄙，朴自有韵"，其他问题便似乎都不再重要，其作者也可被视作"天才固为卓尔"。这种批评特征，在他评选唐诗、明诗的时候，依旧一再浮出水面。请看他写于储光羲五古《采菱词》后的这段话："起四句即比即兴，妙合无垠。通首序次变化而婉合成章。盛唐之储太祝、中唐之韦苏州，于五言已入圣证。唐无五言古诗，岂可为两公道哉？乃其昭质敷文之妙，俱自西京、十九首来，是以绝伦。"② 王夫之认可储、韦，不是因为他的价值趣味比持"唐无五言古诗"之见的李攀龙多样，而是因为在他看来，二公作品能得五古诗体之正；且在他的观念里，只有"西京、十九首"，即汉代五古，才算得上此体正宗。明乎此便可知晓，在《明诗评选》卷四中，他之所以将"自关性灵"③ 这一评语加诸李梦阳那首模拟汉魏赠答、送别诗痕迹甚重的《赠青石子》，无非是因为该五古基本保持了他所心仪的浑朴深厚之风貌。我们还可一读收入《明诗评选》卷五的徐缙《山家》："山家日翠微，澹荡挹清晖。溪水绕门绿，岩云当户飞。夕阳啼鸟尽，细雨落花稀。迟暮何知客，逢欢便作归。"船山评曰："不仅恃思理，亦不仅恃兴致。规之极大，入之极沈，出之极曲，乃是真诗人。"④ 此诗饶具流利宛转之风，尾联呈现之生命体验亦不乏动人。但严格地讲，其句法、意趣毕竟多处袭用郭璞《游仙诗》（"清溪千余仞"篇）、王维《从岐王过杨氏别业应教》、杜甫《重题郑氏东亭》等名作，独造之功不足。就前述船山有关风格的价值理想来看，他

---

① 王夫之：《船山全书》，第 14 册，第 531 页。
② 王夫之：《船山全书》，第 14 册，第 937 页。
③ 王夫之：《船山全书》，第 14 册，第 1311 页。
④ 王夫之：《船山全书》，第 14 册，第 1422 页。

爱重该作当不令人意外。可是褒扬若此，终归有溢美之嫌。与此形成鲜明反差的是，"后七子"领袖王世贞在他眼中"诗品自卑"①，而他对于王诗同样存在的蹈袭行为，便有如下评判："元美诗出纳雅正，憾其为河下佣也耳。元美贪大成之誉，早成百杂碎。敬美自爱，不欲染指，是以敬美诗一往有关情处，阿兄不及也。关情是雅俗鸿沟，不关情者，貌雅必俗。"②连续以"河下佣""百杂碎""不关情"讥讽之，真可谓断不留一丝情面。

诚然，仅靠上述案例，我们并不能推翻"王夫之提倡真情实感、创作个性"这样的结论。但读者至少应该注意的是：认为"风格化"优先于"个性化"，或以"典范风格"标准置换"性灵""兴致""关情"诸标准，乃是其批评的一种重要特征。应该承认，个性化（或独创性）并不是评价文学作品的唯一尺度。如果王夫之能彻底以"典范风格优先"为批评标准，那么他的言说至少不会出现自我矛盾。不过即便如此，这种批评也终归有其缺陷，那就是无法证明为何风格之间存在高下之分——相比之下，叶燮"衰飒之论，晚唐不辞，若以衰飒为贬，晚唐不受也"③，薛雪"论诗略分体派可也，必曰某体某派当学，某体某派不当学，某人某篇某句为佳，某人某篇某句为不佳，此最不心服者也"④ 这类观念，便是更显通达的。

更需说明的是，王夫之将"性灵""兴致""关情"诸标准与典范风格标准混同的观念，的确可能在某些质疑下难以自辩。前文已对此略有触及，此处当具体申说。首先，这种观念在有关作品情感真实的问题上缺乏说服力。属于精神现象的创作动机、意念、心理过程，并非存在于时空关系中的可量度之物，因此难以精确再现。准确地讲，有关这类对象的研究，与其说是能做到"还原"的"实证型"研究，不如说是求"合理"的"诠释型"研究。因此，诠释者在讨论作品"情感真实性"的时候，只能尽量动用一切可利用的信息资源，依托情境逻辑，以期求得在自我所处

---

① 《闽恨》（王世贞）评语，王夫之《明诗评选》卷七，《船山全书》，第 14 册，第 1554 页。
② 《横塘春泛》（王世懋）评语，王夫之《明诗评选》卷六，《船山全书》，第 14 册，第 1510 页。
③ 叶燮：《原诗》（与薛雪《一瓢诗话》、沈德潜《说诗晬语》合刊），人民文学出版社，1998，第 66 页。
④ 薛雪：《一瓢诗话》（与叶燮《原诗》、沈德潜《说诗晬语》合刊），第 110 页。

文化语境中能被普遍接受的答案。如果外围史料信息不足征，那么进行此类判断也就只能依据文本本身的表达效果。在这种情况下，一旦文本与既有惯例相似性过多，就会令批评者形成一种可能性判断——为文造情，且这种判断是无法被证伪的。回到前举王夫之诸例。他的褒与贬基本上是就风格问题立论，这样的话，便在实质上陷入了难以服众的"风格决定论"，即：合乎其心仪之风格的诗，即可被默认为具备情感真实性；不合乎其推崇之风格者，即是前文他所谓王世贞式的"不关情"之"河下佣"。此种批评在作品是否具备创作个性问题上缺乏说服力。如前文所说，文本间的确很难存在绝对差异。但是，将这类观念发挥至极端，认为文本间并不存在相对独特性，也是不够实事求是的。而创作个性，正是彰显于这种相对的独特性之中。如此说来，一旦文本与既有惯例相似性过多，就注定会令批评者形成另一种可能性判断——剽窃蹈袭，且这种判断也是无法被证伪的。从前引文献可见，王夫之在以"天才""关性灵"等包含创作个性因素的命题批评相应作品时，并没有指出其"独特性"问题，也无法对"剽窃蹈袭"这种可能性证伪。这就意味着，无论是否有所察觉，他事实上已经在某些批评个案中，消解了"天才""关性灵"的理论意义。

三 文本外标准的介入：损伤批评标准一贯性

《古诗评选》卷一录曹丕《煌煌京洛行》。诗曰："夭夭园桃，无子空长。虚美难假，偏轮不行。淮阴五刑，鸟尽弓藏。保身全名，独有子房。大愤不收，褒衣无带。多言寡诚，只令事败。苏秦之说，六国以亡。倾侧卖主，车裂固当。贤矣陈轸，忠而有谋。楚怀不从，祸卒不救。祸夫吴起，智小谋大，西河何健，伏尸何劣。嗟彼郭生，古之雅人，智矣燕昭，可谓得臣。峨峨仲连，齐之高士，北辞千金，东蹈沧海。"王夫之评曰："咏古诗下语秀善，乃可歌可弦，而不犯史垒。足知以诗史称杜陵，定罚而非赏。"①

① 王夫之：《船山全书》，第14册，第509页。

　　王夫之厌恶直白粗陋、缺乏蕴藉之美的诗歌创作，所以对议论入诗甚
为反感。《古诗评选》卷四张载《招隐》后评语颇具代表性："议论入诗，
自成背戾。盖诗立风旨，以生议论，故说诗者于兴、观、群、怨而皆可。
若先为之论，则言未穷而意已先竭……唐宋人诗情浅短，反资标说，其下
乃有如胡曾《咏史》一派，直堪为塾师放晚学之资。足知议论立而无诗，
允矣。"① 唐代胡曾的三卷《咏史》诗，以议论直白、意趣平浅为典型特
征，也向来因此颇受诟病。可想而知，面对诸如"台土未干箫管绝，可怜
身死野人家"②"不知祸起萧墙内，虚筑防胡万里城"③ 这样的语句，王夫
之一定是瞋目切齿的。直斥其为"塾师放晚学之资"，并不出人意料。可
令笔者有些困惑的是，立场如此鲜明的他，偏对前举曹丕的《煌煌京洛
行》赞赏有加。不难看出，该诗罗列若干古人，依次点评，句意平浅，篇
乏浑成；与胡曾《咏史诗》除一为四言，一为七言外，并无实质上的高下
之分。诚然，船山标举这首《煌煌京洛行》，意在抨击诗"犯史垒"。不过
像这样的以毒攻毒之举，终归有自乱阵脚之嫌。无独有偶，他在评李白五
古《苏武》时写道："咏史诗以史为咏，正当于唱叹写神理，听闻者之生
其哀乐。一加论赞，则不复有诗用，何况其体？"④ 而班固《咏史》以
"三王德弥薄，惟后用肉刑"发端，以"百男何愦愦，不如一缇萦"收结，
论赞之迹甚明，王夫之却评曰："或缚其简，或节其余，就彼语结赞，无
事溢词。史笔、诗才，有合辙矣。"⑤ 有关船山这种自乱价值标准的案例，
还颇可举出一些。他论绝句时，既特重自然天真之格，又坚持一贯立场，
反对将天真降格为浅直俚俗；⑥ 而当面对刘基剪裁谚语而成的"六月栽禾
未是迟，死中求活是高棋""别有一般真叵耐，虾蟆生在月中间"⑦ 这类俚
俗表达时，仍盛赞其"不入唐亦不落宋，顾可以直承汉、魏，广远深

① 王夫之：《船山全书》，第 14 册，第 702 页。
② 胡曾：《章华台》，《全唐诗》，中华书局，1960，第 19 册，第 7419 页。
③ 胡曾：《长城》，《全唐诗》，第 19 册，第 7429 页。
④ 王夫之：《唐诗评选》卷二，《船山全书》，第 14 册，第 953 页。
⑤ 王夫之：《古诗评选》卷四，《船山全书》，第 14 册，第 658 页。
⑥ 如评杨维桢《西湖竹枝歌》："廉夫竹枝二十余首，和者盈帙，唯此二篇是《竹枝》，他
　皆俚绝句耳。"（王夫之《明诗评选》卷八，《船山全书》，第 14 册，第 1571 页）
⑦ 刘基：《吴歌》，王夫之《明诗评选》卷八，《船山全书》，第 14 册，第 1567 页。

至"①。他厌恶七子派"路无三舍，即云万里千山，事在目前，动指五云八表"② 式的粗豪造作；不过对同样存在粗豪特征的祝允明之"山城十日雨，家国百年心"③，蔡羽之"吴越旌旗二千载，落霞多处一登台"④ 则颇为宽容，认为前者"清刚弘远"⑤，后者"可云雄，可云浑，可云风骨"⑥。他对人工雕饰的厌弃，人所共知。而见到祝允明《前缓声歌》"苍禽唳金支，琼鸾翥绛帱。灵宾戛韵石，子登引空讴。圣日丽万舞，祥吹振清球。川后迎皓蜺，波臣趋翠虬"这种古奥雕琢的修辞时，他又以"字字神行"⑦ 褒奖之。既严厉抨击某种诗风，又不时对其网开一面，无论怎样，如此评判终归是欠严谨的。

需要追问的是，王夫之何以如此作论？笔者想着重指出一种可能性：有些时候，他或许会引入文本外标准来评价文本的艺术质量。就上述诸例而言，"典范作者优先"就很可能是其操持的一个文本外标准。

众所周知，王夫之论诗，每每推出个性鲜明，甚至不无极端的观点。将曹丕树为典范，不遗余力地扬曹丕、抑曹植，便是其中之一。如他在《夕堂永日绪论内编》中曾说："建立门庭，自建安始。曹子建铺排整饰，立阶级以赚人升堂，用此致诸趋赴之客，容易成名，伸纸挥毫，雷同一律。子桓精思逸韵，以绝人攀跻，故人不乐从，反为所掩。子建以是压倒阿兄，夺其名誉。实则子桓天才骏发，岂子建所能压倒邪？"⑧ 中古以降，对曹丕诗青眼有加者代不乏人，而像船山这样决绝偏激者，毕竟罕见。曹丕诗情思绵邈、深婉浑融的典型特征，确实比辞采华茂、技法意图更为明显的曹植诗更切近王夫之的审美趣味，也更为接近他所推崇的汉诗传统。而在带有论战色彩的批评语境中，他显然是将自己偏好的这位作家打造为

① 王夫之：《船山全书》，第 14 册，第 1568 页。
② 《共泛东潭钱望之》（顾璘）评语，王夫之《明诗评选》卷五，《船山全书》，第 14 册，第 1397 页。
③ 祝允明：《循州春雨》，王夫之《明诗评选》卷五，《船山全书》，第 14 册，第 1386 页。
④ 蔡羽：《吴门夏日》，王夫之《明诗评选》卷八，《船山全书》，第 14 册，第 1593 页。
⑤ 王夫之：《船山全书》，第 14 册，第 1386 页。
⑥ 王夫之：《船山全书》，第 14 册，第 1594 页。
⑦ 王夫之：《船山全书》，第 14 册，第 1172 页。
⑧ 戴鸿森：《姜斋诗话笺注》，第 104 页。

不容挑战的权威了。这恐怕也就很容易导致如下批评观念：只要是曹丕所作，必为佳篇，必有可称赞之处。由是观之，通篇直白议论、情趣平平的《煌煌京洛行》能被挖掘出"下语秀善""可歌可弦"的优点，亦何足怪哉。至于班固，乃是王夫之倾力赞美的汉诗传统中人。面对这一时代的作品，他曾说出"有生新者，不可作生新想，刻炼者，亦不容以刻炼求之，彼自有其必然尔"① 这样的看法。既然如此，班固《咏史》即便犯论赞之忌，仍会得到他"史笔、诗才，有合辙矣"的好评，便终归不在人意料之外。

那么前文所说的刘基、祝允明、蔡羽诸公，在船山心中地位如何呢？《明诗评选》中李梦阳《赠青石子》的评语，颇能说明问题：

> 要以平情论之，北地天才自出公安下，六义之旨亦堕一偏，不得如公安之大全。至于引情动思，含深出显，分胫臂，立规宇，驱俗劣，安襟度，高出于竟陵者，不啻华族之视侩魁。此皇明诗体三变之定论也。乃以一代宗工论之，则三家者皆不足以相当。前如伯温、来仪、希哲、九逵，后如义仍，自足鼓吹四始。②

为抨击明代诗坛的门庭之争、模拟习气，也为捍卫自身风格理想，王夫之在论明诗时不惜矫枉过正地排诋前、后"七子"，竟陵派，同时大力提升相对远离宗派作风的非主流诗人之地位。这一事实，早已为当代学界所熟知。就如上面引文所反映的那样，刘基、祝允明、蔡羽这些非主流诗人，已然被他视作"一代宗工""自足鼓吹四始"，系他眼中的典范作家。一旦了解这样的批评背景，则船山何以能对前述刘、祝、蔡作品如此宽宏大量，自非难解之谜。继而还需说明的是，在他这里，或尚有常与"典范作家优先"共生的另一个文本外标准，那便是"作者立场优先"。它意味着，只要作者的价值立场得到批评者认可，那么其作品的艺术水准就可能随之得到较高评价。从这样的视角出发，读者至少会更深入地理解他对祝

---

① 《安世房中歌》（唐山夫人）评语，王夫之《古诗评选》卷一，《船山全书》，第14册，第485页。

② 王夫之：《船山全书》，第14册，第1311页。

允明、蔡羽的评价。在弘治、正德间诗坛上，祝允明是自觉保持与七子派距离，且在诗学主张上与李、何辈异趋的典型人物，这一立场无疑与王夫之一致。① 至于蔡羽，其贬低杜甫、不甘为李梦阳辕下驹的高调言论，在钱谦益《列朝诗集》、朱彝尊《明诗综》等文献中均有记载，个中立场正和王夫之同条共贯。王夫之自己便曾于评蔡羽《九月十四日集东篱亭》时写道："林屋持论，谓少陵不足法，又曰吾诗求出魏晋，目无献吉辈久矣。后之目无献吉者，又尝见林屋脚底尘乎?"② 本在苏州诗人群体中也未必名列前茅的蔡羽，何以被船山提升到"宗工""自足鼓吹大雅"的高度？我辈于此，当可又一次发现其重要原因。不管怎样，信奉这类文本外标准的诗歌批评，即便可能在某些个案上具有"了解之同情"的意味，也终归是制造了不够公平之批评语境的。

四 余论：合理的文学批评、诗学研究如何可能？

总而言之，王夫之诗歌批评的学理疏失，典型地呈现在三类内含论说矛盾的情况中：重道轻艺、反对定法，但难以合理解释普遍具有法之要素的诗歌文本；维护"典范风格"批评标准，但因此无法合理分疏真与伪、因袭与创造之别，亦消解涉及情真、创作个性诸说的理论意义；以文本外因素介入诗歌的艺术价值评判，令评判标准产生混乱。以下，谨就前文有所涉及，但尚待引申的话题再作展开，以足全篇之义。

文学批评所要面对的，是由世界、作家、作品、读者诸要素构成的文学现象之世界。尽管变态百出，难以被任何心灵在绝对真理意义上把握，这个世界仍有迹可寻——实存于世的文本与各类相关历史信息终归有其程度不同的客观性。批评者只要不把批评活动当作仅对自我负责的独语，就必须尊重这种客观性。就此而言，与可知文学现象脱钩的创作原理构想，即便自身再具有思辨的魅力，也仍然是陷入本质主义窠臼的。当它介入实际批评时，便可能损害批评的质量。回头看王夫之的诗歌批评。如时贤所

---

① 关于祝允明的诗学思想，拙著《明成化至正德间苏州诗人研究》（社会科学文献出版社，2010）有较细致的分析，此不赘述。

② 王夫之：《明诗评选》卷四，《船山全书》，第 14 册，第 1309 页。

论，船山确实是思想深湛的哲人，也确实具有较为系统、独到的诗学主张。然而，他有关诗之创作原理的言说，有时或未充分尊重中国古代诗歌现象的实存品格。以前文涉及的文本"合惯例性"来论，他在诗歌评选中所涉的作品，从汉至明，几乎没有哪一个可以脱离这种特征；越是后出者，该特征就越典型。这就意味着，面对此类作品时，执着于追究其是否"天成""无法"，未必切中肯綮；将其置于有关结构、修辞、意象、情趣等要素的可知传统中，通过多方面比较得出批评结论，才是更可能服人的。当然，如今人多次指出的那样，王夫之也常常用比较法揭示作品差别。可是从本文的论析中就可发现，他对比较法的运用似仍欠充分。文本的"合惯例性"可以从哪些层次、哪些维度来区分，各有哪些特点？就实存文本来说，"守"与"化"的相对界限该如何划定？缺乏这些问题意识，王夫之的比较法就仍然有略欠深切之嫌。除此之外，中国古代诗歌创作不仅是审美行为，也是文化行为。即便是所谓审美行为，也在其实践中表现出多样的动因、目的及过程，难以被思辨所得的美学法则一以贯之、万无一失地解说。而王夫之对诗歌创作原理的构想，恰好时常缺乏对创作所在历史语境的理解。当一篇作品被读者从其历史语境中剥离而出时，其意义仍然能得到彰显。不过这样的意义，毕竟只是作品丰富多样之意义空间的一部分罢了。

由此而必然需要进一步推敲的关键话题便是："尊重文学现象的客观性"如何可能？建立相对合理的批评观念如何可能？这就涉及如何确立"价值标准"和"创作典范"的问题。因为任何对文学现象的选择、诠释、评价，都建基于某个或某些被批评者信赖的价值标准。而这个价值标准的成立，通常正以被视作典范的相应作品为重要根据——无论择取典范的标准是一元的还是多元的，所取之典范是否早已被"经典化"。承认文学现象的客观性，不等于否认如下看法：文学的世界就如生命世界一样，既是丰富多彩、诸要素关系错综复杂的，也是生生不息地流变、未来走向难以预测的。这就意味着，任何具体的创作活动和批评活动，都注定只能存在于这个世界的某一片段中；它们中的任何一者，都不可能穷尽这个世界的奥秘。换言之，如果以文学现象的世界为"道"，那么这个世界中的任何一个要素，包括任何具体批评在内，都不过是"器"。因此，任何批评家推崇的具体典范，都难以代表文学创作的绝对真理，至于通常依托这种典范而生的观念、理论，固然可能对文学活动产生影响，但很难对后者形成绝对真理意义上的指导、总结。这种永恒困境的实在性不能不提醒批评者：尽可能在实践中自觉地探求宽容的批评标准、多元的典范，规避价值判断上的本质主义，庶几是趋近文学现象客观样态，且令批评观念趋近"合理"的最佳方案。

可以说，王夫之从诗歌史中择取自己心仪的典范作品，并因之提炼出自己认定的典范风格，并不是问题。问题在于，当他仍然持本质主义的看法，将此典范上升为诗歌的绝对真理、应然归宿时，就容易造成认知视野、批评趣味的窄化。而他这种问题，恐怕是古代诗学某些思维模式及批评特征的典型体现。古代文论史上的"宗经""辨体""通变""定势"诸基本观念，尽管主旨各不相同，却都不同程度地包含着本质主义的思维模式。即便是圆通地、虚灵地驾驭这些观念的批评者，一般也不会去无条件地肯定一空万古、无所依傍的创造精神。至于机械地、抽象地理解这些观念，就常导致对特定典范的极力推崇，对异己者的过度贬低。仅以对王夫之有直接影响的明代诗学传统为例，宗主严羽的七子派，在整体倾向上就具有这种特征。王夫之反对这些前辈作家的"立门庭"，但别无二致的思维模式，令他的某些批评最终也难免是以我之"门庭"压制彼之"门庭"而已。这类论调固然能倾其全力，深刻地揭示出某些典范风格的特性与价值，可毕竟带有独断品格。就此而言，突破其限度，从多元立场把握古代诗歌的价值，何尝不是令那些自具不可磨灭之精神，但又被特定话语系统遮蔽的杰作获得新生呢？当然，必须指出的是，"多元主义"也并不是一经提出，就可包治百病的良方。对于此论来说，最麻烦的不在于确定"多元"原则，而在于如何应对下列疑问：超越个人偏爱的普遍理解是否可能、如何可能？如何能避免由多元主义滑向相对主义？这也便提醒今人：与其说文学批评的"多元主义"是可以在实践中完满落实的，不如说它仍然是虚灵的、范导性的。毋宁说，这种范导性品格才是令多元主义获得生命力的关键。它令我们有可能正视"己见"和"异见"的张力，在自觉的对话、省思中最大限度地为批评解蔽。

以下，尚有必要对引入"文本外标准"的批评路径略加评析。这种批评，依然是前述本质主义思维模式的呈现。只不过，风格意义上的本质主义，其典范仍生成于有关作品艺术水准的评判之中，而"文本外标准"意义上的本质主义，其典范则生成于有关作品艺术水准的评判之外。且这种本质主义思维模式，一样有文化史上的常见观念支持。先看其中的"典范作者优先"论。它与"因人评文""文以人存"这类认知模式、评价模式的亲缘关系，并不难被我辈识别。此类批评模式，读者在有关陶渊明、杜甫等经典作家的解读史中，应已不止一次地见到。无论主观动机如何，这样的批评都未免制造出超越批评伦理的作家神话。再说"作者立场优先"论。在中国古代社会文化中，"立场"高于"是非"的思维习惯实颇常见。既然如此，在有关作品艺术水准的批评中出现"作者立场优先"，亦不足为奇。这一现象，令笔者想到王元化所说的"意图伦理"。该命题为马克斯·韦伯在《学术与政治》中提出，王元化对其原意有所引申，以之指称一种思维模式，即"在认识论上先确立拥护什么和反对什么的立场"，"在学术问题上往往不是实事求是地把考虑真理是非问题放在首位"。① 在评判诗歌艺术水平时，偏偏把诗人的地位、立场诸因素作为依据、尺度，这或许便是文学批评中的"意图伦理"吧。严格地讲，任何认识都难以摆脱立场。没有立场，便不会有任何价值标准，更遑论具体批评。笔者重新提出"意图伦理"这类话题，无非是要试图说明：在批判理性缺席的情况下空谈立场，拒绝在实践活动中省思立场，会对文学批评的良性运转造成损伤。

在当下的研究中，能否站在"了解之同情"的立场上，弱化对王夫之批评学理的批判性思考？诚然，这种遗民评诗的行为往往体现出痛切的反省意识，并具有借题发挥的深意，故值得格外予以尊重。但是，批评动机如何，与具体批评话语是否具有说服力，终归并非一事。平心而论，在中国古代诗学研究中，"体察心迹"与"省思学理"各有侧重，合则双美，无须扬此抑彼。毋宁说，当批评者既能体贴批评对象"不得不如是之苦心"，又能明辨其言其思之正误得失时，"了解之同情"才是真诚的、严肃的、彻底的。不管怎样，倾心于古人，不等于舍弃批判性思考的自觉。只

① 《对五四的思考》，《王元化集》，湖北教育出版社，2007，第 6 册，第 340 页。

不过，无论哪种类型的研究，都应该尽可能立足于对文献实存特征的充分尊重，立足于对批评者自身"前理解"限度的自警。理解这一点，对于王夫之诗歌批评研究，乃至中国古代诗学研究，都将是不无裨益的。

［本文原刊于《清华大学学报》（哲学社会科学版）2023 年第 1 期］

明清以来唐寅文集误收及著作权有争议者考论

邓晓东 *

内容提要 自唐寅文集问世以来，一直有人对其进行增补。在人们因此对唐寅文字作品有了比较全面认识的同时，错收、误收等也时有发生。这些情况的出现，一方面是由于之前文献搜集比勘相对困难，另一方面也与艺术市场长期充斥唐寅的书画伪作有关。唐寅文集目前存在：他人作品误作唐寅作品、原诗略经改动并易题后署名唐寅、作者有不同说法、改易数字另成一作等情形。另外，署名唐寅所作的散曲中，亦因各种晚明曲选的题署不一而存在争议。利用故宫博物院藏唐寅行书自书曲，可以部分地解开其散曲著作权之谜。唐寅文集出现的种种问题，不仅需要引起唐寅研究者的注意，也值得今人在编辑艺术家文集时予以重视。

关键词 唐寅 著作权 辨伪

唐寅（1470~1524），字伯虎，又字子畏，号六如居士，吴县人。弘治十一年（1498）乡试第一，翌年因与徐经预作会试题，事泄入狱，罚充吏役，耻而不就。归家后，筑室桃花坞，以书画度日。宁王朱宸濠慕其名，以重金聘请入幕。后察宁王有谋逆意，佯狂逃归，潦倒以终。在绘画界，他以院体画与文人画兼擅而跻身明四家之列，其作品享誉至今。在文学界，一方面他以尊情主趣的创作成为明代性灵文学发展过程中的重要一环，不少作品至今耳熟能详；另一方面他又因通俗文学的不断戏说，风流不羁的形象依然活跃在当下各种舞台上。然而，科场案发生后，他对自己

* 邓晓东，南京师范大学文学院教授。

的文学创作不甚在意，生前未作整理，这就导致后人在搜辑刊行其文集的过程中，每有将他人作品误归其名下的情况发生。因此，找出目前唐寅文集中的非唐寅作品及著作权存有争议的作品并分析其原因，不管对于唐寅研究本身，还是对于编撰类似唐寅这样诗文书画兼善的作家的文集都有一定的意义。

一 明清以来唐寅文集刊行情况述略

目前所知，清代以前共有七种唐寅文集，分别是：1. 明嘉靖十三年（1534）袁褧序刻的《唐伯虎集》二卷；2. 明万历二十年（1592）何大成刻《唐伯虎先生集》（即为袁褧所刻《唐伯虎集》）；3. 明万历三十八年（1610）前后何大成辑刻《唐伯虎先生外编》五卷；4. 明万历四十年（1612）沈思、曹元亮辑刻《唐伯虎集》四卷附外集一卷纪事一卷；5. 明万历四十五年（1617）前后何大成辑刻《唐伯虎先生外编续刻》十二卷；6. 晚明刻《袁中郎先生批评唐伯虎先生汇集》四卷附外集一卷纪事一卷；7. 清嘉庆六年（1801）唐仲冕辑刻《六如居士全集》七卷、补遗一卷。

在这七种唐寅集中，涉及唐寅作品的部分，1 和 2 完全相同，4 和 6 除了个别字略有不同及 6 有署名袁宏道的评点外，其他完全相同。3、4、5、7 均可以视作在前此唐寅文集基础上的不断递补本，而以最晚出者即唐仲冕辑刻《六如居士全集》所收作品最多。唐仲冕本问世后，一度成为晚清民国以来最为流行的版本，曾经多个出版社出版，如光绪十一年（1885）镇江文成堂刻本、上海广益书局石印本（1918）、上海国学昌明社石印本、上海大道书局排印本（1935）、上海广益书局排印本（1936）等。

进入 20 世纪以来，随着一些私家秘藏的唐寅绘画进入博物馆等场所以及各种中国古代绘画图录的出版，人们对唐寅诗文的补遗掀起了一个新高潮。台湾的江兆申在 1968~1969 年的《故宫季刊》相继发表了四篇研究唐寅的论文，后来由台北“故宫博物院”结集为《关于唐寅的研究》，并于 1976 年出版，其中辑补了唐寅的逸诗一百一十一首。台湾的郑骞曾编注《唐伯虎诗辑逸笺注》（台湾联经出版事业公司，1982），从明清两代书画著录类古籍和台北“故宫博物院”的藏品等途径收集唐寅的逸诗，得各体诗三百零二首、联句三首、断句九则、词二首（包括江兆申所辑录的一百一十一首逸诗）。该书于每首诗后注明出处，并引相关资料且做了一些辨伪的工作。另外，王宁章、王毓骅从博物馆收藏的唐寅绘画以及各种艺术类古籍上抄录，在江兆申辑补的基础上又辑得各类诗文跋赞二百二十八首（篇）。① 遗憾的是，他们没有就唐寅绘画的真伪作辨识，收入了一些伪作。

进入 21 世纪后，周道振、张月尊辑校的唐寅集得以出版。此书先以《唐伯虎全集》之名由中国美术学院出版社于 2002 年出版，后又经修订收入上海古籍出版社《中国古典文学丛书》，并改名《唐寅集》，于 2013 年出版。全书汇集了明、清两代所刻唐寅集的成果，并从各类艺术类古籍、笔记等文献中辑出唐寅逸诗逸文，分为六卷，配有六个附录。该书收集范围极广，附录相当于资料汇编，是明清以来辑录唐寅作品及逸事、史料的集大成之作。

综上所述，周道振、张月尊辑校的《唐寅集》是在明清以及当代学人辑录唐寅文字作品基础上的集大成之作，也是目前最为权威的唐寅文集。为了叙述简约，本文即以《唐寅集》所收作品为考察对象，但误收情况的出现并不能归责于《唐寅集》，因为，这种误收实际从晚明就已经开始了。

二 唐寅文集中著作权有疑问的诗文作品

根据考察，唐寅文集存在著作权争议的作品大致可以归为下四种情况。

第一种情形是他人作品误作唐寅作品者。这类作品有：《惜梅赋》（北宋唐庚）②、《戏题》（明杨基《休采花词》）③、《三高祠歌》（元陈孚）④、

---

① 参见王宁章、王毓骅《〈《唐伯虎全集》补遗〉之补遗》，《江苏文史研究》1998 年第 1~2 期。

② 唐庚：《眉山唐先生文集》卷一六，《四部丛刊三编》，上海书店，1986，第 64 册，第 8 页。括号内为原作者及原题（题目相同不另注），下同。

③ 杨基：《眉庵集》卷五，《四部丛刊三编》，第 71 册，第 4 页。

④ 陈孚：《陈刚中诗集·观光稿》卷一，《景印文渊阁四库全书》，上海古籍出版社，1989，第 1202 册，第 617 页。

《七夕歌》（北宋张耒）①、《题溪山叠翠卷》（明朱诚泳《次韵访道不遇》）②、《马》（明王宠《画马》）③、《寻花》（明杨基《江畔寻花偶成》其二）④、《蒲剑》（元贯云石或黄清老）⑤、《闻江声》（明杨基《闻江声有感》）⑥、《警世》（"仁者难逢思有常"，北宋邵雍《仁者吟》）⑦、《白燕》（文彭《咏白燕追次袁海叟韵》）⑧、《题画》（"促席坐鸣琴"，明胡缵宗《抚琴》）⑨、《闻读书声》（唐翁承赞《书斋漫兴》其二）⑩、《题周东村画》（明朱诚泳《小景画》其一）⑪、《题画》（"山中老木秋还青"，元无名氏《题渔笛图》）⑫、《仕女图》（"歌扇舞裙空自好"，明聂大年《次彦颙无题》）⑬、《竹枝》（元柯九思《晴竹》）⑭、《爱菜词》（明钱福《爱菜歌》）⑮、《缺题四首》（分别是唐岑参的《宿岐州北郭严给事别业》《宋东溪怀王屋李隐者》《水亭送刘颙使还归节度分得低字》《丘中春卧寄王子》）⑯、《题沈石田匡山新霁图》（元虞集《子昂秋山图》）⑰、《题曹云西林亭远岫图》（明朱诚泳《春阴》其二）、《题文徵明林亭秋色》（明朱

① 张耒：《张右史文集》卷五，《四部丛刊初编》，上海书店，1989，第166册，第3页。
② 朱诚泳：《小鸣稿》卷四，《景印文渊阁四库全书》，第1260册，第237页。
③ 王宠：《雅宜山人集》卷四，《四库全书存目丛书》，齐鲁书社，1997，集部第79册，第44页。
④ 杨基：《眉庵集》卷八，《四部丛刊三编》，第71册，第19页。
⑤ 关于此诗的作者，参见拙著《唐寅研究》，人民出版社，2012，第215~217页。
⑥ 杨基：《眉庵集》卷九，《四部丛刊三编》，第71册，第12页。
⑦ 邵雍：《伊川击壤集》卷六，《四部丛刊初编》，第147册，第74页。一说此诗为北宋陈瓘（1057~1124）所作（参见胡仔《苕溪渔隐丛话·前集》卷五六，人民文学出版社，1962，第386页）。
⑧ 文彭：《文氏五家集》卷七《博士诗集》上，《景印文渊阁四库全书》，第1382册，第502页。
⑨ 胡缵宗：《鸟鼠山人小集》卷二，《四库全书存目丛书》，集部第62册，第205页。
⑩ 《全唐诗》卷七三〇，中华书局，1960，第21册，第8091页。
⑪ 朱诚泳：《小鸣稿》卷七，《景印文渊阁四库全书》，第1260册，第301页。
⑫ 卞永誉纂辑《式古堂书画汇考》卷三五，浙江人民美术出版社，2012，第1426页。首句"老木"《式古堂书画汇考》作"老树"。
⑬ 陈田：《明诗纪事》乙签卷二二，上海古籍出版社，1993，第919页。全诗有三字与唐寅诗不同。
⑭ 李日华：《六研斋二笔》卷二《柯南宫晴竹一帧》，《景印文渊阁四库全书》，第867册，第593页；又见顾嗣立编选《元诗选·三集》戊集，中华书局，1987，第222页。
⑮ 钱福：《钱太史鹤滩稿》卷二，《四库全书存目丛书》，集部第46册，第94页。
⑯ 此四首五律，郑骞先生已怀疑非唐寅所作（参见《唐伯虎诗辑逸笺注》，第28页）。
⑰ 虞集：《道园学古录》卷三，《四部丛刊初编》，第235册，第1页。

诚泳《幽居》)①、《题画》（"万世伤心在目前"，唐司空曙《病中遣妓》)②、《画兰》（"白鸥波点砚池清"，元张渥《题赵翰林墨兰》)③、《瑞石海棠图》（明冯班《秋海棠》)④、《竹树》（"绿云飞舞凤翎长"，明刘溥《题竹》)⑤、《水龙吟》二首（"江山风景依然""门前流水平桥"，明姚绶《水龙吟题山水四首》其一、其四)⑥ 等。

第二种情形是原诗略经改动并易题后署名唐寅者。《为吴征君写韦庵图并赠以诗》"构得名庵竟若何，情怀无日不雍和"（后六句不录），原诗为元初三大书法家之一邓文原的《赵松雪怡乐堂图赠善夫副使》，开头两句为"一榻幽然乐事多，四时风景复何如"⑦，后六句与前者相同。《题画廿二首》其一："久仰远山计，于今渐有缘。终当来此处，盘礴味松泉。"原诗为明初画家谢缙的《游西坞》："久作还山计，于今渐有缘。终当来此处，盘礴听风泉。"⑧ 《题画廿二首》其五："山高鸟不巢，水清龙不住。至察则无徒，故写模黏（模糊）树。"原诗为晚明陈继儒的《题云山图》："山高鸟不巢，水清龙不住。至人冥是非，一味模糊树。"见于万历四十三年（1615）刻的《陈眉公集》卷四，而最早著录此诗为唐寅所作的是成书于崇祯八年（1635）的《续书画题跋记》⑨。《题画廿二首》其十三"松溪访隐君，直过桥南去。日暮携杖归，群鸦噪高树"，原是明初刘溥的《题画》"松溪访隐君，直过桥南去。日暮抱琴归，明霞映高树"⑩。《题画廿二首》其二十一"飞瀑漱苍崖"⑪，同为刘溥题画诗。《画梅》其二："山

① 朱诚泳：《小鸣稿》卷七，《景印文渊阁四库全书》，第1260册，第290、304页。

② 韦縠辑《才调集》卷四，《四部丛刊初编》，第315册，第21页。

③ 顾瑛辑《草堂雅集》卷一〇，中华书局，2008，第822页。

④ 陈维崧辑《箧衍集》卷一一，《四库禁毁书丛刊》，北京出版社，2000，集部第39册，第509页。

⑤ 刘溥：《草窗集》卷下，《四库全书存目丛书》，集部第32册，第425页。

⑥ 姚绶：《牧庵集选》卷六，明嘉靖间刻本。

⑦ 顾嗣立编《元诗选》二集卷七，《景印文渊阁四库全书》，第1470册，第183页。

⑧ 谢缙：《兰庭集》卷上，《景印文渊阁四库全书》，第1244册，第434页。

⑨ 关于《续书画题跋记》的成书年代，参见韩进、朱春峰《〈珊瑚网〉袭录郁逢庆〈书画题跋记〉考——兼及明代公共编目人的著述困境》，《华东师范大学学报》（哲学社会科学版）2015年第2期。

⑩ 刘溥：《草窗集》卷下，《四库全书存目丛书》，集部第32册，第415页。

⑪ 刘溥：《草窗集》卷下，《四库全书存目丛书》，集部第32册，第416页。

上雪如梅，山下梅如雪。怪底暗香清，浮动黄昏月。""后七子"之一的宗臣《梅雪曲》首二句与之相同，后两句作"寂寞对空山，幽香共谁折"①。《题画一百十三首》之"入市归来欲暮天，半林晓色一村烟。悠然濯足沧浪里，怕带红尘上钓船"，原诗是明初画家王绂的《沧浪濯足图》："入郭归来欲暮天，数峰残照半溪烟。悠然濯足沧浪上，怕带黄尘上钓船。"②《题双文小照》："杨柳依依水拍堤，春晴茅屋燕争泥。海棠昨夜东风恶，会落残红衬马蹄。"原诗是宋末杜佺的《马嵬道中》："垂柳阴阴水拍堤，春晴茅屋燕争泥。海棠正好东风恶，狼藉残红送马蹄。"③《画竹》"未出土时先有节，已凌云处亦虚心"，此一联据宋韦居安《梅磵诗话》卷下说："李师直一联云：'未出土时先有节，便侵云去也无心。'"另有说是宋代诗人徐庭筠《咏竹》的颔联，如《宋诗纪事补编》卷四九、《（雍正）浙江通志》卷一七六（第二句为"便凌云去也无心"），还有说是元代画家吴镇的题画之作，如《吴越所见书画录》卷一、《书画鉴影》卷五。《玉玦仕女图》："帘外轻寒起暝烟，手持玉玦小庭前。沉沉良夜与谁语，星落银河在半天。"此为唐代赵象《独坐怀非烟》前两句改"绿暗红藏"为"帘外轻寒"，"独将幽恨"为"手持玉玦"④而来。

第三种情形是作者有不同的说法。《画鸡》："头上红冠不用裁，满身雪白走将来。平生不敢轻言语，一叫千门万户开。"《石渠宝笈·明沈周画鸡一轴》题诗："绛冠高帻不须裁，一身洁白（脱一字）中来。平生不解多言语，一叫千门万户开。"⑤款署沈周。《姑苏八咏》八首，王兆云《白醉璅言》录此八首，但说"不知为谁氏所作"⑥。《题元镇江亭秋色》，沈思、曹元亮辑刻《唐伯虎集》收录，《续书画题跋记》卷一一、《六艺之一录》卷四〇三署吴宽。《题画廿二首》其六"大雪压茅屋"，《续书画题跋记》卷一一、《六艺之一录》卷四〇三题唐寅作，《珊瑚网》卷三八、《式古堂书画汇考》卷五五题沈周作，诗题为《雪隐》。《题竹》"开径便

① 宗臣：《宗子相集》卷三，《景印文渊阁四库全书》，第1287册，第11页。
② 王绂：《王舍人诗集》卷五，《景印文渊阁四库全书》，第1237册，第161页。
③ 元好问：《中州集》卷八，《景印文渊阁四库全书》，第1365册，第261页。
④ 步非烟：《答赵象》附，《全唐诗》卷八〇〇，第23册，第9003页。
⑤ 张照等编《石渠宝笈》卷三八，《景印文渊阁四库全书》，第825册，第489页。
⑥ 王兆云：《白醉璅言》卷下，《四库全书存目丛书》，子部第248册，第234页。

见竹"，《续书画题跋记》卷一一、《六艺之一录》卷四○三俱题唐寅，《珊瑚网》卷三七、《式古堂书画汇考》卷五六均题作姚绶《竹枝》。《题松》"根梢都不见"，《续书画题跋记》卷一一、《六艺之一录》卷四○三题作唐寅，《珊瑚网》卷三七、《式古堂书画汇考》卷五六均著录为姚绶《谷庵题松》。《题画一百十三首》"满地松阴六月凉"，《珊瑚网》卷一六作祝允明，同书卷四○便题作唐寅。《题画一百十三首》"松壑奔流日日狂"，《吴越所见书画录》卷三题作沈周，《烟霞宝笈成扇目录》题为唐寅。《咏美人八首》及《题美人二首》（"亡国多因有美姿""亚竹眠桃态自娇"）共十首，《珊瑚网》卷一五著录为《文待诏书十美诗卷》，但何大成认为这十首诗是唐寅所作。另外《垂虹别意图》（"垂虹不是灞陵桥"）一首，今《唐寅集》中所收之诗乃沈周所作，唐寅所作的是一首五言律诗（即"柳脆霜前绿"）。这一错误源自《珊瑚网》的著录，该书卷一四"诸明贤垂虹别意诗并序"中将此诗系于沈周名下，但在卷四○"唐子畏垂虹别意"却把沈周的诗系在了唐寅的名下。另，何大成所刻《唐伯虎先生外编》卷三《伯虎遗事》收录《风花雪月词》四首，之所以没有把它们列入卷一的《伯虎遗诗》，或是对作者没有把握。果然，《拍案惊奇》卷二四《盐官邑老魔魅色，会骸山大士诛邪》也引此四首，唯个别字句略有差异，并说作者是"洪武年间浙江盐官会骸山中有一个老者"①。这当然是凌濛初杜撰的，因为老者乃老妖所变，不过，从凌濛初能够将四诗说成是老妖所作，则说明这四首诗的作者未必是唐寅。

第四种情形是一首诗改易数字另成一诗（进而也就成了另一幅图）。比如，李日华《味水轩日记》中记载唐寅《茂林飞瀑图》上的题诗是："溅沫飞流白练张，重云深锁树千章。空山尽日惟猿鸟，堪笑红尘市里忙。"② 而《珊瑚网》卷四○著录此诗时失题，且首句"张"作"长"，二句"重云深"作"乱山云"，三句"空山""鸟"作"忘机""鹤"，四句"堪"作"应"。到了陆时化《吴越所见书画录》卷三著录时，突然题作《唐六如乱山云琐图立轴》，且出现了尺寸和收藏者信息，诗句在《珊瑚

---

① 凌濛初：《拍案惊奇》，上海古籍出版社，1982，第421页。
② 李日华：《味水轩日记》卷六，上海远东出版社，1996，第391页。

网》的基础上又有变动，首句"溅沫""长"作"溅墨""张"，三句"惟猿鹤"作"怀猿鹤"。又如《吴越所见书画录·唐寅〈草阁晚凉图〉》题诗："草阁临溪足晚凉，槛前千斛藕花香。蔗浆满贮金瓯冷，复有新蒸薄荷霜。"①《艺苑掇英》1980 年第 9 期刊载的《虚阁纳凉图》上也有这首诗，只是首句"草""足"作"虚""趁"，末句"复"作"更"。又如，何大成《唐伯虎先生外编》卷一所收《题画》十首其十有"拔嶂悬泉隔世嚣，层楼曲阁倚云霄。赏春合有溪堂约，侵晓行过独木桥"。但在《拔嶂悬印泉》和《环香堂法帖》中则作："拔嶂悬泉隔尘世，层台曲阁倚云霄。赏春会有溪堂（溪堂二字《环香堂法帖》作"东邻"）约，侵晓携琴（此四字《环香堂法帖》作"清晓来过"）独木桥。"再如，《壬寅销夏录》著录的《临米烟江叠嶂图》，实际就是唐寅所作《同诸公登金山》，只是将前四句作了一些改动，原作为："山峙清江万里深，上公乘兴命登临。凭尊指顾分南北，满眼风波自古今。"改作为："山势迢遥江水深，乱流乘兴试登临。眼前吴楚分南北，地方风波自古今。"最后，《梅花图》"北风着面刮起霜"，此诗中有不少诗句与唐寅《咏梅次杨廉夫韵》一样，而该诗是从宣统二年（1910）出版的《神州国光集》第十四集中影印的《明唐六如梅花御藏》上辑录出来的，此图未见著录，又无递藏信息，所画墨梅也极其粗陋，所以这首诗应该是作伪者按照《咏梅次杨廉夫韵》改作的。

关于这四种情形，第一种显然是搜辑者将他人之作误为唐寅所作，其中像《七夕歌》首见于沈思、曹元亮所刻《唐伯虎集》卷一；何大成在《唐伯虎先生外编续刻》卷三中虽然收录此诗，但有小字注云："此系张文潜作，寅伯误入唐集，今正之。"②有的作品，可能是暗合了唐寅的生平遭际，所以才被误植，如唐庚的《惜梅赋》；有的则因为语言风格的趋同而被误收，如钱福的《爱菜词》。不管出于何种原因，这些作品都应当从唐寅名下删去，这一点是没有疑义的。

第二种情况，有一种可能，即唐寅将他人的诗略作改动题在自己的画上，后人在著录时就误认为是唐寅的诗作了。不过，唐寅本身就是诗人，他

① 陆时化：《吴越所见书画录》卷三，上海古籍出版社，2015，第 313、307 页。
② 何大成：《唐伯虎先生外编续刻》卷三，《续修四库全书》，第 1335 册，第 9 页。

何必要在自己的画上题上他人的诗作？倘或如此，不是反而显示了他的无才！这种情况发生在自负为"江南第一风流才子"的唐寅身上的概率较小。而那些比唐寅晚的诗人，如宗臣、陈继儒，难道是因为喜欢唐寅的诗句才挪为己用的？这种可能性也很小。比较合理的解释是：作伪者的伎俩。他们在伪造了唐寅的画后，又模仿其笔迹把他人的诗稍微改动一下题在画上，于是自唐寅画作"十作九赝"① 的晚明以来，那些伪作中的优秀者便被人们当作真迹收藏了起来，后来又进入了各种书画目录类著作中。但不管是唐寅自己对他人作品的移花接木，还是作伪者的伎俩，这些作品也不能算作唐寅的创作。

第三种情况较为复杂。有的或系伪作，如《画鸡》。该诗首见于唐仲冕刻《六如居士全集》，但却晚于《石渠宝笈》，然沈周文集未见此诗，故或系清代作伪者所为。有的是同名而误，如《垂虹别意图》，唐寅有五律，但《唐寅集》却收录了沈周的七律。有的则缺乏足够的证据无法说清，比如《姑苏八咏》《风花雪月词》。而题画之作中，《题画廿二首》其六"大雪压茅屋"、《题竹》《题松》三首署名的分歧产生于著录它们的《续书画题跋记》《珊瑚网》《式古堂书画汇考》《六艺之一录》。由于后两者晚出，所以造成分歧的源头在晚明的《续书画题跋记》和《珊瑚网》。韩进、朱春峰《〈珊瑚网〉袭录郁逢庆〈书画题跋记〉考》一文指出，汪砢玉在撰写《珊瑚网》时参考了好友郁逢庆的正续《书画题跋记》，"据统计，《书画题跋记》正续二记著录的逾五百种书画作品题跋中，有四百一十余种重见于《珊瑚网》"，"《书画题跋记》和《珊瑚网》一则题跋文字重复率太高，二则编者按语和小字注出现上引种种雷同现象，可以确定必有一书是袭录而成"。根据郁著在前汪著在后，"初步判定是汪砢玉袭用了郁逢庆的著录文字"。在"袭用"的同时，汪砢玉"有意识地袭录他人文字为己作"②。但是我们并不能据此就简单断言《续书画题跋记》的著录就一定正确。因为上述三首诗再加上上文提到的《题画廿二首》中第五首"山高鸟不巢"以及另外两首"金风秋立至""灌木倚道左"，共六首诗，在《续

---

① 《题唐寅秋山红树图》，《钦定石渠宝笈三编·延春阁藏二一》，《续修四库全书》，第 1077 册，第 588 页。

② 韩进、朱春峰：《〈珊瑚网〉袭录郁逢庆〈书画题跋记〉考——兼及明代公共编目人的著述困境》，《华东师范大学学报》（哲学社会科学版），第 157~173 页。

书画题跋记》中总题为《唐伯虎题画》，而到了《珊瑚网》中，这六首诗被分在了三处，一处在卷四〇题为《唐伯虎自题山水四轴》，包括"云树含暗日""山高鸟不巢""灌木倚道左""金风秋立至"四首（其中第一首不在争议之列），一处则是卷三八题为沈周的《雪隐》，一处则是卷三七所收姚绶的两首。汪氏这样做，应当有他的依据。如果说，挪用别人对书画作品的描述及评论，显示了汪砢玉的"别有用心"，那么他将原本是一个人的作品分署几个人，这样做的动机何在呢？如果真是这样，那么这部名声很大的《珊瑚网》的价值就令人怀疑。而《续书画题跋记》所收六首，从其中确有陈继儒的作品（即"山高鸟不巢"）这一事实来看，它们的来源可能是真假混杂的。汪砢玉所见与郁逢庆不同，就造成了作者署名的不同。而"满地松阴六月凉"一首，《珊瑚网》同时收录却出现作者两署，要么是一人书写他人之作，要么是二者必有一伪，或者两者俱伪。同理，《咏美人八首》《题美人二首》，也存在这样的情况。不过，按照唐寅和文徵明的为人来看，更有可能是在唐寅创作并书写的同时文徵明也书写了这十首诗，所以《珊瑚网》题《文待诏书十美诗卷》比较谨慎。至于这些诗的作者究竟是谁，在没有第三方证据出现前，目前无法轻易判定。

第四种情况，如果说是唐寅自我复制画作或者重复使用自己的诗歌题画（或请周臣代笔），这种可能性不是没有，因为唐寅以书画为生计，出现一些构思、题材类似的作品是有可能的。还有一种可能，就是这些字句略微不同的诗歌有一首系唐寅所作，而其他则出自作伪者之手。或者，均系伪作。当然，要明辨真伪，目前似乎也不太可能。且不说一些画作已经失传，即使把这些有着相似题画诗的画作全部找出来比对，或许亦无法辨别真伪。所谓"真者可假真亦假，假者逼真则假亦真"[1]，这可能是书画鉴定时的最大难题。

三 唐寅散曲的著作权问题

相较于唐寅诗文的情况而言，唐寅散曲的著作权问题似乎更为复杂，

---

① 李日华：《味水轩日记》卷四，第252页。

因为从搜集伊始就存在争议。他的散曲，最早见于何大成所刻《唐伯虎先生外编》卷三《集伯虎遗事》，共收录四阕《叹世词·玉环带清江引》。沈思、曹元亮所刻《唐伯虎外集》在"纪事"末尾又增加了六首《黄莺儿》小令。而到《唐伯虎先生外编续刻》出版时，经何大成的广泛搜罗，唐寅散曲的数量已由原来的十首（小令）增加到套数十六首（其中重复两首），小令四十八阕。他还记下了一些搜集的经过，为我们了解这一过程提供了线索：

> 伯虎闺情四阕，世所传者，只"楼阁重重"一套耳。偶阅《词林选胜》，其三阕俱全，且如【皂罗袍】"柳丝"句，坊刻作"绾断"，今本作"暗约"；【香柳娘】"梦回"句，坊刻作"巫山杳"，今本作"巫山庙"，意调迥别，的为定本。因覆锓之，不妨并载云。万历丙辰花生日慈公识。

> 右曲十三套，见《词林选胜》……《词林选胜》一编乃魏良辅点板，所载六如曲富甚，予备录之。其微词秘旨，种种不传，惜为三家学究漫置题评，十市街头私行改窜。莺声柳色，第闻亥豕鲁鱼；凤管鸾笙，莫辨浮沉清浊。纤妍虽具，妙义全乖。不佞耳惭师旷，心赏伯牙，捐赀募工，亟为缮写。更以诸本刊误，附列如左……丙辰三月禊日虎丘漫识。

> 伯虎杂曲，散见诸乐府。或误刻他姓，或别本互见者，种种不同。不佞悉为诠次，以备阙遗。然皆各有所据，不敢混入，以滋赝诮云。丁巳夏日慈公识。

> 附赵玄度启云："伯虎集搜讨极博矣，敬服敬服。第'楼阁重重'一套，'因他消瘦'一套，□的见其为古词，元末国初人作，非唐先生者。而'春去春来'一套，乃真唐作矣。乞入此，而去此两套，庶为善本。"玄度博极群书，其言必非无据。但考《词林选胜》系六如作，未知孰是。不佞志在掊撅，麟角凤毳，在所毕登，其真其赝，统俟博雅者考焉。若曰屠沽市肆，阑入清庙，则汇萃各有主名，罪不独不佞也。刻成不忍削去，姑两存以便歌者。

> 已上四阕，别本误刻沈青门，今考《三径词选》，实系唐六如先

生作。①

通过这些自述，可知何大成主要是从当时的曲选如《词林选胜》《三径词选》及其他曲选（"诸乐府"）中搜集唐寅的散曲。由于各种曲选"或误刻他姓，或别本互见者，种种不同"，所以他还做了一些比对校勘的工作。不过，尽管他很仔细，还是让好友赵琦美（1563~1624，字玄度）找到了两首套曲存在作者争议，并建议何氏删去。但是，抱着求多求全的目的，何大成还是刻了出来。根据落款，我们可知何大成搜集唐寅散曲的时间大概是在万历四十四年（1616）至万历四十五年间。而从传世的曲选来看，绝大多数问世于万历三十年（1602）之后，这是何大成得以从"诸乐府"中寻绎唐寅散曲的前提。

尽管何大成费了很大的功夫搜集诠次了唐寅的散曲，但还是存在一些问题。首先，他在【步步娇】（"楼阁重重"等）四首套曲之后编排了六阕【黄莺儿】小令（首句分别是"残月照妆楼""罗袖怯春寒""蝴蝶杏园春""疏雨滴梧桐""衣褪半含羞"），接着又编了八首套曲，之后就出现了上文所引"右曲十三套"这段话。显然这个"十三套"是将六阕【黄莺儿】认作一首套曲而得出的结论。这反映了两种可能的情况，要么《词林选胜》比较粗疏，把小令和套数混为一谈；要么何大成比较马虎，所以才会将小令混在套数内。关于第一种情况，由于《词林选胜》已佚，且目前仅见何大成引用过该书，所以关于它的情况我们不甚了了，只知道它是经过魏良辅点板的曲选。赵用贤（1535~1596）《赵定宇书目》著录了这部曲选，标为"三本"。赵用贤是嘉靖万历时期人，因此，这部曲选一定是赵用贤去世前即万历二十四年（1596）前出版的，在目前所见的曲选中，年代较早。魏良辅（1489~1566）生活在弘治、正德、嘉靖三朝，与唐寅和赵用贤的生活年代均有重合。因此，若《词林选胜》果系魏良辅点板，则书中所收散曲署名唐寅所作的可信度就较高，显然何大成是这么认为的。赵用贤之子赵琦美与何大成为好友，赵琦美的《脉望馆书目》也

---

① 何大成：《唐伯虎先生外编续刻》卷九，《续修四库全书》，第 1335 册，第 36、42~43、45~46、48 页。

著录了《词林选胜》，应当就是他父亲的藏书。而赵琦美指出何大成错收
了两首套曲，其中有一首（【步步娇】"楼阁重重"）就见于《词林选
胜》，他没有指出其他作品有误，或许说明他基本认可了《词林选胜》所
收散曲是唐寅的作品。因此，在没有新证据出现之前，我们无法质疑《词
林选胜》的质量和可信度。关于第二种情况，笔者认为可能性较大，这将
在我们要说的第二个问题中继续涉及。其次，在"十三套"后，刻的是
《附伯虎杂曲》。所谓"杂曲"，其实就是小令。可是在这些小令中又夹杂
了《秋思》【香遍满】（"春风薄分"）、《情束青楼》【榴花泣】（"折梅逢
使"）两首套曲，这与"十三套"中夹杂小令的情况是一样的，属于体例
不纯。《情束青楼》后有小字注云："此套系孙西川作，今正之。"① 大概
是刻板以后，何大成发现该套曲不是唐寅的作品，但又不忍铲去，故而以
注的方式加以说明，且这一注释可以排除我们对他不明小令和套数区别的
怀疑。赵琦美提醒的两首不是唐寅的作品，也被保留了，且其中【步步
娇】"楼阁重重"即"十三套"中的第一首。② 而且他先说"不敢混入，
以滋赝消"，当别人指出问题时，又说"不佞志在捃摭，麟角凤毳，在所
毕登，其真其赝，统俟博雅者考焉"，可见其主要目的是尽可能地"全"，
至于真伪，能断则断，一时无法确定的就留给"博雅者"了。

　　平心而论，何大成尽了最大的努力搜集了唐寅的散曲，谢伯阳所编
《全明散曲》收录唐寅小令五十阕，套数二十套，只比何大成多出了七首
（五首套数，两阕小令）。但是这些曲子是否全是唐寅所作，就不太好说。
赵景深曾说："明人散曲搜辑的困难，主要在于常有一只小令或一篇散套
属于好几个人的。"③ 这一问题何大成显然是注意到的，却没有处理好。赵
景深曾作《论伯虎杂曲》就唐寅散曲署名情况加以梳理，谢伯阳《全明散
曲》也用注释的方式详列互见别署的情况。但是正如赵景深所说的，一一

---

① 何大成：《唐伯虎先生外编续刻》卷九，《续修四库全书》，第 1335 册，第 45 页。

② 类似的情况，在其他地方也曾出现过。如买艳霞指出："由于它是两次补辑的结果，所以
　在体例上不够合理，只是在不断地补录各类作品且前后有篇目重复。特别是续刻本，有
　一些诗在外编里已收录过，续刻又再次收录，可能是这些诗在个别字上存在差异。"（买
　艳霞《唐寅研究》，博士学位论文，中央民族大学，2010，第 83 页）

③ 谢伯阳：《明人散曲作者互见考》（三），《扬州师院学报》（社会科学版）1991 年第 2 期。

对应的指出比较容易，但是"怎样抉择去取，倒的确是不大容易的事"①。问题的症结在于我们无法搞清这些曲选中唐寅散曲的最初来源。

然而，幸运的是，故宫博物院藏有一件唐寅行书自书曲作品，内容全为小令，分别是【集贤宾】四阕、【锦衣公子】（即【黄莺儿】）十阕、【山坡羊】十阕。我们利用赵景深、谢伯阳比对的成果，结合这幅书法作品，将唐寅的散曲按照何大成所刻的顺序排序，并将收录它们的曲选按出版年代的先后顺序排序，对其署名情况进行一一登录，制作了《唐寅散曲互见一览表》（见文末附录），进行比较后，认为陈所闻编的《南宫词纪》的题署可信度最高。理由是，《南宫词纪》收录被何大成认为是唐寅的散曲共计十八首，其中有十首见于书法作品，而这十首作品中有八首在《南宫词纪》中都题为唐寅所作，两首【集贤宾】（"红楼画阁天缥缈""窗前好花香旖旎"②）题作"沈仕"。当然通过书法作品我们可以判断这两首【集贤宾】的作者应该是唐寅，《南宫词纪》的题署有误。但这并不妨碍得出《南宫词纪》在唐寅散曲的题署上相对可靠这一结论。

如果以《南宫词纪》为标准再去判断其他曲集的题署情况（不看何大成的题署，且在何大成之后出现的署名唐寅的散曲也不能作为判断的主要依据），则可以发现以下情况。【黄莺儿】（"衣褪半含羞"）都被认为作者是周秋汀。【排歌】（"第一娇娃"），陈所闻和沈璟（《南词韵选》）认为是祝允明的作品，而《吴歈萃雅》题为唐寅。《吴歈萃雅》刊行在万历四十四年前后，与何大成搜集唐寅散曲的时间相一致，且它对散曲作者的题署与何大成差异最大，说明两者材料来源不一样，所以它的题署也值得重视。但是就《吴歈萃雅》与唐寅书法作品共有的五首来看，《吴歈萃雅》的题署都错了，这说明把《吴歈萃雅》的题署作为判断是否为唐寅散曲的标准并不科学，所以笔者倾向于认为这首【排歌】不是唐寅的作品。【香遍满】（"因他消瘦"），在《南宫词纪》之前的曲选要么不题撰者，要么题陈铎，而在其后只有《乐府先春》和《吴骚集》题为唐寅，其他均题陈铎，而赵琦美的"元末国初人作"就否定了陈铎的著作权，沈德符则认为

---

① 赵景深：《论伯虎杂曲》，《明清曲谈》，古典文学出版社，1957，第66页。

② "窗前好花香旖旎"与书法作品存在字句差异。

是"成弘遗音"（详见下文），所以笔者也倾向于这不是唐寅的作品。四阕【月儿高】（"烟锁垂杨院""园苑飘红雨""送别长亭柳""髻绾香云拥"），在何大成认为是唐寅作品之前，只有第三首有一种曲选题作唐寅，其他均未署作者，《南九宫词》题为"古词"，《吴歈萃雅》则四首全题高明，在无新证据出现之前，作者无法遽定。【步步娇】（"楼阁重重"）一套，《南宫词纪》《南词韵选》《昔昔盐》都不题作者，但其他曲选都题作唐寅。最早将这首套曲题为唐寅所作的是《群音类选》。《群音类选》为胡文焕所编，收入《格致丛书》。然而遗憾的是，该选前五卷都已佚失，其刊印时间无从得知，"只能就《格致丛书》所收其他各书得一个大致的轮廓"，"《格致丛书》其他各书之有胡文焕序文的，都作于万历二十一年至二十四年（1593~1596），《群音类选》刊刻时间也应在这几年或相隔不太久"①。王宝平根据其所见中国、日本等地所有《格致丛书》将该书的刊行时间定为万历二十至二十五年间。② 该书所收的散曲中有三十七首被何大成认为是唐寅的作品，但是该选只有九首署唐寅作。这九首中有三首见于唐寅书法作品中，而二十四首未署作者的作品中有十四首见于唐寅书法。据此，则《群音类选》的题署有一定的可信度。不过，对于这套曲子的作者，还有不同看法，沈德符曾说："南词自陈、沈诸公外，如'楼阁重重''因他消瘦''风儿疏剌剌'等套，尚是成弘遗音。此外吴中词人如唐伯虎、祝枝山，后为梁伯龙、张伯起辈，纵有才情，俱非本色矣。"③ 抛开沈德符对唐寅散曲的主观评价，就客观叙述来看，他并不认为"楼阁重重"与唐寅有关系。而赵琦美也认为此套是"元末国初人作"。另外，就"楼阁重重"本身来看，其形式和内容都受到了王骥德的质疑，认为"毋论意庸语腐不足言，曲亦疵病种种，不可胜举"④。综合上述意见，我们认为这首【步步娇】是唐寅创作的可能性不大。四阕【桂枝香】（"莲壶漏启""红楼凝思""芳春将去""封侯未遇"）其题署只有唐寅和不题撰者两种

---

① 胡文焕编《群音类选》"前言"，中华书局，1980，第3~4页。
② 参见王宝平《胡文焕丛书考辨》，《中华文史论丛》2001年第1期。
③ 沈德符：《万历野获编》卷二五，中华书局，1959，第539页。
④ 王骥德：《曲律》卷四，《中国古典戏曲论著集成》，中国戏剧出版社，1959，第4册，第174页。

情况，《群音类选》是最早认定它们是唐寅所作的，在没有其他证据的情况下，我们暂且认同它们是唐寅的作品。另外，【榴花泣】（"折梅逢使"）的作者题署争议较大，有马孟河、章枫山、梅鼎祚、梁少白、孙西川、唐寅以及"古辞"等诸多说法，且何大成最后也否认了唐寅的著作权。据《南音三籁》该曲后注云："此曲时所盛行，《萃雅》以为唐伯虎，非也。相传是梁少白，而《吴骚》以为梅禹金。二公不相远，今从之。然时有真语，尾亦小有致，不似少白。"① 可知关于此曲的作者，当时就已经不甚清晰。《太霞新奏》在张伯起【石榴花】（"梅花小蜡封就"）的注中说："此【石榴花】本调也，《杀狗记》及《白兔记》俱有之。《荆钗记》'觑着你花容月貌'、时曲'折梅逢使'皆【榴花泣】也。"② 《吴骚合编》在王伯良《得书》注中说"如'折梅逢使'诸曲向来脍炙人口"③，可见该曲较为流行，但作者是唐寅的可能性很小。最后，我们看一下《词林选胜》的情况，何大成从中辑出的"十三套"，其中有三首见于唐寅书法作品，【黄莺儿】（"衣褪半含羞"）则被认为是周秋汀的作品，【桂枝香】（"东风寒峭"）有不知作者和唐寅两说，【步步娇】（"满目繁华春将半"）有康海、唐寅和不知作者三说，【针线箱】（"自别来杳无音信"）有旧词、古调、郑虚舟、唐寅、不知作者等五种说法，剩下的八首套曲未见于目前存世的任何曲选，只能暂定为唐寅所作。这八首套曲分别是：【步步娇】《夏景》（"阁阁蛙声"），《秋景》，（"满地繁霜"），《冬景》（"落木衰风"），【二郎神】《绿窗春思》（"人不见"）、【桂枝香】《春情》（"相思如醉"）、【好近事】《春情》（"云雨杳无踪"）、【步步娇】（"满地梨花重掩门"）、【步步娇】（"花落花开"）。

综上所述，我们认为下列散曲的作者可能不是唐寅：套数【步步娇】（"楼阁重重"）、【香遍满】（"因他消瘦"）、【榴花泣】（"折梅逢使"）、【黄莺儿】（"衣褪半含羞"）、【排歌】（"第一娇娃"）。其他有争议的作品，目前只能存疑。

① 凌濛初：《南音三籁》散曲上，《续修四库全书》，第1744册，第242页。
② 冯梦龙：《太霞新奏》卷一四，《续修四库全书》，第1744册，第194页。
③ 张楚叔、张旭初：《吴骚合编》卷二，《续修四库全书》，第1743册，第633页。

结　论

　　通过对唐寅诗文作品的梳理可以发现，这些伪作或涉伪的作品大部分都是题画诗，也几乎都出现在明末到清代这一时段，这当然与晚明以来唐寅画作赝鼎列肆的局面有关。不过，这种现象反过来说明，何大成、曹元亮等人所辑刻的唐寅集，相对来说可信度还比较高。因为在前文提及的四种情形中，除了第一种的前十六首（篇）出现在何大成、曹元亮编刻的唐寅集中，其他均是后人再辑佚的成果。所幸的是，这些题画诗对于研究唐寅的生平影响并不大。关于唐寅散曲著作权的分歧，一方面是因为晚明曲选的选源较为混乱，另一方面也与何大成的求全心理有关。而用唐寅存世散曲书法真迹来考察晚明散曲选本的著录情况，也是一种初步的尝试，其结论的科学性有待进一步验证。

　　今天，在利用唐寅文集进行相关研究时，不得不对上述问题有足够的认识，否则便会影响其结论的科学性和说服力。另外，唐寅文集存在的这些问题，也提醒今人在编辑文学与书画兼善的作家的文集时，不仅对于集外佚文的搜集整理需要格外小心，就连本集中也可能存在作品误收的情形。

（本文原刊于《文献》2021 年第 2 期）

附录：唐寅散曲互见一览

唐寅集	曲选																						
	盛世新声	词林摘艳	雍熙乐府	南九宫词	三径闲题	群音类选	南词韵选	南宫词纪	北宫词纪	昔昔盐	词林白雪	乐府先春	吴骚集	吴骚二集	吴歙萃雅	何大成辑	乐府珊珊集	词林逸响	彩笔情辞	古今奏雅	大霞新奏	吴骚合编	南音三籁
步步娇·楼阁重重	唐寅					唐寅	不题撰者	不题撰者	不题撰者	不题撰者	唐寅	唐寅	唐寅	唐寅	唐寅	唐寅	唐寅	唐寅	唐寅	唐寅		唐寅	唐寅
步步娇·阁阁蛙声																唐寅							
步步娇·满地繁霜																唐寅							
步步娇·落木衰风							不题撰者									唐寅							
黄莺儿·残月照妆楼						不题撰者		唐寅						唐寅		唐寅				唐寅			
黄莺儿·罗袖拈春黄						不题撰者		唐寅		不题撰者					杨慎	唐寅							杨慎
黄莺儿·蝴蝶杏园春						不题撰者		唐寅		不题撰者				唐寅		唐寅		唐寅		唐寅			
黄莺儿·疏雨滴梧桐																唐寅							

续表

唐寅集	盛世新声	词林摘艳	雍熙乐府	南九宫词	三径闲题	群音类选	南词韵选	南宫词纪	北宫词纪	昔昔盐	词林白雪	乐府先春	吴骚集	吴骚二集	吴歈萃雅	何大成辑	乐府珊珊集	词林逸响	彩笔情辞	古今奏雅	大霞新奏	吴骚合编	南音三籁
						曲选																	
黄莺儿·无语想芳容																唐寅							
黄莺儿·衣褪半含羞				不题撰者			周端（秋订）	周端（秋订）							周端（秋订）	唐寅			周端（秋订）				周端（秋订）
桂枝香·东风寒峭						不题撰者				不题撰者						唐寅							
步步娇·满目繁华春将半					不题撰者	不题撰者	不题撰者								康海	唐寅		康海		康海			康海
针线箱·自别来香无音信				旧词	不题撰者	不题撰者						古调			郑虚舟	唐寅				郑虚舟		"古调"不题撰者	郑虚舟
黄莺儿·孤枕伴残灯						不题撰者										唐寅							
黄莺儿·灯火夜阑珊						不题撰者								唐寅		唐寅				唐寅			
黄莺儿·日转杏花梢							不题撰者	唐寅								唐寅							

续表

曲选

唐寅集	盛世新声	词林摘艳	雍熙乐府	南九宫词	三径群类闲题选	南词韵选	南宫词纪	北宫词纪	昔昔盐	词林白雪	乐府先春	吴骚集	吴骚二集	吴歈萃雅	何大成辑	乐府珊珊集	词林逸响	彩笔情辞	古今奏雅	大霞新奏	吴骚合编	南音三籁
山坡羊·新花残酒迤逗					不题撰者									高明	唐寅				高明			
山坡羊·燕子妆楼春晓					不题撰者									高明	唐寅				高明			
山坡羊·明月梧桐金井					不题撰者									高明	唐寅				高明			
山坡羊·嫩绿芭蕉庭院					不题撰者									高明	唐寅				高明			
香遍满·春风薄分						祝允明	祝允明		不题撰者		章枫山			唐寅	唐寅				唐寅			唐寅
榴花泣·折梅逢使					马孟河							梅鼎祚		唐寅	唐寅（孙西川）	唐寅	唐寅	古辞	唐寅			梅鼎祚
排歌·第一盼娃				唐寅			唐寅						唐寅	唐寅	唐寅							唐寅
黄莺儿·寒食春花花天					不题撰者									唐寅	唐寅				唐寅			杨慎

续表

唐寅集	曲选																						
	盛世新声	词林摘艳	雍熙乐府	南九宫词	三径闲题	群音类选	南词韵选	南宫词纪	北宫词纪	昔昔盐	词林白雪	乐府先春	吴骚集	吴骚二集	吴歈萃雅	何大成辑	乐府珊珊集	词林逸响	彩笔情辞	古今奏雅	大霞新奏	吴骚合编	南音三籁
黄莺儿·绚雨湿蔷薇				唐寅		不题撰者	唐寅	唐寅		不题撰者						唐寅				唐寅			杨慎
黄莺儿·风雨送春归				唐寅		不题撰者		唐寅								唐寅							
黄莺儿·秋水蘸芙蓉				唐寅		不题撰者	唐寅	唐寅								唐寅							杨慎
桂枝香·莲亚漏启				新词		唐寅				不题撰者		唐寅	唐寅			唐寅							无名氏
桂枝香·红楼凝思				新词		唐寅				不题撰者		唐寅	唐寅			唐寅							无名氏
桂枝香·芳春将去				新词		唐寅				不题撰者		唐寅	唐寅			唐寅							无名氏
桂枝香·封侯未遇				新词		唐寅				不题撰者		唐寅	唐寅			唐寅							无名氏
香遍满·因他清瘦		陈铎		不题撰者		陈铎	陈铎	陈铎				唐寅	唐寅		陈铎	唐寅		陈铎		陈铎		陈铎	陈铎

续表

唐寅集	曲选																					
	盛世新声	词林摘艳	雍熙乐府	南九宫词	三径群音类选	南词韵选	南宫词纪	北宫词纪	昔昔盐	乐府先春	词林白雪	吴骚集	吴骚二集	吴歊萃雅	何大成辑	乐府珊珊集	词林逸响	彩笔情辞	古今乐雅	大霞新奏	吴骚合编	南音三籁
集贤宾·红楼画阁天缘妙					唐寅	沈仕	沈仕								唐寅							
集贤宾·秦深小院飞绢雨					唐寅	沈仕									唐寅							
集贤宾·闲庭细草天色暝					唐寅										唐寅							
集贤宾·窗前好花香横琐魂					唐寅	沈仕	沈仕								唐寅							
月儿高·烟锁垂杨院	亡名氏	亡名氏	不题撰者	古词 不题撰者	不题撰者		亡名氏							高明	唐寅		高明	高明	高明		唐寅	高明
月儿高·园苑飘红雨	亡名氏	亡名氏	不题撰者	古词 不题撰者	不题撰者		亡名氏							高明	唐寅		高明	高明	高明		唐寅	高明
月儿高·送别长亭柳	亡名氏	亡名氏	不题撰者	古词 不题撰者	唐寅	不题撰者	亡名氏						不题撰者	高明	唐寅		高明	高明	高明		唐寅	高明
月儿高·暮绾香云湘	亡名氏	亡名氏	不题撰者	古词 不题撰者	不题撰者		亡名氏							高明	唐寅		高明	高明	高明		唐寅	高明

续表

唐寅集	盛世新声	词林摘艳	雍熙乐府	南九宫词	三径闲题	群音类选	南词韵选	南宫词纪	北宫词纪	昔昔盐	词林白雪	乐府先春	吴骚集	吴骚二集	吴歈萃雅	何大成辑	乐府珊珊集	词林逸响	彩笔情辞	古今奏雅	大霞新奏	吴骚合编	南音三籁
															曲选								
对玉环带清江引·春去秋来					唐寅											唐寅							
对玉环带清江引·极品随朝					唐寅				徐擎仙							唐寅							
对玉环带清江引·礼拜弥陀					唐寅											唐寅							
对玉环带清江引·暮鼓晨钟					唐寅				刘龙田							唐寅							
对玉环带清江引·一主一宾																							
梁州新郎·飞琼伴侣				不题撰者	不题撰者					不题撰者		唐寅	唐寅	唐寅				唐寅		唐寅		唐寅	
亭前柳·瓶坠宝簪折				不题撰者	不题撰者					不题撰者		唐寅	唐寅	唐寅						唐寅	唐寅	唐寅	唐寅
新水令·水沉消尽瑞炉烟																					唐寅	唐寅	唐寅

续表

唐黄集	盛世新声	词林摘艳	雍熙乐府	南九宫词	三径闲题	群音类选	南词韵选	南宫词纪	北宫词纪	昔昔盐	词林白雪	乐府先春	吴骚集	吴骚一集	吴歈萃雅	何大成辑	乐府珊珊集	词林逸响	彩笔情辞	古今奏雅	大霞新奏	吴骚合编	南音三籁
						曲选																	
画眉序·花下见妖娆						不题撰者																虞臣（竹西）	
南黄钟宫画眉煞·扶病倚南楼							不题撰者	唐黄				不题撰者	不题撰者									唐黄	
南中吕瓦盆儿·一从分散鸾俦凤侣			不题撰者				不题撰者			不题撰者													

注：此表中散曲的顺序按照《唐黄集》中的顺序排列，见于北京故宫博物院所藏行书自书曲的，其所在栏均用楷体字以示区别。"对玉环带清江引·一主一套"及以下未见何大成刻。

打造选本

——《四六法海》的编纂及学术个性辨析

李慈瑶*

内容提要 晚明民间图书市场繁兴，涌现大量四六选本。其中，王志坚编纂的《四六法海》是个人与书坊合作的产物，并因其出色的文史功底、历史识见与传世雄心，呈现出高于坊间同类选本的定位与品质。不过，为了兼顾多方宗旨及市场诉求，王志坚又不得不借助删改、扩充等手段，掩饰或改装本人的真实思想，从而打造出一个"和而不同"的文学选本。只有借助精细化的文本研究，才能更好地发掘这种复杂的选本个性。

关键词 《四六法海》 王志坚 选本

晚明民间图书市场繁兴，涌现出大量四六选本。但由于这些选本大都或多或少地带有"短平快"的商业功利属性，故虽畅销一时，不久即为历史冲刷殆尽。只有王志坚所编《四六法海》，成功进入后世学术史的视域里，并借由重刻、改编、官方收录等，继续对清代骈文史发展产生深远影响。这也意味着，《四六法海》作为架通两代学风的桥梁，可以成为深入探析明清之际文学观转变的一个绝佳样本。研究者一般认为，《四六法海》较之普通选本的超时代生命力，主要源于王志坚本人通达开阔、超越流俗的识见。而这在选本上呈现为两大特征：一是不拘骈散的选文标准，二是自觉清晰的骈文史观。迄今为止，针对《四六法海》的价值、得失等，已

* 李慈瑶，宁波大学中文系副教授。

不乏将宏观背景与微观文本相结合的基础研究①。这些成果为笔者更深入地思考和研究提供了颇多启示与便利。本文尝试对《四六法海》做进一步的解构，即不单单把它视作一个静态成品，而是更侧重还原王志坚打造选本的中间痕迹，以期在那些删改、弥缝、掩藏、暗示的片段中，捕捉其编纂意图与学术理念的真实瞬态。

一 "书肆刊本"与"自著之书"

王志坚所编《四六法海》，是唯一得到《四库全书》收录的明代四六选本。四库馆臣认为它在一众同类刊物中，有着鹤立鸡群的学术水准，"非明代选本所可及"，故"未可以书肆刊本忽之也"。② 言下之意是，这类坊间刻卖的书籍，基于商业赢利的目的，往往不惜粗制滥造、交互抄袭，很难保证选本质量。

天启七年（1627），王志坚自序《四六法海》云："是编始于乙丑之秋，成于丙寅之冬，初题曰《耦编》。今年春，友人张德仲加以编辑梓行之，仍改为《法海》。"③ 其中，"张德仲"即张我城，为明末苏州一带图书市场的活跃人物，曾出现在时隔不远的冯梦龙《智囊补》自叙中："书成，值余将赴闽中，而社友德仲氏以送余，故同至松陵。德仲先行余《指月》《衡库》诸书，盖嗜痂之尤者。"④ 此"社友"与王志坚所称之"友"，都应非泛指同道友人，而是暗含彼此在编纂、刻印和发行上的亲密合作关

---

① 参见吕双伟《晚明四六文流行下的〈四六法海〉》，《中国文学研究》2010年第4期；于景祥《〈四六法海〉在骈文批评上的贡献及其存在的问题》，《社会科学辑刊》2010年第6期；苗民《学术个性与社会风气的抗衡——论王志坚〈四六法海〉》，《文学遗产》2013年第4期；苗民《明代中后期四六选本综合研究》，博士学位论文，南京大学，2011；奚彤云《中国古代骈文批评史稿》，华东师范大学出版社，2006，第94~98页。

② 纪昀等：《〈四六法海〉提要》，《景印文渊阁四库全书》，台湾商务印书馆，1986，第1394册，第294页。下引皆见此页，不一一出注。

③ 王志坚：《〈四六法海〉序》，《四六法海》，明天启七年刻本。本文试图尽可能地追索《四六法海》编纂的"第一现场"，故在比较、分析了现存可见的各种藏本后，判断北大的这部十二卷藏本相对来说最接近该书原版形态与编者初衷。下文《四六法海》引文出处皆本此本，除卷首各序、编辑大意外，以下随文括号注出卷内页码。

④ 魏同贤主编《冯梦龙全集》，上海古籍出版社，1993，第41册，第6~7页。下引同此本。

系，故此番送行依依不舍，恐怕更多地还是为了抓紧商讨"书成"后的相关事宜。《四六法海》内封上有"吴郡王衡藏板"的版权声明，但其时王志坚丁母忧家居，即使通籍可称"王衡"，这类私人编著也多非官刻。内封右上角同时钤有"能远居"朱印一方，说明印刷地为吴县叶昆池书坊，而该坊恰恰刻印过冯梦龙的《春秋衡库》等书。① 由此可以推知，张我城很可能就是能远居里的一名书商。故《四六法海》的选文、藏板地等，虽体现出鲜明的私家色彩，② 却无法等同于纯粹的家刻本。相反，因其制作、销售的几大环节皆委托张我城，已较大程度地依赖一个高度成熟的商家平台，故书坊的运作模式、营销理念等很可能影响到文本本身。

冯梦龙《智囊补》目录页有"金沙张明弼公亮，长洲沈几去疑、张我城德仲同阅"字样，与《四六法海》卷一首页所题"友张我城，弟志长、志庆参阅，男偲、偕、效编校"近似，反映了张氏"加以编辑"之意。但相比于校对、排版等机械工作，张我城对《四六法海》的参与，恐怕还涉及对编纂主旨等的深层干预，乃至一些标志性的变更。比如，当下学界所公认的《四六法海》突出价值，首先就是选本背后突破骈散樊篱的文章大视野。而这一价值的外化呈现，乃因其与王志坚同时所编的《古文渎编》《古文澜编》存在"三位一体"的关系。正如有研究者所总结的："《四六法海》与《古文澜编》、《古文渎编》三部选本构成了一个有机整体，这个整体以骈散同源而异流的文章观为指导，试图给当时沾染诸多不良风气的士林提供一套诸体完备而水准较高的文章范本。"③ 值得注意的是，《古文渎编》《古文澜编》的实际问世，都要迟至崇祯四年（1631）王志坚出

---

① 参见瞿冕良编《中国古籍版刻辞典（增订本）》，苏州大学出版社，2009，第755页。

② 北大图书馆藏《四六法海》另有"偗儒堂藏板"本，"偗儒堂"是王志坚弟志长的书室名（参见《明人室号别号索引》乙编，上海古籍出版社，2002，第28页）。

③ 《学术个性与社会风气的抗衡——论王志坚〈四六法海〉》，《文学遗产》2013年第4期。其文中还指出《四六法海》在明代是较为冷门的四六选本。但笔者查检《中国古籍善本书目》、全国古籍普查目录数据库等，可知国内各地图书馆及哈佛燕京图书馆计藏有多套明刻《四六法海》。经比对，其藏板地、册数、内封、序文等多不一致，当来自不同的刻印批次。加之清初又曾对刻板重加修补，说明其使用频率与磨损程度不低。此外，哈佛燕京图书馆藏本的内封上还有"锺伯敬先生鉴定"字样，应为商家滥加的促销噱头，属盗版痕迹。当然较之《四六类函》《四六灿花》等书，《四六法海》可能还是不够畅销，也不是当时坊间转抄特别青睐的对象。

任湖广学政之后。苗民认为，这或许是受《四六法海》销路不佳、后续资金不足等的牵制，只好等有督学之便，再改于楚地刊行。据《四六法海》"吴郡王衙藏板"本内封左上的朱印所言："其《古文澜编》《渎编》，随发刻嗣行。"可知《四六法海》发行之初，就存有一个捆绑宣传、系列推销的整体策略。对此，其门人陆符所作的序文诠释道：

> 娄江王闻修先生曰：文章犹水也，善文者当以观水之术辩文之趣。故六经混混，其原尔；秦汉以降诸名家载记之文，洄洑瀯瀯，意制谲诡，即不必皆羽翼鼓吹，而要之皆其澜也；唐宋八大家，家自争流，人自归墟，非圣之言不谈，非圣之旨不阐，其江淮河济，所谓配岳名渎者非乎？于是有《澜编》《渎编》之选。至于四六，则更为一书，上自魏晋，下迄宋元，诠类综奇，搜揽悉备，题曰《法海》。其曰"澜"者，尊原也；曰"渎"者，别流也。何言乎"海"？盖将汇澜渎之大观，而极原流之异状乎？先生曰：吾以法人士之为制举业者。夫制举业而果能斟酌二编，以其精者为经义，绪余以为论对，谢华启秀；于四六之学，于令甲所特重如表者，竹肉于喝，极一时之声律而出焉，虽以之跨越前代，不朽当世也，亦无间然尔矣。……三编各已成书，而先以《法海》行，因得叙其意于此。

细究其语意，以"澜""渎"形容秦汉以来的古文流变，确出王志坚所言。但一论及"海"，陆氏便多猜测口吻，不无附会之嫌。据王志坚自序中所称初题作《耦编》，而"耦"者，偶俪也，指称骈文，则其初衷应是"更为一书"，相对独立于《古文澜编》《古文渎编》二编的。三编主要是针对不同的考试科目。事实上，王志坚自序的解题十分平实，与陆序存在不小出入："'法'取轨持，'海'喻广大。夫欲泛藻海之波，而饬词坛之法，则此编以嚆矢也哉？"且自序通篇只言四六本身之"源流谱派"，而不旁涉散文。强调命名的三部曲性质，进而追加敷衍其文体内涵上的一脉贯通，应离不开书商张我城的包装。"法"更能彰显应试功能，"海"则迎合了明代读者偏好"大全"的阅读心理，"法海"显然比平凡的"耦编"响亮、有卖点。而此举更深远的意义，还在于凸显王志坚选文"不甚拘对偶"，多取"变体之初，俪语散文相兼而用"的独特眼光。经验丰富的张我城，很可能在选本中，以及与王志坚的多次交流中，敏锐地捕捉到其"文章犹水"的核心理念及在注重声偶、指导举业之上的文章史之大格局，故而建议"仍改为《法海》"。这也帮助《四六法海》远超那些昙花一现的热门选本，跻身后世经典的行列。

当然，《四六法海》学术品质的根基，还是落在编者王志坚身上。对于王氏治学态度之谨严扎实、不逐时好等，学界已有充分论证，本文于此略作补充。如在谭元春眼中，王氏"日读数篇，辄自喜曰：吾上下千六百年间古文，不问为海为江，为河为溪，为谷涧为石泉，下水而皆有风生水皱，沄沄然波澜可爱者。吾暇日编之而常自读，授予弟读，授他人读，如泛扁舟入涟漪中，蹴之使碎；又如建一阁一亭于水上，招达者数人，列坐其中，以观其澜之生也。谓余心乐否耶？且是澜之妙，有时而有，有时而无，有时而安，有时而惊，有时而碧，有时而紫，岂能一端而既厥美耶"。故读他的选本，读者也会"恍然穷其际，有幽光积气不知所自来"，因为"是则王先生所自著之书也"，"则皆先生之幽光积气也"。① 虽然此论针对的是《古文澜编》，且视角、旨趣都不免染上谭氏幽微性灵的气质，但王志坚自读自著，原"不问为江为海"，先求闲适自娱。在此，"文章犹水"便完全生发出古文体系的另一重纯粹的审美意义：可爱的消遣。

据钱谦益所撰墓志，可知王志坚生前曾"删定秦汉以后古文为五编"，则其所编选本不止三编之数。钱、王二人私交较好，当可信从。这个"差额"，可能就源于"自著之书"与"书肆刊本"在定位、取舍上的不同。比如钱谦益称王志坚本人"最重读佛书，研相而穷性，阐教而闵宗"，且有借著述以纠正当世"盲禅"之志。② 但如《四六法海·编辑大意》所言，是编"大抵为举业而作"，故卷八郎禅师《召永嘉山居书》文后，王氏评云："此书见《永嘉集》，答书大有妙理，以非是编所急，故不录。"

① 谭元春：《谭友夏合集》卷八《〈古文澜编〉序》，《四库全书存目丛书》，齐鲁书社，1997，集部第 191 册，第 662 页。
② 参见钱谦益《牧斋集》卷五四《王淑士墓志铭》，《续修四库全书》，上海古籍出版社，2002，第 1390 册，第 160~161 页。以下凡引此墓志，皆见此书第 160~161 页，不再一一出注。

（第29页）卷一〇谢灵运《辨宗论（录一则）》文后评云："晋宋诸公以骈耦谈理，中多微言，如《弘明集》所载。以非所急，故不尽录，存此一脔，可以知鼎味矣。"（第78页）不难想象，未录的那则答书及《弘明集》中许多有滋有味之文，完全可以保留在他的"独家"选本里以待慢慢把玩。这类割爱，似乎显示了个体意志在面对市场需求、功利风气时的退让，不过这两篇不甚关切举业的文章，仍被他私心夹带，还特别圈点了"青松碧沼，明月自生。风扫白云，纵目千里"等警句，甚至在评语中暗示有心的读者去扩展阅读。可以想见，在录、不录与不尽录的权衡中，精心拿捏尺度，应俗而不媚俗，独立而不孤立，实际更能巧妙发挥选本个性。如王志坚以《会友人游山檄》收束卷八，并评曰："弹以《甘蔗》终，檄以《游山》终，杀机之幻也。噫！天下事皆幻也，可以恍然思矣。"（第91页）《修竹弹甘蔗文》等原为常见选文，以四六为戏笔，旨在俳谐，但这种安排显然是王志坚有意为之，即通过重置结构，使该文转为宣扬佛理的载体，间接地替自己发声。

综观全编，这类特立独行的设计，渗透在《四六法海》的整体格局和文本细节里，低调而坚定地支撑着王志坚的文学观、历史观、人生观与学术观。如果说"书肆刊本"是其技术外壳，那么"自著之书"作为《四六法海》的精神内核，则如钱谦益于墓志中所评价的那样，实践着王氏耻与嘉隆以来俗学争辩，"务以编摩绳削为易世之质"的雄心。

二　"以文证史"与以史论文

王志坚所编《古文渎编》是其古文三编之一，已有研究者指出其选编此本的兴趣在于以文证史，"并非只与举业有关"[1]。《古文渎编》格外偏重对选文人物、史实、名物、制度、地理、避讳等的考证，有意借诗文、书信、碑铭等集部资料，参核一人之生平、一事之始末；相反，针对选文文学风格、艺术手法的主观评论，则十分有限。笔者查阅北京师范大学现藏明崇祯五年（1632）刻《古文澜编》，其选本特点亦与《古文渎编》

---

① 付琼：《清代唐宋八大家散文选本考录》，商务印书馆，2016，第19页。

同。三编由一人同步编纂，《四六法海》自然也展现出"以文证史"的显著倾向。可以说，贯穿王志坚《四六法海》或其整套文章选本的，首先就是这种强烈的史学旨趣。正是这一溢出科举需求的个人爱好，亦即上文所谓"自著"精神，成就了其选本异于时风的独立价值。乾嘉学风向以朴厚审慎为称，深恶明人之轻浮空疏。《四库全书》选目亦颇精严，查《四库全书初次进呈存目》总集类，尚无骈文选本在列。而最终入选《四库全书》的骈文总集，亦仅有一部被馆臣们认可的《四六法海》，这不仅说明王氏择文精善，很可能也在于《四库全书总目提要》（以下简称《提要》）所谓其"或笺注其本事，或考证其异同，或胪列其始末，亦皆元元本本，语有实征"的做法，十分契合清人重实证、贵简洁的治学路子。

如果跳出《四六法海》乃至三编的圈子，据《澹生堂书目》、《千顷堂书目》及《明史》、地方志中的相关记载，王志坚另撰有《读史商语》四卷、《说删》六卷、《砚北琐言》一卷、《河渚笔记》八卷等，这些编著的内容，与他的读书习惯基本吻合，直观展现了其更为全面的知识结构：有史部，有子部，应该还包括经部。而其内部关系即如钱谦益于墓志中所言，大致为："先经而后史，先史而后子、集。其读经，先笺疏而后辨论；读史，先证据而后发明；读子，则谓唐以后无子，当取说家之有裨经史者，以补子之不足；读集……尤用意于唐宋诸家碑志，援据史传，摭采小说，以参核其事之同异，文之纯驳。"这段材料，也可与《四六法海·编辑大意》七则之一相参看：

> 知人论世，分明拈出千古读书要旨。吾辈读前人著作，于其生平颠末，茫然不知，当必有夷犹不自快者。……是编于作者，略为考究，表其梗概。……及时事与文相关者，亦载诸篇末，志传之文与正史、野史异者，聊出鄙意折衷之。

由此可知，对王志坚而言，子集在一定程度上就是经史的延伸，其价值多依附于经史，故他格外看重"志传之文"的史料价值，视之为正史、野史以外的第三种依据。其文章读法更深受治经、治史思路的影响。"知人论世"源出孟子的"以意逆志"，自说《诗》起，便是由经学演变而来的文学批评法。而司马迁也于《史记》中多次表达读其书而欲知其人、论其世的愿望，说明对人事的考究，本是修史的题中之义。《四六法海》卷一评梁武帝《霸府禁奢令》云："梁武功业，仅仅与齐陈比肩，其躬行节俭，爱养小民，江左诸君，皆不如也。此令实其致治之本，而文之春容典雅亦称之。"（第69页）就是以意逆志、文史互证的典型。

有研究者统计，在《四六法海》的六百多篇选文中，涉及骈文批评意义的分析和评点只有近四十处，而介绍、考订作者生平事迹和文章写作背景的却有二百三十处左右。① 当然，细分之下，王志坚的"以文证史"里，又有"笺疏""证据"与"辨论""发明"的区别。前者除了考据史实，还可包含广义的作者、版本辨析，甚至不乏直接搬抄史书、笔记等现成文字的现象。这类基本资料看似没有太多新意，却是一种非常传统的笺注路子。且以文末评点的形式，施诸文章选本，也可有效扩充选本的知识容量，为士子提供便捷的背景连接。而在素材的取舍、重组间，编者已然融入了一己之见。如卷一一《六祖能禅师碑铭》文后作者王维的生平，几乎整段抄《旧唐书》本传，仅有些许删削：

> 维弟兄俱奉佛，居常蔬食，不衣文彩。得宋之问蓝田别墅，在辋口，辋水周于舍下，别涨竹洲花坞，与道友裴迪浮舟往来，弹琴赋诗，啸咏终日。在京师日饭十数名僧，以玄谈为乐。斋中无所有，唯茶铛、药臼、经案、绳床而已。退朝之后，焚香独坐，以禅诵为事。妻亡不再娶，三十年孤居一室，屏绝尘累。临终，与亲故敦厉奉佛修心之旨，舍笔而绝。（第74~75页）

这段介绍集中于王维潜心奉佛一事，显然也寄寓了王志坚自己的禅学理想。但可能是虑及明代居士的生活习惯，删去"不茹荤血，晚年长斋"字句。又特删去"尝聚其田园所为诗，号《辋川集》"一句，可能如钱谦益在墓志中所言，是不欲鼓励"随俗诗文，徒以劳神哗世"的时弊，其中暗

---

① 参见于景祥《〈四六法海〉在骈文批评上的贡献及其存在的问题》，《社会科学辑刊》2010年第6期。

藏了王志坚本人不随波逐流的文学观。

至于"辨论""发明",则体式近乎史论,蹈隙发覆如破经义。如卷二陶弘景《解官表》后评:"渊明之去官,畏见督邮也;逸少之去官,耻为王述下也;贞白之去官,求宰县不得也。然皆无碍其为高也。后人于此,必尽讳之,而别寻一好题目,人臣着'寻题目'三字于胸中,则上不顾君父,下不顾朋友,昧心蒙面之事无不为矣。此仕宦之最恶套也。"(第28~29页)属于"借题发挥",以泄冷眼观世、借古讽今之慨。

不过在《四六法海》的编纂上,王志坚的史学本位还有更为宏观深刻的施用。首先,他以历史流变的眼光,系统梳理了明代以前的骈文发展脉络。这一学术成就,已被前人充分肯定,毋庸赘言。其中,尤以四库馆臣《提要》的总结最为精练:

> 志坚此编所录,下迄于元,而能上溯于魏晋。如敕则托始宋武帝,册文则托始宋公《九锡文》,表则托始陆机、桓温、谢灵运,书则托始于魏文帝、应场、应璩、陆景、薛综、阮籍、吕安、陆云、习凿齿,序则托始陆机,论则托始谢灵运。大抵皆变体之初,俪语散文相兼而用,其齐梁以至唐人,亦多取不甚拘对偶者。俾读者知四六之文,运意遣词,与古文不异,于兹体深为有功。

《四六法海》按体裁分卷分类,体裁之下再遵照朝代先后、时间早晚串联作家作品。其经纬分明,故能清晰反映各类常体、变体的大势。在此基础上,对于文体演变的某些关键节点,再以评语着重点出。如卷二陆机《谢平原内史表》后评:"此文体之初变也,今读之犹有汉人风味。"(第3页)卷三欧阳修《谢知制诰表》后评:"宋兴且百年,文章体裁,仍五季余习,镂刻骈偶,渶涩弗振。柳开、穆修、苏舜钦志欲变古,而力弗逮。自欧公出,以古文倡,而王介甫、苏子瞻、曾子固起而和之,宋文日趋于古。欧公之诗,力矫杨刘西昆之弊,专重气格,不免失于率易。而四六一体,实自创为一家,至二苏而纵横曲折,尽四六之变,然皆本之欧公。"(第60页)卷一一柳宗元《唐故中散大夫检校国子祭酒兼安南都护御史中丞充安南本管经略招讨处置等使上柱国武城县开国男食邑三百户张公墓志铭》后评："长联实创自柳公，惟其笔妙，故伟晔动人，后人效之，易入恶道。"（第116页）三条评语分别指向修辞手法、体裁与一代文风三个不同层面的"变体之初"，使体系在局部细节上进一步精准、完备。

其次是宁约无滥的史家法度。钱谦益于墓志中称，王志坚为人"小心精洁，近于固"，对待创作极为严苛，故当时虽有文名，但其自选诗歌却不过七十余首。选本是王志坚述而不作、寄托学术理想的重要载体，其对此自然不敢松懈。所以正如《四六法海·编辑大意》所言，它的骈文来源绝不同于那些辗转传抄、全不雠校的坊间刻本，而是严选可靠底本，"以《文选》、《艺文类聚》、《文苑英华》、《唐文粹》、《宋文鉴》、《文章正宗》、《元文类》、《荆川文编》、广续《二文》选为主，而参之以诸家集及正史、野史所载"，再继以校勘、正误等流程。在作家作品的选择上，也力求与体系形成较为经济的匹配，如卷一邓润甫《除文彦博平章军国重事制》后云："是编所存，必择其有体裁者。"（第46页）卷三韩愈《为裴相公让官表》后云："存此以备一体。"（第29页）《春秋》以一字寓褒贬，选文的取舍、编排、圈点本身，已足以表达编者文章观之大体，故王氏评点也多惜字如金，迥异于明人评本中常见的"健谈"。若前人已有珠玉在先，便无须故创新论、哗众取宠，如卷一〇《文心雕龙·情采篇》后评便是请杨慎代言："升庵评：'予尝戏云：美人未尝不粉黛，粉黛未必皆美人。奇才未尝不读书，读书未必皆奇才。'"（第95页）试析杨慎此论，与王志坚反对"无用之书不必读，无用之文不必看"的狭隘应试俗学，应是不谋而合的。

最后是秉公直录、不计私人好恶的史家理性。《四六法海》作为选本形态的骈文史书写，需要秉持文学史的客观性，故对被真德秀《文章正宗》摈弃或仅以小字附录以示贬斥的"宵人"作品，王志坚坚持把人品和才华一分为二看，照样视其文采之优异、体式之具有代表性，酌情选入。如卷八《拜南郊颂并序》后评：

> （王勃）冀以媚后，后又雅好文词，然于勃漠不动意，至《斗鸡》一檄而黜不旋踵。帝后可谓具慧眼，勃可谓枉了做小人矣。余于简文《菩提》《大法》，勃《九成》《乾元》诸颂，先尝录之，后乃汰去，曰：汰简文，为佛法惩妄语也；汰王勃，为文坛惩无耻也。（第59页）

他虽对王勃为人颇有微词，却并未因人废言，仍完整收录其《进九成宫颂表》《上武侍极启》《上绛州上官司马书》《拜南郊颂》《秋日晏季处士宅序》《三国论》《益州县武都山净惠寺碑》等各体裁作品二十余篇。将之与集中历代作家作品数相校，其在所占比例上亦可谓浓墨重彩，这无疑是对其骈文史地位的坦然肯定，即如《四六法海·编辑大意》所言："政不必斤斤分别，而亦何尝不分别乎？"推演开去，对自身不喜的作品风格，王志坚也能从存史角度出发，平等相待。如卷二虞通之《让婚表》后评："此篇颇为一种俗调作俑。姑存以备一体。"（第12页）所谓"备体"，即为文学史保存文体档案。满足存体条件的作品，可能并非艺术的最高典范，或学习的完美对象，但作为文体自发演变的产物，其能为文学史研究提示轨迹线索、样本形态等。又如卷一〇李白《建丑月十五日虎丘山夜宴序》后评："太白文萧散流丽，乃诗之余。然有一种腔调，易起人厌，如阳春大块等语，殆令人闻之欲吐矣。陆务观亦言其识度甚浅。"（第28页）既能对公认的大家敢于质疑，又能出于对骈文史全局的客观考量而予以收录，体现出编者应有的理智与包容。

简言之，《四六法海》是编者"以史论文"的出色识见，辅以"以文证史"的扎实技术，打造出的具有鲜明史学底蕴的选本，而统摄其上的，则是王志坚不屑共文坛争一时之短长，而欲凭选政以流播后世的长远目光，这无疑也是一个史学家的野心。

三 "以意删之"与未必"阙如"

《四六法海》亦以"'海'喻广大"，但与晚明大量涌现的四六"汇编""大全"等截然不同。后者多如类书、公牍，或偏重表、启等实用体裁，或仅为各种题材的摘句节录，甚或如托名李日华所编的《四六全书》等，是二者的杂糅，芜乱不堪。而王志坚的史学意识则有效地保证了其选本既在横向上取材宏富，又于纵向上源流毕具。不过，选政有诸多天然难点，尤难于整体尺度的把握，即在量与质、常规与独创、群体与个体的各种对立间，寻找一个平衡点。《四六法海》虽然"于四六佳篇搜讨略备，所遗者十之二三耳"①，已基本做到完而不失密、精而不失详，但仍难逃后世"众口难调"的考验。清人谭宗浚对《四六法海》的评价功过参半，较为中肯："虽其浏览未宏，编摩偶舛……鱼目全收，反遗径寸，观其所择，似亦未公。……狃于耳食，震彼盛名，捃摭最多，尤为无识。……虽删存偶有小疵，而寻检要为佳本。"② 任何选本恐难有十全十美，其实"瑕不掩瑜"已经是对一部文学选本的真正赞誉。

作为面向大众的书籍，选本的稳定性、合理性，必定要依赖足够的常规篇目及与大众心理的基本契合。这一点于《四六法海》，则集中反映在安置苏轼的微妙矛盾上。如卷二李峤《在神都留守请车驾还洛表》后评："四六与诗相似，皆着不得议论。宋人长于议论，故此二事皆逊唐人。"（第80页）但卷六苏洵《谢相公启》后评："欧公《试笔》云：往时作四六者，多用古人语，及广引故事以炫博学，而不思述事不畅。近时文章变体，如苏氏父子以四六述叙委曲精尽，不减古人，自学者变格为文。"（第27页）又卷六苏轼《贺欧阳少师致仕启》后评："无限曲折，以排偶出之，势如叠浪，机如贯珠，可谓前无古人，后无来者。"（第39页）王志坚的散文立场，基本倾向于晚明唐宋派，《古文渎编》就是标准的唐宋八大家选本。但他认为唐代骈文整体高于宋代骈文，在指导士子四六表时也强调"竹肉于喝，极一时之声律而出焉"的创作原则。苏轼虽学富力强，驱散入骈，成就一大变格，但终非四六正体，难免折损声韵。故《四六法海》选录苏文固然符合王志坚的自身偏好，但恐怕也很难与当日时风分解开来。比如苏文适合场屋发挥，于二场试表针对性强，亦早是晚明举子共识，《四六法海》便收苏轼四六表多达十五篇。对此，谭宗浚批评王志坚对"本匪正宗"的苏轼四六"捃摭最多"，是"狃于耳食，震彼盛名""尤为无识"，虽嫌刺耳，却也不尽是妄言。

当然，也有像卷一无名氏《宋公九锡文》这样的"文颇高亮，从来选者皆不及"的文章，被王志坚"从《南史》录出"（第16页）。或是如卷一一魏征《唐故邢国公李密墓志铭》这样摆脱政治观念束缚的、被巨眼识

① 蒋士铨：《〈评选四六法海〉序》，《评选四六法海》，清同治间藏园本。
② 谭宗浚：《希古堂集》乙集卷三《〈重刻四六法海〉序》，《续修四库全书》，第1564册，第403页。

得"文笔不减徐庾，而不以文字名"（第 113 页）的选文。抑或如晚清李慈铭所赞："此书所收颇多不常见之篇，唐四杰之作尤多。"① 这些小众选文，都构成了选本的闪光点。相较之下，编者更为深隐的个性，则潜藏在那些"以意删之"的文字冒险中。

《四六法海·编辑大意》云："近来书刻全不雠较，岂惟不较，又从而妄改焉。……凡如此类，笑端不一。又其甚者，厌春容大篇而以意删之，独不曰鹤胫虽长，断之则悲乎？"选本并非类书，选文擅自"缺斤少两"，不仅会破坏文章原貌，也会因选家态度的随意而降低选本价值。为此，王志坚很重视选文的版本说明。如卷七梁简文帝《与湘东王论文书》后言："此依《梁书》本，《续文选》依《南史》，比此少数语。"（第 52 页）文献出处一目了然，而且潜台词在于其选本文字的完整性更高。又如卷九骆宾王《在狱咏蝉诗序》后言："是编概未及诗赋，此二序乃耦语之隽者，谨以昭明《豪士》例入选。"（第 75 页）诗序是依附于诗歌的说明性文字，一般诗序分离的话，录诗而舍序是合理改编，录序而舍诗则在一定程度上变动了原作的结构属性，故王志坚虽以"耦语之隽"为标准选录诗序，仍援引权威先例，以示名正言顺，这也显示出其审慎的选文态度。

不过，选文既需要再三斟酌的谨慎，也亟须果敢激进的魄力。一个面面俱到、模棱两可的选本，往往意味着其编者尚未形成清晰的文章理念和独立认知。细勘《四六法海》文本，就会不免惊讶于王志坚的"狡猾"，正如有研究者所发现的，《四六法海》里存在多处不同程度的隐性删节。② 如比照《文苑英华》看，卷二李峤《让鸾台侍郎表》已被大胆砍去"臣某言：伏奉恩制，以臣为鸾台侍郎，依旧同鸾台凤阁平章事兼修国史""无任感戴屏营之至，谨诣朝堂奉表陈请以闻。其所让人，具如别状，臣某诚惶诚恐，顿首顿首，死罪死罪，谨言"等无谓的程式语，显得简净紧凑许多（第 81 页）。又如卷三李商隐《为荥阳公贺幽州破奚寇表》省去开头一串汇报破获人口、牲畜、车帐器械等的账目（第 16 页），直入主题，这些做法实现了从行政文书到写作范文的功能切换，亦无对原文的实质性

---

① 李慈铭：《越缦堂读书记》，中华书局，2006，第 603 页。

② 参见于景祥《〈四六法海〉在骈文批评上的贡献及其存在的问题》，《社会科学辑刊》2010 年第 6 期。

破坏。情况比较复杂的是像卷八杜弼《为东魏檄梁文》这样的选文，其文末只轻描淡写地评云："《艺文类聚》作魏收。梁武末年之事，此文若为语谶。"（第 70 页）而实际自宋代起，此檄就在作者归属、版本异同关系上悬置了分歧。① 一向重视考证的王志坚，却在此处出奇沉默，或许是不知者则付阙如。但关键在于，他完全颠覆了自己在《四六法海·编辑大意》中所言"有所订正，间为别白"的原则，不动声色地删去"既南风不竞，天亡有征，老贼奸谋，将复作矣。然则催坚强者难为功，拉枯朽者易为力。计其虽非孙吴猛将、燕赵精兵，犹是久涉行阵，曾习军旅，岂同轻剽之师，不比扼腕之泉。拒此则作气不足，攻彼则为势有余"，以及"但恐楚国亡猿，祸延林木，城门失火，殃及池鱼。横使汉江士子，荆扬人物，死亡矢石之下，夭折雾露之中"等多处的大段文字。这种处理，不见于《文苑英华》《艺文类聚》《资治通鉴》《魏书·萧衍传》及梅鼎祚编《北齐文纪》等其常用的已知选文来源，若王志坚的底本比较特殊，那么他就更有必要补上解释了！王志坚本就深恶不雠校而妄改的刻书行为，加之又有家中子弟多人参校把关，且此文删减手法比较高明，前后衔接不露痕迹，文气保持自然流畅，则商家或刻工擅自变更的可能性应也不大。而细究这些文字，显然不是可有可无的过场，甚至还不乏警句，故其"有意删之"的真实动机值得深思：或是政治避讳，或是自行润色。个中原因或可以将我们引向王志坚及其《四六法海》背后的某些深层思想，然而笔者能力有限，依据不足，姑且存疑。

《四六法海》选文完者未必皆完，而缺者亦何尝尽缺。《四六法海·编辑大意》所称"于举业不甚切用，兹概未入"的"骚赋及诗"，实际并没有遁迹，还占有了相当篇幅。虽然在选文上，诸如《在狱咏蝉诗序》之类的文章确实少有，但并未完全"付诸阙如"，总体来看，其选本的构成元素足够多元。另如总序、凡例、排序、文中圈点、行间夹注、文末注释、文后评语等，都有助于扩充选本的表达空间。一部生命力较强的文学选本，往往能同时满足学术、赏鉴、娱乐、应试等不同的价值诉求，且其间的比例关系、组合模式又可因人而异。正是这种相对宽松、富有弹性的运

① 参见何德章《两篇东魏〈檄梁文〉的作者与相互关系》，《文史》2018 年第 3 辑。

作机制，使得王志坚在未选一篇诗赋的前提下，依然较为充分地阐释了他对四六与诗关系的独到看法。

首先，王志坚在《〈四六法海〉序》中就已开宗明义："大抵四六与诗相似。唐以前作者，韵动声中，神流象外；自宋而后，必求议论之工，证据之确，所以去古渐远。"他对骈文与散文的深层关系倒没有过多着墨，可见他在四六的文体定位上，更偏向诗赋。其选本原名《耦编》，即以规整对称的句式或修辞，来借代骈文的文体特质，这也是一种偏向诗歌的认知。《古文渎编》《古文澜编》《四六法海》三者之间确有所谓"互文性"（intertextuality），但无法就此将三者置于一个相对狭义的文章体系或古文体系中，《四六法海》显然还涉及与诗歌领域的诸多交叉。在实践中，王志坚也教士子们"竹肉于喝，极一时之声律而出焉"，偏重格律推敲。可见，王氏论骈，以声、偶、象、韵为标准，大体类诗。

在《四六法海》选文各处的零散补充中，这种观念愈发明晰。如他以文后评语的形式称赞卷二李峤《在神都留守请车驾还洛表》的起句"天下皆春，而燕谷有析暄之律；日中并照，而彭泽有随阳之禽"，是具有"声色臭味""镜花水月之致"的诗性文字，要优于宋人以议论开篇（第80页）。又如卷三柳宗元《为王京兆贺雨表》后评：

> 退之表启，不尽作耦语，只是将平日文略加整齐而已。至子厚则神理肤泽，色色精工，不惟唐人技俩至此而极，即苏王一脉，亦隐隐逗漏一班矣。（第30页）

对柳宗元骈文的高度称扬，是基于其更为精纯的对偶、更加妍丽的辞采韵致。这在本质上，属于文章的诗歌化。与此类似，在卷一丘迟《永嘉郡教》后评中，王志坚就征引了钟嵘《诗品》里的评语："点缀映媚，似落花依草。"（第76页）两种文体的界限被有意模糊了。

《四六法海》中虽然未以选文形式收录诗赋，但诗歌却以摘句、诗话等形式，在评语中获得了一席之地。以卷四唐庚《贺进筑表》、卷六王安石《谢知制诰启》后评为例：

子西诗最工于属对，今撮其警句于此，如云"手香柑熟后，发脱草枯时""精力看书觉，情怀举盏知""翻泥逢暗笋，汲井得飞梅""竹根收白叠，木杪得黄封""云阴哭鸠妇，池溢走鱼苗""十年驹局促，万事燕参差"，七言如云"就使真能去穷鬼，自量无以致钱神""此去只堪犀首饮，向来都是虎头痴""至今无奈曾孙稼，几度虚占少女风"。（第65~66页）

《渔隐丛话》云荆公诗"草深留翠碧，花远没黄鹂"，人只知"翠碧""黄鹂"为精切，不知是四色也。又以"武丘"对"文鹢"，"杀青"对"生白"，"苦吟"对"甘饮"，"飞琼"对"弄玉"，"带眼"对"琴心"，皆最精切。（第28页）

这些工对集锦，浓缩了一些为骈文与诗歌共享的声偶技法，可以启发士子举一反三，强化局部练习，也省去其翻检他书的麻烦。又如卷五骆宾王《上齐州张司马启》后评，借于慎行《谷山笔尘》从反面指出诗歌与骈文的一种通病："汉唐赠答诗，不必知其为谁，而一段精神意气，非其所与者，不足以当之。近代之诗，必点出姓氏地名官爵，以为工妙，而不知其反拙矣。此论极妙，此篇组织张姓故事，乃此套之祖也。"（第61页）针对二者堆砌典故的恶道，可谓用心良苦。

归根结底，无论"以意删之"，抑或不甘阙如，都生动地折射出编者王志坚在打造选本的过程中，对于那些无法被体系彻底消融的矛盾、失衡的动态控制。其文章选本于稳定的外观下，蕴藏着机变的生气。一增一删间，选政背后的文学格局便悄然变迁，选本的个性化张力也随之激发。

结　语

《四六法海》兼有"书肆刊本"与"自著之书"的属性，编纂者王志坚在考量市场需求的同时，更有志于"成一家之言"。这就使得他在选本的打造——漫长的筛选、评点过程中，需要不时地调整他的预设受众和话语策略，甚至节制其个人意志的如实表达。作为选本灵魂的王志坚，集多重身份于一身：学者、文人、官员以及书商的合作者。他爱好史学，留心政务，① 创作上偏向于唐宋派，对于四六表写作则注重声偶技法，还与吴地书商保持着一定往来。由于选本体制的灵活性，其不同角色发出的声音，可以在选本中得到不同方式的呈现，但也容易互相分裂，无法统一。于是，他不得不费心对这些从不同角色生发的真实观点，作一番有选择的表露、隐藏或改装，以保证最终的成品"完好"问世。所以，当选本整体与局部不尽和谐时，其结果往往取决于编者当时是以学术研究、文章写作指导，还是商业赢利的考量为重。

本文对《四六法海》的解析，意在揭示选本自身内在的不稳定性及其背后的合理性与典型性。比如卷六李刘《上赵茶马启》后评："通篇用'茶''马'语作对，遂开后人影略假借法门。然科场表不能不用此体，姑存此篇，以见所自。"（第 92 页）其中包含多重动机：第一，"姑存此篇，以见所自"一语，说明其有学者存史以见文体之流的目的；第二，不满其僵硬的手法、卑俗的格调，则表露了自身雅驯的骈文旨趣，带有文学赏鉴和自娱的色彩；第三，对当日科举四六之弊，有一定的批评反拨，又是选本应考的功能体现；第四，"科场表不得不用"，则又为读者提供一份拙劣然而实用的参考资料，略显出个体向时风、市场的无奈妥协。不难发现，在这个看似平凡的选文上，实际存在多方宗旨的潜在博弈。编者王志坚必须在综观全局的基础上，巧妙利用取舍、评注、删改等组合手段，才能努力打造出一个"和而不同"的四六选本来。这就不可避免地对选本研究者提出了特殊要求，即在关注序文、凡例等显见渠道外选本信息的同时，以更精微翔实的文本分析，全面考量、发掘选本所蕴藏的编者、书商的真实意图，这样才能更好地回到历史现场，去理解选本的生产及消亡与存留的文化现象。本文对《四六法海》文本的精细化研究，就是一次尚待完善的尝试。

[本文原刊于《四川大学学报》（哲学社会科学版）2021 年第 3 期]

---

① 据钱谦益《王淑士墓志铭》中的描述，王志坚为官廉正、勤勉务实。《四六法海》的评语中，亦有多条涉及政事，如卷三柳宗元《代永州韦刺史谢上表》后云："子厚深于吏治，每于文字中露一二语。"（第 32 页）卷四李清臣《谢赐恤刑诏表》后云："今郡邑长吏不可不三复斯篇。"（第 53 页）

连文萍《明代诗话考述》佚目正补

侯荣川[*]

内容提要 关于明代诗话中已佚或疑佚目录的调查，今仅连文萍《明代诗话考述》。其搜集得一百三十七种，存在部分诗话尚存未佚、搜检尚有遗漏、关于诗话作者生平事迹的考证有误等方面的问题。明代诗话已佚或疑佚目录，不仅是明代诗话文献系统完整性建设的必要组成部分，而且对于探明明代诗话编撰的整体规模与成绩及各地的艺文情况，对于了解明诗话撰著的体制情况，研判现存明诗话的实际撰作情况等都有着重要的价值。

关键词 明代诗话 连文萍 正补

明代诗话是中国传统诗话发展的重要时期，诗话作品的数量相比前代有了巨大的增加，尤其在相关诗学问题的探讨上也更为深入、成熟。对包括现存和已佚（或疑佚）的明诗话文献作全面性的调查、考辨，是推动明诗话整理、研究向更高水平发展的基础。关于明代诗话文献目录的调查，宋隆发《中国历代诗话总目汇编》（《书目季刊》第16卷第3~4期）、蔡镇楚《明代诗话考略》[②]、连文萍《明代诗话考述》（博士学位论文）、朱易安《明代的诗学文献》、孙小力《明代诗学书目汇考》，以及刘德重、张寅彭《历代诗话书目》[③]，都有相关的调查考证。然而对于明诗话已佚或疑佚目录的调查，尚未引起研究者的重视，目前仅连文萍《明代诗话考述》通过翻检大量明清公私书目及方志，获得了一百三十七种已佚或疑佚的明

---

[*] 侯荣川，温州大学人文学院教授。发表过论文《胡应麟〈诗薮〉版本考》等。

② 参见蔡镇楚《石竹山房诗话论稿》，湖南文艺出版社，1995，第291~320页。

③ 参见刘德重、张寅彭《诗话概说》（修订版），安徽教育出版社，2009，第331~358页。

代诗话。明代诗话已佚或疑佚目录，不仅是明代诗话文献系统完整性建设的必要组成部分，而且对于探明明代诗话编撰的整体规模与成绩及各地的艺文情况、了解明诗话撰著的体制情况，以及研判现存明代诗话的实际撰作情况等都有着重要的价值。①

从连文萍《明代诗话考述》提供的参考文献看，其所使用的书目、题跋有叶昌炽《藏书纪事诗》，邵懿辰《增订四库简目目录标注》，傅增湘《藏园群书题记》、《藏园群书经眼录》、《书目类编》及续编三编四编五编，杨立诚《中国藏书家考略》，胡文楷《历代妇女著作考》，纪昀等《四库全书总目提要》、孙殿起《贩书偶记》《贩书偶记续编》，莫绳孙（当为莫友芝）《邵亭知见传本书目》，周采泉《杜集书录》，杨绳信《中国版刻综录》，张秀民《中国印刷史》以及《明代书目题跋丛刊》《清人书目题跋丛刊》等十余种；方志文献六十八种，其中通志九种、府志二十二种、县志三十七种。应该说，这些搜辑工作是非常辛苦而繁难的。然而，受当时的条件所限，其中也存在一些问题。一是部分诗话并未佚失，尚有藏本；二是还有部分已佚或疑佚的明代诗话可以增补；三是关于诗话作者生平事迹的考证有误。本文对其中疏误缺漏之处予以正补。

一　尚存未佚的明代诗话

1. 《诗文轨范》二卷

【连文】徐骏著，疑佚。

徐骏，字号不详，江苏常熟人。李绍文《皇明世说新语》卷一"德行"谓其少时蓄鸽，父挞之，遂笃志于学，后父亡，遇鸽飞鸣，必思亲训，涕泣不已，人称"泣鸽先生"。《四库提要》卷一九七"诗文评类目"著录所著《诗文轨范》二卷，然谓"元徐骏撰，常熟人"，则其乃元明间人也。是书光绪九年（1883）《苏州府志》卷一三八"艺文三"著录云："前志别出一徐骏于元，以《诗文轨范》为元徐骏所撰。考《言志》，实即一人，今据正。"又，光绪三十年（1904）《重修常昭合志》卷四四

"艺文志"亦著录是书。是书内容不详。《四库提要》谓"其书杂取古人论文之语，率皆习见，所载诏诰表奏诸式，尤未免近俗"，所评品为是书之论文部分，可知其论诗部分应亦杂取古人之语而成。是书今未见有典藏记录，颇疑已经亡佚（参见第 337~338 页）。

按：此书杜泽逊《四库存目标注》、张健《元代诗法校考》均著录为"元徐骏撰"。连文引李绍文《皇明世说新语》"泣鸽先生"之事，认为徐骏为元明间人，是一个突破，但亦不准确。孙小力《明代诗学书目汇考》指出本书言及"先儒赵晖谦"，并著录北京大学图书馆藏清抄本，则其完稿在赵㧑谦谢世之后，即明洪武二十八年（1395）以后。[1]

明李诩《戒庵老人漫笔》（明万历间刻本）卷四："常熟徐骏，字叔大，号积庵。成化、弘治时人。少偶畜鸽，父挞之，遂笃志于学。后父亡，遇鸽飞鸣，必思亲训，涕泣不已，人称为泣鸽先生。弘治中年，与先君同以非罪邂逅于其邑之狱，遂授先君书。先君至七十余，《三体》《鼓吹》二帙，尝对客倒诵。每曰：'皆先生之功也。'《常熟志》止载其所著《对类总龟》，而反遗泣鸽事，故私著之。"[2] 据此可知徐骏确为明人。

是书北京大学图书馆藏清抄本二卷，《四库全书存目丛书》影印。

2.《七言律细》二卷

【连文】朱曰藩著，存佚不详。

按：是书焦竑《国史经籍志》卷五、《千顷堂书目》卷三一著录，均在"总集类"，万斯同《明史》卷一三七"集部下"亦著录。今存内阁文库藏江户写本一册。

又明曼山馆刻《古诗选》九种，杨慎辑，明焦竑评点，含《五言律祖》前集四卷后集六卷、《绝句衍义》四卷、《绝句辨体》八卷附录一卷、《唐绝增奇》五卷、《唐绝搜奇》一卷、《六言绝句》一卷、《五言绝句》一卷、《五言律细》一卷、《七言律细》一卷，国家图书馆、北京大学图书馆、上海图书馆、复旦大学图书馆等单位有藏。

---

① 参见孙小力《明代诗学书目汇考》，《中国诗学》（第九辑），人民文学出版社，2004，第31 页。

② 李诩：《戒庵老人漫笔》卷四，《四库全书存目丛书》，齐鲁书社，1997，子部第 111 册，第 82 页。

3. 《古诗评》一卷

【连文】黄五岳（省曾）著，疑佚。

何良俊《四友斋丛说》卷二四"诗一"征引谓："黄五岳作《古诗评》六十三首，亦非近代人语，当求之唐以上耳。"又谓："五岳赏陆士衡'照之有余晖，揽之不盈手'，余谓此二句有神助，五岳亦有神解。"何良俊所谓"黄五岳"应即黄省曾，省曾字勉之，号五岳，《明儒学案》卷六二即有《孝廉黄五岳先生省曾》之传。是书未见他书著录，疑已亡佚（参见第 359 页）。

按：是书即《五岳山人集》卷二七之"小序"六十三首。历评古诗、苏武、李陵、曹植、斑（班）姬、张衡、刘祯、王粲、阮籍、嵇康、班固、卓文君、左思、张协、陆机、潘岳、秦嘉、诸葛亮、陶潜、张华、刘琨、陈琳、成公绥、赵壹、谢灵运、郭泰机、孙楚、张翰、谢安、王羲之、杜挚、张载、潘尼、陆云、石崇、郦炎、孔融、阮瑀、徐干、应场、繁钦、曹摅、应璩、孙绰、卢谌、何劭、郭璞、司马彪、傅玄、枣据、谢瞻、颜延年、缪袭、谢惠连、鲍照、谢朓、陶弘景、释支遁、沈约、江淹、范云、何逊、陈子昂等。颇能显示黄氏对汉魏至六朝以至唐初古诗的发展史观。

《五岳山人集》三十八卷，今有明嘉靖间吴郡黄氏家刻本，国家图书馆、南京图书馆等单位有藏，《四库存目丛书》影印。

4. 《诗林辨体》十六卷

【连文】不著卷数，作者不详，疑佚。

是书见《晁氏宝文堂书目》上卷"诗词类"著录，仅存书名。

按：《晁氏宝文堂书目》"诗词"类著录，无卷数；焦竑《国史经籍志》卷五"总集"类著录是书十六卷，无撰者。是书高儒《百川书志》卷一九著录："《诗林辨体》十六卷，皇明景宁潘援编。自唐虞而至我朝，自古歌谣而至近代词曲，体自为类，各著序题，原制作之意，辨析精确，必底成说。原增损吴思庵《文章辨体》，备二十五代之言，辨二十九体之制，而诸家谈录、诗法皆萃聚焉。"① 《闽书》卷五三："潘援，字匡善，

---

① 高儒：《百川书志》卷一九，《明代书目题跋丛刊》，书目文献出版社，1994，下册，第 1345 页。

正德五年教授，洁介有文誉。历国子监丞，为祭酒所重，升中书舍人，以年及致仕。"① 《（雍正）浙江通志》卷一八二："潘援，《（崇祯）处州府志》：景宁人，举人。貌古行方，宪副沈㷖尝曰：'援诗文宜于两汉间求之。'两聘文衡，升翰林检讨，授中书舍人。家居二十年，乡髦或赖有造。著有《东崖摘稿》《诗林辨体》。"②

是书卷首"凡例"云："是编备取历朝，兼载众体，庶一览之间，则古今之气格，诸体之裁制，了然在目 而世道之升降，人品之盛衰，亦因之而可概见，必编纂之本意也。"又云："诸家诗评诗话有专论一代者，则附于一代之下，有及于各人者，则附诸姓氏之下，有及于一类一篇一句者，则附于本类本篇本句之下，俱分行细书，以别思庵所引之旧。"（安徽省图书馆藏本）

此书今有明刻本，安徽省图书馆（存一至八卷）、首都图书馆（存一至七卷）藏。

5. 《谈艺录》一卷

【连文】冯时可著，疑佚。

是书见《澹生堂藏书目》卷一四"诗文评·文式文评类"著录，今未见。

按：是书尚存，见《冯元成选集》卷六七。论文论诗参半，论诗部分泛论历代及明诗，以品陟本朝人诗为多，如云"王次公之诗胜长公，而《关中集》尤佳"。

《冯元成选集》有明万历三十年（1602）刊本，台湾图书馆、东北师范大学图书馆藏；明刻本，上海图书馆藏，《四库全书禁毁书丛刊补编》影印。

6. 赵仁甫《诗谈》二卷

【连文】赵世显著，疑佚。

按：是书尚存。赵世显（1542～1610），字仁甫，侯官（今属福建）人。嘉靖四十三年（1564）举人，万历八年（1580）官嘉善府学训导，丁外艰去。万历十一年（1583）进士，除池州推官，左迁梁山知县，迁通

---

① 何乔远：《闽书》卷五三，明崇祯间刻本，第53b页。

② 李卫修，沈翼机纂《（雍正）浙江通志》卷一八二，《景印文渊阁四库全书》，第524册，第92~93页。

判，以母老不赴。世显于六经子史，靡不淹贯，著有《芝园稿》二十八卷、《芝园文稿》三十六卷。

徐𤊹《徐氏家藏书目》卷五"诗话类"著录"赵仁甫《诗谈》二卷"，《千顷堂书目》卷三二"文史类"著录"赵仁甫《诗话》二卷"，今未见单行本。《芝园文稿》卷二五、二六为"诗谈"，以诗评和论诗技巧为主。其论诗本严羽格调之说，认为"严沧浪长于品评而短于自运，此其才不逮是处"。对王世懋"且莫理论格调"的观点不以为然，认为"诗家纵有才情，必格调先定，庶不诡于古法，不然鲜有不沦入野狐外道者"①。

《芝园文稿》有明万历三十四年（1606）闽中赵氏原刊本，今有二部，国家图书馆藏本仅存前二十卷，台湾图书馆藏本为全本，《稀见明人诗话十六种》据此本整理。

7. 《白石山堂诗话》二卷

【连文】白石山房诗话，不著卷数，章宪文著，佚。

按：此书《（乾隆）娄县志》《（乾隆）江南通志》《（乾隆）华亭县志》《（光绪）松江府续志》等均著录。今尚存清抄本，藏上海图书馆，题"白石山堂诗话"。首有《白石山堂诗话序》，末署"己亥（万历二十七年，1599）中秋，玄铁道人兰溪吴孺子题于清朗阁，时年七十有八"；又章氏题识："时长夏，山堂竹深无暑，堪理笔砚。忆往时商榷诗句，次第拈出奚囊。走风尘中，帆前马首，散逸十九。若纪𪊨郶鼎，留仅存器。世倘以为《老子》、《张公神》、《费凤》碑文，视之断圭残璧，不佞岂敢！佘东山长章宪文识。"②卷端大题"白石山堂诗话（卷上），华亭章宪文著"，半叶七行行十六字，白口，无栏线。陈广宏、侯荣川《稀见明人诗话十六种》据之整理。

8. 《茗碗谈》一卷

【连文】茗碗谭一卷，屠本畯著，疑佚。

---

① 赵世显：《赵仁甫诗谈》卷下，陈广宏、侯荣川《稀见明人诗话十六种》，上海古籍出版社，2014，上册，第 509、504 页。

② 陈广宏、侯荣川：《稀见明人诗话十六种》，第 342 页。

按：是书尚存。《徐氏家藏书目》卷五著录："屠田叔《茗碗谭》一卷。"① 屠田叔即屠本畯（1542~1622）。

国家图书馆藏《茗碗谈》一卷，明万历间刻本。又台湾图书馆藏《憨聋观》《茗碗谈》合订本，卷首《憨先生龙观引》，末署"万历丁巳春日，玉禺氏陆世龙题"。国家图书馆、台湾图书馆本为同版。屠氏诗学受严羽影响，自序谓"究竟体裁，辩章情采"，多探究诗之情采才性、趣致神韵，已偏于性灵神韵一派。又论明诗风气之变，称"今复厌面目齿牙而构怪声险律，旁门错路日骛月矜，不可枚举"，对竟陵一派颇示不满②。

陈广宏、侯荣川《稀见明人诗话十六种》据台湾图书馆藏本整理。

9.《蜩笑诗话》二卷

【连文】蜩笑集，一卷，作者不详，疑佚。

按：万斯同《明史》卷一三六、陈田《明诗纪事》丙签卷七著录郑瑗《蜩笑集》八卷。又郑晓《端简郑公文集》卷四《郑省斋蜩笑集序》云："省斋郑公，又莆之良也。公幼颖异无童心，十岁援笔为古文词，十六能治《孝经》，为疏解。……诗稳润，有唐人风致。其《琐谈》《诗话》，博而详，辩而不诡，所谓华实相兼，卓乎文行君子也。"③ 日本静嘉堂文库藏《蜩笑外稿》六卷，明嘉靖间刊本，两册，包括《井观琐言》四卷《诗话》二卷，为十万卷楼旧藏。

10.《历代名贤诗旨》十五卷

【连文】程元初纂辑，疑佚。

按：是书今存，国家图书馆藏明万历间刻本。《澹生堂藏书目》"诗评类"著录："《名贤诗指》十五卷，程元初。"④《千顷堂书目》"文史类"亦著录，未署作者。吴文治《辽金元诗话全编》收录此书《诗学指南》本，题作"阙名诗话"，谓"系抄撮魏晋至宋代诗话文话而成"。其三十六条引《诗家直说》："《诗》云：'覯闵既多，受侮不少。'此无意于对

---

① 徐𤏠：《徐氏家藏书目》（与《新辑红雨楼题记》合刊），上海古籍出版社，2014，第350页。
② 陈广宏、侯荣川：《稀见明人诗话十六种》，第747、750页。
③ 郑晓：《端简郑公文集》卷四，明万历二十八年（1600）刻本，第10a~10b页。
④ 祁承爜：《澹生堂藏书目》卷一四，清光绪《绍兴先正遗书》本，第18a页。

也。"①《诗家直说》为谢榛所著，一般称《四溟诗话》，则《名贤诗旨》
应为明人所辑。程元初，字全之，歙县（今属安徽）人。钱谦益《牧斋
初学集》卷二五《徽士录》云："元初遇异人，授以乐制，诗即乐，乐
即诗也。"又云其"家累千金，妻子逸乐，弃而游四方"，当辽事急，元
初"徒步往辽阳，相视阨塞要害，奴将攻辽阳，人劝之取，不可。城
陷，死焉"②。

11.《艳雪斋诗评》二卷

【连文】作者不详，疑佚。

按：是书尚存，《艳雪斋丛书》八种，第一种即《诗评》。《诗评叙》，
末署"己巳春日石公题于艳雪斋"。《词曲评小叙》，末署"崇祯戊辰秋日
石公题于艳雪斋"③。又有"高奭""石公""以召氏"等印鉴。作者或为
高奭，生平不详。卷首长篇自序评述历代诗论和明朝诗坛，卷上皆摘自王
世贞《艺苑卮言》；卷下杂采高棅、李维桢、释皎然等名家诗论，以明人
论述为多。

《艳雪斋丛书》，国家图书馆藏，《北京图书馆古籍珍本丛刊》第82册
影印。

12.《古今诗话》十二卷

【连文】不著卷数，季汝虞著，疑佚。

季汝虞，江西南丰人，生平不详。是书见清光绪七年（1881）刊《江
西通志》卷一一二"艺文略"著录。今未见，疑佚。

按：是书又题《芸林古今诗话》，今存明刻本，日本名古屋蓬左文库
藏，张健《珍本明诗话五种》收。

二 明代诗话佚目增补

连文萍《明代诗话考述》虽然使用了大量的方志文献搜集明代已佚诗

---

① 吴文治：《辽金元诗话全编》，凤凰出版社，2006，第4册，第2701页。
② 钱谦益：《牧斋初学集》卷二五，《四部丛刊》，第15a、16b页。
③ 《北京图书馆古籍珍本丛刊》，北京图书馆出版社，2000，第82册，第649、692页。

话，但仍有相当数量的遗漏。其原因主要有两个方面。一是部分文献未加以利用，如就通志而言，1988 年台湾"商务印书馆"《景印文渊阁四库全书》中即收录了十七种，如《陕西通志》《山西通志》等八种近一半的方志，连文在参考文献中未予列出。虽然这些均为较偏远的地区，文化并不发达，收录诗话的可能性较小，但其中还是可以获得一些，如《（雍正）陕西通志》卷七五即收录谢朝宣《诗话》一卷。其他府志、县志，就当时可以利用的资源而言，则有更多的文献未能搜检。二是一些目录或方志虽经查检，但尚有遗漏。如前已指出的《（光绪）江西通志》卷一一二所著录杨廉《风雅源流》、廖道稷《诗话》八卷、周藩《古乐府后语》等，连文未予收入。三是连文虽亦认识到序跋之中可以获得部分已佚明代诗话的目录，但毕竟这些资料极为庞杂，难以集中地利用，因此未见有由此类文献获得的诗话。现在我们重新检核所能利用的书志文献，增补了能断定为明代诗话的佚目二十五种。自然，这也只是已佚明代诗话中很小的一部分，更为完整的目录，还需要长期努力的工作。

1. 《锦阳楼诗话》《赭阳楼诗话》，不知卷数

连文《明代诗话考述》著录李荫《吏隐轩诗话》二卷，我们在李荫好友韩应嵩《太室山人集》中查到《〈赭阳楼诗〉话序》，知李荫另有《锦阳楼诗话》《赭阳楼诗话》两种。序中颇谈及三种诗话的创作情形，兹录全文如下：

> 世有好书者皆有所冀望，方未遇时，日夕矻矻，不遑食寝，一旦得售，则心意之欲日以渐广，昔所业者，将土苴视之，漫不省录。即有好者，亦在盛年，未有少壮谈艺白首不倦，如吾社丈袭美先生者。先生自在庠序时，为应制文字则已泛观诸经，旁罗百氏矣。及登通籍，书益多，致力益勤，即簿领杂沓，侍史在列，百隶授事，而读书为文为诗，无异在庠序时也。然是时方在壮年，听政之暇，其力易办。及谢事来二十余年，年且六十余矣，犹孜孜汲汲如少壮人，先生之笃于艺，即曹、刘、张、范何以加焉。每观书有意会，辄手录成帙，间付剞劂，与同好者共之。在京师刻《吏隐轩诗话》，家居刻《锦阳楼诗话》，各有名人序之。今又为《赭阳楼诗话》矣，辱以惠

余，余尽读之，即老不能，发明闻所未闻者多矣。夫千狐之腋，积而为裘，则王侯重之；良金美珠，杂沙砾中，汰而出之，好奇之人争奔走焉。今狐白金珠，吾得坐而有之矣，又安能忘积者、汰者之功也？故为括其大致序之。[韩应嵩《太室山人集》卷八，明万历三十二年（1604）韩光祐晋陵刻本，第 12a—12b 页]

2.《石舟诗话》二卷

庞隆撰。董斯张《吴兴备志》卷二二："庞隆《石舟诗话》二卷，《篷窗吟稿》一卷。"[①]《（光绪）归安县志》卷四三本传云：

> 庞隆，字兆康，号石舟，苏州人。元统间官信州路总管，致仕，张氏征之不就，遂毁园庐，载奇石满船，携二子埙、篪，命师事宇文公谅及沈梦麟。移家归安之荻冈，又构白石庵于安吉，有诗云："桃源只在苕溪上，不美东陵号故侯。"年八十余卒。又尝居乌程之西崦山，构卧云堂成，因作《卧云歌》。与安定书院山长盱江罗纬、宜泽周弼、渔林陈文举为迈中社。[李昱修、陆心源纂《（光绪）归安县志》卷四三，清光绪八年（1882）刊本，第 5b—6a 页]

据此，则庞隆号石舟，在元末，又享高寿，其《石舟诗话》之作，或在入明后。

3.《枕流诗话》一卷

沈瀚撰。《（嘉靖）归德志》卷七"沈瀚本传"著录："瀚天资颖悟，问学夙成，于书无所不读，考核精详，字无舛讹，诵读皆叶声律，且善歌古辞，音韵清越，与夫吹竹鼓琴技艺小术无所不通。有《枕流诗话》一卷、《敬斋集》若干卷。"[②]

沈瀚（1451~1518），字东之，号敬斋，归德人，鲤祖父。成化二十年（1484）进士，授西安府推官，迁礼部主事，官终建宁知府，卒年六十八。

---

① 董斯张：《吴兴备志》卷二二，民国间吴兴刘氏嘉业堂刻本，第 19a 页。
② 李嵩纂修《（嘉靖）归德志》卷七，明嘉靖间刻本，第 12a 页。

4. 《诗话》，不知卷数

罗顾撰。张元忭《（万历）绍兴府志》卷四三、徐象梅《两浙名贤录》卷二著录。

罗顾，字仪甫，山阴人。祖纮，父新，并以儒学为乡人所推。顾性淳朴鲜欲，力敦古道，能读祖父书，过目辄成诵。太守戴琥崇礼隐逸，于顾犹注敬焉。尝聘修郡志，未成而殁。顾所著尤浩繁，《（万历）绍兴府志》卷四三本传称其"著有《易斋札记》及诸所训诂、诗话二百余卷，称《梅山丛书》"①。

5. 《古诗话》，不知卷数

丁炜撰。《（万历）福宁州志》卷一二："丁炜，早孤，孝事叔父弥年，卧丧次，有《养晦诗》，多游延建宁德及名山吊古作也，傅汝舟校之。又有《学则》《全交集》《古诗话》《长溪土产录》。"②又《（乾隆）福宁府志》卷二五："丁炜，早孤，事叔如事父。工文章，游白鹤，浮剑津，北涉建宁，登高凭吊。著有《养晦诗》、《古诗话》、《学则》、《全交集》及《长溪土产录》。"③

6. 《诗话》一卷

谢朝宣撰。《（雍正）陕西通志》卷七五著录："《无逸赋》一卷、《龙渠文稿》八卷、《险赋》一卷、《诗话》一卷，俱按察使咸宁谢朝宣撰。"④

谢朝宣，字汝为，西安左卫人。弘治六年（1493）进士，任监察御史，巡按云南，累升四川副使。

7. 《皇明诗话》，不知卷数

汪砢玉撰。《（崇祯）嘉兴县志》卷一二著录："汪砢玉，运司经历，所著有《古今鹾略》《吾学续编》《名迹珊瑚网》《皇明诗话》《燕都西山品香》《古月笺》《蒙天笑》《弄石漫兴》《石疏梅花供》《玉葺新札》《玉版新蕞》《树石异缀》《鸳水月社篇》《女将俪史》。"⑤ 砢玉，一作珂玉。

① 萧良干修，张元忭纂《（万历）绍兴府志》卷四三，明万历间刻本，第30b页。
② 殷之辂修，朱梅纂《（万历）福宁州志》卷一二，明万历四十四年（1616）刻本，第11a~11b页。
③ 朱珪修，李拔纂《（乾隆）福宁府志》卷二五，清光绪间重刊本，第4a页。
④ 沈青崖纂《（雍正）陕西通志》卷七五，《景印文渊阁四库全书》，第555册，第529页。
⑤ 罗炌修，黄承昊纂《（崇祯）嘉兴县志》卷一二，明崇祯十年（1637）刻本，第60b页。

陈田《明诗纪事》："汪珂玉，字玉水，徽州人，侨居嘉兴，崇祯中官山东盐运使判官。有《鸳水月社篇》《西山品蜡》《屐音》。"① 《槜李诗系》卷二三："珂玉，字乐卿，号玉水，嘉兴人。明末以贡官山东盐运司幕职。有《鸳水月社篇》《西山品蜡》《屐音》《树石异缀》诸刻。"②

8.《杜诗笺言》二卷

谢杰撰。《（乾隆）福州府志》卷七二《艺文》著录。

谢杰，字汉甫，长乐人。万历二年（1574）进士，除行人，累迁右副都御史，巡抚南赣，终南户部尚书。

9.《诗话》，不知卷数

董养河撰。连文萍《明代诗话考述》佚目已著录董养河《罗溪阁诗评》不著卷数一种。《（乾隆）福州府志》卷七二："董养河《西曹秋思》一卷，养河同叶廷秀、黄道周狱中倡和诗。《解诗类》《诗话》附。"③ 未知与《罗溪阁诗评》是否同书。

10.《杜律测旨》二册

赵大纲撰。《澹生堂藏书目》卷一三、清范邦甸《天一阁书目》卷四著录。

赵大纲，字万举，滨州人。嘉靖二十年（1541）进士，授滁州知州，累官江西参政，所至有重名。

11.《学吟新式》一卷

翟厚撰。钱谦益《绛云楼书目》卷三、钱曾《钱遵王述古堂藏书目录》卷七著录。又，钱曾《读书敏求记》卷四："《学吟新咏》一卷，云坡居士㾾亭翟公厚述，永乐壬寅张思安为之序，此犹是其稿本也。"④ 毛宪《毗陵人品记》（明万历间刻本）卷七："翟厚，字公厚，无锡人。与同郡余璇俱从王耐轩游，学有源委，治家孝敬，尤严于祭祀。所著有《锡山遗

① 陈田：《明诗纪事》辛签卷二七下，清光绪二十五年（1899）刻本，第3b页。
② 沈季友：《槜李诗系》卷二三，清康熙四十九年（1710）刻本，第17b页。
③ 徐景熹修，鲁曾煜纂《（乾隆）福州府志》卷七二，清乾隆十九年（1754）刊本，第21b页。
④ 钱曾撰，管庭芬、章钰校正，佘彦焱点校《读书敏求记校证》，上海古籍出版社，2019，第462页。

响》《续通志略》。"①

12.《历代诗章辨体》《乐府考题》，不知卷数

张一韶著。《（雍正）浙江通志》卷二五二引《（崇祯）浦江县志》著录。

张一韶，字尚成，应槐子，由邑弟子员入成均。僻嗜书，罄产访购，积至数万卷。作诗不专尚声韵，以议论为主。以世之为诗不辨时代升降，多循声踵谬，体格既讹，韵律全失，乃著《历代诗章辨体》《乐府考题》。所著《贻燕堂集》三十卷。天启时诏纂修两朝实录，或以其名荐，以病不果赴。陈继儒尝见其集，奇之曰："此越州高士也。"为志其墓。

13.《说诗要汇》，不知卷数

张德韶撰。《（雍正）浙江通志》卷二五二引《（崇祯）浦江县志》著录。

14.《桐江诗话》三卷

姚建和撰。《（雍正）浙江通志》卷二五三、《（乾隆）桐庐县志》卷一一著录。《桐庐县志》本传："姚建和，字惟政，博学嗜古，尤工吟咏。所著有《桐江诗话》三卷。宣德、成化间三修郡志，时人为之'两脚书楼'。"②

15.《杜律一得》，不知卷数

温纯撰。《（乾隆）三原县志》卷一八著录。又董裕《董司寇文集》卷三《温少〈保杜律一得〉序》：

　　《杜律一得》者，景文温先生之所得也，盖得诸杜而非杜也。先生为国家纪纲重臣，忠君爱国，天下想望风采，不佞心师之而相视莫逆，而犹未悉其深于诗也。间与说诗，出《杜律一得》示予，曰："兹一得也，得之杜而不识有当于杜否也。"不佞受而卒业，曰："此真杜也，得其一而谈杜者，千百不能易也。"夫唐以诗取士，而不能得一杜；杜兼人所独专，则而诵之者无啻千百家，而不得杜之一，此

---

① 毛宪：《毗陵人品记》卷七，明万历间刻本，第1a页。
② 严正身修，金嘉琰纂《（乾隆）桐庐县志》卷一一，南京图书馆藏清抄本，第17a页。

杜之圣于诗而自道一得者，得诸心而杜不能违也。……矢口言诗，言言
皆杜，即起杜于百世之前，其说相以解，可知也。昔有注杜者，舟次瞿
塘，梦杜访之舟中，谓"遗恨失吞吴"之句未得草庐连吴本旨，是杜如
在也。一字自有真，而得贵真得也。先生之一得也，五言取诸赵，而不
用赵之全；七言取诸虞，而不必收虞之缺。损益于虞赵之间，超悟于言
说之外，其有得于杜者为多也，是独深于杜者也。［董裕《董司寇文集》
卷三，清雍正十三年（1735）刻本，第 11a~11b 页］

温纯，字景文，嘉靖四十四年（1565）进士，知寿光县，擢给事中，
出为湖广参政。万历初，起河南参议，分部南阳。累官至南京吏部尚书，
召拜工部尚书。

16.《诗法品汇》，不知卷数

温纯撰。《（乾隆）三原县志》卷一八著录。

温纯生平见上。

17.《诗法入门》三卷

李汝宽撰。《（民国）闻喜县志》卷二一著录。

李汝宽，字严夫，闻喜人。嘉靖三十五年（1556）进士，授清丰知
县，擢大理评事，以平反着解组归。构一楼藏书数百卷，日夕披阅其中，
著有《在涧集》。

18.《诗法集有》六卷

李諲撰。《（民国）闻喜县志》卷二一著录。

李諲，闻喜人，生平不详。

19.《通明诗话》，不知卷数

赵善鸣撰。《（同治）九江府志》卷二七著录。

赵善鸣，字和甫，庐陵人，多闻强记，万历十九年（1591）举人，除
彭泽教谕，补蒙阴教谕，主教历山书院。所著有《巢云馆集》《乐府解题》
《通明诗话》《明诗选屑》《北堂诗三言系》行于世。

20.《李杜诗评》《皇明律说》，不知卷数

徐梦易撰。《（光绪）松阳县志》卷九著录。

徐梦易，字征伯，号龙阳，颖悟特达，淹贯赅博，诗、字俱工，作文

数千言立就。嘉靖乙未选贡，官京卫武学教授。所著有《征伯集》《读书记》《四子遗诠》《五经臆说》《李杜诗评》《皇明律说》等。

21.《苍雪先生诗禅》，不知卷数

释苍雪撰。王世贞《〈苍雪先生诗禅〉序》：

> 佛无禅，自达摩氏西来，其教行而后有禅也。三乘之上者曰大乘，自禅之说精而后有最上乘也。最上乘者，非超大乘而自为上也。诗无乘，即其徒觉范、皎然所不及，自严仪氏论诗而后有乘也；诗禅无诗，自苍雪翁而后有诗也。夫以代定格，以格定乘者，严仪氏也；诗自为格，格自为乘者，苍雪翁也。苍雪翁之于诗，采不能六代，体不能五、七言古，姑即唐之律绝以近易晓学人，而其所谓二三乘，亦取其一间之未达者，非若独觉初地之邈隔也。大指意趣在养格调，在审二语尽之，而所谓神来者从容中道，气来者触处而发，情来者悠游而得，则严仪氏未前发也。（王世贞《弇州山人续稿》卷四〇，明万历间刻本，第21a~b页）

又，吴国伦亦有《苍雪公诗禅序》云："遂禅于诗，采唐人五七言近体八百余篇，而以禅家三乘品之，有如编贝绳珠，秩然有第，而古体不一及焉。至所评说，养意趣，审格调，以《赓歌》为诗之源，《风》《雅》为诗之备，《离骚》为诗之变，则又古今不易之论。"[1]

22.《郊亭诗话》，不知卷数

不知撰者。《晁氏宝文堂书目》卷中著录。于敏中《日下旧闻考》卷一〇四引一则："原北京仰山寺有姚少师画像，自赞其上云：'这个秃厮忒无仁，闻名垂千古，不值半文。'"[2] 知为明代诗话。

23.《马诚所诗说》，不知卷数

马经纶撰。马经纶（1562~1605），字主一，号诚所，通州人。少时聪敏好学，万历十七年（1589）进士，授肥城知县，升监察御史。马经纶与

---

① 吴国伦：《甔甀洞续稿》卷四，明万历三十一年（1603）刻本，第1b页。
② 于敏中《日下旧闻考》卷一〇四，清乾隆五十三年（1788）武英殿刻本，第29a页。

李贽交好，李贽死后，马经纶为其治丧。著有《马诚所文集》八卷。

蔡钧《诗法指南》引有《马诚所诗说》三则：

> 《马诚所诗说》：诗要在不离不属，有意无意，可解不可解之间。
> （卷一，第6a页）

> 《马诚所诗说》：律诗从来解作"法律"之"律"，非也，乃是
> "六律"之"律"。近体有音调，从头至尾都自一意，自相接续照顾，
> 如六律相生，故曰"律"。（卷二，第10a页）

> 《马诚所诗说》：诗有诗字眼，赋有赋字眼，文章有文章字眼，各
> 不相为用，如茶、汤、酒、醋之不可相杂也，古诗字眼亦不可入近
> 体。汤义仍好作赋，常取赋中字样用在诗内，此不知诗者。（卷五，
> 第8a页）

三　《明代诗话考述》佚目作者生平正补

不论是如吴文治《明诗话全编》、周维德《全明诗话》等明诗话汇编，
还是连文萍《明代诗话考述》这样的研究著作，基本是按作者生平先后为
序论次，因此，要求对诗话作者的生卒年、科第仕履、交游及其他相关活
动情况详加考订。连文对有关明代诗话佚目的作者生平已做了相当的考证
工作，其中还存在作者缺题或生平失考及疏误之处，此处略作正补。

1.【连文】《训蒙诗要》，不著卷数，作者不详，疑佚。

按：《（嘉靖）广德州志》卷一〇收邹守益《训蒙诗要序》云：

> 予官广德之明年，聚州之童子而教以《诗》《礼》，一时教读或不
> 解。予意杂以矜名喜利之词，是蛊童子之心志而教之邪，乃取《诗
> 经》之关于伦理而易晓者及晋靖节，宋周、程、张、朱及我朝文清、
> 康斋、白沙、一峰、甘泉、阳明诸君子之诗，切于身心而易晓者，属
> 王生仰编而刻之，俾童子讽永焉。[朱麟修，黄绍文续纂《（嘉靖）广
> 德州志》卷一〇，明嘉靖十五年（1536）刊本，第120b页]

据此，可知是书为王仰所编。又同书卷五《学校志》列复初书院书籍即有《训蒙诗要》一本。

2.【连文】《西湾诗话》，不著卷数，丁孕乾著，疑佚。

丁孕乾，字爱大，江西德化人。光绪七年刊《江西通志》卷一六五《列传》，谓其"在诸生中，风流蕴藉似晋人，工诗，与熊兆佳、赵映第相唱和，力追中唐，竟陵谭元春亟推之，以明经任南昌学博，著有诗稿《闰草》及《西湾诗话》"。可知其为明代中叶人，论诗旨趣亦可能与谭元春等相近。

按：文德翼《求是堂文集》卷四有《西湾诗话序》云：

> 乙酉，余自金陵归卧青盆山。九江兵陷，爱大侨居西湾，两人幸不死，然时以起义侦余，日夜数十起，命如游丝緪烈风中，不暇自惜。丙戌，爱大从西湾还豫章，谗愿者以为余之间谍，缚而欲寸磔之。适侦者旁午山中，无左验，爱大得不死。时诸君子怜其才，顾反用之为学博，余亦间道浠湖省相国，力劝之就嚄唶。久之曰："伯仁繇我，将如之何？"鸣呼已，事诚急哉！今与爱大闲坐，出居西湾时诗话订之。郑所南所风河梁朋友，顾有此耶？诗话昉于赵宋，然时纡余，故能气韵生动。今爱大涉大难，蹈重险，谭笑如平生，掩卷以读，如不论其世，莫不以为邸第风雅，林皋闲适，欲寻一穷愁惊畏之态，了不可得。汪汪千顷，余反怖之。鸣呼！诗何足话，后代谓余两人为何如人哉？（文德翼《求是堂文集》卷四，明末刊本，《四库禁毁书丛刊》，北京出版社，1997，集部第 141 册，第 376 页）

由此可知丁孕乾为明末人，诗话为易代之际所作。文行远《浔阳跖醢》引《西湾诗话》11 则。

3.【连文】《诗说解颐》，不著卷数，朱家瓒著，疑佚。

朱家瓒，字元邕，浙江遂昌人。薛冈《燕游草序》："先生括苍奇士，髫年馁庠，驰誉两浙中，士望之如昂昂千里驹，其远到不可量，而以奇于数，屡不售。会戊辰龙飞拔萃，贡京师，登顺天庚午、丙子两副榜。"终不售于时，高卧以老。所言"庚午""丙子"或为隆庆四年（1570）及万历四年（1576），则其或为隆、万间人也。

按：是条连文又注云："《燕游草》为朱家瓒的著作，薛冈之序见《遂昌县志》卷一〇《艺文》引录。"检《遂昌县志》卷七选举志"贡生"："崇祯叶长坤元年朱家瓒二年，恩贡，保昌县丞。"① 可知朱家瓒为明末之人，而顺天庚午、丙子两乙榜，当是崇祯三年（1630）、崇祯九年（1636）。

4. 【连文】《豆亭诗学管见》，一卷，俞远著，疑佚。

俞远，生平不详。是书见《澹生堂书目》卷一四《诗文评·诗评类》著录，或成书于万历时或万历之前（参见第381页）。

按：是书当作《学诗管见》，北京大学图书馆藏明弘治刻本。俞远为元人，孙作《空谷先生墓砖记》云："先生讳远，字之近，小字绍堂，姓俞氏，江阴人也。……酷嗜诗，不轻脱稿，脱必惊人。如《龙门桐歌》《小石湾行》《澄江》等篇，播诵人口，不下二李而理思过之。……先生不乐著书，曰：'后世书愈多而学愈陋矣。唯《豆亭集》《学诗管见》行于世。'"②

5. 【连文】《曹安丘长语诗谈》一卷。

是书作者不详，《澹生堂书目》卷一四《诗文评·诗式类》之著录中，作者姓曹，名字则只见两个墨丁。此书今未见，或成书于万历时或万历前。

按：此即《谰言长语》一卷，曹安撰。曹安，字以宁，号蓼庄，松江（今属上海）人。正统甲子（1444）举人，官安丘县教谕。另著有《取嗤稿》《蟋蟀吟》等。是书尚存，有文渊阁《四库全书》本、《说郛》本、今献汇宫本、《宝颜堂汇秘笈》四十二种本。

6. 【连文】《五言括论》十卷。

石一鼇，生平不详。《千顷堂书目》谓其字巨卿，太仓人，著有《五言括论》十卷。是书今未见，疑佚（参见第391页）。

按：是书万斯同《明史》卷一三七亦著录："石一鼇，《五言括论》十卷，字巨卿，太仓州人。"然《（万历）金华府志》卷一六有石一鼇传记资料：

---

① 胡寿海修，褚成允纂《（光绪）遂昌县志》卷七，清光绪二十二年（1896）刊本，第15b页。
② 孙作：《沧螺集》卷三，清光绪间《常州先哲遗书》本，第6b~7a页。

石一鳌，字晋卿，义乌人，宋景定甲子乡贡进士。少从王世杰得徐侨之端绪，学茂而声远。尝典教邑庠，从学数百人，多取高第，故名愈振。晚年覃思于《易》，著《互言总论》十卷。

又徐象梅《两浙名贤录》卷一、《（崇祯）义乌县志》卷一〇、黄宗羲《宋元学案》卷七〇本传均作宋人，所著为《互言总论》十卷。王圻《续文献通考》卷一八三经籍考："《五言总论》十卷，义乌石一鳌巨卿著。"[1] 钱大昕《十驾斋养新录附余录》卷一四：王圻《续文献通考》以石一鳌《五言总论》入集类。考《黄文献公集》有《石先生墓表》云："晚而覃思于《易》，著《互言总论》十卷，朱锡鬯亦收入《经义考·易类》。王误'互'为'五'，非也。"[2] 则石一鳌为宋人，《互言总论》亦非诗话，连文误收。

7.【连文】《清居诗话》，不著卷数，项嘉谟著，疑佚。

项嘉谟，浙江嘉兴人，生平不详。是书见光绪五年（1879）刊《嘉兴府志》卷八一《经籍》二引《嘉禾征献录》著录，今未见，不知曾否刊刻行世？

按：朱彝尊《明诗综》卷七三录项嘉谟诗一首，云："嘉谟，字向彤，一字君禹，秀水人。有《读选堂词赋集》。谭梁生云：'向彤、阮仲容、谢幼舆一流诗篇，都雅简胜。'《诗话》：向彤投笔远游，渡河出塞，寻入闽，登武夷，曹能始录其诗入《十二代诗选》。乙酉闰六月，城破，束平生所著诗赋于怀，投天星湖死。子翼、妾张从焉。向彤，墨林之孙，赋性悦荡不羁，中岁产落。岁辛巳，年饥粮绝，从父以五斗米贴之。妾张为执爨，知向彤不甘澹泊，以二升米易干鱼进饭。向彤怒曰：'干鱼岂可下箸耶？'复以米三升易炙鸡，乃饭。予家与向彤邻，灶妇述之以为笑，谓是裙屐子弟、栗果少年，而视死如归，可敬也已。"[3] 《南疆逸史》卷四五"义士传"有项氏小传。

---

① 王圻：《续文献通考》卷一八三，明万历三十年刻本，第22a页。
② 钱大昕著，杨勇军整理《十驾斋养新录新注》，上海书店出版社，2011，第291页。
③ 朱彝尊：《明诗综》卷七十三，清乾隆间刻本，第9b页。

《剪灯余话》之文本形态与明永宣间文学生态[*]

陈才训^{**}

内容提要 李昌祺本人及《剪灯余话》"副文本"作者的特殊身份，使《剪灯余话》及其"副文本"成为反映明永宣间文学生态的典型标本。这些"副文本"乃江西翰林文人"交会于京师"的一种特殊表现形式，是台阁文学高度繁荣的重要标志。需要辨明的是，李昌祺虽为台阁作家，但其《剪灯余话》并非台阁文学，而这恰在一定程度上反映出台阁文人的小说观，并预示了当时小说创作与传播所面临的日趋严峻的社会环境，亦表明台阁文人文学观的复杂性。《剪灯余话》浓郁的俚俗色彩，则显示了当时雅、俗文学交汇背景下传奇小说不可避免的俗化趋向。永宣诗坛及传奇小说创作领域的宗唐风尚，是明代文学复古思潮的重要表征，这在《剪灯余话》及其"副文本"中也得到充分显现。

关键词 《剪灯余话》 文本形态 文学生态

作为"剪灯系列"的代表作之一，李昌祺《剪灯余话》（以下视情况简称《余话》）向来受到治小说者的高度关注，但迄今为止，学术界对《余话》的研究往往局限于单一的小说史视域，并未将其置于明初永乐、宣德间特定的文学生态中。《余话》的特殊性在于其作者李昌祺为翰林院

---

*   本文为国家社会科学基金重大招标项目"全明笔记整理与研究"（项目编号：17ZDA257）、黑龙江省社科基金项目"明末清初文人治史笔记研究"（项目编号：17ZWB113）的阶段性成果。

** 陈才训，黑龙江大学文学院教授。

庶吉士及江西籍台阁作家，而且围绕这部小说集的诸多"副文本"①，基本都出自李昌祺的翰林院同僚、同年、同乡之手。正是这些特殊性，使李昌祺的《余话》及其"副文本"成为考察明永乐至宣德间文学生态的典型标本。

一　由《剪灯余话》"副文本"看永宣间台阁文学之盛行

"靖难之役"后，江西文人取得了永乐帝朱棣的信任，故王世贞《内阁同乡》云："永乐初元，选翰林臣入内阁，而江西居其五。曰：吉水解学士缙、胡文穆广，庐陵杨文贞士奇，南昌胡宾客俨，新淦金文靖幼孜，缙、广、幼孜皆吉安府。"② 这些江西籍翰林文人有着浓厚的乡邦意识，"其出而仕于外也尤相与爱厚，有辅翼之谊"③。例如，解缙"重乡郡之好"④；杨士奇亦"重乡谊，笃世好"⑤；王直于永乐二年（1404）考取进士，其"至京师四方之士相与游者盖甚寡，惟翰林有学士解公、侍读胡公、侍讲杨公，直以世契得从容其间……一时同郡进者凡数人，皆笃于乡谊往来相善也"⑥。显然，以内阁文臣为核心的江西文人集团交往十分密切。永宣间，乡土观念浓重的江西籍台阁文臣选拔了一批同乡进士进入翰林院，以致时人有"翰林多吉水，朝士半江西"⑦ 之称，黄佐《翰林记》云：

> 丘濬曰："国朝文运盛于江西。……永乐甲申，选庶吉士，读书

---

① "副文本"这一概念由热拉尔·热奈特在《副文本：阐释的门槛》一文中提出，他认为围绕在作品文本周围的序、跋、题署、插图、图画、封面及各类形式不一的附录都属于"副文本"。

② 王世贞：《弇山堂别集》卷三，中华书局，1975，第46页。

③ 王直：《抑庵文集》后集卷七《赠工部主事萧和鼎复职序》，《景印文渊阁四库全书》，台湾商务印书馆，1986，第1241册，第466页。

④ 杨士奇：《东里续集》卷八《送王纪善序》，《景印文渊阁四库全书》，第1238册，第471页。

⑤ 王直：《抑庵文集》卷四《移居唱和诗序》，《景印文渊阁四库全书》，第1241册，第73页。

⑥ 王直：《抑庵文集》后集卷三一《刘君宗平墓志铭》，《景印文渊阁四库全书》，第1242册，第214页。

⑦ 钱谦益：《列朝诗集小传》，上海古籍出版社，1959，上册，第172页。

中秘，以应二十八宿，其中十二人出江西，而官翰林者七人。宣德甲
寅，合丁未、庚戌、癸丑三科选之，亦如甲申之数，出江西者七人，
留翰林者四人。奉敕教之者，前则吉水解公大绅，后则西昌王公行
俭，是又皆江西人也。"盖当时有"翰林多吉安"之谣，首甲三人，
或纯出江西者凡数科，间亦有连出福建者，士论或以为杨士奇、荣互
相植党，岂其然耶？①

杨士奇、解缙等台阁文臣利用庶吉士选拔制度"教养"了一批江西籍翰林
文人，并将自己的文学观念传达给他们。而且，江西籍翰林文人"以文学
致身省者，其契谊尤笃"②，因此永宣间江西籍翰林文人集团在崛起于政坛
的同时，也主导了当时的文坛，并促成了以内阁文臣及翰林院庶吉士群体
为主导的台阁文学的极度繁荣，此乃永宣文学生态的一个重要侧面。

值得注意的是，李昌祺为永乐二年（1404）进士，并入选翰林院庶吉
士；而为《余话》及其卷四《至正妓人行》撰写序跋者，基本皆为李昌祺
的翰林院同僚、同年、同乡，如表1所示。

表 1 《剪灯余话》及其卷四《至正妓人行》序跋作者情况

序号	姓名	籍贯	身份特征	与《剪灯余话》的关系
1	李昌祺	江西吉安府庐陵	永乐二年进士，选翰林院庶吉士，与修《永乐大典》	永乐十七年（1419）作《剪灯余话》
2	曾棨	江西吉安府永丰	永乐二年进士，选翰林院庶吉士，翰林侍讲；《永乐大典》副总裁	永乐十八年（1420）撰《剪灯余话序》；撰《至正妓人行跋》
3	王英	江西抚州府临川	永乐二年进士，选翰林院庶吉士，翰林侍讲	永乐十八年撰《剪灯余话序》；撰《至正妓人行跋》
4	罗汝敬	江西吉安府吉水	永乐二年进士，选翰林院庶吉士，翰林修撰	永乐十八年撰《剪灯余话序》；撰《至正妓人行跋》

---

① 黄佐：《翰林记》卷一九《文运》，《景印文渊阁四库全书》，第 596 册，第 1072 页。

② 王直：《抑庵文集》后集卷二〇《送刘宪副序》，《景印文渊阁四库全书》，第 1241 册，第 811 页。

序号	姓名	籍贯	身份特征	与《剪灯余话》的关系
5	刘敬	江西吉安府吉水	永乐二年进士，选翰林院庶吉士，与修《永乐大典》	洪熙元年（1425）撰《剪灯余话序》；撰《至正妓人行跋》
6	张光启	江西建昌府盱江	永乐间进士，宣德间任福建建阳令；与刘敬有师生之谊	宣德八年（1433）刊刻《剪灯余话》并作序
7	周述	江西吉安府吉水	永乐二年进士，选翰林院庶吉士；与修《永乐大典》	撰《至正妓人行跋》
8	周孟简	江西吉安府吉水	永乐二年进士，选翰林院庶吉士，翰林院编修；与修《永乐大典》	撰《至正妓人行跋》
9	李时勉	江西吉安府安福	永乐二年进士，选翰林院庶吉士，翰林侍读；与修《永乐大典》	撰《至正妓人行跋》
10	钱习礼	江西吉安府吉水	永乐七年（1409）进士，选翰林院庶吉士，翰林检讨	撰《至正妓人行跋》
11	邓时俊	江西吉安府永丰	建文二年（1400）进士，与修《永乐大典》	撰《至正妓人行跋》
12	萧时中	江西吉安府庐陵	永乐九年（1411）状元，翰林修撰；与修《永乐大典》	撰《至正妓人行跋》
13	高棅	福建长乐	永乐元年（1403）以布衣征为翰林待诏；与修《永乐大典》	撰《至正妓人行跋》

《余话》所附"副文本"基本上出自江西籍翰林文人之手，尤其永乐二年"龙飞第一科"进士中入选翰林院庶吉士的曾棨、周述、周孟简、刘敬、罗汝敬、王英、李时勉等皆在此列。钱习礼与李昌祺的交谊也不浅，这由李昌祺《运甓漫稿》卷五所载《喜钱进士习礼除翰林检讨，赋此寄之》，以及钱习礼所作《河南布政李公祯墓碑》即可看出。邓时俊、萧时中与李昌祺既有同乡之谊，又曾一起参与《永乐大典》编撰。张光启与李昌祺为同乡，是刘敬的学生，于宣德八年刊刻《余话》。高棅虽非江西人，

但他曾于永乐元年以布衣征为翰林待诏,与修《永乐大典》,与李昌祺为翰林院同僚。

这些江西籍翰林文人多于永宣间入选翰林院庶吉士,其时庶吉士多从内阁文臣问学,故倪谦云:"宣宗章皇帝遵永乐故事,亦选进士若干人为庶吉士,储养之意,礼待之优,皆比二十八宿。……日与阁老文贞、文敏、文定三杨先生及泰和、临川二先生游。聆其议论,观其制作,浩然有得。"① 这说明永宣间内阁文臣实际上担负着庶吉士"教习"的职责。以文学鸣国家之盛、发治世之音,是内阁文臣的基本文学观念,也是庶吉士"教养"的重要目标,故翰林院侍读学士黄淮在论及永乐二年庶吉士之选时云:"皇上大兴文教,思得全才,以恢弘治道,黼黻太平。"② 为此,杨士奇鼓励翰林文人"作为风雅,以鸣国家之盛"③;杨荣主张馆阁文人应"相与咏歌太平之盛",以"黼黻皇猷,铺张圣化"④。也就是说,翰林文学创作的本质是服务于政教,而非表现个人喜怒哀乐。内阁文臣乃台阁作家群之核心人物,其文学观念对翰林文人的影响不言而喻,这在《余话》诸多"副文本"中得到了充分体现。

翰林文人在为《余话》及其卷四《至正妓人行》撰写序跋时,流露出明显的台阁文学观念,从一个侧面展现了永宣间的文学生态。刘敬为《余话》作序称李昌祺应以文章"论道经邦,黼黻皇猷"⑤,这实际上是希望李昌祺践行台阁文学观念。明末福建建阳刊本《余话》卷四《至正妓人行》附有"翰林诸先生所跋"⑥,其中所流露的文学观念更充分地反映了永宣间台阁文学的盛行。例如,李时勉《至正妓人行跋》认为李昌祺身为"方面

① 倪谦:《倪文僖集》卷二二《松岗先生文集叙》,《景印文渊阁四库全书》,第 1245 册,第 452 页。

② 黄淮:《黄文简公介庵集》卷六《送翰林庶吉士王道归省诗序》,《四库全书存目丛书》,齐鲁书社,1995,集部第 27 册,第 568 页。

③ 杨士奇:《东里文集》卷一四《詹事府少詹事兼翰林侍读学士赠嘉议大夫礼部左侍郎曾公墓碑铭》,中华书局,1998,第 199 页。

④ 杨荣:《文敏集》卷一一《省愆集序》,《景印文渊阁四库全书》,第 1240 册,第 169 页。

⑤ 刘敬:《剪灯余话序》,瞿佑等《剪灯新话(外二种)》,上海古籍出版社,1981,第 120 页。

⑥ 刘敬:《剪灯余话序》,瞿佑等《剪灯新话(外二种)》,第 119 页。

大臣"，应"宣上恩德"，"以其文章黼黻至治，而歌咏太平"①。周孟简《至正妓人行跋》对李昌祺提出同样期待："公之才学，岂徒工于诗歌而已哉，将必大发其蕴，以鸣国家太平之盛。"② 周述《至正妓人行跋》也认为李昌祺"文章学问固已显闻于人，使其当制作之任，固将歌咏太平之鸿庥，赞扬国家之盛美"，仍期待李昌祺用力于台阁文学；他还认为至正妓人由元入明，可谓"幸奉圣明，享有子孙之养，以终其余齿"③，这分明是对"圣朝"的颂扬。借至正妓人盛赞"圣朝"的不止周述一人，如王英《至正妓人行跋》云："天乃命我太祖高皇帝剪灭，至正遁亡。大统既正，万方攸平，中国之治，悉复于古。逮我皇上即位，又整率六师，往征沙漠，凡元之遗孽，无有存者。"④ 萧时中《至正妓人行跋》也从新旧两朝对比的角度颂圣："盖当其间，治教颓靡，上下荒于声色，故虽久而其类尚多在也。……及其晚岁，德沾圣朝德化之盛，为妇民间，而终老于太平之日，又何其幸欤！公与一见之顷，为之感发而形之歌咏，盖亦欲使观者于此而有所惩创也。"⑤ 罗汝敬《至正妓人行跋》谓至正妓人"既脱身丧乱，复优游太平以卒"⑥，仍复颂圣之意。这些附着于《剪灯余话》的"副文本"，从一个独特侧面表明：江西籍翰林文人群体是促成永宣间台阁文学盛行的重要力量。

几乎所有研究者都忽视了这样一个事实，即李昌祺是主动请求翰林院同僚为《余话》及其卷四《至正妓人行》撰写序跋的，而这恰表明永宣间台阁文学的影响力。曾棨《剪灯余话序》中有一段话值得关注："余得而观之，初未暇详也。一夕，燃巨烛翻阅，达旦不寐，尽得其事之始终，言之次第，甚习也。一日，退食，辄与同列语之。则皆喜且愕曰：'迩日必得奇书也，何所言之事神异若此耶？'既而昌祺以属余序。"⑦ 虽然曾棨很喜欢《余话》，并将其介绍给翰林"同列"，但他并非主动为小说作序，而

---

① 瞿佑等：《剪灯新话（外二种）》，第 261~262 页。
② 瞿佑等：《剪灯新话（外二种）》，第 264 页。
③ 瞿佑等：《剪灯新话（外二种）》，第 263 页。
④ 瞿佑等：《剪灯新话（外二种）》，第 260 页。
⑤ 瞿佑等：《剪灯新话（外二种）》，第 263 页。
⑥ 瞿佑等：《剪灯新话（外二种）》，第 261 页。
⑦ 瞿佑等：《剪灯新话（外二种）》，第 117 页。

是应李昌祺之请，即他所谓"昌祺以属余序"，这与李昌祺在《余话》自序中称曾棨读过小说后"辄冠以叙"的说法明显不同。虽然李昌祺的众多翰林院同僚纷纷为其《至正妓人行》作跋，但他们跋语中的一些细节却颇值得玩味。如李时勉跋云"吾友广西布政使李昌祺示余所为《至正妓人行》"；王英跋谓李昌祺"示予所作《至正妓人行》"；高棅跋称李昌祺"读诗语我《妓人行》"；钱习礼跋称李昌祺作《至正妓人行》"持以示予"；萧时中跋称李昌祺将《至正妓人行》"出以示予"；邓时俊跋称"遂书于左方以归之"①。种种迹象表明，李昌祺乃主动求跋于翰林文人。李昌祺一方面因担心《余话》会"取讥于大雅"而"不敢示人"②，另一方面又为《余话》求取"玉堂大手笔诸公之序"③，且在《至正妓人行》后又特意附以"翰林诸先生所跋"，这表明庶吉士出身的李昌祺与世人一样，也以获得"馆阁笔"为荣。明人罗玘云："有大制作曰此馆阁笔也，有欲记其亭台、铭其器物者，必之馆阁；有欲荐道其先功德者，必之馆阁；有欲为其亲寿者，必之馆阁。由是之馆阁之门者，始恐其弗纳焉，幸既纳矣，乃恐其弗得焉。故有积十余岁而弗得者，有终岁弗得者。"④ 明人有以获取"馆阁笔"为荣的风尚，连李昌祺也不能免俗，说明这些"玉堂巨公之序文"⑤ 之于《余话》的意义非同小可，这从一个侧面反映出台阁文学在当时的巨大影响力。

这么多江西籍翰林文人为《余话》及其卷四《至正妓人行》撰写序跋，实际上显示出江西籍翰林文人群体雅集活动之盛，而这正是促成永宣间台阁文学繁荣的重要原因。永宣间，江西籍翰林文人"良时休日必为文酒之会"，为《余话》及其卷四《至正妓人行》撰写序跋，实际也是江西籍翰林文人"交会于京师"⑥ 的一种特殊表现形式。永宣间，江西籍翰林文人经常雅集，如永乐二十年（1422）十二月，杨士奇在西城居所与"翰

---

① 瞿佑等：《剪灯新话（外二种）》，第 260~263 页。
② 李昌祺：《剪灯余话序》，瞿佑等《剪灯新话（外二种）》，第 121 页。
③ 刘敬：《剪灯余话序》，瞿佑等《剪灯新话（外二种）》，第 119 页。
④ 罗玘：《圭峰集》卷一《馆阁寿诗序》，《景印文渊阁四库全书》，第 1259 册，第 7 页。
⑤ 张光启：《剪灯余话序》，瞿佑等《剪灯新话（外二种）》，第 121 页。
⑥ 刘球：《两溪文集》卷九《送李养和归故乡序》，《景印文渊阁四库全书》，第 1243 册，第 527 页。

林交游之旧"者十七人在西城宴集赋诗，"凡翰林素所交游多在焉"①，其中包括杨士奇、曾棨、王英、钱习礼等十五位与李昌祺交往密切的江西籍翰林文人。永宣间，江西籍翰林文人群体的诗文雅会是台阁文学繁荣的重要标志，《余话》中诸多"副文本"的出现，在很大程度上反映了这一文学生态。

二　作为非台阁文学的《剪灯余话》及由此反映的文学生态

李昌祺作为台阁诗人的身份，在明代既已得到确认。景泰二年（1451），江西巡抚韩雍与韩阳、李奎等选取洪武至正统间八十七位江西诗人的诗作一千余首，编成《皇明西江诗选》，其中"所选者止于江右之名公"，以台阁文人诗为主，故韩雍序中称所选诗"皆温厚和平，渢渢乎治世之音，有以见风俗之美，教化之隆，与夫列圣功德之盛"②，这一诗歌选本是对江西台阁文学的集中展示。其中选录杨士奇诗九十一首，胡俨八十二首，李昌祺七十八首，王英七十首，曾棨六十四首，胡广六十一首，周述五十首，李时勉四十五首，解缙三十六首，金幼孜三十一首，萧时中十五首，周孟简八首，罗汝敬七首，刘敬一首。韩雍因李昌祺作《余话》而在"以庐陵乡贤祀学宫"③时将其排除在外，但对其诗歌却高度肯定，这说明李昌祺确为永宣间台阁作家群中的一员。

《剪灯余话》产生于台阁文学鼎盛的永乐时期，作者又为台阁文人，且有一众台阁僚友为其助长声势，那么它到底是不是属于台阁文学呢④？这显然是一个不容回避的问题。实际上《余话》并非台阁文学，而这也显示了台阁文人文学观的复杂性。就创作意图而言，李昌祺自称因"两涉忧

---

① 杨士奇：《东里文集》卷五《西城宴集诗序》，第75页。
② 韩雍：《襄毅文集》卷一一《皇明西江诗选序》，《景印文渊阁四库全书》，第1245册，第744页。
③ 都穆：《都公谭纂》卷上，《四库全书存目丛书》，子部第246册，第376页。
④ 参见李舜华《从山林到台阁——元明之际迄永宣间小说观念的变迁》（《文学遗产》2017年第5期）一文，该文认为《剪灯余话》代表着"永宣间小说的台阁化"。

患"，而欲借《余话》以"豁怀抱、宣郁闷"，这与台阁体鸣盛世太平的创作主旨判然有别。正因如此，李昌祺才因担心《余话》"取讥于大雅"而"不敢示人"①。表面看来，这些翰林文人在序跋中无一例外地对《余话》及《至正妓人行》予以大力赞扬，但其内心却认为它们并未能鸣国家之盛、发治世之音。因为，这些翰林文人在为《余话》及其卷四《至正妓人行》撰写序跋时，不约而同地以台阁文学观念要求李昌祺，这恰说明《余话》并非台阁文学。例如，刘敬《剪灯余话序》云："使其异日登庸庙堂，职专辅弼，则其论道经邦，黼黻皇猷，又当何如也？虽然，谓之《剪灯余话》，则曰论嘉言之不足，于以继其暑，而续其绪余，抑岂不有以醒人之耳目而涤其昏困耶？是编也，侔诸垂世立教之典，虽有径庭，然士固有一饭不忘其君者。伏惟皇上宵旰图治，九重万几，日昃不遑；异时斯言倘获上闻，一尘圣聪，亦未必不如《太平御览》之一端，以少资五云天畔之怡颜也。"② 这表明《余话》并未"论道经邦，黼黻皇猷"，因此刘敬只能寄希望于"异日"，并以"异时斯言倘获上闻"为其辩解。李时勉《至正妓人行跋》云："公为方面大臣，固当以功名事业自期，宣上恩德，以施惠政，使环数千里之地，熏陶于春风和气之中。乃以其文章黼黻至治，而歌咏太平，播之金石，传之无穷，然后足以见公之大。若此，特其绪余耳，乌足以窥公浅深也哉！予故书其后，使观者知求公于其大，而不在此也。"③ 李时勉认为李昌祺为至正妓人作传并不足以见其"大"，《至正妓人行》乃其"余绪"而已，而他为其作跋的目的则是"使观者知求公于其大，而不在此"，所谓"大"指的是"以其文章黼黻至治，而歌咏太平"，这实际上是对李昌祺为至正妓人作传的含蓄批评。正统七年（1442），李昌祺已致仕返乡三年，而此时身为国子监祭酒的李时勉则向朝廷提出禁毁小说的建议：

　　近有俗儒，假托怪异之事，饰以无根之言，如《剪灯新话》之类。不惟市轻薄之徒争相诵习，至于经生儒士多舍正学不讲，日夜记

---

① 李昌祺：《剪灯余话序》，瞿佑等《剪灯新话（外二种）》，第121页。
② 瞿佑等：《剪灯新话（外二种）》，第120页。
③ 瞿佑等：《剪灯新话（外二种）》，第261—262页。

忆，以资谈论。若不严禁，恐邪说异端日新月盛，惑乱人心，实非细故。乞敕礼部行文内外衙门及提调学校佥事御史并按察司官巡历去处，凡遇此等书籍即令禁毁，有印卖及藏习者问罪如律，庶俾人知正道，不为邪妄所惑。[①]

此次禁毁的是"《剪灯新话》之类"小说，而非专指《新话》；而李昌祺在《余话》自序中称其小说为"锐欲效颦"《新话》之作，自然属于"《剪灯新话》之类"，因此难免让人觉得李时勉有影射《余话》之嫌。《余话》作于永乐十七年，李时勉于正统七年禁毁"《剪灯新话》之类"小说，此时《余话》已流传二十余年，且李时勉也曾于永乐十八年为《至正妓人行》作跋，这说明他是了解《余话》的。再者，按照李时勉所谓"假托怪异之事，饰以无根之言"这样的标准，《余话》也当在禁毁之列。可见，李时勉内心对《剪灯余话》是持否定态度的。自然，如果《余话》能鸣国家之盛、发盛世之音，景泰间江西巡抚韩雍就不会因李昌祺作《余话》而在"以庐陵乡贤祀学宫"时将其排除在外。

说到底，在台阁文人心目中小说属于"小道"。连李昌祺本人都担心《余话》会"取讥于大雅"而"不敢示人"，且欲"焚之"，又自我开脱称"假此以自遣，初非平居有意为之"[②]，他对自己的小说创作并不自信。王英、罗汝敬在为《余话》作序时特意采用主客问答、抑客扬主的方式来肯定小说价值，也明显有为李昌祺创作《余话》进行辩解的意味。而刘敬、李时勉对《余话》未能"黼黻至治，而歌咏太平"的含蓄批评，尤其李时勉的小说禁毁措施以及韩雍对李昌祺诗歌与小说所采取的截然不同态度，确实体现了当时令人"可畏"的"清议之严"[③]。实际上，上述诸人的小说观在很大程度上代表了明代官方对小说所采取的立场，这是由其台阁文人、国子监祭酒或江西巡抚之类身份决定的。这显示出随着明王朝文化控制的加强，一方面台阁文人力图将小说纳入台阁文学范畴，

---

① 《英宗睿皇帝实录》卷九〇"正统七年三月辛未"，《明实录》，台湾"中研院"历史语言研究所，1962，第1811~1812页。

② 李昌祺：《剪灯余话序》，瞿佑等《剪灯新话（外二种）》，第121~122页。

③ 陆容：《菽园杂记》卷一三，中华书局，1997，第159页。

赋予其歌功颂德、阐圣辅政功能；另一方面小说创作与传播的环境渐趋严酷。凡此种种，皆从不同侧面反映了永乐、宣德间特定的文学生态环境。

正是在这样的文学生态环境中，李昌祺《余话》流露出比较明显的劝化意识，这也是《余话》被其翰林院同僚誉为"薇垣高议"① 的原因所在。李昌祺不满于《剪灯新话》"措词美而风教少关"，因此才搜寻"人伦节义之实"而创作《余话》，从而达到"善可法，恶可戒，表节义，励风俗，敦尚人伦"② 的劝化目的。像《泰山御史传》《何思明游酆都录》《两川都辖院志》等皆以阴骘果报观念演绎劝善故事，而《鸾鸾传》《连理树记》《琼奴传》《月夜弹琴记》《秋千会记》《凤尾草记》则专门褒扬夫妇间节义。同时，李昌祺的翰林院同僚对这些劝化小说十分推崇，不约而同地称赞它们"举有关于风化，而足为世劝"③，"可以感发人之善心，可以惩创人之佚志"④。这种"寓劝惩"的台阁文人小说观，是官方意识形态即理学文化在小说领域的体现，自然也展示了明初文学生态的一个侧面。

李昌祺"游戏翰墨"⑤ 的心态还使《余话》呈现出浓郁的俚俗色彩，尤其是那些表现男女之情的作品，写得十分露骨，从这个角度看，《余话》也与台阁文学的创作主旨大相径庭，而这却表现了台阁文人文学观的复杂性。胡应麟认为《余话》于"幻设"之外而"时益以俚俗"，因此称它又在《毛颖传》等"数家下"⑥。朱孟震谓《余话》"其间虽不无一二艳词，然《毛诗》三百篇中，若桑间濮上，存而不删，即靖节闲情何伤"⑦。这明显是为《余话》中某些俗艳成分辩解。《余话》中确有多篇作品写得俗艳露骨，如《江庙泥神记》写由巫山神女庙所塑四美姬幻化而来的四

① 罗汝敬：《剪灯余话序》，瞿佑等《剪灯新话（外二种）》，第119页。
② 张光启：《剪灯余话序》，瞿佑等《剪灯新话（外二种）》，第120~121页。
③ 罗汝敬：《剪灯余话序》，瞿佑等《剪灯新话（外二种）》，第118页。
④ 刘敬：《剪灯余话序》，瞿佑等《剪灯新话（外二种）》，第119页。
⑤ 刘敬：《剪灯余话序》，瞿佑等《剪灯新话（外二种）》，第120页
⑥ 胡应麟：《少室山房笔丛》卷三六《二酉缀遗中》，上海书店出版社，2001，第371页。
⑦ 朱孟震：《汾上续谈》卷一《李方伯〈余话〉》，《续修四库全书》，上海古籍出版社，2002，第1128册，第690页。

位妙龄女子轮流侍寝书生谢琏，其中穿插的诗歌皆十分淫艳，如其一：
"春生玉藻垂鸳帐，香喷金莲脱凤鞋。鱼水交欢从此始，两情愿保百年
谐。"《鸾鸾传》中主人公所赋诗歌如《酥乳》《云鬟》《檀口》《柳眉》
《纤指》《香钩》等，更与俗艳的宫体诗无异，如《酥乳》："粉香汗湿
瑶琴轸，春逗酥融白凤膏。浴罢檀郎扪弄处，露华凉沁紫葡萄。"关键
是，这些风格靡丽的诗歌不具任何艺术功能，既无助于情节建构，又无
益于人物形象塑造。《贾云华还魂记》中某些片段更为低俗露骨，其中
写魏鹏题诗于贾云华绫帕云："鲛绡原自出龙宫，长在佳人玉手中。留
待洞房花烛夜，海棠枝上拭新红。"接着写魏鹏应约与娉娉（贾云华之
名）幽会的场景：

> 携娉就寝，娉乃取白绒软帕付生曰："兄诗验矣，可谓海棠枝上
> 拭新红也。"生笑为娉解衣，共入帐中。娉低声告生曰："妾幼处深
> 闺，未谙情事。媾欢之际，第恐弗胜，兄若见怜，不为已甚。"生曰：
> "姑且试之，庶几他日见惯。"岂期娉之身体纤柔，腰肢颤掉，花心才
> 折，桃浪已翻，羞报呻吟，如不堪处。而生蜂锁蝶恋，未肯即休，直
> 至兴阑，将过夜半。生起，持帕剪烛观之，乃与娉使藏焉，留为后日
> 之验。①

这里作者不厌其烦地写二人幽欢场景，可谓淫艳满纸；而当时魏鹏乘兴于
枕上口占《唐多令》及娉娉酬和之作，更是俗艳无比。而且，贵为平章之
女的贾云华竟主动约魏鹏至其闺房幽会，其大胆荡佚的做派与市井女子无
异，而这正是传奇小说俗化的重要表征。很难想象，此等文字会出自李昌
祺这位"生平刚严方直"②的台阁文人之手，而这恰恰说明《余话》并非
台阁文学。由此，李昌祺文学观之复杂性得到充分显现。另，《四库全书
总目》为李昌祺《运甓漫稿》所作"提要"引郑瑗《井观琐言》云："李
布政昌祺，人多称其刚毅不挠，尝观其《运甓诗稿》浮艳太逞，不类庄人

---

① 瞿佑等：《剪灯新话（外二种）》，第 280 页。
② 钱谦益：《列朝诗集小传》，上册，第 192 页。

雅士所为。"① 此论也有助于我们认识《余话》的俚俗色彩及李昌祺文学观的复杂性。

《余话》浓郁的俚俗色彩，也从一个侧面反映了当时的文学生态，即在雅、俗两大系统小说碰撞与融合的背景下，传奇小说呈现出显著的俗化倾向。传奇小说本属雅文学，但随着明代通俗文学的繁荣，雅、俗文学的交汇便成为富于时代特征的重要文学景观。尽管李昌祺"素著耿介廉慎之称"②，但以白话小说为代表的通俗文学风起云涌，流风所及，《余话》便不可避免地浸染了浓郁的"俚俗"趣味而"盛行市井"③；而《余话》以"话"为名，也表明作为俗文学的话本小说对传奇小说的渗透。正因如此，《余话》中的多篇作品很容易被改编成话本小说，如《芙蓉屏记》被凌濛初改编为《初刻拍案惊奇》卷二七《顾阿秀喜舍檀那物，崔俊臣巧会芙蓉屏》，《秋千会记》被改编为《初刻拍案惊奇》卷九《宣徽院仕女秋千会，清安寺夫妇笑啼缘》，《田洙遇薛涛联句记》被改编为《二刻拍案惊奇》卷一七《同窗友认假作真，女秀才移花接木》的入话；《贾云华还魂记》则被周清源改编为《西湖二集》第二十七回《洒雪堂巧结良缘》。之所以说雅、俗文学的交汇体现了明初的文学生态，是因为传奇小说的俗化在当时并非个案，如《剪灯新话》中《翠翠传》等多篇作品被凌濛初改编为话本小说。而且，弘治、正德年间，许多明代传奇小说被选入《燕居笔记》《国色天香》等通俗类书，且深受市民阶层欢迎，这也从一个侧面说明明代传奇小说的俚俗色彩。

---

① 永瑢等：《四库全书总目》，中华书局，1965，下册，第1485页。台阁文人文学观的复杂性在李时勉身上也得到充分体现，他虽义正词严地禁毁《剪灯新话》之类深为"市井轻薄之徒"喜爱的小说，但他本人却作过不少艳情诗，故钱谦益称其"直节清声，而诗妩媚如此"，但其《古廉集》中却殊少此类诗作。对此，钱谦益分析道："此诗不载《古廉集》中，大率前辈别集，经人撰定，恐破坏道学体面，每削去闲情艳体之作，而存其酬应冗长者，殊可叹也。"（钱谦益《列朝诗集小传》，上册，第171页）。

② 陆容：《菽园杂记》卷一三，第159页。

③ 都穆：《都公谈纂》卷上，《四库全书存目丛书》，子部第246册，第376页。

三 《剪灯余话》与永宣间的文学宗唐风尚

永宣间内阁文臣的诗学宗尚对翰林文人具有引导与示范意义，促进了明代文学复古思潮的兴起。永乐二年，成祖命翰林学士兼右春坊大学士解缙考选庶吉士，并督责其程试课业。解缙诗宗盛唐，认为"具文质之中，得华实之宜，惟唐人为然，故后之论诗以唐为尚"①；其诗则"豪宕丰赡，似李、杜"②。解缙的狂草墨迹《书唐人诗》，也从一个侧面反映出其诗学宗尚。内阁文臣核心人物杨士奇也推尊唐诗，故崔铣《胡氏集序》云："东里少师入阁司文，既专且久，诗法唐，文法欧，依之者效之。"③所谓"依之者"，即指包括李昌祺及其同年、同乡在内的翰林文人，像李昌祺便有《拟唐塞下曲九首》《拟唐宫人入道》等"拟唐"之作。

永宣诗坛的宗唐风尚，在李昌祺《余话》及其翰林同僚所作《至正妓人行》跋中得到充分体现。《余话》中出现的大量集句诗便集中体现了永宣诗坛的宗唐风尚，如《月夜弹琴记》连续插入集句诗三十首，其中绝大部分集自唐诗，包含了李白、杜甫、王维、王勃、岑参、沈佺期、王建、许浑、元稹、白居易、柳宗元、刘长卿、韦应物、李益、刘禹锡、王昌龄、李贺、杜牧、李商隐、卢纶、褚光羲、韦庄、司空图、皮日休、陆龟蒙、温庭筠等七十一位唐代诗人的诗句。按照作者李昌祺本人在小说中的标注，这些集句诗出自元好问《唐诗鼓吹》者最多，达六十七句；出自杨士弘《唐音》者二十八句，出自周弼《三体唐诗》者十七句，出自洪迈《唐千家诗》者二句。元好问所编《唐诗鼓吹》以收录感怀离乱诗为主，而《月夜弹琴记》写宋末战乱背景下赵节妇的悲惨遭遇，这三十首集句诗亦皆以抒发感怀离乱为目的，显然李昌祺从《唐诗鼓吹》中选集这么多诗句是有原因的，这说明他对该唐诗选本的熟稔。其他如《贾云华还魂记》除频繁征引李商隐、崔颢、张祜等人诗歌外，还集中屡入贾云华临终所作"集唐"十首，这些诗句分别集自王勃、高适、刘希夷、李白、王昌龄、

---

① 解缙：《文毅集》卷一五《说诗三则》，《景印文渊阁四库全书》，第 1236 册，第 820 页。

② 程敏政：《明文衡》卷八一《前朝列大夫交趾布政司右参议解公墓碣铭》，《四部丛刊》。

③ 崔铣：《洹词》卷一〇《胡氏集序》，《景印文渊阁四库全书》，第 1267 册，第 602 页。

柳宗元、刘长卿、李益、元稹、白居易、杜牧、李商隐、温庭筠、皮日休等三十余位唐代诗人的诗作。《洞天花烛记》则以"撒帐歌"为名连续插入六首集句诗，除选取王安石"春色恼人眠不得"一句外，其余诗句皆集自崔颢、雍陶、白居易、韩偓、李欣、李贺、裴谱、褚光羲、李商隐、陆龟蒙、温庭筠、韦庄等十二位唐代诗人的诗作，宗唐倾向十分明显。翰林文人热衷于集句诗创作，也反映了永宣文学生态的一个侧面，像陈循《东行百咏集句》共九卷，收录其集句诗多达一千余首。翰林文人对集句诗的偏好与他们学识渊博有一定关系，毕竟"学问该博，文章典丽，斯可以为翰林"①。而集句诗需要作者深厚的学养，故台阁文臣胡广谓"集句起于近代，然非该博广览用意精到者，弗能佳也"②。作为翰林文人，李昌祺以"学博才高"③ 著称，其《余话》中的集句诗确实具有很高的艺术水准，故明人安磐誉之为"对偶天然，可取也"④。当然，富于才情的李昌祺在小说中穿插大量集句诗，还与其炫才意识有关，这也是《余话》被其翰林院同僚誉为"薇垣之佳制"⑤ 的重要原因。

永宣诗坛的宗唐风尚，使《唐诗鼓吹》《唐音》《三体唐诗》等唐诗选本受到翰林文人的推崇。例如，"专取乎盛唐"⑥ 的《唐音》在明初深受欢迎，以致"天下学诗而嗜唐者，争售而读之"⑦。杨士奇高度肯定《唐音》，其《跋唐音》称"苟有志学唐者，能专意于此，足以资益，又何必多也"⑧。梁潜亦云："唐诸家之诗，自襄城杨伯谦所选外，几废不见于世。"⑨永宣间，专门和《三体唐诗》及《唐音》者很多，如永乐二十二年（1424）甲辰科进士张楷的"和《三体》诗"与"和《唐音》诗"就闻名于时。⑩杨士奇《书张御史和唐诗后》即对张楷"和《唐音》诗"予

① 叶春及：《绚斋先生文集》卷一《纠官邪》，明万历间刻本。
② 胡广：《胡文穆公文集》卷一二《集句诗序》，清乾隆十五年（1750）刻本。
③ 曾棨：《剪灯余话序》，瞿佑等《剪灯新话（外二种）》，第117页。
④ 钱谦益：《列朝诗集小传》，上册，第192页。
⑤ 刘敬：《剪灯余话序》，瞿佑等《剪灯新话（外二种）》，第119页。
⑥ 陶文鹏、魏祖钦：《唐音评注》，河北大学出版社，2006，第74页。
⑦ 宋讷：《西隐集》卷六《唐音辑释序》，《景印文渊阁四库全书》，第1225册，第884页。
⑧ 杨士奇：《东里续集》卷一九《跋唐音》，《景印文渊阁四库全书》，第1238册，第616页。
⑨ 梁潜：《泊庵集》卷一六《跋唐诗后》，《景印文渊阁四库全书》，第1237册，第423页。
⑩ 陈循：《芳洲文集续编》卷五《张御史和唐诗引》，《续修四库全书》，第1328册，第75页。

以很高评价。杨士奇、梁潜都曾任职翰林院，由此可见明初馆阁的宗唐风尚，而李昌祺在小说中频繁、集中地加入大量以"集唐"为主体的集句诗，恰是这一文学生态的反映。

李昌祺翰林院同僚的《至正妓人行》跋，也集中显示出永宣间诗坛的宗唐风尚。李昌祺将自己的《至正妓人行》喻为"元、白遗音"①，其翰林院同僚对此深表认同。曾棨认为《至正妓人行》"诚得元、白遗意"，而其跋文仅以寥寥数语论及《至正妓人行》，接下来便附上自己的长篇歌行《蓟门老妇歌》，他虽自谦称"批阅玩味之余，因录谬作，以附骥尾。然寂寥简短，辞不达意，诚所谓珠玉在侧，觉我形秽"②，然大有与《至正妓人行》争奇斗胜之势。毕竟，"赋咏之体，必律唐人"③ 的曾棨洋洋洒洒的《蓟门老妇行》占去了跋文的大半篇幅，而且与李昌祺一样也是模拟元、白歌行。高棅《至正妓人行跋》云："我吟向传《琵琶行》，铿然节奏丝弦声。鸣呼其才难再得，千载相逢李方伯。读诗语我《妓人行》，不啻浔阳秋送客。"④ 他将《至正妓人行》比作《琵琶行》。高棅是明代诗坛宗唐风尚的标杆人物，其"所选《唐诗品汇》《唐诗正声》，终明之世，馆阁宗之"⑤，谢肇淛甚至认为"明诗所以知宗夫唐者，高廷礼之功也"⑥，其诗歌复古理论直接影响了前、后"七子"。刘敬视《至正妓人行》为"元、白遗音"，拟之如《连昌宫词》《琵琶行》，其跋谓"是诗固当与《琵琶行》并传宇宙间"⑦；其他如周述、钱习礼也高度评价《至正妓人行》对元、白歌行体效法与超越。李昌祺的翰林同僚虽不乏过誉之词，但《至正妓人行》的确深得白居易《琵琶行》精髓，难怪叶盛认为《至正妓人行》"亦太袭前人，虽无作可耳"⑧。邓时俊《至正妓人跋》则认为该诗

---

① 瞿佑等：《剪灯新话（外二种）》，第 259 页。
② 曾棨：《至正妓人行跋》，瞿佑等《剪灯新话（外二种）》，第 259 页。
③ 杨士奇：《西墅曾公神道碑》，曾棨著，吴期炤编《刻曾西墅先生集》，《四库全书存目丛书》，集部第 30 册，第 77 页。
④ 瞿佑等：《剪灯新话（外二种）》，第 260 页。
⑤ 《明史》卷二八六《高棅传》，中华书局，1974，第 24 册，第 7336 页。
⑥ 谢肇淛：《小草斋诗话》，周维德集校《全明诗话》，齐鲁书社，2005，第 4 册，第 3512 页。
⑦ 瞿佑等：《剪灯新话（外二种）》，第 265 页。
⑧ 叶盛：《水东日记》卷一四，中华书局，1980，第 142 页。

"可拟欣作"①，将其比作李欣《听董大谈胡琴》。

永宣间诗坛的宗唐倾向，在《余话》其他小说作品中也得到体现。《长安夜行录》以唐孟棨《本事诗》"情感第一"中所载"卖饼者妻"生发故事，作者通过小说人物之口称饼师夫妇所作两首歌行体长诗"真得唐体"。《秋夕访琵琶亭记》以白居易《琵琶行》为依托，其中《琵琶佳遇诗》明显仿效《琵琶行》而来。《田洙遇薛涛联句记》中田洙、薛涛所作联句诗追慕韩愈、孟郊，回文诗则受"唐人善作回文"启示；小说还反复提及薛涛与杜牧、高骈等交往掌故，写她"尽出其家所藏唐贤遗墨示洙，其中元稹、杜牧、高骈诗词手翰尤多"，并叙及薛涛、高骈"改一字令"及"薛涛笺"之事，又评论薛涛《送友人》一诗。这一切，无不显示出永宣间诗坛的宗唐风尚。

李昌祺虽自称其《余话》效颦于瞿佑《剪灯新话》，但他对唐人小说的模拟则无可置疑，尤其《武平灵怪录》之类精怪小说可谓"文题意境，并抚唐人"②。《武平灵怪录》写齐谐独自夜宿废庵，开始所遇仅一病僧，继而石子见、毛原颖、金兆祥、曾瓦合、皮以礼、上官盖、木如愚、罗本素到来，他们共同讲论，即景赋诗。及至拂晓，齐谐发现夜中所遇诸人皆无踪影，废庵中仅见一尊斑驳塑像及败砚、秃笔、烂絮被、旧罗扇、破瓿、残铫、木鱼、棺材等物，至此齐谐始知夜间所遇众人乃精怪幻化而来，而他们夜间所作诗歌也暗寓了各自身世。《武平灵怪录》以拆字、谐音、用典、双关之法设为隐语，如"齐谐"出自《庄子·逍遥游》之"齐谐者，志怪者也"，实已表明这篇小说的性质；毛原颖（秃笔）源自韩愈《毛颖传》，金兆祥（残铫）源自张荐《灵怪录·姚康成》，曾瓦合（破瓿）源自张读《宣室志·独孤彦》。由此不难发现《武平灵怪录》与唐人小说之间的关联。《武平灵怪录》模拟唐人小说之迹甚明，唐人王洙《东阳夜怪录》写秀才成自虚于雪夜孤身投宿佛寺，先遇僧人智高，其后卢倚马、朱中正、敬去文、奚锐金、苗介立、胃藏瓠、胃藏立到来，众人相与交谈，各自赋诗。次日清晨，成自虚不见夜中诸人，仅在佛寺发现乌

---

① 瞿佑等：《剪灯新话（外二种）》，第 262 页。
② 鲁迅：《中国小说史略》，上海古籍出版社，1998 年版，第 146 页。

驴、牛、犬、老鸡、驳猫、橐驼、刺猬等物，由此成自虚知夜间所遇众人乃此八怪，他们夜间所赋诗歌皆隐寓各自身份特征。牛僧孺《玄怪录·元无有》写元无有夜宿空庄，与四人相与谈谐赋诗，明晨四人不见，唯有故杵、灯台、水桶、破铛四物。毋庸置疑，《武平灵怪录》这种"谐辞隐言"的叙事谋略乃师法自《东阳夜怪录》《元无有》之类唐人小说。胡应麟云："至唐人乃作意好奇，假小说以寄笔端，如《毛颖》《南柯》之类尚可，若《东阳夜怪录》称成自虚，《玄怪录·元无有》，皆但可付之一笑……本朝《新》《余》等话，本出名流，以皆幻设，而时益以俚俗，又在前数家下。"① 这实际上揭示了《余话》等明代传奇小说对唐人小说的追慕与仿拟。

其实《余话》对唐人小说的借鉴参照与效仿化用表现在多个方面。如《长安夜行录》依傍孟棨《本事诗》"情感第一"中"卖饼者妻"推衍成篇，并大段引述《本事诗》中相关片段；小说中卖饼师所言唐代藩王如宁王、申王、薛王、歧王"穷极奢淫，灭弃礼法"之事，则出自晚唐五代王仁裕《开元天宝遗事》之"妖烛""灯婢""烛奴""妓围""香肌暖手"等诸条。《胡媚娘传》写狐戴人骷髅拜月、幻化美女以魅人事，此乃由晚唐段成式《酉阳杂俎》前集卷一五《诺皋记下》中"紫狐"一条演绎而来。《贾云华还魂记》在人物设置及情节构思方面，对《莺莺传》的效仿非常明显；而且李昌祺还借小说人物之口多次提及张珙、红娘等人物；甚至贾云华临终前写给魏鹏的集句诗，也选取了崔莺莺写给张生诗中的"自从消瘦减容光"一语。至于《余话》中作品取典于唐人小说者更不在少数，如《贾云华还魂记》中的很多典故就出自《莺莺传》《还魂记》《柳毅传》《柳氏传》《裴航》等唐传奇小说。

可以断言，李昌祺及《余话》诸多"副文本"作者身份的特殊性造就了《余话》特有的文本形态，这使得《余话》及其"副文本"成为考察明永宣间文学生态的典型标本。《余话》产生于永宣间特定的文学生态环境，江西籍翰林文人集团的崛起，台阁文学的盛行，在《余话》诸多"副文本"中得到充分体现。但是，《余话》并非台阁文学，然而台阁文人的

---

① 胡应麟：《少室山房笔丛》卷三六《二酉缀遗中》，第 371 页。

小说观及文学观的复杂性、小说创作与传播所面临的社会环境，以及雅、俗文学交汇所呈现的文学景观，仍借此得以充分显现。永宣间文坛的宗唐风尚在《余话》及其"副文本"中皆有显示，此乃明代文学复古思潮之表征所在。只有将《余话》及其"副文本"作为一个不可分割的有机整体，置于当时特定的文学生态环境中，才能真正理解《余话》文本形态得以生成的内在动机与外部环境，同时也避免了单纯就小说论小说的传统研究模式。

（本文原刊于《文学遗产》2021 年第 2 期）

"义激猴王"的校勘、义理与小说史语境

李小龙*

内容提要 《西游记》中"猪八戒义激猴王"的回目是清人的擅改；明代版本正文均作"义释"，但仍为校刊者的修改。据明本目录及插图图题可确定其原文当作"义识"。此处字句的不同其实指向的是《西游记》校刊者对情节意义呈现的判断。将情节与字句比照，会发现"义释"不通；"义激"似乎是对猪八戒使用激将法的概括，却并不妥当；而"义识"为"因义而识"的意思，与作品情节逻辑吻合。"义激"与"义识"二词的择用，在深层意义上体现出对孙悟空回归取经队伍心理动因的认知。如果将此异文放回小说史语境，会发现其中隐藏着《西游记》校刊者希望以《三国志演义》"义释"或"智激"的经典情境为《西游记》经典化张本的考量。

关键词 《西游记》 义释 义激 义识 《三国志演义》

由于《西游记》版本中传世的明代刊本稀同星凤，海内收藏绝少，所以人民文学出版社于1955年整理此书时（该版本以下简称"人文本"），"是根据北京图书馆所藏就明刊本金陵世德堂'新刻出像官板大字《西游记》'摄影的胶卷，并参考清代六种刻本校订整理的"②。也就是说，因为《西游记》存世版本中最早的世德堂本（以下简称"世本"）海内并无收藏，校勘工作只能使用胶卷来进行。就最终的校勘结果来看，所据世本的

---

* 李小龙，北京师范大学文学院副教授。出版过专著《必也正名：中国古代小说书名研究》等。

② 吴承恩著，黄肃秋注释，李洪甫校订《西游记》"关于本书的整理情况"，人民文学出版社，2010，第1页。按：本文引用《西游记》正文，除特殊说明外，均引自本书，不另注。

胶卷很可能并不清晰；也有可能当初为了整理工作方便，先以某种清刻本为工作本，反校世本，再将反校成果视为世本进行校勘。① 总之，整理工作既取得了很大的成就，为《西游记》一书的接受建立起基本的格局，也不可否认留下了一些讹误。1980 年与 2010 年，此书两次修订改版，质量也大有提高。不过，八十余万言大书，初校是其"基本面"，个别疏误难免漏网。《西游记》版本的特殊性——世本无可置疑的经典地位及其原本的不易得见，又共同推高了人文本的地位，因为其他出版社若印行此书，自然也要以世本为底本，其又在很长一段时间里同样无法真正得到世本，以致市面上大多数整理本都或明或暗地来自人文本。

比如第三十一回的回目，人文本的第一版与第二版均作"猪八戒义激猴王　孙行者智降妖怪"，在全书多用道教修炼术语与游戏笔墨的回目中，这个传统的叙事性标目在概括本回故事上中规中矩。然而，这个清楚明白的回目与故事情节之间却稍有枘凿。于是，2010 年人文本的第三版便改"义激"为"义释"。② 不过，新改的用字也可能并不正确。吴圣昔先生曾发表文章论及此节，指出"明清时代的各种《西游记》版本……并不都是'义激'，有的作'义识'，还有的作'义释'"，并认为后二者"都有其合理性"，"义识"是说在孙悟空"要下水洗净身上的妖精气"时，八戒"始识得行者是片真心"；而"义释"中的"'释'是指消除，即消除猪八戒和孙行者之间的成见"。同时认为"义激""是从清代刊行最早的《西游证道书》本开始的"，并认为"证道书将此回目改为'义激'是完全可以理解的，也不妨说是符合实际的"③。应该说都很有启发意义，惜未引起学界重视，且尚有未发之覆，故值得重新检讨。

一　"义激"、"义释"与"义识"

人文本虽云以世本为底本，但此回目中的"义激"二字却来自清代版

---

① 曹炳建先生曾梳理人文本的讹误，并"怀疑人文本的真正底本并不是世德堂本，而是新说本"（《人文本〈西游记〉讹误举隅》，《明清小说研究》2016 年第 4 期）。
② 参见人文本，1980，第 369 页；2010，第 375 页。
③ 《〈西游记〉札丛（之二）》，《文教资料》1996 年第 5 期。

本：据核历代版本，此二字第一次出现于清初的《西游证道书》①，此本以后，清代各本大部分都改用"义激"二字。直到今天，受人文社初版本影响，不但市面上大部分《西游记》版本都袭用此字，就是几种严格以世本或李评本为底本的学术性整理本也不例外。② 更重要的是，随着《西游记》故事的普及，各种改写、翻译、改编以及影视产品更促进了此词的广泛传播：比如 1981 年天津人民美术出版社出版郑士金改编，段纪夫绘画之连环画，其中一册即以"义激美猴王"命名；余国藩的英译本标目"Zhu Eight Rules Provokes the Monkey King to Chivalry"也用了 chivalry、provokes 两个词来对译此二字；③ 至杨洁执导的《西游记》电视剧，第十一集的题目再次进化为"智激美猴王"。这些因素齐心协力，终于把"激"这个原本没有的用字楔进了西游世界之中，成为西游故事中司空见惯的常识。

之所以说"义激"是清人的擅改，是因为笔者曾仔细翻检历来的《西游记》版本，明代诸本如世德堂本④、李卓吾评本⑤、杨闽斋本⑥、《唐僧西游记》本⑦等正文均非"义激"，而作"义释"，并无异文。在这种情况下，除非证道书本的编定者黄周星确实有一部所谓"大略堂西游古本"⑧为据，否则自属擅改。人文本原用"义激"可能是据清本反校世本留下的

---

① 《明清善本小说丛刊》影印本，台湾天一出版社，1985，第三十一回第 1a 页。

② 如吴承恩著，李贽评，古众校点《西游记》，齐鲁书社，1991，第 414 页（其"校点后记"曾举此例说"唯第三十一回，目录原作'义识'，正文回目作'义释'，均不通"）；李天飞校注《西游记》，中华书局，2014，第 420 页。按：就目力所及，用"义释"者仅《百家汇评本〈西游记〉》（长江文艺出版社，2007）、《西游记校注》（台湾里仁书局，2008。其书原即四川文艺出版社 1990 年版，回目所选为"义激"，校语称"原作'义识'，正文回目作'义释'，皆误，从世本改"）、《西游记》（中国少年儿童出版社，2017。有趣的是，其目录与正文皆用"义释"，然插图中仍用"义激"），而用"义识"者仅吴圣昔、俞素卿编选《西游记》（上海文艺出版社，1996）。

③ Anthony C. Yu, *The Journey to the West*. Chicago：University of Chicago Press, 1977–1983；詹纳尔则译为"Pig Moves the Monkey King Through His Goodness"，用 moves 和 goodness 来对译（W. J. F. Jenner, *Journey to the West*. Beijing：Foreign Languages Press, 1982, 1993, 2003）。

④ 《古本小说集成》影印本，上海古籍出版社，1994，第 749 页。

⑤ 日本公文书馆藏本，第三十一回第 1a 页。

⑥ 《古本小说集成》影印本，第 347 页。

⑦ 《明清善本小说丛刊》影印本，第三十一回第 1a 页。

⑧ 参见《西游证道书》结尾笑苍子跋语，黄永年、黄寿成点校《西游记》，中华书局，1993，第 857 页。

痕迹，2010年新版已据世本回改。李洪甫先生曾对《西游记》进行细致校勘，应该说，这个字的校勘从版本学上看已经正本清源了。

不过，这一回归明本的校勘结果并不能解决我们阅读时的疑惑，也无法简单将读者脑海中经典化的"义激"替换。原因就在于，如果抛开版本考量，"义激"在与故事的贴合度上确实稍优于"义释"。李洪甫先生在校记中说："世本回题作'猪八戒义释猴王'，无误。'释'，解释。如《国语·吴语》：'使行人奚斯释言于齐。'用于此，当指八戒秉大义释言于猴王。杨闽斋本、李本、闽斋堂本、新说本同世本。人文本改作'激'，应从世本。"① 这种解释与吴圣昔先生的意见接近，但不得不说比较牵强，至少在两个方面值得商榷。

一是"义释"一词在中国古代小说语境中向来不这样解释。

"义释"一词最早出于《三国志·蜀书·关张马黄赵传》的陈寿评语中，原话是"羽报效曹公，飞义释严颜"②，一般都会理解为"张飞大义释放严颜"③。日本学者上原究一据本传中言"飞壮而释之"④ 与陈寿之评为一事，以及《华阳国志》中相同内容中又表述为"飞义之，引为宾客"⑤，从而认为"义释严颜"与"壮而释之"意义相同，就是"张飞认为严颜是'义'而释放他"的意思，还进一步认为"X义释Y"与"X义而释Y"甚至"X壮而释Y"的意思也是相同的，并举《太平御览》卷八四一引《陈留耆旧传》云"贼义释之"与卷九九八引同条材料云"贼长义而释牧"以证之。⑥ 其实这并不妥当。在"X义而释Y"的例子中，连词"而"的添加使得"义"与"释"处于并列修饰宾语的位置上，强调Y之

---

① 吴承恩原著，李洪甫整理校注《西游记整理校注本》，人民出版社，2013，第494页。按：此校亦有小误，新说本无论目录还是正文，均同其他清本作"激"而非"释"，参见《新说西游记》，《明清善本小说丛刊》影印本。

② 陈寿撰，裴松之注《三国志》卷三六《蜀书·关张马黄赵传》，中华书局，1971，第4册，第951页。

③ 许嘉璐主编《二十四史全译：三国志》，汉语大词典出版社，2004，第604页。

④ 陈寿撰，裴松之注《三国志》卷三六《蜀书·关张马黄赵传》，第4册，第943页。

⑤ 常璩撰，刘琳校注《华阳国志》，巴蜀书社，1984，第499页。

⑥ 李昉等撰《太平御览》，中华书局，1960，第4册，第3760、4418页。[日] 上原究一《论白话章回小说回目中的常见套语"义释"》，陈庆元主编《明代文学论集》，海峡文艺出版社，2009，第668~677页。另，作者原有《"义释"考》一文，发表于日本《东方学》第113期，前文为此之摘译，感谢上原先生赐示其大作消息。

"义"而致 X 将其释放。但"X 义释 Y"中的"义"却是用来修饰"释"的，强调 X 此举之"义"，此类用例甚多，如《荀子·不苟》云"君子易知而难狎，易惧而难胁，畏患而不避义死"，王天海注云"义死，为正义而死"[1]；再如《后汉书·皇后纪上·光烈阴皇后》云"朕嘉其义让，许封诸弟"[2]，甚至当下仍多有用例，如义赈、义卖、义售、义拍、义捐、义赛、义演等等均相类似[3]。由此可知，这两种表述并不相同。所以，不能因为史事为一就笼统地将不同表述等同："飞壮而释之"是史家的描述，即张飞以严颜表现豪壮而释放他；但在文末的评语中，陈寿所说"飞义释严颜"却是史臣之评价，认为释严颜体现了张飞之"义"；此二处并不能通约。至于《华阳国志》"飞义之"之语，则或是另一种表述，或是袭用史料时有阙字——《太平御览》的例子也与此相同，两处材料出同一书，然表述不同，并不表明不同的语句指向同样的意义，更可能的是卷八四一在引录时有阙字，所以，这并不是一个阐释问题，而是一个校勘问题。因此，"义释"在古代文献中，尤其在小说史语境之中，只能理解为"因义而释放"的意思，从未有"秉大义而释言"的用例。

二是即使承认这种解释，其也与故事实际内容并不匹配。

猪八戒来花果山请孙悟空并非自愿，而是被白龙马力劝而来，甚至在来的时候先做好了逃的准备，明言"他若不来，你却也不要望我，我也不来了"；到花果山后的心理活动更明显地表露出他的境界："怪道他不肯做和尚，只要来家哩。原来有这些好处，许大的家业！又有这多的小猴伏侍！若是老猪有这一座山场，也不做甚么和尚了。"所以，在猪八戒来花果山的心理动机中，并无"大义"可"秉"。

这样看来，明本的"义释"尚不如清人擅改的"义激"，因为起码"义激"在文本中尚可找到依据。不过，"义激"也并非原文，它不但没有可靠的版本支持，而且就与故事的契合而言，也存在深层次的矛盾（详见下文）。

---

① 荀况著，王天海校释《荀子校释》，上海古籍出版社，2005，第 87 页。
② 范晔撰，李贤等注《后汉书》卷一〇上《皇后纪》，中华书局，1965，第 2 册，第 406 页。
③ 对以上语例虽有此种看法，然亦不敢自信，请教了专研古汉语语法的李聪兄，得到肯定，并赐示"义卖、义捐"诸语例以证之，谨致谢忱。

如果这两个用语都有问题，那应该是什么呢？其实在明刊本中还出现了一个词："义识"。

明代诸本虽然正文回目均作"义释"，但其书前总目却不同：世本刊刻模糊，但尚可辨认，① 李评本与杨闽斋本都极为清晰，均作"义识"。另外，还有更确凿的援证：李评本前有二百幅插图，每回两幅，并分别在版心处刻有一句回目，第三十一回的标题也赫然作"义识"（据日本公文书馆藏本）。按古籍刊刻的惯例，总目、插图乃至序跋之类在刊行中会较为特别，经常与正文的校刊分属不同的工作流程，就好像现在出版社正文与封面版式设计并不在同一部门一样。因此，在校刊过程中，正文的某些修改未必会与其他部分同步。也就是说，对于刊刻者的修改来说，书前总目与插图上的文字一般会较为滞后，可能会留下未改前的痕迹。② 就《西游记》而言，现存最早的世本就有一处参证，其正文没有第十八回的分回标志，即第十七、十八回牵连未分，这与《红楼梦》庚辰本极为相似——后者也恰是第十七、十八回未分开，只是在庚辰本这里，作者本拟将其分为两回，只是暂未分开，故共用一个回目；而对《西游记》世本来说，这则是总目与正文刊行体制的参差导致的，因为在书前总目中，此回并不阙。③ 世本这一文本缺陷对后世影响甚大：杨闽斋本均照刻未改，所以仍在正文中少一回目；④《唐僧西游记》不但照刻，且因将回末诗删去，从而将下回文字并无分行而径接前文，完全泯灭了分回痕迹；⑤ 李评本在观音收伏黑熊怪的"有诗为证"后截开，但留下了明显的痕迹，即第十七回末没有《西游记》惯用的"且听下回分解"的话头，第十八回开头也没有"且说""话表"的习语；直到《西游证道书》，才在第十七回末加上"要知向后事情，且听下回分解"的话，又在第十八回初加了"却说"二字。⑥ 可见这种情况在世本中并非孤例。

① 《西游记》（世德堂本），《古本小说集成》影印本，目录第4页。李洪甫《西游记整理校注本》（第2、6、483、494页）细勘了世德堂本，仍漏校了这一重要异文。
② 如拙文《"三言"标目异文考论》（《文献》2011年第4辑）曾论及与"三言"有关之例。
③ 《古本小说集成》影印世本，目录第2页，正文第420页。
④ 《古本小说集成》影印杨闽斋本，第193页。
⑤ 《明清小说善本丛刊》影印《唐僧西游记》本，卷四第19a页。
⑥ 黄永年、黄寿成点校《西游记》，第157~158页。

因此，《西游记》明刊本总目与插图的文字很可能标示了更早的来源，尤其是当我们看到几个明本除《唐僧西游记》外（《明清小说善本丛刊》所据日本国会图书馆藏《唐僧西游记》本阙总目，故不知其详）均如此时，更可确信此异文的意义。

二 校勘背后的情节呈现与义理辨析

通过校勘，只是解决了文献层面的问题，但这远远不够，我们还要进一步追问校勘背后的逻辑。

首先，我们会承认这样一个事实：正如《三国志演义》嘉靖本前二则标目分别为"祭天地桃园结义""刘玄德斩寇立功"，到了毛评本就改为"宴桃园豪杰三结义 斩黄巾英雄首立功"一样，在《西游记》的成书过程中，正文情节甚至文字的成形当早于回目的确定，虽然目前所见不同版本中，此回回目所用文字有三处异文，但我们承认，无论哪种异文，其所指向的情节文本是基本固定的。也就是说，作者或承袭、或自创的猪八戒请回孙悟空降妖的情节早已写好，现在的问题只在于作者会选用哪个字来概括这个情节。

其次，笔者曾指出，在中国古典小说形成双对回目之后，每副"对仗回目照应对称情节"，但这里的对称情节并不单单是篇幅对称，很多时候也是叙述意义的对称，所以，我们应该知道作者将"猪八戒义激猴王"放进回目，当然知晓这一情节的重要。同时，笔者还曾讨论过回目作为中国小说作者"画外音"的功能，[①] 也就是说，回目中的用字其实在微妙地体现着作者的态度。

结合上述两点来看，我们应该明白，对回目用字的考辨并非单纯的字词训诂，至少有两个方面的意义需要考虑：一是在作品文本早已固定的情况下，选择哪些情节进入回目表明了作者对这一情节某种意义上的重构；二是回目选择哪些字词来概括某一情节，体现了作者的某种判断。

回到我们讨论的话题上来。孙悟空三打白骨精之后的"圣僧恨逐美猴

---

① 参见拙著《中国古典小说回目研究》，北京大学出版社，2012，第 362、460~461、343 页。

王",是《西游记》取经队伍聚齐之后的第一次分裂。虽说"分久必合,合久必分",但分与合必须符合生活情理的验证,遵循艺术建构的逻辑。就前者而言,清人张书绅即云"猴王恨逐,其势似难再合"①:把孙悟空斥逐出取经队伍,可以不必考虑孙悟空的感受,只需要唐僧单方面坚持便可达成;但若要把他请回来,便同时需要孙悟空心甘情愿地配合,这在小说的情理逻辑上便需谨慎从事。就后者而言,孙悟空的回归不但要合于叙事逻辑,还要让读者容易接受,且不能不顾及小说人物形象的设定。所以,从某种程度来看,如何让孙悟空顺理成章地重新归队,就成了一个取经队伍与作者共同面临的艺术难题。那么,第三十一回回目的上句其实在《西游记》情节流程中是极为重要的一环。所以,我们对这一回目的讨论就不仅仅是咬文嚼字,而是对作品关键情节的体认。

那么,我们来看一下"义激"。仅从文献角度即可知,清代版本改用之"义激",与现存所有明代传本文字均不合,除非发现使用"义激"的明本,否则可以确定清本擅改。这还是文献层面的认定。其实,从义理层面来看,"义激"一词的使用也给情节解读带来了深层的偏差。虽然关于孙悟空回到花果山便如出牢笼、不会再回来,似乎只是猪八戒以己度人的想法,但孙悟空反问猪八戒的话却也表达了类似的意思,他说:"我这里天不收地不管,自由自在,不要子儿,做甚么和尚?我是不去,你自去罢。但上复唐僧:既赶退了,再莫想我。"所以读者会以为他的归队不过是中了猪八戒福至心灵的"激将法"罢了。小说也确实八面玲珑地给出了相应的支持,揭出猪八戒"请将不如激将,等我激他一激"的心理活动,然后便栽赃黄袍怪说"是个甚么孙行者,我可怕他?他若来,我剥了他皮,抽了他筋,啃了他骨,吃了他心!饶他猴子瘦,我也把他剁鲊着油烹",这才激怒了孙悟空,从而达成所愿。但这种表层的判断经不起推敲,不但错会了情节,也误解了孙悟空。

在三打白骨精之后,唐僧将孙悟空斥归,主要是听信了猪八戒的谗言。正如前文所言,猪八戒虽是那个系铃人,却同时也是不愿意做解铃人的尴尬人。他来花果山时并不敢据实以告,也就是说为了自己,他并不愿

---

① 吴承恩著,张书绅评《西游记》,上海古籍出版社,2014,第378页。

意直接给孙悟空这个台阶，而是希望对方能自动回归，从而免除他不得不面对的难题。关于此点，清人张书绅看得很深透，他在第三十回的回末评云："猴王之放逐，其端虽起于尸魔，其实由于八戒。此回偏用他去请，大是难事。不难于请，而难于见面；不难于见面，更难于启齿；实在令人难以动笔。"① 正因知道这一点，白龙马在劝猪八戒时才说"他是个有仁有义的猴王"，"有仁有义"四字就在向猪八戒表明此次请回孙悟空的关键所在。所以，此四字非常重要，清人陈士斌评云："仁义之道，惟信为主……人而无信则无以立。行者拒八戒而不行者，恶其言之不实也。言一不实，则无以成契合而善行藏。"② 其实，就连《西游记》正文也以"义结孔怀"的诗句开篇。由此可知，孙悟空之所以看到猪八戒来请，不立刻便回，并非真的要在花果山"自由自在"，他首先要求的是猪八戒"说实话"，即"信"，由此希望得到唐僧或猪八戒对前事的和解性姿态，这是重新归队的借口和台阶。然而，这些思量却被猪八戒自作聪明的"激将法"改变了，张书绅评云："看他奇奇怪怪想出一绝妙的过渡，顺手插入并无痕迹，写得可憎可爱、可怜可笑，非只令猴王意转，即读者亦觉其心回，真妙笔也。"③ 他与很多评点者一样，坠入对猪八戒以谎言激怒孙悟空这一情节的赞叹中去了，这种对激将的技术性方式的赞赏，其实是对孙悟空仁义之心的抹杀。

事实上，这里的"激将"法与其说是猪八戒智计的成功，不如说是孙悟空借坡下驴的将计就计。如果孙悟空确无归意，就不会先把猪八戒放走，又派小猴暗随并立刻捉回，还仔细盘问实情。陈士斌又有评语说："忠臣去国，不忍一日忘君；大圣归山，岂忍一日忘僧！可见前之不去者，非其本心；拿回八戒，正思同往耳。"④ 这是看到了其中曲折的精当之语。虽然孙悟空听到猪八戒的激将之语也表示非常生气："这妖怪无礼，他敢背前面后骂我！我这去，把他拿住，碎尸万段，以报骂我之仇！"并且还加了"报毕，我即回来"六个字。猪八戒也一点都不呆，立刻辨别出了重

---

① 张书绅评《西游记》，第 376~377 页。
② 《西游真诠》，《古本小说集成》影印本，第 710~711 页。
③ 张书绅评《西游记》，第 376~377 页。
④ 《古本小说集成》影印《西游真诠》，第 711 页。

点，赶快接口说："哥哥，正是，你只去拿了妖精，报了你仇，那时来与不来，任从尊意。"但是，这些其实都是说给对方听的场面话，我们看群猴拦道时孙悟空的话就知道了，他说："小的们，你说那里话！我保唐僧的这桩事，天上地下，都晓得孙悟空是唐僧的徒弟。他倒不是赶我回来，倒是教我来家看看，送我来家自在耍子。如今只因这件事，——你们却都要仔细看守家业，依时插柳栽松，毋得废坠。——待我还去保唐僧，取经回东土。功成之后，仍回来与你们共乐天真。"在这里，孙悟空紧接着的两处表态完全相反，二者之中必有一假一真，而他对自己统领的群猴自然不必有所虚饰，当可确定他对猪八戒的说法只是一种策略。

明白了孙悟空的心史，还要重新讨论猪八戒，毕竟我们关注的这个回目是以他为主语的。但此时猪八戒是怎么想的，作者并未述及。在兄弟二人"过了东洋大海"时，孙悟空要去海里洗澡，并解释说"你那里知道，我自从回来，这几日弄得身上有些妖精气了。师父是个爱干净的，恐怕嫌我"，这时，作者才写到猪八戒的态度："八戒于此始识得行者是片真心，更无他意。"这才是作者指认的本回最关键文字，从"始识得"三字便可知道，猪八戒开始对孙悟空要认真归队的说法还是将信将疑的：一方面是孙悟空转变太快，为他始料未及；另一方面也不得不说源于思想境界的限制，他虽然很想请回大师兄，但在潜意识里，却仍不敢相信美猴王会真心实意地放弃如此家业而重作行者。有了孙悟空要洗去妖气的举动，他才真正"识"得师兄不计前嫌复归之真心，陈士斌在此评云："行者下海净身，乃是洗心涤虑；八戒识得行者是片真心，更无他意。此时金木交并，而信行乎其间，何事不济哉！"① 这段评语既揭出了"识"字，同时也表达了"义"字，也就是说，猪八戒终因师徒之义而识得猴王之真心了。这一理解也符合前文对"义释"的分析，且与回目对句"智降"的"因智而降"合拍。其实，小说史中也有相近的用例，如清代嘉庆年间的《粉妆楼》便有"粉金刚义识赛元坛"这样的回目②，即"因兄弟义气而结识"之意③，

---

① 《古本小说集成》影印《西游真诠》，第713页。
② 《粉妆楼》，《古本小说集成》影印本，第19页。
③ 感谢评审专家对用此条回目援证的质疑，促使我重新思考了"义识"的解释方式，调整了文章的论述。

可为援证。

所以，就明本而言，正文与目录、图题的用词不同是一个事实。而就义理来说，前文已细论"义释"之不妥，本处又深入考察"义识"与情节的对应，可见，目录与图题所用的"义识"应是作者原文，正文所用的"义释"可能是同音致误，此误或许源于小说史经典情境的影响。

总之，孙悟空在全书中曾两遭斥逐并回归。相对来说，第二次是师徒四人最后一次重申前盟（其解决甚至用了同至西天的方式），与此次从乌合之众到同心同德的跃升不可同日而语。那么，作为取经队伍事实上的核心，孙悟空取经意志究出于自觉抑或被迫，自然是取经队伍能否成立的逻辑根基，对此节的误认会影响到读者对整个取经事业的实现程度及其意义的评定。此字之辨析虽为考据之末节，却对作品义理的梳理与建构有着重要的标定意义。

三 "义释"的小说史语境

在解决了校勘以及校勘背后的义理问题后，我们还需要进一步追问：最初的"义识"为何会被误为"义释"，并且，在后来的流传中没有复正为"义识"，反而变本加厉地被改为"义激"？我们需要分别就"义释"与"义激"的小说史语境进行探讨。

就"义释"的择用而言，既有校刊者因同音而误改的原因，也有《三国志演义》经典情境的影响。为了论证后者，我们需要分别论述以下几点。

（一）《三国志演义》影响《西游记》的事实认定

笼统来说，《三国志演义》、《水浒传》与《西游记》都算是中国古代章回小说之开山，但不得不承认，前两部作品尤其《三国志演义》还是产生更早，也一直是其他章回小说仿效的经典。即便从事实影响的角度来考察，也不得不承认《西游记》确实受到过《三国志演义》的影响。比如有学者指出《西游记》第二十一回孙悟空到须弥山让道人通报时说的名字太长，道人说"老爷字多话多，我不能全记"，与《三国志演义》中"三顾茅庐"中童子对刘备说"我记不得许多名字"之类如出一辙；还举了唐太宗添寿与赵颜添寿、孙悟空求雨与于吉求雨、孙悟空求见时观音在竹林观鱼与后主见诸葛亮时后者在竹林观鱼、"既生老孙，怎么又生此辈"与"既生瑜，何生亮"的表述等例，①虽然个别细节尚可商榷，但已经很能说明问题了。

其实，这篇文章还遗漏了一些更重要的细节。比如第七十四回描述二大王的外貌是"卧蚕眉，丹凤眼"，第八十回说三藏"耳垂肩，手过膝"，显然是对《三国志演义》中关羽与刘备形象的模仿。最有趣的是第七十回，国王要准备干粮让孙悟空去降妖，孙悟空说"似这三千里路，斟酒在钟不冷，就打个往回"，然后国王"捧着一杯御酒递与行者"，孙悟空说"且放下，等我去了来再饮"，与《三国志演义》中"操教酾热酒一杯，与关某饮了上马。关某曰：'酒且斟下，某去便来'"②的经典情境如出一辙；第八十一回再一次仿写了"温酒斩华雄"的经典情境，孙悟空说："你把书收拾停当与我，我一筋斗送到长安，递与唐王，再一筋斗回来，你的笔砚还不干哩。"

这些细节都表明，《西游记》受到《三国志演义》的影响是一个可以确认的事实。

（二）"义释"是《三国志演义》建立起来的经典情境

作为中国古典小说的开山之作，《三国志演义》建立了很多经典情境，"义释"也是其中之一。

前文已指出，"义释严颜"最早出自《三国志》，后来的《三分事略》与《三国志平话》都在相应位置有阴文所刻的标题"张飞议摄严颜"③——巧合的是，此二处也因同音而误刻。笔者曾指出，"这些小标题实际上正是分回标目的直接前源"④；直到《三国志演义》形成后，嘉靖本

① 张强：《论三国故事对〈西游记〉的影响》，《明清小说研究》1989年第1期。
② 罗贯中：《三国志通俗演义》，上海古籍出版社，1980，第47页。
③ 《三分事略》，《古本小说集成》影印本，第98页；《三国志平话》，《古本小说集成》影印本，第108页。
④ 参见拙文《试论中国古典小说回目与图题之关系》，《文学遗产》2010年第6期。

中出现了"张益德义释严颜"的标目：可见"义释严颜"的经典化经历了正史、平话与章回小说的层累才最终得以完成。

事实上，这一经典情境的影响在《三国志演义》故事内部便开始了。华容道关羽私放曹操的情节在正史中是没有的，《三国志平话》的描写是："曹公寻滑荣道去。行无二十里，见五百校刀手，关将拦住。曹相用美言告：'云长看操，亭侯有恩。'关公曰：'军师严令。'曹公撞阵。却说话间，面生尘雾，使曹公得脱。关公赶数里复回。"① 可见虽然有了基本情节，但曹操逃走并非关羽私放。直到嘉靖本，将其改为曹操以旧恩求告，并引庾公之斯追子濯孺子的典故，关羽"义重如山"，终于放了曹操，于是，此节标目就变成了"关云长义释曹操"②。笔者很怀疑此处的改动可能受《三国志》前引"羽报效曹公，飞义释严颜"的影响：这两句表述中的后一句已经经典化为"义释"的情节模式，《三国志演义》的作者就连类而及，将原本并非指华容道一节的"羽报效曹公"也依"义释"的模式重新加工了。甚至，这一影响还延伸到了毛评本中，嘉靖本中"黄忠魏延献长沙"一节，到了毛评本，给了一个"关云长义释黄汉升"的回目，其实，这节故事与"义释"一词无法匹配，倒是黄忠用箭虚射与曹操所引庾公之斯的典故颇为相类。可以说，"义释严颜"确实是被《三国志演义》经典化的关目，毛宗岗评之云："翼德生平有快事数端：前乎此者，鞭督邮矣，骂吕布矣，喝长坂矣，夺阿斗矣。然前数事之勇，不若擒严颜之智也；擒严颜之智，又不若释严颜之尤智也。未遇孔明之前，则勇有余而智不足；既遇孔明之后，则勇有余而智亦有余。"③ 从此即可看出评点家对"义释严颜"的态度，可以说这是张飞形象中最浓墨重彩的部分。

（三）"义释"的经典情境对后世小说的巨大影响

前文论及"义释"在《三国志演义》中即已开始产生影响，后世小说效仿者尤众，即如《水浒传》便也出现了两次用例：第二十二回的"朱全

---

① 《三国志平话》，《古本小说集成》影印本，第83~84页。
② 罗贯中：《三国志通俗演义》，第486~487页。
③ 罗贯中原著，毛宗岗评改，穆俦等标点《三国演义》，上海古籍出版社，2011，第816页。

义释宋公明"和第三十二回的"锦毛虎义释宋江"①。而且，后世袭用时无不继承了"义释严颜"的经典叙事模式。

比如《英烈传》有两条回目用到此词，一是"太祖义释陈兆先　福寿忠即死集庆"，二是"常遇春义释亮祖　徐寿辉僭位改元"。在后一例的正文中，常遇春说："朱亮祖言词相貌，诚有大将之才，况临死不惧，实为大丈夫之志。昔日张翼德义释严颜，乃成收蜀之功。我今义释朱亮祖，以取江西。若何？"这里已经说得很清楚了，即常遇春之释朱亮祖，实效法张飞之释严颜。不但如此，其情节也有明显的模仿痕迹，比如在"义释严颜"中，义释的关键在于张飞大怒，而严颜对此怒之不屑一顾，《三国志演义》中是这样写的："飞大怒，喝左右斩来。严颜喝曰：'贼匹夫！要砍便砍，何怒也？'"《英烈传》中常遇春抓到朱亮祖后，朱亮祖说"今我不幸，既以被执，愿请一死足矣"，"遇春听言大怒，喝左右斩之。亮祖曰：'大丈夫要杀即杀，何必发怒！'即纵步而行，略不回顾"②。再如《隋唐演义》第五十四回，原或相当于《大唐秦王词话》第二十七回的部分，虽回目与正文中均无"义释"的字眼，然其正文却仍可看出《三国志演义》的影子，在程咬金来到李世民面前时："秦王仔细一看，认得是程知节，不觉怒气填胸，须眉直竖，击桌喝道：'你这贼子，今日也自来送死了！可记得当年孤逃在老君堂，几乎被你一斧砍死！孤今把你锅烹刀磔，方消此恨。'程知节哈哈大笑道：'咱当时但知有魏，不知有唐。大丈夫恩不忘报，怨必求明。咱若怕死，也不进长安来，要砍就砍，何须动气。'"③与张飞义释严颜之写法如出一辙。

可见在《三国志演义》以后，"义释"已经成为古典小说以民间想象来简化复杂的军事、政治转变的套路化表达。也就是说，"义释"并非一个没有实际意义的"套语"，而是暗含了复杂情节逻辑的经典情境；明代

---

① 由于《水浒传》版本复杂，各本用例多寡不同，此仅以常见的容与堂本统计。另外，有趣的是，容与堂本第六十九回正文作"宋公明义识双枪将"，而目录与图题却作"宋公明义释双枪将"，与《西游记》之例不同，这里却当以"义释"为是。分别参见《水浒传》，《古本小说集成》影印容与堂本，目录第 13 页及正文第 665、999、2246、2247 页。

② 《皇明英烈传》，《古本小说集成》影印本，第 174 页。

③ 褚人获编撰，侯会校点《隋唐演义》，人民文学出版社，2007，第 464~465 页。

《西游记》校刊者之所以选择"义释"，自然也不是作者在设计回目时乞灵于《三国志演义》的套语，而是校刊者在改动时，有意无意地希望以这两个字的借用，唤起读者对于《三国志演义》经典情节的阅读期待，从而为《西游记》的经典化张本。

（四）《西游记》中"义释"的来源

基于以上逻辑推演，《西游记》受了《三国志演义》的影响，《三国志演义》使"义释"经典化，经典化后的"义释"被后世许多小说移用——那么，《西游记》在第三十一回突然出现一个与故事内容不相吻合的"义释"标目，即可推测是受到《三国志演义》的影响。

前引上原究一先生文认为《西游记》这里原本当即"义释"，他先是统计了"万历以前刊行的白话小说版本的回目"，发现了十一例"义释"，只有两例"义识"，其中《水浒传》的一例又可证明当为"义释"，所以，只剩下我们讨论的这一孤例了。因此他认为这"有可能是'义释'的误刻"，并推测这只是一个对"X 义释 Y"的"诙谐处理"，即"'X 义释 Y'应是 X 抓住 Y，然此处却是相反"，"故此回目可能是作者为了取笑猪八戒之俗而故意用了'X 义释 Y'形式"。之所以作出这样过于奇特的理解，关键在于上原先生将"义释"视为"白话章回小说回目中的常见套语"来考察。虽然从"套语"的角度来审视"义释"一词的使用自有其学术意义，但这一视角却没有考虑到"义释"这一所谓的"套语"是如何形成的。易言之，在"套语"的视角下，我们只会看到抽离叙事的程式化表达，而无法充分估量这种表达作为中国古典小说的经典叙事模式对此后叙事艺术的影响。所以，上原先生统计的十一个例子中有一个例外，就顺理成章切削这个例外，以使其合乎套语的"套路"。这种视角倾向于作为套语要求的一致性原则，却忽视了作为经典叙事模式对后世叙事情境的吸附与形塑。

因此，《西游记》明刊诸本的校刊者之所以不解"义识"而将其改为"义释"，不仅仅是因为二词音同，其背后有着更复杂的语境，即后起的《西游记》对已成经典的《三国志演义》的追摹。就我们所讨论的内容而言，"义识猴王"的桥段并没有达到妇孺皆知的程度，所以校刊者不明其义，可能认为此处有误字；之所以改为"义释"，则是因为"义释"是早在《三国志演义》中便已建立起来的经典化情境。

四 "义激"的小说史语境

虽然明刊诸本出于各种原因选用了"义释"，但此词与《西游记》故事的契合度很低，从某种意义上看，这一策略并不成功。因此，到了清代的《西游证道书》，校刊者便需要重新调配。于是，他们又切换了新的典源，那就是"义激"。有趣的是，这个新典源仍然出自《三国志演义》。

与前文一样，我们仍需要讨论几个逻辑环节，其中，《三国志演义》影响了《西游记》已不必赘述。那么，需要讨论的便是"智激"的经典化以及《西游记》的改用是否受了它的影响。

"智激"故事本来就是《三国志演义》中最流播人口的桥段，嘉靖本《三国志通俗演义》相关的两条标目是"诸葛亮智激孙权""诸葛亮智说周瑜"。在"诸葛亮智激孙权"中，诸葛亮心中暗想，"此人只可激，不可说。且等他问时，便动激言，此事济矣"，孙权醒悟后也说"原来孔明有良谋，故以言词激我"，可知"智激"本来是用在孙权身上的。而在"诸葛亮智说周瑜"中，最后总结时说"后史官单道激孙权，说周瑜诗曰"云云，① 可知在作者那里，"激"和"说"确实是分开用的。其实，这个"说"字也有来源，《三国志平话》中的图题即"鲁肃引孔明说周瑜"。② 不过，诸葛亮对周瑜的说辞其实也是"激"，但相邻标目均以"诸葛亮智激"开头，似乎过于重复，所以下句便换为"智说"了。

在进入毛宗岗本后，这些标目在被合并的同时也有了新的改动：前一句因与上句"诸葛亮舌战群儒"组成双回目，主语不能重复，便改为"鲁子敬力排众议"——其实，本回中的鲁肃颇类于相声中的"捧哏"，根本谈不上"力排众议"，如此修改只是为了更换主语罢了；后一句又需要与下句"周瑜定计破曹操"组合，上句的宾语与下句的主语重复，便改为

① 罗贯中：《三国志通俗演义》，第426、428、434页。
② 《三国志平话》，《古本小说集成》影印本，第78页。

"孙权决计破曹操"。正因为前一回中把"诸葛亮智激孙权"改成了"鲁子敬力排众议"，反倒解放了"智激"一词，从而可以顺理成章地用在这一回的回目中，变成了"孔明用智激周瑜"。再加上诸葛亮智激周瑜时，坐实了杜牧"无中生有，死中求活"① 而成的"铜雀春深锁二乔"之典故，从而凿空虚设出为后人艳称的情节来，以至"智激"二字竟固化为"诸葛亮智激周瑜"这一情节的常用标签。虽然毛宗岗本比《西游证道书》稍晚，但三国故事中的"智激周瑜"并不会等毛本的回目问世后才产生它的影响。

那么，《西游证道书》将此回标目改为"猪八戒义激猴王"，是否受《三国志演义》影响呢？由于黄周星是此书的"主要编纂评点人"，他既在文字上"大量删改修订"，又"施加评点"，所以，书中评点也是编纂者、修订者的意见。本回在猪八戒以谎言激怒孙悟空的情节下，评点者加评说："绝妙激法，尤胜卧龙之激周郎。"② 由于"义激"一词在此前的版本中并未出现，《西游证道书》是目前所知第一个使用此词的版本，加上此书对原百回繁本做过一些删节和修改，再考虑此处评点以"卧龙之激周郎"来作比照，综合考量，这里之所以用"义激"代替"义释"，并不仅仅是出于对回目与正文配合的考虑，还有在叙事层面重新规划"用典"的考量：即以《三国志演义》"诸葛亮智激周瑜"的经典情节为八戒激悟空的新蓝本。

"义激"的选用为《西游记》此段重要的情节改换了新的"门庭"，这一改换的暗含之意，就是用诸葛亮虚增"挟二桥于东南兮"（嘉靖本）这样莫须有的句子激怒周瑜，来类比猪八戒谎称黄袍怪不敬之语来激怒孙悟空。改动之后，三国故事在接受与审美上的强大影响力便提升了西游故事经典化进程中的接受度。正因如此，我们在前一回的总评之中还看到，评点者对此节故事进行了评赏，说"求之愈急，而应之愈缓，不过借以处呆子耳。然亦是文章家自然之理势。若使一请即行，又何异村学究直解"，在此铺垫之下即大赞云："此一回文字，妙绝今古。盖以左史之雄奇，而

---

① 谢枋得：《叠山先生注解章泉涧泉二先生选唐诗》语，参见吴在庆《杜牧集系年校注》，中华书局，2008，第505页。

② 黄永年、黄寿成点校《西游记》，"前言"第35、39页，正文第261页。

兼庄子之幻肆者，稗史中不可无一，不可有二。请问施耐庵《水浒传》中，何篇可以相敌耶！"① 这里的"此一回故事"所指自然不是第三十回的"邪魔侵正法"，而是横跨前后二回的"猪八戒义激猴王"。作者在正文评点中所说的"尤胜"还只是评点家的套语，并不构成严格意义上的比较关系；而在这里，评者巧妙地避开了典源，因为对典源的攻击同时也会导致自我意义的损耗，所以他意味深长地拿出与《三国志演义》相提并论的《水浒传》来充当比较的背景，这样就可以明目张胆甚至肆无忌惮地扬此抑彼了。

不过，这个新的"义激"也并非完美的解决方案。细思其与情节的对应，会发现有几处扞格。

首先讨论"义"字。如果说来时的猪八戒全无大义可秉的话，至激将时却已经有"义"在其间了：一方面搬出了师父和菩萨，另一方面也道出唐僧遇难的实情，并有"万望哥哥念'一日为师，终身为父'之情，千万救他一救"之语，这自然是以义感之。只不过，"义"在情感，而"激"属谋略，二者搭配，颇不协调。其实，后人也发现了这一参差，开始对"义"字动刀，作者后世的"诤友"即沿世本刊刻者及黄周星之故辙，开始履行和行使"点铁成金、以石攻玉或移橘为枳的义务和权利"②：《西游正旨》就改作了"计激"③，以"计"替"义"，就意味着以技术的设计替换了情志的表达，要更合理一些。那么，后世的校刊者为什么不直接用原典的"智激"来解决这一问题呢？这或许有两方面的困难。

一是回到《西游记》原文中，我们会看到，猪八戒在去花果山时全无成算，本来想将孙悟空哄骗回去，如果不能成功，也只好走一步看一步。所以在猪八戒突然想"请将不如激将，等我激他一激"的时候，此不过是一个临时起意的想法。从猪八戒来说，既无全盘的规划；从作者来看，也无叙事的策略；这根本算不上"智激"。虽然历代的评点者对此情节颇为赞赏：如李贽在此评了个"妙"字；④ 汪评如前所引亦大加称赏；张书绅

---

① 黄永年、黄寿成点校《西游记》，"前言"第 35、39 页，正文第 250 页。
② 钱锺书先生评林纾语，《钱锺书集·七缀集》，生活·读书·新知三联书店，2011，第 91 页。
③ 《西游正旨》，《明清善本小说丛刊》影印本，第三十一回第 1a 页。
④ 吴承恩著，李贽评，古众校点《西游记》，第 416 页。

对此节更是揄扬备至，他说："猴王恨逐，其势似难再合。看他想出一请将不如激将，顺手牵转，实有绝处逢生、断桥得路之妙。是以知文章不能开者，无以逗波浪之奇；不能合者，无以见篇章之妙。大开大合，手笔之灵巧毕矣。"① 但把这些赞赏之词放回《西游记》的情节中去，会令人觉得过于夸大。原因或许在于，评点者在评赏此节的时候，未必没有《三国志演义》"智激周瑜"之桥段横亘于胸，因彼及此，故发谬赞。但诸葛亮智激周瑜的情节营构确可见"大开大合"的"篇章之妙"，与《西游记》此处猪八戒的小伎俩完全不可同日而语。

二是我们一直在讨论第三十一回回目的上半句，没有把整回的回目放在一起考察。此回目的下半句是"孙行者智降妖怪"，把二句并置而观就会知道，下句的第四个字是"智"字，则上句同样位置绝不可能再用"智"字。而且，本回最关键的情节是孙悟空降妖，相对来说，猪八戒的情节并不重要，所以在回目修辞性考量中，上句自然要为下句让路，便只好放弃"智"字了。

不过，到了杨洁执导的《西游记》电视剧，其编者或许并没有意识到西游故事借力于《三国志演义》的考量与困境，但其分集的单名标目却无意中摆脱了命名的修辞性束缚，所以，"智激美猴王"终于在西游故事系统中出现，可以算是契合了黄周星以三国故事为典源的初心。更要承认，这种契合也正是在黄氏"激"字引导下，此节故事在三个多世纪以来不断向三国原典积聚势能的必然结果。

其次讨论"激"字。这个字的使用也是不妥当的，因为它高估了猪八戒在请回孙悟空时的小伎俩，低估甚或忽略了孙悟空在这一情节中的主动性。也就是说，在《西游记》的传播中，校刊者（或者次要作者们）希望通过对《三国志演义》经典情境的借用来加强自己的传播力量，却陷入一个悖论之中：借用的经典情境一方面提高了《西游记》相关情节的知名度，另一方面也遮蔽或消解了《西游记》相关情节的真意，从某种程度上说，也阻碍了新的情节经典化进程。

不过，或许也有读者感觉"义激"颇为符合对作品的阅读感受，其

---

① 张书绅评《西游记》，第 378 页。

实，这应当是古典小说阅读的惯性影响，与前文所云"'义释'成为古典小说以民间想象来简化复杂的军事、政治转变的套路化表达"一样，激将法的使用也已套路化，而且比"义释"更为普泛，成为促使难以转圜之情节反转的撒手锏。然而，正如《水浒传》中吴用以激将法促使林冲火并一样，这一套路不过是把情节中的情感力量谋略化的表现——在很多小说尤其是演义小说中，尚有因政治逻辑的介入而产生的合理性；在《西游记》中，师徒四人取经团体的形成本来就应归于一"心"，若以谋略充当情节的动力，则会在更深层次上对作品的力量产生消解。

绾结而言，"义激"与"义释"乃至"智激"虽然有来自传统经典情境的加持，但终与作品情节较为疏离，使解读陷入两难。因此，仍当回到原本的"义识"——此二字虽无经典情境的背书，但《西游记》巨大的影响力足以使"猪八戒义识猴王"成为新的经典，已经不需要以削足适履为代价来以《西游记》之"狐"假《三国志演义》之"虎威"了。因此，关于"义识猴王"的讨论虽然是一个非常细微的点，但或许也可作为《西游记》冲出《三国志演义》的笼罩并经典化的一个注脚。

（本文原刊于《文学遗产》2020年第5期）

图书在版编目（CIP）数据

明代文学论丛. 第三辑 / 孙学堂，马昕主编. -- 北京：社会科学文献出版社，2023.12

ISBN 978-7-5228-3098-8

Ⅰ.①明… Ⅱ.①孙… ②马… Ⅲ.①中国文学-古典文学研究-明代-文集 Ⅳ.①I206.2-53

中国国家版本馆 CIP 数据核字（2024）第 002097 号

明代文学论丛（第三辑）

主　　编 / 孙学堂　马　昕

出 版 人 / 冀祥德
责任编辑 / 吴　超
文稿编辑 / 张静阳
责任印制 / 王京美

出　　版 / 社会科学文献出版社·人文分社（010）59367215
　　　　　地址：北京市北三环中路甲 29 号院华龙大厦　邮编：100029
　　　　　网址：www.ssap.com.cn
发　　行 / 社会科学文献出版社（010）59367028
印　　装 / 三河市龙林印务有限公司

规　　格 / 开 本：787mm×1092mm　1/16
　　　　　印 张：23.5　字 数：372 千字
版　　次 / 2023 年 12 月第 1 版　2023 年 12 月第 1 次印刷
书　　号 / ISBN 978-7-5228-3098-8
定　　价 / 149.00 元

读者服务电话：4008918866